Günter Grass
Die Blechtrommel

Günter Grass: Werkausgabe
herausgegeben von Volker Neuhaus und Daniela Hermes

Band 3
herausgegeben von Volker Neuhaus

Günter Grass
Die Blechtrommel

Roman

Steidl

Personen und Handlung des Buches sind frei erfunden.
Jede Ähnlichkeit mit einer lebenden oder verstorbenen Person ist nur zufällig.

1. Auflage 1997

Erstausgabe: September 1959

Buchgestaltung: Günter Grass, Gerhard Steidl
Gesamtherstellung: Steidl, Göttingen
Printed in Germany
ISBN 3-88243-484-8

Für Anna Grass

ERSTES BUCH

Der weite Rock

Zugegeben: ich bin Insasse einer Heil- und Pflegeanstalt, mein Pfleger beobachtet mich, läßt mich kaum aus dem Auge; denn in der Tür ist ein Guckloch, und meines Pflegers Auge ist von jenem Braun, welches mich, den Blauäugigen, nicht durchschauen kann.

Mein Pfleger kann also gar nicht mein Feind sein. Liebgewonnen habe ich ihn, erzähle dem Gucker hinter der Tür, sobald er mein Zimmer betritt, Begebenheiten aus meinem Leben, damit er mich trotz des ihn hindernden Guckloches kennenlernt. Der Gute scheint meine Erzählungen zu schätzen, denn sobald ich ihm etwas vorgelogen habe, zeigt er mir, um sich erkenntlich zu geben, sein neuestes Knotengebilde. Ob er ein Künstler ist, bleibe dahingestellt. Eine Ausstellung seiner Kreationen würde jedoch von der Presse gut aufgenommen werden, auch einige Käufer herbeilocken. Er knotet ordinäre Bindfäden, die er nach den Besuchsstunden in den Zimmern seiner Patienten sammelt und entwirrt, zu vielschichtig verknorpelten Gespenstern, taucht diese dann in Gips, läßt sie erstarren und spießt sie mit Stricknadeln, die auf Holzsöckelchen befestigt sind.

Oft spielt er mit dem Gedanken, seine Werke farbig zu gestalten. Ich rate davon ab, weise auf mein weißlackiertes Metallbett hin und bitte ihn, sich dieses vollkommenste Bett bunt bemalt vorzustellen. Entsetzt schlägt er dann seine Pflegerhände über dem Kopf zusammen, versucht in etwas zu starrem Gesicht allen Schrecken gleichzeitig Ausdruck zu geben und nimmt Abstand von seinen farbigen Plänen.

Mein weißlackiertes metallenes Anstaltsbett ist also ein Maßstab. Mir ist es sogar mehr: Mein Bett ist das endlich erreichte Ziel, mein Trost ist es und könnte mein Glaube werden, wenn mir die Anstaltsleitung erlaubte, einige Änderungen vorzunehmen: Das Bettgitter möchte ich erhöhen lassen, damit mir niemand mehr zu nahe tritt.

Einmal in der Woche unterbricht ein Besuchstag meine zwischen weißen Metallstäben geflochtene Stille. Dann kommen sie, die mich retten wollen, denen es Spaß macht, mich zu lieben, die sich in mir schätzen, achten und kennenlernen möchten. Wie blind, nervös, wie unerzogen sie sind. Kratzen mit ihren Fingernagelscheren an meinem weißlackierten Bettgitter, kritzeln mit ihren Kugelschreibern und Blaustiften dem Lack langgezogene unanständige Strichmännchen. Mein Anwalt stülpt jedesmal, sobald er mit seinem Hallo das Zimmer sprengt, den Nylonhut über den linken Pfosten am Fußende meines Bettes. Solange sein Besuch währt – und Anwälte wissen viel zu erzählen –, raubt er mir durch diesen Gewaltakt das Gleichgewicht und die Heiterkeit.

Nachdem meine Besucher ihre Geschenke auf dem weißen, mit Wachstuch bezogenen Tischchen unter dem Anemonenaquarell deponiert haben, nachdem es ihnen gelungen ist, mir ihre gerade laufenden oder geplanten Rettungsversuche zu unterbreiten und mich, den sie unermüdlich retten wollen, vom hohen Standard ihrer Nächstenliebe zu überzeugen, finden sie wieder Spaß an der eigenen Existenz und verlassen mich. Dann kommt mein Pfleger, um zu lüften und die Bindfäden der Geschenkpackungen einzusammeln. Oftmals findet er nach dem Lüften noch Zeit, an meinem Bett sitzend, Bindfäden aufdröselnd, so lange Stille zu verbreiten, bis ich die Stille Bruno und Bruno die Stille nenne.

Bruno Münsterberg – ich meine jetzt meinen Pfleger, lasse das Wortspiel hinter mir – kaufte auf meine Rechnung fünfhundert Blatt Schreibpapier. Bruno, der unverheiratet, kinderlos ist und aus dem Sauerland stammt, wird, sollte der

Vorrat nicht reichen, die kleine Schreibwarenhandlung, in der auch Kinderspielzeug verkauft wird, noch einmal aufsuchen und mir den notwendigen unlinierten Platz für mein hoffentlich genaues Erinnerungsvermögen beschaffen. Niemals hätte ich meine Besucher, etwa den Anwalt oder Klepp, um diesen Dienst bitten können. Besorgte, mir verordnete Liebe hätte den Freunden sicher verboten, etwas so Gefährliches wie unbeschriebenes Papier mitzubringen und meinem unablässig Silben ausscheidenden Geist zum Gebrauch freizugeben.

Als ich zu Bruno sagte: »Ach Bruno, würdest du mir fünfhundert Blatt unschuldiges Papier kaufen?«, antwortete Bruno, zur Zimmerdecke blickend und seinen Zeigefinger, einen Vergleich herausfordernd, in die gleiche Richtung schickend: »Sie meinen weißes Papier, Herr Oskar.«

Ich blieb bei dem Wörtchen unschuldig und bat den Bruno, auch im Geschäft so zu sagen. Als er am späten Nachmittag mit dem Paket zurückkam, wollte er mir wie ein von Gedanken bewegter Bruno erscheinen. Mehrmals und anhaltend starrte er zu jener Zimmerdecke empor, von der er all seine Eingebungen bezog, und äußerte sich etwas später: »Sie haben mir das rechte Wort empfohlen. Unschuldiges Papier verlangte ich, und die Verkäuferin errötete heftig, bevor sie mir das Verlangte brachte.«

Ein längeres Gespräch über Verkäuferinnen in Schreibwarenhandlungen fürchtend, bereute ich, das Papier unschuldig genannt zu haben, verhielt mich deshalb still, wartete, bis Bruno das Zimmer verlassen hatte, und öffnete dann erst das Paket mit den fünfhundert Blatt Schreibpapier.

Nicht allzu lange hob und wog ich den zäh flexiblen Packen. Zehn Blatt zählte ich ab, der Rest wurde im Nachttischchen versorgt, den Füllfederhalter fand ich in der Schublade neben dem Fotoalbum: Er ist voll, an seiner Tinte soll es nicht fehlen, wie fange ich an?

Man kann eine Geschichte in der Mitte beginnen und vorwärts wie rückwärts kühn ausschreitend Verwirrung anstiften. Man kann sich modern geben, alle Zeiten, Entfernungen wegstreichen und hinterher verkünden oder verkünden lassen, man habe endlich und in letzter Stunde das Raum-Zeit-Problem gelöst. Man kann auch ganz zu Anfang behaupten, es sei heutzutage unmöglich, einen Roman zu schreiben, dann aber, sozusagen hinter dem eigenen Rükken, einen kräftigen Knüller hinlegen, um schließlich als letztmöglicher Romanschreiber dazustehn. Auch habe ich mir sagen lassen, daß es sich gut und bescheiden ausnimmt, wenn man anfangs beteuert: Es gibt keine Romanhelden mehr, weil es keine Individualisten mehr gibt, weil die Individualität verlorengegangen, weil der Mensch einsam, jeder Mensch gleich einsam, ohne Recht auf individuelle Einsamkeit ist und eine namen- und heldenlose einsame Masse bildet. Das mag alles so sein und seine Richtigkeit haben. Für mich, Oskar, und meinen Pfleger Bruno möchte ich jedoch feststellen: Wir beide sind Helden, ganz verschiedene Helden, er hinter dem Guckloch, ich vor dem Guckloch; und wenn er die Tür aufmacht, sind wir beide, bei aller Freundschaft und Einsamkeit, noch immer keine namen- und heldenlose Masse.

Ich beginne weit vor mir; denn niemand sollte sein Leben beschreiben, der nicht die Geduld aufbringt, vor dem Datieren der eigenen Existenz wenigstens der Hälfte seiner Großeltern zu gedenken. Ihnen allen, die Sie außerhalb meiner Heil- und Pflegeanstalt ein verworrenes Leben führen müssen, Euch Freunden und allwöchentlichen Besuchern, die Ihr von meinem Papiervorrat nichts ahnt, stelle ich Oskars Großmutter mütterlicherseits vor.

Meine Großmutter Anna Bronski saß an einem späten Oktobernachmittag in ihren Röcken am Rande eines Kartoffelackers. Am Vormittag hätte man sehen können, wie es die Großmutter verstand, das schlaffe Kraut zu ordentlichen Haufen zu rechen, mittags aß sie ein mit Sirup versüßtes Schmalzbrot, hackte dann letztmals den Acker nach, saß endlich in ihren Röcken zwischen zwei fast vollen Körben. Vor senkrecht gestellten, mit den Spitzen zusammenstrebenden Stiefelsohlen schwelte ein manchmal asthmatisch auflebendes, den Rauch flach und umständlich über die kaum geneigte Erdkruste hinschickendes Kartoffelkrautfeuer. Man schrieb das Jahr neunundneunzig, sie saß im Herzen der Kaschubei, nahe bei Bissau, noch näher der Ziegelei, vor Ramkau saß sie, hinter Viereck, in Richtung der Straße nach Brentau, zwischen Dirschau und Karthaus, den schwarzen Wald Goldkrug im Rücken saß sie und schob mit einem an der Spitze verkohlten Haselstock Kartoffeln unter die heiße Asche.

Wenn ich soeben den Rock meiner Großmutter besonders erwähnte, hoffentlich deutlich genug sagte: Sie saß in ihren Röcken – ja, das Kapitel »Der weite Rock« überschreibe, weiß ich, was ich diesem Kleidungsstück schuldig bin. Meine Großmutter trug nicht nur einen Rock, vier Röcke trug sie übereinander. Nicht etwa, daß sie einen Ober- und drei Unterröcke getragen hätte; vier sogenannte Oberröcke trug sie, ein Rock trug den nächsten, sie aber trug alle vier nach einem System, das die Reihenfolge der Röcke von Tag zu Tag veränderte. Was gestern oben saß, saß heute gleich darunter; der zweite war der dritte Rock. Was gestern noch dritter Rock war, war ihr heute der Haut nahe. Jener ihr gestern nächste Rock ließ heute deutlich sein Muster sehen, nämlich gar keines: Die Röcke meiner Großmutter Anna Bronski bevorzugten alle denselben kartoffelfarbenen Wert. Die Farbe muß ihr gestanden haben.

Außer dieser Farbgebung zeichnete die Röcke meiner Großmutter ein flächenmäßig extravaganter Aufwand an Stoff aus. Weit rundeten sie sich, bauschten sich, wenn der

Wind ankam, erschlafften, wenn er genug hatte, knatterten, wenn er vorbeiging, und alle vier flogen meiner Großmutter voraus, wenn sie den Wind im Rücken hatte. Wenn sie sich setzte, versammelte sie ihre Röcke um sich.

Neben den vier ständig geblähten, hängenden, Falten werfenden oder steif und leer neben ihrem Bett stehenden Röcken besaß meine Großmutter einen fünften Rock. Dieses Stück unterschied sich in nichts von den vier anderen kartoffelfarbenen Stücken. Auch war der fünfte Rock nicht immer derselbe fünfte Rock. Gleich seinen Brüdern – denn Röcke sind männlicher Natur – war er dem Wechsel unterworfen, gehörte er vier getragenen Röcken an und mußte gleich ihnen, wenn seine Zeit gekommen war, an jedem fünften Freitag in die Waschbütte, sonnabends an die Wäscheleine vors Küchenfenster und nach dem Trocknen aufs Bügelbrett.

Wenn meine Großmutter nach solch einem Hausputzbackwaschundbügelsonnabend, nach dem Melken und Füttern der Kuh ganz und gar in den Badezuber stieg, der Seifenlauge etwas mitteilte, das Wasser im Zuber dann wieder fallen ließ, um sich in großgeblümtem Tuch auf die Bettkante zu setzen, lagen vor ihr auf den Dielen die vier getragenen Röcke und der frischgewaschene Rock ausgebreitet. Sie stützte mit dem rechten Zeigefinger das untere Lid ihres rechten Auges, ließ sich von niemandem, auch von ihrem Bruder Vinzent nicht, beraten und kam deshalb schnell zum Entschluß. Barfuß stand sie und stieß mit den Zehen jenen Rock zur Seite, welcher vom Glanz der Kartoffelfarbe den meisten Schmelz eingebüßt hatte. Dem reinlichen Stück fiel dann der frei gewordene Platz zu.

Jesu zu Ehren, von dem sie feste Vorstellungen hatte, wurde am folgenden Sonntag morgen die aufgefrischte Rockreihenfolge beim Kirchgang nach Ramkau eingeweiht. Wo trug meine Großmutter den gewaschenen Rock? Sie war nicht nur eine saubere, war auch eine etwas eitle Frau, trug das beste Stück sichtbar und bei schönem Wetter in der Sonne.

Nun war es aber ein Montag nachmittag, an dem meine Großmutter hinter dem Kartoffelfeuer saß. Der Sonntagsrock kam ihr montags eins näher, während ihr jenes Stück, das es sonntags hautwarm gehabt hatte, montags recht montäglich trüb oberhalb von den Hüften floß. Sie pfiff, ohne ein Lied zu meinen, und scharrte mit dem Haselstock die erste gare Kartoffel aus der Asche. Weit genug schob sie die Bulve neben den schwelenden Krautberg, damit der Wind sie streifte und abkühlte. Ein spitzer Ast spießte dann die angekohlte und krustig geplatzte Knolle, hielt diese vor ihren Mund, der nicht mehr pfiff, sondern zwischen windtrocknen, gesprungenen Lippen Asche und Erde von der Pelle blies.

Beim Blasen schloß meine Großmutter die Augen. Als sie meinte, genug geblasen zu haben, öffnete sie die Augen nacheinander, biß mit Durchblick gewährenden, sonst fehlerlosen Schneidezähnen zu, gab das Gebiß sogleich wieder frei, hielt die halbe, noch zu heiße Kartoffel mehlig und dampfend in offener Mundhöhle und starrte mit gerundetem Blick über geblähten, Rauch und Oktoberluft ansaugenden Naslöchern den Acker entlang bis zum nahen Horizont mit den einteilenden Telegrafenstangen und dem knappen oberen Drittel des Ziegeleischornsteines.

Es bewegte sich etwas zwischen den Telegrafenstangen. Meine Großmutter schloß den Mund, nahm die Lippen nach innen, verkniff die Augen und mümmelte die Kartoffel. Es bewegte sich etwas zwischen den Telegrafenstangen. Es sprang da etwas. Drei Männer sprangen zwischen den Stangen, drei auf den Schornstein zu, dann vorne herum und einer kehrt, nahm neuen Anlauf, schien kurz und breit zu sein, kam auch drüber, über die Ziegelei, die beiden anderen, mehr dünn und lang, knapp aber doch, über die Ziegelei, schon wieder zwischen den Stangen, der aber, klein und breit, schlug Haken und hatte es klein und breit eiliger als dünn und lang, die anderen Springer, die wieder zum Schornstein hin mußten, weil der schon drüber rollte, als die, zwei Daumensprünge entfernt, noch Anlauf nahmen und plötzlich weg waren, die Lust verloren hatten, so sah es aus, und auch der Kleine fiel mitten im Sprung vom Schornstein hinter den Horizont.

Da blieben sie nun und machten Pause oder wechselten das Kostüm oder strichen Ziegel und bekamen bezahlt dafür.

Als meine Großmutter die Pause nützen und eine zweite Kartoffel spießen wollte, stach sie daneben. Kletterte doch jener, der klein und breit zu sein schien, im selben Kostüm über den Horizont, als wäre das ein Lattenzaun, als hätt' er die beiden Hinterherspringer hinter dem Zaun, zwischen den Ziegeln oder auf der Chaussee nach Brentau gelassen, und hatte es trotzdem eilig, wollte schneller sein als die Telegrafenstangen, machte lange, langsame Sprünge über den Acker, ließ Dreck von den Sohlen springen, sprang sich vom Dreck weg, aber so breit er auch sprang, so zäh kroch er doch über den Lehm. Und manchmal schien er unten zu kleben, dann wieder solange in der Luft stillzustehn, daß er die Zeit fand, sich mitten im Sprung klein aber breit die Stirn zu wischen, bevor sich sein Sprungbein wieder in jenes frischgepflügte Feld stemmen konnte, das neben den fünf Morgen Kartoffeln zum Hohlweg hinfurchte.

Und er schaffte es bis zum Hohlweg, war kaum klein und breit im Hohlweg verschwunden, da kletterten auch schon lang und dünn die beiden anderen, die inzwischen die Ziegelei besucht haben mochten, über den Horizont, stiefelten sich so lang und dünn, dabei nicht einmal mager über den Lehm, daß meine Großmutter wiederum nicht die Kartoffel spießen konnte; denn so etwas sah man nicht alle Tage, daß da drei Ausgewachsene, wenn auch verschieden gewachsene, um Telegrafenstangen hüpften, der Ziegelei fast den Schornstein abbrachen und dann in Abständen, erst klein und breit dann dünn und lang, aber alle drei gleich mühsam, zäh und immer mehr Lehm unter den Sohlen mitschleppend, frischgeputzt durch den vor zwei Tagen vom Vinzent gepflügten Acker sprangen und im Hohlweg verschwanden.

Nun waren alle drei weg, und meine Großmutter konnte es wagen, eine fast erkaltete Kartoffel zu spießen. Flüchtig blies sie Erde und Asche von der Pelle, paßte sie sich gleich ganz in die Mundhöhle, dachte, wenn sie dachte: die werden wohl aus der Ziegelei sein, und kaute noch kreisförmig, als einer aus dem Hohlweg sprang, sich über schwarzem Schnauz wild umsah, die zwei Sprünge zum Feuer hin machte, vor, hinter, neben dem Feuer gleichzeitig stand, hier fluchte, dort Angst hatte, nicht wußte, wohin, zurück nicht konnte, denn rückwärts kamen sie dünn durch den Hohlweg lang, daß er sich schlug, aufs Knie schlug und Augen im Kopf hatte, die beide raus wollten, auch sprang ihm Schweiß von der Stirn. Und keuchend, mit zitterndem Schnauz, erlaubte er sich näher zu kriechen, heranzukriechen bis vor die Sohlen; ganz nah heran kroch er an die Großmutter, sah meine Großmutter an wie ein kleines und breites Tier, daß sie aufseufzen mußte, nicht mehr die Kartoffel kauen konnte, die Schuhsohlen kippen ließ, nicht mehr an die Ziegelei, nicht an Ziegel, Ziegelbrenner und Ziegelstreicher dachte, sondern den Rock hob, nein, alle vier Röcke hob sie hoch, gleichzeitig hoch genug, daß der, der nicht aus der Ziegelei war, klein aber breit ganz darunter konnte und weg war mit dem Schnauz und sah nicht mehr aus wie ein Tier und war weder aus Ramkau noch aus Viereck, war mit der Angst unterm Rock und schlug sich nicht mehr aufs Knie, war weder breit noch klein und nahm trotzdem seinen Platz ein, vergaß das Keuchen, Zittern und Hand aufs Knie: Still war es wie am ersten Tag oder am letzten, ein bißchen Wind klönte im Krautfeuer, die Telegrafenstangen zählten sich lautlos, der Schornstein der Ziegelei behielt Haltung, und sie, meine Großmutter, sie strich den obersten Rock überm zweiten Rock glatt und vernünftig, spürte ihn kaum unterm vierten Rock und hatte mit ihrem dritten Rock noch gar nicht begriffen, was ihrer Haut neu und erstaunlich sein wollte. Und weil das erstaunlich war, doch oben vernünftig lag und zweitens wie drittens noch nicht begriffen hatte, scharrte sie sich zwei drei Kartoffeln aus der Asche, griff vier rohe aus dem Korb unter ihrem rechten Ellenbogen, schob die rohen Bulven nacheinander in die heiße Asche, bedeckte sie mit noch mehr Asche und stocherte, daß der Qualm auflebte – was hätte sie anderes tun sollen?

Kaum hatten sich die Röcke meiner Großmutter beruhigt, kaum hatte sich der dickflüssige Qualm des Kartoffelkrautfeuers, der durch heftiges Knieschlagen, durch Platzwechsel und Stochern seine Richtung verloren hatte, wieder windgerecht gelb den Acker bekriechend nach Südwest gewandt, da spuckte es die beiden Langen und Dünnen, die dem kleinen aber breiten, nun unter den Röcken wohnenden Kerl hinterher waren, aus dem Hohlweg, und es zeigte sich, daß sie lang, dünn und von Berufs wegen die Uniformen der Feldgendarmerie trugen.

Fast schossen sie an meiner Großmutter vorbei. Sprang nicht der eine sogar übers Feuer? Hatten jedoch auf einmal Hacken und in den Hacken ihr Hirn, bremsten, drehten, stiefelten, standen in Uniformen gestiefelt im Qualm und zogen hüstelnd die Uniformen, Qualm mitziehend, aus dem Qualm und hüstelten immer noch, als sie meine Großmutter ansprachen, wissen wollten, ob sie den Koljaiczek gesehen, denn sie müsse ihn gesehen haben, da sie doch hier am

Hohlweg sitze, und er, der Koljaiczek, sei durch den Hohlweg entkommen.

Meine Großmutter hatte keinen Koljaiczek gesehen, weil sie keinen Koljaiczek kannte. Ob der von der Ziegelei sei, wollte sie wissen, denn sie kenne nur die von der Ziegelei. Die Uniformen aber beschrieben ihr den Koljaiczek als einen, der nichts mit Ziegeln zu tun habe, der vielmehr ein Kleiner, Breiter sei. Meine Großmutter erinnerte sich, hatte solch einen laufen sehen, zeigte, ein Ziel ansprechend, mit dampfender Kartoffel auf spitzem Ast in Richtung Bissau, das der Kartoffel nach zwischen der sechsten und siebenten Telegrafenstange, wenn man vom Ziegeleischornstein nach rechts zählte, liegen mußte. Ob aber jener Läufer ein Koljaiczek gewesen, wußte meine Großmutter nicht, entschuldigte ihre Unwissenheit mit dem Feuer vor ihren Stiefelsohlen; das gäbe ihr genug zu tun, das brenne nur mäßig, deshalb könne sie sich auch nicht um andere Leute kümmern, die hier vorbeiliefen oder im Qualm stünden, überhaupt kümmere sie sich nie um Leute, die sie nicht kenne, sie wisse nur, welche es in Bissau, Ramkau, Viereck und in der Ziegelei gäbe – die reichten ihr gerade.

Als meine Großmutter das gesagt hatte, seufzte sie ein bißchen, doch laut genug, daß die Uniformen wissen wollten, was es zu seufzen gäbe. Sie nickte dem Feuer zu, was besagen sollte, sie hätte wegen des mäßigen Feuerchens geseufzt und wegen der vielen Leute im Qualm auch etwas, biß dann mit ihren weit auseinanderstehenden Schneidezähnen der Kartoffel die Hälfte ab, verfiel ganz dem Kauen und ließ die Augäpfel nach oben links rutschen.

Die in den Uniformen der Feldgendarmerie konnten dem abwesenden Blick meiner Großmutter keinen Zuspruch entnehmen, wußten nicht, ob sie hinter den Telegrafenstangen Bissau suchen sollten, und stießen deshalb einstweilen mit ihren Seitengewehren in die benachbarten, noch nicht brennenden Krauthaufen. Plötzlicher Eingebung folgend, warfen sie gleichzeitig die beiden fast vollen Kartoffelkörbe unter den Ellenbogen meiner Großmutter um und konnten lange nicht begreifen, warum nur Kartoffeln aus dem Geflecht vor ihre Stiefel rollten und kein Koljaiczek. Mißtrauisch umschlichen sie die Kartoffelmiete, als hätte sich der Koljaiczek in solch kurzer Zeit einmieten können, stachen auch gezielt zu und vermißten den Schrei eines Gestochenen. Ihr Verdacht traf jedes noch so heruntergekommene Gebüsch, jedes Mauseloch, eine Kolonie Maulwurfshügel und immer wieder meine Großmutter, die dasaß wie gewachsen, Seufzer ausstieß, die Pupillen unter die Lider zog, doch das Weiße sehen ließ, die die kaschubischen Vornamen aller Heiligen aufzählte – was eines nur mäßig brennenden Feuerchens und zweier umgestürzter Kartoffelkörbe wegen leidvoll betont und laut wurde.

Die Uniformen blieben eine gute halbe Stunde. Manchmal standen sie fern, dann wieder dem Feuer nahe, peilten den Schornstein der Ziegelei an, wollten auch Bissau besetzen, schoben den Angriff auf und hielten blaurote Hände übers Feuer, bis sie von meiner Großmutter, ohne daß die das Seufzen unterbrochen hätte, jeder eine geplatzte Kartoffel am Stöckchen bekamen. Doch mitten im Kauen besannen sich die Uniformen ihrer Uniformen, sprangen einen Steinwurf weit in den Acker, den Ginster am Hohlweg entlang und scheuchten einen Hasen auf, der aber nicht Koljaiczek hieß. Am Feuer fanden sie wieder die mehligen, heißduftenden Bulven und entschlossen sich friedfertig, auch etwas abgekämpft, die rohen Bulven in jene Körbe wieder zu sammeln, welche umzustürzen zuvor ihre Pflicht gewesen war.

Erst als der Abend dem Oktoberhimmel einen feinen schrägen Regen und tintige Dämmerung ausquetschte, griffen sie noch rasch und lustlos einen entfernten, dunkelnden Feldstein an, ließen es dann aber, nachdem der erledigt, genug sein. Noch etwas Beinevertreten und Hände segnend übers verregnete, breit und lang qualmende Feuerchen halten, noch einmal Husten im grünen Qualm, ein tränendes Auge im gelben Qualm, dann hüstelndes, tränendes Davonstiefeln in Richtung Bissau. Wenn der Koljaiczek nicht hier war, mußte Koljaiczek in Bissau sein. Feldgendarmen kennen immer nur zwei Möglichkeiten.

Der Rauch des langsam sterbenden Feuers hüllte meine Großmutter gleich einem fünften und so geräumigen Rock ein, daß sie sich in ihren vier Röcken, mit Seufzern und heiligen Vornamen, ähnlich dem Koljaiczek, unterm Rock befand. Erst als die Uniformen nur noch wippende, langsam im Abend zwischen Telegrafenstangen versaufende Punkte waren, erhob sich meine Großmutter so mühsam, als hätte sie Wurzeln geschlagen und unterbräche nun, Fäden und Erdreich mitziehend, das gerade begonnene Wachstum.

Dem Koljaiczek wurde es kalt, als er auf einmal so ohne Haube klein und breit unter dem Regen lag. Schnell knöpfte er sich jene Hose zu, welche unter den Röcken offen zu tragen ihm Angst und ein grenzenloses Bedürfnis nach Unterschlupf geboten hatten. Er fingerte eilig, eine allzu rasche Abkühlung seines Kolbens befürchtend, mit den Knöpfen, denn das Wetter war voller herbstlicher Erkältungsgefahren.

Es war meine Großmutter, die noch vier heiße Kartoffeln unter der Asche fand. Drei gab sie dem Koljaiczek, eine gab sie sich selbst und fragte noch, bevor sie zubiß, ob er von der Ziegelei sei, obgleich sie wissen mußte, daß der Koljaiczek sonstwoher aber nicht von den Ziegeln kam. Sie gab dann auch nichts auf seine Antwort, lud ihm den leichteren Korb auf, beugte sich unter dem schwereren, hatte noch eine Hand frei für Krautrechen und Hacke, wehte mit Korb, Kartoffeln, Rechen und Hacke in ihren vier Röcken in Richtung Bissau-Abbau davon.

Das war nicht Bissau selbst. Das lag mehr Richtung Ramkau. Da ließen sie die Ziegelei links liegen, machten auf den schwarzen Wald zu, in dem Goldkrug lag und dahinter Brentau. Aber vor dem Wald in einer Kuhle lag Bissau-Abbau. Dorthin folgte meiner Großmutter klein und breit Joseph Koljaiczek, der nicht mehr von den Röcken lassen konnte.

Unterm Floß

Es ist gar nicht so einfach, hier, im abgeseiften Metallbett einer Heil- und Pflegeanstalt, im Blickfeld eines verglasten und mit Brunos Auge bewaffneten Guckloches liegend, die Rauchschwaden kaschubischer Kartoffelkrautfeuer und die Schraffur eines Oktoberregens nachzuzeichnen. Hätte ich nicht meine Trommel, der bei geschicktem und geduldigem Gebrauch alles einfällt, was an Nebensächlichkeiten nötig ist, um die Hauptsache aufs Papier bringen zu können, und hätte ich nicht die Erlaubnis der Anstalt, drei bis vier Stunden täglich mein Blech sprechen zu lassen, wäre ich ein armer Mensch ohne nachweisliche Großeltern.

Jedenfalls sagt meine Trommel: An jenem Oktobernachmittag des Jahres neunundneunzig, während in Südafrika Ohm Krüger seine buschig englandfeindlichen Augenbrauen bürstete, wurde zwischen Dirschau und Karthaus, nahe der Ziegelei Bissau, unter vier gleichfarbigen Röcken, unter Qualm, Ängsten, Seufzern, unter schrägem Regen und leidvoll betonten Vornamen der Heiligen, unter den einfallslosen Fragen und rauchgetrübten Blicken zweier Landgendarmen vom kleinen aber breiten Joseph Koljaiczek meine Mutter Agnes gezeugt.

Anna Bronski, meine Großmutter, wechselte noch unterm Schwarz der nämlichen Nacht ihren Namen: ließ sich also mit Hilfe eines freigiebig mit Sakramenten umgehenden Priesters zur Anna Koljaiczek machen und folgte dem Joseph, wenn nicht nach Ägypten, so doch in die Provinzhauptstadt an der Mottlau, wo Joseph Arbeit als Flößer und einstweilen Ruhe vor der Gendarmerie fand.

Nur um die Spannung etwas zu erhöhen, nenne ich den Namen jener Stadt an der Mottlaumündung noch nicht, obgleich sie als Geburtsstadt meiner Mama jetzt schon nennenswert wäre. Ende Juli des Jahres nullnull – man entschloß sich gerade, das kaiserliche Schlachtflottenbauprogramm zu verdoppeln – erblickte Mama im Sternzeichen Löwe das Licht der Welt. Selbstvertrauen und Schwärmerei, Großmut und Eitelkeit. Das erste Haus, auch Domus vitae genannt, im Zeichen des Aszendenten: leicht zu beeinflussende Fische. Die Konstellation Sonne in Opposition Neptun, siebentes Haus oder Domus matrimonii uxoris, sollte Verwirrungen bringen. Venus in Opposition zu Saturn, der bekanntlich Krankheit an Milz und Leber bringt, den man den sauren Planeten nennt, der im Steinbock herrscht und im Löwen seine Vernichtung feiert, dem Neptun Aale anbietet und den Maulwurf dafür erhält, der Tollkirschen, Zwiebeln und Runkelrüben liebt, der Lava hustet und den Wein säuert; er bewohnte mit Venus das achte, das tödliche Haus und ließ an Unfall denken, während die Zeugung auf dem Kartoffelacker gewagtestes Glück unter Merkurs Schutz im Haus der Verwandten versprach.

Hier muß ich den Protest meiner Mama einschieben, denn sie hat immer bestritten, auf dem Kartoffelacker gezeugt worden zu sein. Zwar habe ihr Vater – soviel gab sie zu – es dort schon versucht, allein seine Lage und gleichviel die Position der Anna Bronski seien nicht glücklich genug gewählt gewesen, um dem Koljaiczek die Voraussetzungen fürs Schwängern zu schaffen.

»Es muß in der Nacht auf der Flucht passiert sein oder in Onkel Vinzents Kastenwagen oder sogar erst auf dem Troyl, als wir bei den Flößern Kammer und Unterschlupf fanden.«

Mit solchen Worten pflegte meine Mama die Begründung ihrer Existenz zu datieren, und meine Großmutter, die es eigentlich wissen mußte, nickte dann geduldig und gab der Welt zu verstehen: »Jeweß Kindchen, auf Kastenwagen wird jewaisen sein oder auf Troyl erst, nur nich auf Acker:

weil windig war und hat auch jeregnet wie Deikert komm raus.«

Vinzent hieß der Bruder meiner Großmutter. Nach dem frühen Tode seiner Frau war er nach Tschenstochau gepilgert und hatte von der Matka Boska Czestochowska Weisung erhalten, in ihr die zukünftige Königin Polens zu sehen. Seitdem kramte er nur noch in merkwürdigen Büchern, fand in jedem Satz den Thronanspruch der Gottesgebärerin auf das Reich der Polen bestätigt, überließ seiner Schwester den Hof und die paar Äcker. Jan, sein damals vierjähriger Sohn, ein schwächliches, immer zum Weinen bereites Kind, hütete Gänse, sammelte bunte Bildchen und, verhängnisvoll früh, Briefmarken.

In jenes der himmlischen Königin Polens geweihte Gehöft brachte meine Großmutter die Kartoffelkörbe und den Koljaiczek, daß der Vinzent erfuhr, was geschehen, nach Ramkau lief und den Priester heraustrommelte, damit der ausgerüstet mit Sakramenten komme und die Anna dem Joseph antraue. Kaum hatte Hochwürden schlaftrunken seinen durchs Gähnen in die Länge gezogenen Segen ausgeteilt und mit einer guten Seite Speck versehen den geweihten Rücken gezeigt, spannte Vinzent das Pferd vor den Kastenwagen, packte das Hochzeitspaar hinten darauf, bettete es auf Stroh und leeren Säcken, setzte seinen frierenden, dünn weinenden Jan neben sich auf den Bock und gab dem Pferd zu verstehen, daß es jetzt geradeaus und scharf in die Nacht hineingehe: Die Hochzeitsreisenden hatten es eilig.

In immer noch dunkler, doch schon verausgabter Nacht erreichte das Gefährt den Holzhafen der Provinzhauptstadt. Befreundete Männer, die gleich dem Koljaiczek den Beruf der Flößer ausübten, nahmen das flüchtende Paar auf. Vinzent konnte wenden, das Pferdchen wieder gen Bissau treiben; eine Kuh, die Ziege, die Sau mit den Ferkeln, acht Gänse und der Hofhund wollten gefüttert, der Sohn Jan ins Bett gelegt werden, denn er fieberte leicht.

Joseph Koljaiczek blieb drei Wochen lang verborgen, gewöhnte seinem Haar eine neue, gescheitelte Frisur an, nahm sich den Schnauz ab, versorgte sich mit unbescholtenen Papieren und fand Arbeit als Flößer Joseph Wranka. Warum aber mußte Koljaiczek mit den Papieren des bei einer Schlägerei vom Floß gestoßenen, ohne Wissen der Behörden oberhalb Modlin im Fluß Bug ertrunkenen Flößers Wranka in der Tasche bei den Holzhändlern und Sägereien vorsprechen? Weil er, der eine Zeitlang die Flößerei aufgegeben, in einer Sägemühle bei Schwetz gearbeitet, dort Streit mit dem Sägemeister wegen eines von Koljaiczeks Hand aufreizend weißrot gestrichenen Zaunes bekommen hatte. Gewiß um der Redensart recht zu geben, die da besagt, man könne einen Streit vom Zaune brechen, brach sich der Sägemeister je eine weiße und eine rote Latte aus dem Zaun, zerschlug die polnischen Latten auf Koljaiczeks Kaschubenrücken zu soviel weißrotem Brennholz, daß der Geprügelte Anlaß genug fand, in der folgenden, sagen wir, sternklaren Nacht die neuerbaute, weißgekälkte Sägemühle rotflammend zur Huldigung an ein zwar aufgeteiltes, doch gerade deshalb geeintes Polen werden zu lassen.

Koljaiczek war also ein Brandstifter, ein mehrfacher Brandstifter, denn in ganz Westpreußen boten in der folgenden Zeit Sägemühlen und Holzfelder den Zunder für zweifarbig aufflackernde Nationalgefühle. Wie immer, wenn es um Polens Zukunft geht, war auch bei jenen Bränden die Jungfrau Maria mit von der Partie, und es mag Augenzeugen gegeben haben – vielleicht leben heute noch welche –, die eine mit Polens Krone geschmückte Mutter Gottes auf den zusammenbrechenden Dächern mehrerer Sägemühlen gesehen haben wollen. Volk, das bei Großbränden immer zugegen ist, soll das Lied von der Bogurodzica, der Gottesgebärerin, angestimmt haben – wir dürfen glauben, es ging bei Koljaiczeks Brandstiftungen feierlich zu: Es wurden Schwüre geschworen.

So belastet und gesucht der Brandstifter Koljaiczek war, so unbescholten, elternlos, harmlos, ja beschränkt und von niemandem gesucht, kaum gekannt hatte der Flößer Joseph Wranka seinen Kautabak in Tagesrationen eingeteilt, bis ihn der Fluß Bug aufnahm und drei Tagesrationen Kautabak in seiner Joppe mit den Papieren zurückblieben. Und da der ertrunkene Wranka sich nicht mehr melden konnte und niemand nach dem ertrunkenen Wranka peinliche Fragen stellte, kroch Koljaiczek, der die ähnliche Statur und den gleichen Rundschädel wie der Ertrunkene hatte, zuerst in dessen Joppe, sodann in dessen amtlich papierene, nicht vorbestrafte Haut, gewöhnte sich die Pfeife ab, verlegte sich auf Kautabak, übernahm sogar vom Wranka das Persönlichste, dessen Sprachfehler, und gab in den folgenden Jahren einen braven, sparsamen, leicht stotternden Flößer ab, der ganze Wälder auf Njemen, Bobr, Bug und Weichsel zu Tal flößte. So muß auch gesagt werden, daß er es bei den Leibhusaren des Kronprinzen unter Mackensen zum Gefreiten Wranka brachte, denn Wranka hatte noch nicht gedient, Koljaiczek jedoch, der vier Jahre älter war als der Ertrunkene, hatte in Thorn bei der Artillerie ein schlechtes Zeugnis hinterlassen.

Der gefährlichste Teil aller Räuber, Totschläger und Brandstifter wartet, während noch geraubt, totgeschlagen und in Brand gesteckt wird, auf die Gelegenheit eines solideren Metiers. Manchen zeigt sich gesucht oder zufällig die Chance: Koljaiczek war als Wranka ein guter und vom hitzigen Laster so kurierter Ehemann, daß ihn der bloße Anblick eines Streichholzes schon zittern machte. Streichholzschachteln, die frei und selbstgefällig auf dem Küchentisch lagen, waren vor ihm, der das Streichholz hätte erfunden haben können, nie sicher. Zum Fenster warf er die Versuchung hinaus. Mühe hatte meine Großmutter, das Mittagessen rechtzeitig und warm auf den Tisch zu bekommen. Oft saß die

Familie im Dunkeln, weil der Petroleumlampe das Flämmchen fehlte.

Dennoch war Wranka kein Tyrann. Am Sonntag führte er seine Anna Wranka zur Kirche in die Niederstadt und erlaubte ihr, die ihm standesamtlich angetraut war, wie auf dem Kartoffelacker vier Röcke übereinanderzutragen. Im Winter, wenn die Flüsse vereist waren und die Flößer magere Zeit hatten, saß er brav im Troyl, wo nur Flößer, Stauer und Werftarbeiter wohnten, und paßte auf seine Tochter Agnes auf, die von der Art des Vaters zu sein schien, denn wenn sie nicht unter das Bett kroch, dann steckte sie im Kleiderschrank, und wenn Besuch da war, saß sie unter dem Tisch und mit ihr ihre Kodderpuppen.

Es kam dem Mädchen Agnes also darauf an, versteckt zu bleiben und im Versteck ähnliche Sicherheit, wenn auch anderes Vergnügen zu finden, als Joseph unter den Röcken der Anna fand. Koljaiczek der Brandstifter war gebrannt genug, um das Schutzbedürfnis seiner Tochter verstehen zu können. Deshalb baute er ihr, als auf dem balkonähnlichen Vorbau der Eineinhalbzimmerwohnung ein Kaninchenstall gezimmert werden mußte, einen extra für ihre Maße gedachten Verschlag. In solch einem Gehäuse saß meine Mama als Kind, spielte mit Puppen und wurde größer dabei. Später, als sie schon zur Schule ging, soll sie die Puppen verworfen und mit Glaskugeln und farbigen Federn spielend den ersten Sinn für zerbrechliche Schönheit gezeigt haben.

Man mag mir, der ich darauf brenne, den Beginn eigener Existenz anzeigen zu dürfen, erlauben, die Wrankas, deren Familienfloß ruhig dahinglitt, bis zum Jahre dreizehn, da die »Columbus« bei Schichau vom Stapel lief, unbeobachtet zu lassen; da kam nämlich die Polizei, die nichts vergißt, dem falschen Wranka auf die Spur.

Es begann damit, daß Koljaiczek, wie in jedem Spätsommer so auch im August des Jahres dreizehn, das große Floß von Kijew über den Pripjat, durch den Kanal, über den Bug bis Modlin und von dort die Weichsel herunterflößen sollte. Sie fuhren, insgesamt zwölf Flößer, mit dem Schlepper »Radaune«, der im Dienste ihrer Sägerei dampfte, von Westlich Neufähr gegen die Tote Weichsel bis Einlage, dann die Weichsel herauf an Käsemark, Letzkau, Czattkau, Dirschau und Pieckel vorbei und machten am Abend in Thorn fest. Dort kam der neue Sägemeister an Bord, der den Holzeinkauf in Kijew überwachen sollte. Als die »Radaune« um vier Uhr früh loswarf, hieß es, er sei an Bord. Koljaiczek sah ihn erstmals beim Frühstück auf der Back. Sie saßen sich kauend und Gerstenkaffee schlürfend gegenüber. Koljaiczek erkannte ihn sofort. Der breite, oben schon kahle Mann ließ Wodka kommen und in die leeren Kaffeetassen eingießen. Mitten im Kauen, während am Ende der Back noch eingeschenkt wurde, stellte er sich vor: »Damit ihr Bescheid wißt, ich bin der neue Sägemeister, heiße Dückerhoff, bei mir herrscht Ordnung!«

Die Flißacken nannten auf Verlangen der Reihe nach, wie sie saßen, ihre Namen und kippten die Tassen, daß die Adamsäpfel ruckten. Koljaiczek kippte erst, sagte dann »Wranka« und fixierte den Dückerhoff dabei. Der nickte, wie er zuvor genickt hatte, wiederholte das Wörtchen Wranka, wie er auch die Namen der anderen Flißacken wiederholt hatte. Dennoch wollte es Koljaiczek vorkommen, als habe Dückerhoff den Namen des ertrunkenen Flößers besonders, nicht etwa scharf, eher nachdenklich betont.

Die »Radaune« stampfte, Sandbänken geschickt unterm Beistand wechselnder Lotsen ausweichend, gegen die lehmtrübe, nur eine Richtung kennende Flut. Links und rechts lag hinter den Deichen immer dasselbe, wenn nicht flache, dann gehügelte, schon abgeerntete Land. Hecken, Hohlwege, eine Kesselkuhle mit Ginster, plan zwischen Einzelgehöften, geschaffen für Kavallerieattacken, für eine links im

Sandkasten einschwenkende Ulanendivision, für über Hekken hetzende Husaren, für die Träume junger Rittmeister, für die Schlacht, die schon dagewesen, die immer wieder kommt, für das Gemälde: Tataren flach, Dragoner aufbäumend, Schwertritter stürzend, Hochmeister färbend den Ordensmantel, dem Küraß kein Knöpfchen fehlt, bis auf einen, den abhaut Masowiens Herzog, und Pferde, kein Zirkus hat solche Schimmel, nervös, voller Troddeln, die Sehnen peinlich genau und die Nüstern gebläht, karminrot, draus Wölkchen, durchstochen von Lanzen, bewimpelt, gesenkt und den Himmel, das Abendrot teilend, die Säbel und dort, im Hintergrund – denn jedes Gemälde hat einen Hintergrund – fest auf dem Horizont klebend, schmauchend ein Dörfchen friedlich zwischen den Hinterbeinen des Rappen, geduckte Katen, bemoost, strohgedeckt; und in den Katen, das konserviert sich, die hübschen, vom kommenden Tage träumenden Panzer, da auch sie ins Bild, hinausdürfen auf die Ebene hinter den Weichseldeichen, gleich leichten Fohlen zwischen der schweren Kavallerie.

Bei Wloclawek tippte der Dückerhoff dem Koljaiczek gegen den Rock: »Sag'n Se mal, Wranka, ham Se nich vor sounsovüll Jahre uff de Mühle in Schwetz jearbeitet? Is dann hintaher abjebrannt, die Mühle?« Koljaiczek schüttelte zäh, wie gegen einen Widerstand den Kopf, und es gelang ihm dabei, traurige und müde Augen zu bekommen, daß Dückerhoff, solchem Blick ausgesetzt, weitere Fragen bei sich hielt.

Als Koljaiczek, wie alle Flißacken es taten, bei Modlin, wo der Bug in die Weichsel mündet und die »Radaune« einbog, über die Reling gelehnt dreimal spuckte, stand Dückerhoff mit einer Zigarre neben ihm und wollte Feuer haben. Dieses Wörtchen und das Wörtchen Streichholz gingen Koljaiczek unter die Haut. »Mann, brauchen Se doch nich rot zu werden, wenn ich Feuer haben will. Sind doch kein Mädchen, oder?«

Sie hatten Modlin schon hinter sich, da erst verging dem Koljaiczek jene Röte, die keine Schamröte war, sondern ein später Abglanz von ihm in Brand gesteckter Sägemühlen.

Zwischen Modlin und Kijew, also den Bug hinauf, durch den Kanal, der Bug und Pripjat verbindet, bis die »Radaune«, dem Pripjat folgend, den Dnjepr fand, passierte nichts, was sich als Wechselrede zwischen Koljaiczek-Wranka und Dückerhoff wiedergeben ließe. Auf dem Schlepper, zwischen den Flößern, zwischen den Heizern und Flößern, zwischen Steuermann, Heizern und Kapitän, zwischen dem Kapitän und den ständig wechselnden Lotsen wird sich natürlich, wie es zwischen Männern üblich sein soll, vielleicht sogar ist, mancherlei ereignet haben. Ich könnte mir Händel zwischen den kaschubischen Flißacken und dem aus Stettin gebürtigen Steuermann vorstellen, vielleicht den Anflug einer Meuterei: Versammlung auf der Back, Lose werden gezogen, Parolen ausgegeben, die Poggenkniefe geschliffen.

Lassen wir das. Weder kam es zu politischen Händeln, deutsch-polnischen Messerstechereien, noch zur Milieuattraktion einer handfesten, aus sozialen Mißständen geborenen Meuterei. Brav Kohlen fressend machte die »Radaune« ihren Weg, lief einmal – es war, glaub ich, kurz hinter Plock – auf eine Sandbank, konnte aber mit eigener Kraft wieder freikommen. Ein kurzer, bissiger Wortwechsel zwischen dem Kapitän Barbusch aus Neufahrwasser und dem ukrainischen Lotsen, das war alles – und das Bordbuch wüßte kaum mehr zu berichten.

Müßte und wollte ich ein Bordbuch für Koljaiczeks Gedanken oder gar ein Journal des Dückerhoffschen sägemeisterlichen Innenlebens führen, gäbe es Wechsel und Abenteuer genug, Verdacht und Bestätigung, Mißtrauen und fast gleichzeitiges eiliges Beschwichtigen des Mißtrauens zu beschreiben. Angst hatten alle beide. Dückerhoff mehr als

Koljaiczek; denn man befand sich in Rußland. Dückerhoff hätte, wie einst der arme Wranka, über Bord fallen können, hätte – und jetzt sind wir schon in Kijew – auf den Holzplätzen, die so groß und unübersichtlich sind, daß man seinen Schutzengel in solch hölzernem Irrgarten verlieren kann, unter einen Stoß sich plötzlich lösende, durch nichts mehr aufzuhaltende Langhölzer geraten – oder auch gerettet werden können. Gerettet von einem Koljaiczek, der den Sägemeister zuerst aus dem Pripjat oder Bug gefischt, der den Dückerhoff im letzten Augenblick auf dem schutzengelarmen Holzplatz in Kijew zurückgerissen und dem Verlauf der Langholzlawine entzogen hätte. Wie schön wäre es, jetzt berichten zu können, wie der halbertrunkene oder fast zermalmte Dückerhoff noch schwer atmend und eine Spur Tod im Auge bewahrend dem angeblichen Wranka ins Ohr geflüstert hätte: »Dank Koljaiczek, Dank!« dann, nach der notwendigen Pause: »Jetzt sind wir quitt – Schwamm drüber!«

Und sie hätten sich herb freundschaftlich, verlegen lächelnd und fast mit Tränen zwinkernd in die Männeraugen gesehen, hätten einen scheuen aber schwieligen Händedruck gewechselt.

Wir kennen diese Szene aus betörend gut fotografierten Filmen, wenn es den Regisseuren einfällt, famos schauspielernde feindliche Brüder zu fortan durch dick und dünn gehenden, noch tausend Abenteuer bestehenden Spießgesellen zu machen.

Koljaiczek aber fand weder Gelegenheit, den Dückerhoff ertrinken zu lassen, noch ihn den Klauen des rollenden Langhölzertodes zu entreißen. Aufmerksam und um den Vorteil seiner Firma bedacht, kaufte Dückerhoff in Kijew das Holz ein, überwachte noch die Zusammenstellung der neun Flöße, teilte, wie üblich, unter den Flißacken ein ordentliches Handgeld russischer Währung für die Talfahrt aus und setzte sich dann in die Eisenbahn, die ihn über Warschau, Modlin, Deutsch-Eylau, Marienburg, Dirschau zu seiner Firma brachte, deren Sägerei im Holzhafen zwischen der Klawitterwerft und der Schichauwerft lag.

Bevor ich die Flößer nach Wochen ernsthaftester Arbeit von Kijew die Flüsse, den Kanal und endlich die Weichsel bergab kommen lasse, überlege ich mir, ob Dückerhoff sicher war, im Wranka den Brandstifter Koljaiczek erkannt zu haben. Ich möchte sagen, solange der Sägemeister mit dem harmlosen, gutwilligen, trotz seiner Beschränktheit allgemein beliebten Wranka auf einem Dampfer saß, hoffte er, einen zu allem Frevel entschlossenen Koljaiczek nicht zum Reisegenossen zu haben. Diese Hoffnung gab er erst in den Polstern des Eisenbahncoupés auf. Und als der Zug sein Ziel erreichte, im Hauptbahnhof Danzig – jetzt sprech ich es aus – einrollte, hatte Dückerhoff seine Dückerhoffschen Beschlüsse gefaßt, ließ seine Koffer in eine Kutsche packen, nach Hause rollen, ging forsch, weil ohne Gepäck, zum nahen Polizeipräsidium am Wiebenwall, nahm dort springend die Treppen zum Hauptportal, fand nach kurzem sensiblem Suchen jenes Zimmer, welches sachlich genug eingerichtet war, dem Dückerhoff einen knappen, nur Tatsachen nennenden Bericht abzunötigen. Nicht etwa, daß der Sägemeister Anzeige erstattete. Schlicht bat er, den Fall Koljaiczek-Wranka zu prüfen, was ihm von der Polizei versprochen wurde.

Während der folgenden Wochen, da das Holz mit den Schilfhütten und den Flößern langsam flußabwärts glitt, wurde auf mehreren Ämtern viel Papier beschrieben. Da gab es die Militärakte des Joseph Koljaiczek, gemeiner Kanonier im soundsovielten westpreußischen Feldartillerieregiment. Zweimal drei Tage mittleren Arrest hatte der üble Kanonier wegen im Zustand der Trunkenheit lauthals geschrieener, halb polnischer, halb deutscher Sprache zugeordneter anarchistischer Parolen absitzen müssen. Schandflecke waren das, die in den Papieren des Gefreiten Wranka, gedient beim zweiten Leibhusarenregiment in Langfuhr, nicht zu entdecken waren. Rühmlich hervorgetan hatte sich der Wranka, war dem Kronprinzen als Bataillonsmelder beim Manöver angenehm aufgefallen, hatte von jenem, der immer Taler in der Tasche trug, einen Kronprinzentaler geschenkt bekommen. Letzterer Taler war jedoch nicht in der Militärakte des Gefreiten Wranka vermerkt, den gestand vielmehr laut jammernd meine Großmutter Anna, als sie mit ihrem Bruder Vinzent verhört wurde.

Nicht nur mit jenem Taler bekämpfte sie das Wörtchen Brandstifter. Papiere konnte sie vorzeigen, die mehrmals besagten, daß Joseph Wranka schon im Jahre nullvier der Freiwilligen Feuerwehr Danzig-Niederstadt beigetreten und während der Wintermonate, da alle Flößer Pause machten, als Feuerwehrmann manch kleinem und großem Brand begegnet war. Auch eine Urkunde gab es, die bekundete, daß der Feuerwehrmann Wranka während des Großbrandes im Eisenbahnhauptwerk Troyl, anno nullneun, nicht nur gelöscht, sondern auch zwei Schlosserlehrlinge gerettet hatte. Ähnlich sprach der als Zeuge geladene Hauptmann der Feuerwehr Hecht. Der gab zu Protokoll: »Wie soll der Brandstifter sein, der da löscht! Seh ich ihn nicht immer noch auf der Leiter, da die Kirche in Heubude brannte? Ein Phönix aus Asche und Flamme tauchend, nicht nur das Feuer, den Brand dieser Welt und den Durst unseres Herrn Jesus löschend! Wahrlich ich sage Euch: Wer da den Mann mit dem Feuerwehrhelm, der die Vorfahrt hat, den die Versicherungen lieben, der immer ein wenig Asche in der Tasche trägt, sei es zum Zeichen, sei's von Berufs wegen, wer ihn, den herrlichen Phönix, einen roten Hahn heißen will, er verdient, daß man ihm einen Mühlstein um den Hals ...«

Sie werden es bemerkt haben, der Hauptmann Hecht der Freiwilligen Feuerwehr war ein wortgewaltiger Pfarrer, stand Sonntag für Sonntag auf der Kanzel seiner Pfarrkirche St. Barbara auf Langgarten und verschmähte es nicht, solange die Untersuchungen gegen Koljaiczek-Wranka betrieben wurden, mit ähnlichen Worten Gleichnisse vom himmlischen Feuerwehrmann und dem höllischen Brandstifter seiner Gemeinde einzuhämmern.

Da jedoch die Beamten der Kriminalpolizei nicht in Sankt Barbara zur Kirche gingen, auch aus dem Wörtchen Phönix eher eine Majestätsbeleidigung denn eine Rechtfertigung des Wranka herausgehört hätten, wirkte sich Wrankas Tätigkeit als freiwilliger Feuerwehrmann belastend aus.

Zeugnisse verschiedener Sägereien, Beurteilungen der Heimatgemeinden wurden eingeholt: Wranka erblickte in Tuchel das Licht dieser Welt; Koljaiczek war ein geborener Thorner. Kleine Unstimmigkeiten bei den Aussagen älterer Flößer und entfernter Familienangehöriger. Der Krug ging immer wieder zum Wasser; was blieb ihm übrig, als zu brechen. Als die Verhöre soweit gediehen waren, erreichte das große Floß gerade das Reichsgebiet und wurde ab Thorn unauffällig kontrolliert und bei den Anlegeplätzen beschattet.

Meinem Großvater fielen erst hinter Dirschau seine Beschatter auf. Er hatte sie erwartet. Eine ihm zeitweilig anhaftende Trägheit, die an Schwermut grenzte, mag ihn daran gehindert haben, bei Letzkau etwa oder Käsemark einen Ausbruchsversuch zu wagen, der in so vertrauter Gegend mit Hilfe einiger ihm gewogener Flißacken noch möglich gewesen wäre. Ab Einlage, als sich die Flöße langsam und einander stoßend in die Tote Weichsel schoben, lief auffällig unauffällig ein Fischerkutter, der viel zuviel Besatzung an Bord hatte, neben den Flößen her. Kurz hinter Plehnendorf schossen die beiden Motorbarkassen der Hafenpolizei aus dem Schilfufer und rissen, beständig kreuz und quer hetzend, das immer brackiger den Hafen ankündigende

Wasser der Toten Weichsel auf. Hinter der Brücke nach Heubude begann die Absperrkette der »Blauen«. Holzfelder gegenüber der Klawitterwerft, die kleineren Bootswerften, der immer breiter werdende, zur Mottlau hindrängende Holzhafen, die Anlegebrücken verschiedener Sägereien, die Brücke der eigenen Firma mit den wartenden Angehörigen und überall »Blaue«, nur drüben bei Schichau nicht, da war alles geflaggt, da war etwas anderes los, da sollte wohl etwas vom Stapel laufen, da war viel Volk, das regte die Möwen auf, da wurde ein Fest gegeben – ein Fest für meinen Großvater?

Erst als mein Großvater den Holzhafen voller blau Uniformierter sah, als die Barkassen immer unheilverkündender ihren Kurs nahmen und Wellen über die Flöße warfen, erst als er den ganzen kostspieligen Aufwand begriff, der ihm zuteil wurde, da erst erwachte sein altes Koljaiczeksches Brandstifterherz, und er spuckte den sanften Wranka aus, entschlüpfte dem freiwilligen Feuerwehrmann Wranka, sagte sich lauthals und ohne Stocken vom stotternden Wranka los und floh, floh über die Flöße, floh über weite, schwankende Flächen, barfuß über ein ungehobeltes Parkett, von Langholz zu Langholz Schichau entgegen, wo die Fahnen lustig im Winde, über Hölzer vorwärts, wo etwas auf Stapel lag, Wasser hat dennoch Balken, wo sie die schönen Reden hielten, wo niemand Wranka rief oder gar Koljaiczek, wo es hieß: Ich taufe dich auf den Namen SMS Columbus, Amerika, über vierzigtausend Tonnen Wasserverdrängung, dreißigtausend PS, Seiner Majestät Schiff, Rauchsalon erster Klasse, zweiter Klasse Backbordküche, Turnhalle aus Marmor, Bücherei, Amerika, Seiner Majestät Schiff, Wellentunnel, Promenadendeck, Heil dir im Siegerkranz, die Göschflagge des Heimathafens, Prinz Heinrich steht am Steuerrad und mein Großvater Koljaiczek barfuß, die Rundhölzer kaum noch berührend, der Blasmusik entgegen, ein Volk das solche Fürsten hat, von Floß zu Floß, jubelt das Volk ihm zu, Heil dir im Siegerkranz, und alle Werftsirenen und die Sirenen der im Hafen liegenden Schiffe, der Schlepper und Vergnügungsdampfer, Columbus, Amerika, Freiheit und zwei Barkassen vor Freude irrsinnig neben ihm her, von Floß zu Floß, Seiner Majestät Flöße und schneiden ihm den Weg ab und machen den Spielverderber, so daß er stoppen muß, wo er so schön im Schwung war, und steht ganz einsam auf einem Floß und sieht schon Amerika, da sind die Barkassen längsseit, da muß er sich abstoßen – und schwimmen sah man meinen Großvater, auf ein Floß schwamm er zu, das in die Mottlau glitt. Und mußte tauchen wegen Barkassen und unten bleiben wegen Barkassen, und das Floß schob sich über ihn und wollte nicht mehr aufhören, gebar immer ein neues Floß: Floß von deinem Floß, in alle Ewigkeit: Floß.

Die Barkassen stellten ihre Motoren ab. Unerbittliche Augenpaare suchten auf der Wasseroberfläche. Doch Koljaiczek hatte sich endgültig verabschiedet, hatte sich der Blechmusik, den Sirenen, den Schiffsglocken und Seiner Majestät Schiff, der Taufrede des Prinzen Heinrich und den irrsinnigen Möwen Seiner Majestät, hatte sich Heil dir im Siegerkranz und der Schmierseife Seiner Majestät für den Stapellauf Seiner Majestät Schiff, hatte sich Amerika und der »Columbus«, hatte sich allen Nachforschungen der Polizei unter dem endlosen Holz entzogen.

Man hat die Leiche meines Großvaters nie gefunden. Ich, der ich fest daran glaube, daß er unter dem Floß seinen Tod schaffte, muß mich, um glaubwürdig zu bleiben, hier dennoch bequemen, all die Versionen wunderbarer Rettungen wiederzugeben.

Da hieß es, er habe unter dem Floß eine Lücke zwischen den Hölzern gefunden; von unten her gerade groß genug, um die Atmungsorgane über Wasser halten zu können. Nach oben hin soll sich die Lücke dergestalt verengt haben, daß es den Polizisten, die bis in die Nacht hinein die Flöße und sogar die Schilfhütten auf den Flößen absuchten, unsichtbar blieb. Dann, im Schutz der Dunkelheit – so hieß es weiter –, habe er sich treiben lassen, habe zwar erschöpft, doch mit einigem Glück das andere Mottlauufer und das Gelände der Schichauwerft erreicht, habe dort im Schrottlager Unterschlupf gefunden und sei später, wahrscheinlich mit Hilfe griechischer Matrosen, auf einen jener schmierigen Tanker gelangt, die schon manch einem Flüchtling Schutz geboten haben sollen.

Andere behaupteten: Koljaiczek, der ein guter Schwimmer mit einer noch besseren Lunge war, unterschwamm nicht nur das Floß; auch die beträchtliche restliche Breite der Mottlau durchtauchte er, schaffte mit Glück das Festgelände der Schichauwerft, mischte sich dort, ohne Aufsehen zu erregen, unter die Werftarbeiter und schließlich unters begeisterte Volk, sang mit dem Volk »Heil dir im Siegerkranz«, hörte sich noch beifallsfreudig des Prinzen Heinrich Taufrede auf Seiner Majestät Schiff »Columbus« an, verdrückte sich nach geglücktem Stapellauf mit der Menge in halb getrockneten Kleidern vom Festgelände und avancierte am nächsten Tag schon – hier trifft sich die erste mit der zweiten Rettungsversion – zum blinden Passagier auf einem der berühmt-berüchtigten griechischen Tanker.

Der Vollständigkeit halber sei hier noch die dritte unsinnige Fabel erwähnt, die meinen Großvater gleich Treibholz in die offene See treiben ließ, wo ihn prompt Fischer aus Bohnsack auffischten und außerhalb der Dreimeilenzone einem schwedischen Hochseekutter übergaben. Dort, auf dem Schweden, ließ ihn die Fabel dann langsam und wunderbarerweise wieder zu Kräften kommen, Malmö erreichen – und so weiter und so weiter.

Das alles ist Unsinn und Fischergeschwätz. Auch gebe ich keinen Pfifferling für die Aussagen jener in allen Hafenstädten gleich unglaubwürdigen Augenzeugen, welche meinen Großvater kurz nach dem Ersten Weltkrieg in Buffalo USA gesehen haben wollen. Joe Colchic soll er sich genannt haben. Holzhandel mit Kanada gab man als sein Gewerbe an. Aktien bei Streichholzfirmen. Begründer von Feuerversicherungen. Schwerreich und einsam beschrieb man meinen Großvater: in einem Wolkenkratzer hinter riesigem Schreibtisch sitzend, Ringe mit glühenden Steinen an allen Fingern tragend, mit seiner Leibwache exerzierend, die Feuerwehruniform trug, polnisch singen konnte und Phönixgarde hieß.

Falter und Glühbirne

Ein Mann ließ alles zurück, fuhr über das große Wasser, kam nach Amerika und wurde reich. – Ich will es genug sein lassen mit meinem Großvater, ob er sich nun polnisch Goljaczek, kaschubisch Koljaiczek oder amerikanisch Joe Colchic nannte.

Es bereitet Schwierigkeiten, auf einer simplen, in Spielzeugläden und Kaufhäusern erhältlichen Blechtrommel hölzerne, mit dem Fluß fast bis zum Horizont hinlaufende Flöße abzutrommeln. Dennoch ist es mir gelungen, den Holzhafen, alles Treibholz, in Flußbuchten schlingernd, im Schilf verfilzt, mit weniger Mühe die Hellingen der Schichauwerft, der Klawitterwerft, der vielen, teilweise nur Reparaturen ausführenden Bootswerften, das Schrottlager der Waggonfabrik, die ranzigen Kokoslager der Margarinefabrik, alle mir bekannten Schlupfwinkel der Speicherinsel abzutrommeln. Er ist tot, gibt mir keine Antwort, zeigt kein Interesse für kaiserliche Stapelläufe, für den oft Jahrzehnte währenden, mit dem Stapellauf beginnenden Untergang eines Schiffes, das in diesem Fall »Columbus« hieß, auch der Stolz der Flotte genannt wurde, selbstverständlich Kurs auf Amerika nahm und später versenkt wurde oder sich selbst versenkte, vielleicht auch gehoben und umgebaut, umgetauft oder verschrottet wurde. Womöglich tauchte sie nur, die »Columbus«, machte es meinem Großvater nach und treibt sich heute noch mit ihren vierzigtausend Tonnen, mit Rauchsalon, Turnhalle in Marmor, Schwimmbassin und Massagekabinen in, sagen wir, sechstausend Meter Tiefe des Philippinengrabens oder Emdentiefs herum; man kann das nachlesen im »Weyer« oder in Flottenkalendern – ich glaube, die erste oder zweite »Columbus« versenkte sich selbst, weil der Kapitän irgendeine mit dem Krieg zusammenhängende Schande nicht überleben wollte.

Einen Teil der Floßgeschichte habe ich Bruno vorgelesen, dann, um Objektivität bittend, meine Frage gestellt.

»Ein schöner Tod!« schwärmte Bruno und begann sofort meinen ertrunkenen Großvater mittels Bindfaden in eine seiner Knotengeburten zu verwandeln. Ich sollte mit seiner Antwort zufrieden sein und nicht mit tollkühnen Gedanken nach USA auswandern und ein Erbe erschleichen wollen.

Meine Freunde Klepp und Vittlar besuchten mich. Klepp brachte eine Jazzplatte mit zweimal King Oliver, Vittlar reichte geziert tuend ein am rosa Band hängendes Schokoladenherz. Sie trieben allerlei Unsinn, parodierten Szenen aus meinem Prozeß, und ich zeigte mich, um ihnen eine Freude zu machen, wie an allen Besuchstagen aufgeräumt und selbst den dümmsten Scherzen gegenüber eines Gelächters fähig. So unter der Hand und bevor Klepp seinen unvermeidlichen Lehrvortrag über die Zusammenhänge zwischen Jazz und Marxismus starten konnte, erzählte ich die Geschichte eines Mannes, der im Jahre dreizehn, also kurz bevor es losging, unter ein schier endloses Floß geriet, nicht mehr hervorkam; selbst seine Leiche habe man nicht gefunden.

Auf meine Frage hin – ich stellte sie zwanglos, betont gelangweilt – drehte Klepp mißmutig den Kopf über verfettetem Hals, knöpfte sich auf und zu, machte Schwimmbewegungen und tat so, als wäre er unter dem Floß. Schließlich schüttelte er meine Frage ab und gab dem zu frühen Nachmittag die Schuld an der ausbleibenden Antwort.

Vittlar hielt sich steif, schlug die Beine, dabei den Bügelfalten Sorge tragend, übereinander, zeigte jenen feingestreiften, bizarren Hochmut, der nur noch Engeln im Himmel geläufig sein mag: »Ich befinde mich auf dem Floß. Hübsch ist es auf dem Floß. Mücken stechen mich, das ist lästig. – Ich befinde mich unter dem Floß. Hübsch ist es unter dem Floß. Keine Mücke sticht mich, das ist angenehm. Es ließe sich, glaube ich, leben unter dem Floß, wenn man nicht gleichzeitig die Absicht hätte, auf dem Floß weilend sich von Mücken stechen zu lassen.«

Vittlar machte seine bewährte Pause, musterte mich, hob dann, wie immer, wenn er einer Eule gleichen will, seine von Natur aus schon hohen Augenbrauen und betonte scharf theatralisch: »Ich nehme an, daß es sich bei dem Ertrunkenen, bei dem Mann unter dem Floß, um deinen Großonkel, wenn nicht sogar Großvater handelte. Da er sich als Großonkel und in weit größerem Maße als Großvater dir gegenüber verpflichtet fühlte, ist er zu Tode gekommen; denn nichts wäre dir lästiger, als einen lebenden Großvater zu haben. Du bist nicht nur der Mörder deines Großonkels, du bist der Mörder deines Großvaters! Da jener dich jedoch, wie es jeder echte Großvater gerne tut, ein wenig strafen wollte, ließ er dir nicht die Genugtuung eines Enkelkindes, das auf eine aufgedunsene Wasserleiche stolz hinweist und Worte gebraucht wie: Seht meinen toten Großvater. Er war ein Held! Er ging ins Wasser, als sie ihn verfolgten. – Dein Großvater unterschlug der Welt und seinem Enkelkind die Leiche, damit sich die Nachwelt und das Enkelkind noch lange mit ihm befassen mögen.«

Dann, aus einem Pathos ins andere springend, ein listiger, leicht vorgebeugter, Versöhnung gaukelnder Vittlar: »Amerika, freue dich, Oskar! Du hast ein Ziel, eine Aufgabe. Man wird dich hier freisprechen, entlassen. Wohin, wenn nicht nach Amerika, wo man alles wiederfindet, selbst seinen verschollenen Großvater!«

So höhnisch und anhaltend verletzend die Antwort Vittlars auch sein mochte, gab sie mir dennoch mehr Gewißheit als das zwischen Tod und Leben kaum unterscheidende

Geraunze meines Freundes Klepp oder die Antwort des Pflegers Bruno, der den Tod meines Großvaters nur deshalb einen schönen Tod nannte, weil kurz nach ihm »SMS Columbus« vom Stapel lief und Wellen machte. Da lobe ich mir doch Vittlars Großväter konservierendes Amerika, das angenommene Ziel, das Vorbild, an dem ich mich aufrichten kann, wenn ich europasatt die Trommel und Feder aus der Hand legen will: »Schreib weiter Oskar, tu es für deinen schwerreichen aber müden, in Buffalo USA Holzhandel treibenden Großvater Koljaiczek, der im Inneren seines Wolkenkratzers mit Streichhölzern spielt!«

Als sich Klepp und Vittlar verabschiedeten und endlich gingen, wies Bruno durch kräftiges Lüften allen störenden Geruch der Freunde aus dem Zimmer. Darauf nahm ich wieder meine Trommel, trommelte aber nicht mehr die Hölzer todverdeckender Flöße ab, sondern schlug jenen schnellen, sprunghaften Rhythmus, dem alle Menschen vom August des Jahres vierzehn an gehorchen mußten. So wird es sich nicht vermeiden lassen, daß auch mein Text, bis zur Stunde meiner Geburt, nur andeutend den Weg jener Trauergemeinde nachzeichnen wird, welche mein Großvater in Europa zurückließ.

Als Koljaiczek unter dem Floß verschwand, ängstigten sich zwischen den Angehörigen der Flößer auf der Anlegebrücke der Sägerei meine Großmutter mit ihrer Tochter Agnes, Vinzent Bronski und dessen siebzehnjähriger Sohn Jan. Etwas abseits stand Gregor Koljaiczek, der ältere Bruder des Joseph, den man anläßlich der Verhöre in die Stadt gerufen hatte. Jener Gregor hatte vor der Polizei allzeit dieselbe Antwort bereitzuhalten gewußt: »Kenne ja meinen Bruder kaum. Weiß im Grunde nur, daß er Joseph heißt, und als ich ihn letztes Mal sah, war er vielleicht zehn oder sagen wir, zwölf. Die Schuhe hat er mir geputzt und Bier geholt, falls Mutter und ich Bier wollten.«

Wenn sich auch herausstellte, daß meine Urgroßmutter eine Biertrinkerin war, konnte der Polizei mit der Antwort des Gregor Koljaiczek nicht geholfen werden. Dafür aber half die Existenz des älteren Koljaiczek um so mehr meiner Großmutter Anna. Gregor, der in Stettin, Berlin, zuletzt in Schneidemühl Jahre seines Lebens zugebracht hatte, blieb in Danzig, fand Arbeit auf der Pulvermühle bei »Bastion Kaninchen« und heiratete nach Jahresfrist, nachdem alles Komplizierte, wie die Ehe mit dem falschen Wranka, geklärt und zu den Akten gelegt worden war, meine Großmutter, die nicht von den Koljaiczeks lassen wollte, die den Gregor nie oder nicht so schnell geheiratet hätte, wenn er nicht ein Koljaiczek gewesen wäre.

Die Arbeit auf der Pulvermühle bewahrte Gregor vor dem bunten und bald darauf grauen Rock. Zu dritt wohnten sie in derselben Eineinhalbzimmerwohnung, die dem Brandstifter jahrelang Unterschlupf geboten hatte. Es zeigte sich jedoch, daß ein Koljaiczek nicht wie der nächste Koljaiczek zu sein braucht, denn meine Großmutter sah sich nach einem knappen Jahr Ehe gezwungen, den gerade leerstehenden Kellerladen des Mietshauses im Troyl zu mieten und Krimskrams von der Stecknadel bis zum Kohlkopf verkaufend, Verdienst zu suchen, weil der Gregor bei der Pulvermühle zwar eine Stange Geld verdiente, dennoch nicht das Nötigste nach Hause brachte, sondern alles vertrank. Während Gregor, wahrscheinlich von meiner Urgroßmutter her, ein Trinker war, war mein Großvater Joseph ein Mann, der ab und zu gerne einen Schnaps trank. Gregor trank nicht, weil er traurig war. Selbst wenn er fröhlich zu sein schien, was selten bei ihm vorkam, weil er der Melancholie anhing, trank er nicht um der Lustigkeit willen. Er trank, weil er allen Dingen auf den Grund ging, so auch dem Alkohol. Niemand hat Gregor Koljaiczek zu Lebzeiten ein halbvolles Gläschen Machandel stehenlassen sehen.

Meine Mama, damals ein rundliches, fünfzehnjähriges Mädchen, machte sich nützlich, half im Geschäft, klebte Lebensmittelmarken, trug am Sonnabend die Ware aus und schrieb ungelenke doch phantasievolle Mahnbriefe, die die Schulden der Pumpkundschaft eintreiben sollten. Schade, daß ich keinen dieser Briefe besitze. Wie schön wäre es, an dieser Stelle einige halb kindliche, halb mädchenhafte Notschreie aus den Episteln einer Halbwaise zitieren zu können, denn der Gregor Koljaiczek gab keinen vollwertigen Stiefvater ab. Vielmehr hatten meine Großmutter und ihre Tochter Mühe, ihre zumeist mit Kupfer und wenig Silber gefüllte Kasse, die aus zwei übereinandergestülpten Blechtellern bestand, vor dem melancholischen Koljaiczekschen Blick des immer durstigen Pulvermüllers zu bewahren. Erst als Gregor Koljaiczek im Jahre siebzehn an der Grippe starb, steigerte sich die Verdienstspanne des Trödelladens etwas, doch nicht viel; denn was konnte man im Jahre siebzehn schon verkaufen?

Die Kammer der Eineinhalbzimmerwohnung, die seit dem Tod des Pulvermüllers leer stand, weil meine Mama, die Hölle fürchtend, dort nicht einziehen wollte, bezog Jan Bronski, der damals etwa zwanzigjährige Cousin meiner Mama, der Bissau und seinen Vater Vinzent verlassen hatte, um mit einem guten Abschlußzeugnis der Mittelschule Karthaus und nach abgeschlossener Lehrzeit auf der Post des Kreisstädtchens nun auf der Hauptpost Danzig I die mittlere Verwaltungslaufbahn einzuschlagen. Jan brachte außer seinem Koffer auch seine umfangreiche Briefmarkensammlung in die Wohnung seiner Tante. Er sammelte schon seit frühester Jugend, hatte also zur Post nicht nur ein berufliches, sondern auch ein privates, immer behutsames Verhältnis. Der schmächtige, leicht gebückt gehende junge Mann zeigte ein hübsches, ovales, vielleicht etwas zu süßes Gesicht und blaue Augen genug, daß sich meine Mama, die damals siebzehn war, in ihn verlieben konnte. Man hatte den Jan schon dreimal gemustert, ihn aber bei jeder Musterung wegen seines miesen Zustandes zurückgestellt; was in jenen Zeiten, da man alles nur einigermaßen gerade Gewachsene nach Verdun schickte, um es auf Frankreichs Boden in die ewige Waagrechte zu bringen, allerlei über die Konstitution des Jan Bronski besagte.

Die Liebelei hätte eigentlich schon beim gemeinsamen Besehen der Briefmarkenalben, beim Kopf-an-Kopf-Prüfen der Zahnungen besonders wertvoller Exemplare beginnen müssen. Sie begann aber oder kam erst zum Ausbruch, als Jan zu seiner vierten Musterung bestellt wurde. Meine Mama begleitete ihn, da sie ohnehin in die Stadt mußte, vor das Bezirkskommando, wartete dort neben dem vom Landsturm bewachten Schilderhäuschen und war sich mit Jan darin einig, daß der Jan diesmal nach Frankreich müsse, um seinen kümmerlichen Brustkorb in der eisen- und bleihaltigen Luft jenes Landes kurieren zu können. Vielleicht hat meine Mama des Landsturmmannes Knöpfe mehrmals und mit wechselndem Ergebnis abgezählt. Ich könnte mir vorstellen, daß die Knöpfe aller Uniformen so bemessen sind, daß der zuletzt gezählte Knopf immer Verdun, einen der vielen Hartmannsweilerköpfe oder ein Flüßchen meint: Somme oder Marne.

Als sich nach einer knappen Stunde das zum viertenmal gemusterte Kerlchen aus dem Portal des Bezirkskommandos schob, die Treppen hinunterstolperte und der Agnes, meiner Mama, um den Hals fallend, den damals so beliebten Spruch zuflüsterte: »Kein Arsch, kein Gnick, ein Jahr zurück!«, da hielt meine Mutter den Jan Bronski zum erstenmal, und ich weiß nicht, ob sie ihn späterhin jemals glücklicher gehalten hat.

Details jener jungen Kriegsliebe sind mir nicht bekannt. Jan verkaufte einen Teil seiner Briefmarkensammlung, um den Ansprüchen meiner Mama, die einen wachen Sinn fürs Schöne, Kleidsame und Teure hatte, nachkommen zu können, und soll zu jener Zeit ein Tagebuch geführt haben, das später leider verlorenging. Meine Großmutter schien das Bündnis der beiden jungen Leute – man kann annehmen, daß es übers Verwandtschaftliche hinausging – geduldet zu haben, denn Jan Bronski wohnte bis kurz nach dem Kriege in der engen Wohnung auf dem Troyl. Er zog erst aus, als sich die Existenz eines Herrn Matzerath nicht mehr leugnen ließ und auch zugegeben wurde. Jenen Herrn muß meine Mama im Sommer achtzehn kennengelernt haben, als sie im Lazarett Silberhammer bei Oliva als Hilfskrankenschwester Dienst tat. Alfred Matzerath, ein gebürtiger Rheinländer, lag dort mit einem glatten Oberschenkeldurchschuß und wurde auf rheinisch fröhliche Art bald der Liebling aller Krankenschwestern – die Schwester Agnes nicht ausgenommen. Halb genesen humpelte er am Arm dieser oder jener Pflegerin auf dem Korridor und half der Schwester Agnes in der Küche, weil ihr das Schwesternhäubchen so gut zum runden Gesicht stand, auch weil er, ein passionierter Koch, Gefühle in Suppen zu wandeln verstand.

Als die Verwundung ausgeheilt war, blieb Alfred Matzerath in Danzig und fand dort sofort Arbeit als Vertreter seiner rheinischen Firma, eines größeren Unternehmens der papierverarbeitenden Industrie. Der Krieg hatte sich verausgabt. Man bastelte, Anlaß zu ferneren Kriegen gebend, Friedensverträge: Das Gebiet um die Weichselmündung, etwa von Vogelsang auf der Nehrung, der Nogat entlang bis Piekkel, dort mit der Weichsel abwärts laufend bis Czattkau, links einen rechten Winkel bis Schönfließ bildend, dann einen Buckel um den Saskoschiner Forst bis zum Ottominer See machend, Mattern, Ramkau und das Bissau meiner Großmutter liegen lassend und bei Klein-Katz die Ostsee erreichend, wurde zum Freien Staat erklärt und dem Völkerbund unterstellt. Polen erhielt im eigentlichen Stadtgebiet einen Freihafen, die Westerplatte mit Munitionsdepot, die Verwaltung der Eisenbahn und eine eigene Post am Heveliusplatz.

Während die Briefmarken des Freistaates ein hanseatisch rotgoldenes, Koggen und Wappen zeigendes Gepränge den Briefen boten, frankierten die Polen mit makaber violetten Szenen, die Kasimirs und Bathorys Historien illustrierten.

Jan Bronski wechselte zur Polnischen Post über. Sein Übertritt wirkte spontan, desgleichen seine Option für Polen. Viele wollen den Grund für die Erwerbung der polnischen Staatsangehörigkeit im Verhalten meiner Mama gesehen haben. Im Jahre zwanzig, da Marszalek Pilsudski die Rote Armee bei Warschau schlug und das Wunder an der Weichsel von Leuten wie Vinzent Bronski der Jungfrau Maria, von Militärsachverständigen entweder General Sikorski oder General Weygand zugesprochen wurde, in jenem polnischen Jahr also verlobte sich meine Mama mit dem Reichsdeutschen Matzerath. Fast möchte ich glauben, daß meine Großmutter Anna gleich dem Jan mit dieser Verlobung nicht einverstanden war. Sie überließ den Kellerladen auf dem Troyl, der es inzwischen zu einiger Blüte gebracht hatte, ihrer Tochter, zog zu ihrem Bruder Vinzent nach Bissau, also ins Polnische, übernahm wie in vorkoljaiczekschen Zeiten den Hof mit Rüben- und Kartoffeläckern, gönnte dem mehr und mehr von der Gnade gerittenen Bruder Umgang und Zwiegespräch mit der jungfräulichen Königin Polens und begnügte sich damit, in vier Röcken hinter herbstlichen Kartoffelkrautfeuern zu hocken und zum Horizont hinzublinzeln, den immer noch Telegrafenstangen einteilten.

Erst als Jan Bronski seine Hedwig, eine Kaschubsche aus der Stadt, die aber in Ramkau noch Äcker besaß, fand und auch heiratete, besserte sich das Verhältnis zwischen Jan und meiner Mama. Bei einem Tanzvergnügen im Café

Woyke, da man sich zufällig traf, soll sie den Jan dem Matzerath vorgestellt haben. Die beiden so verschiedenen, doch in bezug auf Mama einmütigen Herren fanden Gefallen aneinander, obgleich Matzerath den Übertritt Jans zur Polnischen Post schlankweg und lautrheinisch eine Schnapsidee nannte. Jan tanzte mit Mama, Matzerath mit der starkknochigen, großgeratenen Hedwig, die den unfaßbaren Blick einer Kuh hatte, was ihre Umgebung veranlaßte, in ihr ständig eine Schwangere zu sehen. Man tanzte noch oft miteinander, durcheinander, dachte beim Tanz an den nächsten Tanz, war sich beim Schieber voraus und beim Englischen Walzer enthoben, fand schließlich im Charleston den Glauben an sich selbst und im Slowfox Sinnlichkeit, die an Religion grenzte.

Als Alfred Matzerath im Jahre dreiundzwanzig, da man für den Gegenwert einer Streichholzschachtel ein Schlafzimmer tapezieren, also mit Nullen mustern konnte, meine Mama heiratete, war Jan der eine Trauzeuge, ein Kolonialwarenhändler Mühlen der andere. Von jenem Mühlen weiß ich nicht viel zu berichten. Er ist nur nennenswert, weil Mama und Matzerath von ihm einen schlechtgehenden, durch Pumpkundschaft ruinierten Kolonialwarenladen im Vorort Langfuhr zu einem Zeitpunkt übernahmen, da die Rentenmark eingeführt wurde. Innerhalb kurzer Zeit gelang es Mama, die sich im Kellerladen auf dem Troyl geschickte Umgangsformen mit jeder Art Pumpkundschaft erworben hatte, die dazu einen angeborenen Geschäftssinn, Witz und Schlagfertigkeit besaß, das verkommene Geschäft soweit wieder hochzuarbeiten, daß Matzerath seinen Vertreterposten in der ohnehin überlaufenen Papierbranche aufgeben mußte, um im Geschäft helfen zu können.

Die beiden ergänzten sich auf wunderbare Weise. Was Mama hinter dem Ladentisch der Kundschaft gegenüber leistete, erreichte der Rheinländer im Umgang mit Vertretern und beim Einkauf auf dem Großmarkt. Dazu kam die Liebe Matzeraths zur Kochschürze, zur Arbeit in der Küche, die auch das Abwaschen einbezog und Mama, die es mehr mit Schnellgerichten hielt, entlastete.

Die Wohnung, die sich dem Geschäft anschloß, war zwar eng und verbaut, aber verglichen mit den Wohnverhältnissen auf dem Troyl, die ich nur vom Erzählen her kenne, kleinbürgerlich genug, daß sich Mama, zumindest während der ersten Ehejahre, im Labesweg wohl gefühlt haben muß.

Außer dem langen, leicht geknickten Korridor, in dem sich zumeist Persilpackungen stapelten, gab es die geräumige, jedoch gleichfalls mit Waren wie Konservendosen, Mehlbeuteln und Haferflockenpäckchen zur guten Hälfte belegte Küche. Das aus zwei Fenstern auf den sommers mit Ostseemuscheln verzierten Vorgarten und die Straße blickende Wohnzimmer bildete das Kernstück der Parterrewohnung. Wenn die Tapete viel Weinrot hatte, bezog beinahe Purpur die Chaiselongue. Ein ausziehbarer, an den Ecken abgerundeter Eßtisch, vier schwarze gelederte Stühle und ein rundes Rauchtischchen, das ständig seinen Platz wechseln mußte, standen schwarzbeinig auf blauem Teppich. Schwarz und golden zwischen den Fenstern die Standuhr. Schwarz an die purpurne Chaiselongue stoßend, das zuerst gemietete, später langsam abgezahlte Klavier, mit Drehschemelchen auf weißgelblichem Langhaarfell. Dem gegenüber das Büfett. Das schwarze Büfett mit von schwarzen Eierstäben eingefaßten, geschliffenen Schiebefenstern, mit schwerschwarzen Fruchtornamenten auf den unteren, das Geschirr und die Tischdecken verschließenden Türen, mit schwarzgekrallten Beinen, schwarz profiliertem Aufsatz – und zwischen der Kristallschale mit Zierobst und dem grünen, auf einer Lotterie gewonnenen Pokal jene Lücke, die dank der geschäftlichen Tüchtigkeit meiner Mama später mit einem hellbraunen Radioapparat geschlossen werden sollte.

Das Schlafzimmer war in Gelb gehalten und sah auf den Hof des vierstöckigen Mietshauses. Glauben Sie mir bitte, daß der Betthimmel der breiten Eheburg hellblau war, daß am Kopfende im hellblauen Licht die gerahmte, verglaste, büßende Magdalena fleischfarben in einer Höhle lag, zum rechten oberen Bildrand aufseufzte und vor der Brust soviel Finger rang, daß man immer wieder, mehr als zehn Finger vermutend, nachzählen mußte. Dem Ehebett gegenüber der weiß gelackte Kleiderschrank mit Spiegeltüren, links ein Frisiertoilettchen, rechts eine Kommode mit Marmor drauf, von der Decke hängend, nicht stoffbespannt wie im Wohnzimmer, sondern an zwei Messingarmen unter leichtrosa Porzellanschalen, so daß die Glühbirnen sichtbar blieben, Licht verbreitend: die Schlafzimmerlampe.

Ich habe heute einen langen Vormittag zertrommelt, habe meiner Trommel Fragen gestellt, wollte wissen, ob die Glühbirnen in unserem Schlafzimmer vierzig oder sechzig Watt zählten. Es ist nicht das erste Mal, daß ich diese für mich so wichtige Frage mir und meiner Trommel stelle. Oft dauert es Stunden, bis ich zu jenen Glühbirnen zurückfinde. Denn müssen nicht jedesmal die tausend Lichtquellen, die ich beim Betreten und Verlassen vieler Wohnungen durch Ein- und Ausschalten der entsprechenden Schaltdosen belebte oder einschlafen ließ, vergessen werden, damit ich durch floskellosestes Trommeln aus einem Wald genormter Beleuchtungskörper zu jenen Leuchten unseres Schlafzimmers im Labesweg zurückfinde?

Mama kam zu Hause nieder. Als die Wehen einsetzten, stand sie noch im Geschäft und füllte Zucker in blaue Pfund- und Halbpfundtüten ab. Schließlich war es für den Transport in die Frauenklinik zu spät; eine ältere Hebamme, die nur noch dann und wann zu ihrem Köfferchen griff, mußte aus der nahen Hertastraße gerufen werden. Im Schlafzimmer half sie mir und Mama, voneinander loszukommen.

Ich erblickte das Licht dieser Welt in Gestalt zweier Sechzig-Watt-Glühbirnen. Noch heute kommt mir deshalb der Bibeltext »Es werde Licht und es ward Licht« wie der gelungenste Werbeslogan der Firma Osram vor. Bis auf den obligaten Dammriß verlief meine Geburt glatt. Mühelos befreite ich mich aus der von Müttern, Embryonen und Hebammen gleichviel geschätzten Kopflage.

Damit es sogleich gesagt sei: Ich gehörte zu den hellhörigen Säuglingen, deren geistige Entwicklung schon bei der Geburt abgeschlossen ist und sich fortan nur noch bestätigen muß. So unbeeinflußbar ich als Embryo nur auf mich gehört und mich im Fruchtwasser spiegelnd geachtet hatte, so kritisch lauschte ich den ersten spontanen Äußerungen der Eltern unter den Glühbirnen. Mein Ohr war hellwach. Wenn es auch klein, geknickt, verklebt und allenfalls niedlich zu benennen war, bewahrte es dennoch jede jener für mich fortan so wichtigen, weil als erste Eindrücke gebotenen Parolen. Noch mehr: Was ich mit dem Ohr einfing, bewertete ich sogleich mit winzigstem Hirn und beschloß, nachdem ich alles Gehörte genug bedacht hatte, dieses und jenes zu tun, anderes gewiß zu lassen.

»Ein Junge«, sagte jener Herr Matzerath, der in sich meinen Vater vermutete. »Er wird später einmal das Geschäft übernehmen. Jetzt wissen wir endlich, wofür wir uns so abarbeiten.«

Mama dachte weniger ans Geschäft, mehr an die Ausstattung ihres Sohnes: »Na, wußt' ich doch, daß es ein Jungchen ist, auch wenn ich manchmal jesagt hab', es wird ne Marjell.«

So machte ich verfrühte Bekanntschaft mit weiblicher Logik und hörte mir hinterher an: »Wenn der kleine Oskar drei Jahre alt ist, soll er eine Blechtrommel bekommen.«

Längere Zeit mütterliches und väterliches Versprechen gegeneinander abwägend, beobachtete und belauschte ich, Oskar, einen Nachtfalter, der sich ins Zimmer verflogen hatte. Mittelgroß und haarig umwarb er die beiden Sechzig-Watt-Glühbirnen, warf Schatten, die in übertriebenem Verhältnis zur Spannweite seiner Flügel den Raum samt Inventar mit zuckender Bewegung deckten, füllten, erweiterten. Mir blieb jedoch weniger das Licht- und Schattenspiel als vielmehr jenes Geräusch, welches zwischen Falter und Glühbirne laut wurde: Der Falter schnatterte, als hätte er es eilig, sein Wissen loszuwerden, als käme ihm nicht mehr Zeit zu für spätere Plauderstunden mit Lichtquellen, als wäre das Zwiegespräch zwischen Falter und Glühbirne in jedem Fall des Falters letzte Beichte und nach jener Art von Absolution, die Glühbirnen austeilen, keine Gelegenheit mehr für Sünde und Schwärmerei.

Heute sagt Oskar schlicht: Der Falter trommelte. Ich habe Kaninchen, Füchse und Siebenschläfer trommeln hören. Frösche können ein Unwetter zusammentrommeln. Dem Specht sagt man nach, daß er Würmer aus ihren Gehäusen trommelt. Schließlich schlägt der Mensch auf Pauken, Bekken, Kessel und Trommeln. Er spricht von Trommelrevolvern, vom Trommelfeuer, man trommelt jemanden heraus, man trommelt zusammen, man trommelt ins Grab. Das tun Trommelknaben, Trommelbuben. Es gibt Komponisten, die schreiben Konzerte für Streicher und Schlagzeug. Ich darf an den Großen und Kleinen Zapfenstreich erinnern, auch auf Oskars bisherige Versuche hinweisen; all das ist nichts gegen die Trommelorgie, die der Nachtfalter anläßlich meiner Geburt auf zwei simplen Sechzig-Watt-Glühbirnen veranstaltete. Vielleicht gibt es Neger im dunkelsten Afrika, auch solche in Amerika, die Afrika noch nicht vergessen haben, vielleicht mag es diesen rhythmisch organisierten Leuten gegeben sein, gleich oder ähnlich meinem Falter oder afrikanische Falter imitierend – die ja bekanntlich noch größer und prächtiger als die Falter Osteuropas sind – zuchtvoll und entfesselt zugleich zu trommeln; ich halte meine osteuropäischen Maßstäbe, halte mich also an jenen mittelgroßen, bräunlich gepuderten Nachtfalter meiner Geburtsstunde, nenne ihn Oskars Meister.

Es war in den ersten Septembertagen. Die Sonne stand im Zeichen der Jungfrau. Von fernher schob ein spätsommerliches Gewitter, Kisten und Schränke verrückend, durch die Nacht. Merkur machte mich kritisch, Uranus einfallsreich, Venus ließ mich ans kleine Glück, Mars an meinen Ehrgeiz glauben. Im Haus des Aszendenten stieg die Waage auf, was mich empfindlich stimmte und zu Übertreibungen verführte. Neptun bezog das zehnte, das Haus der Lebensmitte und verankerte mich zwischen Wunder und Täuschung. Saturn war es, der im dritten Haus in Opposition zu Jupiter mein Herkommen in Frage stellte. Wer aber schickte den Falter und erlaubte ihm und dem oberlehrerhaften Gepolter eines spätsommerlichen Donnerwetters, in mir die Lust zur mütterlicherseits versprochenen Blechtrommel zu steigern, mir das Instrument immer handlicher und begehrlicher zu machen?

Äußerlich schreiend und einen Säugling blaurot vortäuschend, kam ich zu dem Entschluß, meines Vaters Vorschlag, also alles, was das Kolonialwarengeschäft betraf, schlankweg abzulehnen, den Wunsch meiner Mama jedoch zu gegebener Zeit, also anläßlich meines dritten Geburtstages, wohlwollend zu prüfen.

Neben all diesen Spekulationen, meine Zukunft betreffend, bestätigte ich mir: Mama und jener Vater Matzerath hatten nicht das Organ, meine Einwände und Entschlüsse zu verstehen und gegebenenfalls zu respektieren. Einsam und unverstanden lag Oskar unter den Glühbirnen, folgerte, daß das so bleibe, bis sechzig, siebenzig Jahre später ein endgültiger Kurzschluß aller Lichtquellen Strom unterbrechen werde, verlor deshalb die Lust, bevor dieses Leben unter den Glühbirnen anfing; und nur die in Aussicht gestellte Blechtrommel hinderte mich damals, dem Wunsch nach Rückkehr in meine embryonale Kopflage stärkeren Ausdruck zu geben.

Zudem hatte die Hebamme mich schon abgenabelt; es war nichts mehr zu machen.

Das Fotoalbum

Ich hüte einen Schatz. All die schlimmen, nur aus Kalendertagen bestehenden Jahre lang habe ich ihn gehütet, versteckt, wieder hervorgezogen; während der Reise im Güterwagen drückte ich ihn mir wertvoll gegen die Brust, und wenn ich schlief, schlief Oskar auf seinem Schatz, dem Fotoalbum.

Was täte ich ohne dieses alles deutlich machende, offen zu Tage liegende Familiengrab? Hundertundzwanzig Seiten hat es. Auf jeder Seite kleben neben- und untereinander, rechtwinklig, sorgfältig verteilt, die Symmetrie hier wahrend, dort in Frage stellend, vier oder sechs, manchmal nur zwei Fotos. Es ist in Leder gebunden und riecht, je älter es wird, um so mehr danach. Es gab Zeiten, da Wind und Wetter dem Album zusetzten. Die Fotos lösten sich, zwangen mich durch ihren hilflosen Zustand, Ruhe und Gelegenheit zu suchen, damit Klebstoff den fast verlorenen Bildchen ihren angestammten Platz sicherte.

Was auf dieser Welt, welcher Roman hätte die epische Breite eines Fotoalbums? Der liebe Gott, der uns als fleißiger Amateur jeden Sonntag von oben herab, also schrecklich verkürzt fotografiert und mehr oder weniger gut belichtet in sein Album klebt, möge mich sicher und jeden noch so genußvollen, doch unschicklich langen Aufenthalt verhindernd durch dieses mein Album leiten und Oskars Liebe zum Labyrinthischen nicht nähren; ich möchte doch allzu gerne den Fotos die Originale nachliefern.

So obenhin bemerkt: Da gibt es die verschiedensten Uniformen, da wechseln die Mode und der Haarschnitt, da wird Mama dicker, Jan schlaffer, da gibt es Leute, die kenne ich gar nicht, da darf man raten: wer machte die Aufnahme, da geht es schließlich bergab; und aus dem Kunstfoto der Jahrhundertwende degeneriert sich das Gebrauchsfoto unserer Tage. Nehmen wir jenes Denkmal meines Großvaters Koljaiczek und dieses Paßfoto meines Freundes Klepp. Ein bloßes Nebeneinanderhalten des bräunlich getönten Großvaterportraits und des glatten, nach einem Stempel schreienden Kleppschen Paßfotos macht mir immer wieder deutlich, wohin uns der Fortschritt auf dem Gebiet des Fotografierens gebracht hat. Allein schon das Drum und Dran dieser Schnellfotografiererei. Dabei muß ich mir noch mehr Vorwürfe als Klepp machen, da ich, der Besitzer dieses Albums, verpflichtet gewesen wäre, das Niveau zu wahren. Sollte uns eines Tages die Hölle blühen, wird eine der ausgesuchtesten Qualen darin bestehen, den nackten Menschen mit den gerahmten Fotos seiner Tage in einen Raum zu sperren. Schnell etwas Pathos: O Mensch zwischen Momentaufnahmen, Schnappschüssen, Paßfotos! Mensch im Blitzlicht, Mensch aufrecht stehend vor Pisas schiefem Turm, Kabinenmensch, der sein rechtes Ohr belichten lassen muß, damit er paßwürdig wird! Und – Pathos weg: Vielleicht wird auch diese Hölle erträglich sein, weil ja die schlimmsten Aufnahmen nur geträumt, nicht gemacht, oder wenn gemacht, nicht entwickelt werden.

Klepp und ich ließen die Aufnahmen während unserer ersten Zeit in der Jülicher Straße, da wir Spaghetti essend Freundschaft schlossen, machen und auch entwickeln. Ich trug mich damals mit Reiseplänen. Das heißt, ich war so traurig, daß ich eine Reise machen und deshalb einen Paß beantragen wollte. Da ich aber nicht genügend Geld hatte, um eine vollwertige, also Rom, Neapel oder wenigstens Paris einschließende Reise finanzieren zu können, war ich froh über diesen Mangel an Bargeld, denn nichts wäre trauriger gewesen, als in bedrücktem Zustand verreisen zu müssen. Da wir beide aber Geld genug hatten, um ins Kino gehen zu können, besuchten Klepp und ich in jener Zeit Lichtspielhäuser, in denen, Klepps Geschmack folgend, Wildwestfilme, meinem Bedürfnis nach, Streifen gezeigt wurden, auf denen Maria Schell als Krankenschwester weinte und der Borsche als Chefarzt kurz nach schwierigster Operation bei offener Balkontür Beethovensonaten spielte und Verantwortung zeigte. Wir litten sehr unter der nur zweistündigen Dauer der Filmvorführungen. Manches Programm hätte man sich zweimal ansehen mögen. Oftmals erhoben wir uns auch nach Filmschluß, um an der Kasse abermals ein Billett für dieselben Darbietungen zu erstehen. Aber sobald wir den Kinosaal verlassen hatten und die längere oder kürzere Menschenreihe vor der Tageskasse sahen, schwand uns der Mut. Nicht nur vor der Kassiererin, auch vor wildfremden Typen, die wahrhaft unverschämt unsere Physiognomie erwanderten, schämten wir uns zu sehr, als daß wir gewagt hätten, die Reihe vor der Kasse zu verlängern.

So gingen wir damals nach fast jeder Filmvorführung in ein Fotogeschäft in der Nähe des Graf-Adolf-Platzes, um Paßbildaufnahmen von uns machen zu lassen. Man kannte uns dort schon, lächelte, wenn wir eintraten, bat aber freundlich Platz zu nehmen; wir waren Kunden, mithin geachtete Leute. Sobald die Kabine frei war, schob uns nacheinander ein Fräulein, von dem ich nur noch weiß, daß es nett war, in die Kabine, rückte und zupfte erst mich, dann Klepp mit einigen Griffen zurecht, hieß uns, auf einen bestimmten Punkt zu blicken, bis zuckendes Licht und eine mit dem Licht verbundene Klingel verrieten, daß wir nun sechsmal nacheinander auf der Platte waren.

Kaum fotografiert und noch leicht starr in den Mundwinkeln, drückte uns das Fräulein in bequeme Korbstühle und bat nett, nur nett und auch nett gekleidet, um fünf Minuten

Geduld. Wir warteten gerne. Schließlich hatten wir etwas zu erwarten: unsere Paßbildchen, auf die wir so neugierig waren. Nach knappen sieben Minuten reichte das immer noch nette, sonst unbeschreibliche Fräulein zwei Tütchen, und wir zahlten.

Dieser Triumph in Klepps leicht vortretenden Augen. Sobald wir die Tüten hatten, hatten wir auch den Anlaß, in die nächste Bierschwemme zu gehen; denn niemand betrachtet seine eigenen Paßbildaufnahmen gerne auf offener, staubiger Straße, im Lärm stehend, im Strom der Passanten ein Hindernis bildend. Wie wir dem Fotogeschäft treu waren, besuchten wir auch immer wieder dieselbe Kneipe in der Friedrichstraße. Bier, Blutwurst mit Zwiebeln und Schwarzbrot bestellend, breiteten wir, noch bevor das Bestellte gebracht wurde, die etwas feuchten Aufnahmen, das ganze Rund der hölzernen Tischplatte einbeziehend, aus und vertieften uns bei prompt serviertem Bier mit Blutwurst in die eigenen angestrengten Gesichtszüge.

Immer trugen wir außerdem Aufnahmen bei uns, die anläßlich des letzten Kinotages gemacht worden waren. So bot sich Gelegenheit zum Vergleich; und wo sich Gelegenheit zum Vergleich bietet, darf man auch ein zweites, drittes, viertes Glas Bier bestellen, damit Lustigkeit aufkommt oder, wie man im Rheinland sagt: Stimmung.

Dennoch soll hier nicht behauptet werden, daß es einem traurigen Menschen möglich ist, mittels einer Paßbildaufnahme seiner selbst die eigene Trauer ungegenständlich zu machen; denn die echte Trauer ist schon an sich ungegenständlich, zumindest meine und auch Klepps ließ sich auf nichts zurückführen und bewies gerade in ihrer nahezu freifröhlichen Ungegenständlichkeit eine durch nichts zu vergrämende Stärke. Wenn es eine Möglichkeit gab, mit unserer Trauer anzubändeln, dann nur über die Fotos, weil wir in serienmäßig hergestellten Schnellaufnahmen uns selbst zwar nicht deutlich, aber, was wichtiger war, passiv und neutralisiert fanden. Wir konnten mit uns beliebig umgehen, Bier dabei trinken, mit Blutwürsten grausam sein, Stimmung aufkommen lassen und spielen. Wir knickten, falteten, zerschnitten mit Scheren, die wir eigens zu diesem Zweck immer bei uns trugen, die Bildchen. Wir setzten ältere und neuere Konterfeie zusammen, gaben uns einäugig, dreiäugig, beohrten uns mit Nasen, sprachen oder schwiegen mit dem rechten Ohr und boten dem Kinn die Stirn. Nicht nur dem eigenen Abbild widerfuhren diese Montagen; Klepp lieh sich Details bei mir aus, ich erbat mir Charakteristisches von ihm: Es gelang uns neue, und wie wir hofften, glücklichere Geschöpfe zu erschaffen. Dann und wann verschenkten wir ein Foto.

Wir – ich beschränke mich auf Klepp und mich, lasse montierte Persönlichkeiten aus dem Spiel –, wir hatten es uns zur Gewohnheit gemacht, dem Kellner der Bierschwemme, den wir Rudi nannten, bei jedem Besuch, und die Schwemme sah uns wenigstens einmal in der Woche, ein Foto zu schenken. Rudi, ein Typ, der zwölf Kinder verdient hätte und die Vormundschaft für acht weitere, kannte unsere Not, besaß schon Dutzende Profilaufnahmen und noch mehr Bildchen en face, zeigte doch jedesmal ein anteilnehmendes Gesicht und sagte Dank, wenn wir nach langer Beratung und peinlich gestrenger Auswahl die Fotos überreichten.

Der Serviererin am Büfett und dem fuchsigen Mädchen mit dem Zigarettenbauchladen hat Oskar nie ein Foto geschenkt; denn Frauen soll man keine Fotos schenken – sie treiben nur Mißbrauch damit. Klepp jedoch, der, bei all seiner Behäbigkeit, Frauen gegenüber sich nie genug tun konnte und mitteilsam bis zur Tollkühnheit vor jeder das Hemd gewechselt hätte, er muß eines Tages dem Zigarettenmädchen, ohne mein Wissen, ein Foto geschenkt haben, denn er hat sich mit dem grünen schnippischen Ding verlobt, hat es eines Tages geheiratet, weil er sein Foto wieder zurückhaben will.

Ich habe vorgegriffen und den letzten Blättern des Fotoalbums zu viele Worte gewidmet. Die dummen Schnappschüsse verdienen es nicht oder nur im Sinne eines Vergleiches, der klarmachen sollte, wie groß und unerreichbar, ja künstlerisch das Portrait meines Großvaters Koljaiczek auf der ersten Seite des Fotoalbums heute noch auf mich wirkt.

Klein und breit steht er neben einem gedrechselten Tischchen. Leider ließ er die Aufnahme nicht als Brandstifter, sondern als freiwilliger Feuerwehrmann Wranka machen. Es fehlt ihm also der Schnauzbart. Aber die straff sitzende Feuerwehruniform mit Rettungsmedaille und dem das Tischchen zum Altar machenden Feuerwehrhelm ersetzen den Schnauz des Brandstifters beinahe. Wie ernst und um alles Leid der Jahrhundertwende wissend er dreinzublicken weiß. Jener bei aller Tragik noch stolze Blick schien in den Zeiten des zweiten Kaiserreiches beliebt und geläufig gewesen zu sein, zeigt ihn doch gleichfalls Gregor Koljaiczek, der trunkene, auf den Fotos eher nüchtern wirkende Pulvermüller. Mehr mystisch, weil in Tschenstochau aufgenommen, hält es den eine geweihte Kerze haltenden Vinzent Bronski fest. Ein Jugendbildnis des schmächtigen Jan Bronski ist ein mit den Mitteln der frühen Fotografie gewonnenes Zeugnis bewußt schwermütiger Männlichkeit.

Den Frauen jener Zeit gelang dieser Blick über entsprechender Haltung seltener. Selbst meine Großmutter Anna, die doch, bei Gott, eine Person war, ziert sich auf den Aufnahmen vor Ausbruch des Ersten Weltkrieges hinter einem dümmlich draufgesetzten Lächeln und läßt nichts von der Asyl bietenden Spannweite ihrer vier übereinanderfallenden, so verschwiegenen Röcke ahnen.

Sie lächelten auch noch während der Kriegsjahre dem knipsknips machenden, unter schwarzem Tuch tänzelnden

Fotografen zu. Gleich dreiundzwanzig Krankenschwestern, darunter Mama als Hilfskrankenschwester im Lazarett Silberhammer, habe ich verschüchtert, um einen Halt bietenden Stabsarzt drängend, auf festem Karton von doppelter Postkartengröße. Etwas lockerer geben sich die Lazarettdamen in der gestellten Szene eines Kostümfestes, bei dem auch fast genesene Krieger mitwirkten. Mama riskiert ein zugekniffenes Auge und einen Kußmund, der trotz ihrer Engelsflügel und Lamettahaare sagen will: Auch Engel haben ein Geschlecht. Der vor ihr kniende Matzerath hat eine Verkleidung gewählt, die er allzu gerne zur täglichen Kleidung gemacht hätte: Er zeigt sich als löffelschwingender Koch unter gestärkter Kochmütze. Hingegen in Uniform, mit dem Eisernen Kreuz zweiter Klasse behaftet, blickt auch er, den Koljaiczeks und Bronskis ähnlich, tragisch bewußt geradeaus und ist den Frauen auf allen Fotos überlegen.

Nach dem Kriege zeigte man ein anderes Gesicht. Die Männer schauen leicht abgemustert drein, und nun sind es die Frauen, die es verstehen, sich ins Bildformat zu stellen, die den Grund haben, ernst dreinzublicken, die, selbst wenn sie lächeln, die Untermalung gelernten Schmerzes nicht leugnen wollen. Sie stand ihnen gut, die Wehmut den Frauen der zwanziger Jahre. Gelingt es ihnen nicht, sitzend, stehend und halb liegend, schwarzhaarige Mondsicheln an die Schläfe klebend, zwischen Madonna und Käuflichkeit eine versöhnliche Bindung zu knüpfen?

Das Bild meiner dreiundzwanzigjährigen Mama – es muß kurz vor Beginn ihrer Schwangerschaft aufgenommen worden sein – zeigt eine junge Frau, die den runden, ruhig geformten Kopf auf straff fleischigem Hals leicht neigt, den jeweiligen Beschauer ihres Bildes jedoch direkt anblickt, die bloß sinnlichen Konturen mit besagt wehmütigem Lächeln und einem Augenpaar auflöst, das gewohnt zu sein scheint, mehr grau als blau die Seelen der Mitmenschen wie auch die eigene Seele gleich einem festen Gegenstand – sagen wir, Kaffeetasse oder Zigarettenspitze – zu betrachten. Es dürfte das Wörtchen seelenvoll allerdings nicht reichen, setzte ich es dem Blick meiner Mama als Eigenschaftswort davor.

Nicht interessanter, aber leichter zu beurteilen und darum aufschlußreicher sind die Gruppenfotos jener Zeit. Erstaunlich, um wieviel schöner und bräutlicher die Hochzeitskleider waren, als man den Vertrag zu Rapallo unterzeichnete. Matzerath trägt auf seinem Hochzeitsfoto noch einen steifen Kragen. Er sieht gut aus, elegant, fast intellektuell. Den rechten Fuß stellt er vor, möchte vielleicht einem Filmschauspieler seiner Tage, Harry Liedtke etwa, gleichen. Man trug damals kurz. Das bräutliche Kleid meiner bräutlichen Mama, ein weißer, tausendfältiger Plisseerock, reicht bis knapp unters Knie, zeigt ihre gutgeformten Beine und zierlichen Tanzfüßchen in weißen Spangenschuhen. Auf anderen Abzügen drängt die ganze Hochzeitsgesellschaft. Zwischen städtisch Gekleideten und Posierenden fallen immer wieder die Großmutter Anna und ihr begnadeter Bruder Vinzent durch provinzielle Strenge und Vertrauen einflößende Unsicherheit auf. Jan Bronski, der ja gleich meiner Mama vom selben Kartoffelacker herstammt wie seine Tante Anna und sein der himmlischen Jungfrau ergebener Vater, weiß ländlich kaschubische Herkunft hinter der festlichen Eleganz eines polnischen Postsekretärs zu verbergen. So klein und gefährdet er auch zwischen den Gesunden und Platzeinnehmenden stehen mag, sein ungewöhnliches Auge, die fast weibische Ebenmäßigkeit seines Gesichtes bilden, selbst wenn er am Rande steht, den Mittelpunkt jedes Fotos.

Schon längere Zeit betrachte ich eine Gruppe, die kurz nach der Hochzeit aufgenommen wurde. Ich muß zur Trommel greifen und mit meinen Stöcken vor dem matten, bräunlichen Viereck versuchen, das auf dem Karton erkennbare Dreigestirn auf gelacktem Blech zu beschwören.

Die Gelegenheit für dieses Bild wird sich Ecke Magdeburger Straße–Heeresanger neben dem polnischen Studentenheim, also in der Wohnung der Bronskis ergeben haben, denn es zeigt den Hintergrund eines sonnenbeschienenen, mit Kletterbohnen halbzugerankten Balkons solcher Machart, wie sie nur den Wohnungen der Polensiedlung vorklebten. Mama sitzt, Matzerath und Jan Bronski stehen. Aber wie sie sitzt und wie die beiden stehen! Eine Zeitlang war ich dumm genug, mit einem Schulzirkel, den Bruno mir kaufen mußte, mit Lineal und Dreieck die Konstellation dieses Triumvirates – denn Mama ersetzte vollwertig einen Mann – ausmessen zu wollen. Halsneigungswinkel, ein Dreieck mit ungleichen Schenkeln, es kam zu Parallelverschiebungen, zur gewaltsam herbeigeführten Deckungsgleichheit, zu Zirkelschlägen, die sich bedeutungsvoll außerhalb, also im Grünzeug der Kletterbohnen trafen und einen Punkt ergaben, weil ich einen Punkt suchte, punktgläubig, punktsüchtig, Anhaltspunkt, Ausgangspunkt, wenn nicht sogar den Standpunkt erstrebte.

Nichts ist bei dieser dilettantischen Messerei herausgekommen als winzige und dennoch störende Löcher, die ich mit der Zirkelspitze den wichtigsten Stellen dieses kostbaren Fotos grub. Was ist besonderes an dem Abzug? Was hieß mich mathematische und, lächerlich genug, kosmische Bezüge auf diesem Viereck suchen und wenn man will, sogar finden? Drei Menschen: eine sitzende Frau, zwei stehende Männer. Sie mit dunkler Wasserwelle, Matzeraths krauses Blond, Jans anliegendes, zurückgekämmtes Kastanienbraun. Alle drei lächeln: Matzerath mehr als Jan Bronski, beide die oberen Zähne zeigend, zusammen fünfmal so stark wie Mama, der es nur eine Spur in den Mundwinkeln und überhaupt nicht in den Augen sitzt. Matzerath läßt seine linke Hand auf Mamas rechter Schulter ruhen; Jan begnügt sich mit einer flüchtigen rechtshändigen Belastung der Stuhllehne. Sie, mit den Knien nach rechts, von den Hüften ab frontal, hält ein Heft auf dem Schoß, das ich längere Zeit für eines der Bronskischen Briefmarkenalben, dann für eine Modezeitschrift, schließlich für die Zigarettenbildchensammlung berühmter Filmschauspieler hielt. Mamas Hände tun so, als wollten sie blättern, sobald die Platte belichtet, die Aufnahme gemacht ist. Alle drei scheinen glücklich, einander gutheißend gegen Überraschungen der Art gefeit zu sein, zu denen es nur kommt, wenn ein Partner des Dreibundes Geheimfächer anlegt oder von Anfang an birgt. Zusammengehörend sind sie auf die vierte Person, nämlich auf Jans Frau, Hedwig Bronski, geborene Lemke, die zu dem Zeitpunkt womöglich schon mit dem späteren Stephan schwanger ging, nur insofern angewiesen, als diese den Fotoapparat auf die drei und das Glück dieser drei Menschen richten muß, damit sich dreifaches Glück wenigstens mit den Mitteln der Fotografie festhalten läßt.

Ich habe andere Vierecke aus dem Album gelöst und neben dieses Viereck gehalten. Ansichten, auf denen entweder Mama mit Matzerath oder Mama mit Jan Bronski zu erkennen sind. Auf keinem dieser Bilder wird das Unabänderliche, die letztmögliche Lösung so deutlich wie auf dem Balkonbild. Jan und Mama auf einer Platte: Da riecht es nach Tragik, Goldgräberei und Verstiegenheit, die zum Überdruß wird, Überdruß, der Verstiegenheit mit sich führt. Matzerath neben Mama: Da tröpfelt Wochenendpotenz, da brutzeln die Wiener Schnitzel, da nörgelt es ein bißchen vor dem Essen und gähnt nach der Mahlzeit, da muß man sich vor dem Schlafengehen Witze erzählen oder die Steuerabrechnung an die Wand malen, damit die Ehe einen geistigen Hintergrund bekommt. Dennoch ziehe ich diese fotografierte Langeweile dem anstößigen Schnappschuß späterer Jahre vor, der Mama auf dem Schoß des Jan Bronski vor den Kulissen des Olivaer Waldes nahe Freudenthal zeigt. Erfaßt diese Unfläterei – Jan läßt eine Hand unter Mamas Kleid verschwinden – doch nur die blindwütige Leidenschaft des unglücklichen, vom ersten Tage der Matzerath-Ehe an ehebrecherischen Paares, dem hier, wie ich vermute, Matzerath den abgestumpften Fotografen lieferte. Nichts wird von jener Gelassenheit, von den behutsam wissenden Gesten des Balkonbildes sichtbar, die sich wahrscheinlich nur dann ermöglichen ließen, wenn beide Männer sich hinter, neben Mama stellten oder ihr zu Füßen lagen, wie im Seesand der Badeanstalt Heubude; siehe Foto.

Da gibt es noch ein Viereck, das die drei wichtigsten Menschen meiner ersten Jahre, ein Dreieck bildend, aufzeigt. Wenn es auch nicht so konzentriert wie das Balkonbild ist, strahlt es dennoch denselben spannungsreichen Frieden aus, der sich wohl nur zwischen drei Menschen schließen und womöglich unterschreiben läßt. Man mag noch soviel über die beliebte Dreiecksthematik des Theaters schimpfen; zwei Personen alleine auf der Bühne, was sollen sie tun, als sich totdiskutieren oder insgeheim nach dem Dritten sehnen. Auf meinem Bildchen sind sie zu dritt. Sie spielen Skat. Das heißt, sie halten die Karten wie wohlorganisierte Fächer, blicken aber nicht, ein Spiel ausreizen wollend, auf ihre Trümpfe, sondern in den Fotoapparat. Jans Hand liegt flach, bis auf den sich richtenden Zeigefinger, neben dem Kleingeld, Matzerath drückt die Fingernägel ins Tischtuch, Mama erlaubt sich einen kleinen, und wie ich glauben möchte, gelungenen Scherz: Sie hat eine Karte gezogen, zeigt sie der Linse des Fotoapparates, aber nicht ihren Mitspielern. Wie leicht durch eine einzige Geste, durch das bloße Aufzeigen der Skatkarte Herz Dame, ein gerade noch unaufdringliches Symbol beschworen werden kann; denn wer schwüre nicht auf Herz Dame!

Das Skatspiel – man kann es, wie bekannt sein dürfte, nur zu dritt spielen – war für Mama und die beiden Männer nicht nur das angemessenste Spiel; es war ihre Zuflucht, ihr Hafen, in den sie immer dann fanden, wenn das Leben sie verführen wollte, in dieser oder jener Zusammenstellung zu zweit existierend, dumme Spiele wie Sechsundsechzig oder Mühle zu spielen.

Schluß mit den Drein jetzt, die mich in die Welt setzten, obgleich es ihnen an nichts fehlte. Bevor ich zu mir komme, ein Wort über Gretchen Scheffler, Mamas Freundin, und deren Bäckermeister wie Ehemann, Alexander Scheffler. Er kahlköpfig, sie mit einem zur guten Hälfte aus Goldzähnen bestehenden Pferdegebiß lachend. Er kurzbeinig und auf Stühlen sitzend, nie den Teppich erreichend, sie in selbstgestrickten Kleidern, die sich in Mustern nie genug tun konnten. Später Fotos der beiden Schefflers in Liegestühlen oder vor Rettungsbooten des KdF-Schiffes »Wilhelm Gustloff«, auch auf dem Promenadendeck der »Tannenberg« vom Seedienst Ostpreußen. Jahr für Jahr machten sie Reisen und brachten Andenken aus Pillau, Norwegen, von den Azoren, aus Italien unbeschädigt nach Hause in den Kleinhammerweg, wo er Semmeln buk und sie Kissenbezüge mit Mausezähnchen versah. Wenn Alexander Scheffler nicht sprach, befeuchtete er unermüdlich mit der Zungenspitze seine Oberlippe, was ihm Matzeraths Freund, der uns schräg gegenüber wohnende Gemüsehändler Greff, als unanständige Geschmacklosigkeit übelnahm.

Obgleich Greff verheiratet war, war er mehr ein Pfadfinderführer denn ein Ehemann. Ein Foto zeigt ihn breit, trocken, gesund in kurzhosiger Uniform, mit Führerschnüren und dem Pfadfinderhut. Neben ihm steht in gleicher Montur ein blonder, etwas zu großäugiger, vielleicht dreizehnjähriger Junge, den Greff mit linker Hand an der Schulter hält und Zuneigung bezeugend an sich drückt. Den Jungen kannte ich nicht, aber Greff sollte ich durch seine Frau Lina später kennen und begreifen lernen.

Ich verliere mich zwischen Schnappschüssen von KdF-Reisenden und Zeugnissen zarter Pfadfindererotik. Schnell will ich einige Seiten überblättern und zu mir, zu meiner ersten fotografischen Abbildung kommen.

Ich war ein schönes Kind. Die Aufnahme wurde Pfingsten fünfundzwanzig gemacht. Acht Monate war ich alt und zwei Monate jünger als Stephan Bronski, der auf der nächsten Seite im gleichen Format abgebildet ist und unbeschreibliche Gewöhnlichkeit ausstrahlt. Einen gewellten, kunstvoll gerissenen Rand hat die Postkarte, deren Rückseite fürs Adressieren liniert, wahrscheinlich in größerer Auflage abgezogen wurde und für den Familiengebrauch bestimmt war. Der fotografische Ausschnitt zeigt auf dem breitgezogenen Viereck die Form eines allzu symmetrisch geratenen Eies. Nackt und den Dotter versinnbildlichend liege ich bäuchlings auf weißem Fell, das irgendein arktischer Eisbär für einen auf Kinderfotos spezialisierten osteuropäischen Berufsfotografen gestiftet haben muß. Wie für viele Fotos jener Zeit hat man auch für mein erstes Konterfei jenen unverwechselbaren bräunlich warmen Farbton gewählt, den ich menschlich im Gegensatz zum unmenschlich glatten Schwarzweißfoto unserer Tage nennen möchte. Matt verschwommenes, wahrscheinlich gemaltes Blattwerk erstellt den dunklen, mit wenigen Lichtflecken aufgelockerten Hintergrund. Während mein glatter, gesunder Körper in platter Ruhe leicht diagonal auf dem Fell ruht und die polarische Heimat des Eisbären auf sich wirken läßt, halte ich den platzrunden Kinderkopf angestrengt hoch, blicke den jeweiligen Beschauer meiner Nacktheit mit Glanzlichtaugen an.

Man mag sagen, ein Kinderfoto wie alle Kinderfotos. Betrachten Sie bitte die Hände: Sie werden zugeben müssen, daß sich mein frühestes Konterfei von den ungezählten, immer die gleich niedliche Existenz aufweisenden Blüten diverser Fotoalben einprägsam unterscheidet. Mit geballten Fäusten sieht man mich. Keine Wurstfinger, die selbstvergessen, einem noch dunklen haptischen Trieb gehorchend, mit den Zotteln des Eisbärfelles spielen. Ernst gesammelt schweben die kleinen Griffe zu seiten des Kopfes, immer bereit, niederzufallen, den Ton anzugeben. Welchen Ton? Den Trommelton!

Noch fehlt sie, die man mir anläßlich meiner Geburt unter den Glühbirnen zum dritten Geburtstag versprach; doch wäre es einem geübten Fotomonteur mehr als leicht, das entsprechende, also verkleinerte Klischee einer Kindertrommel einzurücken, ohne die geringsten Retuschen an meiner Körperlage vornehmen zu müssen. Nur das dumme, von mir nicht beachtete Stofftier müßte fort. Es ist ein Fremdkörper in dieser sonst gelungenen Komposition, der man jenes scharfsinnige, hellsichtige Alter, da die ersten Milchzähne durchbrechen wollen, zum Thema stellte.

Später hat man mich nicht mehr auf Eisbärfelle gelegt. Eineinhalb Jahre alt mag ich gewesen sein, da man mich in einem hochrädrigen Kinderwagen vor einen Bretterzaun schob, dessen Zacken und Querverbindungen von einer Schneeschicht dergestalt deutlich nachgezeichnet sind, daß ich annehmen muß, die Aufnahme wurde im Januar sechsundzwanzig gemacht. Die klobige, nach geteertem Holz riechende Machart des Zaunes verbindet sich mir bei längerer Betrachtung mit dem Vorort Hochstrieß, dessen weitläufige Kasernenanlagen vormals den Mackensen-Husaren, zu meiner Zeit der Schutzpolizei des Freistaates als Unterkunft dienten. Da ich mich jedoch an keine Person erinnern kann, die in dem so benannten Vorort wohnte, wird die Aufnahme anläßlich eines einmaligen Besuches meiner Eltern bei Leuten, die man später nie wieder oder nur flüchtig sah, gemacht worden sein.

Mama und Matzerath, die den Kinderwagen zwischen sich halten, tragen trotz der kalten Jahreszeit keine Wintermäntel. Vielmehr kleidet Mama eine langärmelige Russenbluse, deren draufgestickte Ornamente sich dem winterlichen Bild den Eindruck erweckend mitteilen: Im tiefsten Rußland wird eine Aufnahme der Zarenfamilie gemacht, Rasputin hält den Apparat, ich bin der Zarewitsch, und hinter dem Zaun hocken Menschewiki und Bolschewiki, beschließen, Bomben bastelnd, den Untergang meiner selbstherrscherlichen Familie. Matzeraths korrektes, mitteleuropäisches, wie man sehen wird, zukunftsträchtiges Kleinbürgertum bricht der im Foto schlummernden Moritat die gewaltsame Spitze ab. Man war im friedlichen Hochstrieß, verließ für einen Augenblick, ohne die Wintermäntel anzulegen, die Wohnung der Gastgeber, ließ sich mit dem kleinen, wunschgemäß drollig blickenden Oskar in der Mitte vom Hausherrn fotografieren, um es gleich darauf bei Kaffee, Kuchen und Schlagsahne warm, süß und vergnügt zu haben.

Es gibt noch ein gutes Dutzend Schnappschüsse des liegenden, sitzenden, kriechenden, laufenden, einjährigen, zweijährigen, zweieinhalbjährigen Oskar. Die Aufnahmen sind mehr oder weniger gut, bilden insgesamt nur die Vorstufe zu jenem ganzfigürlichen Portrait, das man anläßlich meines dritten Geburtstages machen ließ.

Da habe ich sie, die Trommel. Da hängt sie mir gerade, neu und weißrot gezackt vor dem Bauch. Da kreuze ich selbstbewußt und unter ernst entschlossenem Gesicht hölzerne Trommelstöcke auf dem Blech. Da habe ich einen gestreiften Pullover an. Da stecke ich in glänzenden Lackschuhen. Da stehen mir die Haare wie eine putzsüchtige Bürste auf dem Kopf, da spiegelt sich in jedem meiner blauen Augen der Wille zu einer Macht, die ohne Gefolgschaft auskommen sollte. Da gelang mir damals eine Position, die aufzugeben ich keine Veranlassung hatte. Da sagte, da entschloß ich mich, da beschloß ich, auf keinen Fall Politiker und schon gar nicht Kolonialwarenhändler zu werden, vielmehr einen Punkt zu machen, so zu verbleiben – und ich blieb so, hielt mich in dieser Größe, in dieser Ausstattung viele Jahre lang.

Kleine und große Leut', Kleiner und Großer Belt, kleines und großes ABC, Hänschenklein und Karl der Große, David und Goliath, Mann im Ohr und Gardemaß; ich blieb der Dreijährige, der Gnom, der Däumling, der nicht aufzustockende Dreikäsehoch blieb ich, um Unterscheidungen wie kleiner und großer Katechismus enthoben zu sein, um nicht als einszweiundsiebzig großer, sogenannter Erwachsener einem Mann, der sich selbst vor dem Spiegel beim Rasieren mein Vater nannte, ausgeliefert und einem Geschäft verpflichtet zu sein, das, nach Matzeraths Wunsch, als Kolonialwarengeschäft einem einundzwanzigjährigen Oskar die Welt der Erwachsenen bedeuten sollte. Um nicht mit einer Kasse klappern zu müssen, hielt ich mich an die Trommel und wuchs seit meinem dritten Geburtstag keinen Fingerbreit mehr, blieb der Dreijährige, aber auch Dreimalkluge, den die Erwachsenen alle überragten, der den Erwachsenen so überlegen sein sollte, der seinen Schatten nicht mit ihrem Schatten messen wollte, der innerlich und äußerlich vollkommen fertig war, während jene noch bis ins Greisenalter von Entwicklung faseln mußten, der sich bestätigen ließ, was jene mühsam genug und oftmals unter Schmerzen in Erfahrung brachten, der es nicht nötig hatte, von Jahr zu Jahr größere Schuhe und Hosen zu tragen, nur um beweisen zu können, daß etwas im Wachsen sei.

Dabei, und hier muß auch Oskar Entwicklung zugeben, wuchs etwas – und nicht immer zu meinem Besten – und gewann schließlich messianische Größe; aber welcher Erwachsene hatte zu meiner Zeit den Blick und das Ohr für den anhaltend dreijährigen Blechtrommler Oskar?

Glas, Glas, Gläschen

Beschrieb ich soeben ein Foto, das Oskars ganze Figur mit Trommel, Trommelstöcken zeigt, und gab gleichzeitig kund, was für längstgereifte Entschlüsse Oskar während der Fotografiererei und angesichts der Geburtstagsgesellschaft um den Kuchen mit den drei Kerzen faßte, muß ich jetzt, da das Fotoalbum verschlossen neben mir schweigt, jene Dinge zur Sprache bringen, die zwar meine anhaltende Dreijährigkeit nicht erklären, sich aber dennoch – und von mir herbeigeführt – ereigneten.

Von Anfang an war mir klar: Die Erwachsenen werden dich nicht begreifen, werden dich, wenn du für sie nicht mehr sichtbar wächst, zurückgeblieben nennen, werden dich und ihr Geld zu hundert Ärzten schleppen, und wenn nicht deine Genesung, dann die Erklärung für deine Krankheit suchen. Ich mußte also, um die Konsultationen auf ein erträgliches Maß beschränken zu können, noch bevor der Arzt seine Erklärung abgab, meinerseits den plausiblen Grund fürs ausbleibende Wachstum liefern.

Ein sonniger Septembertag, mein dritter Geburtstag. Zarte, nachsommerliche Glasbläserei, selbst Gretchen Schefflers Gelächter gedämpft. Mama am Klavier aus dem Zigeunerbaron intonierend, Jan hinter ihr und dem Schemelchen stehend, ihre Schulter berührend, die Noten studieren wollend. Matzerath schon das Abendbrot vorbereitend in der Küche. Großmutter Anna mit Hedwig Bronski und Alexander Scheffler zum Gemüsehändler Greff hinrückend, weil Greff immer Geschichten wußte, Pfadfindergeschichten, in deren Verlauf sich Treue und Mut zu beweisen hatten; dazu eine Standuhr, die keine Viertelstunde des feingesponnenen Septembertages ausließ; und da alle gleich der Uhr so beschäftigt waren und sich vom Ungarnland des Zigeunerbarons über Greffs Vogesen durchwandernde Pfadfinder eine Linie an Matzeraths Küche vorbei, wo kaschubische Pfifferlinge mit Rührei und Bauchfleisch in der Pfanne erschraken, zum Laden hin durch den Korridor zog, folgte ich, leichthin auf meiner Trommel dröselnd, der Flucht, stand schon im Laden hinter dem Ladentisch: fern das Klavier, die Pfifferlinge und Vogesen, und bemerkte, daß die Falltür zum Keller offenstand; Matzerath, der eine Konservendose mit gemischtem Obst für den Nachtisch hochgeholt hatte, mochte vergessen haben, sie zu schließen.

Es bedurfte doch immerhin einer Minute, bis ich begriff, was die Falltür zu unserem Lagerkeller von mir verlangte. Bei Gott, keinen Selbstmord! Das wäre wirklich zu einfach gewesen. Das andere jedoch war schwierig, schmerzhaft, verlangte ein Opfer und trieb mir schon damals, wie immer, wenn mir ein Opfer abverlangt wird, den Schweiß auf die Stirn. Vor allen Dingen durfte meine Trommel keinen Schaden nehmen, wohlbehalten galt es, sie die sechzehn ausgetretenen Stufen hinab zu tragen und zwischen den Mehlsäcken, ihren unbeschädigten Zustand motivierend, zu plazieren. Dann wieder hinauf bis zur achten Stufe, nein, eine tiefer, oder die fünfte täte es auch. Aber Sicherheit und glaubwürdiger Schaden ließen sich von dort herab nicht verbinden. Wieder hinauf, zu hoch hinauf auf die zehnte Stufe, und endlich von der neunten Stufe hinab stürzte ich mich, ein Regal voller Flaschen mit Himbeersirup mitreißend, kopfvoran auf den Zementboden unseres Lagerkellers.

Noch bevor sich meinem Bewußtsein die Gardine vorzog, bestätigte ich mir den Erfolg des Experimentes: Die mit Absicht herabgerissenen Himbeersirupflaschen lärmten genug, um Matzerath aus der Küche, Mama vom Klavier, den Rest der Geburtstagsgesellschaft aus den Vogesen in den Laden zur offenen Falltür und die Treppe hinunter zu locken.

Bevor sie kamen, ließ ich noch den Geruch des fließenden Himbeersirups auf mich wirken, nahm auch wahr, daß mein Kopf blutete, und überlegte mir noch, während sie schon auf der Treppe waren, ob wohl Oskars Blut oder die Himbeeren so süß und müdemachend rochen, war aber heilfroh, daß alles geklappt und die Trommel dank meiner Vorsicht keinen Schaden genommen hatte.

Ich glaube, Greff trug mich hoch. Im Wohnzimmer erst tauchte Oskar wieder aus jener Wolke auf, die wohl zur Hälfte aus Himbeersirup und zur anderen Hälfte aus seinem jungen Blut bestand. Der Arzt war noch nicht da, Mama schrie und schlug Matzerath, der sie beruhigen wollte, mehrmals und nicht nur mit der Handfläche, auch mit dem Handrücken, ihn einen Mörder nennend, ins Gesicht.

Da hatte ich also – und die Ärzte haben es immer wieder bestätigt – mit einem einzigen, zwar nicht harmlosen, aber doch von mir wohldosierten Sturz nicht nur den für die Erwachsenen so wichtigen Grund des ausbleibenden Wachstums geliefert, sondern als Zugabe und ohne es eigentlich zu wollen den guten harmlosen Matzerath zu einem schuldigen Matzerath gemacht. Er hatte die Falltür offengelassen, ihm wurde von Mama alle Schuld aufgebürdet, und er hatte Gelegenheit, Jahre an dieser Schuld, die ihm Mama zwar nicht oft, aber dann unerbittlich vorwarf, zu tragen.

Mir brachte der Sturz vier Wochen Krankenhausaufenthalt ein und danach, bis auf die späteren Mittwochbesuche bei Dr. Hollatz, verhältnismäßige Ruhe vor den Ärzten; schon anläßlich meines ersten Trommlertages war es mir gelungen, der Welt ein Zeichen zu geben, mein Fall war geklärt, bevor die Erwachsenen ihn dem wahren, von mir bestimmten Sachverhalt nach begriffen hatten. Fortan hieß es: An seinem dritten Geburtstag stürzte unser kleiner Oskar die Kellertreppe hinunter, blieb zwar sonst beieinander, nur wachsen wollte er nicht mehr.

Und ich begann zu trommeln. Unser Mietshaus zählte vier Etagen. Vom Parterre bis zu den Bodenverschlägen trommelte ich mich hoch und wieder treppab. Vom Labesweg zum Max-Halbe-Platz, von dort nach Neuschottland, Anton-Möller-Weg, Marienstraße, Kleinhammerpark, Aktienbierbrauerei, Aktienteich, Fröbelwiese, Pestalozzischule, Neuer Markt und wieder hinein in den Labesweg. Meine Trommel hielt das aus, die Erwachsenen weniger, wollten meiner Trommel ins Wort fallen, wollten meinem Blech im Wege sein, wollten meinen Trommelstöcken ein Bein stellen – aber die Natur sorgte für mich.

Die Fähigkeit, mittels einer Kinderblechtrommel zwischen mir und den Erwachsenen eine notwendige Distanz ertrommeln zu können, zeitigte sich kurz nach dem Sturz von der Kellertreppe fast gleichzeitig mit dem Lautwerden einer Stimme, die es mir ermöglichte, in derart hoher Lage anhaltend und vibrierend zu singen, zu schreien oder schreiend zu singen, daß niemand es wagte, mir meine Trommel, die ihm die Ohren welk werden ließ, wegzunehmen; denn wenn mir die Trommel genommen wurde, schrie ich, und wenn ich schrie, zersprang Kostbarstes: Ich war in der Lage, Glas zu zersingen; mein Schrei tötete Blumenvasen; mein Gesang ließ Fensterscheiben ins Knie brechen und Zugluft regieren; meine Stimme schnitt gleich einem keuschen und deshalb unerbittlichen Diamanten Vitrinen auf und verging sich im Inneren der Vitrinen, ohne dabei die Unschuld zu verlieren, an harmonischen, edel gewachsenen, von lieber Hand geschenkten, leicht verstaubten Likörgläsern.

Es dauerte nicht lange, und meine Fähigkeiten wurden in unserer Straße, vom Brösener Weg bis zur Siedlung am Flugplatz, also im ganzen Quartier bekannt. Sahen mich die Kinder der Nachbarschaft, deren Spiele wie »Saurer Hering, eins, zwei, drei« oder »Ist die Schwarze Köchin da« oder »Ich sehe was, was du nicht siehst« meine Anteilnahme nicht fanden, plärrte auch schon ein ganzer ungewaschener Chor:

Glas, Glas, Gläschen,
Zucker ohne Bier,
Frau Holle macht das Fenster auf
und spielt Klavier.

Gewiß ein dummer und nichtssagender Kindervers. Mich störte das Liedchen kaum, wenn ich hinter meiner Trommel mitten hindurch, durch Gläschen und Frau Holle stampfte, dabei den einfältigen Rhythmus, der ja nicht ohne Reiz ist, aufnahm und Glas, Glas, Gläschen trommelnd, ohne ein Rattenfänger zu sein, die Kinder nachzog.

Auch heute noch, etwa wenn Bruno die Scheiben meines Zimmerfensters putzt, räume ich diesem Vers und Rhythmus auf meiner Trommel ein Plätzchen ein.

Störender als das Spottlied der Nachbarskinder und ärgerlicher, besonders für meine Eltern, war die kostspielige Tatsache, daß mir oder vielmehr meiner Stimme jede in unserem Viertel von mutwilligen, unerzogenen Rowdys zerworfene Fensterscheibe zur Last gelegt wurde. Anfangs bezahlte Mama auch treu und brav die zumeist mit Katapultschleudern zertrümmerten Küchenfensterscheiben, dann endlich begriff auch sie mein Stimmphänomen, forderte bei Schadenansprüchen Beweise und machte dabei sachlich kühlgraue Augen. Die Leute der Nachbarschaft taten mir wirklich unrecht. Nichts war zu dem Zeitpunkt verfehlter, als anzunehmen, es besäße mich kindliche Zerstörungswut, ich fände das Glas oder Glasprodukte auf jene unerklärliche Art hassenswert, wie eben Kinder manchmal ihre dunklen und planlosen Abneigungen in wütigen Amokläufen demonstrieren. Nur wer spielt, zerstört mutwillig. Ich spielte nie, ich arbeitete auf meiner Trommel, und was meine Stimme anging, gehorchte diese vorerst nur der Notwehr. Allein Sorge um den Fortbestand meiner Arbeit auf der Trommel hieß mich, meine Stimmbänder so zielstrebig zu gebrauchen. Wenn es mir möglich gewesen wäre, mit den gleichen Tönen und Mitteln etwa langweilige, kreuz und quer bestickte, Gretchen Schefflers Musterphantasie entsprungene Tischtücher zu zerschneiden oder die düstere Politur vom Klavier zu lösen, hätte ich alles Gläserne mit Freude heil und klangvoll belassen. Doch meiner Stimme blieben Tischdecken und Polituren gleichgültig. Weder gelang es mir, mit unermüdlichem Schrei das Tapetenmuster zu löschen, noch mit zwei langgezogenen, auf und ab schwellenden, sich steinzeitlich mühsam aneinander reibenden Tönen Wärme bis Hitze zu erzeugen, endlich den Funken springen zu lassen, der nötig gewesen wäre, die zundertrokkenen, tabakrauchgewürzten Gardinen vor den beiden Fenstern des Wohnzimmers zu dekorativen Flammen werden zu lassen. Keinem Stuhl, auf dem etwa Matzerath oder Alexander Scheffler saßen, sang ich das Bein ab. Gerne hätte ich mich harmloser und weniger wunderbar gewehrt, aber nichts Harmloses wollte mir dienen, einzig das Glas hörte auf mich und mußte dafür bezahlen.

Die erste erfolgreiche Darbietung dieser Art bot ich kurz nach meinem dritten Geburtstag. Ich besaß die Trommel damals vielleicht reichliche vier Wochen und hatte sie während dieser Zeit, fleißig wie ich war, kaputtgeschlagen. Zwar hielt die weißrot geflammte Einfassung noch Trommelboden und Trommelfläche zusammen, aber das Loch in der Mitte der tonangebenden Seite ließ sich nicht mehr übersehen, wurde, da ich den Trommelboden verschmähte, auch immer größer, franste aus, bekam zackige, scharfe Ränder, dünngetrommelte Blechteilchen splitterten ab, fielen ins Innere der Trommel, klapperten mißgelaunt bei jedem Schlag mit, und überall auf dem Teppich des Wohnzimmers und auf den rotbraunen Dielen des Schlafzimmers schimmerten weiße Lackpartikel, die es auf meinem gemarterten Trommelblech nicht mehr hatten aushalten wollen.

Man befürchtete, ich würde mich an den gefährlich scharfen Blechkanten reißen. Besonders Matzerath, der nach meinem Sturz von der Kellertreppe Vorsicht mit Vorsicht überbot, riet mir Vorsicht beim Trommeln an. Da ich mit den Pulsadern tatsächlich immer und in heftigster Bewegung dem gezackten Kraterrand nahe war, muß ich zugeben, daß Matzeraths Befürchtungen zwar übertrieben, doch nicht ganz grundlos waren. Nun hätte man mit einer neuen Trommel alle Gefahr aus dem Wege räumen können; sie aber dachten gar nicht an eine neue Trommel, wollten mir mein gutes altes Blech, das mit mir stürzte, ins Krankenhaus kam und mit mir gleichzeitig entlassen wurde, das mit mir treppauf treppab, das mit mir auf Kopfsteinpflaster und Bürgersteigen, durch »Saurer Hering, eins, zwei, drei« hindurch und an »Ich sehe was, was du nicht siehst«, an der »Schwarzen Köchin« vorbei, dieses Blech wollten sie mir wegnehmen und keinen Ersatz heranschaffen. Dumme Schokolade sollte mich ködern. Mama hielt sie und machte einen spitzen Mund dabei. Matzerath war es, der mit gemachter Strenge nach meinem invaliden Instrument griff. Ich klammerte mich an das Wrack. Er zog. Schon ließen meine gerade fürs Trommeln bemessenen Kräfte nach. Langsam entglitt mir eine rote Flamme nach der anderen, schon wollte mir das Rund der Einfassung entschlüpfen, da gelang Oskar, der bis zu jenem Tage als ein ruhiges, fast zu braves Kind gegolten hatte, jener erste zerstörerische und wirksame Schrei: Die runde geschliffene Scheibe, die das honiggelbe Zifferblatt unserer Standuhr vor Staub und sterbenden Fliegen schützte, zersprang, fiel, teilweise nochmals zerscherbend, auf die braunroten Dielen – denn der Teppich reichte nicht ganz bis zur Standfläche der Uhr hin. Das Innere des kostbaren Werkes nahm jedoch keinen Schaden: Ruhig setzte das Pendel – wenn man so von einem Pendel sagen kann – seinen Weg fort, desgleichen die Zeiger. Nicht einmal das Läutwerk, das sonst empfindlich, ja fast hysterisch auf den geringsten Stoß, auf draußen vorbeirollende Bierwagen reagierte, zeigte sich durch meinen Schrei beeindruckt; allein die Scheibe sprang, jedoch zersprang sie gründlich.

»Die Uhr ist kaputt!« rief Matzerath und ließ die Trommel los. Mit knappem Blick überzeugte ich mich, daß mein Schrei der eigentlichen Uhr keinen Schaden angetan hatte, daß nur das Glas hinüber war. Für Matzerath jedoch, auch für Mama und Onkel Jan Bronski, der an jenem Sonntag nachmittag seine Visite machte, schien mehr als das Glas vorm Zifferblatt kaputt zu sein. Bleich und mit hilflos verrutschten Blicken äugten sie einander an, tasteten nach dem Kachelofen, hielten sich am Klavier und Büfett, wagten sich nicht vom Fleck, und Jan Bronski bewegte trockene Lippen unter flehentlich verdrehtem Auge, daß ich noch heute glaube, des Onkels Bemühungen galten dem Wortlaut eines Hilfe und Erbarmen fordernden Gebetes, wie etwa: Oh, du Lamm Gottes, du nimmst hinweg die Sünden der Welt – Miserere nobis. Und diesen Text dreimal und hernach noch ein: O Herr, ich bin nicht würdig, daß du eingehst unter mein Dach; aber sprich nur ein Wort...

Natürlich sprach der Herr kein Wort. Es war ja auch nicht die Uhr kaputt, nur das Glas. Es ist aber das Verhältnis der Erwachsenen zu ihren Uhren höchst sonderbar und kindisch in jenem Sinne, in welchem ich nie ein Kind gewesen bin. Dabei ist die Uhr vielleicht die großartigste Leistung der Erwachsenen. Aber wie es nun einmal ist: Im selben

Maß wie die Erwachsenen Schöpfer sein können und bei Fleiß, Ehrgeiz und einigem Glück auch sind, werden sie gleich nach der Schöpfung Geschöpfe ihrer eigenen epochemachenden Erfindungen.

Dabei ist die Uhr nach wie vor nichts ohne den Erwachsenen. Er zieht sie auf, er stellt sie vor oder zurück, er bringt sie zum Uhrmacher, damit der sie kontrolliere, reinige und notfalls repariere. Ähnlich wie beim Kuckucksruf, der zu früh ermüdet, beim umgestürzten Salzfäßchen, bei Spinnen am Morgen, schwarzen Katzen von links, beim Ölbild des Onkels, das von der Wand fällt, weil sich der Haken im Putz lockerte, ähnlich wie beim Spiegel sehen die Erwachsenen hinter und in der Uhr mehr, als eine Uhr darzustellen vermag.

Mama, die trotz einiger schwärmerisch phantastischer Züge den nüchternsten Blick hatte, auch leichtsinnig, wie sie sein konnte, jedes vermeintliche Zeichen stets zu ihrem Besten wertete, fand damals das erlösende Wort.

»Scherben bringen Glück!« rief sie fingerschnalzend, holte Kehrblech und Handfeger und kehrte die Scherben oder das Glück zusammen.

Ich habe, wenn ich mich auf Mamas Worte berufen will, meinen Eltern, den Verwandten, bekannten und auch unbekannten Leuten viel Glück gebracht, indem ich jedem, der mir meine Trommel wegnehmen wollte, Fensterscheiben, volle Biergläser, leere Bierflaschen, den Frühling freigebende Parfumflakons, Kristallschalen mit Zierobst, kurz, alles was gläsern aus Glashütten dank Glasbläsers Atem hervorgebracht wurde, teils nur mit Glases Wert, teils als künstlerische Gläschen auf den Markt kam, zerschrie, zersang, zerscherbte.

Um nicht allzuviel Schaden anzurichten, denn ich liebte und liebe heute noch schöngeformte Glasprodukte, zermürbte ich, wenn man mir abends meine Blechtrommel nehmen wollte, die ja zu mir ins Bettchen gehörte, eine oder mehrere Glühbirnen unserer viermal sich Mühe gebenden Wohnzimmerhängelampe. So versetzte ich an meinem vierten Geburtstag, Anfang September achtundzwanzig, die versammelte Geburtstagsgesellschaft, die Eltern, die Bronskis, die Großmutter Koljaiczek, Schefflers und Greffs, die mir alles mögliche geschenkt hatten, Bleisoldaten, ein Segelschiff, ein Feuerwehrauto – nur keine Blechtrommel; sie alle, die da haben wollten, daß ich mich mit Bleisoldaten abgäbe, daß ich den Irrsinn einer Feuerwehr spielenswert fände, die mir meine zerschlagene aber brave Trommel nicht gönnten, die mir das Blech nehmen und dafür das alberne, obendrein unsachgemäß mit Segeln besetzte Schiffchen in die Hände drücken wollten, alle, die da Augen hatten, um mich und meine Wünsche zu übersehen, versetzte ich mit einem rundlaufenden, alle vier Glühbirnen unserer Hängelampe tötenden Schrei in vorweltliche Finsternis.

Wie nun Erwachsene einmal sind: Nach den ersten Schreckensrufen, fast inbrünstigem Verlangen nach Wiederkehr des Lichtes, gewöhnten sie sich an die Dunkelheit, und als meine Großmutter Koljaiczek, die als einzige außer dem kleinen Stephan Bronski der Finsternis nichts abgewinnen konnte, mit dem plärrenden Stephan am Rock Talgkerzen aus dem Laden holte und mit brennenden Kerzen, das Zimmer aufhellend, zurückkam, zeigte sich die restliche, stark angetrunkene Geburtstagsgesellschaft in merkwürdiger Paarung.

Wie zu erwarten war, hockte Mama mit verrutschter Bluse auf Jan Bronskis Schoß. Unappetitlich war es, den kurzbeinigen Bäckermeister Alexander Scheffler fast in der Greffschen verschwinden zu sehen. Matzerath leckte an Gretchen Schefflers Gold- und Pferdezähnen. Nur Hedwig Bronski saß mit im Kerzenlicht frommen Kuhaugen, die Hände im Schoß haltend, nahe aber nicht zu nahe dem Gemüsehändler Greff, der nichts getrunken hatte und dennoch sang, süß sang, melancholisch, Wehmut mitschleppend sang, Hedwig Bronski zum Mitsingen auffordernd sang. Ein zweistimmig Pfadfinderlied sangen sie, nach dessen Text ein gewisser Rübezahl durchs Riesengebirge zu geistern hatte.

Mich hatte man vergessen. Unter dem Tisch saß Oskar mit dem Fragment seiner Trommel, holte noch etwas Rhythmus aus dem Blech heraus, und es mochte sich ergeben haben, daß die sparsamen aber gleichmäßigen Trommelgeräusche jenen, die da vertauscht und verzückt im Zimmer lagen oder saßen, nur angenehm sein konnten. Denn wie Firnis verdeckte die Trommelei Schmatz- und Saugtöne, die jenen bei all den fieberhaften und angestrengten Beweisen ihres Fleißes unterliefen.

Ich blieb auch unter dem Tisch, als meine Großmutter kam, mit den Kerzen einem zornigen Erzengel glich, im Kerzenschein Sodom besichtigte, Gomorrha erkannte, mit zitternden Kerzen Krach schlug, das alles eine Sauerei nannte und die Idylle wie Rübezahls Spaziergänge durch das Riesengebirge beendete, indem sie die Kerzen auf Untertassen stellte, Skatkarten vom Büfett langte, auf den Tisch warf und den immer noch greinenden Stephan tröstend den zweiten Teil der Geburtstagsfeier ankündigte. Bald darauf schraubte Matzerath neue Glühbirnen in die alten Fassungen unserer Hängelampe, Stühle wurden gerückt, Bierflaschen schnalzten aufspringend; man begann über mir einen Zehntelpfennigskat zu kloppen. Mama schlug gleich zu Anfang einen Viertelpfennigskat vor, aber das war dem Onkel Jan zu riskant, und wenn nicht Bockrunden und ein gelegentlicher Grand mit Viern den Einsatz dann und wann beträchtlich erhöht hätten, wäre es bei der Zehntelpfennigfuchserei geblieben.

Ich fühlte mich wohl unter der Tischplatte, im Windschatten des herabhängenden Tischtuches. Leichthin trommelnd begegnete ich den über mir Karten dreschenden Fäusten, ordnete mich dem Verlauf der Spiele unter und meldete mir nach einer knappen Stunde Skat: Jan Bronski verlor. Er hatte gute Karten, verlor aber trotzdem. Kein Wunder, da er nicht aufpaßte. Hatte ganz andere Dinge im Kopf als seinen Karo ohne Zweien. Hatte sich gleich zu Anfang des Spiels, noch mit seiner Tante redend, die kleine Orgie von vorher banalisierend, den schwarzen Halbschuh vom linken Fuß gestreift und mit graubesocktem linken Fuß an meinem Kopf vorbei das Knie meiner Mama, die ihm gegenüber saß, gesucht und auch gefunden. Kaum berührt, rückte Mama näher an den Tisch heran, so daß Jan, der gerade von Matzerath gereizt wurde und bei dreiunddreißig paßte, den Saum ihres Kleides lüpfend erst mit der Fußspitze, dann mit dem ganzen gefüllten Socken, der allerdings vom selben Tage und beinah frisch war, zwischen ihren Schenkeln wandern konnte. Alle Bewunderung für meine Mama, die trotz dieser wollenen Belästigung unter der Tischplatte oben auf strammem Tischtuch die gewagtesten Spiele, darunter einen Kreuz ohne Viern, sicher und von humorigster Rede begleitet gewann, während Jan mehrere Spiele, die selbst Oskar mit schlafwandlerischer Sicherheit nach Hause gebracht hätte, unten immer forscher werdend, oben verlor.

Später kroch noch das müde Stephanchen unter den Tisch, schlief dort bald ein und begriff vorm Einschlafen nicht, was seines Vaters Hosenbein unterm Kleid meiner Mama suchte.

Heiter bis wolkig. Leichte Schauer am Nachmittag. Am nächsten Tag schon kam Jan Bronski, holte sein für mich bestimmtes Geburtstagsgeschenk, das Segelschiff, ab, tauschte das dürftige Spielzeug beim Sigismund Markus in der Zeughauspassage gegen eine Blechtrommel ein, kam leicht verregnet am späten Nachmittag mit jener mir so vertraut weißrot geflammten Trommel zu uns, hielt sie mir hin, faßte gleichzeitig das gute alte Blechwrack, dem nur Fragmente weißroten Lackes geblieben waren. Und während Jan das müde Blech, ich das frische faßte, blieben Jans, Mamas, Matzeraths Augen auf Oskar gerichtet – fast mußte ich lächeln –, ja dachten die denn, ich klebte am Althergebrachten, nährte Prinzipien in meiner Brust?

Ohne den von allen erwarteten Schrei, ohne den glastötenden Gesang laut werden zu lassen, gab ich die Schrotttrommel ab und widmete mich sogleich mit beiden Händen dem neuen Instrument. Nach zwei Stunden aufmerksamster Trommelei hatte ich mich eingespielt.

Doch nicht alle Erwachsenen meiner Umgebung zeigten sich so einsichtig wie Jan Bronski. Kurz nach meinem fünften Geburtstag im Jahre neunundzwanzig – man erzählte sich damals viel von einem New Yorker Börsenkrach, und ich überlegte, ob auch mein mit Holz handelnder Großvater Koljaiczek im fernen Buffalo Verluste zu erleiden hatte – begann Mama, durch mein nun nicht mehr zu übersehendes ausbleibendes Wachstum beunruhigt, mich bei der Hand nehmend, mit den Mittwochbesuchen in der Praxis des Dr. Hollatz im Brunshöferweg. Ich ließ mir die überaus lästigen und endlos währenden Untersuchungen gefallen, weil mir die weiße, dem Auge wohltuende Schwesterntracht der Schwester Inge, die dem Hollatz helfend zur Seite stand, schon damals gefiel, an Mamas im Foto festgehaltene Krankenschwesternzeit während des Krieges erinnerte und es mir durch intensive Beschäftigung mit dem immer neuen Faltenwurf der Pflegerinnentracht gelang, den röhrenden, betont kraftvollen, dann wieder unangenehm onkelhaften Wortschwall des Arztes zu überhören.

Mit den Brillengläsern das Inventar der Praxis spiegelnd – es gab da viel Chrom, Nickel und Schleiflack; dazu Regale, Vitrinen, in denen sauber beschriftete Gläser mit Schlangen, Molchen, Kröten, Schweine-, Menschen- und Affenembryonen standen –, diese Früchte im Spiritus mit dem Brillenglas einfangend, schüttelte Hollatz nach den Untersuchungen bedenklich und in meiner Krankheitsgeschichte blätternd den Kopf, ließ sich immer wieder von Mama meinen Sturz von der Kellertreppe erzählen und beruhigte sie, wenn sie Matzerath, der die Falltür offengelassen hatte, hemmungslos beschimpfte und für alle Zeiten schuldig sprach.

Als er mir nach Monaten anläßlich eines Mittwochbesuches, wahrscheinlich um sich, vielleicht auch der Schwester Inge den Erfolg seiner bisherigen Behandlung zu beweisen, meine Trommel nehmen wollte, zerstörte ich ihm den größten Teil seiner Schlangen- und Krötensammlung, auch alles, was er an Embryonen verschiedenster Herkunft zusammengetragen hatte.

Von gefüllten, aber nicht abgedeckten Biergläsern abgesehen und Mamas Parfumflakon ausgenommen, war es das erste Mal, daß Oskar sich an einer Menge gefüllter und peinlich verschlossener Gläser versuchte. Der Erfolg war einzigartig und für alle Beteiligten, selbst für Mama, die ja mein Verhältnis zum Glas kannte, überwältigend, überraschend. Gleich mit dem ersten noch sparsam beschnittenen Ton schnitt ich die Vitrine, in der Hollatz all seine ekelhaften Merkwürdigkeiten verwahrte, der Länge und Breite nach auf, ließ sodann eine nahezu quadratische Scheibe aus der Ansichtsseite der Vitrine vornüber klappen und auf den Linoleumfußboden fallen, wo sie platt auf dem Boden, die quadratische Form bewahrend, tausendmal zersprang, gab dann dem Schrei etwas mehr Profil und eine geradezu verschwenderische Dringlichkeit, besuchte mit diesem so reich ausgerüsteten Ton ein Reagenzglas nach dem anderen.

Die Gläser sprangen knallend. Der grünliche, teilweise eingedickte Alkohol spritzte, floß, seine präparierten, blassen, etwas vergrämt dreinschauenden Einschlüsse mit sich führend, über den roten Linoleumboden der Praxis und füllte mit, möchte sagen, greifbarem Geruch den Raum dergestalt, daß Mama übel wurde und Schwester Inge die Fenster zum Brunshöferweg hin öffnen mußte. Dr. Hollatz verstand es, den Verlust seiner Sammlung in einen Erfolg umzubiegen. Wenige Wochen nach meinem Attentat erschien von seiner Hand in der Fachzeitschrift »Arzt und Welt« ein Aufsatz über mich, das glaszersingende Stimmphänomen Oskar M. Die dort auf über zwanzig Seiten vertretene These des Dr. Hollatz soll in Fachkreisen des In- und Auslandes Aufsehen erregt, Widerspruch aber auch Zuspruch aus berufenem Munde gefunden haben. Mama, der mehrere Exemplare der Zeitschrift zugeschickt wurden, war auf eine mich nachdenklich stimmende Art über den Aufsatz stolz und konnte es nicht lassen, den Greffs, Schefflers, ihrem Jan und immer wieder nach Tisch ihrem Gatten Matzerath daraus vorzulesen. Selbst die Kunden des Kolonialwarengeschäftes mußten sich Lesungen aus dem Artikel gefallen lassen und bewunderten auch Mama, die die Fachausdrücke zwar falsch aber phantasievoll betonte, nach Gebühr. Mir selbst sagte die Tatsache, daß da mein Vorname zum erstenmal in einer Zeitung Platz fand, so viel wie gar nichts. Meine schon damals hellwache Skepsis ließ mich das Werkchen des Dr. Hollatz als das werten, was es, genau besehen, darstellte: als das seitenlange, nicht ungeschickt formulierte Vorbeireden eines Arztes, der auf einen Lehrstuhl spekulierte.

Heute, in seiner Heil- und Pflegeanstalt, da seine Stimme nicht mal sein Zahnputzglas zu rühren vermag, da ähnliche Ärzte wie jener Hollatz bei ihm ein und aus gehen, sogenannte Rorschachversuche, Assoziationsversuche und sonstige Tests mit ihm anstellen, damit seine Zwangseinweisung endlich einen klingenden Vornamen bekommt, heute denkt Oskar gerne an die archaische Frühzeit seiner Stimme zurück. Wenn er in jener ersten Periode nur notfalls, dann allerdings gründlich Quarzsandprodukte zersang, machte er später, während der Blüte- und Verfallszeit seiner Kunst, Gebrauch von seinen Fähigkeiten, ohne äußeren Zwang zu verspüren. Aus bloßem Spieltrieb, dem Manierismus einer Spätepoche verfallend, dem L'art pour l'art ergeben, sang Oskar sich dem Glas ins Gefüge und wurde älter dabei.

Der Stundenplan

Klepp schlägt zeitweise Stunden mit dem Entwerfen von Stundenplänen tot. Daß er während des Entwerfens ständig Blutwurst und angewärmte Linsen in sich hineinschlingt, bestätigt meine These, die schlankweg behauptet: Träumer sind Fresser. Daß Klepp beim Ausfüllen der Rubriken nicht ohne Fleiß ist, gibt meiner anderen These recht: Nur wahre Faulpelze können arbeitsparende Erfindungen machen.

Auch in diesem Jahr gab sich Klepp über vierzehn Tage lang Mühe, seinen Tag in Stunden zu planen. Als er mich gestern besuchte, tat er erst längere Zeit geheimnisvoll, fischte dann das neunmal gefältete Papier aus der Brusttasche, reichte es mir strahlend, schon selbstgefällig; er hatte wieder einmal eine arbeitsparende Erfindung gemacht.

Ich überflog den Zettel, viel Neues brachte er nicht: um zehn Frühstück, bis zum Mittagessen Nachdenken, nach dem Essen ein Stündchen Schlaf, dann Kaffee – wenn möglich ans Bett, im Bett sitzend eine Stunde Flöte, aufstehend und umhermarschierend eine Stunde Dudelsack im Zimmer, eine halbe Stunde Dudelsack im Freien auf dem Hof, jeden zweiten Tag wechselnd, entweder zwei Stunden Bier und Blutwurst oder zwei Stunden Kino, in jedem Fall aber vor dem Kino oder beim Bier unauffälliges Werben für die illegale KPD – halbe Stunde – nicht übertreiben! Die Abende füllte an drei Wochentagen Tanzmusik-Machen im »Einhorn« aus, am Sonnabend wurde das Nachmittagsbier mit KPD-Werbung auf den Abend verlegt, weil der Nachmittag für das Bad mit Massage in der Grünstraße reserviert war; und danach ins »U 9«, ein Dreiviertelstündchen lang Hygiene mit Mädchen, dann mit demselben Mädchen und

Freundin des Mädchens bei Schwab Kaffee und Kuchen, noch kurz vor Geschäftsschluß Rasieren, wenn nötig Haareschneiden, schnell Foto machen lassen bei Fotomaton, dann Bier, Blutwurst, KPD-Werbung und Behaglichkeit.

Ich lobte Klepps säuberlich hingemaltes Maßwerk, bat ihn um eine Abschrift, wollte wissen, wie er gelegentlich tote Punkte überwinde. »Schlafen oder an KPD denken«, gab mir Klepp nach kürzestem Sinnen zur Antwort.

Ob ich ihm erzählte, wie Oskar Bekanntschaft mit seinem ersten Stundenplan machte?

Es begann harmlos mit Tante Kauers Kindergarten. Hedwig Bronski holte mich jeden Morgen ab, brachte mich mit ihrem Stephan zur Tante Kauer in den Posadowskiweg, wo wir mit sechs bis zehn Gören – einige waren immer krank – bis zum Erbrechen spielen mußten. Zum Glück galt meine Trommel als Spielzeug, und es wurden mir keine Bauklötze aufgezwungen und Schaukelpferde nur dann untergeschoben, wenn man einen trommelnden Reiter mit Papierhelm brauchte. Als Trommelvorlage diente mir Tante Kauers schwarzseidenes, tausendmal geknöpftes Kleid. Getrost kann ich sagen, es gelang mir auf meinem Blech, das dünne, nur aus Fältchen bestehende Fräulein mehrmals am Tage an- und auszuziehen, indem ich sie trommelnd auf- und zuknöpfte, ohne eigentlich ihren Körper zu meinen.

Die Spaziergänge am Nachmittag durch Kastanienalleen zum Jäschkentaler Wald, den Erbsberg hoch, am Gutenbergdenkmal vorbei waren so angenehm langweilig und unbeschwert albern, daß ich mir heute noch Bilderbuchspaziergänge an Tante Kauers Papierhand wünsche.

Ob wir acht oder zwölf Gören waren, wir mußten ins Geschirr. Dieses Geschirr bestand aus einer hellblauen gestrickten, eine Deichsel meinenden Leine. Sechsmal ergab sich links und rechts dieser Wolldeichsel wollenes Zaumzeug für insgesamt zwölf Gören. Alle zehn Zentimeter hing eine Schelle. Vor Tante Kauer, die die Zügel führte, trotteten wir klingelingeling machend, plappernd, ich zähflüssig trommelnd, durch herbstliche Vorortstraßen. Dann und wann stimmte Tante Kauer »Jesus, dir leb' ich, Jesus, dir sterb' ich« an oder auch »Meerstern, ich dich grüße«, was die Straßenpassanten rührte, wenn wir »O Maria hilf« und »Gottesmutter, sühühühüße« der klaren Oktoberluft anvertrauten. Sobald wir die Hauptstraße überquerten, mußte der Verkehr aufgehalten werden. Straßenbahnen, Autos, Pferdefuhrwerke stauten sich, wenn wir den Meerstern über den Fahrdamm hinübersangen. Jedesmal bedankte sich dann Tante Kauer mit knisternder Hand bei dem uns das Geleit gebenden Verkehrspolizisten.

»Unser Herr Jesus wird Ihnen den Lohn geben«, versprach sie und raschelte mit dem Seidenkleid.

Eigentlich habe ich es bedauert, als Oskar im Frühjahr, nach seinem sechsten Geburtstag, Stephans wegen und mit ihm zusammen das auf- und zuknöpfbare Fräulein Kauer verlassen mußte. Wie immer, wenn Politik im Spiele ist, kam es zu Gewalttätigkeiten. Wir waren auf dem Erbsberg, Tante Kauer nahm uns das Wollgeschirr ab, das Jungholz glänzte, in den Zweigen begann es sich zu mausern. Tante Kauer saß auf einem Wegstein, der unter wucherndem Moos verschiedene Richtungen für ein- bis zweistündige Spaziergänge angab. Gleich einem Mädchen, das nicht weiß, wie ihm im Frühling ist, trällerte sie mit ruckhaften Kopfbewegungen, die man sonst nur noch bei Perlhühnern beobachten kann, und strickte uns ein neues Geschirr, verteufelt rot sollte es werden, leider durfte ich es nie tragen: Denn da gab es Geschrei im Gebüsch, Fräulein Kauer flatterte auf, stöckelte mit Gestricktem, roten Wollfaden nach sich ziehend, dem Geschrei und Gebüsch zu. Ich folgte ihr und dem Faden, sollte sogleich noch mehr Rot sehen: Stephans Nase blutete heftig, und einer, der Lothar hieß, gelockt war und blaue

Äderchen an den Schläfen zeigte, hockte dem windigen und so wehleidigen Kerlchen auf der Brust und tat, als wolle er dem Stephan die Nase nach innen schlagen.

»Pollack«, zischte er zwischen Schlag und Schlag. »Pollack!« Als Tante Kauer uns fünf Minuten später wieder im hellblauen Geschirr hatte – nur ich lief frei und wickelte den roten Faden auf –, sprach sie uns allen ein Gebet vor, das man normalerweise zwischen Opfer und Wandlung hersagt: »Beschämt, voll Reue und Schmerz ...«

Dann den Erbsberg hinunter und vor dem Gutenbergdenkmal Halt. Auf Stephan, der sich wimmernd ein Taschentuch gegen die Nase drückte, mit langem Finger weisend, gab sie mild zu verstehen: »Er kann doch nicht dafür, daß er ein kleiner Pole ist.« Stephan durfte auf Anraten Tante Kauers nicht mehr in ihren Kindergarten. Oskar, obgleich kein Pole und den Stephan nicht besonders schätzend, erklärte sich mit ihm solidarisch. Und dann kam Ostern, und man versuchte es einfach. Dr. Hollatz befand hinter seiner mit breitem Horn eingefaßten Brille, es könne nicht schaden, ließ den Befund auch laut werden: »Es kann dem kleinen Oskar nicht schaden.«

Jan Bronski, der seinen Stephan gleichfalls nach Ostern in die polnische Volksschule schicken wollte, ließ sich davon nicht abraten, wiederholte meiner Mama und Matzerath immer wieder: Er sei Beamter in polnischen Diensten. Für korrekte Arbeit auf der Polnischen Post bezahle der polnische Staat ihn korrekt. Schließlich sei er Pole, und Hedwig werde es auch, sobald der Antrag genehmigt. Zudem lerne ein aufgewecktes und überdurchschnittlich begabtes Kind wie Stephan die deutsche Sprache im Elternhaus, und was den kleinen Oskar betreffe – immer wenn er Oskar sagte, seufzte er ein bißchen –, Oskar sei genau wie der Stephan sechs Jahre alt, könne zwar noch nicht recht sprechen, sei überhaupt reichlich zurück für sein Alter, und was das

Wachstum angehe, versuchen solle man es trotzdem, Schulpflicht sei Schulpflicht – vorausgesetzt, daß die Schulbehörde sich nicht dagegenstelle.

Die Schulbehörde äußerte Bedenken und verlangte ein ärztliches Attest. Hollatz nannte mich einen gesunden Jungen, der dem Wachstum nach einem Dreijährigen gleiche, geistig jedoch, wenn er auch noch nicht recht spreche, einem Fünf- bis Sechsjährigen in nichts nachstehe. Auch sprach er von meinen Schilddrüsen.

Ich verhielt mich bei all den Untersuchungen, während der mir zur Gewohnheit gewordenen Testerei ruhig, gleichgültig bis wohlwollend, zumal mir niemand meine Trommel nehmen wollte. Die Zerstörung der Hollatzschen Schlangen-, Kröten- und Embryonensammlung war allen, die mich da untersuchten und testeten, noch gegenwärtig und fürchtenswert.

Nur zu Hause, und zwar am ersten Schultag, sah ich mich gezwungen, den Diamanten in meiner Stimme Wirkung zeigen zu lassen, da Matzerath, gegen bessere Einsicht handelnd, von mir verlangte, daß ich den Weg zur Pestalozzischule gegenüber der Fröbelwiese ohne meine Trommel zurücklege und sie, meine Blechtrommel, auch nicht in die Pestalozzischule hineinnehme.

Als er schließlich handgreiflich wurde, nehmen wollte, was ihm nicht gehörte, womit er gar nicht umgehen konnte, wofür ihm der Nerv fehlte, schrie ich eine leere Vase entzwei, der man Echtheit nachsagte. Nachdem die echte Vase in Gestalt von echten Scherben auf dem Teppich lag, wollte mich Matzerath, der sehr an der Vase hing, mit der Hand schlagen. Doch da sprang Mama auf, und Jan, der mit Stephan und Schultüte noch schnell und wie zufällig bei uns vorbeischaute, trat dazwischen.

»Ich bitte dich, Alfred«, sagte er in seiner ruhig salbungsvollen Art, und Matzerath ließ, von Jans blauem und

Mamas grauem Blick getroffen, die Hand sinken und steckte sie in die Hosentasche.

Die Pestalozzischule war ein neuer, ziegelroter, mit Sgraffitos und Fresken modern geschmückter, dreistöckiger, länglicher, oben flacher Kasten, der auf lautes Drängen der damals noch recht aktiven Sozialdemokraten hin vom Senat der kinderreichen Vorstadt gebaut wurde. Mir gefiel der Kasten, bis auf seinen Geruch und die sporttreibenden Jugendstilknaben auf den Sgraffitos und Fresken, nicht schlecht.

Unnatürlich winzige und obendrein grün werdende Bäumchen standen zwischen schützenden, dem Krummstab ähnlichen Eisenstäben im Kies vorm Portal. Aus allen Richtungen drangen Mütter vor, die bunte spitze Tüten hielten und schreiende oder musterhafte Knaben nach sich zogen. Noch nie hatte Oskar so viele Mütter in eine Richtung streben sehen. Es mutete an, als pilgerten sie einem Markt zu, auf dem ihre Erst- und Zweitgeburten feilgeboten werden sollten.

Schon in der Vorhalle dieser Schulgeruch, der, oft genug beschrieben, jedes bekannte Parfum dieser Welt an Intimität übertrifft. Auf den Fliesen der Halle standen zwanglos angeordnet vier oder fünf granitene Becken, aus deren Vertiefungen Wasser aus mehreren Quellen gleichzeitig hochsprudelte. Von Knaben, auch solchen in meinem Alter, umdrängt, erinnerten sie mich an die Sau meines Onkels Vinzent in Bissau, die sich manchmal auf die Seite warf und einen ähnlich durstig brutalen Andrang ihrer Ferkel erduldete.

Die Knaben beugten sich über die Becken und senkrechten, ständig in sich zusammenfallenden Wassertürmchen, ließen die Haare vornüberfallen und sich von den Fontänen in geöffnete Münder fingern. Ich weiß nicht, ob sie spielten oder tranken. Manchmal richteten sich zwei Knaben fast gleichzeitig und mit geblähten Backen auf, um sich unanständig laut das sicher mit Speichel gemischte und von Brotkrümeln durchsetzte mundwarme Wasser ins Gesicht zu prusten. Ich, der ich beim Eintritt in den Vorraum leichtsinnigerweise einen Blick in die links anschließende, offene Turnhalle geworfen hatte, verspürte, das lederne Langpferd, die Kletterstangen und Kletterseile, das entsetzliche, immer eine Riesenwelle abverlangende Reck sichtend, einen echten, durch nichts zu überredenden Durst und hätte gleich den anderen Knaben gerne einen Schluck Wasser zu mir genommen. Es war mir aber unmöglich, Mama, die mich an der Hand hielt, zu bitten, Oskar, den Dreikäsehoch, über solch ein Becken zu heben. Selbst wenn ich mir meine Trommel untergestellt hätte, die Fontäne wäre mir unerreichbar geblieben. Als ich jedoch leicht springend einen Blick über den Rand eines dieser Becken warf und bemerken mußte, wie fettige Brotreste den Abfluß des Wassers beträchtlich blockierten und also in der Schale eine üble Brühe stand, verging mir der Durst, den ich mir zwar in Gedanken, aber dennoch leibhaftig zwischen Turngeräten in einer Turnhallenwüstenei irrend angespeichert hatte.

Mama führte mich monumentale, für Riesen geschlagene Treppen hoch, durch hallende Korridore in einen Raum, über dessen Tür ein Schildchen mit der Aufschrift Ia hing. Der Raum war voller Knaben in meinem Alter. Die Mütter der Knaben drückten sich an die Wand gegenüber der Fensterfront und hielten die traditionellen spitzbunten, oben mit Seidenpapier verschlossenen, mich überragenden Tüten für den ersten Schultag hinter verschränkten Armen. Mama trug auch solch eine Tüte bei sich.

Als ich an ihrer Hand eintrat, lachten das Volk und gleichfalls des Volkes Mütter. Einem dicklichen Knaben, der mir auf meine Trommel pauken wollte, mußte ich, um nicht Glas zersingen zu müssen, mehrmals gegen das Schienbein treten, woraufhin der Bengel umfiel, mit der Frisur gegen eine Schulbank schlug, weshalb ich von Mama eins auf den Hinterkopf bekam. Der Bengel schrie. Natürlich schrie ich nicht, denn ich schrie nur, wenn man mir meine Trommel wegnehmen wollte. Mama, der dieser Auftritt vor den anderen Müttern peinlich war, schob mich in die erste Bank der Bankabteilung neben den Fenstern. Selbstverständlich war die Bank zu groß. Doch weiter nach hinten hin, wo das Volk immer gröber und sommersprossiger wurde, waren die Bänke noch größer.

Ich gab mich zufrieden, saß ruhig, weil ich keinerlei Grund zur Beunruhigung hatte. Mama, die mir immer noch verlegen zu sein schien, drückte sich zwischen die anderen Mütter. Wahrscheinlich schämte sie sich meiner sogenannten Zurückgebliebenheit wegen vor ihren Artgenossinnen. Die taten, als wenn sie Grund gehabt hätten, auf ihre für mein Gefühl viel zu schnell gewachsenen Lümmel stolz zu sein.

Ich konnte nicht aus dem Fenster auf die Fröbelwiese blicken, da mir die Höhe des Fensterbordes genauso wenig angemessen war wie die Größe der Schulbank. Dabei hätte ich gerne einen Blick auf die Fröbelwiese geworfen, auf der, wie ich wußte, Pfadfinder unter der Leitung des Gemüsehändlers Greff Zelte bauten, Landsknecht spielten und, wie es sich für Pfadfinder gehört, Gutes taten. Nicht etwa, daß ich an dieser übertriebenen Verherrlichung des Lagerlebens Anteil genommen hätte. Nur die Figur des kurzbehosten Greff interessierte mich. War seine Liebe zu schmalen, möglichst großäugigen, wenn auch bleichen Knaben doch so groß, daß er ihr die Uniform des Boy-Scout-Erfinders Baden-Powell gegeben hatte.

Durch eine infame Architektur um einen lohnenden Ausblick gebracht, schaute ich mir nur noch den Himmel an und fand schließlich darin Genüge. Immer neue Wolken wanderten von Nordwest nach Südost aus, als hätte jene Richtung den Wolken etwas Besonderes zu bieten gehabt. Meine Trommel, die bisher keinen Schlag lang ans Auswandern gedacht hatte, klemmte ich mir zwischen die Knie und das Fach der Schulbank. Die für den Rücken bestimmte Lehne schützte Oskars Hinterkopf. Hinter mir schnatterten, brüllten, lachten, weinten und tobten meine sogenannten Mitschüler. Man warf mit Papierkugeln nach mir, aber ich drehte mich nicht, hielt vielmehr die zielbewußten Wolken für ästhetischer als den Anblick einer Horde Grimassen schneidende, völlig überdrehte Rüpel.

Es wurde ruhiger in der Klasse Ia, als eine Frau eintrat, die sich hinterher Fräulein Spollenhauer nannte. Ich brauchte nicht ruhiger zu werden, da ich zuvor schon still und fast in mich gekehrt auf kommende Dinge gewartet hatte. Um ganz ehrlich zu sein: Oskar hatte es nicht einmal für nötig befunden, auf Kommendes zu warten, er bedurfte ja keiner Zerstreuung, wartete also nicht, sondern saß, nur seine Trommel spürend, im Schulgebänk und hatte es vergnügt mit den Wolken hinter oder vielmehr vor den österlich geputzten Schulfensterscheiben.

Fräulein Spollenhauer trug ein eckig zugeschnittenes Kostüm, das ihr ein trocken männliches Aussehen gab. Dieser Eindruck wurde noch durch den knappsteifen, Halsfalten ziehenden, am Kehlkopf schließenden und, wie ich zu bemerken glaubte, abwaschbaren Hemdkragen verstärkt. Kaum hatte sie in flachen Wanderschuhen die Klasse betreten, wollte sie sich sogleich beliebt machen und stellte die Frage: »Nun, liebe Kinder, könnt ihr auch ein Liedchen singen?«

Als Antwort wurde ihr Gebrüll zuteil, welches sie jedoch als Bejahung ihrer Frage wertete, denn sie stimmte geziert hoch das Frühlingslied »Der Mai ist gekommen« an, obgleich wir Mitte April hatten. Kaum hatte sie den Mai verkündet, brach die Hölle los. Ohne auf das Zeichen zum Einsatz zu warten, ohne den Text recht zu kennen, ohne das geringste Gefühl für den simplen Rhythmus dieses Liedchens, begann die Bande hinter mir, den Putz an den Wänden lockernd, durcheinander zu grölen.

Trotz ihrer gelblichen Haut, trotz Bubikopf und unterm Kragen vorlugendem männlichen Schlips tat mir die Spollenhauer leid. Von den Wolken, die offensichtlich schulfrei hatten, mich losreißend, raffte ich mich auf, zog mit einem Griff die Stöcke unter meinen Hosenträgern hervor und trommelte laut und einprägsam den Takt des Liedes. Aber die Bande hinter mir hatte keinen Sinn und kein Ohr dafür. Nur Fräulein Spollenhauer nickte mir aufmunternd zu, lächelte die an der Wand klebende Mütterschar an, blinzelte besonders zu Mama hinüber und veranlaßte mich, dieses als Zeichen zu ruhigem, schließlich kompliziertem, alle meine Kunststücke aufzeigendem Weitertrommeln zu werten. Längst hatte die Bande hinter mir aufgehört, die barbarischen Stimmen zu mischen. Schon bildete ich mir ein, meine Trommel unterrichte, lehre, mache meine Mitschüler zu meinen Schülern, da stellte sich die Spollenhauer vor meine Bank, blickte mir aufmerksam und nicht einmal ungeschickt, vielmehr selbstvergessen lächelnd auf Hände und Trommelstöcke, versuchte sogar, meinen Takt mitzuklopfen; gab sich für ein Minütchen als ein nicht unsympathisches älteres Mädchen, das, seinen Lehrberuf vergessend, der ihm vorgeschriebenen Existenzkarikatur entschlüpft, menschlich wird, das heißt kindlich, neugierig, vielschichtig, unmoralisch.

Als es dem Fräulein Spollenhauer jedoch nicht gelang, meinen Trommeltakt sogleich und richtig nachzuklopfen, verfiel sie wieder ihrer alten gradlinig dummen, obendrein schlechtbezahlten Rolle, gab sich den Ruck, den sich Lehrerinnen dann und wann geben müssen, sagte: »Du bist sicher der kleine Oskar. Von dir haben wir schon viel gehört. Wie schön du trommeln kannst. Nicht wahr, Kinder? Unser Oskar ist ein guter Trommler?«

Die Kinder brüllten, die Mütter rückten enger zusammen, die Spollenhauer hatte sich wieder in der Gewalt. »Doch nun«, fistelte sie, »wollen wir die Trommel im Klassenschrank verwahren, sie wird müde sein und schlafen wollen. Nachher, wenn die Schule aus ist, sollst du deine Trommel wiederbekommen.«

Noch während sie diese scheinheilige Rede abspulte, zeigte sie mir ihre kurzbeschnittenen Lehrerinnenfingernägel, wollte sich an der Trommel, die, bei Gott, weder müde war noch schlafen wollte, zehnmal kurzbeschnitten vergreifen. Vorerst hielt ich fest, schloß die Arme in Pulloverärmeln um das weißrotgeflammte Rund, blickte sie an, blickte dann, da sie unentwegt den uralten schablonenhaften Volksschullehrerinnenanblick gewährte, durch sie hindurch, fand im Innern des Fräulein Spollenhauer Erzählenswertes genug für drei unmoralische Kapitel, riß mich aber, da es um meine Trommel ging, von ihrem Innenleben los und registrierte, als mein Blick zwischen ihren Schulterblättern hindurchfand, auf guterhaltener Haut einen guldenstückgroßen, langbehaarten Leberfleck.

Sei es, daß sie sich von mir durchschaut fühlte, tat es meine Stimme, mit der ich ihr warnend, keinen Schaden anrichtend, am rechten Brillenglas kratzte: Sie gab die nackte Gewalt, die ihr die Knöchel schon weiß kreidete, auf, vertrug wohl das Schaben am Glas nicht, das befahl ihr eine Gänsehaut, fröstelnd ließ sie von meiner Trommel ab, sagte: »Du bist aber ein böser Oskar«, warf meiner Mama, die nicht wußte, wo hinblicken, einen vorwurfsvollen Blick zu, ließ mir meine hellwache Trommel, machte kehrt, marschierte mit flachen Absätzen zum Pult, kramte aus ihrer Aktentasche eine andere, wahrscheinlich die Lesebrille hervor, nahm sich jenes Gestell, an dem meine Stimme geschabt hatte, wie man mit Fingernägeln an Fensterscheiben schabt, mit entschiedener Bewegung von der Nase, tat so, als hätte ich ihr die Brille geschändet, setzte sich, den kleinen Finger beim Aufsetzen wegspreizend, das zweite Gestell auf die Nase, straffte dann ihre Figur, daß es knackte, und gab, während sie abermals in die Aktentasche langte, zu verstehen: »Ich lese euch jetzt den Stundenplan vor.«

Einen Stoß Zettel fischte sie aus dem Schweinsleder, hob einen Zettel für sich ab, gab den Rest an die Mütter, so auch an Mama weiter und verriet endlich den schon unruhig werdenden Sechsjährigen, was der Stundenplan zu bieten hatte. »Montag: Religion, Schreiben, Rechnen, Spielen; Dienstag: Rechnen, Schönschreiben, Singen, Naturkunde; Mittwoch: Rechnen, Schreiben, Zeichnen, Zeichnen; Donnerstag: Heimatkunde, Rechnen, Schreiben, Religion; Freitag: Rechnen, Schreiben, Spielen, Schönschreiben; Sonnabend: Rechnen, Singen, Spielen, Spielen.«

Das verkündigte Fräulein Spollenhauer wie ein unabänderliches Schicksal, gab diesem Produkt einer Volksschullehrerkonferenz ihre gestrenge, keinen Buchstaben verschmähende Stimme, wurde dann, sich ihrer Seminarzeit erinnernd, fortschrittlich milde, jauchzte, in erzieherische Lustigkeit ausbrechend: »Das, liebe Kinder, wollen wir nun alle zusammen wiederholen. Bitte – Montag?«

Die Horde brüllte Montag.

Sie darauf: »Religion?« Die getauften Heiden brüllten das Wörtchen Religion. Ich schonte meine Stimme, trommelte dafür die religiösen Silben aufs Blech.

Hinter mir schrien sie, durch die Spollenhauer veranlaßt: »Schrei – ben!« Zweimal gab meine Trommel Antwort. »Rech – nen!« Abermals zwei Schläge.

So ging das Geschrei hinter mir, das Vorbeten der Spollenhauer vor mir weiter, und ich schlug mäßig, gute Miene zum läppischen Spiel machend, die Silben auf meinem Blech an, bis die Spollenhauer – ich weiß nicht auf wessen Geheiß – aufsprang, offensichtlich erbost – doch nicht etwa wegen der Lümmel hinter mir wurde sie sauer – ich gab ihr hektisches Wangenrot, Oskars harmlose Trommel war ihr Stein des Anstoßes genug, einen taktsicheren Trommler ins Gebet zu nehmen.

»Oskar, du wirst jetzt auf mich hören; Donnerstag: Heimatkunde?« Das Wörtchen Donnerstag ignorierend, schlug ich viermal für Heimatkunde, fürs Rechnen und Schreiben je zweimal, der Religion widmete ich, wie es sich gehört, nicht etwa vier, sondern drei dreieinige, alleinseligmachende Trommelschläge.

Aber die Spollenhauer bemerkte die Unterschiede nicht. Ihr war alle Trommelei gleich zuwider. Zehnmal zeigte sie mir, wie schon vorher, die abgehacktesten Fingernägel und wollte zehnmal zugreifen.

Doch bevor sie noch mein Blech berührte, ließ ich schon meinen glastötenden Schrei los, der den drei übergroßen Klassenfenstern die oberen Scheiben nahm. Einem zweiten Schrei fielen die mittleren Fenster zum Opfer. Ungehindert drang die milde Frühlingsluft in den Klassenraum. Daß ich mit einem dritten Schrei auch die unteren Fensterscheiben tilgte, war im Grunde überflüssig, ja reiner Übermut, denn die Spollenhauer zog schon beim Versagen der oberen und mittleren Scheiben ihre Krallen ein. Anstatt mich aus reinem und künstlerisch fragwürdigem Mutwillen an den letzten Scheiben zu vergehen, hätte Oskar weiß Gott klüger gehandelt, wenn er die zurücktaumelnde Spollenhauer im Auge behalten hätte.

Weiß der Teufel, wo sie den Rohrstock hergezaubert haben mochte. Jedenfalls war er auf einmal da, zitterte in jener sich mit der Frühlingsluft kreuzenden Klassenluft, und durch diese Luftmischung ließ sie ihn sausen, ließ ihn biegsam sein, hungrig, durstig, auf platzende Haut versessen sein, auf das Sssst, auf die vielen Vorhänge, die ein Rohrstock vorzutäuschen vermag, auf die Befriedigung beider Teile. Und sie ließ ihn auf meinen Pultdeckel knallen, daß die Tinte im Fäßchen einen violetten Sprung machte. Und sie schlug, als ich ihr die Hand nicht zum Draufschlagen anbieten wollte, auf meine Trommel. Auf mein Blech schlug sie. Sie, die Spollenhauersche, schlug auf meine Blechtrommel. Was hatte die zu schlagen? Gut, wenn sie schlagen wollte, warum dann auf meine Trommel? Saßen nicht gewaschene Lümmel genug hinter mir? Mußte es unbedingt mein Blech sein? Mußte sie, die nichts, rein gar nichts von der Trommelei verstand, sich an meiner Trommel vergreifen? Was blitzte ihr da im Auge? Wie hieß das Tier, das schlagen wollte? Welchem Zoo entsprungen, welche Nahrung suchend, wonach läufig? – Es kam Oskar an, es drang ihm, ich weiß nicht aus welchen Gründen aufsteigend, durch die Schuhsohlen, Fußsohlen, fand hoch, besetzte seine Stimmbänder, ließ ihn einen Brunstschrei ausstoßen, der gereicht hätte, eine ganze herrliche, schönfenstrige, lichtfangende, lichtbrechende, gotische Kathedrale zu entglasen.

Ich formte mit anderen Worten einen Doppelschrei, der beide Brillengläser der Spollenhauer wahrhaft zu Staub werden ließ. Mit leicht blutenden Augenbrauen und aus nunmehr leeren Brillenfassungen blinzelnd, tastete sie sich rückwärts, begann schließlich häßlich und für eine Volksschullehrerin viel zu unbeherrscht zu greinen, während die Bande hinter mir ängstlich verstummte, teils unter den Bänken verschwand, teils die Zähnchen klappern ließ. Einige rutschten von Bank zu Bank den Müttern entgegen. Die jedoch, da sie den Schaden begriffen, suchten den Schuldigen und wollten über meine Mama herfallen, wären wohl auch über meine Mama hergefallen, hätte ich mich nicht, meine Trommel greifend, aus der Bank geschoben.

An der halbblinden Spollenhauer vorbei fand ich zu meiner von Furien bedrohten Mama, faßte sie bei der Hand, zog sie aus dem zugigen Klassenzimmer der Klasse Ia. Hallende Korridore. Steintreppen für Riesenkinder. Brotreste in sprudelnden Granitbecken. In der offenen Turnhalle zitterten Knaben unterm Reck. Mama hielt noch immer das Zettelchen. Vor dem Portal der Pestalozzischule nahm ich es ihr ab und machte aus einem Stundenplan eine sinnlose Papierkugel.

Dem Fotografen jedoch, der zwischen den Säulen des Portals auf die Erstkläßler mit den Schultüten und Müttern wartete, erlaubte Oskar, eine Aufnahme von ihm und seiner bei all dem Durcheinander nicht verlorengegangenen Schultüte zu machen. Die Sonne kam hervor, über uns summten Klassenzimmer. Der Fotograf stellte Oskar vor die Kulisse einer Schultafel, auf der geschrieben stand: Mein erster Schultag.

Rasputin und das ABC

Meinem Freund Klepp und dem mit halbem Ohr hinhörenden Pfleger Bruno Oskars erste Begegnung mit dem Stundenplan erzählend, sagte ich soeben: Auf jener Schultafel, die dem Fotografen den traditionellen Hintergrund für postkartengroße Aufnahmen sechsjähriger Knaben mit Tornistern und Schultüten abgab, stand geschrieben: Mein erster Schultag.

Selbstverständlich war dieses Sätzchen nur den Müttern leserlich, die hinter dem Fotografen standen und aufgeregter als ihre Knaben taten. Die Knaben vor der Tafel mit Inschrift konnten allenfalls ein Jahr später, entweder bei der österlichen Einschulung der neuen Erstkläßler oder auf den ihnen gebliebenen Fotos, entziffern, daß jene bildschönen Aufnahmen anläßlich ihres ersten Schultages gemacht worden waren.

Sütterlinschrift kroch bösartig spitzig und in den Rundungen falsch, weil ausgestopft, über die Schultafel, kreidete jene den Anfang eines neuen Lebensabschnittes markierende Inschrift. In der Tat läßt sich gerade die Sütterlinschrift für Markantes, Kurzformuliertes, für Tageslosungen etwa, gebrauchen. Auch gibt es gewisse Dokumente, die ich zwar nie gesehen habe, die ich mir dennoch mit Sütterlinschrift beschrieben vorstelle. Ich denke da an Impfscheine, Sporturkunden und handgeschriebene Todesurteile. Schon damals, da ich Sütterlinschrift zwar durchschauen, aber nicht lesen konnte, wollte die Doppelschlinge des Sütterlin M, mit dem die Inschrift begann, tückisch und nach Hanf riechend, mich ans Schafott gemahnen. Dennoch hätte ich's gerne Buchstabe für Buchstabe gelesen und nicht nur dunkel geahnt. Es soll ja niemand glauben, ich hätte meine Begegnung mit dem Fräulein Spollenhauer von so hoher Warte aus glaszersingend gestaltet und als revoltierende Protesttrommelei betrieben, weil ich des ABC mächtig gewesen wäre. O nein, ich wußte allzu gut, daß es mit dem Durchschauen der Sütterlinschrift nicht getan war, daß mir das simpelste Schulwissen fehlte. Es konnte dem Oskar leider nicht die Methode gefallen, mit der ihn ein Fräulein Spollenhauer zum Wissenden machen wollte.

Demnach beschloß ich keinesfalls beim Verlassen der Pestalozzischule: Mein erster Schultag soll auch mein letzter sein. Die Schule ist aus, jetzt gehn wir nach Haus. Nichts dergleichen! Schon während der Fotograf mich für immer ins Bild bannte, dachte ich: Du stehst hier vor einer Schultafel, stehst unter einer wahrscheinlich bedeutenden, womöglich verhängnisvollen Inschrift. Du kannst zwar dem Schriftbild nach die Inschrift beurteilen und dir Assoziationen wie Einzelhaft, Schutzhaft, Oberaufsicht und Alle-an-einem-Strick aufzählen, aber entziffern kannst du die Inschrift nicht. Dabei hast du bei all deiner zum halbbewölkten Himmel schreienden Unwissenheit vor, diese Stundenplanschule nie wieder zu betreten. Wo, Oskar, wo willst du das große und das kleine ABC lernen?

Daß es ein großes und ein kleines ABC gab, hatte ich, dem eigentlich ein kleines ABC genügt hätte, unter anderem der unübersehbaren, nicht aus der Welt zu denkenden Existenz großer Leute entnommen, die sich selbst Erwachsene nannten. Man wird schließlich nicht müde, die Existenzberechtigung eines großen und kleinen ABC durch einen großen und kleinen Katechismus, durch ein großes und kleines Einmaleins zu belegen, und bei Staatsbesuchen spricht man, je nachdem wie groß der Aufmarsch dekorierter Diplomaten und Würdenträger ist, von einem großen oder kleinen Bahnhof.

Weder Matzerath noch Mama kümmerten sich während der nächsten Monate um meine Ausbildung. Das Elternpaar ließ es mit dem einen, für Mama so anstrengenden und beschämenden Einschulungsversuch genug sein. Sie taten es dem Onkel Jan Bronski gleich, seufzten, wenn sie mich von oben her betrachteten, kramten alte Geschichten wie meinen dritten Geburtstag aus: »Die offene Falltür! Du hast sie offengelassen, stimmts! Du warst in der Küche und vorher im Keller, stimmts! Du hast eine Konservendose mit gemischtem Obst für den Nachtisch hochgeholt, stimmts! Du hast die Falltür zum Keller offengelassen, stimmts!«

Es stimmte alles, was Mama dem Matzerath vorwarf, und stimmte dennoch nicht, wie wir wissen. Aber er trug die Schuld und weinte sogar manchmal, weil sein Gemüt weich sein konnte. Dann mußte er von Mama und Jan Bronski getröstet werden, und sie nannten mich, Oskar, ein Kreuz, das man tragen müsse, ein Schicksal, das wohl unabänderlich sei, eine Prüfung, von der man nicht wisse, womit man sie verdiene.

Von diesen schwergeprüften, vom Schicksal geschlagenen Kreuzträgern war also keine Hilfe zu erwarten. Auch Tante Hedwig Bronski, die mich oft holen kam, damit ich mit ihrer zweijährigen Marga im Sandkasten des Steffensparkes spielte, schied als Lehrerin für mich aus: Sie war zwar gutmütig, aber himmelblau dumm. Gleichfalls mußte ich mir die Schwester Inge des Dr. Hollatz, die weder himmelblau noch gutmütig war, aus dem Sinn schlagen: Denn die war klug, keine gewöhnliche Sprechstundenhilfe, sondern eine unersetzliche Assistentin und hatte deshalb auch keine Zeit für mich.

Ich bewältigte mehrmals am Tage die über hundert Treppenstufen des vierstöckigen Mietshauses, trommelte Rat suchend auf jeder Etage, roch, was es bei neunzehn Mietparteien zu Mittag gab, und klopfte dennoch an keine Tür, weil ich weder im alten Heilandt noch im Uhrmacher Laubschad, schon gar nicht in der dicken Frau Kater oder, bei aller Zuneigung, in Mutter Truczinski meinen künftigen Magister erkennen wollte.

Da gab es unter dem Dach den Musiker und Trompeter Meyn. Herr Meyn hielt sich vier Katzen und war immer betrunken. Tanzmusik spielte er auf »Zinglers Höhe«, und am Heiligen Abend stampfte er mit fünf ähnlich Betrunkenen durch Schnee und Straßen und kämpfte mit Chorälen gegen gestrengen Frost an. Ihm begegnete ich einmal auf dem Dachboden: In schwarzer Hose, weißem Extrahemd lag er auf dem Rücken, rollte mit unbeschuhten Füßen eine leere Machandelflasche und blies ganz wunderschön Trompete. Ohne sein Blech abzusetzen, nur leicht die Augen verdrehend, nach mir, der ich hinter ihm stand, schielend, respektierte er mich als ihn begleitenden Trommler. Es war ihm sein Blech nicht mehr wert als mein Blech. Unser Duo trieb seine vier Katzen aufs Dach und ließ die Dachpfannen leicht vibrieren.

Als wir die Musik beendeten, das Blech sinken ließen, holte ich unter meinem Pullover eine alte »Neueste Nachrichten« hervor, glättete das Papier, kauerte mich neben den Trompeter Meyn, hielt ihm die Lektüre hin und verlangte Unterrichtung im großen und kleinen ABC.

Aber Herr Meyn war aus seiner Trompete heraus sogleich in den Schlaf gefallen. Es gab für ihn nur drei wahre Behältnisse: die Machandelflasche, die Trompete und den Schlaf. Zwar haben wir noch oftmals, genau gesagt, bis er in die Reiter-SA als Musiker eintrat und für einige Jahre den Machandel aufgab, Duette, ohne vorher zu üben, auf dem Dachboden den Kaminen, Dachpfannen, Tauben und Katzen vorgespielt, aber zum Lehrer wollte er nicht taugen.

Ich versuchte es mit dem Gemüsehändler Greff. Ohne meine Trommel, denn Greff hörte nicht gerne das Blech, besuchte ich mehrmals den Kellerladen schräg gegenüber. Die Voraussetzungen für ein gründliches Studium schienen gegeben: lagen doch überall in der Zweizimmerwohnung, im Laden selbst, hinter und auf dem Ladentisch, sogar in dem verhältnismäßig trockenen Kartoffelkeller lagen Bücher, Abenteuerbücher, Liederbücher, der Cherubinische Wandersmann, des Walter Flex Schriften, Wiecherts einfaches Leben, Daphnis und Chloe, Künstlermonographien, Stapel Sportzeitschriften, auch Bildbände mit halbnackten Knaben, die aus unerfindlichen Gründen, zumeist zwischen Dünen am Strand, Bällen nachsprangen und geölt glänzende Muskeln dabei zeigten.

Greff hatte schon zu jener Zeit viel Ärger im Geschäft. Prüfer vom Eichamt hatten beim Kontrollieren der Waage und Gewichte einiges zu bemängeln gehabt. Das Wörtchen Betrug fiel. Greff mußte eine Buße zahlen und neue Gewichte kaufen. Sorgenvoll wie er war, konnten ihn nur noch seine Bücher und die Heimabende und Wochenendwanderungen mit seinen Pfadfindern aufheitern.

Kaum bemerkte er meinen Eintritt ins Geschäft, schrieb weiter Preisschildchen, und ich griff mir, die günstige Gelegenheit der Preisschildchenschreiberei nutzend, drei, vier weiße Pappen, dazu einen Rotstift und versuchte, eifrig tuend, die schon beschrifteten Schildchen, Sütterlin imitierend, als Vorlage zu benutzen und dadurch Greffs Aufmerksamkeit zu erregen.

Oskar war ihm wohl zu klein, nicht großäugig und bleich genug. So ließ ich also vom Rotstift, wählte mir einen Schmöker voller dem Greff ins Auge springender Nackedeis, tat auffallend mit dem Buch, hielt Fotos sich bückender oder dehnender Knaben, von denen ich annehmen konnte, daß sie dem Greff etwas bedeuteten, schräg und auch ihm zur Ansicht.

Da der Gemüsehändler, wenn nicht gerade Kundschaft im Laden war und rote Rüben verlangte, allzu exakt an den

Preisschildchen herumpinselte, mußte ich schon geräuschvoll mit den Buchdeckeln klappen oder die Seiten rasch und knisternd bewegen, damit er aus seinen Preisschildchen auftauchte und Anteil an mir, dem Leseunkundigen, nahm.

Um es gleich zu sagen: Greff begriff mich nicht. Wenn Pfadfinder im Laden waren – und nachmittags waren immer zwei oder drei seiner Unterführer um ihn –, bemerkte er Oskar überhaupt nicht. War Greff jedoch alleine, konnte er nervös streng und der Störungen wegen verärgert aufspringen und Befehle erteilen: »Laß das Buch liegen, Oskar! Kannst ja doch nichts damit anfangen. Biste viel zu dumm für und zu klein. Wirste noch kaputt machen. Hat über sechs Gulden gekostet. Wenn du spielen willst, da sind Kartoffeln und Weißkohlköppe genug!«

Dann nahm er mir den Schmöker weg, blätterte darin, ohne das Gesicht zu verziehen, und ließ mich zwischen Wirsingkohl, Rosenkohl, Rotkohl und Weißkohl, zwischen Wrucken und Bulven stehen, vereinsamen; denn Oskar hatte seine Trommel nicht bei sich.

Zwar gab es noch die Frau Greff, und ich schob mich auch zumeist nach der Abfuhr durch den Gemüsehändler ins Schlafzimmer des Ehepaares. Frau Lina Greff lag zu dem Zeitpunkt schon wochenlang zu Bett, tat kränklich, roch nach faulendem Nachthemd und nahm alles mögliche in die Hand, nur kein Buch, das mich unterrichtet hätte.

Leichten Neid kauend, sah Oskar in der folgenden Zeit gleichaltrigen Knaben auf die Schultornister, an deren Seiten Schwämme und Läppchen der Schiefertafeln wippten und wichtig taten. Trotzdem kann er sich nicht erinnern, jemals Gedanken gehabt zu haben wie: Du hast es dir selbst eingebrockt, Oskar. Hättest gute Miene zum Schulspiel machen sollen. Hättest es nicht mit der Spollenhauer auf alle Zeiten verderben sollen. Die Bengels überholen dich! Die haben entweder das große oder das kleine ABC intus, während du nicht einmal die »Neuesten Nachrichten« richtig zu halten weißt.

Leichter Neid, sagte ich soeben, mehr war es nicht. Bedurfte es doch nur einer flüchtigen Geruchsprobe, um von der Schule endgültig die Nase voll zu haben. Haben Sie einmal an den schlechtausgewaschenen, halbzerfressenen Schwämmen und Läppchen jener abblätternd gelbumrandeten Schiefertafeln geschnuppert, die im billigsten Leder der Schultornister die Ausdünstungen aller Schönschreiberei, den Dunst des kleinen und großen Einmaleins, den Schweiß quietschender, stockender, verrutschender, mit Spucke befeuchteter Griffel aufbewahren? Dann und wann, wenn aus der Schule heimkehrende Schüler in meiner Nähe die Tornister ablegten, um Fußball oder Völkerball zu spielen, bückte ich mich zu den in der Sonne dörrenden Schwämmen und stellte mir vor, daß ein eventuell vorhandener Satan in seinen Achselhöhlen derlei säuerliche Wolken züchte.

Die Schule der Schiefertafeln war also kaum nach meinem Geschmack. Oskar will aber nicht behaupten, daß jenes Gretchen Scheffler, das bald darauf seine Ausbildung in die Hand nahm, ihm gemäßen Geschmack verkörperte.

Alles Inventar der Schefflerschen Bäckerwohnung im Kleinhammerweg beleidigte mich. Diese Zierdeckchen, wappenbestickten Kissen, in Sofaecken lauernden Käthe-Kruse-Puppen, Stofftiere, wohin man auch trat, Porzellan, das nach einem Elefanten verlangte, Reiseandenken in jeder Blickrichtung, angefangenes Gehäkeltes, Gestricktes, Besticktes, Geflochtenes, Geknotetes, Geklöppeltes und mit Mausezähnchen Umrandetes. Zu dieser süßniedlichen, entzückend gemütlichen, erstickend winzigen, im Winter überheizten, im Sommer mit Blumen vergifteten Behausung fällt mir nur eine Erklärung ein: Gretchen Scheffler hatte keine Kinder, hätte so gerne Kinderchen zum Bestricken gehabt, hätte, ach lag es am Scheffler, lag es an ihr, so zum Auffressen gerne ein Kindchen behäkelt, beperlt, umrandet und mit Kreuzstichküßchen besetzt.

Hier trat ich ein, um das kleine und große ABC zu lernen. Mühe gab ich mir, daß kein Porzellan oder Reiseandenken zuschanden wurde. Meine glastötende Stimme ließ ich sozusagen zu Hause, drückte ein Auge zu, wenn das Gretchen befand, es sei nun genug getrommelt worden, und mir mit Gold- und Pferdezähnen lächelnd die Trommel von den Knien zog, das Blech zwischen Teddybären legte.

Ich befreundete mich mit zwei Käthe-Kruse-Puppen, drückte die Bälge an mich, klimperte wie verliebt mit den Wimpern der immer erstaunt blickenden Damen, damit diese falsche, doch deshalb um so echter wirkende Freundschaft mit Puppen das zwei glatt, zwei kraus gestrickte Herz des Gretchens bestricke.

Mein Plan war nicht schlecht. Schon beim zweiten Besuch öffnete Gretchen ihr Herz, das heißt, sie ribbelte es auf, wie man Strümpfe aufribbelt, zeigte mir den ganzen langen, an einigen Stellen schon Knötchen zeigenden fadenscheinigen Faden, indem sie alle Schränke, Kisten und Schächtelchen vor mir aufschloß, den mit Perlen besetzten Plunder vor mir ausbreitete, Stapel Kinderjäckchen, Kinderlätzchen, Kinderhöschen, die für Fünflinge gereicht hätten, mir anhielt, anzog und wieder abnahm.

Dann zeigte sie Schefflers im Kriegerverein erworbene Schützenabzeichen, Fotos danach, die sich zum Teil mit unseren Fotos deckten, und endlich, da sie den Babykram noch einmal anfaßte und irgend etwas Strampeliges suchte, da endlich kamen Bücher zum Vorschein; hatte Oskar doch fest damit gerechnet, Bücher hinter dem Babykram zu finden; hatte Oskar sie doch mit Mama über Bücher sprechen hören; wußte er doch, wie eifrig die beiden, da sie noch verlobt und schließlich fast gleichzeitig jung verheiratet waren,

Bücher getauscht, Bücher aus der Leihbücherei am Filmpalast entliehen hatten, um mit Lesestoff vollgepumpt der Kolonialwarenhändlerehe und Bäckerehe mehr Welt, Weite und Glanz vermitteln zu können.

Viel war es nicht, was Gretchen mir zu bieten hatte. Sie, die nicht mehr las, seitdem sie nur noch strickte, mochte wohl wie Mama, die wegen Jan Bronski nicht mehr zum Lesen kam, die stattlichen Bände der Buchgemeinschaft, deren Mitglieder beide längere Zeit waren, an Leute verschenkt haben, die noch lasen, weil sie nicht strickten und auch keinen Jan Bronski hatten.

Auch schlechte Bücher sind Bücher und deshalb heilig. Was ich da fand, stellte Kraut und Rüben dar, stammte wohl zum guten Teil aus der Bücherkiste ihres Bruders Theo, der auf der Doggerbank den Seemannstod gefunden hatte. Sieben oder acht Bände Köhlers Flottenkalender voller Schiffe, die längst gesunken waren, die Dienstgrade der kaiserlichen Marine, Paul Beneke, der Seeheld – das durfte wohl kaum die Speise gewesen sein, nach der Gretchens Herz verlangte. Erich Keysers Geschichte der Stadt Danzig und jener Kampf um Rom, den ein Mann namens Felix Dahn mit Hilfe von Totila und Teja, Belisar und Narses geführt haben mußte, hatten wohl gleichfalls unter den Händen des zur See gefahrenen Bruders an Glanz und Buchrückenhalt verloren. Gretchens Büchergestell sprach ich ein Buch zu, das über Soll und Haben abrechnete, und etwas über Wahlverwandtschaften von Goethe sowie den reichbebilderten dikken Band: Rasputin und die Frauen.

Nach längerem Zögern – die Auswahl war zu klein, als daß ich mich hätte schnell entscheiden mögen – griff ich, ohne zu wissen, was ich griff, nur dem bekannten inneren Stimmchen gehorchend, zuerst den Rasputin und dann den Goethe.

Dieser Doppelgriff sollte mein Leben, zumindest jenes Leben, welches abseits meiner Trommel zu führen ich mir anmaßte, festlegen und beeinflussen. Bis zum heutigen Tage – da Oskar die Bücherei der Heil- und Pflegeanstalt bildungsbeflissen nach und nach in sein Zimmer lockt – schwanke ich, auf Schiller und Konsorten pfeifend, zwischen Goethe und Rasputin, zwischen dem Gesundbeter und dem Alleswisser, zwischen dem Düsteren, der die Frauen bannte, und dem lichten Dichterfürsten, der sich so gern von den Frauen bannen ließ. Wenn ich mich zeitweilig mehr dem Rasputin zugehörig betrachtete und Goethes Unduldsamkeit fürchtete, lag das an dem leisen Verdacht: Der Goethe hätte, hättest du, Oskar, zu seiner Zeit getrommelt, in dir nur Unnatur erkannt, dich als die leibhaftige Unnatur verurteilt und seine Natur – die du schließlich immer, selbst wenn sie sich noch so unnatürlich spreizte, bewundert und angestrebt hast –, sein Naturell hätte er mit übersüßem Konfekt gefüttert und dich armen Tropf wenn nicht mit dem Faust, dann mit einem dicken Band seiner Farbenlehre erschlagen.

Doch zurück zu Rasputin. Er hat mir mit Gretchen Schefflers Hilfe das kleine und große ABC beigebracht, hat mich gelehrt, die Frauen aufmerksam zu behandeln, und hat mich getröstet, wenn Goethe mich kränkte.

Es war gar nicht so einfach, das Lesen zu lernen und dabei den Unwissenden zu spielen. Das sollte mir schwerer fallen als das jahrelange Vortäuschen eines kindlichen Bettnässens. Galt es beim Bettnässen doch, allmorgendlich einen Mangel zu demonstrieren, der mir im Grunde entbehrlich gewesen wäre. Den Unwissenden spielen, hieß jedoch für mich, mit meinen rapiden Fortschritten hinter dem Berg zu halten, einen ständigen Kampf mit beginnender intellektueller Eitelkeit zu führen. Daß die Erwachsenen in mir einen Bettnässer sahen, nahm ich innerlich achselzuckend hin, daß ich ihnen aber jahraus, jahrein als Dummerjan herhalten mußte, kränkte Oskar und auch seine Lehrerin.

Gretchen begriff, sobald ich die Bücher aus der Babywäsche gerettet hatte, auf der Stelle und heiter jauchzend ihren Lehrberuf. Es gelang mir, die gänzlich verstrickte Kinderlose aus ihrer Wolle zu locken und beinahe glücklich zu machen. Eigentlich hätte sie es lieber gesehen, wenn ich Soll und Haben zu meinem Schulbuch gemacht hätte; aber ich bestand auf Rasputin und wollte Rasputin, als sie zur zweiten Unterrichtsstunde ein richtiges Büchlein für ABC-Schützen gekauft hatte, und entschloß mich endlich zum Sprechen, als sie mir immer wieder mit Bergbauerromanen, Märchen wie Zwerg Nase und Däumeling kam. »Rapupin!« schrie ich oder auch: »Raschuschin!« Zeitweilig tat ich ganz und gar albern: »Raschu, Raschu!« hörte man Oskar plappern, damit das Gretchen einerseits begriff, welche Lektüre mir angenehm war, andererseits aber im Unklaren blieb über sein erwachendes, Buchstaben pickendes Genie.

Ich lernte rasch, regelmäßig, ohne mir viel dabei zu denken. Nach einem Jahr fühlte ich mich in Petersburg, in den Privatgemächern des Selbstherrschers aller Russen, im Kinderzimmer des immer kränklichen Zarewitsch, zwischen Verschwörern und Popen und nicht zuletzt als Augenzeuge Rasputinscher Orgien wie zu Hause. Das hatte ein mir zusagendes Kolorit, da ging es um eine zentrale Figur. Das sagten auch die im Buch verstreuten zeitgenössischen Stiche, die den bärtigen Rasputin mit den Kohleaugen inmitten schwarze Strümpfe tragender, sonst nackter Damen zeigten. Rasputins Tod ging mir nach: Man hat ihn mit vergifteter Torte, vergiftetem Wein vergiftet, dann, als er mehr von der Torte wollte, mit Pistolen erschossen, und als ihn das Blei in der Brust tanzlustig stimmte, gefesselt und in einem Eisloch der Newa versenkt. Das taten alles männliche Offiziere. Die Damen der Metropole Petersburg hätten ihrem Väterchen Rasputin niemals giftige Torte, sonst aber alles gegeben, was er von ihnen verlangte. Die Frauen glaubten an ihn, während die Offiziere ihn erst aus dem Weg räumen mußten, um wieder an sich selbst glauben zu können.

War es ein Wunder, daß nicht nur ich Gefallen am Leben und Ende des athletischen Gesundbeters fand? Das Gretchen tastete sich wieder zur Lektüre ihrer ersten Ehejahre zurück, löste sich während des lauten Vorlesens gelegentlich auf, zitterte, wenn das Wörtchen Orgie fiel, hauchte das Zauberwort Orgie besonders, war, wenn sie Orgie sagte, zur Orgie bereit und konnte sich dennoch unter einer Orgie keine Orgie vorstellen.

Schlimm wurde es, wenn Mama in den Kleinhammerweg mitkam und in der Wohnung über der Bäckerei meinem Unterricht beiwohnte. Das artete manchmal zur Orgie aus, das wurde Selbstzweck und kein Unterricht für Klein-Oskar mehr, das gab bei jedem dritten Satz zweistimmiges Gekicher, das ließ die Lippen trocken und rissig werden, das rückte die beiden verheirateten Frauen, wenn Rasputin es nur wollte, immer näher zusammen, das machte sie unruhig auf Sofakissen, das brachte sie auf den Gedanken, die Schenkel zusammenzupressen, da wurde aus anfänglichem Gekalber schlußendliches Seufzen, da hatte man nach zwölf Seiten Rasputinlektüre, was man vielleicht gar nicht gewollt, kaum erwartet hatte, aber am hellen Nachmittag gerne mitnahm, wogegen Rasputin sicher nichts einzuwenden gehabt hätte, was er vielmehr gratis und bis in alle Ewigkeit austeilen wird.

Schließlich, wenn beide Frauen achgottachgott gesagt hatten und sich verlegen in den verrutschten Frisuren nestelten, gab Mama zu bedenken: »Ob Oskarchen auch wirklich nichts davon versteht?« »Aber wo doch«, beschwichtigte dann das Gretchen, »ich geb' mir ja soviel Mühe, aber er lernt und lernt nich', und Lesen wird er wohl nie lernen.«

Um von meiner durch nichts zu erschütternden Unwissenheit Zeugnis abzulegen, fügte sie noch dazu: »Stell dir nur vor, Agnes, die Seiten reißt er aus unserem Rasputin raus, zerknüllt sie, und nachher sind sie weg. Manchmal möcht' ich es aufgeben. Aber wenn ich dann seh', wie glücklich er ist überm Buch, laß ich ihn reißen und kaputt machen. Ich hab Alex schon gesagt, er soll uns'n neuen Rasputin auf Weihnachten schenken.«

Es gelang mir also – Sie werden es bemerkt haben – nach und nach, im Verlauf von drei oder vier Jahren – solange und noch länger unterrichtete mich das Gretchen Scheffler –, über die Hälfte der Buchseiten aus dem Rasputin herauszutrennen, vorsichtig, dabei Mutwillen vortäuschend, zu zerknüllen, um dann hinterher, zu Hause, in meiner Trommlerecke, die Blätter unter dem Pullover hervorzuziehen, sie geglättet und gestapelt zur heimlichen, von Frauen ungestörten Lektüre zu verwenden. Ähnlich verfuhr ich mit dem Goethe, den ich anläßlich jeder vierten Unterrichtsstunde, »Döte« rufend, dem Gretchen abforderte. Allein auf Rasputin wollte ich mich nicht verlassen, denn allzubald wurde mir klar, daß auf dieser Welt jedem Rasputin ein Goethe gegenübersteht, daß Rasputin Goethe oder der Goethe einen Rasputin nach sich zieht, sogar erschafft, wenn es sein muß, um ihn hinterher verurteilen zu können.

Wenn Oskar mit seinem ungebundenen Buch auf dem Dachboden oder im Schuppen des alten Herrn Heilandt hinter Fahrradgestellen hockte und die losen Blätter der Wahlverwandtschaften mit einem Bündel Rasputin mischte, wie man Karten mischt, las er das neu entstandene Buch mit wachsendem aber gleichwohl lächelndem Erstaunen, sah Ottilie züchtig an Rasputins Arm durch mitteldeutsche Gärten wandeln und Goethe, mit einer ausschweifend adligen Olga im Schlitten sitzend, durchs winterliche Petersburg von Orgie zu Orgie schlittern.

Doch noch einmal zurück in meine Schulstube am Kleinhammerweg. Das Gretchen hatte, auch wenn ich keine Fortschritte zu machen schien, die mädchenhafteste Freude an mir. Sie blühte in meiner Nähe, auch unter der segnenden, zwar unsichtbaren, aber dennoch behaarten Hand des russischen Gesundbeters mächtig, selbst ihre Zimmerlinden und Kakteen mitreißend, auf. Hätte der Scheffler nur in jenen Jahren dann und wann die Finger aus dem Mehl gezogen und die Semmeln der Backstube gegen ein anderes Semmelchen vertauscht. Das Gretchen hätte sich gerne von ihm kneten, walken, einpinseln und backen lassen. Wer weiß, was aus dem Ofen herausgekommen wäre? Am Ende etwa doch noch ein Kindchen. Es wäre dem Gretchen diese Backfreude zu gönnen gewesen.

So aber saß sie nach angeregtester Rasputinlektüre mit feurigem Auge und leicht wirrem Haar da, bewegte ihre Gold- und Pferdezähne, hatte aber nichts zu beißen, sagte achgottachgott und meinte den uralten Sauerteig. Da Mama, die ja ihren Jan hatte, dem Gretchen nicht helfen konnte, hätten die Minuten nach diesem Teil meines Unterrichts leicht unglücklich enden können, wenn das Gretchen nicht ein so fröhliches Herz gehabt hätte.

Schnell sprang sie dann in die Küche, kam mit der Kaffeemühle wieder, nahm die wie einen Liebhaber, sang, während der Kaffee zu Schrot wurde, wehmütig leidenschaftlich und von Mama unterstützt »Schwarze Augen« oder »Der rote Sarafan«, nahm die schwarzen Augen in die Küche mit, setzte dort Wasser auf, lief, während sich das Wasser auf der Gasflamme erhitzte, hinunter in die Bäckerei, holte dort, oft gegen Schefflers Einspruch, Frisch- und Altgebackenes, deckte das Tischchen mit geblümten Sammeltassen, Sahnekännchen, Zuckerdöschen, Kuchengabeln und streute Stiefmütterchen dazwischen, goß dann den Kaffee ein, lenkte zu Melodien aus dem »Zarewitsch« über, reichte Liebesknochen, Bienenstiche, Es steht ein Soldat am Wolgastrand und mit Mandelsplittern gespickten Frankfurter Kranz, Hast du dort droben viel Englein bei dir, auch Baiser mit Schlagsahne so süß, so süß; und kauend kam man wieder, doch jetzt mit dem nötigen Abstand, auf Rasputin zu sprechen, konnte sich alsbald, nach kurzer, kuchengesättigter Zeit, ehrlich über die so schlimme und abgrundtiefverdorbene Zarenzeit entrüsten.

Ich aß in jenen Jahren entschieden zuviel Kuchen. Wie man auf Fotos nachprüfen kann, wurde Oskar davon zwar nicht größer, aber dicker und unförmig. Oft wußte ich mir nach allzu süßen Unterrichtsstunden im Kleinhammerweg nicht anders zu helfen, als daß ich im Labesweg hinter dem Ladentisch, sobald Matzerath außer Sicht war, ein Stück trockenes Brot an einen Bindfaden band, in das norwegische Fäßchen mit eingelegten Heringen tunkte und erst herauszog, wenn das Brot von der Salzlauge bis zum Überdruß durchtränkt war. Sie können sich nicht vorstellen, wie nach dem unmäßigen Kuchengenuß dieser Imbiß als Brechmittel wirkte. Oftmals gab Oskar, um abzunehmen, auf unserem Klosett für über einen Danziger Gulden Kuchen aus der Bäckerei Scheffler von sich; das war damals viel Geld.

Mit noch etwas anderem mußte ich dem Gretchen die Unterrichtsstunden bezahlen. Sie, die so gerne Kindersachen nähte und strickte, machte mich zur Ankleidepuppe. Kittelchen, Mützchen, Höschen, Mäntelchen mit und ohne Kapuzen mußte ich mir in jeder Machart, in allen Farben, aus wechselnden Stoffen anpassen und gefallen lassen.

Ich weiß nicht, ob es Mama, ob es Gretchen war, die mich anläßlich meines achten Geburtstages in einen kleinen, erschießenswerten Zarewitsch verwandelte. Damals erreichte der Rasputinkult der beiden Frauen seinen Höhepunkt. Ein Foto jenes Tages zeigt mich neben dem Geburtstagskuchen, den acht nicht tropfende Kerzen umzäunten, in besticktem Russenkittel, unter keß schief sitzender Kosakenmütze, hinter gekreuzten Patronengurten, in gepluderten weißen Hosen und kurzen Stiefeln stehend.

Ein Glück, daß meine Trommel mit ins Bild durfte. Welch weiteres Glück, daß Gretchen Scheffler, womöglich auf mein Drängen hin, mir ein Kostüm zuschnitt, nähte, schließlich verpaßte, das biedermeierlich und wahlverwandt genug heute noch in meinem Fotoalbum den Geist Goethes beschwört, von meinen zwei Seelen zeugt, mich also mit einer einzigen Trommel in Petersburg und Weimar gleichzeitig zu den Müttern hinabsteigen, mit Damen Orgien feiern läßt.

Fernwirkender Gesang vom Stockturm aus gesungen

Fräulein Dr. Hornstetter, die fast jeden Tag auf eine Zigarettenlänge in mein Zimmer kommt, als Ärztin mich behandeln sollte, doch jedesmal von mir behandelt weniger nervös das Zimmer verläßt, sie, die so scheu ist und eigentlich nur mit ihren Zigaretten näheren Umgang pflegt, behauptet immer wieder: Ich sei in meiner Jugend kontaktarm gewesen, habe zu wenig mit anderen Kindern gespielt.

Nun, was die anderen Kinder betrifft, mag sie nicht ganz unrecht haben. War ich doch so durch Gretchen Schefflers Lehrbetrieb beansprucht, so zwischen Goethe und Rasputin hin und her gerissen, daß ich selbst beim besten Willen keine Zeit für Ringelreihn und Abzählspiele fand. Sooft ich aber gleich einem Gelehrten die Bücher mied, sogar als Buchstabengräber verfluchte und auf Kontakt mit dem einfachen Volk aus war, stieß ich auf die Gören unseres Mietshauses, durfte froh sein, wenn es mir nach einiger Berührung mit jenen Kannibalen gelang, heil zu meiner Lektüre wieder zurückzufinden.

Oskar konnte die Wohnung seiner Eltern entweder durch den Laden verlassen, dann stand er auf dem Labesweg, oder er schlug die Wohnungstür hinter sich zu, befand sich im Treppenhaus, hatte links die Möglichkeit zur Straße geradeaus, die vier Treppen hoch zum Dachboden, wo der Musiker Meyn die Trompete blies, und als letzte Wahl bot sich der Hof des Mietshauses. Die Straße, das war Kopfsteinpflaster. Auf dem gestampften Sand des Hofes vermehrten sich Kaninchen und wurden Teppiche geklopft. Der Dachboden bot außer gelegentlichen Duetten mit dem betrunkenen Herrn Meyn Ausblick, Fernsicht und jenes hübsche aber trügerische Freiheitsgefühl, das alle Turmbesteiger suchen, das Mansardenbewohner zu Schwärmern macht.

Während der Hof für Oskar voller Gefahren war, bot ihm der Dachboden Sicherheit, bis Axel Mischke und sein Volk ihn auch dort vertrieben. Der Hof hatte die Breite des Mietshauses, maß aber nur sieben Schritte in die Tiefe und stieß mit einem geteerten, oben Stacheldraht treibenden Bretterzaun an drei andere Höfe. Vom Dachboden aus ließ sich dieses Labyrinth gut überschauen: Die Häuser des Labesweges, der beiden Querstraßen Hertastraße und Luisenstraße und der entfernt gegenüberliegenden Marienstraße schlossen ein aus Höfen bestehendes beträchtliches Viereck ein, in dem sich auch eine Hustenbonbonfabrik und mehrere Krauterwerkstätten befanden. Hier und da drängten Bäume und Büsche aus den Höfen und zeigten die Jahreszeit an. Sonst waren die Höfe zwar in der Größe unterschiedlich, was aber die Kaninchen und Teppichklopfstangen anging, von einem Wurf. Während es die Kaninchen das ganze Jahre über gab, wurden die Teppiche, laut Hausordnung, nur am Dienstag und Freitag geklopft. An solchen Tagen bestätigte sich die Größe des Hofkomplexes. Vom Dachboden herab hörte und sah Oskar es: Über hundert Teppiche, Läufer, Bettvorleger wurden mit Sauerkohl eingerieben, gebürstet, geklopft und zum endlichen Vorzeigen der eingewebten Muster gezwungen. Hundert Hausfrauen trugen Teppichleichen aus den Häusern, hoben dabei nackte runde Arme, bewahrten ihr Kopfhaar und dessen Frisuren in kurz geknoteten Kopftüchern, warfen die Teppiche über die Klopfstangen, griffen zu geflochtenen Teppichklopfern und sprengten mit trockenen Schlägen die Enge der Höfe.

Oskar haßte diese einmütige Hymne an die Sauberkeit. Auf seiner Trommel kämpfte er gegen den Lärm an und mußte sich dennoch, auch auf dem Dachboden, der ja

Distanz bot, seine Ohnmacht den Hausfrauen gegenüber eingestehen. Hundert teppichklopfende Weiber können einen Himmel erstürmen, können jungen Schwalben die Flügelspitzen stumpf machen und brachten Oskars in die Aprilluft getrommeltes Tempelchen mit wenigen Schlägen zum Einsturz.

An Tagen, da keine Teppiche geklopft wurden, turnten die Gören unseres Mietshauses an der hölzernen Teppichklopfstange. Selten war ich auf dem Hof. Nur der Schuppen des alten Herrn Heilandt bot mir dort einige Sicherheit, denn der Alte ließ nur mich in seine Rumpelkammer und erlaubte den Gören kaum einen Blick auf die verrotteten Nähmaschinen, unvollständigen Fahrräder, Schraubstöcke, Flaschenzüge und in Zigarrenschachteln aufbewahrten krummen und wieder gerade geklopften Nägel. Das war so eine Beschäftigung: Wenn er nicht Nägel aus Kistenbrettern zog, klopfte er am Vortag gezogene Nägel auf einem Amboß gerade. Abgesehen davon, daß er keinen Nagel verkommen ließ, war er auch der Mann, der bei Umzügen half, der vor Festtagen die Kaninchen schlachtete, der überall auf dem Hof, im Treppenhaus und auf dem Dachboden seinen Kautabaksaft hinspuckte.

Als die Gören eines Tages, wie Kinder es tun, neben seinem Schuppen eine Suppe kochten, bat Nuchi Eyke den alten Heilandt, dreimal in den Sud zu spucken. Der Alte tat es von weit herholend, verschwand dann in seinem Kabuff und klopfte schon wieder Nägel, als Axel Mischke der Suppe eine weitere Zutat, einen zerstoßenen Ziegelstein, beimengte. Oskar sah diesen Kochversuchen neugierig zu, stand aber abseits. Aus Decken und Lumpen hatten Axel Mischke und Harry Schlager so etwas wie ein Zelt errichtet, damit ihnen kein Erwachsener in die Suppe gucken konnte. Als das Ziegelsteinmehl aufkochte, entleerte Hänschen Kollin seine Taschen und stiftete zwei lebende Frösche für die

Suppe, die er am Aktienteich gefangen hatte. Susi Kater, das einzige Mädchen in dem Zelt, zeigte sich um den Mund herum enttäuscht und bitter, als die Frösche so sang- und klanglos, auch ohne jeden letzten Sprungversuch in der Suppe untergingen. Zuerst machte Nuchi Eyke seine Hose auf und pinkelte, ohne auf Susi Rücksicht zu nehmen, in das Eintopfgericht. Axel, Harry und Hänschen Kollin taten es ihm nach. Als Klein-Käschen es den Zehnjährigen zeigen wollte, gab sein Schnibbel nichts her. Alle blickten nun Susi an, und Axel Mischke reichte ihr einen persilblau emaillierten, an den Rändern bestoßenen Kochtopf. Eigentlich wollte Oskar sofort gehen. Aber er wartete noch, bis sich Susi, die wohl keine Höschen unter dem Kleid trug, niederhockte, dabei die Knie umklammerte, sich zuvor den Topf unterschob, mit glatten Augen vor sich hin sah, dann die Nase krauste, als der Topf blechern klingelnd verriet, daß Susi etwas für die Suppe übrig hatte.

Ich lief damals davon. Ich hätte nicht laufen, sondern ruhig gehen sollen. Weil ich aber lief, blickten mir alle nach, die zuvor mit den Augen noch in dem Kochtopf gefischt hatten. Ich hörte Susi Katers Stimme »Dä will uns väpetzen, was scheest ä so!« in meinem Rücken, das stach mich noch, als ich schon die vier Treppen hochstolperte und erst auf dem Dachboden wieder zu Atem kam.

Siebeneinhalb war ich. Susi zählte vielleicht neun. Klein-Käschen war knapp acht. Axel, Nuchi, Hänschen und Harry zehn oder elf. Es gab noch Maria Truczinski. Die war etwas älter als ich, spielte jedoch nie im Hof, sondern mit Puppen in Mutter Truczinskis Küche oder mit ihrer erwachsenen Schwester Guste, die im evangelischen Kindergarten aushalf.

Was Wunder, wenn ich es heute noch nicht anhören kann, wenn Frauen auf Nachttöpfen urinieren. Als Oskar damals die Trommel rührend sein Ohr besänftigt hatte, sich auf dem Dachboden der unten brodelnden Suppe entrückt fühlte, kamen sie alle, barfuß und in Schnürschuhen, die da zur Suppe beigesteuert hatten, und Nuchi brachte die Suppe mit. Sie lagerten sich um Oskar, als Nachzügler kam Klein-Käschen. Sie stießen einander an, zischten: »Nu mach!«, bis Axel den Oskar von hinten packte, ihn, seine Arme zwängend, gefügig werden ließ und Susi, mit feuchten, regelmäßigen Zähnen, mit der Zunge dazwischen lachend, nichts dabei fand, wenn man es tue. Nuchi nahm sie den Löffel ab, wischte das Blechding an ihren Schenkeln silbrig, tauchte das Löffelchen in den dampfenden Topf, rührte langsam, den Widerstand des Breies auskostend, einer guten Hausfrau gleich, darin herum, pustete kühlend in den gefüllten Löffel und fütterte endlich Oskar, mich fütterte sie, ich habe so etwas nie wieder gegessen, der Geschmack wird mir bleiben.

Erst als mich jenes um mein Leibeswohl so übermäßig besorgte Volk verlassen hatte, weil es Nuchi in den Topf hinein übel wurde, kroch auch ich in eine Ecke des Trockenbodens, auf dem damals nur einige Bettlaken hingen, und gab die paar Löffel rötlichen Sud von mir, ohne im Ausgespieenen Froschreste entdecken zu können. Auf eine Kiste unter der offenen Bodenluke kletterte ich, schaute auf entlegene Höfe, ließ Ziegelsteinrückstände zwischen den Zähnen knirschen, verspürte den Drang nach einer Tat, musterte die fernen Fenster der Häuser an der Marienstraße, blinkendes Glas, schrie, sang fernwirkend in jene Richtung, konnte zwar keinen Erfolg beobachten und war dennoch von den Möglichkeiten des fernwirkenden Gesanges so überzeugt, daß mir der Hof und die Höfe fortan zu eng wurden, daß ich nach Ferne, Entfernung und Fernblick hungernd jede Gelegenheit wahrnahm, die mich alleine oder an Mamas Hand aus dem Labesweg, dem Vorort führte und den Nachstellungen aller Suppenköche auf unserem engen Hof enthob.

Am Donnerstag jeder Woche machte Mama Einkäufe in der Stadt. Meistens nahm sie mich mit. Immer nahm sie mich mit, wenn es galt, beim Sigismund Markus in der Zeughauspassage am Kohlenmarkt eine neue Trommel zu kaufen. In jener Zeit, etwa von meinem siebenten bis zum zehnten Lebensjahr, schaffte ich eine Trommel in glatt vierzehn Tagen. Vom zehnten bis vierzehnten Jahr bedurfte es keiner Woche, um ein Blech durchzuschlagen. Später sollte es mir gelingen, einerseits eine neue Trommel an einem einzigen Trommlertag zu Schrott zu machen, andererseits, bei ausgeglichenem Gemüt, drei oder vier Monate lang achtsam und dennoch kräftig zu schlagen, ohne daß meinem Blech, bis auf einige Sprünge im Lack, ein Schaden anzusehen gewesen wäre.

Doch hier soll die Rede von jener Zeit sein, da ich unseren Hof mit der Teppichklopfstange, mit dem Nägel klopfenden alten Heilandt, den Suppen erfindenden Gören verließ und mit meiner Mama alle vierzehn Tage beim Sigismund Markus eintreten, im Sortiment seiner Kinderblechtrommeln ein neues Blech aussuchen durfte. Manchmal nahm mich Mama auch mit, wenn die Trommel noch halbwegs heil war, und ich genoß diese Nachmittage in der farbigen, immer etwas musealen, ständig mit diesen oder jenen Kirchenglokken lärmenden Altstadt.

Zumeist verliefen die Besuche in angenehmer Gleichmäßigkeit. Einige Einkäufe bei Leiser, Sternfeld oder Machwitz, dann wurde der Markus aufgesucht, der es sich zur Gewohnheit gemacht hatte, meiner Mama aussortierte und schmeichelhafteste Artigkeiten zu sagen. Ohne Zweifel machte er ihr den Hof, ließ sich aber, soviel ich weiß, zu größeren Ovationen, als die heiß ergriffene, goldeswert genannte Hand meiner Mama lautlos zu küssen, nie hinreißen – den Kniefall jenes Besuches ausgenommen, von dem hier die Rede sein soll.

Mama, die von der Großmutter Koljaiczek die stattliche, füllig stramme Figur, auch liebenswerte Eitelkeit, gepaart mit Gutmütigkeit, mitbekommen hatte, ließ sich den Dienst des Sigismund Markus um so eher gefallen, als er sie hier und da mit spottbilligen Nähseidesortimenten, im Ramschhandel erworbenen, doch tadellosen Damenstrümpfen eher beschenkte als belieferte. Ganz zu schweigen von meinen für einen lächerlichen Preis in vierzehntägigen Abständen über den Ladentisch gereichten Blechtrommeln.

Während jedes Besuches bat Mama den Sigismund pünktlich um halb fünf am Nachmittag, mich, den Oskar, bei ihm im Geschäft seiner Obhut überlassen zu dürfen, da sie noch wichtige eilige Besorgungen zu machen habe. Merkwürdig lächelnd verbeugte sich dann der Markus und versprach Mama mit floskelreicher Rede, mich, den Oskar, wie seinen Augapfel zu hüten, während sie ihren so wichtigen Besorgungen nachgehe. Ein ganz leichter, doch nicht verletzender Spott, der seinen Sätzen eine auffallende Betonung gab, ließ Mama gelegentlich erröten und ahnen, daß der Markus Bescheid wußte.

Aber auch ich wußte um die Art der Besorgungen, die Mama wichtig nannte, denen sie allzu eifrig nachkam. Hatte ich sie doch eine Zeitlang in eine billige Pension der Tischlergasse begleiten dürfen, wo sie im Treppenhaus verschwand, um eine knappe Dreiviertelstunde wegzubleiben, während ich bei der meist Mampe schlürfenden Wirtin hinter einer mir wortlos servierten, immer gleich scheußlichen Limonade ausharren mußte, bis Mama kaum verändert wiederkam, der Wirtin, die von ihrem Halb und Halb nicht aufblickte, einen Gruß sagte, mich bei der Hand nahm und vergaß, daß die Temperatur ihrer Hand sie verriet. Heiß Hand in Hand suchten wir dann das Café Weitzke in der Wollwebergasse auf. Mama bestellte sich einen Mokka, Oskar ein Zitroneneis und wartete, bis prompt und wie zufällig

Jan Bronski vorbeikam, der sich zu uns an den Tisch setzte, sich gleichfalls einen Mokka auf die beruhigend kühle Marmorplatte stellen ließ.

Sie sprachen vor mir ganz ungeniert, und ihre Reden bestätigten, was ich schon lange wußte: Mama und Onkel Jan trafen sich fast jeden Donnerstag in einem auf Jans Kosten gemieteten Zimmer der Pension in der Tischlergasse, um es eine Dreiviertelstunde lang miteinander zu treiben. Wahrscheinlich war es Jan, der den Wunsch äußerte, mich nicht mehr in die Tischlergasse und anschließend ins Café Weitzke mitzunehmen. Er war mitunter sehr schamhaft und schamhafter als Mama, die nichts dabei fand, wenn ich Zeuge einer ausklingenden Liebesstunde war, von deren Rechtmäßigkeit sie immer, auch hinterher, überzeugt zu sein schien.

So blieb ich, auf Jans Wunsch, fast jeden Donnerstagnachmittag von halb fünf bis kurz vor sechs beim Sigismund Markus, durfte das Sortiment seiner Blechtrommeln betrachten, benutzen, durfte – wo wäre das Oskar sonst möglich gewesen – auf mehreren Trommeln gleichzeitig laut werden und dem Markus ins traurige Hundegesicht blicken. Wenn ich auch nicht wußte, wo seine Gedanken herkamen, ahnte ich, wo sie hingingen, daß sie in der Tischlergasse weilten, dort an numerierten Zimmertüren schabten, oder sie hockten gleich dem armen Lazarus unter dem Marmortischchen des Café Weitzke, worauf wartend? Auf Krümel?

Mama und Jan Bronski ließen keine Krümelchen übrig. Die aßen alles selbst auf. Die hatten den großen Appetit, der nie aufhört, der sich selbst in den Schwanz beißt. Die waren so beschäftigt, daß sie die Gedanken des Markus unter dem Tisch allenfalls für die aufdringliche Zärtlichkeit eines Luftzuges genommen hätten.

An einem jener Nachmittage – es wird im September gewesen sein, denn Mama verließ den Laden des Markus im rostbraunen Herbstkomplet – trieb es mich, da ich den Markus versunken, vergraben und wohl auch verloren hinter dem Ladentisch wußte, mit meiner gerade neuerstandenen Trommel hinaus in die Zeughauspassage, den kühldunklen Tunnel, an dessen Seiten sich ausgesuchteste Geschäfte, wie Juwelierläden, Feinkosthandlungen und Büchereien, Schaufenster an Schaufenster reihten. Mich hielt es jedoch nicht vor den sicher preiswerten, mir dennoch unerschwinglichen Auslagen; vielmehr trieb es mich aus dem Tunnel hinaus auf den Kohlenmarkt. Mitten hinein in staubiges Licht stellte ich mich vor die Fassade des Zeughauses, deren basaltfarbenes Grau mit verschieden großen Kanonenkugeln, verschiedenen Belagerungszeiten entstammend, gespickt war, damit jene Eisenbuckel die Historie der Stadt jedem Passanten in Erinnerung riefen. Mir sagten die Kugeln nichts, zumal ich wußte, daß sie nicht von alleine steckengeblieben waren, daß es einen Maurer in dieser Stadt gab, den das Hochbauamt in Verbindung mit dem Amt für Denkmalschutz beschäftigte und bezahlte, damit er die Munition vergangener Jahrhunderte in den Fassaden diverser Kirchen, Rathäuser, so auch in der Front- wie Rückseite des Zeughauses einmauerte.

Ich wollte ins Stadttheater, das zur rechten Hand, nur durch eine schmale, lichtlose Gasse vom Zeughaus getrennt, sein Säulenportal zeigte. Da ich das Stadttheater, wie ich es mir gedacht hatte, um diese Zeit verschlossen fand – die Abendkasse machte erst um sieben auf –, trommelte ich mich unentschlossen, schon einen Rückzug erwägend, nach links, bis Oskar zwischen dem Stockturm und dem Langgasser Tor stand. Durch das Tor in die Langgasse und dann linkseinbiegend in die Große Wollwebergasse wagte ich mich nicht, denn da saßen Mama und Jan Bronski, und wenn sie noch nicht saßen, so waren sie in der Tischlergasse vielleicht gerade fertig oder schon unterwegs zu ihrem erfrischenden Mokka am Marmortischchen.

Ich weiß nicht, wie ich über die Fahrbahn des Kohlenmarktes kam, auf der ständig Straßenbahnen entweder durchs Tor wollten oder sich aus dem Tor klingelnd und in der Kurve kreischend zum Kohlenmarkt, Holzmarkt, Richtung Hauptbahnhof wanden. Vielleicht nahm mich ein Erwachsener, ein Polizist womöglich, bei der Hand und leitete mich fürsorglich durch die Gefahren des Verkehrs.

Ich stand vor dem steil gegen den Himmel gestützten Backstein des Stockturms und klemmte eigentlich nur zufällig, aus aufkommender Langeweile meine Trommelstöcke zwischen das Mauerwerk und den eisenbeschlagenen Anschlag der Turmtür. Sobald ich den Blick am Backstein hochschickte, war es schwierig, ihn an der Fassade entlanglaufen zu lassen, weil sich ständig Tauben aus Mauernischen und Turmfenstern abstießen, um gleich darauf auf Wasserspeiern und Erkern für kurze, taubenbemessene Zeit zu ruhen, dann wieder abfallend vom Gemäuer meinen Blick mitzureißen.

Mich ärgerte das Geschäft der Tauben. Mein Blick war mir zu schade, ich nahm ihn zurück und benutzte ernsthaft, auch um meinen Ärger loszuwerden, beide Trommelstöcke als Hebel: Die Tür gab nach, und Oskar war, ehe er sie ganz aufgestoßen hatte, schon drinnen im Turm, schon auf der Wendeltreppe, stieg schon, immer das rechte Bein vorsetzend, das linke nachziehend, erreichte die ersten vergitterten Verliese, schraubte sich höher, ließ die Folterkammer mit ihren sorgfältig gepflegten und unterweisend beschrifteten Instrumenten hinter sich, warf beim weiteren Aufstieg – er setzte jetzt das linke Bein vor, zog das rechte nach – einen Blick durch ein schmalvergittertes Fenster, schätzte die Höhe ab, begriff die Dicke des Mauerwerkes, scheuchte Tauben auf, traf dieselben Tauben eine Drehung der Wendeltreppe höher wieder an, setzte abermals rechts vor, um links nachzuziehen, und als Oskar nach weiterem

Wechsel der Beine oben war, hätte er noch lange so weitersteigen mögen, obgleich ihm das rechte wie linke Bein schwer waren. Aber die Treppe hatte es vorzeitig aufgegeben. Er erfaßte den Unsinn und die Ohnmacht des Turmbaues.

Ich weiß nicht, wie hoch der Stockturm war und noch ist, denn er überdauerte den Krieg. Auch habe ich keine Lust, meinen Pfleger Bruno um ein Nachschlagewerk über ostdeutsche Backsteingotik zu bitten. Ich schätze, er wird bis zur Turmspitze gut und gerne seine fünfundvierzig Meter gehabt haben.

Ich, und das lag an der zu schnell ermüdenden Wendeltreppe, hatte auf einer Galerie haltmachen müssen, die den Turmhelm umlief. Ich setzte mich, schob die Beine zwischen die Säulchen der Balustrade, beugte mich vor und blickte an einer Säule, die ich mit dem rechten Arm umklammert hielt, vorbei und hinunter auf den Kohlenmarkt, während ich mich links meiner Trommel vergewisserte, die den ganzen Aufstieg mitgemacht hatte.

Ich will Sie nicht mit der Beschreibung eines vieltürmigen, mit Glocken läutenden, altehrwürdigen, angeblich noch immer vom Atem des Mittelalters durchwehten, auf tausend guten Stichen abgebildeten Panoramas, mit der Vogelschau der Stadt Danzig langweilen. Gleichfalls lasse ich mich nicht auf die Tauben ein, auch wenn es zehnmal heißt, über Tauben könne man gut schreiben. Mir sagt eine Taube so gut wie gar nichts, eine Möwe schon etwas mehr. Der Ausdruck Friedenstaube will mir nur als Paradox stimmen. Eher würde ich einem Habicht oder gar Aasgeier eine Friedensbotschaft anvertrauen als der Taube, der streitsüchtigsten Mieterin unter dem Himmel. Kurz und gut: Auf dem Stockturm gab es Tauben. Aber Tauben gibt es schließlich auf jedem anständigen Turm, der mit Hilfe seiner ihm zustehenden Denkmalpfleger auf sich hält.

Auf etwas ganz anderes hatte es mein Blick abgesehen: auf das Gebäude des Stadttheaters, das ich, aus der Zeughauspassage kommend, verschlossen gefunden hatte. Der Kasten zeigte mit seiner Kuppel eine verteufelte Ähnlichkeit mit einer unvernünftig vergrößerten, klassizistischen Kaffeemühle, wenn ihm auch am Kuppelknopf jener Schwengel fehlte, der nötig gewesen wäre, in einem allabendlich vollbesetzten Musen- und Bildungstempel ein fünfaktiges Drama samt Mimen, Kulissen, Souffleuse, Requisiten und allen Vorhängen zu schaurigem Schrot zu mahlen. Mich ärgerte dieser Bau, von dessen säulenflankierten Foyerfenstern eine absackende und immer mehr Rot auftragende Nachmittagssonne nicht lassen wollte.

Zu jener Stunde, etwa dreißig Meter über dem Kohlenmarkt, über Straßenbahnen und Büroschluß feiernden Angestellten, hoch überm süßriechenden Ramschladen des Markus, über den kühlen Marmortischchen des Café Weitzke, zwei Tassen Mokka, Mama und Jan Bronski überragend, auch unser Mietshaus, den Hof, die Höfe, verbogene und gerade Nägel, die Kinder der Nachbarschaft und deren Ziegelsuppe unter mir lassend, wurde ich, der ich bislang nur aus zwingenden Gründen geschrien hatte, zu einem Schreier ohne Grund und Zwang. Hatte ich bis zur Besteigung des Stockturmes meine dringlichen Töne nur dann ins Gefüge eines Glases, ins Innere der Glühbirnen, in eine abgestandene Bierflasche geschickt, wenn man mir meine Trommel nehmen wollte, schrie ich vom Turm herab, ohne daß meine Trommel im Spiel war.

Niemand wollte Oskar die Trommel nehmen, trotzdem schrie er. Nicht etwa, daß ihm eine Taube ihren Dreck auf die Trommel geworfen hätte, um ihm einen Schrei abzukaufen. In der Nähe gab es zwar Grünspan auf Kupferplatten, aber kein Glas; Oskar schrie trotzdem. Die Tauben hatten rötlich blanke Augen, aber kein Glasauge äugte ihn an; dennoch schrie er. Wohin schrie er, welche Distanz lockte ihn? Sollte, was auf dem Dachboden, nach dem Genuß der Ziegelmehlsuppe planlos über Höfe hinweg versucht wurde, hier zielstrebig demonstriert werden? Welches Glas meinte Oskar? Mit welchem Glas – und es kam ja nur Glas in Frage – wollte Oskar Experimente anstellen?

Es war das Theater der Stadt, die dramatische Kaffeemühle, die meine neuartigen, erstmals auf unserem Dachboden ausprobierten, ich möchte sagen, ans Manierierte grenzenden Töne in ihre Abendsonnenfensterscheiben lockte. Nach wenigen Minuten verschieden geladenen Geschreis, das jedoch nichts ausrichtete, gelang mir ein nahezu lautloser Ton, und mit Freude und verräterischem Stolz durfte Oskar sich melden: Zwei mittlere Scheiben im linken Foyerfenster hatten den Abendsonnenschein aufgeben müssen, lasen sich als zwei schwarze, schleunigst neu zu verglasende Vierecke ab.

Es galt, den Erfolg zu bestätigen. Gleich einem modernen Kunstmaler produzierte ich mich, der seinen einmal gefundenen, seit Jahren gesuchten Stil zeitigt, indem er eine ganze Serie gleichgroßartiger, gleichkühner, gleichwertiger, oftmals gleichformatiger Fingerübungen seiner Manier der verblüfften Welt schenkt.

Es gelang mir, innerhalb einer knappen Viertelstunde alle Fenster des Foyers und einen Teil der Türen zu entglasen. Vor dem Theater sammelte sich eine, wie es von oben aussah, aufgeregte Menschenmenge. Es gibt immer Schaulustige. Mich beeindruckten die Bewunderer meiner Kunst nicht besonders. Allenfalls veranlaßten sie Oskar, noch strenger, noch formaler zu arbeiten. Gerade wollte ich mich anschicken, mit einem noch kühneren Experiment das Innere aller Dinge freizulegen, nämlich durchs offene Foyer hindurch, durchs Schlüsselloch einer Logentür in den noch dunklen Theaterraum hinein einen speziellen Schrei schikken, der den Stolz aller Abonnenten, den Kronleuchter des Theaters mit all seinem geschliffenen, spiegelnden, lichtbrechend facettierten Klimborium treffen sollte, da erblickte ich einen rostbraunen Stoff in der Menge vor dem Theater: Mama hatte vom Café Weitzke zurückgefunden, hatte den Mokka genossen, Jan Bronski verlassen.

Es sei aber zugegeben, daß Oskar dennoch einen Schrei auf den Protzlüster losschickte. Er schien jedoch keinen Erfolg gehabt zu haben, denn die Zeitungen berichteten am nächsten Tage nur von den aus rätselhaften Gründen zersprungenen Foyer- und Türscheiben. Halbwissenschaftliche und auch wissenschaftliche Untersuchungen im feuilletonistischen Teil der Tagespresse breiteten noch wochenlang spaltenreichen phantastischen Unsinn aus. Die »Neuesten Nachrichten« wußten von kosmischen Strahlen zu erzählen. Leute von der Sternwarte, also hochqualifizierte Geistesarbeiter, sprachen von Sonnenflecken.

Ich fand damals, so schnell es meine kurzen Beine erlaubten, die Wendeltreppe des Stockturmes hinunter und erreichte einigermaßen atemlos die Menge vor dem Theaterportal. Mamas rostbraunes Herbstkomplet leuchtete nicht mehr, sie mußte im Laden des Markus sein, berichtete vielleicht über Schäden, die meine Stimme verursacht haben mußte. Und der Markus, der meinen sogenannten zurückgebliebenen Zustand, auch meine diamantene Stimme wie das natürlichste Geschehen hinnahm, würde mit der Zungenspitze wedeln, so dachte Oskar, und die weißgelblichen Hände reiben.

Im Ladeneingang bot sich mir ein Bild, das sofort alle Erfolge des scheibenvernichtenden Ferngesanges vergessen ließ. Sigismund Markus kniete vor meiner Mama, und all die Stofftiere, Bären, Affen, Hunde, sogar Puppen mit Klappaugen, desgleichen Feuerwehrautos, Schaukelpferde, auch alle seinen Laden hütenden Hampelmänner schienen mit ihm aufs Knie fallen zu wollen. Er aber hielt mit zwei Händen Mamas beide Hände verdeckt, zeigte hellbeflaumte, bräunliche Flecken auf den Handrücken und weinte.

Auch Mama blickte ernst und der Situation entsprechend beteiligt. »Nicht Markus«, sagte sie, »bitte nicht hier im Laden.«

Doch Markus fand kein Ende, und seine Rede hatte einen mir unvergeßlichen, beschwörenden und zugleich übertriebenen Tonfall: »Machen Se das nich mä middem Bronski, wo er doch bei de Post is, die polnisch is und das nich gut geht, sag ich, weil er is midde Polen. Setzen Se nicht auf de Polen, setzen Se, wenn Se setzen wollen, auf de Deitschen, weil se hochkommen, wenn nich heit dann morgen; und sind se nich schon wieder bißchen hoch und machen sich, und de Frau Agnes setzt immer noch auffen Bronski. Wenn Se doch würd setzen auffen Matzerath, den Se hat, wenn schon. Oder wenn Se mechten setzen gefälligst auffen Markus und kommen Se middem Markus, wo er getauft is seit neilich. Gehn wä nach London, Frau Agnes, wo ich Lait hab drieben und Papiere genug, wenn Se nur wollten kommen, oder wolln Se nich middem Markus, weil Se ihn verachten, nu denn verachten Se ihn. Aber er bittet Ihnen von Herzen, wenn Se doch nur nicht mehr setzen wollen auffen meschuggenen Bronski, dä bei de Polnische Post bleibt, wo doch bald färtich is midde Polen, wenn se kommen de Deitschen!«

Gerade als auch Mama, von soviel Möglichkeiten und Unmöglichkeiten verwirrt, zu Tränen kommen wollte, erblickte mich Markus in der Ladentür und wies, Mamas eine Hand freilassend, mit fünf sprechenden Fingern auf mich: »No bittschen, den werden wä auch mitnehmen nach London. Wie Prinzchen soll er es haben, wie Prinzchen!«

Nun blickte mich auch Mama an und kam zu einigem Lächeln. Vielleicht dachte sie an die scheibenlosen Foyerfenster des Stadttheaters, oder die in Aussicht gestellte Metropole London stimmte sie heiter. Zu meiner Überraschung schüttelte sie dennoch den Kopf und sagte leichthin, als würde sie einen Tanz ausschlagen: »Ich danke Ihnen, Markus, aber es geht nicht, wirklich nicht – wegen Bronski.«

Des Onkels Namen wie ein Stichwort wertend, erhob sich Markus sogleich, klappmesserte eine Verbeugung und ließ hören: »Verzeihn Se dem Markus, hattä sich doch gleich gedacht, daß es wegen dem nich mecht sein.«

Als wir den Laden in der Zeughauspassage verließen, schloß der Händler, obgleich noch nicht Geschäftsschluß war, von außen ab und begleitete uns zur Haltestelle der Linie Fünf. Vor der Fassade des Stadttheaters standen noch immer Passanten und einige Polizisten. Ich fürchtete mich aber nicht und hatte meine Erfolge dem Glas gegenüber kaum noch gegenwärtig. Markus beugte sich zu mir, flüsterte mehr zu sich als zu uns: »Was er nich alles kann, der Oskar. De Trommel schlägt er und macht Skandal vorm Theater.«

Mamas angesichts der Scherben aufkommende Unsicherheit beschwichtigte er mit Handbewegungen, und als die Bahn kam und wir in den Anhänger einstiegen, beschwor er noch einmal leise, eventuelle Zuhörer fürchtend: »No, denn bleiben Se gefälligst bei dem Matzerath, den Se haben, und setzen Se nich merr auf Polen.« –

Wenn Oskar heute in seinem Metallbett liegend oder sitzend, in jeder Lage aber trommelnd, die Zeughauspassage, die Kritzeleien auf den Kerkerwänden des Stockturmes, den Stockturm selber und seine geölten Folterinstrumente, die drei Foyerfenster des Stadttheaters hinter den Säulen und wieder die Zeughauspassage und den Laden des Sigismund Markus aufsucht, um Einzelheiten eines Septembertages nachzeichnen zu können, muß er auch gleichzeitig das Land der Polen suchen. Sucht es womit? Er sucht es mit seinen Trommelstöcken. Sucht er das Land der Polen auch mit seiner Seele? Mit allen Organen sucht er, aber die Seele ist kein Organ.

Und ich suche das Land der Polen, das verloren ist, das noch nicht verloren ist. Andere sagen: bald verloren, schon verloren, wieder verloren. Hierzulande sucht man das Land der Polen neuerdings mit Krediten, mit der Leica, mit dem Kompaß, mit Radar, Wünschelruten und Delegierten, mit Humanismus, Oppositionsführern und Trachten einmottenden Landsmannschaften. Während man hierzulande das Land der Polen mit der Seele sucht – halb mit Chopin, halb mit Revanche im Herzen –, während sie hier die erste bis zur vierten Teilung verwerfen und die fünfte Teilung Polens schon planen, während sie mit Air France nach Warschau fliegen und an jener Stelle bedauernd ein Kränzchen hinterlegen, wo einst das Ghetto stand, während man von hier aus das Land der Polen mit Raketen suchen wird, suche ich Polen auf meiner Trommel und trommle: Verloren, noch nicht verloren, schon wieder verloren, an wen verloren, bald verloren, bereits verloren, Polen verloren, alles verloren, noch ist Polen nicht verloren.

Die Tribüne

Indem ich die Foyerfenster unseres Stadttheaters zersang, suchte und fand ich zum erstenmal Kontakt mit der Bühnenkunst. Mama muß trotz starker Beanspruchung durch den Spielzeughändler Markus an jenem Nachmittag mein direktes Verhältnis zum Theater bemerkt haben, denn während der folgenden Weihnachtszeit kaufte sie vier Theaterkarten, für sich, für Stephan und Marga Bronski, auch für Oskar, und nahm uns drei am letzten Adventssonntag zum Weihnachtsmärchen mit. Zweiter Rang Seite, erste Reihe saßen wir. Der Protzlüster, über dem Parkett hängend, tat, was er konnte. So war ich froh, daß ich ihn vom Stockturm herab nicht zersungen hatte.

Es gab damals schon viel zuviel Kinder. Mehr Kinder als Mütter gab es auf den Rängen, während sich das Verhältnis von Kind zu Mutter im Parkett, wo die Begüterten und im Zeugen Vorsichtigeren saßen, ungefähr die Waage hielt. Daß Kinder nicht ruhig sitzen können! Marga Bronski, die zwischen mir und dem verhältnismäßig sittsamen Stephan saß, rutschte vom Klappolster, wollte wieder hinauf, fand es sogleich schöner, vor der Rangbrüstung zu turnen, klemmte sich fast im Klappmechanismus, schrie aber im Vergleich zu den anderen Schreihälsen um uns herum noch erträglich und kurzfristig, weil ihr Mama den törichten Kindermund mit Bonbons stopfte. Lutschend und durch die Rutscherei auf dem Polster vorzeitig ermüdet, schlief Stephans kleine Schwester kurz nach Vorstellungsbeginn ein, mußte nach den Aktschlüssen fürs Klatschen, was sie auch fleißig besorgte, geweckt werden.

Es wurde das Märchen vom Däumeling gegeben, was mich von der ersten Szene an fesselte und verständlicherweise persönlich ansprach. Man machte es geschickt, zeigte den Däumeling gar nicht, ließ nur seine Stimme hören und die erwachsenen Personen hinter dem unsichtbaren aber recht aktiven Titelhelden des Stückes herspringen. Da saß er dem Pferd im Ohr, da ließ er sich vom Vater für schweres Geld an zwei Strolche verkaufen, da erging er sich auf des einen Strolches Hutkrempe, sprach von dort oben herab, kroch später in ein Mauseloch, dann in ein Schneckenhaus, machte mit Dieben gemeinsame Sache, geriet ins Heu und mit dem Heu in den Magen der Kuh. Die Kuh aber wurde geschlachtet, weil sie mit Däumelings Stimme sprach. Der Magen der Kuh aber wanderte mit dem gefangenen Kerlchen auf den Mist und wurde von einem Wolf verschluckt. Den Wolf aber lenkte Däumeling mit klugen Worten in seines Vaters Haus und Vorratskammer und schlug dort Lärm, als der Wolf zu rauben gerade beginnen wollte. Der Schluß war, wie's im Märchen zugeht: Der Vater erschlug den bösen Wolf, die Mutter öffnete mit einer Schere Leib und Magen des Freßsacks, heraus kam Däumeling, das heißt, man hörte ihn nur rufen: »Ach, Vater, ich war in einem Mauseloch, in einer Kuh Bauch und in eines Wolfes Wanst: Nun bleib ich bei Euch.«

Mich rührte dieser Schluß, und als ich zu Mama hinaufblinzelte, bemerkte ich, daß sie die Nase hinter dem Taschentuch barg, weil sie gleich mir die Handlung auf der Bühne zum eigensten Erlebnis gemacht hatte. Mama ließ sich gerne rühren, drückte mich während der folgenden Wochen, vor allen Dingen, solange das Weihnachtsfest dauerte, immer wieder an sich, küßte mich und nannte Oskar bald scherzhaft, bald wehmütig: Däumling. Oder: Mein kleiner Däumling. Oder: Mein armer, armer Däumling.

Erst im Sommer dreiunddreißig sollte ich wieder Theater geboten bekommen. Durch ein Mißverständnis meinerseits ging die Sache zwar schief, beeindruckte mich aber nachwirkend. So tönt und wogt es noch heute in mir, denn es ereignete sich in der Waldoper Zoppot, wo unter freiem Nachthimmel Sommer für Sommer Wagnermusik der Natur anvertraut wurde.

An sich hatte nur Mama etwas für Opern übrig. Für Matzerath waren selbst Operetten zu viel. Jan richtete sich nach Mama, schwärmte für Arien, obgleich er trotz seines musikalischen Aussehens vollkommen harthörig für schöne Klänge war. Dafür kannte er aber die Brüder Formella, ehemalige Mitschüler aus der Mittelschule Karthaus, die in Zoppot wohnten, die Beleuchtung des Seesteges, des Springbrunnens vor dem Kurhaus und Kasino unter sich hatten und gleichfalls als Beleuchter bei den Festspielen in der Waldoper wirkten.

Der Weg nach Zoppot führte über Oliva. Ein Vormittag im Schloßpark. Goldfische, Schwäne, Mama und Jan Bronski in der berühmten Flüstergrotte. Dann wieder Goldfische und Schwäne, die Hand in Hand mit einem Fotografen arbeiteten. Matzerath ließ mich, während die Aufnahme gemacht wurde, auf den Schultern reiten. Ich stützte die Trommel auf seinen Scheitel, was allgemein, auch später, als das Bildchen schon im Fotoalbum klebte, Gelächter hervorrief. Abschied von Goldfischen, Schwänen, von der Flüstergrotte. Nicht nur im Schloßpark war Sonntag, auch vor dem Eisengitter und in der Straßenbahn nach Glettkau und im Kurhaus Glettkau, wo wir zu Mittag aßen, während die Ostsee unentwegt, als hätte sie nichts anderes zu tun, zum Baden einlud, überall war Sonntag. Als uns die Strandpromenade nach Zoppot führte, kam uns der Sonntag entgegen, und Matzerath mußte für alle Kurtaxe zahlen.

Wir badeten im Südbad, weil es dort angeblich leerer als im Nordbad war. Die Herren zogen sich im Herrenbad um, Mama führte mich in eine Zelle des Damenbades, verlangte von mir, daß ich mich nackt im Familienbad zeigte, während sie, die damals schon üppig über die Ufer trat, ihr Fleisch in ein strohgelbes Badekostüm goß. Um dem tausendäugigen Familienbad nicht allzu bloß zu begegnen, hielt ich mir meine Trommel vors Geschlecht und legte mich später bäuchlings in den Seesand, wollte auch nicht ins einladende Ostseewasser, sondern meine Scham im Sand aufbewahren und Vogelstraußpolitik betreiben. Matzerath, auch Jan Bronski sahen mit ihren beginnenden Schmerbäuchen so lächerlich und beinahe bedauernswert armselig aus, daß ich froh war, als am späten Nachmittag die Badekabinen aufgesucht wurden, wo jeder seinen Sonnenbrand eincremte und niveagesalbt wieder in die sonntägliche Zivilkleidung schlüpfte.

Kaffee und Kuchen im Seestern. Mama wollte ein drittes Stückchen von der fünfstöckigen Torte. Matzerath war dagegen, Jan dafür und dagegen zugleich, Mama bestellte, gab Matzerath einen Happen ab, fütterte Jan, stellte ihre beiden Männer zufrieden, bevor sie sich den übersüßen Keil Löffelchen für Löffelchen in den Magen rammte.

Oh, heilige Buttercreme, du mit Puderzucker bestäubter, heiter bis wolkiger Sonntagnachmittag! Polnische Adlige saßen hinter blauen Sonnenbrillen und intensiven Limonaden, die sie nicht berührten. Mit violetten Fingernägeln spielten die Damen und ließen uns den Mottenpulvergeruch ihrer Pelzcapes, die sie jeweils für die Saison ausliehen, mit dem Seewind zukommen. Matzerath fand das affig. Mama hätte sich gerne gleichfalls, und wenn nur für einen Nachmittag, solch ein Pelzcape ausgeliehen. Jan behauptete, die Langeweile des polnischen Adels stehe momentan so in Blüte, daß man trotz wachsender Schulden nicht mehr französisch spreche, sondern aus lauter Snobismus gewöhnlichstes Polnisch.

Man konnte nicht im Seestern sitzen bleiben und unentwegt polnischen Adligen auf blaue Sonnenbrillen und violette Fingernägel schauen. Meine mit Torte gefüllte Mama verlangte nach Bewegung. Es nahm uns der Kurpark auf, ich mußte auf einem Esel reiten und abermals für ein Foto stillhalten. Goldfische, Schwäne – was der Natur nicht alles einfällt – und abermals Goldfische und Schwäne, Süßwasser wertvoll machend.

Zwischen frisiertem Taxus, der aber nicht flüsterte, wie man immer behauptet, trafen wir die Brüder Formella, die Kasinobeleuchter Formella, die Beleuchter der Waldoper, Formella. Der jüngere Formella mußte erst immer alle Witze loswerden, die ihm bei seinem Beruf als Beleuchter zu Ohren kamen. Der ältere Bruder Formella kannte die Witze und lachte dennoch aus brüderlicher Liebe ansteckend an den richtigen Stellen und zeigte dabei einen Goldzahn mehr als sein jüngerer Bruder, der nur drei hatte. Man ging bei Springer ein Machandelchen trinken. Mama war mehr für Kurfürsten. Dann, immer noch Witze vom Vorrat verschenkend, lud der spendable jüngere Formella zum Abendessen im »Papagei« ein. Dort traf man Tuschel, und Tuschel gehörte halb Zoppot, dazu ein Stück Waldoper und fünf Kinos. Auch war er der Chef der Formellabrüder und freute sich, wie wir uns freuten, uns kennengelernt, ihn kennengelernt zu haben. Tuschel drehte unermüdlich einen Ring an seinem Finger, der aber dennoch kein Wunschring oder Zauberring sein konnte, denn es passierte rein gar nichts, außer daß Tuschel seinerseits anfing, Witze zu erzählen, und zwar dieselben Formellawitze von vorher, nur umständlicher, weil über weniger Goldzähne verfügend. Dennoch lachte der ganze Tisch, weil Tuschel die Witze erzählte. Nur ich hielt mich ernst und versuchte mit starrer Miene Pointen zu töten. Ach, wie die Lachsalven, wenn auch nicht echt, doch ähnlich den Butzenscheiben an der Fensterfront unserer Freßecke, Gemütlichkeit verbreiteten. Der Tuschel zeigte sich dankbar, erzählte immer noch einen Witz, ließ Goldwasser kommen, drehte glücklich, in Gelächter und Goldwasser schwimmend, plötzlich den Ring anders herum, und es passierte wirklich etwas. Tuschel lud uns alle in die Waldoper ein, da ihm ja ein Stückchen der Waldoper gehöre, er könne leider nicht, Verabredung und so, aber wir möchten doch mit seinen Plätzen vorlieb nehmen, wäre Loge gepolstert, Kindchen könnte schlafen, wenn müde; und er schrieb mit silbernem Drehbleistift Tuschelworte auf Tuschels Visitenkärtchen, das würde Tür und Tor öffnen, sagte er – und so war es dann auch.

Was sich ereignete, wird mit wenigen Worten zu sagen sein: ein lauer Sommerabend, die Waldoper voll und ganz ausländisch. Schon bevor es losging, waren die Mücken da. Aber erst als die letzte Mücke, die immer ein wenig zu spät kommt, das vornehm findet, ihre Ankunft blutrünstig sirrend verkündete, ging es wirklich und gleichzeitig los. Es wurde der Fliegende Holländer gegeben. Ein Schiff schob sich mehr waldfrevelnd als seeräubernd aus jenem Wald, welcher der Waldoper den Namen gegeben hatte. Matrosen sangen die Bäume an. Ich schlief ein auf Tuschels Polster, und als ich erwachte, sangen noch immer Matrosen oder schon wieder Matrosen: Steuermann halt die Wacht . . . aber Oskar entschlief abermals, freute sich im Entschlummern, daß seine Mama solchen Anteil an dem Holländer nahm, wie auf Wogen glitt und wagnerisch ein- und ausatmete. Sie merkte nicht, daß Matzerath und ihr Jan hinter vorgehaltenen Händen verschieden starke Bäume ansägten, daß auch ich immer wieder dem Wagner aus den Fingern rutschte, bis Oskar endgültig erwachte, weil mitten im Wald ganz einsam eine schreiende Frau stand. Gelbhaarig war die und schrie, weil ein Beleuchter, wahrscheinlich der jüngere Formella, sie mit einem Scheinwerfer blendete und belästigte. »Nein!« schrie sie, »Weh mir!« und: »Wer tut mir das an?« Aber der Formella, der ihr das antat, stellte den Scheinwerfer nicht ab, und das Geschrei der einsamen Frau, die Mama hinterher als Solistin betitelte, ging in ein dann und wann silbern aufschäumendes Gewimmer über, das zwar die Blätter an den Bäumen des Zoppoter Waldes vorzeitig welken ließ, aber Formellas Scheinwerfer nicht traf und erledigte. Ihre Stimme, obgleich begabt, versagte. Oskar mußte einspringen, die unerzogene Lichtquelle ausfindig machen und mit einem einzigen, fernwirkenden Schrei, die leise Dringlichkeit der Mücken noch unterbietend, jenen Scheinwerfer töten.

Daß es Kurzschluß, Finsternis, springende Funken und einen Waldbrand gab, der zwar eingedämmt werden konnte, dennoch Panik hervorrief, war nicht von mir beabsichtigt, verlor ich doch im Gedränge nicht nur Mama und die beiden unsanft geweckten Herren; auch meine Trommel ging in dem Durcheinander verloren.

Diese meine dritte Begegnung mit dem Theater brachte Mama, die nach dem Waldopernabend Wagner, leicht gesetzt, in unserem Klavier beheimatete, auf den Gedanken, mich im Frühjahr vierunddreißig mit der Zirkusluft bekannt zu machen.

Oskar will hier nicht von silbernen Damen am Trapez, von den Tigern des Zirkus Busch, von geschickten Seehunden plaudern. Es stürzte niemand aus der Zirkuskuppel. Keinem Dompteur wurde etwas abgebissen. Auch taten die Seehunde, was sie gelernt hatten: jonglierten Bälle und bekamen lebendige Heringe als Belohnung zugeworfen. Ich verdanke dem Zirkus vergnügliche Kindervorstellungen und jene für mich so wichtige Bekanntschaft mit Bebra, dem Musikalclown, der »Jimmy the Tiger« auf Flaschen spielte und eine Liliputanergruppe leitete.

Wir begegneten einander in der Menagerie. Mama und ihre beiden Herren ließen sich vor dem Affenkäfig beleidigen. Hedwig Bronski, die ausnahmsweise mit von der Partie war, zeigte ihren Kindern die Ponys. Nachdem mich ein Löwe angegähnt hatte, ließ ich mich leichtsinnigerweise mit einer Eule ein. Ich versuchte den Vogel zu fixieren, doch der fixierte mich: Und Oskar schlich betroffen, mit heißen Ohren, im Zentrum verletzt davon, verkrümelte sich zwischen den blauweißen Wohnwagen, weil es dort außer einigen angebundenen Zwergziegen keine Tiere gab.

Er ging in Hosenträgern und Pantoffeln an mir vorbei und trug einen Wassereimer. Flüchtig nur kreuzten sich die Blicke. Dennoch erkannten wir uns sofort. Er stellte den Eimer ab, legte den großen Kopf schief, kam auf mich zu, und ich taxierte, daß er etwa neun Zentimeter größer war als ich.

»Schau, schau!« knarrte es neidisch zu mir herunter. »Heutzutage wollen die Dreijährigen schon nicht mehr wachsen.« Da ich nicht antwortete, kam er mir nochmals: »Bebra, mein Name, stamme in direkter Linie vom Prinzen Eugen ab, dessen Vater der vierzehnte Ludwig war und nicht irgendein Savoyarde, wie man behauptet.« Da ich immer noch schwieg, nahm er neuen Anlauf: »Unterbrach an meinem zehnten Geburtstag das Wachstum. Etwas spät, aber immerhin!«

Da er so offen sprach, stellte ich mich meinerseits vor, flunkerte aber keinen Stammbaum zusammen, nannte mich schlicht Oskar. »Sagen Sie, bester Oskar, Sie dürften jetzt vierzehn, fünfzehn oder gar schon sechzehn Jährchen zählen. Nicht möglich, was Sie sagen, erst neuneinhalb?«

Jetzt sollte ich ihn schätzen und tippte vorsätzlich zu niedrig.

»Sie sind ein Schmeichler, junger Freund. Fünfunddreißig, das war einmal. Im August feiere ich mein Dreiundfünfzigstes, ich könnte Ihr Großvater sein!«

Oskar sagte ihm einige nette Dinge über seine akrobatischen Leistungen als Clown, nannte ihn hochmusikalisch und führte, leicht vom Ehrgeiz gepackt, ein Kunststückchen vor. Drei Glühbirnen der Zirkusplatzbeleuchtung mußten dran glauben, und Herr Bebra rief bravo, bravissimo und wollte Oskar sofort engagieren.

Manchmal tut es mir heute noch leid, daß ich ablehnte. Ich redete mich heraus und sagte: »Wissen Sie, Herr Bebra, ich rechne mich lieber zu den Zuschauern, laß meine kleine Kunst im Verborgenen, abseits von allem Beifall blühen, bin jedoch der Letzte, der Ihren Darbietungen keinen Applaus spendet.« Herr Bebra hob seinen zerknitterten Zeigefinger und ermahnte mich: »Bester Oskar, glauben Sie einem erfahrenen Kollegen. Unsereins darf nie zu den Zuschauern gehören. Unsereins muß auf die Bühne, in die Arena. Unsereins muß vorspielen und die Handlung bestimmen, sonst wird unsereins von jenen da behandelt. Und jene da spielen uns allzu gerne übel mit!«

Mir fast ins Ohr kriechend, flüsterte er und machte uralte Augen: »Sie kommen! Sie werden die Festplätze besetzen! Sie werden Fackelzüge veranstalten! Sie werden Tribünen bauen, Tribünen bevölkern und von Tribünen herunter unseren Untergang predigen. Geben Sie acht, junger Freund, was sich auf den Tribünen ereignen wird! Versuchen Sie, immer auf der Tribüne zu sitzen und niemals vor der Tribüne zu stehen!«

Dann griff Herr Bebra, da mein Name gerufen wurde, seinen Eimer. »Man sucht Sie, bester Freund. Wir werden uns wiedersehen. Wir sind zu klein, als daß wir uns verlieren könnten. Zudem sagt Bebra immer wieder: Kleine Leute wie wir finden selbst auf überfülltesten Tribünen noch ein Plätzchen. Und wenn nicht auf der Tribüne, dann unter der Tribüne, aber niemals vor der Tribüne. Das sagt Bebra, der in direkter Linie vom Prinzen Eugen abstammt.«

Mama, die Oskar rufend hinter einem Wohnwagen hervortrat, sah gerade noch, wie mich Herr Bebra auf die Stirn küßte, dann seinen Wassereimer ergriff und mit den Schultern rudernd auf einen Wohnwagen zusteuerte.

»Stellt euch nur vor«, empörte sich Mama später Matzerath und den Bronskis gegenüber, »bei den Liliputanern war er. Und ein Gnom hat ihn auf die Stirn geküßt. Hoffentlich hat das nichts zu bedeuten!«

Bebras Stirnkuß sollte mir noch viel bedeuten. Die politischen Ereignisse der nächsten Jahre gaben ihm recht: Die Zeit der Fackelzüge und Aufmärsche vor Tribünen begann.

Wie ich den Ratschlägen des Herrn Bebra Folge leistete, beherzigte Mama einen Teil der Ermahnungen, die ihr Sigismund Markus in der Zeughauspassage gegeben hatte und anläßlich der Donnerstagbesuche immer wieder hören ließ. Wenn sie auch nicht mit dem Markus nach London ging – ich hätte nicht viel gegen den Umzug einzuwenden gehabt –, blieb sie dennoch bei Matzerath und sah Jan Bronski maßvoll gelegentlich, das heißt in der Tischlergasse auf Jans Kosten und beim Familienskat, der Jan immer teurer wurde, weil er ständig verlor. Matzerath aber, auf den Mama gesetzt hatte, auf dem sie, des Markus Rat befolgend, ihren Einsatz, ohne ihn zu verdoppeln, liegen ließ, trat im Jahre vierunddreißig, also verhältnismäßig früh die Kräfte der Ordnung erkennend, in die Partei ein und brachte es dennoch nur bis zum Zellenleiter. Anläßlich dieser Beförderung, die wie alles Außergewöhnliche Grund zum Familienskat bot, gab Matzerath erstmals seinen Ermahnungen, die er Jan Bronski wegen der Beamtentätigkeit auf der Polnischen Post schon immer erteilt hatte, einen etwas strengeren, doch auch besorgteren Ton.

Sonst änderte sich nicht viel. Über dem Piano wurde das Bild des finsteren Beethoven, ein Geschenk Greffs, vom Nagel genommen und am selben Nagel der ähnlich finster blickende Hitler zur Ansicht gebracht. Matzerath, der für ernste Musik nichts übrig hatte, wollte den fast tauben Musiker ganz und gar verbannen. Mama jedoch, die die langsamen Sätze der Beethovensonaten sehr liebte, zwei oder drei noch langsamer als angegeben auf unserem Klavier eingeübt hatte und dann und wann dahintropfen ließ, bestand darauf, daß der Beethoven, wenn nicht über die Chaiselongue, dann übers Büfett käme. So kam es zu jener finstersten aller Konfrontationen: Hitler und das Genie hingen sich gegenüber, blickten sich an, durchschauten sich und konnten dennoch aneinander nicht froh werden.

Nach und nach kaufte sich Matzerath die Uniform zusammen. Wenn ich mich recht erinnere, begann er mit der Parteimütze, die er gerne, auch bei sonnigem Wetter, mit unterm Kinn scheuerndem Sturmriemen trug. Eine Zeitlang zog er weiße Oberhemden mit schwarzer Krawatte zu dieser Mütze an oder eine Windjacke mit Armbinde. Als er das erste braune Hemd kaufte, wollte er eine Woche später auch die kackbraunen Reithosen und Stiefel erstehen. Mama war dagegen, und es dauerte abermals Wochen, bis Matzerath endgültig in Kluft war.

Es ergab sich mehrmals in der Woche Gelegenheit, diese Uniform zu tragen, aber Matzerath ließ es mit der Teilnahme an sonntäglichen Kundgebungen auf der Maiwiese neben der Sporthalle genug sein. Hier erwies er sich jedoch selbst dem schlechtesten Wetter gegenüber unerbittlich, lehnte auch ab, einen Regenschirm zur Uniform zu tragen, und wir hörten oft genug eine Redewendung, die bald zur stehenden Redensart wurde. »Dienst ist Dienst«, sagte Matzerath, »und Schnaps ist Schnaps!«, verließ, nachdem er den Mittagsbraten vorbereitet hatte, jeden Sonntagmorgen Mama und brachte mich in eine peinliche Situation, weil Jan Bronski, der ja den Sinn für die neue sonntägliche politische Lage besaß, auf seine zivil eindeutige Art meine verlassene Mama besuchte, während Matzerath in Reih und Glied stand.

Was hätte ich anderes tun können, als mich verdrücken. Es lag weder in meiner Absicht, die beiden auf der Chaiselongue zu stören, noch zu beobachten. So trommelte ich mich, sobald mein uniformierter Vater außer Sicht war und die Ankunft des Zivilisten, den ich damals schon meinen mutmaßlichen Vater nannte, bevorstand, aus dem Haus in Richtung Maiwiese.

Sie werden sagen, mußte es unbedingt die Maiwiese sein? Glauben Sie mir bitte, daß an Sonntagen im Hafen nichts los war, daß ich mich zu Waldspaziergängen nicht entschließen konnte, daß mir das Innere der Herz-Jesu-Kirche damals noch nichts sagte. Zwar gab es noch die Pfadfinder des Herrn Greff, aber jener verklemmten Erotik zog ich, es sei hier zugegeben, den Rummel auf der Maiwiese vor; auch wenn Sie mich jetzt einen Mitläufer heißen.

Es sprachen entweder Greiser oder der Gauschulungsleiter Löbsack. Der Greiser fiel mir nie besonders auf. Er war zu gemäßigt und wurde später durch den forscheren Mann aus Bayern, der Forster hieß und Gauleiter wurde, ersetzt. Der Löbsack jedoch wäre der Mann gewesen, einen Forster zu ersetzen. Ja, hätte der Löbsack nicht einen Buckel gehabt, wäre es für den Mann aus Fürth schwer gewesen, in der Hafenstadt ein Bein aufs Pflaster zu bekommen. Den Löbsack richtig einschätzend, in seinem Buckel ein Zeichen hoher Intelligenz sehend, machte ihn die Partei zum Gauschulungsleiter. Der Mann verstand sein Handwerk. Während der Forster mit übler bayrischer Aussprache immer wieder »Heim ins Reich« schrie, ging Löbsack mehr ins Detail, sprach alle Sorten Danziger Platt, erzählte Witze von Bollermann und Wullsutzki, verstand es, die Hafenarbeiter bei Schichau, das Volk in Ohra, die Bürger von Emaus, Schidlitz, Bürgerwiesen und Praust anzusprechen. Hatte er es mit bierernsten Kommunisten und den lahmen Zwischenrufen einiger Sozis zu tun, war es eine Wonne, dem kleinen Mann, dessen Buckel durch das Uniformbraun besonders betont und gehoben wurde, zuzuhören.

Löbsack hatte Witz, zog all seinen Witz aus dem Buckel, nannte seinen Buckel beim Namen, denn so etwas gefällt den Leuten immer. Eher werde er seinen Buckel verlieren, behauptete Löbsack, als daß die Kommune hochkomme. Es war vorauszusehen, daß er den Buckel nicht verlor, daß an dem Buckel nicht zu rütteln war, folglich behielt der Buckel recht, mit ihm die Partei – woraus man schließen kann, daß ein Buckel die ideale Grundlage einer Idee bildet.

Wenn Greiser, Löbsack oder später Forster sprachen, sprachen sie von der Tribüne aus. Es handelte sich um jene Tribüne, die mir der kleine Herr Bebra angepriesen hatte. Deshalb hielt ich längere Zeit den Tribünenredner Löbsack, bucklig und begabt, wie er sich auf der Tribüne zeigte, für einen Abgesandten Bebras, der in brauner Verkleidung seine und im Grunde auch meine Sache auf der Tribüne verfocht.

Was ist das, eine Tribüne? Ganz gleich für wen und vor wem eine Tribüne errichtet wird, in jedem Falle muß sie symmetrisch sein. So war auch die Tribüne auf unserer Maiwiese neben der Sporthalle eine betont symmetrisch angeordnete Tribüne. Von oben nach unten: sechs Hakenkreuzbanner nebeneinander. Dann Fahnen, Wimpel und Standarten. Dann eine Reihe schwarze SS mit Sturmriemen unterm Kinn. Dann zwei Reihen SA, die während der Singerei und Rederei die Hände am Koppelschloß hielten. Dann sitzend mehrere Reihen uniformierter Parteigenossen, hinter dem Rednerpult gleichfalls Pg's, Frauenschaftsführerinnen mit Müttergesichtern, Vertreter des Senates in Zivil, Gäste aus dem Reich und der Polizeipräsident oder sein Stellvertreter.

Den Sockel der Tribüne verjüngte die Hitlerjugend oder genauer gesagt der Gebietsfanfarenzug des Jungvolkes und der Gebietsspielmannszug der HJ. Bei manchen Kundgebungen durfte auch ein links und rechts, immer wieder symmetrisch angeordneter gemischter Chor entweder Sprüche hersagen oder den so beliebten Ostwind besingen, der sich, laut Text, besser als alle anderen Winde fürs Entfalten von Fahnenstoffen eignete.

Bebra, der mich auf die Stirn küßte, sagte auch: »Oskar, stelle dich niemals vor eine Tribüne. Unsereins gehört auf die Tribüne!«

Zumeist gelang es mir, zwischen irgendwelchen Frauenschaftsführerinnen Platz zu finden. Leider unterließen es diese Damen nicht, mich während der Kundgebung aus Propagandazwecken zu streicheln. Zwischen die Pauken, Fanfaren und Trommeln am Tribünenfuß konnte ich mich meiner Blechtrommel wegen nicht mischen; denn die lehnte die Landsknechtpaukerei ab. Leider ging auch ein Versuch mit dem Gauschulungsleiter Löbsack schief. Ich täuschte mich schwer in dem Mann. Weder war er, wie ich gehofft hatte, ein Abgesandter Bebras, noch hatte er, trotz seines vielversprechenden Buckels, das geringste Verständnis für meine wahre Größe.

Als ich ihm anläßlich eines Tribünensonntages kurz vor dem Rednerpult entgegentrat, den Parteigruß bot, ihn zuerst blank anblickte, dann mit dem Auge zwinkernd zuflüsterte: »Bebra ist unser Führer!«, ging dem Löbsack nicht etwa ein Licht auf, sondern er streichelte mich genau wie die NS-Frauenschaft und ließ schließlich Oskar – weil er ja seine Rede halten mußte – von der Tribüne weisen, wo ihn zwei BDM-Führerinnen in die Mitte nahmen und während der ganzen Kundgebung nach »Vati und Mutti« ausfragten.

So kann es nicht verwundern, wenn mich die Partei schon im Sommer vierunddreißig, doch nicht vom Röhmputsch beeinflußt, zu enttäuschen begann. Je länger ich mir die Tribüne, vor der Tribüne stehend, ansah, um so verdächtiger wurde mir jene Symmetrie, die durch Löbsacks Buckel nur ungenügend gemildert wurde. Es liegt nahe, daß meine Kritik sich vor allen Dingen an den Trommlern und Fanfarenbläsern rieb; und im August fünfunddreißig ließ ich mich an einem schwülen Kundgebungssonntag mit dem Spielmanns- und Fanfarenzugvolk am Fuß der Tribüne ein.

Matzerath verließ schon um neun Uhr die Wohnung. Ich hatte ihm noch beim Wichsen der braunen Ledergamaschen geholfen, damit er rechtzeitig aus dem Haus kam. Selbst zu dieser frühen Tagesstunde war es schon unerträglich heiß, und er schwitzte sich dunkle, wachsende Flecken unter die Ärmel seines Parteihemdes, bevor er im Freien war. Punkt halb zehn stellte sich in luftig hellem Sommeranzug mit durchbrochenen, feingrauen Halbschuhen, einen Strohhut tragend, Jan Bronski ein. Jan spielte ein bißchen mit mir, konnte aber beim Spiel die Augen nicht von Mama lassen, die sich am Vorabend die Haare gewaschen hatte. Recht bald bemerkte ich, daß meine Anwesenheit das Gespräch der beiden hemmte, ihr Handeln steif und Jans Bewegungen behindert wirken ließ. Offensichtlich wurde ihm seine leichte Sommerhose zu eng, und ich trollte mich davon, folgte den Spuren Matzeraths, ohne in ihm ein Vorbild zu sehen. Vorsichtig vermied ich Straßen, die voller in Richtung Maiwiese strebender Uniformierter waren, und näherte mich erstmals dem Kundgebungsfeld von den Tennisplätzen her, die neben der Sporthalle lagen. Diesem Umweg verdankte ich die Hinteransicht der Tribüne.

Haben Sie schon einmal eine Tribüne von hinten gesehen? Alle Menschen sollte man – nur um einen Vorschlag zu machen – mit der Hinteransicht einer Tribüne vertraut machen, bevor man sie vor Tribünen versammelt. Wer jemals eine Tribüne von hinten anschaute, recht anschaute, wird von Stund an gezeichnet und somit gegen jegliche Zauberei, die in dieser oder jener Form auf Tribünen zelebriert wird, gefeit sein. Ähnliches kann man von den Hinteransichten kirchlicher Altäre sagen; doch das steht auf einem anderen Blatt.

Oskar jedoch, der immer schon einen Zug zur Gründlichkeit hatte, ließ es mit dem Anblick des nackten, in seiner Häßlichkeit tatsächlichen Gerüstes nicht genug sein, er erinnerte sich der Worte seines Magisters Bebra, ging das nur für die Vorderansicht bestimmte Podest von der groben Kehrseite an, schob sich und seine Trommel, ohne die er nie ausging, zwischen Verstrebungen hindurch, stieß sich an einer überstehenden Dachlatte, riß sich an einem bös aus dem Holz ragenden Nagel das Knie auf, hörte über sich die Stiefel der Parteigenossen scharren, dann die Schühchen der Frauenschaft und kam endlich dorthin, wo es am drükkendsten und dem Monat August am meisten gemäß war: Vor dem inwendigen Tribünenfuß fand er hinter einem Stück Sperrholz Platz und Schutz genug, um den akustischen Reiz einer politischen Kundgebung in aller Ruhe auskosten zu können, ohne durch Fahnen abgelenkt, durch Uniformen im Auge beleidigt zu werden.

Unter dem Rednerpult hockte ich. Links und rechts von mir und über mir standen breitbeinig, und wie ich wußte, mit verkniffenen, vom Sonnenlicht geblendeten Augen die jüngeren Trommler des Jungvolkes und die älteren der Hitlerjugend. Und dann die Menge. Ich roch sie durch die Ritzen der Tribünenverschalung. Das stand und berührte sich mit Ellenbogen und Sonntagskleidung, das war zu Fuß gekommen oder mit der Straßenbahn, das hatte zum Teil die Frühmesse besucht und war dort nicht zufriedengestellt worden, das war gekommen, um seiner Braut am Arm etwas zu bieten, das wollte mit dabeisein, wenn Geschichte gemacht wird, und wenn auch der Vormittag dabei draufging.

Nein, sprach sich Oskar zu, sie sollen den Weg nicht umsonst gemacht haben. Und er legte ein Auge an ein Astloch der Verschalung, bemerkte die Unruhe von der Hindenburgallee her. Sie kamen! Kommandos wurden über ihm laut, der Führer des Spielmannszuges fuchtelte mit seinem Tambourstab, die hauchten ihre Fanfaren an, die paßten sich das Mundstück auf, und schon stießen sie in übelster Landsknechtmanier in ihr sidolgeputztes Blech, daß es Oskar weh tat, und »Armer SA-Mann Brand«, sagte er sich, »armer Hitlerjunge Quex, ihr seid umsonst gefallen!«

Als wollte man ihm diesen Nachruf auf die Opfer der Bewegung bestätigen, mischte sich gleich darauf massives Gebumse auf kalbsfellbespannten Trommeln in die Trompeterei. Jene Gasse, die mitten durch die Menge zur Tribüne führte, ließ von weit her heranrückende Uniformen ahnen, und Oskar stieß hervor: »Jetzt mein Volk, paß auf, mein Volk!«

Die Trommel lag mir schon maßgerecht. Himmlisch lokker ließ ich die Knüppel in meinen Händen spielen und legte mit Zärtlichkeit in den Handgelenken einen kunstreichen, heiteren Walzertakt auf mein Blech, den ich immer eindringlicher, Wien und die Donau beschwörend, laut werden ließ, bis oben die erste und zweite Landsknechttrommel an meinem Walzer Gefallen fand, auch Flachtrommeln der älteren Burschen mehr oder weniger geschickt mein Vorspiel aufnahmen. Dazwischen gab es zwar Unerbittliche, die kein Gehör hatten, die weiterhin Bumbum machten und Bumbumbum, während ich doch den Dreivierteltakt meinte, der so beliebt ist beim Volk. Schon wollte Oskar verzweifeln, da ging den Fanfaren ein Lichtchen auf, und die Querpfeifen, o Donau, pfiffen so blau. Nur der Fanfarenzugführer und auch der Spielmannszugführer, die glaubten nicht an den Walzerkönig und schrien ihre lästigen Kommandos, aber ich hatte die abgesetzt, das war jetzt meine Musik. Und das Volk dankte es mir. Lacher wurden laut vor der Tribüne, da sangen schon welche mit, o Donau, und über den ganzen Platz, so blau, bis zur Hindenburgallee, so blau und zum Steffenspark, so blau, hüpfte mein Rhythmus, verstärkt durch das über mir vollaufgedrehte Mikrophon. Und als ich durch mein Astloch hindurch ins Freie spähte, doch dabei fleißig weitertrommelte, bemerkte ich, daß das Volk an meinem Walzer Spaß fand, aufgeregt hüpfte, es in den Beinen hatte: Schon neun Pärchen und noch ein Pärchen tanzten, wurden vom Walzerkönig gekuppelt. Nur dem Löbsack, der mit Kreisleitern und Sturmbannführern, mit Forster, Greiser und Rauschning, mit einem langen braunen Führungsstabschwanz mitten in der Menge kochte, vor dem sich die Gasse zur Tribüne schließen wollte, lag erstaunlicherweise der Walzertakt nicht. Der war gewohnt, mit gradliniger Marschmusik zur Tribüne geschleust zu werden. Dem nahmen nun diese leichtlebigen Klänge den Glauben ans Volk. Durchs Astloch sah ich seine Leiden. Es zog durch das Loch. Wenn ich mir auch fast das Auge entzündete, tat er mir dennoch leid, und ich wechselte in einen Charleston, »Jimmy the Tiger«, über, brachte jenen Rhythmus, den der Clown Bebra im Zirkus auf leeren Selterswasserflaschen getrommelt hatte; doch die Jungs vor der Tribüne kapierten den Charleston nicht. Das war eben eine andere Generation. Die hatten natürlich keine Ahnung von Charleston und »Jimmy the Tiger«. Die schlugen – o guter Freund Bebra – nicht Jimmy und Tiger, die hämmerten Kraut und Rüben, die bliesen mit Fanfaren Sodom und Gomorrha. Da dachten die Querpfeifen sich, gehupft wie gesprungen. Da schimpfte der Fanfarenzugführer auf Krethi und Plethi. Aber dennoch trommelten, pfiffen, trompeteten die Jungs vom Fanfarenzug und Spielmannszug auf Teufel komm raus, daß es Jimmy eine Wonne war, mitten im heißesten Tigeraugust, daß es die Volksgenossen, die da zu Tausenden und Abertausenden vor der Tribüne drängelten, endlich begriffen: Es ist Jimmy the Tiger, der das Volk zum Charleston aufruft!

Und wer auf der Maiwiese noch nicht tanzte, der griff sich, bevor es zu spät war, die letzten noch zu habenden Damen. Nur Löbsack mußte mit seinem Buckel tanzen, weil in seiner Nähe alles, was einen Rock trug, schon besetzt war, und jene Damen von der Frauenschaft, die ihm hätten helfen können, rutschten, weit weg vom einsamen Löbsack, auf den harten Holzbänken der Tribüne. Er aber – und das riet ihm sein Buckel – tanzte dennoch, wollte gute Miene zur bösen Jimmymusik machen und retten, was noch zu retten war.

Es war aber nichts mehr zu retten. Das Volk tanzte sich von der Maiwiese, bis die zwar arg zertreten, aber immerhin grün und leer war. Es verlor sich das Volk mit »Jimmy the Tiger« in den weiten Anlagen des angrenzenden Steffensparkes. Dort bot sich Dschungel, den Jimmy versprochen hatte, Tiger gingen auf Sammetpfötchen, ersatzweise Urwald fürs Volk, das eben noch auf der Wiese drängte. Gesetz ging flöten und Ordnungssinn. Wer aber mehr die Kultur liebte, konnte auf den breiten gepflegten Promenaden jener Hindenburgallee, die während des achtzehnten Jahrhunderts erstmals angepflanzt, bei der Belagerung durch Napoleons Truppen achtzehnhundertsieben abgeholzt und achtzehnhundertzehn zu Ehren Napoleons wieder angepflanzt wurde, auf historischem Boden also konnten die Tänzer auf der Hindenburgallee meine Musik haben, weil über mir das Mikrophon nicht abgestellt wurde, weil man mich bis zum Olivaer Tor hörte, weil ich nicht lockerließ, bis es mir und den braven Burschen am Tribünenfuß gelang, mit Jimmys entfesseltem Tiger die Maiwiese bis auf die Gänseblümchen zu räumen.

Selbst als ich meinem Blech schon die langverdiente Ruhe gönnte, wollten die Trommelbuben noch immer kein Ende finden. Es brauchte seine Zeit, bis mein musikalischer Einfluß nachzuwirken aufhörte.

Dann bleibt noch zu sagen, daß Oskar das Innere der Tribüne nicht sogleich verlassen konnte, da Abordnungen der SA und SS über eine Stunde lang mit Stiefeln gegen Bretter knallten, sich Ecklöcher ins braune und schwarze Zeug rissen, etwas im Tribünengehäuse zu suchen schienen: einen Sozi womöglich oder einen Störtrupp der Kommune. Ohne die Finten und Täuschungsmanöver Oskars aufzählen zu wollen, sei hier kurz festgestellt: Sie fanden Oskar nicht, weil sie Oskar nicht gewachsen waren.

Endlich war Ruhe im Holzlabyrinth, das etwa die Größe jenes Walfisches hatte, in welchem Jonas saß und tranig wurde. Nein nein, Oskar war kein Prophet, Hunger verspürte er! Es war da kein Herr, der sagte: »Mache dich auf, und gehe in die große Stadt Ninive, und predige wider sie!« Mir brauchte auch kein Herr einen Rizinusbaum wachsen lassen, den hinterher, auf des Herren Geheiß, ein Wurm zu tilgen hatte. Ich jammerte weder um jenen biblischen Rizinus noch um Ninive, selbst wenn es Danzig hieß. Meine Trommel, die nicht biblisch war, steckte ich unter den Pullover, hatte genug mit mir zu tun, fand, ohne mich zu stoßen oder an Nägeln zu reißen, aus den Eingeweiden einer Tribüne für Kundgebungen aller Art, die nur zufällig die Proportionen des prophetenschlingenden Walfisches hatte.

Wer achtete schon auf den kleinen Jungen, der da pfeifend und dreijährig langsam am Rand der Maiwiese in Richtung Sporthalle stiefelte? Hinter den Tennisplätzen hüpften meine Burschen vom Tribünenfuß mit vorgehaltenen Landsknechttrommeln, Flachtrommeln, Querpfeifen und Fanfaren. Strafexerzieren, stellte ich fest und bedauerte die nach der Pfeife ihres Gebietsführers Hüpfenden nur mäßig. Abseits von seinem gehäuften Führungsstab ging Löbsack mit einsamem Buckel auf und ab. An den Wendemarken seiner zielbewußten Laufbahn war es ihm, der auf den Stiefelabsätzen kehrtmachte, gelungen, alles Gras und die Gänseblümchen auszumerzen.

Als Oskar nach Hause kam, stand das Mittagessen schon auf dem Tisch: Falschen Hasen gab es mit Salzkartoffeln, Rotkohl und zum Nachtisch Schokoladenpudding mit Vanillesoße. Matzerath ließ kein Wörtchen hören. Oskars Mama war während des Essens mit den Gedanken woanders. Dafür gab es am Nachmittag einen Familienkrach wegen Eifersucht und Polnischer Post. Gegen Abend bot ein erfrischendes Gewitter mit Wolkenbruch und wunderschön trommelndem Hagel eine längere Vorstellung. Oskars erschöpftes Blech durfte ruhen und zuhören.

Schaufenster

Längere Zeit lang, genau gesagt, bis zum November achtunddreißig, habe ich mit meiner Trommel unter Tribünen hockend, mehr oder weniger Erfolg beobachtend, Kundgebungen gesprengt, Redner zum Stottern gebracht, Marschmusik, auch Choräle in Walzer und Foxtrott umgebogen.

Heute, als Privatpatient einer Heil- und Pflegeanstalt, da das alles schon historisch geworden ist, zwar immer noch eifrig, aber als kaltes Eisen geschmiedet wird, habe ich den rechten Abstand zu meiner Trommelei unter Tribünen. Nichts liegt ferner, als in mir, wegen der sechs oder sieben zum Platzen gebrachten Kundgebungen, drei oder vier aus dem Schritt getrommelten Aufmärsche und Vorbeimärsche, nun einen Widerstandskämpfer zu sehen. Das Wort ist reichlich in Mode gekommen. Vom Geist des Widerstandes spricht man, von Widerstandskreisen. Man soll den Widerstand sogar verinnerlichen können, das nennt man dann: innere Emigration. Ganz zu schweigen von jenen bibelfesten Ehrenmännern, die während des Krieges wegen nachlässiger Verdunklung der Schlafzimmerfenster vom Luftschutzwart eine Geldstrafe aufgebrummt bekamen und sich jetzt Widerstandskämpfer nennen, Männer des Widerstandes.

Wir wollen noch einmal einen Blick unter Oskars Tribünen werfen. Hat Oskar denen was vorgetrommelt? Hat er, dem Rat seines Lehrers Bebra folgend, die Handlung an sich gerissen und das Volk vor der Tribüne zum Tanzen gebracht? Hat er dem so schlagfertigen und mit allen Wassern gewaschenen Gauschulungsleiter Löbsack das Konzept vermasselt? Hat er an einem Eintopfsonntag im August des Jahres fünfunddreißig zum erstenmal und später noch einige Male bräunliche Kundgebungen auf einer zwar weißroten, dennoch nicht polnischen Blechtrommel wirbelnd aufgelöst?

Das habe ich alles getan, werden Sie zugeben müssen. Bin ich, der Insasse einer Heil- und Pflegeanstalt, deshalb ein Widerstandskämpfer? Ich muß diese Frage verneinen und bitte auch Sie, die Sie nicht Insassen von Heil- und Pflegeanstalten sind, in mir nichts anderes als einen etwas eigenbrötlerischen Menschen zu sehen, der aus privaten, dazu ästhetischen Gründen, auch seines Lehrers Bebra Ermahnungen beherzigend, Farbe und Schnitt der Uniformen, Takt und Lautstärke der auf Tribünen üblichen Musik ablehnte und deshalb auf einem bloßen Kinderspielzeug einigen Protest zusammentrommelte.

Damals konnte man noch den Leuten auf und vor Tribünen mit einer armseligen Blechtrommel beikommen, und ich muß zugeben, daß ich meinen Bühnentrick ähnlich wie das fernwirkende Glaszersingen bis zur Perfektion trieb. Ich trommelte nicht nur gegen braune Versammlungen. Oskar saß den Roten und den Schwarzen, den Pfadfindern und Spinathemden von der PX, den Zeugen Jehovas und dem Kyffhäuserbund, den Vegetariern und den Jungpolen von der Ozonbewegung unter der Tribüne. Was sie auch zu singen, zu blasen, zu beten und zu verkünden hatten: Meine Trommel wußte es besser.

Mein Werk war also ein zerstörerisches. Und was ich mit der Trommel nicht kleinbekam, das tötete ich mit meiner Stimme. So begann ich neben den taghellen Unternehmungen gegen die Tribünensymmetrie mit nächtlicher Tätigkeit: Während des Winters sechsunddreißig-siebenunddreißig spielte ich den Versucher. Die ersten Unterweisungen im Versuchen der Mitmenschen bekam ich von meiner

Großmutter Koljaiczek, die in jenem strengen Winter auf dem Langfuhrer Wochenmarkt einen Stand eröffnete, das heißt: Sie hockte sich in ihren vier Röcken hinter eine Marktbank und bot mit klagender Stimme »Fresche Eierchen, Butter joldjelb und Ganschen, nich zu fett, nich zu mager!« für die Festtage an. Jeder Dienstag war Markttag. Mit der Kleinbahn kam sie von Viereck, zog sich kurz vor Langfuhr ihre Filzpantoffeln für die Eisenbahnfahrt aus, stieg in unförmige Galoschen, henkelte sich in ihre beiden Körbe und suchte den Stand in der Bahnhofsstraße auf, dem ein Schildchen anhing: Anna Koljaiczek, Bissau. Wie billig die Eier damals waren! Eine Mandel bekam man für einen Gulden, und kaschubische Butter war billiger als Margarine. Meine Großmutter hockte zwischen zwei Fischfrauen, die »Flunderchen« riefen und »Pomuchel jefälligst!« Der Frost machte die Butter zum Stein, hielt die Eier frisch, schliff die Fischschuppen zu extradünnen Rasierklingen und gab einem Mann Arbeit und Lohn, der Schwerdtfeger hieß, einäugig war, über offenem Holzkohlefeuer Ziegelsteine erhitzte, die er, in Zeitungspapier verpackt, an die Marktfrauen auslieh.

Meine Großmutter ließ sich vom Schwerdtfeger pünktlich jede Stunde einen heißen Ziegel unter die vier Röcke schieben. Das machte der Schwerdtfeger mit einem eisernen Schieber. Ein dampfendes Päckchen schob er unter die kaum gehobenen Stoffe, eine abladende Bewegung, ein aufladender Schub, und mit dem fast erkalteten Ziegel kam Schwerdtfegers Eisenschieber unter den Röcken meiner Großmutter hervor.

Wie habe ich diese im Zeitungspapier Hitze speichernden und spendenden Ziegelsteine beneidet! Noch heute wünsche ich mir, als solch backwarmer Ziegelstein unter den Röcken meiner Großmutter, immer wieder gegen mich selbst ausgetauscht, liegen zu dürfen. Sie werden fragen:

Was sucht Oskar unter den Röcken seiner Großmutter? Will er seinen Großvater Koljaiczek nachahmen und sich an der alten Frau vergehen? Sucht er Vergessen, Heimat, das endliche Nirwana?

Oskar antwortet: Afrika suchte ich unter den Röcken, womöglich Neapel, das man bekanntlich gesehen haben muß. Da flossen die Ströme zusammen, da war die Wasserscheide, da wehten besondere Winde, da konnte es aber auch windstill sein, da rauschte der Regen, aber man saß im Trocknen, da machten die Schiffe fest, oder die Anker wurden gelichtet, da saß neben Oskar der liebe Gott, der es schon immer gerne warm gehabt hat, da putzte der Teufel sein Fernrohr, da spielten Engelchen blinde Kuh; unter den Röcken meiner Großmutter war immer Sommer, auch wenn der Weihnachtsbaum brannte, auch wenn ich Ostereier suchte oder Allerheiligen feierte. Nirgendwo konnte ich ruhiger nach dem Kalender leben als unter den Röcken meiner Großmutter.

Sie aber ließ mich auf dem Wochenmarkt überhaupt nicht und sonst nur selten bei ihr einkehren. Neben ihr hockte ich auf dem Kistchen, hatte es in ihrem Arm ersatzweise warm, sah zu, wie die Ziegelsteine kamen und gingen, und ließ mir von meiner Großmutter den Trick mit der Versuchung beibringen. Vinzent Bronskis alte Geldbörse warf sie an einer Schnur auf den festgetretenen Schnee des Bürgersteiges, den Sandstreuer so beschmutzt hatten, daß nur ich und Großmutter den Bindfaden sahen.

Hausfrauen kamen und gingen, wollten nichts kaufen, obgleich alles billig war, wollten es wohl geschenkt bekommen oder noch etwas dazu, denn eine Dame bückte sich nach Vinzents ausgeworfener Börse, hatte schon die Finger am Leder, da holte meine Großmutter die Angel mit der leicht verlegenen gnädigen Frau ein, zu sich an die Kiste lockte sie den gutangezogenen Fisch und blieb ganz freundlich: »No Madamchen, beßchen Butter jefälligst, joldjelb oder Eierchen, die Mandel forn Gulden?«

Auf diese Art verkaufte Anna Koljaiczek ihre Naturprodukte. Ich aber begriff die Magie der Versuchung, nicht jener Versuchung, die die vierzehnjährigen Bengels mit Susi Kater in den Keller lockte, damit dort Arzt und Patient gespielt wurde. Das versuchte mich nicht, dem ging ich aus dem Wege, nachdem mich die Gören unseres Mietshauses, Axel Mischke und Nuchi Eyke als Serumspender, Susi Kater als Ärztin, zum Patienten gemacht hatten, der Arzneien schlucken mußte, die nicht so sandig wie die Ziegelsteinsuppe waren, aber den Nachgeschmack schlechter Fische hatten. Meine Versuchung gab sich nahezu körperlos und hielt mit den Partnern Distanz.

Lange nach Einbruch der Dunkelheit, ein, zwei Stunden nach Geschäftsschluß, entglitt ich Mama und Matzerath. In die Winternacht stellte ich mich. Auf stillen, fast menschenleeren Straßen, aus den Nischen windgeschützter Hauseingänge beobachtete ich die gegenüberliegenden Schaufenster der Delikateßläden, Kurzwarenhandlungen, aller Geschäfte, die Schuhe, Uhren, Schmuck, also Handliches, Begehrenswertes zur Ansicht boten. Nicht jede Auslage war beleuchtet. Ich zog sogar Geschäfte vor, die abseits von Straßenlaternen ihr Angebot im Halbdunkel hielten, weil das Licht alle, auch den Gewöhnlichsten anzieht, das Halbdunkel jedoch die Auserwählten verweilen läßt.

Es kam mir nicht auf Leute an, die im Vorbeischlendern einen Blick in grelle Schaufenster, mehr auf die Preisschildchen denn auf die Ware warfen, auf Leute, die in spiegelnden Scheiben feststellten, ob der Hut gerade sitze. Die Kunden, auf die ich bei trockener, windstiller Kälte, hinter großflockigem Schneetreiben, inmitten lautlosem, dichtem Schneefall oder unter einem Mond wartete, der mit dem Frost zunahm, diese Kunden blieben vor den Schaufenstern wie auf Anruf stehen, suchten nicht lange in den Regalen, sondern ließen den Blick entweder nach kurzer Zeit oder sogleich auf einem einzigen Ausstellungsobjekt ruhen.

Mein Vorhaben war das des Jägers. Es bedurfte der Geduld, der Kaltblütigkeit und eines freien und sicheren Auges. Erst wenn alle diese Voraussetzungen gegeben waren, kam es meiner Stimme zu, auf unblutige, schmerzlose Art das Wild zu erlegen, zu verführen, wozu?

Zum Diebstahl: Denn ich schnitt mit meinem lautlosesten Schrei den Schaufenstern genau auf Höhe der untersten Auslagen, und wenn es ging, dem begehrten Stück gegenüber kreisrunde Ausschnitte, stieß mit einem letzten Heben der Stimme den Ausschnitt des Fensters ins Innere des Schaukastens, so daß sich ein schnellerstiektes Klirren, welches jedoch nicht das Klirren zerbrechenden Glases war, hören ließ – nicht von mir gehört wurde, Oskar stand zu weit weg; aber jene junge Frau mit dem Kaninchenfell auf dem Kragen des braunen, sicher schon einmal gewendeten Wintermantels, sie hörte den kreisrunden Ausschnitt, zuckte bis ins Kaninchenfell, wollte davon, durch den Schnee, blieb aber doch, vielleicht weil es schneite, auch weil bei Schneefall, wenn es nur dicht genug fällt, alles erlaubt ist. Daß sie sich dennoch umsah und Flocken beargwöhnte, sich umsah, als wären hinter den Flocken nicht weitere Flokken, sich immer noch umsah, als ihre rechte Hand schon aus dem gleichfalls mit Kaninchenfell besetzten Muff glitt! Und sah sich dann nicht mehr um, sondern griff in den kreisrunden Ausschnitt, schob erst das abgefallene Glas, das auf die begehrte Auslage gekippt war, zur Seite, zog den einen, dann den linken mattschwarzen Pumps aus dem Loch, ohne die Absätze zu beschädigen, ohne sich an den scharfen Schnittkanten die Hand zu verletzen. Links und rechts verschwanden die Schuhe in den Manteltaschen. Einen Augenblick lang, fünf Schneeflocken lang, sah Oskar ein hübsches, doch nichtssagendes Profil, dachte schon, das ist eine Modepuppe des Kaufhauses Sternfeld, wunderbarerweise unterwegs, da löste sie sich im Schneefall auf, wurde unter dem Gelblicht der nächsten Straßenlaterne noch einmal deutlich und war, außerhalb des Lichtkegels, sei es als junge, frischverheiratete Frau, sei es als emanzipierte Modepuppe, entkommen.

Mir blieb nach getaner Arbeit – und das Warten, Lauern, Nicht-Trommeln-Dürfen und schließliche Ansingen und Auftauen eisigen Glases war harte Arbeit –, nichts anderes blieb mir, als gleich der Diebin, doch ohne Beute, mit gleichviel entzündetem und erkältetem Herzen nach Hause zu gehn.

Nicht immer gelang es mir, wie bei dem oben geschilderten Modellfall, die Kunst des Verführens so eindeutig im Erfolg münden zu lassen. So lief mein Ehrgeiz darauf hinaus, ein Pärchen zum Diebespaar zu machen. Entweder wollten beide nicht, oder er griff schon, und sie riß seine Hand zurück; oder sie war kühn genug, und er ging aufs Knie und flehte, bis sie gehorchte und ihn fortan verachtete. Und einmal verführte ich ein im Schneefall besonders blutjung wirkendes Liebespaar vor einem Parfümeriegeschäft. Er gab den Helden ab und raubte Kölnisch Wasser. Sie jammerte und gab vor, auf alle Düfte verzichten zu wollen. Er aber wollte ihren Wohlgeruch und setzte den Willen auch bis zur nächsten Laterne durch. Dort aber, demonstrativ deutlich, als wollte das junge Ding mich ärgern, küßte sie ihn, auf Zehenspitzen stehend, bis er seinen Spuren entgegenlief und das Kölnisch Wasser dem Schaufenster zurückgab.

Ähnlich erging es mir manches Mal mit älteren Herren, von denen ich mehr erwartete, als ihr forscher Schritt durch die Winternacht versprach. Andächtig standen sie vor den Auslagen eines Zigarrengeschäftes, waren mit den Gedanken in Havanna, in Brasilien oder auf den Brissagoinseln, und wenn dann meine Stimme maßgerecht ihren Schnitt machte, endlich den Ausschnitt auf ein Kistchen »Schwarze Weisheit« klappen ließ, klappte ein Taschenmesser in jenen Herren zusammen. Da machten sie kehrt, da überquerten sie mit dem Spazierstock rudernd die Straße, hasteten, ohne mich zu bemerken, an mir und meinem Hauseingang vorbei und erlaubten Oskar, über ihr verstörtes und wie vom Teufel geschütteltes Altherrengesicht zu lächeln – welchem Lächeln sich leichte Sorge beimischte, denn die Herren, zumeist hochbetagte Zigarrenraucher, schwitzten kalt und heiß, setzten sich also, besonders bei umschlagendem Wetter, der Gefahr einer Erkältung aus.

Versicherungsgesellschaften haben in jenem Winter den zumeist gegen Diebstahl versicherten Geschäften unseres Vorortes beträchtliche Entschädigungen zahlen müssen. Wenn ich es auch nie auf Großdiebstähle ankommen ließ und die Scheibenausschnitte mit Absicht so bemaß, daß jeweils nur ein bis zwei Objekte den Auslagen entnommen werden konnten, häuften sich doch die als Einbruch bezeichneten Fälle so, daß die Kriminalpolizei kaum zur Ruhe kam, dennoch von der Presse als untüchtige Polizei beschimpft wurde. Vom November sechsunddreißig bis März siebenunddreißig, da der Oberst Koc in Warschau eine Regierung der Nationalen Front bildete, zählte man vierundsechzig versuchte und achtundzwanzig tatsächliche Einbrüche der gleichen Art. Zwar konnte einem Teil dieser älteren Frauen, Ladenschwengel, Dienstmädchen und pensionierten Oberlehrern, die ja alle keine passionierten Diebe waren, die Beute von Beamten der Kriminalpolizei wieder abgenommen werden, oder es fiel den laienhaften Schaufenstermardern am nächsten Tage, nachdem ihnen der Gegenstand ihrer Wünsche eine schlaflose Nacht bereitet hatte, ein, zur Polizei zu gehen und zu sagen: »Ach, verzeihen Sie. Es soll nicht wieder vorkommen. Auf einmal war da ein

Loch in der Scheibe, und als ich mich vom Schreck halbwegs erholt hatte und das geöffnete Schaufenster schon drei Straßenkreuzungen hinter mir lag, mußte ich bemerken, daß ich ein Paar wunderbare, sicher teure, wenn nicht sogar unbezahlbare, fein lederne Herrenhandschuhe in der linken Manteltasche auf ungesetzliche Art beherbergte.«

Da die Polizei nicht an Wunder glaubt, mußten alle, die ertappt wurden, alle, die sich selbst der Polizei stellten, Gefängnisstrafen zwischen vier Wochen und zwei Monaten abbüßen.

Ich selbst litt dann und wann unter Hausarrest, denn Mama ahnte natürlich, auch wenn sie es sich und klugerweise auch der Polizei nicht eingestand, daß meine dem Glas gewachsene Stimme mit im verbrecherischen Spiel war.

Matzerath gegenüber, der sich betont ehrenvoll geben wollte, ein Verhör anstellte, verweigerte ich jede Aussage und versteckte mich mit immer größerem Geschick hinter meiner Blechtrommel und der permanenten Größe des zurückgebliebenen Dreijährigen. Mama rief nach solchen Verhören immer wieder: »Daran ist dä Liliputaner schuld, wo Oskarchen auf de Stirn jeküßt hat. Ahnt' ich doch gleich, daß das was zu bedeuten hat, denn früher war Oskar ganz anders.«

Ich gebe zu, daß Herr Bebra mich leicht und nachhaltend beeinflußte. Konnten mich doch selbst die Hausarreste nicht davon abhalten, bei einigem Glück einen einstündigen, allerdings ungefragten Urlaub zu erwirken, der es mir gestattete, einem Kurzwarengeschäft die berüchtigte kreisrunde Lücke in die Schaufensterscheibe zu singen und einen hoffnungsvollen jungen Mann, der Gefallen an den Auslagen des Geschäftes fand, zum Besitzer einer echtseidenen, weinroten Krawatte zu machen.

Wenn Sie mich fragen: War es das Böse, das Oskar befahl, die ohnehin starke Versuchung einer gutgeputzten Schaufensterscheibe durch einen handgroßen Einlaß zu steigern, muß ich antworten: Es war das Böse. Alleine schon deswegen war es das Böse, weil ich in dunklen Hauseingängen stand. Denn ein Hauseingang ist, wie bekannt sein sollte, der beliebteste Standort des Bösen. Andererseits, ohne das Böse meiner Versuchungen schmälern zu wollen, muß ich heute, da ich weder Gelegenheit noch den Hang zur Versuchung verspüre, mir und meinem Pfleger Bruno sagen: Oskar, du hast all den stillen und in Wunschobjekte verliebten winterlichen Spaziergängern nicht nur die kleinen und mittelgroßen Wünsche erfüllt, du hast den Leuten vor den Schaufensterscheiben auch geholfen, sich selbst zu erkennen. Manch solid elegante Dame, manch braver Onkel, manch ältliches, im Religiösen frischbleibendes Fräulein hätte niemals in sich die Diebesnatur erkannt, wenn nicht deine Stimme zum Diebstahl verführt hätte, obendrein Bürger gewandelt hätte, die zuvor in jedem kleinen und ungeschickten Langfinger einen verdammenswerten und gefährlichen Halunken sahen.

Nachdem ich ihm Abend für Abend aufgelauert und er mir dreimal den Diebstahl verweigert hatte, ehe er zugriff und zum nie von der Polizei entdeckten Dieb wurde, soll Dr. Erwin Scholtis, Staatsanwalt und am Oberlandesgericht gefürchteter Ankläger, ein milder, nachsichtiger und im Urteil beinahe menschlicher Jurist geworden sein, weil er mir, dem kleinen Halbgott der Diebe, opferte und einen Rasierpinsel, echt Dachshaar, raubte.

Im Januar siebenunddreißig stand ich lange und frierend einem Juweliergeschäft gegenüber, das trotz seiner ruhigen Lage in einer regelmäßig mit Ahornbäumen bepflanzten Vorortallee guten Ruf und Namen hatte. Es zeigte sich mancherlei Wild vor dem Schaufenster mit dem Schmuck und den Uhren, das ich vor anderen Auslagen, vor Damenstrümpfen, Velourshüten, Likörflaschen sofort und ohne Bedenken abgeschossen hätte.

Wie es der Schmuck mit sich bringt: Man wird wählerisch, langsam, paßt sich dem Verlauf unendlicher Ketten an, mißt die Zeit mithin nicht mehr nach Minuten, sondern nach Perlenjahren, geht davon aus, daß die Perle den Hals überdauert, daß das Handgelenk, nicht der Armreif magert, daß Ringe in Gräbern gefunden wurden, denen der Finger nicht standhielt; kurz, man nennt den einen Schaufensterbetrachter zu protzig, den anderen zu kleinlich, um ihn mit Schmuck behängen zu können.

Das Schaufenster des Juweliers Bansemer war nicht überladen. Einige ausgesuchte Uhren, Schweizer Qualitätsarbeiten, ein Sortiment Eheringe auf hellblauem Sammet und in der Mitte der Auslagen vielleicht sechs oder besser sieben ausgesuchteste Stücke: eine dreimal gewundene, aus verschiedenfarbigem Gold gewirkte Schlange, deren fein ziselierten Kopf ein Topas, zwei Diamanten und als Augen zwei Saphire schmückten und wertvoll machten. Ich mag sonst keinen schwarzen Sammet, aber der Schlange des Juweliers Bansemer war dieser Untergrund angemessen, gleichfalls der graue Sammet, der unter betörend schlichten, durch gleichmäßige Form auffallenden Silberschmiedearbeiten prickelnde Ruhe verbreitete. Ein Ring, der eine so zierliche Gemme hielt, daß man ihm ansah, er würde die Hände ähnlich zierlicher Frauen verbrauchen, selbst immer zierlicher werden und jenen Grad der Unsterblichkeit erlangen, der wohl nur dem Schmuck vorbehalten ist. Kettchen, die man nicht ungestraft anlegte, Ketten, die müde machten, und schließlich auf weißgelblichem Sammetpolster, das die Form eines Halsansatzes vereinfacht nachbildete, ein Collier leichtester Art. Fein die Gliederung, die Einfassung verspielt, ein immer wieder durchbrochenes Gespinst. Welche Spinne mochte hier Gold ausgeschieden haben, damit ihr sechs kleine und ein größerer Rubin ins Netz gingen? Und wo saß sie, die Spinne, worauf wartend? Gewiß nicht auf weitere Rubine, eher auf jemand, dem die ins Netz gegangenen Rubine gleich geformtem Blut leuchteten und den Blick festnagelten – mit anderen Worten: Wem sollte ich in meinem Sinne oder im Sinne der goldwirkenden Spinne dieses Collier schenken?

Am achtzehnten Januar siebenunddreißig, auf knirschendem hartgetretenem Schnee, in einer Nacht, die nach mehr Schnee roch, nach so viel Schnee roch, wie sich jemand nur wünschen kann, der alles dem Schnee überlassen möchte, sah ich Jan Bronski rechts oberhalb meines Standortes die Straße überqueren, am Juwelierladen, ohne aufzublicken, vorbeigehen, dann zaudern oder eher wie auf Anruf still stehn; er drehte sich, oder drehte es ihn – und da stand Jan vor dem Schaufenster zwischen weißbeladenen, leisen Ahornbäumen.

Der zierliche, immer etwas wehleidige, im Beruf untertänige, in der Liebe ehrgeizige, der gleichviel dumme und schönheitsversessene Jan Bronski, Jan, der vom Fleisch meiner Mama lebte, der mich, wie ich heute noch glaube und bezweifle, in Matzeraths Namen zeugte, er stand in seinem eleganten, wie vom Warschauer Schneider angefertigten Wintermantel, wurde zum Denkmal seiner selbst, so versteinert, versinnbildlicht wollte er mir vor der Scheibe stehen, den Blick gleich Parzival, der im Schnee stand und Blut im Schnee sah, auf die Rubine des goldenen Colliers geheftet.

Ich hätte ihn zurückrufen können, zurücktrommeln können. Ich hatte ja meine Trommel bei mir. Unter dem Mantel spürte ich sie. Einen Knopf hätte ich nur lösen müssen, und sie hätte sich selbst in den Frost hinausgeschwungen. Ein Griff in die Manteltaschen, und ich hätte die Stöcke im Griff gehabt. Hubertus der Jäger schoß auch nicht, als er den ganz besonderen Hirsch schon im Schußfeld hatte. Aus Saulus wurde ein Paulus. Attila kehrte um, als Papst Leo den Finger mit dem Ring hob. Ich aber schoß, wandelte mich nicht, kehrte nicht um, blieb Jäger, Oskar, und wollte ans Ziel, knöpfte mich nicht auf, ließ die Trommel nicht in den Frost hinaus, kreuzte nicht meine Knüppel auf dem winterlich weißen Blech, ließ die Januarnacht nicht zu einer Trommlernacht werden, sondern schrie lautlos, schrie, wie vielleicht ein Stern schreit oder ein Fisch ganz zuunterst, schrie zuerst dem Frost ins Gefüge, daß endlich Neuschnee fallen konnte, schrie dann ins Glas, in das dichte Glas, in das teure Glas, in das billige Glas, in das durchsichtige Glas, in das trennende Glas, in das Glas zwischen Welten, ins jungfräuliche, mystische, ins Schaufensterglas zwischen Jan Bronski und dem Rubinencollier schrie ich eine Lücke für Jans mir bekannte Handschuhgröße, ließ das Glas aufklappen gleich einer Falltür, gleich Himmelstor und Höllenpforte: Und Jan zuckte nicht, ließ seine feinlederne Hand aus der Manteltasche wachsen und in den Himmel eingehen, und der Handschuh verließ die Hölle, entnahm dem Himmel oder der Hölle ein Collier, dessen Rubine allen Engeln, auch den gefallenen, zu Gesicht stünden – und er ließ den Griff voller Rubine und Gold in die Tasche zurückkehren und stand immer noch vorm aufgeschlossenen Fenster, obgleich das gefährlich war, obgleich keine Rubine mehr bluteten, um seinem oder des Parzival Blick die unverrückbare Richtung aufzuzwingen.

Oh, Vater, Sohn und heiliger Geist! Es mußte im Geist etwas geschehen, wenn es um Jan, den Vater, nicht geschehen sein sollte. Es knöpfte sich Oskar, der Sohn, den Mantel auf, versorgte sich hastig mit Trommelstöcken und rief auf dem Blech: Vater, Vater!, bis Jan Bronski sich drehte, langsam, viel zu langsam die Straße überquerte, mich, Oskar, im Hauseingang fand.

Wie schön, daß es im Augenblick, da Jan mich immer noch ausdruckslos, aber kurz vorm Tauwetter anblickte, zu schneien begann. Eine Hand, aber nicht den Handschuh, der die Rubine berührt hatte, reichte er mir und führte mich schweigsam, doch nicht bedrückt nach Hause, wo Mama um mich bangte und Matzerath, wie es seine Art war, betont streng, doch kaum ernstgemeint, mit der Polizei drohte. Jan gab keine Erklärung ab, blieb nicht lange, wollte auch keinen Skat, zu dem Matzerath Bier auf den Tisch stellend aufforderte. Als er ging, streichelte er Oskar, und jener wußte nicht, verlangt er Verschwiegenheit oder Freundschaft.

Bald darauf schenkte Jan Bronski meiner Mama das Collier. Sie hat es nur für Stunden, während Matzerath abwesend war, sicherlich um die Herkunft des Schmucks wissend, entweder für sich alleine oder für Jan Bronski, womöglich auch für mich, getragen.

Kurz nach dem Krieg habe ich es auf dem Schwarzen Markt in Düsseldorf gegen zwölf Stangen amerikanische Lucky-Strike-Zigaretten und eine lederne Aktentasche eingetauscht.

Kein Wunder

Heute, im Bett meiner Heil- und Pflegeanstalt, vermisse ich oftmals jene mir damals dringlich zur Verfügung stehende Kraft, die durch Frost und Nacht hindurch Eisblumen auftaute, Schaufenster aufschloß und den Dieb bei der Hand nahm.

Wie gerne möchte ich, zum Beispiel, das verglaste Guckloch im oberen Drittel der Zimmertür entglasen, damit mich Bruno, mein Pfleger, direkter beobachten kann.

Wie litt ich im Jahr vor meiner Einweisung in die Anstalt am Unvermögen meiner Stimme. Wenn ich auf nächtlicher Straße den Schrei erfolgheischend losschickte und dennoch keinen Erfolg hatte, konnte es passieren, daß ich, der ich die Gewalttätigkeit verabscheue, zu einem Stein griff und in einer armseligen Vorstadtstraße Düsseldorfs ein Küchenfenster zum Ziel nahm. Besonders Vittlar, dem Dekorateur, hätte ich allzu gerne etwas vorgemacht. Wenn ich ihn nach Mitternacht, zur oberen Hälfte durch einen Vorhang geschützt, unten an seinen grünroten Wollsocken hinter der Schaufensterscheibe eines Herrenmodengeschäftes auf der Königsallee oder einer Parfümerie in der Nähe der ehemaligen Tonhalle erkannte, hätte ich jenem, der zwar mein Jünger ist oder sein könnte, gerne das Glas zersungen, weil ich immer noch nicht weiß, ob ich ihn Judas oder Johannes nennen soll.

Vittlar ist adlig und nennt sich Gottfried mit Vornamen. Wenn ich nach meinem beschämend vergeblichen Singversuch durch leichtes Trommeln an der heilen Schaufensterscheibe den Dekorateur auf mich aufmerksam machte, wenn er für ein Viertelstündchen auf die Straße trat, mit mir plauderte und über seine Dekorationskünste spottete, mußte ich ihn Gottfried nennen, weil meine Stimme nicht jenes Wunder hergab, das mir erlaubt hätte, ihn Johannes oder Judas zu heißen.

Der Gesang vor dem Juwelierladen, der Jan Bronski zum Dieb, meine Mama zur Besitzerin eines Rubinencolliers machte, sollte vorläufig meine Singerei vor Schaufenstern mit begehrenswerten Auslagen beenden. Mama wurde fromm. Was machte sie fromm? Der Umgang mit Jan Bronski, das gestohlene Collier, die süße Mühsal eines ehebrecherischen Frauenlebens machten sie fromm und lüstern nach Sakramenten. Wie gut sich die Sünde einrichten läßt: Am Donnerstag traf man sich in der Stadt, ließ den kleinen Oskar beim Markus, hatte es in der Tischlergasse auf zumeist befriedigende Art und Weise anstrengend, erfrischte sich hernach im Café Weitzke bei Mokka und Gebäck, holte das Söhnchen beim Juden ab, ließ sich von dem einige Komplimente und ein Päckchen fast geschenkte Nähseide mitgeben, fand seine Straßenbahnlinie Fünf, genoß lächelnd und ganz woanders mit den Gedanken die Fahrt am Olivaer Tor vorbei durch die Hindenburgallee, nahm kaum jene Maiwiese neben der Sporthalle wahr, auf der Matzerath seine Sonntagvormittage zubrachte, ließ sich die Kurve um die Sporthalle herum gefallen – wie häßlich der Kasten sein konnte, wenn man gerade was Schönes erlebt hatte – noch eine Kurve links und hinter verstaubten Bäumen das Conradinum mit seinen rotbemützten Schülern – wie hübsch, wenn doch Oskarchen auch solch eine rote Mütze mit dem goldenen C zu Gesicht stünde; zwölfeinhalb wäre er, säße in der Quarta, käme jetzt ans Latein heran und trüge sich als ein richtiger kleiner, fleißiger, auch etwas frecher und hochmütiger Conradiner.

Hinter der Eisenbahnunterführung in Richtung Reichskolonie und Helene-Lange-Schule verloren sich die Gedanken der Frau Agnes Matzerath ans Conradinum, an die verpaßten Möglichkeiten ihres Sohnes Oskar. Noch eine Kurve links, an der Christuskirche mit dem Zwiebelturm vorbei, und am Max-Halbe-Platz, vor Kaisers-Kaffee-Geschäft, stieg man aus, warf noch einen Blick in die Schaufenster der Konkurrenz und mühte sich durch den Labesweg wie durch einen Kreuzweg: die beginnende Unlust, das anomale Kind an der Hand, das schlechte Gewissen und das Verlangen nach Wiederholung; mit Nichtgenug und Überdruß, mit Abscheu und gutmütiger Zuneigung für den Matzerath mühte sich meine Mama mit mir, meiner neuen Trommel, dem Päckchen halbgeschenkter Nähseide durch den Labesweg zum Geschäft, zu den Haferflocken, zum Petroleum neben dem Heringsfäßchen, zu den Korinthen, Rosinen, Mandeln und Pfefferkuchengewürzen, zu Dr. Oetkers Backpulver, zu Persil bleibt Persil, zu Urbin, ich hab's, zu Maggi und Knorr, zu Kathreiner und Kaffee Hag, zu Vitello und Palmin, zu Essig-Kühne und Vierfruchtmarmelade, zu jenen beiden in verschiedenen Stimmlagen summenden Fliegenfängern führte mich Mama, die honigsüß über unserem Ladentisch hingen und im Sommer alle zwei Tage gewechselt werden mußten, während Mama jeden Sonnabend mit ähnlich übersüßer Seele, die sommers und winters, das ganze Jahr über hoch und niedrig summende Sünden anlockte, in die Herz-Jesu-Kirche ging und Hochwürden Wiehnke beichtete.

Wie mich Mama am Donnerstag in die Stadt mitnahm und mich sozusagen zum Mitschuldigen machte, nahm sie mich sonnabends mit durchs Portal auf die kühlen katholischen Fliesen, stopfte mir zuvor die Trommel unter den Pullover oder das Mäntelchen, denn ohne Trommel ging es nun einmal nicht bei mir, und ohne Blech vor dem Bauch hätte ich niemals, Stirn, Brust und Schultern berührend, das katholische Kreuz geschlagen, wie beim Schuhanziehen das

Knie gebeugt und mich mit langsam trocknendem Weihwasser über der Nasenwurzel auf dem blanken Kirchenholz ruhig verhalten.

Ich erinnerte mich der Herz-Jesu-Kirche noch von der Taufe her: Es hatte Schwierigkeiten des heidnischen Namens wegen gegeben, doch man bestand auf Oskar, und Jan, als Pate, sagte auch so im Kirchenportal. Dann blies mir Hochwürden Wiehnke dreimal ins Angesicht, das sollte den Satan in mir vertreiben, dann wurde das Kreuz geschlagen, die Hand aufgelegt, Salz gestreut und noch einmal etwas gegen Satan unternommen. In der Kirche abermals Halt vor der eigentlichen Taufkapelle. Ich verhielt mich ruhig, während mir das Glaubensbekenntnis und das Vaterunser geboten wurden. Danach fand es Hochwürden Wiehnke angebracht, noch einmal Weiche Satan zu sagen, und er glaubte mir, der ich doch schon immer Bescheid wußte, die Sinne zu öffnen, indem er Oskars Nase und Ohren berührte. Dann wollte er es noch einmal deutlich und laut hören, fragte: »Widersagst du dem Satan? Und all seinen Werken? Und all seinem Gepränge?«

Bevor ich den Kopf schütteln konnte – denn ich dachte nicht daran, zu verzichten –, sagte Jan dreimal, stellvertretend für mich: »Ich widersage.«

Ohne daß ich es mir mit Satan verdorben hatte, salbte Hochwürden Wiehnke mich auf der Brust und zwischen den Schultern. Vor dem Taufbrunnen abermals das Glaubensbekenntnis, dann endlich dreimal Wasser, Salbung mit Chrisam auf der Kopfhaut, ein weißes Kleid zum Fleckendraufmachen, die Kerze für dunkle Tage, die Entlassung – Matzerath zahlte –, und als mich Jan vor das Portal der Herz-Jesu-Kirche trug, wo das Taxi bei heiterem bis wolkigem Wetter wartete, fragte ich Satan in mir: »Alles gut überstanden?«

Satan hüpfte und flüsterte: »Hast du die Kirchenfenster gesehen, Oskar? Alles aus Glas, alles aus Glas!«

Die Herz-Jesu-Kirche wurde während der Gründerjahre erbaut und wies sich deshalb stilistisch als neugotisch aus. Da man schnelldunkelnden Backstein vermauert hatte und der mit Kupfer verkleidete Turmhelm flink zum traditionellen Grünspan gekommen war, blieben die Unterschiede zwischen altgotischen Backsteinkirchen und der neueren Backsteingotik nur für den Kenner sichtbar und peinlich. Gebeichtet wurde in alten und neueren Kirchen auf dieselbe Weise. Genau wie Hochwürden Wiehnke hielten hundert andere Hochwürden am Sonnabend nach Büro- und Geschäftsschluß das haarige Priesterohr im Beichtstuhl sitzend gegen ein blankes, schwärzliches Gitter, und die Gemeinde versuchte, durch die Drahtmaschen hindurch jene Sündenschnur dem Priesterohr einzufädeln, an welcher sich Perle um Perle sündhaft billiger Schmuck reihte.

Während Mama durch Hochwürden Wiehnkes Gehörkanal den höchsten Instanzen der alleinseligmachenden Kirche, dem Beichtspiegel folgend, mitteilte, was sie getan und unterlassen hatte, was da geschehen war in Gedanken, Worten und Werken, verließ ich, der ich nichts zu beichten hatte, das mir allzu geglättete Kirchenholz und stellte mich auf die Fliesen.

Ich gebe zu, daß die Fliesen in katholischen Kirchen, daß der Geruch einer katholischen Kirche, daß mich der ganze Katholizismus heute noch unerklärlicherweise wie, nun, wie ein rothaariges Mädchen fesselt, obgleich ich rote Haare umfärben möchte und der Katholizismus mir Lästerungen eingibt, die immer wieder verraten, daß ich, wenn auch vergeblich, dennoch unabänderlich katholisch getauft bin. Oft ertappe ich mich während banalster Vorgänge, etwa beim Zähneputzen, selbst beim Stuhlgang, Kommentare zur Messe reihend, wie: In der heiligen Messe wird die Blutvergießung Christi erneuert, damit es fließe zu deiner Reinigung, das ist der Kelch seines Blutes, wird der Wein wirklich und wahrhaftig, sooft das Blut Christi vergossen wird, das wahre Blut Christi ist vorhanden, durch die Anschauung des heiligen Blutes, die Seele wird mit dem Blut Christi besprengt, das kostbare Blut, mit dem Blute gewaschen, bei der Wandlung fließt das Blut, das blutbefleckte Korporale, die Stimme des Blutes Christi dringt durch alle Himmel, das Blut Christi verbreitet einen Wohlgeruch vor dem Angesichte Gottes.

Sie werden zugeben müssen, daß ich mir einen gewissen katholischen Tonfall bewahrt habe. Früher konnte ich nicht auf Straßenbahnen warten, ohne gleichzeitig der Jungfrau Maria zu gedenken. Ich nannte sie liebreiche, selige, gebenedeite, Jungfrau der Jungfrauen, Mutter der Barmherzigkeit, Du Seliggepriesene, Du, aller Verehrung Würdige, die Du geboren hast den, süße Mutter, jungfräuliche Mutter, glorreiche Jungfrau, laß mich verkosten die Süßigkeit des Namens Jesu, wie Du sie in Deinem mütterlichen Herzen verkostet hast, wahrhaft würdig und recht ist es, gebührend und heilsam, Königin, gebenedeite, gebenedeite ...

Dieses Wörtchen »gebenedeit« hatte mich zeitweise, vor allen Dingen, als Mama und ich die Herz-Jesu-Kirche jeden Sonnabend besuchten, so versüßt und vergiftet, daß ich dem Satan dankte, weil er in mir die Taufe überstanden hatte und mir ein Gegengift lieferte, das mich zwar lästernd aber doch aufrecht über die Fliesen der Herz-Jesu-Kirche schreiten ließ.

Jesus, nach dessen Herz die Kirche benannt war, zeigte sich, außer in den Sakramenten, mehrmals malerisch auf den bunten Bildchen des Kreuzweges, dreimal plastisch und dennoch farbig in verschiedenen Positionen.

Da gab es jenen in bemaltem Gips. Langhaarig stand er in preußisch-blauem Rock auf goldenem Sockel und trug Sandalen. Er öffnete sich das Gewand über der Brust und zeigte in der Mitte des Brustkastens, aller Natur zum Trotz, ein tomatenrotes, glorifiziertes und stilisiert blutendes Herz, damit die Kirche nach diesem Organ benannt werden konnte.

Gleich bei der ersten Besichtigung des offenherzigen Jesus mußte ich feststellen, in welch peinlicher Vollkommenheit der Heiland meinem Taufpaten, Onkel und mutmaßlichen Vater Jan Bronski glich. Diese naiv selbstbewußten blauen Schwärmeraugen! Dieser blühende, immer zum Weinen bereite Kußmund! Dieser die Augenbrauen nachzeichnende männliche Schmerz! Volle, durchblutete Wangen, die gezüchtigt werden wollten. Es hatten beide jenes die Frauen zum Streicheln verführende Ohrfeigengesicht, dazu die weibisch müden Hände, die gepflegt und arbeitsscheu ihre Stigmata wie Meisterarbeiten eines für Fürstenhöfe schaffenden Juweliers zur Schau stellten. Mich peinigten die dem Jesus ins Gesicht gepinselten, mich väterlich mißverstehenden Bronskiaugen. Hatte doch ich denselben blauen Blick, der nur begeistern, nicht überzeugen konnte.

Oskar wandte sich vom Herz Jesu im rechten Kirchenschiff ab, hastete von der ersten Kreuzwegstation, da Jesus das Kreuz auf sich nimmt, bis zur siebenten Station, da er zum zweitenmal unter dem Kreuz fällt, zum Hochaltar, über dem der nächste, gleichfalls vollplastische Jesus hing. Der hielt jedoch die Augen übermüdet oder um sich besser konzentrieren zu können, geschlossen. Was hatte der Mann für Muskeln! Dieser Athlet mit der Figur eines Zehnkämpfers ließ mich den Herz-Jesu-Bronski sofort vergessen, sammelte mich, sooft Mama Hochwürden Wiehnke beichtete, andächtig und den Turner beobachtend vor dem Hochaltar. Glauben Sie mir, daß ich betete! Mein süßer Vorturner, nannte ich ihn, Sportler aller Sportler, Sieger im Hängen am Kreuz unter Zuhilfenahme zölliger Nägel. Und niemals zuckte er! Das ewige Licht zuckte, er aber erfüllte die Disziplin mit der höchstmöglichen Punktzahl. Die Stoppuhren tickten. Man nahm ihm die Zeit ab. Schon putzten in der Sakristei etwas schmutzige Meßdienerfinger die ihm gebührende Goldmedaille. Aber Jesus trieb seinen Sport nicht um der Ehrungen willen. Es fiel mir der Glaube ein. Ich kniete, wenn es nur irgend mein Knie erlaubte, nieder, schlug das Kreuz auf meiner Trommel und versuchte Worte wie gebenedeit oder schmerzensreich in Verbindung mit Jesse Owens und Rudolf Harbig, mit der vorjährigen Berliner Olympiade zu verbinden; was mir nicht immer gelang, weil ich Jesus den Schächern gegenüber unfair nennen mußte. So disqualifizierte ich ihn und drehte den Kopf nach links, sah dort, neue Hoffnung knüpfend, des himmlischen Turners dritte plastische Darstellung im Inneren der Herz-Jesu-Kirche.

»Laß mich erst beten, wenn ich dich dreimal gesehen habe«, stammelte ich dann, fand wieder mit den Schuhsohlen die Fliesen, benutzte das Schachmuster, um zum linken Seitenaltar zu kommen, und spürte bei jedem Schritt: Er schaut dir nach, die Heiligen schauen dir nach, Petrus, den sie mit dem Kopf nach unten, Andreas, den sie aufs schräge Kreuz nagelten – deshalb Andreaskreuz. Außerdem gibt es ein Griechisches Kreuz neben dem Lateinischen Kreuz oder Passionskreuz. Wiederkreuze, Krückenkreuze und Stufenkreuze werden auf Stoffen, Bildern und in Büchern abgebildet. Das Tatzenkreuz, Ankerkreuz und Kleeblattkreuz sah ich plastisch gekreuzt. Schön ist das Glevenkreuz, begehrt das Malteserkreuz, verboten das Hakenkreuz, de Gaulles Kreuz, das Lothringer Kreuz, man nennt das Antoniuskreuz bei Seeschlachten: Crossing the T. Am Kettchen das Henkelkreuz, häßlich das Schächerkreuz, päpstlich des Papstes Kreuz, und jenes Russenkreuz nennt man auch Lazaruskreuz. Dann gibt's das Rote Kreuz. Blau ohne Alkohol kreuzt sich das Blaue Kreuz. Gelbkreuz vergiftet dich, Kreuzer versenken sich, Kreuzzug bekehrte mich, Kreuzspinnen fressen sich, auf Kreuzungen kreuzt ich dich, kreuzundquer,

Kreuzverhör, Kreuzworträtsel sagt, löse mich. Kreuzlahm, ich drehte mich, ließ das Kreuz hinter mir, und auch dem Turner am Kreuz wandte ich meinen Rücken auf die Gefahr hin zu, daß er mich ins Kreuz träte, weil ich mich der Jungfrau Maria näherte, die den Jesusknaben auf ihrem rechten Oberschenkel hielt.

Oskar stand vor dem linken Seitenaltar des linken Kirchenschiffes. Maria hatte den Gesichtsausdruck, den seine Mama gehabt haben mußte, als sie als siebzehnjähriges Ladenmädchen auf dem Troyl kein Geld fürs Kino hatte, sich aber ersatzweise und einfühlsam Filmplakate mit Asta Nielsen ansah.

Sie widmete sich nicht Jesus, sondern betrachtete den anderen Knaben an ihrem rechten Knie, den ich, um Irrtümer zu vermeiden, sogleich Johannes den Täufer nenne. Beide Knaben hatten meine Größe. Dem Jesus hätte ich, genau befragt, zwei Zentimeter mehr gegeben, obgleich er den Texten nach jünger war als der Täuferknabe. Es hatte dem Bildhauer Spaß gemacht, den dreijährigen Heiland nackt und rosa darzustellen. Johannes trug, weil er ja später in die Wüste ging, ein schokoladenfarbenes Zottelfell, das seine halbe Brust, den Bauch und sein Gießkännchen verdeckte.

Oskar hätte besser vor dem Hochaltar oder unverbindlich neben dem Beichtstuhl verweilt als in der Nähe dieser zwei recht altklug und ihm erschreckend ähnlich dreinblickenden Knaben. Natürlich hatten sie blaue Augen und sein kastanienbraunes Haar. Es hätte nur noch gefehlt, daß der bildhauernde Friseur den beiden Oskars Bürstenfrisur gegeben, ihnen die albernen Korkenzieherlocken abgeschnitten hätte.

Nicht zu lange will ich mich bei dem Täuferknaben aufhalten, der mit dem linken Zeigefinger auf den Jesusknaben deutete, als wolle er gerade abzählen: »Ich und du, Müllers Kuh…« Ohne mich auf Abzählspiele einzulassen, nenne ich Jesus beim Namen und stelle fest: Eineiig! Der hätte mein Zwillingsbruder sein können. Der hatte meine Statur, mein damals noch nur als Gießkännchen benutztes Gießkännchen. Der schaute mit meinen Bronskiaugen kobaltblau in die Welt und zeigte, was ich ihm am meisten verübelte, meine Gestik.

Beide Arme hob mein Abbild, schloß die Hände dergestalt zu Fäusten, daß man getrost etwas hätte hineinstecken können, zum Beispiel meine Trommelstöcke; und hätte der Bildhauer das getan, ihm dazu auf die rosa Oberschenkel meine weißrote Blechtrommel gegipst, wäre ich es gewesen, der perfekteste Oskar, der da auf dem Knie der Jungfrau saß und die Gemeinde zusammentrommelte. Es gibt Dinge auf dieser Welt, die man – so heilig sie sein mögen – nicht auf sich beruhen lassen darf!

Drei einen Teppich mitziehende Stufen führten zur grünsilbrig gewandeten Jungfrau, zum schokoladenfarbenen Zottelfell des Johannes und zum kochschinkenfarbenen Jesusknaben hinauf. Es gab da einen Marienaltar mit bleichsüchtigen Kerzen und Blumen in allen Preislagen. Der grünen Jungfrau, dem braunen Johannes und dem rosigen Jesus klebten tellergroße Heiligenscheine an den Hinterköpfen. Blattgold verteuerte die Teller.

Hätte es nicht die Stufen vor dem Altar gegeben, wäre ich nie hinaufgestiegen. Stufen, Türdrücker und Schaufenster verführten Oskar zu jener Zeit und lassen ihn selbst heute, da ihm sein Anstaltsbett doch genug sein sollte, nicht gleichgültig. Er ließ sich von einer Stufe zur nächsten verführen und blieb dabei immer auf demselben Teppich. Um das Marienaltärchen herum waren sie Oskar ganz nah und erlaubten seinem Knöchel ein teils geringschätziges, teils respektvolles Abklopfen der Dreiergruppe. Seinen Fingernägeln ermöglichte sich jenes Schaben, welches unter der Farbe den Gips deutlich macht. Der Faltenwurf der Jungfrau verfolgte sich, Umwege machend, bis zu den Fußspitzen auf der Wolkenbank. Das knapp angedeutete Schienbein der Jungfrau ließ ahnen, daß der Bildhauer zuerst das Fleisch angelegt hatte, um es hinterher mit Faltenwurf zu überschwemmen. Als Oskar das Gießkännchen des Jesusknaben, das fälschlicherweise nicht beschnitten war, eingehend betastete, streichelte und vorsichtig drückte, als wolle er es bewegen, spürte er auf teils angenehme, teils neu verwirrende Art sein eigenes Gießkännchen, ließ daraufhin dem Jesus seines in Ruhe, damit seines ihn in Ruhe lasse.

Beschnitten oder unbeschnitten, ich ließ das auf sich beruhen, zog meine Trommel unter dem Pullover hervor, nahm sie mir vom Hals und hing sie, ohne dabei den Heiligenschein zu zerbrechen, dem Jesus um. Das machte mir bei meiner Größe etwas Mühe. Die Skulptur mußte ich besteigen, um von der Wolkenbank aus, die den Sockel ersetzte, Jesus instrumentieren zu können.

Oskar tat das nicht etwa anläßlich seines ersten Kirchenbesuches nach der Taufe, im Januar siebenunddreißig, sondern während der Karwoche desselben Jahres. Seine Mama hatte den ganzen Winter hindurch Mühe gehabt, mit der Beichte ihrem Verhältnis zu Jan Bronski nachzukommen. So fand Oskar Zeit und Sonnabende genug, sein geplantes Vorhaben auszudenken, zu verdammen, zu rechtfertigen, neu zu planen, von allen Seiten zu beleuchten, um es endlich, alle vorherigen Pläne verwerfend, schlicht, direkt, mit Hilfe des Stufengebetes am Karmontag auszuführen.

Da Mama noch vor dem Höhepunkt des Ostergeschäftes die Beichte verlangte, nahm sie mich am Abend des Karmontag bei der Hand, führte mich Labesweg, Ecke Neuer Markt, in die Elsenstraße, Marienstraße, am Fleischerladen Wohlgemuth vorbei, am Kleinhammerpark links einbiegend durch die Eisenbahnunterführung, in der es immer gelblich und ekelhaft tropfte, zur und in die Herz-Jesu-Kirche, dem Bahndamm gegenüber.

Wir kamen spät. Nur noch zwei alte Frauen und ein verhemmter junger Mann warteten vor dem Beichtstuhl. Während Mama bei der Gewissenserforschung war – sie blätterte im Beichtspiegel wie über Geschäftsbüchern, den Daumen anfeuchtend, eine Steuererklärung erfindend –, glitt ich aus dem Eichenholz, suchte, ohne dem Herz Jesu und dem Turner am Kreuz unter die Augen zu geraten, den linken Seitenaltar auf.

Obgleich es schnell gehen mußte, tat ich es nicht ohne Introitus. Drei Stufen: Introibo ad altare Dei. Zu Gott, der mich erfreut von Jugend auf. Die Trommel vom Hals, das Kyrie ausdehnend hinauf auf die Wolkenbank, kein Verweilen beim Gießkännchen, vielmehr, kurz vor dem Gloria, dem Jesus das Blech umgehängt, Vorsicht beim Heiligenschein, runter von der Wolkenbank, Nachlaß, Vergebung und Verzeihung, aber zuvor noch die Knüppel in Jesu maßgerechte Griffe, eins, zwei, drei Stufen, ich erhebe meine Augen zu den Bergen, noch etwas Teppich, endlich die Fliesen und ein Betschemelchen für Oskar, der niederkniete auf dem Pölsterchen und die Trommlerhände vor dem Gesicht faltete – Gloria in excelsis Deo –, an den gefalteten Händen vorbei zum Jesus und seiner Trommel hinblinzelte und auf das Wunder wartete: Wird er nun trommeln, oder kann er nicht trommeln, oder darf er nicht trommeln, entweder er trommelt, oder er ist kein echter Jesus, eher ist Oskar ein echter Jesus als der, falls er nicht doch noch trommelt.

Wenn man ein Wunder will, muß man warten können. Nun, ich wartete, tat's anfangs geduldig, vielleicht nicht geduldig genug, denn je länger ich mir den Text »Alle Augen warten auf dich, o Herr« wiederholte, dabei für Augen zweckentsprechend Ohren einsetzte, um so enttäuschter fand sich Oskar auf dem Betschemelchen. Zwar bot er dem

Herrn allerlei Chancen, schloß die Augen, damit sich jener, weil unbeobachtet, eher zu einem vielleicht noch ungeschickten Anfang entschlösse, doch schließlich, nach dem dritten Credo, nach Vater, Schöpfer, sichtbarer und unsichtbarer, und den eingeborenen Sohn, aus dem Vater, wahrer vom wahren, gezeugt, nicht geschaffen, eines mit dem, durch ihn, für uns und um unseres ist er von herab, hat angenommen durch, aus, ist geworden, wurde sogar für, unter hat er, begraben, auferstanden gemäß, aufgefahren in, sitzet zur des, wird in zu halten über und Tote, kein Ende, ich glaube an, wird mit dem, zugleich, hat gesprochen durch, glaube an die eine, heilige, katholische und ...

Nein, da roch ich ihn nur noch, den Katholizismus. Von Glaube konnte wohl kaum mehr die Rede sein. Auch auf den Geruch gab ich nichts, wollte was anderes geboten bekommen: Mein Blech wollte ich hören, Jesus sollte mir etwas zum Besten geben, ein kleines halblautes Wunder! Mußte ja nicht zum Gedröhn werden, mit herbeistürzendem Vikar Rasczeia und mühsam sein Fett zum Wunder hinschleppenden Hochwürden Wiehnke, mit Protokollen zum Bischofssitz nach Oliva und bischöflichen Gutachten in Richtung Rom. Nein, ich hatte da keinen Ehrgeiz, Oskar wollte nicht heiliggesprochen werden. Ein kleines privates Wunderchen wollte er, damit er hören und sehen konnte, damit ein für allemal feststand, ob Oskar dafür oder dagegen trommeln sollte, damit laut wurde, wer von den beiden Blauäugigen, Eineiigen sich in Zukunft Jesus nennen durfte.

Ich saß und wartete. Inzwischen wird Mama im Beichtstuhl sein und womöglich das sechste Gebot schon hinter sich haben, sorgte ich mich. Der alte Mann, der immer durch die Kirchen wackelt, wackelte am Hauptaltar, schließlich am linken Seitenaltar vorbei, grüßte die Jungfrau mit den Knaben, sah vielleicht die Trommel, doch begriff er sie nicht. Er schlurfte weiter und wurde älter dabei.

Die Zeit verging, meine ich, aber Jesus schlug nicht auf die Trommel. Vom Chor herunter hörte ich Stimmen. Hoffentlich will niemand orgeln, bangte ich. Die bekommen es fertig, proben für Ostern und übertünchen mit ihrem Gebrause womöglich den gerade beginnenden hauchdünnen Wirbel des Jesusknaben.

Sie orgelten nicht. Jesus trommelte nicht. Es fand kein Wunder statt, und ich erhob mich vom Polster, ließ die Knie knacken und gängelte mich angeödet und mürrisch über den Teppich, zog mich von Stufe zu Stufe, unterließ aber alle mir bekannten Stufengebete, bestieg die Gipswolke, warf dabei Blumen in mittlerer Preislage um und wollte dem blöden Nackedei meine Trommel abnehmen.

Ich sag es heute und sag es immer wieder: Es war ein Fehler, ihn unterrichten zu wollen. Was befahl mir, ihm zuerst die Stöcke abzunehmen, ihm das Blech zu lassen, mit den Stöcken erst leise, dann jedoch wie ein ungeduldiger Lehrer, dem falschen Jesus vortrommelnd etwas vorzutrommeln, ihm dann die Knüppel wieder in die Hände zu drücken, damit jener beweisen konnte, was er bei Oskar gelernt hatte.

Bevor ich dem verstocktesten aller Schüler Knüppel und Blech, ohne Rücksicht auf den Heiligenschein, abnehmen konnte, war Hochwürden Wiehnke hinter mir – meine Trommelei hatte die Kirche hoch und breit ausgemessen –, war der Vikar Rasczeia hinter mir, Mama hinter mir, alter Mann hinter mir, und der Vikar riß mich, und Hochwürden patschte mich, und Mama weinte mich aus, und Hochwürden flüsterte mich an, und der Vikar ging ins Knie und ging hoch und nahm Jesus die Knüppel ab, ging mit den Knüppeln nochmals ins Knie und hoch zu der Trommel, nahm ihm die Trommel ab, knickte den Heiligenschein, stieß ihm das Gießkännchen an, brach etwas Wolke ab und fiel die Stufen, Knie, nochmals Knie, zurück, wollte mir die Trommel nicht geben, machte mich ärgerlicher, als ich es war, zwang mich, Hochwürden zu treten und Mama zu beschämen, die sich auch schämte, weil ich getreten, gebissen, gekratzt hatte und mich dann losriß von Hochwürden, Vikar, altem Mann und Mama, stand gleich darauf vor dem Hochaltar, spürte Satan in mir hüpfen und hörte ihn wie bei der Taufe: »Oskar«, flüsterte Satan, »schau dich um, überall Fenster, alles aus Glas, alles aus Glas!«

Und über den Turner am Kreuz hinweg, der nicht zuckte, der schwieg, sang ich die drei hohen Fenster der Apsis an, die rot, gelb und grün auf blauem Grund zwölf Apostel darstellten. Zielte aber weder auf Markus noch auf Matthäus. Auf jene Taube über ihnen, die auf dem Kopf stand und Pfingsten feierte, auf den Heiligen Geist zielte ich, kam ins Vibrieren, kämpfte mit meinem Diamanten gegen den Vogel und: Lag es an mir? Lag es am Turner, der, weil er nicht zuckte, Einspruch erhob? War das das Wunder, und keiner begriff es? Sie sahen mich zittern und lautlos gegen die Apsis hinströmen, nahmen es, außer Mama, als Beten, während ich doch Scherben wollte; aber Oskar versagte, seine Zeit war noch nicht gekommen. Auf die Fliesen ließ ich mich fallen und weinte bitterlich, weil Jesus versagt hatte, weil Oskar versagte, weil Hochwürden und Rasczeia mich falsch verstanden, sogleich von Reue faselten. Nur Mama versagte nicht. Sie verstand meine Tränen, obgleich sie froh sein mußte, daß es keine Scherben gegeben hatte.

Da nahm mich Mama auf den Arm, bat sich vom Vikar Trommel und Knüppel zurück, versprach Hochwürden, den Schaden wiedergutzumachen, erhielt auch von jenem nachträglich, weil ich die Beichte unterbrochen hatte, die Absolution; auch Oskar bekam etwas Segen ab, doch das sagte mir nichts.

Während Mama mich aus der Herz-Jesu-Kirche trug, zählte ich an meinen Fingern ab: Heute ist Montag, morgen Kardienstag, Mittwoch, Gründonnerstag, und Karfreitag ist

Schluß mit ihm, der nicht einmal trommeln kann, der mir keine Scherben gönnt, der mir gleicht und doch falsch ist, der ins Grab muß, während ich weitertrommeln und weitertrommeln, aber nach keinem Wunder mehr Verlangen zeigen werde.

Karfreitagskost

Zwiespältig, das wäre ein Wort, meine Gefühle zwischen dem Karmontag und dem Karfreitag zu benennen. Einerseits ärgerte ich mich über jenen gipsernen Jesusknaben, der nicht trommeln wollte, andererseits blieb so mir alleine die Trommel vorbehalten. Wenn auf der einen Seite meine Stimme den Kirchenfenstern gegenüber auch versagte, erhielt sich Oskar auf der anderen Seite angesichts des heilen und bunten Glases jenen Rest katholischen Glaubens, der ihm noch viele verzweifelte Lästerungen eingeben sollte.

Doch weiter im Zwiespalt: Gelang es mir einerseits, auf dem Heimweg, von der Herz-Jesu-Kirche kommend, probeweise ein Mansardenfenster zu zersingen, machte mich andererseits der Erfolg meiner Stimme dem Profanen gegenüber fortan auf meine Mißerfolge im sakralen Sektor aufmerksam. Zwiespältig, sage ich. Dieser Bruch blieb, ließ sich nicht heilen und klafft heute noch, da ich weder im Sakralen noch im Profanen beheimatet bin, dafür etwas abseits in einer Heil- und Pflegeanstalt hause.

Mama bezahlte den Schaden am linken Seitenaltar. Das Ostergeschäft war gut, obgleich der Laden auf Matzeraths Wunsch, der ja Protestant war, am Karfreitag geschlossen werden mußte. Mama, die sonst immer ihren Willen durchsetzte, gab jeweils an den Karfreitagen nach, machte den Laden zu und beanspruchte dafür am Fronleichnamstag das Recht, aus katholischen Gründen das Kolonialwarengeschäft geschlossen zu halten, die Persilpackungen und Kaffee-Hag-Attrappen gegen ein buntes, elektrisch beleuchtetes Marienbildchen im Schaufenster auszutauschen und an der Prozession in Oliva teilzunehmen.

Es gab einen Pappdeckel, auf dessen einer Seite man lesen konnte: Wegen Karfreitag geschlossen. Die andere Seite der Pappe besagte: Wegen Fronleichnam geschlossen. An jenem Karfreitag, der dem trommellosen und stimmlosen Karmontag folgte, hängte Matzerath die Pappe mit »Wegen Karfreitag geschlossen« ins Schaufenster, und wir fuhren gleich nach dem Frühstück mit der Straßenbahn nach Brösen. Um beim Wort zu bleiben: Zwiespältig nahm sich der Labesweg aus. Die Protestanten gingen zur Kirche, die Katholiken putzten die Fensterscheiben und klopften auf den Hinterhöfen alles, was einem Teppich nur ähnlich war, so kraftvoll und weithallend, daß man meinte, biblische Knechte nagelten auf allen Höfen der Mietshäuser gleichzeitig einen vervielfältigten Heiland auf vervielfältigte Kreuze.

Wir aber ließen die passionsträchtige Teppichklopferei hinter uns, setzten uns in oftbewährter Zusammenstellung: Mama, Matzerath, Jan Bronski und Oskar in die Straßenbahn Linie Neun und fuhren durch den Brösener Weg, am Flugplatz, alten und neuen Exerzierplatz vorbei, warteten an der Weiche neben dem Friedhof Saspe auf die von Neufahrwasser-Brösen entgegenkommende Bahn. Mama nahm den Aufenthalt zum Anlaß für lächelnd geäußerte, dennoch lebensmüde Betrachtungen. Den kleinen unbenutzten Gottesacker, auf dem sich schief und bewachsen Grabsteine des letzten Jahrhunderts unter verkrüppelten Strandkiefern hielten, nannte sie hübsch, romantisch und bezaubernd.

»Auf dem mecht ich mal liegen, wenner noch in Betrieb wär«, schwärmte Mama. Aber Matzerath fand den Boden zu sandig, beschimpfte die dort wuchernden Stranddisteln und den tauben Hafer. Jan Bronski gab zu bedenken, daß der Lärm vom Flugplatz her und die sich neben dem Friedhof ausweichenden Straßenbahnen den Frieden des sonst idyllischen Fleckens stören könnten.

Die entgegenkommende Bahn wich uns aus, zweimal klingelte der Schaffner, und wir fuhren, Saspe und seinen Friedhof hinter uns lassend, gegen Brösen, ein Badeort, der um diese Zeit, etwa Ende März, recht schief und trostlos aussah. Die Erfrischungsbuden vernagelt, das Kurhaus blind, der Seesteg ohne Fahnen, in der Badeanstalt reihten sich zweihundertfünfzig leere Zellen. An der Wettertafel noch Kreidespuren vom Vorjahr: Luft: zwanzig; Wasser: siebzehn; Wind: Nordost; Weitere Aussichten: heiter bis wolkig.

Zuerst wollten wir alle zu Fuß nach Glettkau, schlugen dann aber, ohne es zu besprechen, den entgegengesetzten Weg, den Weg zur Mole ein. Die Ostsee leckte träge und breit den Strand. Bis zur Hafeneinfahrt zwischen weißem Leuchtturm und der Mole mit dem Seezeichen kein Mensch unterwegs. Ein am Vortage gefallener Regen hatte dem Sand sein gleichmäßigstes Muster aufgedrückt, das zu zerstören, barfuß Stempel hinterlassend, Spaß machte. Matzerath ließ guldenstückgroße, sanft geschliffene Ziegelscherben übers grünliche Wasser hüpfen und zeigte Ehrgeiz dabei. Jan Bronski, weniger geschickt, suchte zwischen den Wurfversuchen nach Bernstein, fand auch einige Splitter und ein Stück von der Größe eines Kirschkernes, das er Mama schenkte, die gleich mir barfuß lief, sich immer wieder umblickte und wie in ihre Spuren verliebt zeigte. Die Sonne schien vorsichtig. Es war kühl, windstill, klar; man konnte den Streifen am Horizont erkennen, der die Halbinsel Hela bedeutete, auch zwei drei schwindende Rauchfahnen und die sprunghaft über die Kimm kletternden Aufbauten eines Handelsschiffes.

Nacheinander und in unterschiedlichen Abständen erreichten wir die ersten Granitbrocken der breiten Molenwurzel. Mama und ich zogen wieder Strümpfe und Schuhe an. Sie half mir beim Schnüren, während Matzerath und Jan schon auf dem holperigen Scheitel der Mole von Stein zu

Stein gegen die offene See hinhüpften. Klamme Tangbärte wuchsen unordentlich aus den Fugen des Fundamentes. Oskar hätte sie kämmen mögen. Aber Mama nahm mich bei der Hand, und wir folgten den Männern, die vor uns wie Schulbuben taten. Bei jedem Schritt schlug meine Trommel gegen mein Knie; ich wollte sie mir selbst hier nicht abnehmen lassen. Mama trug einen hellblauen Frühjahrsmantel mit himbeerfarbenen Aufschlägen. Die Granitbrocken bereiteten ihren Stöckelschuhen Mühe. Ich steckte wie an jedem Sonn- und Feiertag in meinem Matrosenmantel mit den goldenen Ankerknöpfen. Ein altes Mützenband aus Gretchen Schefflers Andenkensammlung mit der Aufschrift »SMS Seydlitz« faßte meine Matrosenmütze ein, hätte geflattert, wenn es windig gewesen wäre. Matzerath knöpfte seinen braunen Paletot auf. Jan, vornehm wie immer, im Ulster mit dem schimmernden Sammetkragen.

Wir sprangen bis zum Seezeichen am Ende der Mole. Unter dem Seezeichen saß ein älterer Mann mit Stauermütze und wattierter Jacke. Neben ihm lag ein Kartoffelsack, in dem es zuckte und unaufhörlich Bewegung zeigte. Der Mann, der wahrscheinlich in Brösen oder Neufahrwasser zu Hause war, hielt das Ende einer Wäscheleine. Mit Seegras verfilzt verschwand die Leine im brackigen Mottlauwasser, das in der Mündung noch ungeklärt und ohne Hilfe der offenen See gegen die Molensteine klatschte.

Wir wollten wissen, warum der Mann unter der Stauermütze mit einer ordinären Wäscheleine und offensichtlich ohne Schwimmer angelte. Mama fragte ihn gutmütig spöttelnd und sagte Onkel zu ihm. Der Onkel grinste, zeigte uns tabakbraune Zahnstümpfe und spuckte, ohne sich weiter zu erklären, langen, brockigen, sich in der Luft überschlagenden Saft in die Brühe zwischen den unteren, teer- und ölüberzogenen Granitbuckeln. Dort schaukelte die Ausscheidung so lange, bis eine Möwe kam und sie im Flug, den

Steinen geschickt ausweichend, mitnahm und andere, kreischende Möwen nach sich zog.

Schon wollten wir gehen, denn es war kühl auf der Mole und die Sonne half nicht, da begann der Mann mit der Stauermütze das Seil Zug um Zug einzuholen. Mama wollte trotzdem gehen. Aber Matzerath war nicht vom Fleck zu bringen. Auch Jan, der sonst Mama keinen Wunsch abschlug, wollte sie diesmal nicht unterstützen. Oskar war es gleichgültig, ob wir blieben oder gingen. Doch weil wir blieben, schaute ich zu. Während der Stauer gleichmäßig greifend, mit jedem Griff das Seegras abstreifend, die Leine zwischen seinen Beinen sammelte, vergewisserte ich mich, daß der Handelsdampfer, der vor einer knappen halben Stunde kaum mit den Aufbauten über die Kimm gelangt hatte, nun, tief im Wasser liegend, den Kurs änderte und den Hafen anlief. Wenn er so tief lag, wird es ein Schwede mit Erz sein, schätzte Oskar.

Ich ließ von dem Schweden ab, als der Stauer sich umständlich erhob. »Na nu mechten wä beßchen kieken, was is mit ihm.« Das sagte er zu Matzerath, der nichts verstand und dem Stauer dennoch beipflichtete. »Na nu mechten wä ...« und »Beßchen kieken ...« ständig wiederholend hievte der Stauer das Seil weiterhin, doch nun mit mehr Anstrengung, kletterte dem Seil entgegen die Steine hinunter und griff – Mama drehte sich nicht rechtzeitig genug weg –, breitarmig griff er in die aufblubbernde Bucht zwischen dem Granit, suchte, faßte etwas, faßte nach, zog und schleuderte, laut Platz fordernd, etwas triefend Schweres, einen sprühend lebendigen Brocken zwischen uns: einen Pferdekopf, einen frischen, wie echten Pferdekopf, den Kopf eines schwarzen Pferdes, einen schwarzmähnigen Rappenkopf also, der gestern noch, vorgestern noch gewiehert haben mochte; denn faul war der Kopf nicht, stank nicht, höchstens nach Mottlauwasser; aber danach roch alles auf der Mole.

Schon stand der mit der Stauermütze – die saß ihm jetzt im Nacken – breitbeinig über dem Stück Gaul, aus dem sich wütend hellgrün kleine Aale schleuderten. Der Mann hatte Mühe, sie zu fangen; denn Aale bewegen sich auf glatten, dazu noch feuchten Steinen schnell und geschickt. Auch waren sofort Möwen und Möwengeschrei über uns. Die stießen zu, schafften spielend zu dritt oder viert einen kleinen bis mittleren Aal, ließen sich auch nicht vertreiben; denn denen gehörte die Mole. Trotzdem gelang es dem Stauer, der zwischen die Möwen schlug und zugriff, vielleicht zwei Dutzend kleinere Aale in den Sack zu stopfen, den Matzerath hilfsbereit, wie er sich gerne gab, hielt. So konnte er auch nicht sehen, daß Mama käsig im Gesicht wurde, zuerst die Hand und gleich darauf den Kopf auf Jans Schulter und Sammetkragen legte.

Aber als die kleinen und mittleren Aale im Sack waren und der Stauer, dem bei seinem Geschäft die Mütze vom Kopf gefallen war, anfing, dickere, dunkle Aale aus dem Kadaver zu würgen, da mußte Mama sich setzen, und Jan wollte ihr den Kopf wegdrehen, aber das ließ sie nicht zu, starrte unentwegt mit dicken Kuhaugen mitten hinein in das Würmerziehen des Stauers.

»Beßchen kieken!« stöhnte der zwischendurch. »Na nu mechten wä!« Riß, mit dem Wasserstiefel nachhelfend, dem Gaul das Maul auf, zwängte einen Knüppel zwischen die Kiefer, so daß der Eindruck entstand: Das vollständige gelbe Pferdegebiß lacht. Und als der Stauer – jetzt sah man erst, daß der oben kahl und eiförmig aussah – mit beiden Händen hineingriff in den Rachen des Gaules und gleich zwei auf einmal herausholte, die mindestens armdick waren und armlang, da riß es auch meiner Mama das Gebiß auseinander: Das ganze Frühstück warf sie, klumpiges Eiweiß und Fäden ziehendes Eigelb zwischen Weißbrotklumpen im Milchkaffeeguß über die Molensteine und würgte immer noch, aber es kam nichts mehr; denn soviel hatte sie nicht zum Frühstück gegessen, weil sie Übergewicht hatte und unbedingt abnehmen wollte, deshalb allerlei Diäten versuchte, die sie aber selten durchhielt – heimlich aß sie –, und nur vom Dienstagturnen bei der Frauenschaft ließ sie sich nicht abbringen, auch wenn Jan und selbst Matzerath sie auslachten, wenn sie mit dem Turnbeutel zu den komischen Tunten ging, in blauglänzendem Stoff Keulengymnastik trieb und dennoch nicht abnahm.

Auch damals hat Mama höchstens ein halbes Pfund auf die Steine gespuckt, und sie mochte würgen, soviel sie wollte, mehr gelang ihr nicht abzunehmen. Nichts außer grünlichem Schleim kam – und die Möwen kamen. Kamen schon, als sie anfing zu spucken, kreisten tiefer, ließen sich fett und glatt fallen, schlugen sich um das Frühstück meiner Mama, hatten keine Angst vorm Dickwerden, waren durch nichts zu vertreiben – durch wen auch? – wenn Jan Bronski sich vor den Möwen fürchtete und die Hände vor die schönen blauen Augen hielt.

Aber auch auf Oskar hörten sie nicht, der seine Trommel gegen die Möwen einsetzte und mit Knüppeln auf weißem Lack gegen dieses Weiß wirbelte. Doch das half nichts, das machte die Möwen höchstens noch weißer. Matzerath aber kümmerte sich überhaupt nicht um Mama. Der lachte und äffte den Stauer nach, machte auf starke Nerven, und als der Stauer fast fertig war und zum Abschluß dem Gaul einen mächtigen Aal aus dem Ohr zog, mit dem Aal die ganze weiße Grütze aus dem Hirn des Gaules sabbern ließ, da stand zwar gleichfalls dem Matzerath der Käse im Gesicht, aber die Angeberei gab er dennoch nicht auf, kaufte dem Stauer für ein Spottgeld zwei mittlere und zwei starke Aale ab und wollte den Preis noch nachträglich runterhandeln.

Da lobte ich mir Jan Bronski. Der sah aus, als wenn er weinen wollte, half aber trotzdem meiner Mama auf die Beine, legte ihr den einen Arm hinten herum, hielt den anderen vorne und führte sie weg, was komisch aussah, denn Mama stöckelte in ihren Schühchen mit hohen Absätzen von Stein zu Stein in Richtung Strand, knickte bei jedem Schritt und brach sich dennoch nicht die Knöchel.

Oskar blieb bei Matzerath und dem Stauer, weil der Stauer, der seine Mütze wieder aufgesetzt hatte, uns zeigte und erklärte, warum der Kartoffelsack mit grobkörnigem Salz halbgefüllt war. Es war Salz im Sack, damit die Aale sich in dem Salz totliefen, damit ihnen das Salz den Schleim von der Haut und auch von innen herauszog. Denn wenn Aale im Salz sind, hören sie nicht mehr auf zu laufen, die sind dann solange unterwegs, bis sie tot sind und ihren Schleim im Salz gelassen haben. Das macht man, wenn man die Aale hinterher räuchern will. Das ist zwar von der Polizei und vom Tierschutzverein verboten, aber die Aale müssen trotzdem laufen. Wie sollte man sonst auch den Schleim ohne Salz von den Aalen herunter und von innen heraus bekommen. Hinterher werden die toten Aale mit trockenem Torf fein säuberlich abgerieben und ins Rauchfaß über Buchenholz zum Räuchern aufgehängt.

Matzerath fand das gerecht, daß man Aale im Salz laufen ließ. Die gehen ja auch in den Pferdekopp, sagte er. Und in menschliche Leichen gehen sie auch, sagte der Stauer. Besonders nach der Seeschlacht am Skagerrak sollen die Aale mächtig fett gewesen sein. Und mir erzählte noch vor einigen Tagen ein Arzt der Heil- und Pflegeanstalt von einer verheirateten Frau, die sich mit einem lebendigen Aal befriedigen wollte. Aber der Aal biß sich fest, und sie mußte eingeliefert werden und soll deswegen später keine Kinder bekommen haben.

Der Stauer aber machte den Sack mit den Aalen im Salz zu und warf ihn sich, beweglich wie er war, über die Schulter. Die aufgeschossene Wäscheleine hing er sich um den Hals und stiefelte, während gleichzeitig das Handelsschiff einlief, in Richtung Neufahrwasser davon. Der Dampfer hatte ungefähr tausendachthundert Tonnen und war kein Schwede, sondern ein Finne, hatte auch nicht Erz, sondern Holz geladen. Der Stauer mit dem Sack kannte wohl einige Leute auf dem Finnen, denn er winkte zu dem rostigen Kahn rüber und schrie etwas. Die auf dem Finnen winkten zurück und schrien gleichfalls. Warum aber Matzerath winkte und solch einen Blödsinn wie »Schiff ahoi!« brüllte, blieb mir schleierhaft. Denn der verstand als gebürtiger Rheinländer überhaupt nichts von der Marine, und Finnen kannte er keinen einzigen. Aber das war so seine Angewohnheit, immer zu winken, wenn andere winkten, immer zu schreien, zu lachen und zu klatschen, wenn andere schrien, lachten oder klatschten. Deshalb ist er auch verhältnismäßig früh in die Partei eingetreten, als das noch gar nicht nötig war, nichts einbrachte und nur seine Sonntagvormittage beanspruchte.

Oskar ging langsam hinter Matzerath, dem Mann aus Neufahrwasser und dem überladenen Finnen her. Ab und zu drehte ich mich um, denn der Stauer hatte den Pferdekopp unter dem Seezeichen liegen lassen. Man sah aber nichts mehr von dem Kopf, denn die Möwen hatten den eingepudert. Ein weißes, ganz leichtes Loch in der flaschengrünen See. Eine frischgewaschene Wolke, die sich jeden Moment fein säuberlich in die Lüfte erheben konnte, laut schreiend einen Pferdekopf verhüllend, der nicht wieherte, sondern schrie.

Als ich genug hatte, lief ich den Möwen und Matzerath davon, schlug beim Springen mit der Faust auf mein Blech, überholte den Stauer, der jetzt eine kurze Pfeife rauchte, und erreichte Jan Bronski und Mama am Anfang der Mole. Jan hielt Mama noch wie vorher, ließ aber eine Hand unter ihrem Mantelaufschlag verschwinden. Das jedoch, auch daß Mama eine Hand in Jans Hosentasche hatte, konnte

Matzerath nicht sehen; denn der war noch weit hinter uns und wickelte gerade die vier Aale, die ihm der Stauer mit einem Stein betäubt hatte, in ein Zeitungspapier, das er zwischen den Molensteinen aufgelesen hatte.

Als Matzerath uns einholte, ruderte er mit dem Bündel Aale und gab an: »Einsfuffzich wollt der haben. Aber ich gab ihm ein Gulden und basta.«

Mama sah wieder besser im Gesicht aus, hatte auch wieder beide Hände beieinander und sagte: »Bild dir bloß man nich ein, daß ich von dem Aal eß. Überhaupt kein Fisch eß ich mehr und Aale schon ganz und gar nicht.«

Matzerath lachte: »Hab dich nich so, Mädchen. Hast doch gewußt, daß Aale da rangehen, und hast trotzdem immer, auch frische gegessen. Das woll'n wir doch mal sehen, wenn meine Wenigkeit die prima zubereitet mit allem Drum und Dran und bißchen Grün.«

Jan Bronski, der die Hand rechtzeitig aus Mamas Mantel gezogen hatte, sagte nichts. Ich trommelte, damit die nicht wieder mit dem Aal anfingen, bis wir in Brösen waren. Auch an der Straßenbahnhaltestelle und im Anhänger hielt ich die drei Erwachsenen vom Sprechen ab. Die Aale gaben sich einigermaßen ruhig. Bei Saspe kein Aufenthalt, weil die Gegenbahn schon da war. Kurz hinter dem Flugplatz begann Matzerath trotz meiner Trommelei über seinen enormen Hunger zu erzählen. Mama reagierte nicht und sah an uns allen vorbei, bis ihr Jan eine von seinen »Regatta« anbot. Als er ihr Feuer gab und sie sich das Goldmundstück zwischen die Lippen paßte, lächelte sie Matzerath an, weil sie wußte, daß der sie nicht gerne in der Öffentlichkeit rauchen sah.

Am Max-Halbe-Platz stiegen wir aus, und Mama nahm trotzdem Matzeraths und nicht Jans Arm, wie ich es erwartet hatte. Jan ging neben mir, hielt mich bei der Hand und rauchte Mamas Zigarette zu Ende.

Im Labesweg klopften die katholischen Hausfrauen noch immer ihre Teppiche. Während Matzerath die Wohnung aufschloß, sah ich Frau Kater, die im vierten Stockwerk neben dem Trompeter Meyn wohnte, auf der Treppe. Sie hielt mit blaurot mächtigen Armen einen zusammengerollten bräunlichen Teppich auf der rechten Schulter. In beiden Achselhöhlen flammten ihr blonde, vom Schweiß verknotete und versalzene Haare. Der Teppich knickte nach vorn und hinten. Sie hätte genausogut einen betrunkenen Mann auf der Schulter tragen können; aber ihr Mann lebte nicht mehr. Als sie ihr Fett in einem schwarzglänzenden Taftrock vorbeitrug, traf mich ihre Ausdünstung: Salmiak, Gurke, Karbid – sie mußte ihre Tage haben.

Bald darauf hörte ich vom Hof her jenes gleichmäßige Teppichklopfen, das mich durch die Wohnung trieb, das mir nachkam, dem ich endlich im Kleiderschrank unseres Schlafzimmers hockend entging, weil die dort hängenden Wintermäntel den ärgsten Teil jener vorösterlichen Geräusche abfingen.

Doch war es nicht nur die teppichklopfende Frau Kater, die mich in den Kasten fliehen ließ. Mama, Jan und Matzerath hatten ihre Mäntel noch nicht abgelegt, da begann schon der Streit um das Karfreitagsessen. Doch blieb es nicht bei den Aalen, auch ich mußte wieder einmal herhalten, mein berühmter Sturz von der Kellertreppe: »Du bist schuld, du hast schuld, ich mach jetzt die Aalsuppe, sei nicht so zimperlich, mach was du willst, nur keine Aale, sind ja Konserven genug im Keller, hol Pfifferlinge hoch, aber mach die Falltür zu, daß nicht wieder so was passiert, hör mit den ollen Kamellen auf, Aale gibt es, basta, mit Milch, Senf, Petersilie und Salzkartoffeln, und ein Lorbeerblatt kommt dran und ne Nelke, nein, nun laß doch Alfred, wenn sie nicht will, misch du dich da nicht rein, ich kauf doch die Aale nicht umsonst, werden ja sauber ausgenommen und gewässert, nein, nein, das werden wir sehen, wenn die erst mal auf dem Tisch stehen, wolln wir mal sehen, wer ißt und wer nicht ißt.«

Matzerath schlug die Wohnzimmertür zu, verschwand in der Küche, auffallend laut hörten wir ihn hantieren. Der tötete die Aale mit einem Kreuzschnitt hinter dem Kopf, und Mama, die eine allzu lebhafte Phantasie hatte, mußte sich auf die Chaiselongue setzen, was ihr Jan Bronski prompt nachmachte, und schon hatten sie sich bei den Händen und flüsterten auf kaschubisch.

Als die drei Erwachsenen sich so in der Wohnung verteilt hatten, saß ich noch nicht im Schrank, sondern gleichfalls im Wohnzimmer. Es gab ein Kinderstühlchen neben dem Kachelofen. Dort baumelte ich mit den Beinen, ließ mich von Jan fixieren und spürte genau, wie ich den beiden im Wege war, obgleich sie ja doch nicht viel machen konnten, weil Matzerath hinter der Wohnzimmerwand zwar unsichtbar, aber dennoch deutlich mit halbtoten Aalen drohte, die er wie eine Peitsche schwang. So tauschten sie ihre Hände, drückten und zogen an zwanzig Fingern, ließen die Gelenke knacken und gaben mir mit diesen Geräuschen den Rest. War das Teppichklopfen der Katerschen vom Hof her nicht genug? Drang es nicht durch alle Wände, rückte näher, obgleich es an Lautstärke nicht zunahm?

Oskar rutschte von seinem Stühlchen, hockte sich, um den Abgang nicht allzu augenfällig zu gestalten, einen Moment neben den Kachelofen, rutschte dann, ganz und gar mit seiner Trommel beschäftigt, über die Türschwelle ins Schlafzimmer.

Um jedes Geräusch zu vermeiden, ließ ich die Schlafzimmertür halb offen und stellte mit Genugtuung fest, daß mich niemand zurückrief. Noch überlegte ich, ob Oskar unters Bett oder in den Kleiderschrank sollte. Ich zog den Schrank vor, weil ich unter dem Bett meinen heiklen marineblauen Matrosenanzug beschmutzt hätte. Den Schrankschlüssel konnte ich gerade erreichen, drehte ihn einmal, zog die Spiegeltüren auseinander und schob mit den Trommelstöcken die an der Stange aufgereihten Kleiderbügel mit den Mänteln und Winterkleidern zur Seite. Um die schweren Stoffe erreichen und bewegen zu können, mußte ich mich auf meine Trommel stellen. Schließlich war die in der Mitte des Schrankes entstandene Lücke zwar nicht groß, aber doch geräumig genug, um einen hineinsteigenden, sich niederhockenden Oskar aufnehmen zu können. Es gelang mir sogar, mit einiger Mühe die Spiegeltüren heranzuziehen und sie mit einem Shawl, den ich im Kastenboden fand, so mit der Anschlagleiste zu verklemmen, daß ein fingerbreiter Spalt notfalls Aussicht und einige Luftzufuhr ermöglichte. Die Trommel legte ich auf die Knie, trommelte aber nicht, auch nicht ganz leise, sondern ließ mich willenlos von den Ausdünstungen der Wintermäntel einfangen und durchdringen.

Wie gut, daß es den Schrank gab und schwere kaum atmende Stoffe, die mir erlaubten, fast alle Gedanken zusammenzunehmen, zu bündeln und an ein Wunschbild zu verschenken, das reich genug war, dieses Geschenk mit gemessener kaum merklicher Freude anzunehmen.

Wie immer, wenn ich mich konzentrierte und meinem Vermögen gerecht lebte, versetzte ich mich in die Praxis des Dr. Hollatz im Brunshöferweg und genoß jenen Teil der allwöchentlichen Mittwochbesuche, auf den es mir ankam. So war es weniger der mich immer umständlicher untersuchende Arzt, um den ich die Gedanken kreisen ließ, als vielmehr die Schwester Inge, seine Assistentin. Sie durfte mich ausziehen und anziehen, sie alleine durfte mich messen, wiegen, testen; kurz, alle die Experimente, die Dr. Hollatz mit mir unternahm, führte Schwester Inge korrekt, doch auch etwas mürrisch aus und meldete jeweils und nicht ohne

Spott Mißerfolge, die Hollatz Teilerfolge nannte. Selten sah ich Schwester Inge ins Gesicht. Am sauberen gestärkten Weiß ihrer Schwesterntracht, am schwerelosen Gebilde, das sie als Haube trug, an einer schlichten, mit rotem Kreuz verzierten Brosche ruhten sich mein Blick und mein von Zeit zu Zeit gehetztes Trommlerherz aus. Wie gut war es, den immer neuen Faltenwürfen ihrer Berufskleidung aufzupassen. Hatte sie einen Körper unter dem Stoff? Ihr immer älter werdendes Gesicht und die trotz aller Pflege grobknochigen Hände ließen ahnen, daß Schwester Inge dennoch eine Frau war. Gerüche allerdings, die eine ähnlich körperliche Beschaffenheit bewiesen hätten, wie sie meine Mama aufwies, wenn Jan oder auch Matzerath sie vor meinen Augen aufdeckten, diesen Dunst züchtete Schwester Inge nicht. Nach Seife roch sie und müdemachenden Medikamenten. Wie oft kam es vor, daß mich Schlaf überwältigte, während sie meinen kleinen und, wie man meinte, kranken Körper abhorchte: leichter, aus dem Faltenwurf weißer Stoffe geborener Schlaf, karbolverhüllter Schlaf, Schlaf ohne Traum; es sei denn, daß sich entfernt ihre Brosche vergrößerte zum, was weiß ich: Fahnenmeer, Alpenglühn, Klatschmohnfeld, bereit zur Revolte, gegen wen, was weiß ich: gegen Indianer, Kirschen, Nasenbluten, gegen die Kämme der Hühne, rote Blutkörperchen in Sammlung begriffen, bis ein die ganze Sicht bewohnendes Rot einer Leidenschaft Hintergrund bot, die mir damals wie heute zwar selbstverständlich aber dennoch nicht zu benennen ist, weil mit dem Wörtchen rot nichts gesagt ist, und Nasenbluten tut's nicht, und Fahnenstoff verfärbt sich, und wenn ich trotzdem nur rot sage, will rot mich nicht, läßt seinen Mantel wenden: schwarz, die Köchin kommt, schwarz, schreckt mich gelb, trügt mich blau, blau glaub ich nicht, lügt mir nicht, grünt mir nicht: grün ist der Sarg, in dem ich grase, grün deckt mich, grün bin ich mir weiß: das tauft mich schwarz, schwarz schreckt mich gelb, gelb trügt mich blau, blau glaub ich nicht grün, grün blüht mir rot, rot war die Brosche der Schwester Inge, ein rotes Kreuz trug sie, genau gesagt, am Waschkragen ihrer Krankenschwesterntracht; aber es blieb selten und so auch im Kleiderschrank nicht bei dieser einfarbigsten aller Vorstellungen.

Buntester Lärm schlug, aus dem Wohnzimmer drängend, gegen meine Schranktüren, weckte mich aus gerade beginnendem, der Schwester Inge gewidmetem Halbschlaf. Nüchtern und mit dicker Zunge saß ich, die Trommel auf den Knien haltend, zwischen verschieden gemusterten Wintermänteln, roch Matzeraths Parteiuniform, hatte Koppel, Schulterriemen mit Karabinerhaken ledern neben mir, fand nichts mehr von dem weißen Faltenwurf der Krankenschwesterntracht: Wolle fiel, Kammgarn hing, Cord knüllte Flanell, und über mir die Hutmode der letzten vier Jahre, zu meinen Füßen Schuhe, Schühchen, gewichste Stiefelgamaschen, Absätze, beschlagen und unbeschlagen, ein Lichtstreif von draußen hereinfallend, der alles andeutete; Oskar bedauerte, zwischen den Spiegeltüren einen Spalt offengelassen zu haben.

Was konnten die im Wohnzimmer mir schon bieten? Vielleicht hatte Matzerath die beiden auf dem Sofa überrascht, was kaum möglich war, denn Jan bewahrte sich immer, nicht nur beim Skatspiel, einen Rest Vorsicht. Wahrscheinlich, und so war es dann auch, hatte Matzerath die getöteten, ausgenommenen, gewässerten, gekochten, gewürzten und abgeschmeckten Aale als Aalsuppe mit Salzkartoffeln in der großen Suppenterrine fertig zum Servieren auf den Wohnzimmertisch gestellt und hatte es gewagt, weil niemand Platz nehmen wollte, sein Gericht, alle Zutaten aufzählend, ein Rezept herunterbetend, anzupreisen. Mama schrie. Sie schrie kaschubisch. Das konnte Matzerath weder verstehen noch leiden und mußte es sich dennoch anhören, verstand wohl auch, was sie meinte; es konnte ja nur von den Aalen die Rede sein, und wie immer, wenn Mama schrie, von meinem Sturz von der Kellertreppe. Matzerath gab Antwort. Die kannten ja ihre Rollen. Jan machte Einwürfe. Ohne ihn gab es kein Theater. Schließlich der zweite Akt: Der Klavierdeckel knallte, ohne Noten, auswendig, die Füße auf beiden Pedalen, nach-, vor- und ineinanderhallend der Jägerchor aus dem Freischütz: Was gleicht wohl auf Erden. Und mitten hinein ins Halali der knallende Klavierdeckel, weg von den Pedalen, der umstürzende Klavierschemel, Mama im Kommen, schon im Schlafzimmer, noch ein Blick in die Spiegeltüren des Schrankes, und sie warf sich, ich sah es durch den Spalt, quer übers Ehebett unter dem blauen Betthimmel, weinte und rang ähnlich vielfingrig die Hände, wie es die büßende, goldgerahmte Farbdruckmagdalena am Kopfende der Eheburg tat.

Längere Zeit hörte ich nur Mamas Wimmern, leichtes Bettknarren, gedämpftes Gemurmel aus dem Wohnzimmer. Jan beruhigte Matzerath. Matzerath bat Jan, Mama zu beruhigen. Das Gemurmel magerte ab, Jan betrat das Schlafzimmer. Dritter Akt: Er stand vor dem Bett, betrachtete abwechselnd Mama und die büßende Magdalena, setzte sich vorsichtig auf die Bettkante, streichelte der auf dem Bauch liegenden Mama Rücken und Gesäß, sprach beschwichtigend kaschubisch auf sie ein und fuhr ihr schließlich – weil Worte nicht mehr halfen – mit der Hand unter den Rock, bis sie aufhörte zu wimmern und Jan den Blick von der vielfingrigen Magdalena wegnehmen konnte. Man muß das gesehen haben, wie Jan nach getaner Arbeit aufstand, sich die Finger mit dem Taschentuch betupfte, dann Mama laut und nicht mehr kaschubisch, damit es Matzerath im Wohnzimmer oder in der Küche verstehen konnte, Wort für Wort betonend ansprach: »Nu komm Agnes, wir wolln das jetzt endlich vergessen. Alfred hat die Aale schon längst rausgebracht und ins Klo geschüttet. Wir dreschen jetzt einen anständigen Skat, von mir aus auch Viertelpfennigskat, und wenn wir dann alles hinter uns haben und wieder gut sind, macht Alfred uns Pilze mit Rührei und Bratkartoffeln.«

Mama sagte nichts darauf, drehte sich vom Bett, strich die gelbe Steppdecke wieder gerade, schüttelte sich ihre Frisur vor den Spiegeltüren des Schranks zurecht und verließ hinter Jan das Schlafzimmer. Ich nahm mein Auge von dem Sehschlitz und hörte bald darauf, wie sie die Karten mischten. Kleines vorsichtiges Gelächter, Matzerath hob ab, Jan verteilte, und da reizten sie ihre Karten aus. Ich glaube, Jan reizte Matzerath. Der paßte schon bei dreiundzwanzig. Woraufhin Mama Jan bis sechsunddreißig reizte, dann mußte auch er klein beigeben, und Mama spielte einen Grand, den sie knapp verlor. Den folgenden Karo einfach gewann Jan bombensicher, während Mama das dritte Spiel, einen Herz Hand ohne Zwein, knapp aber dennoch nach Hause brachte.

Gewiß, daß dieser Familienskat, durch Rührei, Pilze und Bratkartoffeln kurz unterbrochen, bis in die Nacht hineinreichen würde, hörte ich den folgenden Spielen kaum noch zu, versuchte vielmehr, wieder zur Schwester Inge und ihren weißen, schlaffördernden Berufskleidern zurückzufinden. Es sollte mir aber der Aufenthalt in der Praxis des Dr. Hollatz getrübt bleiben. Nicht nur, daß grün, blau, gelb und schwarz immer wieder in den roten Text der Rotkreuzbrosche sprachen, auch die Ereignisse des Vormittags drängten sich dazwischen: Immer wenn sich die Tür zum Sprechzimmer und zur Schwester Inge öffnete, bot sich nicht der reine und leichte Anblick der Krankenpflegerinnentracht, sondern es zog der Stauer auf der Hafenmole von Neufahrwasser unter dem Seezeichen Aale aus triefend wimmelndem Pferdekopf, und was sich als Weiß ausgab, was ich der

Schwester Inge zuordnen wollte, das waren Möwenflügel, die für den Augenblick täuschend das Aas und die Aale im Aas verdeckten, bis wieder die Wunde aufbrach, doch nicht blutete und Rot spendete, sondern schwarz war der Rappe, flaschengrün die See, ein bißchen Rost brachte der Finne, der Holz geladen hatte, ins Bild und die Möwen – man soll mir nicht mehr von Tauben sprechen –, die bewölkten das Opfer und tauchten die Flügelspitzen ein und warfen den Aal meiner Schwester Inge zu, die fing ihn auch, feierte ihn und wurde zur Möwe, nahm Gestalt an, nicht Taube, wenn schon Heiliger Geist, dann in jener Gestalt, die da Möwe heißt, sich als Wolke aufs Fleisch senkt und Pfingsten feiert.

Die Mühe aufgebend, gab ich damals den Schrank auf, stieß die Spiegeltüren unwillig auseinander, stieg aus dem Kasten, fand mich unverändert vor den Spiegeln, war aber immerhin froh, daß Frau Kater keine Teppiche mehr klopfte. Zwar war der Karfreitag für Oskar zu Ende, aber die Passionszeit sollte erst nach Ostern beginnen.

Die Verjüngung zum Fußende

Doch auch für Mama sollte erst nach diesem Karfreitag des aalwimmelnden Pferdekopfes, nach dem Osterfest erst, das wir mit den Bronskis im ländlichen Bissau bei der Großmutter und dem Onkel Vinzent verbrachten, eine Leidenszeit beginnen, die selbst durch gutgelauntes Maiwetter nicht zu beeinflussen war.

Es stimmt nicht, daß Matzerath Mama zwang, wieder Fisch zu essen. Aus freien Stücken und von rätselhaftem Willen besessen, begann sie knapp zwei Wochen nach Ostern, Fisch in solchen Mengen und ohne Rücksicht auf ihre Figur zu verschlingen, daß Matzerath sagte: »Nu iß nicht soviel von dem Fisch, als wenn man dich zwingen würd'.«

Aber sie begann mit Ölsardinen zum Frühstück, fiel zwei Stunden später, wenn nicht gerade Kundschaft im Geschäft war, über das Sperrholzkästchen mit den Bohnsacker Sprotten her, verlangte zum Mittagessen gebratene Flundern oder Pomuchel in Senfsoße, hatte am Nachmittag schon wieder den Büchsenöffner in der Hand: Aal in Gelee, Rollmöpse, Bratheringe, und wenn Matzerath sich weigerte, zum Abendbrot wieder Fisch zu braten oder zu kochen, dann verlor sie kein Wort, schimpfte nicht, stand ruhig vom Tisch auf und kam mit einem Stück geräuchertem Aal aus dem Laden zurück, daß uns der Appetit verging, weil sie mit dem Messer der Aalhaut innen und außen das letzte Fett abschabte und überhaupt nur noch Fisch mit dem Messer aß. Tagsüber mußte sie sich mehrmals übergeben. Matzerath war hilflos besorgt, fragte: »Biste v'leicht schwanger oder was is?«

»Quatsch nich son Zeug«, sagte dann Mama, wenn sie überhaupt etwas sagte, und als die Großmutter Koljaiczek eines Sonntags, als Aal Grün mit frischen Kartoffeln in Maibutter schwimmend auf den Mittagstisch kam, mit flacher Hand zwischen die Teller schlug, »Nu, Agnes«, sagte, »nu sag mal, was is? Was ißte Fisch, wenn dir nich bekommt und sagst nich warum und tust wie Deikert!«, schüttelte Mama nur den Kopf, schob die Kartoffeln zur Seite, führte den Aal durch die Maibutter und aß unentwegt, als hätte sie eine Fleißaufgabe zu erfüllen. Jan Bronski sagte nichts. Als ich die beiden einmal auf der Chaiselongue überraschte, hielten sie sich zwar wie sonst an den Händen und hatten verrutschte Kleider, doch fielen mir Jans verweinte Augen und Mamas Apathie auf, die jedoch plötzlich ins Gegenteil umschlug. Sie sprang auf, griff, hob, drückte mich, zeigte mir einen Abgrund, der wohl durch nichts, auch durch Unmengen gebratener, gesottener, eingelegter und geräucherter Fische nicht auszufüllen war.

Wenige Tage später sah ich, wie sie in der Küche nicht nur über die gewohnten verdammten Ölsardinen herfiel, sie goß auch das Öl aus mehreren älteren Dosen, die sie aufbewahrt hatte, in eine kleine Soßenpfanne, erhitzte die Brühe über der Gasflamme und trank davon, während mir, der ich in der Küchentür stand, die Hände von der Trommel fielen.

Noch am selben Abend mußte Mama in die Städtischen Krankenanstalten eingeliefert werden. Matzerath weinte und jammerte, bevor der Krankenwagen kam: »Warum willste das Kind denn nich? Is ja gleich, von wem es is. Oder isses noch immer wegen dem blöden Pferdekopf? Wärn wir da bloß nich hingegangen! Nu vergiß das doch, Agnes. War ja nich Absicht von mir.«

Der Krankenwagen kam, Mama wurde hinausgetragen. Kinder und Erwachsene sammelten sich auf der Straße, man fuhr sie fort, und es sollte sich herausstellen, daß Mama weder die Mole noch den Pferdekopf vergessen hatte, daß sie die Erinnerung an den Gaul – ob der nun Fritz oder Hans geheißen hatte – mit sich nahm. Ihre Organe erinnerten sich schmerzhaft überdeutlich an den Karfreitagsspaziergang und ließen, aus Angst vor einer Wiederholung des Spazierganges, meine Mama, die mit ihren Organen einer Meinung war, sterben.

Dr. Hollatz sprach von Gelbsucht und Fischvergiftung. Im Krankenhaus stellte man fest, daß Mama sich im dritten Schwangerschaftsmonat befand, gab ihr ein Einzelzimmer, und sie zeigte uns, die wir sie besuchen durften, vier Tage lang ihr angeekeltes, im Ekel mich manchmal anlächelndes, von Krämpfen verwüstetes Gesicht.

Wenn sie sich auch Mühe gab, ihren Besuchern kleine Freuden zu bereiten, wie auch ich mir heutzutage Mühe gebe, meinen Freunden an den Besuchstagen beglückt zu erscheinen, konnte sie dennoch nicht verhindern, daß ein periodisch auftretender Brechreiz ihren langsam nachgebenden Körper immer wieder umstülpte, obgleich dem nichts mehr entfallen wollte als schließlich am vierten Tage jenes mühevollen Sterbens jenes bißchen Atem, das jeder endlich ausstoßen muß, um den Totenschein zu bekommen.

Wir atmeten alle auf, als sich in meiner Mama keine Anlässe mehr für die ihre Schönheit so entstellenden Brechreize fanden. Sobald sie gewaschen im Leichenhemd lag, zeigte sie uns auch wieder ihr vertrautes rundes, schlau naives Gesicht. Die Oberschwester drückte Mama die Augen zu, weil Matzerath und Jan Bronski weinten und blind waren.

Ich konnte nicht weinen, da all die anderen, die Männer und die Großmutter, Hedwig Bronski und der bald vierzehnjährige Stephan weinten. Auch überraschte mich der Tod meiner Mama kaum. War es Oskar, der sie am Donnerstag in die Altstadt und am Sonnabend in die Herz-Jesu-Kirche begleitete, nicht vorgekommen, als suche sie schon seit Jahren angestrengt nach einer Möglichkeit, das Dreieckverhältnis dergestalt aufzulösen, daß Matzerath, den sie womöglich haßte, die Schuld an ihrem Tod erbte, daß Jan Bronski, ihr Jan, seinen Dienst bei der Polnischen Post mit Gedanken fortsetzen konnte, wie: Sie ist für mich gestorben, sie wollte mir nicht im Wege stehn, sie hat sich geopfert.

Bei aller Berechnung, der beide, Mama und Jan, fähig waren, wenn es galt, ihrer Liebe ein ungestörtes Bett zu beschaffen, zeigten sie gleichviel Begabung zur Romanze: Man kann, wenn man will, in ihnen Romeo und Julia oder jene zwei Königskinder sehen, die angeblich nicht zusammenkamen, weil das Wasser zu tief war. Während Mama, die die Sterbesakramente rechtzeitig mitbekommen hatte, kalt und durch nichts mehr zu bewegen unter den Gebeten des Priesters lag, fand ich Zeit und Muße, die Krankenschwestern, die zumeist protestantischer Konfession waren, zu beobachten. Sie falteten die Hände anders als die Katholiken, ich möchte sagen, selbstbewußter, sprachen das Vaterunser mit vom katholischen Originaltext abweichenden Worten und bekreuzigten sich nicht, wie es etwa die Großmutter Koljaiczek, die Bronskis und auch ich taten. Mein Vater Matzerath – ich nenne ihn gelegentlich so, auch wenn er mich nur mutmaßlich zeugte –, er, der Protestant, unterschied sich beim Gebet von den anderen Protestanten, weil er die Hände nicht vor der Brust verankerte, sondern die Finger verkrampft unten, etwa in Höhe der Geschlechtsteile, von einer Religion in die andere wechseln ließ und sich offensichtlich seiner Beterei schämte. Meine Großmutter kniete neben ihrem Bruder Vinzent vor dem Totenbett, betete laut und hemmungslos auf kaschubisch, während Vinzent nur die Lippen, wahrscheinlich auf polnisch, bewegte, dafür die Augen aber voller geistigem Geschehen weitete. Ich hätte gerne getrommelt. Schließlich verdankte ich meiner armen Mama die vielen weißroten Bleche. Sie hatte mir, als Gegengewicht zu Matzeraths Wünschen, das mütterliche Versprechen einer Blechtrommel in die Wiege gelegt, auch hatte mir Mamas Schönheit dann und wann, besonders als sie noch schlanker war und nicht turnen mußte, als Trommelvorlage dienen können. Schließlich konnte ich mich nicht mehr beherrschen, ließ im Sterbezimmer meiner Mama noch einmal das Idealbild ihrer grauäugigen Schönheit auf dem Blech zur Gestalt werden und wunderte mich, daß Matzerath es war, der den sofortigen Protest der Oberschwester dämpfte und »Lassen Sie ihn doch, Schwester, die hingen so aneinander« flüsternd meine Partei ergriff.

Mama konnte sehr lustig sein. Mama konnte sehr ängstlich sein. Mama konnte schnell vergessen. Mama hatte dennoch ein gutes Gedächtnis. Mama schüttete mich aus und saß dennoch mit mir in einem Bade. Mama ging mir manchmal verloren, aber ihr Finder ging mit ihr. Wenn ich Scheiben zersang, handelte Mama mit Kitt. Sie setzte sich manchmal ins Unrecht, obgleich es ringsherum Stühle genug gab. Auch wenn Mama sich zuknöpfte, blieb sie mir aufschlußreich. Mama fürchtete die Zugluft und machte dennoch ständig Wind. Sie lebte auf Spesen und zahlte ungerne Steuern. Ich war die Kehrseite ihres Deckblattes. Wenn Mama Herz Hand spielte, gewann sie immer. Als Mama starb, verblaßten die roten Flammen auf der Einfassung meiner Trommel etwas; der weiße Lack jedoch wurde weißer und so grell, daß selbst Oskar manchmal geblendet sein Auge schließen mußte.

Nicht auf dem Friedhof Saspe, wie sie es sich manchmal gewünscht hatte, sondern auf dem kleinen ruhigen Friedhof Brentau wurde meine arme Mama beerdigt. Dort lag auch ihr im Jahr siebzehn an der Grippe gestorbener Stiefvater, der Pulvermüller Gregor Koljaiczek. Die Trauergemeinde war, wie es sich beim Begräbnis einer beliebten Kolonialwarenhändlerin versteht, groß, zeigte nicht nur die Gesichter der Stammkundschaft, sondern auch Handelsvertreter verschiedener Firmen, selbst Leute von der Konkurrenz wie den Kolonialwarenhändler Weinreich und Frau Probst aus dem Lebensmittelgeschäft in der Hertastraße. Die Kapelle des Friedhofes Brentau konnte die Menge nicht ganz fassen. Es roch nach Blumen und schwarzen eingemotteten Kleidern. Im offenen Sarg zeigte meine arme Mama ein gelbes mitgenommenes Gesicht. Ich konnte während der umständlichen Zeremonien das Gefühl nicht loswerden: Gleich wird es ihr den Kopf hochreißen, sie wird sich noch einmal übergeben müssen, sie hat noch etwas im Leib, das heraus will: nicht nur den drei Monate alten Embryo, der gleich mir nicht weiß, welchem Vater er Dank schuldet, nicht nur er will hinaus und gleich Oskar nach einer Trommel verlangen, da gibt es noch Fisch, gewiß keine Ölsardinen, ich will nicht von Flundern reden, ein Stückchen Aal meine ich, einige weißgrünliche Fasern Aalfleisch, Aal von der Seeschlacht im Skagerrak, Aal von der Hafenmole Neufahrwasser, Karfreitagsaal, Aal aus dem Haupte des Rosses entsprungen, womöglich Aal aus ihrem Vater Joseph Koljaiczek, der unters Floß geriet und den Aalen anheimfiel, Aal von deinem Aal, denn Aal wird zu Aal...

Aber es kam kein Brechreiz auf. Sie behielt bei sich, nahm mit sich, hatte vor, den Aal unter die Erde zu bringen, damit endlich Ruhe war.

Als Männer den Sargdeckel hoben und das gleichviel entschlossene wie angewiderte Gesicht meiner armen Mama zudecken wollten, fiel Anna Koljaiczek den Männern in die Arme, warf sich dann, die Blumen vor dem Sarg zertretend, über ihre Tochter und weinte, riß an der weißen, kostbaren Leichenausstattung und schrie laut auf kaschubisch.

Viele sagten später, sie habe meinen mutmaßlichen Vater Matzerath verflucht und den Mörder ihrer Tochter genannt. Auch soll von meinem Sturz von der Kellertreppe die Rede gewesen sein. Sie übernahm die Fabel von Mama und erlaubte Matzerath nicht, seine angebliche Schuld an meinem angeblichen Unglück zu vergessen. Sie hat ihn immer wieder angeklagt, obgleich Matzerath sie, aller Politik zum Trotz, fast widerwillig verehrte und während der Kriegsjahre mit Zucker und Kunsthonig, mit Kaffee und Petroleum versorgte.

Der Gemüsehändler Greff und Jan Bronski, der hoch und weibisch weinte, führten meine Großmutter vom Sarg fort. Die Männer konnten den Deckel schließen und endlich jene Gesichter machen, die Leichenträger immer dann machen, wenn sie sich unter den Sarg stellen. Auf dem halbländlichen Friedhof Brentau mit seinen zwei Feldern beiderseits der Ulmenallee, mit seinem Kapellchen, das aussah wie eine Klebearbeit für Krippenspiele, mit seinem Ziehbrunnen, mit quicklebendiger Vogelwelt, auf der sauber geharkten Friedhofsallee, gleich hinter Matzerath die Prozession anführend, gefiel mir zum erstenmal die Form des Sarges. Ich habe später noch oft Gelegenheit gehabt, meinen Blick über schwarzes, bräunliches, für letzte Zwecke verwendetes Holz gleiten zu lassen. Der Sarg meiner armen Mama war schwarz. Er verjüngte sich auf wunderbar harmonische Weise zum Fußende hin. Gibt es auf dieser Welt eine Form, die den Proportionen des Menschen auf ähnlich gelungene Art entspricht?

Hätten die Betten doch diesen Schwund zum Fußende hin! Möchten sich doch alle unsere gewohnten und gelegentlichen Liegen so eindeutig zum Fußende hin verjüngen. Denn, mögen wir uns noch so spreizen, endlich ist es doch nur diese schmale Basis, die unseren Füßen zukommt, die sich vom breiten Aufwand, den Kopf, Schultern und Rumpf beanspruchen, zum Fußende hin verjüngt.

Matzerath ging direkt hinter dem Sarg. Er trug den Zylinder in der Hand und gab sich beim langsamen Schreiten Mühe, trotz des großen Schmerzes die Knie zu strecken. Immer wenn ich seinen Nacken sah, tat er mir leid: sein ausladender Hinterkopf und die beiden Angströhren, die ihm aus dem Kragen gegen den Haaransatz wuchsen.

Warum nahm mich Mutter Truczinski bei der Hand und nicht Gretchen Scheffler oder Hedwig Bronski? Sie wohnte in der zweiten Etage unseres Mietshauses, hatte wohl keinen Vornamen, hieß überall Mutter Truczinski.

Vor dem Sarg Hochwürden Wiehnke mit Meßdiener und Weihrauch. Mein Blick glitt von Matzeraths Nacken zu den kreuz und quer gefurchten Nacken der Leichenträger. Einen wilden Wunsch galt es zu bekämpfen: Auf den Sarg wollte Oskar hinauf. Obendraufsitzen wollte er und trommeln. Nicht aufs Blech, auf den Sargdeckel wollte Oskar mit seinen Stöcken. Während sie ihn schwankend trugen, wollte er ihn reiten. Während die hinter ihm Hochwürden nachbeteten, wollte Oskar ihnen vortrommeln. Während sie ihn über dem Loch auf Brettern und Seilen absetzten, wollte Oskar auf dem Holz Haltung bewahren. Während Predigt, Meßglöckchen, Weihrauch und Weihwasser wollte er sein Latein aufs Holz klopfen und ausharren, während sie ihn mit dem Kasten an den Seilen herabließen. Mit Mama und dem Embryo wollte Oskar in die Grube. Unten bleiben, während die Hinterbliebenen ihre Hand voller Erde hinabwarfen, nicht hochkommen wollte Oskar, auf dem verjüngten Fußende wollte er sitzen, trommeln, wenn möglich unter der Erde trommeln, bis ihm die Knüppel aus den Händen, das Holz unter den Knüppeln, bis ihm seine Mama, bis er ihr, bis jeder dem anderen zuliebe faulte, das Fleisch an die Erde und ihre Bewohner abgab; auch mit den Knöchelchen hätte Oskar noch gerne den zarten Knorpeln des Embryos vorgetrommelt, wenn es nur möglich und erlaubt gewesen wäre.

Niemand saß auf dem Sarg. Ledig schwankte er unter den Ulmen und Trauerweiden des Brentauer Friedhofes. Die bunten Hühner des Küsters zwischen den Gräbern, nach Würmern pickend, nicht säend und dennoch erntend. Dann zwischen Birken. Ich hinter Matzerath an Mutter Truczinskis Hand, gleich hinter mir meine Großmutter – Greff und

Jan führten sie –, Vinzent Bronski an Hedwigs Arm, Klein-Marga und Stephan Hand in Hand vor den Schefflers. Der Uhrmacher Laubschad, der alte Herr Heilandt, Meyn, der Trompeter, doch ohne sein Blech und auch einigermaßen nüchtern.

Erst als alles vorbei war und die Leute mit dem Beileid anfingen, bemerkte ich Sigismund Markus. Schwarz und verlegen schloß er sich all denen an, die Matzerath, mir, meiner Großmutter und den Bronskis die Hand geben, etwas murmeln wollten. Zuerst begriff ich nicht, was Alexander Scheffler vom Markus verlangte. Die kannten sich kaum, wenn sie sich überhaupt kannten. Schließlich sprach auch der Musiker Meyn auf den Spielzeughändler ein. Sie standen hinter einer halbhohen Hecke aus jenem grünen Zeug, das abfärbt und bitter schmeckt, wenn man es zwischen den Fingern reibt. Frau Kater mit ihrer hinter dem Taschentuch feixenden, etwas zu schnell gewachsenen Tochter Susi brachten gerade beim Matzerath ihr Beileid an, ließen es sich nicht nehmen, mir den Kopf zu streicheln. Hinter der Hecke wurde es laut, blieb aber unverständlich. Der Trompeter Meyn tippte dem Markus mit dem Zeigefinger gegen den schwarzen Anzug, schob ihn so vor sich her, nahm den Sigismund links am Arm, während Scheffler sich rechts einhängte. Und beide gaben acht, daß der Markus, der rückwärts ging, nicht über Gräbereinfassungen stolperte, schoben ihn auf die Hauptallee und zeigten dem Sigismund, wo das Friedhofstor war. Der schien sich für die Auskunft zu bedanken und ging Richtung Ausgang, setzte sich auch den Zylinder auf und blickte sich nicht mehr um, obgleich Meyn und der Bäckermeister ihm nachblickten.

Weder Matzerath noch Mutter Truczinski bemerkten, daß ich mich ihnen und dem Beileid entzog. So tuend, als müsse er mal, verdrückte Oskar sich rückwärts am Totengräber und seinem Gehilfen vorbei, lief dann, nahm keine Rücksicht aufs Efeu und erreichte die Ulmen wie auch den Sigismund Markus noch vor dem Ausgang.

»Das Oskarchen!« wunderte sich der Markus, »nu sag, was machen se middem Markus? Was hadder getan, dasse so tun?«

Ich wußte nicht, was Markus getan hatte, nahm ihn bei seiner schweißnassen Hand, führte ihn durchs schmiedeeisern offenstehende Friedhofstor, und wir beide, der Hüter meiner Trommeln und ich, der Trommler, womöglich sein Trommler, wir trafen auf Schugger Leo, der gleich uns ans Paradies glaubte.

Markus kannte den Leo, denn Leo war eine stadtbekannte Person. Ich hatte von Schugger Leo gehört, wußte, daß sich dem Leo, da er noch auf dem Priesterseminar war, eines sonnigen Tages die Welt, die Sakramente, die Konfessionen, Himmel und Hölle, Leben und Tod so vollkommen verrückt hatten, daß Leos Weltbild fortan zwar verrückt, aber dennoch vollendet glänzte.

Schugger Leos Beruf war, nach allen Begräbnissen – und er wußte um jede Abdankung – in schwarzblankem, schlotterndem Zeug, mit weißen Handschuhen die Trauergemeinde zu erwarten. Markus und auch ich begriffen, daß er nun hier, vorm Schmiedeeisen des Brentauer Friedhofes, von Berufs wegen stand und mit beileidbeflissenem Handschuh, verdrehten wasserhellen Augen und immer sabberndem Mund dem Trauergefolge entgegensabberte.

Mitte Mai: ein heiterer, sonniger Tag. Hecken und Bäume mit Vögeln besetzt. Gackernde Hühner, die durch ihre und mit ihren Eiern Unsterblichkeit versinnbildlichten. Gesumm in der Luft. Frischaufgetragenes Grün ohne Staub. Schugger Leo trug seinen welken Zylinder in der linken behandschuhten Hand, kam leicht, tänzerisch, weil wirklich begnadet, mit fünf vorgestreckten, schimmelnden Handschuhfingern Markus und mir entgegen, stand dann schief und wie im Wind, obgleich kein Lüftchen ging, uns gegenüber, legte den Kopf schräg und lallte, Fäden ziehend, als Markus ihm zuerst zögernd, dann fest seine nackte Hand in den zugreifenden Stoff legte: »Welch ein schöner Tag. Nun ist sie schon dort, wo alles so billig ist. Habt ihr den Herrn gesehen? Habemus ad Dominum. Er ging vorbei und hatte es eilig. Amen.«

Wir sagten amen, und Markus bestätigte Leo den schönen Tag, gab auch vor, den Herrn gesehen zu haben.

Hinter uns hörten wir vom Friedhof die näher heransummende Trauergesellschaft. Markus ließ seine Hand aus Leos Handschuh fallen, fand noch Zeit für ein Trinkgeld, gab mir einen Markusblick und ging eilig, schon gehetzt auf das Taxi zu, das vor der Brentauer Post auf ihn wartete.

Noch sah ich der Staubwolke nach, die den schwindenden Markus verhüllte, da hatte mich Mutter Truczinski schon wieder bei der Hand. Sie kamen in Gruppen und Grüppchen. Schugger Leo sagte allen sein Beileid, machte die Trauergemeinde auf den schönen Tag aufmerksam, fragte jeden, ob er den Herrn gesehen, und erhielt, wie üblich, kleinere, größere oder keine Trinkgelder. Matzerath und Jan Bronski bezahlten die Träger, den Totengräber, den Küster und Hochwürden Wiehnke, der sich von Schugger Leo verlegen seufzend die Hand küssen ließ und mit geküßter Hand der sich langsam zerstreuenden Trauergemeinde segnende Gesten nachschickte.

Wir aber, meine Großmutter, ihr Bruder Vinzent, die Bronskis mit Kindern, Greff ohne Frau und Gretchen Scheffler, nahmen Platz in zwei einfach bespannten Kastenwagen. Man fuhr uns an Goldkrug vorbei durch den Wald, über die nahe polnische Grenze nach Bissau-Abbau zum Leichenschmaus.

In einer Kuhle lag Vinzent Bronskis Hof. Pappeln standen davor und sollten die Blitze ablenken. Sie hoben das Scheunentor aus den Angeln, legten es auf Holzböcke, breiteten Tischtücher drüber. Es kamen noch Leute aus der Nachbarschaft. Das Essen brauchte seine Zeit. Wir tafelten in der Scheuneneinfahrt. Gretchen Scheffler hielt mich auf dem Schoß. Fett war das Essen, dann süß, wieder fett, Kartoffelschnaps, Bier, eine Gans und ein Ferkel, Kuchen mit Wurst, Kürbis in Essig und Zucker, Rote Grütze mit saurer Sahne, gegen Abend etwas Wind durch die offene Scheune, Mäuse raschelten, auch die Bronskikinder, die mit den Gören der Nachbarschaft den Hof eroberten.

Mit den Petroleumlampen kamen die Skatkarten auf den Tisch. Der Kartoffelschnaps blieb. Auch gab es Eierlikör, selbstgemacht. Der machte lustig. Und Greff, der nicht trank, sang Lieder. Auch die Kaschuben sangen, und Matzerath gab als erster die Karten aus. Jan war der zweite Mann und der Vorarbeiter von der Ziegelei der dritte. Jetzt erst fiel mir auf, daß meine arme Mama fehlte. Bis in die Nacht hinein wurde gespielt, doch keinem der Männer gelang es, einen Herz Hand zu gewinnen. Als Jan Bronski einen Herz Hand ohne Viern ganz unbegreiflicherweise verlor, hörte ich ihn halblaut zu Matzerath sagen: »Agnes hätte das Spiel sicher gewonnen.«

Da glitt ich von Gretchen Schefflers Schoß, fand draußen meine Großmutter und ihren Bruder Vinzent. Sie saßen auf einer Wagendeichsel. Vinzent sprach halblaut die Sterne auf polnisch an. Meine Großmutter konnte nicht mehr weinen, ließ mich aber unter ihre Röcke.

Wer nimmt mich heut' unter die Röcke? Wer stellt mir das Tageslicht und das Lampenlicht ab? Wer gibt mir den Geruch jener gelblich zerfließenden, leicht ranzigen Butter, die meine Großmutter mir zur Kost unter den Röcken stapelte, beherbergte, ablagerte und mir einst zuteilte, damit sie mir anschlug, damit ich Geschmack fand.

Ich schlief ein unter den vier Röcken, war den Anfängen meiner armen Mama ganz nahe und hatte es ähnlich still, wenn auch nicht so atemlos wie sie in ihrem zum Fußende hin verjüngten Kasten.

Herbert Truczinskis Rücken

Nichts kann eine Mutter ersetzen, sagt man. Schon bald nach Mamas Begräbnis sollte ich meine arme Mama vermissen lernen. Die Donnerstagbesuche beim Sigismund Markus fielen aus, niemand brachte mich mehr zur weißen Berufskleidung der Schwester Inge, besonders die Sonnabende machten mir Mamas Tod schmerzhaft deutlich: Mama ging nicht mehr zur Beichte.

Es blieben mir also die Altstadt fern, die Praxis des Dr. Hollatz, die Herz-Jesu-Kirche. Die Lust an Kundgebungen hatte ich verloren. Wie sollte ich Passanten vor Schaufenstern verlocken können, wenn selbst der Beruf des Versuchers Oskar schal und reizlos geworden war? Es gab keine Mama mehr, die mich ins Stadttheater zum Weihnachtsmärchen, in den Zirkus Krone oder Busch mitgenommen hätte. Pünktlich allein, doch zugleich mürrisch, ging ich meinen Studien nach, ödete mich durch die gradlinigen Vorstadtstraßen zum Kleinhammerweg, besuchte das Gretchen Scheffler, das mir von KdF-Reisen ins Land der Mitternachtssonne erzählte, während ich unentwegt Goethe mit Rasputin verglich, bei diesen Vergleichen nie ein Ende fand und mich dem strahlend düsteren Kreislauf zumeist durch historische Studien entzog. Ein Kampf um Rom, Keysers Geschichte der Stadt Danzig und Köhlers Flottenkalender, meine alten Standardwerke, gaben mir ein weltumfassendes Halbwissen. So bin ich heute noch in der Lage, Ihnen genaue Angaben über Panzerstärke, Bestückung, Stapellauf, Fertigstellung, Mannschaftssoll aller Schiffe zu machen, die sich an der Seeschlacht im Skagerrak beteiligten, dort sanken oder beschädigt wurden.

Vierzehn war ich bald, liebte die Einsamkeit und ging viel spazieren. Meine Trommel ging mit, doch zeigte ich mich sparsam auf dem Blech, weil durch Mamas Abgang eine rechtzeitige Belieferung mit Blechtrommeln fraglich war und auch blieb.

War es im Herbst siebenunddreißig oder im Frühjahr achtunddreißig? Auf jeden Fall trippelte ich die Hindenburgallee hoch, in Richtung Stadt, befand mich etwa auf Höhe des Cafés Vierjahreszeiten, die Blätter fielen ab, oder es platzten die Knospen, auf jeden Fall tat sich etwas in der Natur; da traf ich meinen Freund und Meister Bebra, der in direkter Linie vom Prinzen Eugen, also von Ludwig dem Vierzehnten abstammte.

Drei Jahre lang hatten wir uns nicht gesehen und erkannten uns dennoch auf zwanzig Schritte. Er war nicht alleine, an seinem Arm hielt sich zierlich, südländisch, vielleicht zwei Zentimeter kleiner als Bebra, drei Fingerbreit größer als ich, eine Schönheit, die er mir bei der Vorstellung als Roswitha Raguna, die berühmteste Somnambule Italiens, bekanntmachte.

Bebra bat mich zu einer Tasse Mokka ins Café Vierjahreszeiten. Wir setzten uns ins Aquarium, und die Kaffeetanten zischelten: »Guck ma die Liliputaner, Lisbeth, hasse die gesehn? Ob die im Krone auftreten? Da müssen wä hingehen womeglich.«

Bebra lächelte mich an und zeigte tausend feine, kaum sichtbare Fältchen.

Der Kellner, der uns den Mokka brachte, war sehr groß. Als Frau Roswitha bei ihm ein Törtchen bestellte, blickte sie an dem Befrackten wie an einem Turm hoch.

Bebra beobachtete mich: »Es scheint ihm nicht gutzugehen, unserem Glastöter. Wo fehlt es, mein Freund? Will das Glas nicht mehr, oder mangelt's an Stimme?«

Jung und ungestüm wie ich war, wollte Oskar sofort ein Pröbchen seiner noch immer unverwelkten Kunst geben.

Suchend blickte ich mich um, fixierte schon die große Glasfläche vor den Zierfischen und Unterwasserpflanzen des Aquariums, da sprach Bebra, bevor ich sang: »Nicht doch, mein Freund! Wir glauben Ihnen auch so. Keine Zerstörungen bitte, Überschwemmungen, kein Fischsterben!«

Beschämt entschuldigte ich mich vor allen Dingen bei Signora Roswitha, die einen Miniaturfächer hervorgezogen hatte und aufgeregt Wind machte.

»Meine Mama ist gestorben«, versuchte ich mich zu erklären. »Das hätte sie nicht tun dürfen. Ich nehme ihr das übel. Da reden die Leute immer: Eine Mutter merkt alles, fühlt alles, eine Mutter verzeiht alles. Muttertagssprüche sind das! Einen Gnom hat sie in mir gesehen. Abgetan hätte sie den Gnom, wenn sie nur gekonnt hätte. Konnte mich aber nicht abtun, weil Kinder, selbst Gnome, in den Papieren vermerkt sind und nicht einfach abgetan werden können. Auch weil ich ihr Gnom war, weil sie, wenn sie mich abgetan hätte, sich selbst abgetan und verhindert hätte. Entweder ich oder der Gnom, hat sie sich gefragt, hat dann mit sich Schluß gemacht, hat nur noch Fisch gegessen und nicht mal frischen Fisch, hat ihre Liebhaber verabschiedet und jetzt, da sie auf Brentau liegt, sagen alle, die Liebhaber und die Kunden im Geschäft: Der Gnom hat sie ins Grab getrommelt. Wegen Oskarchen wollte sie nicht mehr weiter leben, er hat sie umgebracht!«

Ich übertrieb reichlich, wollte womöglich Signora Roswitha beeindrucken. Es gaben schließlich die meisten Leute Matzerath und besonders Jan Bronski die Schuld an Mamas Tod. Bebra durchschaute mich.

»Sie übertreiben, mein Bester. Aus purer Eifersucht grollen Sie Ihrer toten Mama. Weil sie nicht Ihretwegen, vielmehr der anstrengenden Liebhaber wegen ins Grab ging, fühlen Sie sich zurückgesetzt. Böse und eitel sind Sie, wie es sich nun einmal für ein Genie gehört!«

Dann, nach einem Seufzer und seitlichen Blick auf die Signora Roswitha: »Es ist nicht leicht, in unserer Größe auszuharren. Human bleiben ohne äußeres Wachstum, welch eine Aufgabe, welch ein Beruf!«

Roswitha Raguna, die neapolitanische Somnambule mit der gleichviel glatten wie zerknitterten Haut, sie, die ich auf achtzehn Lenze schätzte, nach dem nächsten Atemzug als achtzig- womöglich neunzigjährige Greisin bewunderte, Signora Roswitha streichelte den eleganten, englisch zugeschnittenen Maßanzug des Herrn Bebra, schickte dann mir ihre kirschschwarzen Mittelmeeraugen, hatte eine dunkle, Früchte versprechende Stimme, die mich bewegte und erstarren ließ: »Carissimo, Oskarnello! Wie versteh ich ihn, den Schmerz! Andiamo, kommen Sie mit uns: Milano, Parigi, Toledo, Guatemala!«

Ein Schwindel wollte mich überfallen. Die blutjunge uralte Hand der Raguna ergriff ich. Es schlug das Mittelmeer an meine Küste, Olivenbäume flüsterten mir ins Ohr: »Roswitha wird wie Ihre Mama sein, verstehen wird Roswitha. Sie, die große Somnambule, die alle durchschaut, erkennt, nur sich selbst nicht, mammamia, nur sich selbst nicht, Dio!«

Merkwürdigerweise entzog mir die Raguna plötzlich und schreckhaft die Hand, kaum daß sie angefangen hatte, mich zu durchschauen und mit somnambulem Blick zu durchleuchten. Hatte mein vierzehnjähriges, hungriges Herz sie entsetzt? War ihr aufgegangen, daß Roswitha, ob Mädchen oder Greisin, für mich Roswitha bedeutete? Neapolitanisch flüsterte sie, zitterte, bekreuzigte sich so oft, als hörten die Schrecken, die sie mir ablas, nicht mehr auf, verschwand dann wortlos hinter ihrem Fächer.

Verwirrt verlangte ich Aufklärung, bat den Herrn Bebra um ein Wort. Doch selbst Bebra hatte trotz direkter Abstammung vom Prinzen Eugen die Fassung verloren, stammelte, und endlich verstand ich: »Ihr Genie, junger Freund, das Göttliche, aber auch das ganz gewiß Teuflische Ihres Genies haben meine gute Roswitha etwas verwirrt, und auch ich muß gestehen, daß eine Ihnen eigene, jäh ausbrechende Maßlosigkeit mir fremd, wenn auch nicht ganz unverständlich ist. Doch einerlei«, Bebra raffte sich auf, »wie Ihr Charakter auch beschaffen sein mag, kommen Sie mit uns, treten Sie auf in Bebras Mirakelschau. Bei einiger Selbstzucht und Beschränkung sollte es Ihnen möglich sein, selbst bei den heutzutage herrschenden politischen Verhältnissen ein Publikum zu finden.«

Ich begriff sofort. Bebra, der mir geraten hatte, immer auf Tribünen, niemals vor Tribünen zu stehen, war selbst unters Fußvolk geraten, auch wenn er weiterhin im Zirkus auftrat. So war er auch gar nicht enttäuscht, als ich sein Angebot höflich bedauernd ablehnte. Und Signora Roswitha atmete hörbar hinter dem Fächer auf und zeigte mir wieder ihre Mittelmeeraugen.

Wir plauderten noch ein Stündchen, ich ließ mir vom Kellner ein leeres Wasserglas bringen, sang den Ausschnitt eines Herzens in das Glas, sang schnörklig gravierend rundlaufend eine Inschrift darunter: »Oskar für Roswitha«, schenkte ihr das Glas, bereitete ihr Freude, und Bebra zahlte, gab reichlich Trinkgeld, ehe wir gingen.

Bis zur Sporthalle begleiteten mich die beiden. Ich wies mit dem Trommelstock auf die nackte Tribüne am anderen Ende der Maiwiese und – jetzt erinnere ich mich, es war im Frühjahr achtunddreißig – erzählte meinem Meister Bebra von meiner Laufbahn als Trommler unter Tribünen.

Bebra lächelte verlegen, die Raguna zeigte ein strenges Gesicht. Und als die Signora einige Schritte abseits stand, flüsterte mir Bebra Abschied nehmend ins Ohr: »Ich habe versagt, lieber Freund, wie könnte ich weiterhin Ihr Lehrer sein. Oh, diese schmutzige Politik!«

Dann küßte er mich wie vor Jahren, als ich ihm zwischen den Wohnwagen des Zirkus begegnet war, auf die Stirn, die Dame Roswitha reichte mir eine Hand wie Porzellan, und ich beugte mich manierlich, für einen Vierzehnjährigen fast zu routiniert, über die Finger der Somnambulen.

»Wir sehen uns wieder, mein Sohn!« winkte Herr Bebra, »wie auch die Zeiten sein mögen, Leute wie wir gehen sich nicht verloren.«

»Verzeihen Sie Ihren Vätern!« ermahnte mich die Signora, »gewöhnen Sie sich an Ihre eigene Existenz, damit das Herz Ruhe bekommt und Satan Mißvergnügen!«

Es war mir, als hätte mich die Signora noch einmal, doch abermals vergeblich getauft. Weiche Satan – aber Satan wich nicht. Ich sah den beiden traurig und mit leerem Herzen nach, winkte, als sie in ein Taxi stiegen, dort gänzlich verschwanden; denn der Ford war für Erwachsene gebaut, sah leer aus und auf der Suche nach Kundschaft, als er mit meinen Freunden davonbrauste.

Zwar versuchte ich, Matzerath zu einem Besuch des Zirkus Krone zu bewegen, aber Matzerath war nicht zu bewegen, ganz gab er sich der Trauer um meine arme Mama hin, die er eigentlich nie ganz besessen hatte. Aber wer hatte Mama ganz besessen? Selbst Jan Bronski nicht, allenfalls ich, denn Oskar litt am meisten unter ihrer Abwesenheit, die seinen Alltag störte, sogar in Frage stellte. Mama hatte mich reingelegt. Von meinen Vätern war nichts zu erwarten. Meister Bebra hatte im Propagandaminister Goebbels seinen Meister gefunden. Gretchen Scheffler ging ganz im Winterhilfswerk auf. Keiner soll hungern, keiner soll frieren, hieß es. Ich hielt mich an meine Trommel und vereinsamte gänzlich auf dünn getrommeltem, ehemals weißem Blech. Am Abend saßen Matzerath und ich uns gegenüber. Er blätterte in seinen Kochbüchern, ich klagte auf meinem Instrument. Manchmal weinte Matzerath und barg seinen Kopf in den

Kochbüchern. Jan Bronski kam immer seltener ins Haus. Die Politik in Betracht ziehend, waren beide Männer der Meinung, man müsse vorsichtig sein, man wisse nicht, wie der Hase laufe. So wurden Skatrunden mit wechselnden dritten Männern immer seltener und wenn, dann nur zu später Stunde, alle politischen Gespräche vermeidend, in unserem Wohnzimmer unter der Hängelampe veranstaltet. Meine Großmutter Anna schien den Weg aus Bissau zu uns in den Labesweg nicht mehr zu finden. Sie grollte Matzerath, vielleicht auch mir, hatte ich sie doch sagen hören: »Maine Agnes, die starb, wail se das Jetrommel nich mä hätt vertragen megen.«

Wenn schon schuldig am Tod meiner armen Mama, klammerte ich mich dennoch um so fester an die geschmähte Trommel; denn die starb nicht, wie eine Mutter stirbt, die konnte man neu kaufen, vom alten Heilandt oder vom Uhrmacher Laubschad reparieren lassen, die verstand mich, gab immer die richtige Antwort, die hielt sich an mich, wie ich mich an sie hielt.

Wenn mir die Wohnung damals zu eng wurde, die Straßen zu kurz oder zu lang für meine vierzehn Jahre, wenn tagsüber sich keine Gelegenheit bot, den Versucher vor Schaufenstern zu spielen, und am Abend die Versuchung nicht vordringlich genug sein wollte, um in dunklen Hauseingängen einen glaubwürdigen Versucher abgeben zu können, stampfte ich taktgebend die vier Treppen hoch, zählte hundertsechzehn Stufen, verhielt in jeder Etage, nahm die Gerüche wahr, die durch die jeweils fünf Wohnungstüren aller Stockwerke drangen, weil es den Gerüchen, gleich mir, in den Zweizimmerwohnungen zu eng wurde.

Anfangs hatte ich noch dann und wann Glück mit dem Trompeter Meyn. Betrunken und auf dem Trockenboden zwischen den Bettlaken liegend, konnte er unerhört musikalisch in seine Trompete hauchen und meiner Trommel Vergnügen bereiten. Im Mai achtunddreißig gab er den Machandel auf, verriet allen Leuten: »Jetzt fängt ein neues Leben an!« Er wurde Mitglied im Musikkorps der Reiter-SA. Gestiefelt und mit gelederterm Gesäß, stocknüchtern sah ich ihn fortan auf der Treppe fünf Stufen auf einmal nehmen. Seine vier Katzen, deren eine Bismarck hieß, hielt er sich noch, weil, wie man annehmen konnte, dann und wann dennoch der Machandel siegte und ihn musikalisch machte.

Selten klopfte ich beim Uhrmacher Laubschad an, einem stillen Mann zwischen hundert lärmenden Uhren. Solch übertriebenen Verschleiß der Zeit konnte ich mir allenfalls einmal im Monat leisten.

Der alte Heilandt hatte noch immer seinen Kabuff auf dem Hof des Mietshauses. Immer noch klopfte er krumme Nägel gerade. Auch gab es Kaninchen und Kaninchen von Kaninchen wie in alten Zeiten. Aber die Gören auf dem Hof waren andere. Die trugen jetzt Uniformen und schwarze Schlipse, kochten keine Ziegelmehlsuppen mehr. Was da heranwuchs, mich überragte, kannte ich kaum beim Namen. Das war eine andere Generation, und meine Generation hatte die Schule hinter sich, steckte in der Lehre: Nuchi Eyke wurde Friseur, Axel Mischke wollte Schweißer bei Schichau werden, Susi Kater lernte Verkäuferin im Kaufhaus Sternfeld, hatte schon einen festen Freund. Wie sich in drei, vier Jahren alles ändern kann. Da gab es zwar immer noch die alte Teppichklopfstange, auch stand in der Hausordnung: Dienstag und Freitag Teppichklopfen, aber das knallte nur noch spärlich und fast verlegen an den zwei Wochentagen: Seit Hitlers Machtübernahme gab es mehr und mehr Staubsauger in den Haushaltungen; die Teppichklopfstangen vereinsamten und dienten nur noch den Sperlingen.

So blieben mir alleine das Treppenhaus und der Dachboden. Unter den Dachpfannen ging ich meiner bewährten

Lektüre nach, im Treppenhaus klopfte ich, wenn ich Sehnsucht nach Menschen hatte, an der ersten Tür links in der zweiten Etage. Mutter Truczinski machte immer auf. Seitdem sie mich auf dem Brentauer Friedhof an der Hand gehalten und zum Grabe meiner armen Mama geführt hatte, machte sie immer auf, wenn Oskar mit seinen Trommelstöcken die Türfüllung besuchte.

»Nu trommel nech so laut, Oskarchen. Dä Häbert schläft noch beßchen, wail er hat wieder ne scharfe Nacht jehabt und se mißten ihm bringen mit Auto.« In die Wohnung zog sie mich dann, goß mir Malzkaffee und Milch ein, gab mir auch ein Stück braunen Kandiszucker am Faden zum Eintauchen und Lecken. Ich trank, lutschte am Kandis und ließ die Trommel ruhen.

Mutter Truczinski hatte einen kleinen runden Kopf, den dünne aschgraue Haare so durchsichtig bespannten, daß die rosa Kopfhaut durchschimmerte. Die spärlichen Fäden strebten alle zum ausladendsten Punkt ihres Hinterkopfes, bildeten dort einen Dutt, der trotz seiner geringen Größe – er war kleiner als eine Billardkugel – von allen Seiten, sie mochte sich drehen und wenden, zu sehen war. Stricknadeln hielten den Dutt zusammen. Ihre runden, beim Lachen wie draufgesetzt wirkenden Wangen rieb Mutter Truczinski jeden Morgen mit dem Papier der Zichoriepakkungen ein, das rot war und abfärbte. Sie hatte den Blick einer Maus. Ihre vier Kinder hießen: Herbert, Guste, Fritz, Maria.

Maria war in meinem Alter, hatte die Volksschule gerade hinter sich, wohnte und machte die Haushaltslehre bei einer Beamtenfamilie in Schidlitz. Fritz, der in der Waggonfabrik arbeitete, sah man selten. Abwechselnd zwei bis drei Mädchen hatte er, die ihm das Bett machten, mit denen er in Ohra auf der »Reitbahn« tanzen ging. Auf dem Hof des Mietshauses hielt er sich Kaninchen, Blaue Wiener, die aber

Mutter Truczinski versorgen mußte, weil Fritz bei seinen Freundinnen alle Hände voll zu tun hatte. Guste, eine ruhige Person, um die Dreißig herum, war Serviererin im Hotel Eden am Hauptbahnhof. Immer noch unverheiratet wohnte sie wie alles Personal des erstklassigen Hotels im oberen Stockwerk des Eden-Hochhauses. Herbert endlich, der Älteste, der als einziger bei seiner Mutter wohnte – wenn man von gelegentlichen Übernachtungen des Monteurs Fritz absehen will –, arbeitete als Kellner in der Hafenvorstadt Neufahrwasser. Von ihm soll hier die Rede sein. Denn Herbert Truczinski wurde nach dem Tod meiner armen Mama, eine kurze glückliche Zeit lang, das Ziel meiner Anstrengungen; noch heute nenne ich ihn meinen Freund.

Herbert kellnerte bei Starbusch. So hieß der Wirt, dem die Kneipe »Zum Schweden« gehörte. Gegenüber der protestantischen Seemannskirche lag die, und die Gäste der Kneipe waren – wie die Inschrift »Zum Schweden« leicht erraten läßt – zumeist Skandinavier. Doch kamen auch Russen, Polen aus dem Freihafen, Stauer vom Holm und Matrosen der gerade zum Besuch eingelaufenen reichsdeutschen Kriegsschiffe. Es war nicht ungefährlich, in dieser wahrhaft europäischen Kneipe zu kellnern. Nur die auf der »Reitbahn Ohra« gesammelten Erfahrungen – Herbert hatte in jenem drittrangigen Tanzlokal gekellnert, bevor er nach Fahrwasser ging – befähigten ihn, über dem im »Schweden« brodelnden Sprachgewirr sein mit englischen und polnischen Brokken versetztes Vorstadtplatt dominieren zu lassen. Dennoch brachte ihn gegen seinen Willen, dafür gratis, ein- bis zweimal im Monat ein Sanitätsauto nach Hause.

Herbert mußte dann auf dem Bauch liegen, schwer atmen, denn er wog an die zwei Zentner, und einige Tage sein Bett belasten. Mutter Truczinski schimpfte an solchen Tagen in einem Stück, während sie gleich unermüdlich für sein Wohl sorgte, dabei mit einer aus dem Dutt gezogenen Stricknadel jedesmal, nachdem sie ihm den Verband erneuert hatte, gegen ein verglastes Bildnis seinem Bett gegenüber tippte, das einen ernst und starr blickenden, fotografierten und retuschierten, schnauzbärtigen Mann darstellte, der einem Teil jener Schnauzbärte glich, die auf den ersten Seiten meines Fotoalbums wohnen.

Jener Herr, auf den die Stricknadel der Mutter Truczinski wies, war jedoch kein Mitglied meiner Familie, sondern Herberts, Gustes, Fritzens und Marias Vater.

»Du endest noch mal wie dein Vater jeendet is«, stichelte sie dem schwer atmenden, aufstöhnenden Herbert ins Ohr. Doch nie sagte sie deutlich, wie und wo jener Mann im schwarzen Lackrahmen sein Ende gefunden oder womöglich gesucht hatte.

»Wä warres denn diesmal?« wollte die grauhaarige Maus über verschränkten Armen wissen.

»Schweden und Norske, wie immer«, wälzte sich Herbert, und das Bett krachte.

»Wie immer, wie immer! Tu bloß nich so, als wenn es immer nur die wären. Letztes Mal waren es welche von dem Schulschiff, wie heißtes schon, nu sag doch, na, vonne ›Schlageter‹, was hab ich gesagt, und du redst mir von Schwedens und Norske!«

Herberts Ohr – ich sah sein Gesicht nicht – wurde rot bis hinter die Ränder: »Diese Heinis, immer die Fresse aufreißen und dicken Mann markieren!«

»Laß sie doch, die Jungs. Was jeht das dich an. Inne Stadt, wenn man se sieht, wenn se Ausgang haben, sehen se immer ordentlich aus. Hast sie wohl wieder von deine Ideen mit Lenin erzählt, oder hast dir im spanischen Birjerkriech reingemischt?«

Herbert gab keine Antwort mehr, und Mutter Truczinski schlorrte in die Küche zu ihrem Malzkaffee.

Sobald Herberts Rücken ausgeheilt war, durfte ich ihn ansehen. Er saß dann auf dem Küchenstuhl, ließ die Hosenträger über die blaubetuchten Schenkel fallen, streifte sich langsam, als ließen ihn schwierige Gedanken zögern, das Wollhemd ab.

Der Rücken war rund, beweglich. Muskeln wanderten unermüdlich. Eine rosige Landschaft, mit Sommersprossen besät. Unterhalb der Schulterblätter wucherte fuchsiges Haar beiderseits der im Fett eingebetteten Wirbelsäule. Abwärts kräuselte es, bis es in jenen Unterhosen verschwand, die Herbert auch im Sommer trug. Aufwärts, vom Rand der Unterhosen bis zu den Halsmuskeln bedeckten den Rücken wulstige, den Haarwuchs unterbrechende, Sommersprossen tilgende, Falten ziehende, bei Wetterumschlag juckende, vielfarbige, vom Blauschwarz bis zum grünlichen Weiß abgestufte Narben. Diese Narben durfte ich anfassen.

Was habe ich, der ich zu Bett liege, aus dem Fenster blicke, die Wirtschaftsgebäude der Heil- und Pflegeanstalt und den dahinterliegenden Oberrather Wald seit Monaten betrachte und dennoch gründlich übersehe, was habe ich bis zu diesem Tage anfassen dürfen, das gleich hart, gleich empfindlich und gleich verwirrend war wie die Narben auf Herbert Truczinskis Rücken? Es sind dieses die Teile einiger Mädchen und Frauen, mein eigenes Glied, das gipserne Gießkännchen des Jesusknaben und jener Ringfinger, den mir vor knapp zwei Jahren der Hund aus dem Roggenfeld brachte, den ich vor einem Jahr noch hüten durfte, in einem Einmachglas zwar und unantastbar, dennoch so deutlich und vollzählig, daß ich jetzt noch jedes Glied des Fingers spüren und abzählen kann, wenn ich nur zu meinen Trommelstöcken greife. Immer wenn ich mich an die Narben auf Herbert Truczinskis Rücken erinnern wollte, saß ich trommelnd, also trommelnd dem Gedächtnis nachhelfend, vor dem Weckglas mit dem Finger. Immer wenn ich, was selten genug vorkam, dem Körper einer Frau nachging, erfand ich mir, von den narbenähnlichen Teilen einer Frau nicht ausreichend überzeugt, Herbert Truczinskis Narben. Aber genauso gut könnte ich sagen: Die ersten Berührungen jener Wülste auf dem weiten Rücken des Freundes verhießen mir schon damals Bekanntschaft und zeitweiligen Besitz jener Verhärtungen, die zur Liebe bereite Frauen kurzfristig an sich haben. Gleichfalls versprachen mir die Zeichen auf Herberts Rücken zu jenem frühen Zeitpunkt schon den Ringfinger, und bevor mir Herberts Narben Versprechungen machten, waren es die Trommelstöcke, die mir vom dritten Geburtstag an die Narben, Fortpflanzungsorgane und endlich den Ringfinger versprachen. Doch muß ich noch weiter zurückgreifen: Schon als Embryo, als Oskar noch gar nicht Oskar hieß, verhieß mir das Spiel mit meiner Nabelschnur nacheinander die Trommelstöcke, Herberts Narben, die gelegentlich aufbrechenden Krater jüngerer und älterer Frauen, schließlich den Ringfinger und immer wieder, vom Gießkännchen des Jesusknaben an, mein eigenes Geschlecht, das ich unentwegt, wie das launenhafte Denkmal meiner Ohnmacht und begrenzten Möglichkeiten, bei mir trage.

Heute bin ich wieder bei den Trommelstöcken angelangt. An Narben, Weichteile, an meine eigene, nur noch dann und wann starktuende Ausrüstung erinnere ich mich allenfalls über den Umweg, den meine Trommel vorschreibt. Dreißig muß ich werden, um meinen dritten Geburtstag abermals feiern zu können. Sie werden es erraten haben: Oskars Ziel ist die Rückkehr zur Nabelschnur; alleine deshalb der ganze Aufwand und das Verweilen bei Herbert Truczinskis Narben.

Bevor ich weiterhin des Freundes Rücken beschreibe und deute, schicke ich voraus, daß sich, bis auf eine Bißwunde am linken Schienbein, die ihm eine Prostituierte aus Ohra hinterlassen hatte, auf der Vorderseite seines mächtigen, kaum zu schützenden, also zielbreiten Körpers keine Narben befanden. Nur von hinten konnten sie gegen ihn an. Nur von hinten war er zu erreichen, nur seinen Rücken zeichneten die finnischen und polnischen Messer, die Poggenkniefe der Stauer von der Speicherinsel, die Segelmesser der Kadetten von den Schulschiffen.

Wenn Herbert zu Mittag gegessen hatte – dreimal in der Woche gab es Kartoffelflinsen, die niemand so dünn, fettarm und dennoch knusprig wie Mutter Truczinski backen konnte –, wenn Herbert also den Teller zur Seite schob, reichte ich ihm die »Neuesten Nachrichten«. Er ließ die Hosenträger herunter, pellte sich das Hemd ab und ließ mich, während er las, seinen Rücken befragen. Auch Mutter Truczinski saß während dieser Fragestunden meistens am Tisch, ribbelte die Wolle alter Strümpfe auf, machte zustimmende oder abfällige Bemerkungen und versäumte nicht, von Zeit zu Zeit auf den – wie man annehmen kann – schrecklichen Tod jenes Mannes hinzuweisen, der fotografiert und retuschiert hinter Glas, Herberts Bett gegenüber, an der Wand hing.

Die Befragung begann, indem ich mit dem Finger auf eine der Narben tippte. Manchmal tippte ich auch mit einem meiner Trommelstöcke.

»Drück noch mal, Jung. Ich weiß nich, welche. Die scheint heut' zu schlafen.« Dann drückte ich nochmals, nachdrücklicher.

»Ach die! Das war'n Ukrainer. Der hatte es mit einem aus Gdingen. Zuerst saßen sie wie de Brieder an einem Tisch. Und denn sagte der aus Gdingen zu dem anderen: Ruski. Das vätrug der Ukrainer nich, der alles megliche nur kein Ruski nich sein wollt'. Mit Holz warrer de Weichsel runterjekommen und vorher noch paar andere Flüsse, und nu hatter ne Menge Geld im Stiebel und hätt' auch schon den halben

Stiebel voll beim Starbusch rundenweise anjelegt, als der aus Gdingen Ruski sagt und ich die beiden gleich darauf trennen muß, ganz sachte, wie das so meine Art ist. Und Häbert hat noch beide Hände voll zu tun, da sagt der Ukrainer Wasserpollack zu mir, und der Pollack, der tagsüber auffem Bagger Modder hochhievte, der hing mir'n Wort an, das sich wie Nazi anhörte. Nu, Oskarchen, du kennst ja den Häbert Truczinski: Der vom Bagger, son blasser Heizertyp, lag schnell und verknautscht vor de Garderobe. Und grad wollt ich dem Ukrainer erklären, was der Unterschied zwischen nem Wasserpollack und nem Danziger Bowke is, da pikt der mir von hinten – und das is de Narbe.«

Wenn Herbert »und das is de Narbe« sagte, blätterte er immer gleichzeitig, sein Wort bekräftigend, die Zeitung um und trank einen Schluck Malzkaffee, bevor ich auf die nächste Narbe drücken durfte, ein- oder zweimal.

»Ach die! Das is man aber nur ne ganz bescheidene. Das war, als vor zwai Jahren etwa die Torpedobootflottille aus Pillau hier festmachte, dicke tat, ›Blaue Jungs‹ spielte und de Marjellchen meschugge wurden. Wie der Schwiemel zur Marine jekommen ist, blaibt mir heute noch schleierhaft. Aus Dresden kam der, stell dir das vor, Oskarchen, aus Dresden! Aber du hast ja kaine blasse Ahnung, was das heißt, wenn nen Mariner aus Dresden kommt.«

Um Herberts Sinne, die sich allzu beharrlich in der schönen Elbestadt Dresden ergingen, von dort fortzulocken, um sie wieder in Neufahrwasser zu beheimaten, stippte ich noch einmal die, wie er meinte, ganz bescheidene Narbe.

»Na ja, sagte doch schon. Warren Signalgast auffem Torpedoboot. Wollte mächtige Töne riskieren und nen ruhigen Schotten, dem sein Kahn im Trockendock lag, auf de Schippe nehmen. Von wegen Chamberlain, Regenschirm und so. Ich riet ihm ganz ruhig, wie das so meine Art ist, son Jerede sein zu lassen, zumal der Schotte kain Wort verstand und immer nur mit Schnaps auf de Tischplatte malte. Und wie ich sag, laß das Jungchen, du bist hier nich bei Euch, sondern beim Völkerbund, da sagt der Torpedofritze ›Beutedeutscher‹ zu mir, das auf sächsisch, verstehste – und hatte gleich ein paar kleben, was ihn auch ruhig machte. Ne halbe Stunde später erst, ich bückt mir grade nach nem Gulden, der unterm Tisch jekullert war, und konnt nicht sehn, weil duster war unterm Tisch, da holt der Sachse sein Pikpik und macht ganz schnell pik!«

Lachend blätterte Herbert in den »Neuesten Nachrichten«, sagte noch: »Und das is de Narbe«, schob dann die Zeitung der brummelnden Mutter Truczinski hin und machte Anstalten, aufzustehen. Schnell, bevor Herbert aufs Klo gehen konnte – ich sah seinem Gesicht an, wo er hinwollte –, schon drückte er sich an der Tischkante hoch, da tippte ich auf eine schwarzviolette, genähte Narbe, die so breit war, wie eine Skatkarte lang ist.

»Häbert muß auffem Klo, Jungchen. Nachher sag ich dir.« Aber ich tippte nochmals, strampelte, machte auf dreijährig; das half immer.

»Na scheen. Damit Ruh is. Aber ganz kurz nur.« Herbert setzte sich wieder. »Das war Weihnachten anno dreißig. Im Hafen war nischt los. Die Stauer lungerten an de Straßenecken und spuckten auf Länge. Nach de Mitternachtsmesse – wir hatten den Punsch grade färtig – kamen scheen sauber jekämmt und in Blau und Lack die Schweden und die Finnen aus de Seemannskirche jegenieber. Ich ahn schon nichts Gutes, steh inne Tür von uns und seh mir die auffallend frommen Jesichter an, denk, was spielen die so midde Ankerknöppe, da geht es auch schon los: Lang sind de Messer und kurz is de Nacht! Na, Finnen und Schweden hatten schon immer was voreinander iebrig. Was aber Häbert Truczinski mit die zu tun hatte, weiß der Deibel. Dem beißt der Aff', denn wenn was los is, darf Häbert nich fehlen. Nix wie raus aus die Tür, und der Starbusch ruft noch: ›Sieh dir vor, Häbert!‹ Aber der hat ne Mission, der will dem Pfarrer, son klain Jungsken, grad frisch von Malmö jekommen, aussem Seminar, und hat noch kein Weihnachten nich mitjemacht mit Finnen und Schweden inne selbe Kirche, dem will er also retten, unter die Arme greifen, damit er auch fein jesund nach Hause kommt, da hab ich, kaum daß ich dem Gottesmann am Tuch zu fassen kriege, das saubere Ding hinten schon drinnen und denk noch ›Prost Neujahr‹, dabei hatten wir Heiligabend. Und wie ich wieder zu mir komm, da lieg ich schon bei uns auf de Theke, und mein scheenes Blut läuft in de Biergläser gratis, und der Starbusch kommt mit seinem Pflasterkasten vons Rote Kreuz und will mir den sojenannten Notverband anlegen.«

»Was mischte dir da auch rein«, ärgerte sich Mutter Truczinski und zog sich eine Stricknadel aus dem Dutt. »Dabei gehste sonst nie nich inne Kirche. Im Gegenteil!«

Herbert winkte ab, ging, das Hemd mitschleifend, die Hosenträger hängen lassend, aufs Klo. Ärgerlich ging er, sagte auch ärgerlich: »Und das is de Narbe«, trat diesen Gang an, als wollte er sich von der Kirche und den mit ihr verbundenen Messerstechereien ein für allemal distanzieren, als sei das Klo der Ort, auf dem man Freidenker ist, wird oder bleibt.

Wenige Wochen später fand ich Herbert wortlos und zu keiner Fragestunde bereit. Vergrämt kam er mir vor und hatte dennoch nicht den gewohnten Rückenverband. Vielmehr fand ich ihn ganz normal auf dem Rücken liegend im Wohnzimmer auf dem Sofa. Er lag nicht als Verletzter in seinem Bett und schien dennoch schwer verletzt zu sein. Seufzen hörte ich Herbert, Gott, Marx und Engels anrufen und verfluchen. Ab und zu schüttelte er die Faust in der Zimmerluft, ließ die dann auf seine Brust fallen, half mit der anderen

Faust nach, und er behämmerte sich wie ein Katholik, der mea culpa ruft, mea maxima culpa.

Herbert hatte einen lettischen Kapitän erschlagen. Zwar sprach das Gericht ihn frei – er hatte, wie das in seinem Beruf oft genug vorkommt, aus Notwehr gehandelt. Der Lette jedoch blieb trotz des Freispruches ein toter Lette und belastete den Kellner zentnerschwer, obgleich es von dem Kapitän hieß: Er war ein zierliches, obendrein magenkrankes Männlein.

Herbert ging nicht mehr zur Arbeit. Er hatte gekündigt. Oft kam der Wirt Starbusch, setzte sich zu Herbert neben das Sofa oder zu Mutter Truczinski an den Küchentisch, holte für Herbert eine Flasche Stobbes Machandel nullnull aus seiner Aktentasche, für Mutter Truczinski ein halbes Pfund ungebrannten Bohnenkaffee, der aus dem Freihafen stammte. Entweder versuchte er, Herbert zu bereden, oder er beredete Mutter Truczinski, ihren Sohn zu bereden. Aber Herbert blieb hart oder weich – wie man es nennen will –, er wollte nicht mehr kellnern, in Neufahrwasser, der Seemannskirche gegenüber, schon ganz und gar nicht. Überhaupt nicht mehr kellnern wollte er; denn wer kellnert, wird gestochen, und wer gestochen wird, schlägt eines Tages einen kleinen lettischen Kapitän tot, nur weil er sich den Kapitän vom Leibe halten will, nur weil er einem lettischen Messer nicht erlauben will, neben all den finnischen, schwedischen, polnischen, freistädtischen und reichsdeutschen Narben noch eine lettische Narbe auf dem kreuz und quer gepflügten Rücken eines Herbert Truczinski zu hinterlassen.

»Eher geh ich zum Zoll, als daß ich mir noch mal mecht auf Kellnern in Fahrwasser einlassen«, sagte Herbert. Aber er ging nicht zum Zoll.

Niobe

Im Jahre achtunddreißig wurden die Zölle erhöht, zeitweilig die Grenzen zwischen Polen und dem Freistaat geschlossen. Meine Großmutter konnte nicht mehr mit der Kleinbahn zum Langfuhrer Wochenmarkt kommen; ihren Stand mußte sie schließen. Sie blieb sozusagen auf ihren Eiern sitzen, ohne die rechte Lust zum Brüten zu haben. Im Hafen stanken die Heringe zum Himmel, die Ware stapelte sich, und die Staatsmänner trafen sich, wurden sich einig; nur mein Freund Herbert lag zwiespältig und arbeitslos auf dem Sofa und grübelte wie ein echter vergrübelter Mensch.

Dabei bot der Zoll Lohn und Brot. Grüne Uniformen bot er und eine grüne, bewachenswerte Grenze. Herbert ging nicht zum Zoll, wollte nicht mehr kellnern, wollte nur noch auf dem Sofa liegen und grübeln.

Aber der Mensch muß eine Arbeit haben. Nicht nur Mutter Truczinski dachte so. Obgleich sie es ablehnte, auf Geheiß des Wirtes Starbusch ihren Sohn Herbert zum abermaligen Kellnern in Fahrwasser zu bereden, war sie dennoch dafür, Herbert vom Sofa zu locken. Auch er hatte die Zweizimmerwohnung bald satt, grübelte nur noch rein äußerlich und begann eines Tages, die Stellenangebote in den »Neuesten Nachrichten« und, widerwillig genug, im »Vorposten« nach einem Schauerchen durchzusehen.

Gerne hätte ich ihm geholfen. Hatte ein Mann wie Herbert es nötig, außer der ihm angemessenen Beschäftigung in der Hafenvorstadt, anderen, behelfsmäßigen Verdiensten nachzugehen? Schauersuche, Gelegenheitsarbeit, faule Heringe vergraben. Ich konnte mir Herbert nicht auf den Mottlaubrücken vorstellen, nach Möwen spuckend, dem

Kautabak verfallend. Es kam mir der Gedanke, ich könne mit Herbert ein Kompagnongeschäft ins Leben rufen: Zwei Stündchen konzentrierteste Arbeit einmal in der Woche oder gar im Monat, und wir wären gemachte Leute gewesen. Oskar hätte, durch lange Erfahrung auf diesem Gebiet gewitzt, Schaufenster vor beachtlichen Auslagen mittels seiner immer noch diamantenen Stimme aufgetrennt und gleichzeitig den Aufpasser gemacht, während Herbert, wie man so sagt, schnell bei der Hand gewesen wäre. Wir brauchten ja keine Schweißbrenner, Nachschlüssel, Werkzeugkiste. Wir kamen ohne Schlagring, Schießeisen aus. Die »Grüne Minna« und wir, das waren zwei Welten, die sich nicht zu berühren brauchten. Und Merkur, der Gott der Diebe und des Handels, segnete uns, weil ich, im Zeichen der Jungfrau geboren, seinen Stempel besaß, den gelegentlich festen Gegenständen aufdrückte.

Es wäre sinnlos, diese Episode zu übergehen. Schnell sei also berichtet, doch kein Geständnis abgelegt: Herbert und ich leisteten uns während der Zeit, da er arbeitslos war, zwei mittlere Einbrüche in Delikateßhandlungen und einen saftigen Einbruch in einer Kürschnerei: drei Blaufüchse, ein Seal, ein Persianermuff und ein hübscher, doch nicht übermäßig wertvoller Fohlenmantel, den meine arme Mutter sicher gerne getragen hätte, waren die Beute.

Was uns veranlaßte, den Diebstahl aufzugeben, war weniger jenes unangebrachte, doch dann und wann drückende Schuldgefühl, als vielmehr die wachsenden Schwierigkeiten beim Flüssigmachen der Beute. Herbert mußte, um das Zeug vorteilhaft losschlagen zu können, wieder nach Neufahrwasser, denn nur in der Hafenvorstadt saßen die brauchbaren Mittelsmänner. Da ihn jedoch jene Örtlichkeit immer wieder an den schmächtig magenkranken lettischen Kapitän gemahnte, versuchte er das Zeug überall, längs der Schichaugasse, am Hakelwerk, auf Bürgerwiesen loszuschlagen, nur nicht in Fahrwasser, wo die Pelze wie Butter weggegangen wären. So zog sich der Vertrieb unserer Beute dergestalt in die Länge, daß schließlich die Waren aus Delikateßläden in Mutter Truczinskis Küche wanderten, und auch den Persianermuff schenkte er ihr, oder besser, versuchte Herbert ihr zu schenken.

Als Mutter Truczinski den Muff sah, hörte bei ihr der Spaß auf. Die Lebensmittel hatte sie zwar stillschweigend, vielleicht an gesetzlich erlaubten Mundraub denkend, hingenommen. Aber der Muff bedeutete Luxus und Luxus Leichtsinn und Leichtsinn Gefängnis. So einfach und richtig dachte Mutter Truczinski, machte Mauseaugen, zückte die Stricknadel aus ihrem Dutt, sagte mit der Nadel: »Du endest noch mal, wie dein Vater jeendet is!« und schob ihrem Herbert die »Neuesten Nachrichten« hin oder den »Vorposten«, was gleichbedeutend war mit: Jetzt suchst du dir ne anständige Stellung, nicht irgendein Schauerchen, oder ich koch nicht mehr für dich.

Herbert lag noch eine Woche auf dem Grübelsofa, war unleidlich und weder für eine Narbenbefragung noch für die Heimsuchung vielversprechender Schaufenster zu haben. Ich zeigte Verständnis für den Freund, ließ ihn den letzten Rest seiner Qual auskosten, verweilte beim Uhrmacher Laubschad und seinen zeitraffenden Uhren, versuchte es noch einmal mit dem Musiker Meyn, aber der gönnte sich kein Schnäpschen mehr, jagte mit seiner Trompete nur noch den Noten seiner Reiter-SA-Kapelle nach, gab sich gepflegt und forsch, während seine vier Katzen, Reliquien einer trunkenen, aber hochmusikalischen Zeit, langsam, weil miserabel ernährt, auf den Hund kamen. Dafür fand ich Matzerath, der zu Mamas Lebzeiten nur in Gesellschaft getrunken hatte, oftmals zu später Stunde mit glasigem Blick hinter den kleinen Einschluckgläschen. Im Fotoalbum blätterte er, versuchte, wie ich es jetzt tue, die arme Mama in kleinen, mehr oder weniger gut belichteten Vierecken zu beleben, weinte sich gegen Mitternacht in Stimmung, sprach dann Hitler oder den Beethoven, die sich immer noch finster gegenüberhingen, das vertrauliche Du gebrauchend, an und schien auch vom Genie, das ja taub war, Antwort zu bekommen, während der abstinente Führer schwieg, weil Matzerath, ein kleiner betrunkener Zellenleiter, der Vorsehung unwürdig war.

An einem Dienstag – so genau vermag ich mich mittels meiner Trommel zu erinnern – war es dann soweit: Herbert warf sich in Schale, das heißt, er ließ sich von Mutter Truczinski die blaue, oben enge, unten weite Hose mit kaltem Kaffee ausbürsten, zwängte sich in seine Leisetreter, goß sich ins Jackett mit den Ankerknöpfen, bespritzte den weißen Seidenshawl, den er aus dem Freihafen hatte, mit Eau de Cologne, welches gleichfalls auf dem zollfreien Mist des Freihafens gewachsen war, und stand bald vierkant und steif unter der blauen Schirmmütze.

»Geh' mal'n bißchen auf Schauerchen gucken«, sagte Herbert, gab der Prinzheinrichgedächtnismütze einen Schlag nach links, ins leicht Verwegene, und Mutter Truczinski ließ die Zeitung sinken.

Am nächsten Tag hatte Herbert die Stellung und Uniform. Dunkelgrau trug er sich und nicht zollgrün; er war Museumswärter im Schiffahrtsmuseum.

Wie alles Aufbewahrenswerte dieser insgesamt aufbewahrenswerten Stadt füllten die Schätze des Schiffahrtsmuseums ein altes, gleichfalls museales Patrizierhaus, das sich außen den steinernen Beischlag und eine verspielte, dennoch satte Fassadenornamentik bewahrte, das innen in dunkler Eiche geschnitzt und gewendeltreppt war. Man zeigte die sorgfältig katalogisierte Geschichte der Hafenstadt, deren Ruhm es immer gewesen war, zwischen mehreren mächtigen, aber meistens armen Nachbarn stinkreich zu werden und zu bleiben. Diese den Ordensherren, Polenkönigen abgekauften und umständlich verbrieften Privilegien! Diese farbigen Stiche verschiedenster Belagerungen der Seefestung Weichselmündung! Da weilt der unglückliche Stanislaus Leszczynski, vor dem sächsischen Gegenkönig fliehend, in den Mauern der Stadt. Man sieht auf dem Ölbild genau, wie er sich ängstigt. Auch Primas Potocki und der französische Gesandte de Monti fürchten sich sehr, weil die Russen unter General Lascy die Stadt belagern. Das ist alles genau beschriftet, und auch die Namen der französischen Schiffe unter dem Lilienbanner auf der Reede sind leserlich. Ein Pfeil deutet an: Auf diesem Schiff floh der König Stanislaus Leszczynski nach Lothringen, als die Stadt an den dritten August übergeben werden mußte. Den Großteil der ausgestellten Sehenswürdigkeiten bildeten jedoch Beutestücke aus gewonnenen Kriegen, weil ja verlorene Kriege selten oder nie Beutestücke den Museen überliefern.

So war der Stolz der Sammlung die Galionsfigur einer großen florentinischen Galleide, die zwar in Brügge ihren Heimathafen hatte, jedoch den aus Florenz stammenden Kaufleuten Portinari und Tani gehörte. Den Danziger Seeräubern und Stadtkapitänen Paul Beneke und Martin Bardewiek gelang es im April vierzehnhundertdreiundsiebzig an der seeländischen Küste, vor dem Hafen Sluys kreuzend, die Galleide aufzubringen. Gleich nach der Kaperei ließen sie die zahlreiche Mannschaft nebst Offizieren und Kapitän über die Klinge springen. Schiff und Inhalt des Schiffes wurden nach Danzig gebracht. Ein zusammenklappbares Jüngstes Gericht des Malers Memling und ein goldenes Taufbecken – beides im Auftrag des Florentiners Tani für eine Kirche in Florenz angefertigt – fanden Aufstellung in der Marienkirche; das Jüngste Gericht erfreut, soviel ich weiß, heutzutage das katholische Auge Polens. Was aus der Galionsfigur nach dem Kriege wurde, blieb ungeklärt. Zu meiner Zeit bewahrte das Schiffahrtsmuseum sie auf.

Ein üppig hölzernes, grün nacktes Weib, das unter erhobenen Armen, die sich lässig und alle Finger zeigend verschränkten, über zielstrebigen Brüsten hinweg aus eingelassenen Bernsteinaugen geradeaussah. Dieses Weib, die Galionsfigur, brachte Unglück. Der Kaufmann Portinari gab die Skulptur in Auftrag, ließ sie nach den Maßen eines flämischen Mädchens, das ihm nahe lag, von einem Holzbildhauer anfertigen, der im Schnitzen von Galionsfiguren einen Namen hatte. Kaum hing die grüne Figur unter dem Bugspriet der Galleide, wurde dem Mädchen, wie damals üblich, wegen Hexerei der Prozeß gemacht. Bevor sie lichterloh brannte, beschuldigte sie, peinlich befragt, noch ihren Gönner, den Kaufmann aus Florenz, und gleichfalls den Bildhauer, der ihr so gut Maß genommen hatte. Portinari, so hieß es, erhängte sich, weil er das Feuer fürchtete. Dem Bildhauer hackten sie beide begabten Hände ab, damit er in Zukunft nicht weiterhin Hexen zu Galionsfiguren machte. Noch während die Prozesse in Brügge liefen und Aufsehen erregten, denn Portinari war ein reicher Mann, geriet das Schiff mit der Galionsfigur in Paul Benekes Seeräuberhände. Signore Tani, der zweite Kaufmann, fiel unter einem Enterbeil, Paul Beneke war der nächste: Wenige Jahre später fand er bei den Patriziern seiner Vaterstadt keine Gnade mehr und wurde im Hof des Stockturmes ersäuft. Schiffe, denen man nach Benekes Tod die Galionsfigur an den Bug montierte, brannten schon im Hafen, kurz nach der Montage, andere Schiffe in Brand steckend, ab; bis auf die Galionsfigur selbstverständlich, die war feuerfest und fand wegen ihrer ausgewogenen Formen immer wieder Liebhaber unter den Schiffseignern. Kaum nahm jedoch das Weib ihren angestammten Platz ein, dezimierten sich hinter ihrem Rücken in Meuterei ausbrechend die vormals friedfertigsten Schiffsmannschaften. Die erfolglose Fahrt der Danziger Flotte unter der Leitung des hochbegabten Eberhard Ferber gegen Dänemark im Jahre fünfzehnhundertzweiundzwanzig führte zum Sturz Ferbers, zu blutigen Aufständen in der Stadt. Zwar spricht die Geschichte von religiösen Streitigkeiten – dreiundzwanzig führte der protestantische Pastor Hegge die Menge zum Bildersturm auf die sieben Pfarrkirchen der Stadt an –, wir aber wollen der Galionsfigur die Schuld an diesem noch lange nachwirkenden Unglück geben: Sie schmückte den Bug des Ferberschen Schiffes.

Als fünfzig Jahre später Stefan Bathory die Stadt vergeblich belagerte, gab Kaspar Jeschke, der Abt des Klosters Oliva, Bußpredigten haltend, der Galionsfigur, dem sündhaften Weib die Schuld. Der Polenkönig hatte sie von der Stadt zum Geschenk erhalten, führte sie mit sich in seinem Feldlager, ließ sich von ihr schlecht beraten. Inwieweit die hölzerne Dame die Schwedenfeldzüge gegen die Stadt beeinflußte, die jahrelange Kerkerhaft des religiösen Eiferers Dr. Ägidius Strauch, der mit den Schweden konspirierte, auch die Verbrennung des grünen Weibes, das wieder in die Stadt zurückgefunden hatte, forderte, wissen wir nicht. Eine etwas dunkle Nachricht will besagen, daß ein aus Schlesien geflohener Poet mit Namen Opitz einige Jahre Aufnahme in der Stadt fand, jedoch allzufrüh verstarb, weil er die verderbliche Schnitzerei in einem Speicher aufspürte und mit Versen zu besingen versuchte.

Erst gegen Ende des achtzehnten Jahrhunderts, zur Zeit der polnischen Teilungen, erließen die Preußen, die sich gewaltsam der Stadt bemächtigen mußten, ein königlichpreußisches Verbot gegen die »hölzern Figur Niobe«. Zum erstenmal wurde sie urkundlich beim Namen genannt und sogleich in jenem Stockturm, in dessen Hof der Paul Beneke ersäuft worden war, von dessen Galerie aus ich meinen fernwirkenden Gesang erstmals erfolgreich probiert hatte, evakuiert oder besser eingekerkert, damit sie sich angesichts der ausgesuchtesten Produkte menschlicher Phantasie, den Folterinstrumenten gegenüber, das ganze neunzehnte Jahrhundert lang ruhig verhielt.

Als ich im Jahre zweiunddreißig auf den Stockturm kletterte und mit meiner Stimme die Foyerfenster des Stadttheaters heimsuchte, hatte man Niobe – vom Volksmund »Dat griehne Marjellchen« oder »De griehne Marjell« genannt – schon seit Jahren und Gottseidank aus der Folterkammer des Turmes entfernt. Wer weiß, ob mir sonst der Anschlag auf das klassizistische Bauwerk geglückt wäre?

Es muß ein unwissender, ein zugereister Museumsdirektor gewesen sein, der Niobe aus der sie im Zaume haltenden Folterkammer holte und kurz nach der Gründung des Freistaates im neueingerichteten Schiffahrtsmuseum ansiedelte. Bald darauf starb er an einer Blutvergiftung, die sich der übereifrige Mann beim Befestigen eines Schildchens zugezogen hatte, auf dem zu lesen stand, daß oberhalb der Beschriftung eine Galionsfigur, auf den Namen Niobe hörend, ausgestellt sei. Sein Nachfolger, ein vorsichtiger Kenner der Geschichte der Stadt, wollte Niobe wieder entfernen. Der Stadt Lübeck gedachte er das gefährliche hölzerne Mädchen zu schenken, und nur weil die Lübecker dieses Geschenk nicht annahmen, hat das Städtchen an der Trave, bis auf seine Backsteinkirchen, den Bombenkrieg verhältnismäßig heil überstanden.

Niobe oder »De griehne Marjell« blieb also im Schiffahrtsmuseum und bewirkte während des Zeitraumes von knapp vierzehn Jahren Museumsgeschichte den Tod zweier Direktoren – nicht den des vorsichtigen Direktors, der hatte sich versetzen lassen –, den Hingang eines älteren Priesters zu ihren Füßen, die gewaltsamen Abschiede eines Studenten der Technischen Hochschule, zweier Primaner der Petri-Oberschule, die das Abitur gerade glücklich bestanden hatten, und das Ende von vier zuverlässigen, zumeist verheirateten Museumswärtern.

Man fand alle, auch den technischen Studenten, verklärten Gesichtes mit scharfen Gegenständen jener Machart in der Brust vor, wie man sie nur im Schiffahrtsmuseum finden konnte: Segelmesser, Enterhaken, Harpunen, die feinziselierten Speerspitzen von der Goldküste, Nähnadeln für Segeltuchmacher; und nur der letzte Primaner hatte zuerst zu seinem Taschenmesser und dann zum Schulzirkel greifen müssen, da man kurz vor seinem Tode alle scharfen Gegenstände des Museums entweder an Ketten gelegt oder hinter Glas verwahrt hatte.

Obgleich die Kriminalisten der Mordkommissionen bei jedem Todesfall von tragischem Selbstmord sprachen, hielt sich in der Stadt und auch in den Zeitungen ein Gerücht, welches besagte: »Dat macht de griehne Marjell mit de aijene Hände.« Niobe wurde ernsthaft verdächtigt, Männer und Knaben vom Leben zum Tode befördert zu haben. Man diskutierte hin und her, richtete in den Zeitungen eigens für den Fall Niobe eine Ecke für freie Meinungsäußerung ein; von fatalen Begebenheiten wurde gesprochen. Von unzeitgemäßem Aberglauben sprach die Stadtverwaltung: Man denke nicht daran, etwas Überstürztes zu unternehmen, bevor nicht bewiesen sei, daß sich sogenanntes Unheimliches wirklich und wahrhaftig zutrage.

So blieb das grüne Holz weiterhin das Prunkstück des Schiffahrtsmuseums, da sich das Landesmuseum in Oliva, das Städtische Museum in der Fleischergasse und die Verwaltung des Artushofes weigerten, die mannstolle Person aufzunehmen.

Es mangelte an Museumswärtern. Und nicht nur diese weigerten sich, der hölzernen Jungfrau aufzupassen. Auch die Besucher umgingen den Saal mit der Bernsteinäugigen. Still blieb es geraume Zeit lang hinter den Renaissancefenstern, die der durchmodellierten Skulptur das notwendige Seitenlicht gaben. Staub lagerte ab. Es kamen die Putzfrauen nicht mehr. Die einst so aufdringlichen Fotografen, deren einer kurz nach der Belichtung der Galionsfigur zwar eines natürlichen, aber im Zusammenhang mit dem Foto dennoch auffälligen Todes starb, sie belieferten die Presse des Freistaates, Polens, des Deutschen Reiches, ja selbst Frankreichs nicht mehr mit Blitzlichtaufnahmen des mörderischen Bildwerkes, sondern vernichteten die Nobeportraits in ihren Archiven und fotografierten fortan nur noch die Ankünfte und Abfahrten diverser Präsidenten, Staatsoberhäupter und Exilkönige, lebten im Zeichen der jeweils auf dem Programm stehenden Geflügelausstellungen, Reichsparteitage, Autorennen und Frühjahrsüberschwemmungen.

So blieb es, bis Herbert Truczinski, der nicht mehr kellnern und auf keinen Fall zum Zoll wollte, in der mausgrauen Uniform eines Museumswärters auf dem Lederstuhl neben der Tür jenes Saales Platz nahm, den das Volk »Marjellchens gute Stube« nannte.

Gleich am ersten Arbeitstag folgte ich Herbert zur Straßenbahnhaltestelle am Max-Halbe-Platz. Ich sorgte mich sehr um ihn.

»Jeh nach Haus, Oskarchen. Ich kann dir da nich mitnehmen!« Doch ich stand meinem großen Freund mit Trommel und Knüppeln so aufdringlich im Auge, daß Herbert sagte: »Na, denn komm mit bis Hohes Tor. Und dann fährst zurick und bist artich!« Am Hohen Tor wollte ich nicht mit der Linie Fünf zurückfahren, Herbert nahm mich mit in die Heilige-Geist-Gasse, versuchte noch einmal, schon auf der Beischlagtreppe zum Museum, mich loszuwerden, und löste dann aufseufzend ein Kinderbillett an der Kasse. Zwar war ich schon vierzehn, hätte den vollen Preis bezahlen müssen, aber was ging das die an!

Wir hatten einen freundlichen, ruhigen Tag. Keine Besucher, keine Kontrolle. Dann und wann trommelte ich ein halbes Stündchen, dann und wann schlief Herbert ein rundes Stündchen. Niobe sah mit Bernsteinaugen vor sich hin und strebte doppelbrüstig einem Ziel entgegen, das nicht unser Ziel war. Wir kümmerten uns kaum um sie. »Is sowieso nich mein Typ«, winkte Herbert ab. »Nu sieh dich die Speckfalten an und das Doppelkinn, was sie hat.«

Herbert hielt den Kopf schief und machte sich Vorstellungen: »Na und das Kreuz, wie'n Zweimännerspind. Häbert is mehr für zierliche Damen, so klaine Luderchen wie Püppkens.«

Ich hörte zu, wie Herbert breit und lang seinen Frauentyp beschrieb, und sah, wie er mit mächtigen Schaufelhänden die Umrisse einer graziösen Person weiblichen Geschlechts zurechtknetete, die lang und eigentlich heute noch, auch unter der tarnenden Krankenschwesterntracht, mein Frauenideal geblieben ist.

Schon am dritten Tag unserer Museumszeit wagten wir uns vom Stuhl neben der Tür fort. Unter dem Vorwand des Saubermachens, es sah wirklich übel in dem Saal aus, näherten wir uns, Staub wischend, Spinnweben und Bräutigame von den Eichentäfelungen fegend, den Raum tatsächlich und im Sinne des Wortes zu »Marjellchens guter Stube« machend, dem belichteten und schattenwerfenden grünen Holzleib. Es war ja nicht so, daß Niobe uns vollkommen kalt ließ. Allzu deutlich trug sie ihre zwar üppige, aber gewiß nicht formlose Schönheit vor sich her. Nur genossen wir ihren Anblick nicht mit den Augen jener, die besitzen wollen. Vielmehr übten wir uns in der Sicht sachlicher, alles taxierender Kenner. Herbert und ich, zwei kühlbleibende kaltberauschte Ästheten, die mit Daumensprüngen weiblichen Proportionen nachsetzten und in den klassischen acht Kopflängen ein Maß sahen, dem sich Niobe, bis auf die etwas zu kurzen Oberschenkel, der Länge nach anpaßte, während alles, was in die Breite ging, Becken, Schultern, Brustkorb, ein mehr holländisches als griechisches Maß verlangte.

Herbert ließ seinen Daumen kippen: »Die wär' mir viel zu aktiv im Bett. Ringkämpfe kennt Häbert von Ohra und Fahrwasser her. Da brauch ich kaine Frau nich zu, um so was jeboten zu bekommen.« Herbert war ein gebranntes Kind. »Ja, wenn se son Handchen voll wär, sone Zerbrechliche, wo man vorsichtig sein muß, von wegen de Talje, da hätt' Häbert nix gegen einzuwendigen.«

Wir hätten natürlich, wenn es darauf angekommen wäre, auch nichts gegen Niobe gehabt und ihre Ringkämpfernatur. Herbert wußte genau, daß die von ihm erwünschte oder unerwünschte Passivität oder Aktivität nackter oder halbbekleideter Frauen nicht etwa von den Schlanken und Graziösen geboten, von den Vollschlanken bis Üppigen vorenthalten wird; es gibt sanfte Mädchen, die nicht ruhig liegen können, und Fünfmännerweiber, die gleich einem verschlafenen Binnenwasser kaum Strömung verraten. Wir vereinfachten absichtlich, brachten alles auf zwei Nenner und beleidigten Niobe vorsätzlich und immer unverzeihlicher. So nahm mich Herbert auf den Arm, damit ich dem Weib mit beiden Trommelstöcken auf den Brüsten klöppelte, bis lächerliche Wölkchen Holzmehl aus ihren zwar gespritzten und deshalb unbewohnten, dennoch zahlreichen Holzwurmlöchern stäubten. Während ich trommelte, blickten wir ihr in jenen die Augen vortäuschenden Bernstein. Nichts zuckte, zwinkerte, tränte, lief über. Nichts verengte sich bedrohlich zu Haß streuenden Sehschlitzen. Vollständig, wenn auch konvex verzerrt, gaben die beiden geschliffenen, eher gelblichen als rötlichen Tropfen das Inventar des Ausstellungsraumes und einen Teil der besonnten Fenster wieder. Bernstein trügt, wer weiß das nicht! Auch wir wußten um die heimtückische Manier dieses zum Schmuck erhobenen Harzproduktes. Dennoch und immer noch auf beschränkte Männerart alles Weibliche in Aktiv und Passiv einteilend, werteten wir die offensichtliche Teilnahmslosigkeit der Niobe zu unseren Gunsten. Wir fühlten uns sicher. Herbert klopfte ihr hämisch glucksend einen Nagel in die Kniescheibe: Mich schmerzte mein Knie bei jedem Schlag, sie hob nicht einmal die Augenbraue. Allerlei dummes Zeug trieben wir im Blickfeld des grün schwellenden Holzes: Herbert warf sich in den Mantel eines englischen Admirals, bewaffnete sich mit einem Fernrohr, stellte sich unter den dazupassenden Admiralshut. Ich machte mich mit einem roten Westchen und einer Allongeperücke zum Pagen des Admirals. Wir spielten Trafalgar, beschossen Kopenhagen, zerstreuten Napoleons Flotte bei Abukir, umsegelten dieses und jenes Kap, posierten historisch, dann wieder zeitgenössisch vor der, wie wir glaubten, alles gutheißenden oder nicht einmal bemerkenden Galionsfigur nach den Maßen einer holländischen Hexe.

Heute weiß ich, daß alles zuguckt, daß nichts unbesehen bleibt, daß selbst Tapeten ein besseres Gedächtnis als die Menschen haben. Es ist nicht etwa der liebe Gott, der alles sieht! Ein Küchenstuhl, Kleiderbügel, halbvoller Aschenbecher oder das hölzerne Abbild einer Frau, genannt Niobe, reichen aus, um jeder Tat den unvergeßlichen Zeugen liefern zu können.

Vierzehn Tage lang oder noch länger taten wir Dienst im Schiffahrtsmuseum. Herbert schenkte mir eine Trommel und brachte Mutter Truczinski zum zweitenmal den durch eine Gefahrenzulage erhöhten Wochenlohn nach Hause. An einem Dienstag, da montags das Museum geschlossen blieb, verweigerte man mir an der Kasse das Kinderbillett und den Eintritt. Herbert wollte wissen, warum. Der Mann an der Kasse, zwar mürrisch aber nicht ohne Wohlwollen, sprach von einer Eingabe, die gemacht worden sei, das gehe jetzt nicht mehr, daß Kinder da rein dürften. Der Vater von dem Jungen sei dagegen, er habe zwar nichts einzuwenden, wenn ich unten bei der Kasse bleibe, da er als Geschäftsmann und Witwer keine Zeit finde zum Aufpassen, aber in den Saal, in Marjellchens gute Stube, dürfe ich nicht mehr, weil unverantwortlich.

Herbert wollte schon nachgeben, ich stieß ihn, stachelte ihn, und er gab dem Kassenmann einerseits recht, nannte mich andererseits seinen Talisman, Schutzengel, sprach von kindlicher Unschuld, die ihn schützen würde, kurz: Herbert befreundete sich beinahe mit dem Kassierer und erwirkte meinen Einlaß für jenen, wie der Kassierer sagte, letzten Tag im Schiffahrtsmuseum.

So stieg ich noch einmal an der Hand meines großen Freundes die verschnörkelte, immer frisch geölte Wendeltreppe hinauf in den zweiten Stock, wo Niobe wohnte. Es wurde ein stiller Vormittag und ein noch stillerer Nachmittag. Er saß mit halbgeschlossenen Augen auf dem Lederstuhl mit den gelben Nägelköpfen. Ich hockte zu seinen Füßen. Die Trommel blieb stimmlos. Wir blinzelten zu den Koggen hinauf, zu den Fregatten, Korvetten, zu den Fünfmastern, zu Galeeren und Schaluppen, zu Küstenseglern und Klippern, die alle unter der Eichentäfelung hingen und auf günstigen Segelwind warteten. Wir musterten die Modellflotte, lauerten mit ihr auf die frische Brise, fürchteten die Windstille der guten Stube und taten das alles, um nicht Niobe mustern und fürchten zu müssen. Was hätten wir für die Arbeitsgeräusche eines Holzwurmes gegeben, die uns bewiesen hätten, daß das Innere des grünen Holzes zwar langsam, aber unbeirrbar zu durchdringen und auszuhöhlen, daß Niobe vergänglich sei. Aber es tickte kein Wurm. Der Konservator hatte den Holzleib gegen Würmer gefeit und unsterblich gemacht. So blieb uns alleine die Modellflotte, die törichte Hoffnung auf Segelwind, ein verstiegenes Spiel mit der Furcht vor Niobe, die wir aussparten, angestrengt übersahen, die wir womöglich doch noch vergessen hätten, wenn nicht die Nachmittagssonne jäh und voll treffend ihr linkes Bernsteinauge beschossen und entflammt hätte.

Dabei mußte uns diese Entzündung gar nicht überraschen. Wir kannten ja die sonnigen Nachmittage im zweiten Stockwerk des Schiffahrtsmuseums, wußten, wieviel Uhr es geschlagen hatte oder schlagen würde, wenn das Licht vom Gesims fiel und die Koggen besetzte. Auch taten die Kirchen der Rechtstadt, Altstadt, Pfefferstadt das ihre, den Ablauf des staubaufwirbelnden Sonnenlichtes mit Uhrzeiten zu versehen und mit historischem Glockengetön unserer Historiensammlung aufzuwarten. Was Wunder, wenn uns die Sonne historisch wurde, ausstellungsreif und des Komplottes mit Niobes Bernsteinaugen verdächtig.

An jenem Nachmittag jedoch, da wir zu keinem Spiel und provozierendem Unsinn Lust und Mut hatten, traf uns der aufleuchtende Blick des sonst stumpfen Holzes doppelt. Bedrückt warteten wir die halbe Stunde ab, die wir noch ausharren mußten. Punkt fünf Uhr wurde das Museum geschlossen.

Am nächsten Tag trat Herbert seinen Dienst alleine an. Ich begleitete ihn bis zum Museum, wollte nicht bei der Kasse warten, suchte mir einen Platz gegenüber dem Patrizierhaus. Mit meiner Trommel saß ich auf einer Granitkugel, der hinten ein von den Erwachsenen als Geländer benutzter Schwanz wuchs. Müßig zu sagen, daß die andere Flanke der Treppe von gleicher Kugel mit gleich gußeisernem Schwanz bewacht wurde. Ich trommelte nur selten, doch dann gräßlich laut und gegen meist weibliche Passanten protestierend, denen es Spaß machte, bei mir zu verweilen, meinen Namen zu erfragen, mein damals schon schönes, zwar kurzes aber leicht gelocktes Haar mit schweißigen Händen zu streicheln. Der Vormittag verging. Am Ende der Heiligen-Geist-Gasse brütete rotschwarz, grün kleingetürmt, unter dickem, geschwollenem Turm die Backsteinhenne Sankt Marien. Tauben stießen sich immer wieder aus den klaffenden Turmmauern, fielen in meiner Nähe nieder, redeten dummes Zeug und wußten auch nicht, wie lange die Brutzeit noch dauern sollte, was es da auszubrüten gelte, ob dieses jahrhundertelange Brüten nicht endlich doch zum Selbstzweck würde.

Mittags kam Herbert auf die Gasse. Aus seiner Frühstücksschachtel, die ihm Mutter Truczinski füllte, bis sie nicht mehr zu schließen war, reichte er mir ein Schmalzbrot mit fingerdicker Blutwurst dazwischen. Aufmunternd und mechanisch nickte er mir zu, weil ich nicht essen wollte. Am Ende aß ich, und Herbert, der nichts aß, rauchte eine Zigarette. Bevor ihn das Museum zurückbekam, verschwand er in einer Kneipe der Brotbänkengasse für zwei oder drei Machandel. Ich schaute ihm, während er die Gläser kippte, auf den Adamsapfel. Das wollte mir nicht gefallen, wie er die Gläser in sich hineinschüttete. Als er schon längst die Wendeltreppe des Museums bewältigte und ich wieder auf meiner Granitkugel saß, hatte Oskar noch immer den ruckenden Adamsapfel seines Freundes Herbert im Auge.

Der Nachmittag kroch über die blaßbunte Museumsfassade. Von Kringel zu Kringel turnte er, ritt Nymphen und Füllhörner, fraß dicke nach Blumen greifende Engel, ließ reifgemalte Weintrauben überreif werden, platzte mitten hinein in ein ländliches Fest, spielte Blindekuh, schwang sich auf eine Rosenschaukel, adelte Bürger, die in Pluderhosen Handel trieben, fing einen Hirsch, den Hunde verfolgten, und erreichte endlich jenes Fenster des zweiten Stockwerkes, das der Sonne erlaubte, kurz und dennoch für immer ein Bernsteinauge zu belichten.

Langsam rutschte ich von meiner Granitkugel. Die Trommel schlug hart gegen den gestockten Stein. Lack der weißen Trommeleinfassung und einige Partikel der gelackten Flammen sprangen ab und lagen weiß und rot auf der Treppe zum Beischlag.

Vielleicht sagte ich etwas auf, betete etwas herunter, zählte etwas ab: Kurz danach stand der Unfallwagen vor dem Museumsportal. Passanten flankierten den Eingang. Es gelang Oskar, mit den Unfallmännern ins Haus zu schlüpfen. Schneller fand ich die Treppe hoch als jene, die ja von früheren Unfällen her die Räumlichkeiten des Museums hätten kennen müssen.

Daß ich nicht lachte, als ich Herbert sah! Er hing der Niobe vorne drauf, hatte das Holz bespringen wollen. Sein Kopf verdeckte ihren Kopf. Seine Arme klammerten ihre erhobenen und verschränkten Arme. Er hatte kein Hemd an. Sauber zusammengelegt fand es sich später auf dem Lederstuhl neben der Tür. Sein Rücken breitete alle Narben aus. Ich las diese Schrift, zählte die Lettern. Es fehlte keine. Es ließ sich aber auch nicht der Ansatz einer neuen Zeichnung erkennen.

Die kurz hinter mir in den Saal stürmenden Unfallmänner hatten Mühe, Herbert von der Niobe zu lösen. Ein kurzes, auf beiden Seiten geschärftes Schiffsbeil hatte sich der Brünstige von der Sicherheitskette gerissen, die eine Schneide der Niobe ins Holz geschlagen, den anderen Keil sich selbst, das Weib erstürmend, ins Fleisch gestoßen. So vollkommen ihm oben die Verbindung gelungen war, unten, wo ihm die Hose offenstand, wo es immer noch steif und ohne Verstand herausragte, hatte er keinen Grund für seinen Anker finden können.

Als sie die Decke mit der Aufschrift »Städtischer Unfalldienst« über Herbert breiteten, fand Oskar, wie immer wenn ihm etwas verlorenging, zu seiner Trommel zurück. Er schlug das Blech noch mit den Fäusten, als Männer des Museums ihn aus »Marjellchens guter Stube« die Treppe hinunter und schließlich mit einem Polizeiwagen nach Hause führten.

Auch jetzt, in der Anstalt, da er sich diesen Versuch einer Liebe zwischen Holz und Fleisch zurückruft, muß er mit Fäusten arbeiten, um noch einmal Herbert Truczinskis Rükken wulstig, farbig, das harte und empfindliche, alles vorbedeutende, alles vorwegnehmende, alles an Härte und Empfindlichkeit überbietende Narbenlabyrinth zu durchirren. Einem Blinden gleich liest er die Schrift dieses Rückens.

Erst jetzt, da sie Herbert von seinem lieblosen Schnitzwerk abgenommen haben, kommt Bruno, mein Pfleger, mit dem verzweifelten Birnenkopf. Behutsam nimmt er meine Fäuste von der Trommel, hängt das Blech an den linken Bettpfosten am Fußende meines Metallbettes und zieht mir die Decke glatt.

»Aber Herr Matzerath«, ermahnt er mich, »wenn Sie weiterhin so laut trommeln, wird man woanders hören, daß da viel zu laut getrommelt wird. Wollen Sie nicht pausieren oder etwas leiser trommeln?«

Ja, Bruno, ich will versuchen, ein nächstes, leiseres Kapitel meinem Blech zu diktieren, obgleich gerade jenes Thema nach einem brüllenden, ausgehungerten Orchester schreit.

Glaube Hoffnung Liebe

Es war einmal ein Musiker, der hieß Meyn und konnte ganz wunderschön Trompete blasen. In der vierten Etage unter dem Dach eines Mietshauses wohnte er, hielt sich vier Katzen, deren eine Bismarck hieß, und trank von früh bis spät aus einer Machandelflasche. Das tat er solange, bis das Unglück ihn nüchtern werden ließ.

Oskar will heute noch nicht so recht an Vorzeichen glauben. Dennoch gab es damals Vorzeichen genug für ein Unglück, das immer größere Stiefel anzog, mit immer größeren Stiefeln größere Schritte machte und das Unglück umherzutragen gedachte. Da starb mein Freund Herbert Truczinski an einer Brustwunde, die ihm ein hölzernes Weib zugefügt hatte. Das Weib starb nicht. Das wurde versiegelt und im Museumskeller, angeblich wegen Restaurationsarbeiten, aufbewahrt. Doch man kann das Unglück nicht einkellern. Mit den Abwässern findet es durch die Kanalisation, es teilt sich den Gasleitungen mit, kommt allen Haushaltungen zu, und niemand, der da sein Suppentöpfchen auf die bläulichen Flammen stellt, ahnt, daß da das Unglück seinen Fraß zum Kochen bringt.

Als Herbert auf dem Friedhof Langfuhr beerdigt wurde, sah ich Schugger Leo, dessen Bekanntschaft ich auf dem Brentauer Friedhof gemacht hatte, zum zweitenmal. Uns allen, Mutter Truczinski, Guste, Fritz und Maria Truczinski, der dicken Frau Kater, dem alten Heilandt, der an den Festtagen Fritzens Kaninchen für Mutter Truczinski schlachtete, meinem mutmaßlichen Vater Matzerath, der, großzügig wie er sich geben konnte, die gute Hälfte der Begräbniskosten trug, auch Jan Bronski, der Herbert kaum kannte, der nur gekommen war, um Matzerath, womöglich auch mich auf neutralem Friedhofsboden wiederzusehen – uns allen sagte sabbernd und zitternde, weiß schimmelnde Handschuhe reichend Schugger Leo sein wirres, Freud und Leid nicht unterscheidendes Beileid.

Als Schugger Leos Handschuhe dem Musiker Meyn, der halb in Zivil, halb in SA-Uniform gekommen war, zuflatterten, geschah ein weiteres Zeichen künftigen Unglücks.

Aufgescheucht warf sich Leos bleicher Handschuhstoff hoch, flog davon und zog Leo mit sich über Gräber hinweg. Schreien hörte man ihn; doch war es kein Beileid, was da als Wortfetzen in der Friedhofsbepflanzung hängenblieb.

Niemand rückte von dem Musiker Meyn ab. Dennoch stand er vereinzelt, durch Schugger Leo erkannt und gezeichnet, zwischen der Trauergemeinde und hantierte verlegen mit seiner Trompete, die er extra mitgebracht, auf der er zuvor über Herberts Grab hinweg ganz wunderschön geblasen hatte. Wunderschön, weil Meyn, was er seit langem nicht mehr tat, vom Machandel getrunken hatte, weil ihm Herberts Tod, mit dem er in einem Alter war, naheging, während mich und meine Trommel Herberts Tod stumm machte.

Es war einmal ein Musiker, der hieß Meyn und konnte ganz wunderschön Trompete blasen. In der vierten Etage unter dem Dach unseres Mietshauses wohnte er, hielt sich vier Katzen, deren eine Bismarck hieß, und trank von früh bis spät aus einer Machandelflasche, bis er, ich glaube, Ende sechsunddreißig oder Anfang siebenunddreißig in die Reiter-SA eintrat, dort als Trompeter im Musikerkorps zwar viel fehlerloser, aber nicht mehr wunderschön Trompete blies, weil er, in die gelederten Reiterhosen schlüpfend, die Machandelflasche aufgegeben hatte und nur noch nüchtern und laut in sein Blech stieß.

Als dem SA-Mann Meyn der Jugendfreund Herbert Truczinski starb, mit dem er während der zwanziger Jahre zuerst einer kommunistischen Jugendgruppe, dann den Roten Falken Mitgliederbeiträge gezahlt hatte, als der unter die Erde gebracht werden sollte, griff Meyn zu seiner Trompete und zugleich zu einer Machandelflasche. Denn er wollte wunderschön blasen und nicht nüchtern, hatte sich auch auf braunem Pferd reitend das Musikerohr bewahrt und nahm deshalb noch auf dem Friedhof einen Schluck und behielt auch beim Trompeteblasen den Mantel aus Zivilstoff über der Uniform an, obgleich er sich vorgenommen hatte, über die Friedhofserde hinweg in Braun, wenn auch ohne Kopfbedeckung, zu blasen.

Es war einmal ein SA-Mann, der behielt, als er am Grabe seines Jugendfreundes ganz wunderschön und machandelhell Trompete blies, den Mantel über der Reiter-SA-Uniform an. Als jener Schugger Leo, den es auf allen Friedhöfen gibt, der Trauergemeinde sein Beileid sagen wollte, bekamen auch alle Schugger Leos Beileid zu hören. Nur der SA-Mann durfte den weißen Handschuh Leos nicht fassen, weil Leo den SA-Mann erkannte, fürchtete und ihm laut schreiend den Handschuh und das Beileid entzog. Der SA-Mann aber ging ohne Beileid und mit kalter Trompete nach Hause, wo er in seiner Wohnung unter dem Dach unseres Mietshauses seine vier Katzen fand.

Es war einmal ein SA-Mann, der hieß Meyn. Aus Zeiten, da er tagtäglich Machandel getrunken und ganz wunderschön Trompete geblasen hatte, bewahrte sich Meyn in seiner Wohnung vier Katzen auf, deren eine Bismarck hieß. Als der SA-Mann Meyn eines Tages vom Begräbnis seines Jugendfreundes Herbert Truczinski zurückkam und traurig und schon wieder nüchtern war, weil ihm jemand das Beileid verweigert hatte, fand er sich ganz alleine mit seinen vier Katzen in der Wohnung. Die Katzen rieben sich an seinen Reiterstiefeln, und Meyn gab ihnen ein Zeitungspapier voller Heringsköpfe, was die Katzen von seinen Stiefeln weglockte. Es roch an jenem Tage besonders stark in der Wohnung nach den vier Katzen, die alle Kater waren, deren einer Bismarck hieß und schwarz auf weißen Pfoten ging. Meyn aber hatte keinen Machandel in der Wohnung. Deshalb roch es immer mehr nach den Katzen oder Katern. Vielleicht hätte er in unserem Kolonialwarengeschäft welchen gekauft, wenn er seine Wohnung nicht in der vierten Etage unter dem Dach gehabt hätte. So aber fürchtete er die Treppen und fürchtete auch die Leute der Nachbarschaft, vor denen er oft genug geschworen hatte, daß kein Tröpfchen Machandel mehr über seine Musikerlippen komme, daß ein neues, stocknüchternes Leben beginne, daß er sich fortan der Ordnung verschreibe und nicht mehr den Räuschen einer verpfuschten und haltlosen Jugend.

Es war einmal ein Mann, der hieß Meyn. Als der sich eines Tages mit seinen vier Katern, deren einer Bismarck hieß, alleine in seiner Wohnung unter dem Dach fand, mißfiel ihm der Katergeruch besonders, weil er am Vormittag etwas Peinliches erlebt hatte, auch weil es keinen Machandel im Hause gab. Da jedoch Peinlichkeit und Durst zunahmen und den Katergeruch steigerten, griff Meyn, der Musiker von Beruf war und Mitglied der Reiter-SA-Kapelle, nach dem Feuerhaken neben dem kalten Dauerbrandofen und schlug solange auf die Kater ein, bis er annehmen konnte, alle vier, auch der Kater namens Bismarck, seien tot und fertig; wenn auch der Katergeruch in der Wohnung nichts von seiner Eindringlichkeit verloren hatte.

Es war einmal ein Uhrmacher, der hieß Laubschad und wohnte in der ersten Etage unseres Mietshauses in einer Zweizimmerwohnung, deren Fenster zum Hof sahen. Der Uhrmacher Laubschad war unverheiratet, Mitglied der NS-Volkswohlfahrt und des Tierschutzvereins. Ein gutes Herz hatte Laubschad und half allen müden Menschen, kranken Tieren und kaputten Uhren wieder auf die Beine. Als der

Uhrmacher eines Nachmittags besinnlich und das am Vormittag erlebte Begräbnis eines Nachbarn bedenkend am Fenster saß, sah er, wie der Musiker Meyn, der in der vierten Etage desselben Mietshauses seine Wohnung hatte, einen halbvollen Kartoffelsack, der unten feucht zu sein schien und tropfte, auf den Hof trug und in einem der beiden Müllkästen versenkte. Da aber der Müllkasten dreiviertel voll war, gelang es dem Musiker nur mit Mühe, den Deckel zu schließen.

Es waren einmal vier Kater, deren einer Bismarck hieß. Diese Kater gehörten einem Musiker namens Meyn. Da die Kater, die nicht kastriert waren, streng und vorherrschend rochen, erschlug der Musiker eines Tages, da ihm aus besonderen Gründen der Geruch besonders unangenehm war, die vier Kater mit einem Feuerhaken, versorgte die Kadaver in einem Kartoffelsack, trug den Sack die vier Treppen hinunter und hatte es eilig, das Bündel im Müllkasten auf dem Hof neben der Teppichklopfstange zu versenken, weil das Sacktuch durchlässig war und schon in der zweiten Etage zu tropfen anfing. Da jedoch der Müllkasten ziemlich gefüllt war, mußte der Musiker den Müll mit dem Sack zusammendrücken, um den Deckel des Kastens schließen zu können. Er mochte das Mietshaus zur Straßenseite hin kaum verlassen haben – denn in die nach Katzen riechende aber katzenlose Wohnung wollte er nicht zurückkehren –, da begann der zusammengedrückte Müll sich wieder auszudehnen, hob den Sack und mit dem Sack den Müllkastendeckel.

Es war einmal ein Musiker, der erschlug seine vier Katzen, begrub die im Müllkasten, verließ das Haus und suchte seine Freunde auf.

Es war einmal ein Uhrmacher, der saß nachdenklich am Fenster und beobachtete, wie der Musiker Meyn einen halbvollen Sack in den Müllkasten stopfte, sodann den Hof verließ, auch daß der Müllkastendeckel sich wenige Augenblicke nach Meyns Abgang hob und immer noch ein bißchen mehr hob.

Es waren einmal vier Kater, die wurden, weil sie an einem besonderen Tag besonders stark rochen, totgeschlagen, in einen Sack gestopft und im Müllkasten vergraben. Die Katzen aber, deren eine Bismarck hieß, waren noch nicht ganz tot, sondern zäh, wie Katzen eben zäh sind. Sie bewegten sich in dem Sack, brachten den Müllkastendeckel in Bewegung und stellten dem Uhrmacher Laubschad, der immer noch sinnend am Fenster saß, die Frage: Rate mal, was in dem Sack ist, den der Musiker Meyn in den Müllkasten gesteckt hat?

Es war einmal ein Uhrmacher, der konnte nicht ruhig ansehen, daß sich etwas im Müllkasten bewegte. So verließ er seine Wohnung in der ersten Etage des Mietshauses, begab sich auf den Hof des Mietshauses, öffnete den Müllkastendeckel und den Sack, nahm die vier zerschlagenen, aber immer noch lebenden Kater an sich, um sie zu pflegen. Aber sie starben ihm noch während der folgenden Nacht unter den Uhrmacherfingern, und es blieb ihm nichts anderes zu tun übrig, als beim Tierschutzverein, dessen Mitglied er war, eine Anzeige zu machen und auch die Ortsgruppenleitung von der das Ansehen der Partei schädigenden Tierquälerei zu benachrichtigen.

Es war einmal ein SA-Mann, der tötete vier Kater und wurde, da die Kater noch nicht ganz tot waren, von den Katern verraten und von einem Uhrmacher angezeigt. Es kam zu einem gerichtlichen Verfahren, und der SA-Mann mußte Strafe zahlen. Doch auch bei der SA wurde über den Fall gesprochen, und der SA-Mann sollte wegen unwürdigen Verhaltens aus der SA ausgestoßen werden. Selbst als sich der SA-Mann während der Nacht vom neunten zum zehnten November achtunddreißig, die man später die Kristallnacht nannte, besonders mutig hervortat, die Langfuhrer Synagoge im Michaelisweg mit anderen in Brand steckte, auch kräftig mittat, als am folgenden Morgen mehrere zuvor genau bezeichnete Geschäfte geräumt werden mußten, konnte all sein Eifer seine Entfernung aus der Reiter-SA nicht verhindern. Wegen unmenschlicher Tierquälerei wurde er degradiert und von der Mitgliederliste gestrichen. Erst ein Jahr später gelang ihm der Eintritt in die Heimwehr, die später von der Waffen-SS übernommen wurde.

Es war einmal ein Kolonialwarenhändler, der schloß an einem Novembertag sein Geschäft, weil in der Stadt etwas los war, nahm seinen Sohn Oskar bei der Hand und fuhr mit der Straßenbahn Linie Fünf bis zum Langgasser Tor, weil dort wie in Zoppot und Langfuhr die Synagoge brannte. Die Synagoge war fast abgebrannt, und die Feuerwehr paßte auf, daß der Brand nicht auf die anderen Häuser übergriff. Vor der Ruine schleppten Uniformierte und Zivilisten Bücher, sakrale Gebrauchsgegenstände und merkwürdige Stoffe zusammen. Der Berg wurde in Brand gesteckt, und der Kolonialwarenhändler benutzte die Gelegenheit und wärmte seine Finger und seine Gefühle über dem öffentlichen Feuer. Sein Sohn Oskar jedoch, der den Vater so beschäftigt und entflammt sah, verdrückte sich unbeobachtet und eilte in Richtung Zeughauspassage davon, weil er um seine Trommeln aus weißrot gelacktem Blech besorgt war.

Es war einmal ein Spielzeughändler, der hieß Sigismund Markus und verkaufte unter anderem auch weißrot gelackte Blechtrommeln. Oskar, von dem soeben die Rede war, war der Hauptabnehmer dieser Blechtrommeln, weil er von Beruf Blechtrommler war und ohne Blechtrommel nicht leben konnte und wollte. Deshalb eilte er auch von der brennenden Synagoge fort zur Zeughauspassage, denn dort wohnte der Hüter seiner Trommeln; aber er fand ihn in einem Zustand vor, der ihm das Verkaufen von Blechtrommeln fortan oder auf dieser Welt unmöglich machte.

Sie, dieselben Feuerwerker, denen ich, Oskar, davongelaufen zu sein glaubte, hatten schon vor mir den Markus besucht, hatten Pinsel in Farbe getaucht und ihm quer übers Schaufenster in Sütterlinschrift das Wort Judensau geschrieben, hatten dann, vielleicht aus Mißvergnügen an der eigenen Handschrift, mit ihren Stiefelabsätzen die Schaufensterscheibe zertreten, so daß sich der Titel, den sie dem Markus angehängt hatten, nur noch erraten ließ. Die Tür verachtend, hatten sie durch das aufgebrochene Fenster in den Laden gefunden und spielten nun dort auf ihre eindeutige Art mit dem Kinderspielzeug.

Ich fand sie noch beim Spiel, als ich gleichfalls durch das Schaufenster in den Laden trat. Einige hatten sich die Hosen heruntergerissen, hatten braune Würste, in denen noch halbverdaute Erbsen zu erkennen waren, auf Segelschiffe, geigende Affen und meine Trommeln gedrückt. Sie sahen alle aus wie der Musiker Meyn, trugen Meyns SA-Uniform, aber Meyn war nicht dabei; wie ja auch diese, die hier dabei waren, woanders nicht dabei waren. Einer hatte seinen Dolch gezogen. Puppen schlitzte er auf und schien jedesmal enttäuscht zu sein, wenn nur Sägespäne aus den prallen Rümpfen und Gliedern quollen.

Ich sorgte mich um meine Trommeln. Meine Trommeln gefielen denen nicht. Mein Blech hielt ihren Zorn nicht aus, mußte still halten und ins Knie brechen. Markus aber war ihrem Zorn ausgewichen. Als sie ihn in seinem Büro sprechen wollten, klopften sie nicht etwa an, brachen die Tür auf, obgleich die nicht verschlossen war.

Hinter seinem Schreibtisch saß der Spielzeughändler. Ärmelschoner trug er wie gewöhnlich über seinem dunkelgrauen Alltagstuch. Kopfschuppen auf den Schultern verrieten seine Haarkrankheit. Einer, der Kasperlepuppen an den Fingern hatte, stieß ihn mit Kasperles Großmutter hölzern an, aber Markus war nicht mehr zu sprechen, nicht mehr zu kränken. Vor ihm auf der Schreibtischplatte stand ein Wasserglas, das auszuleeren ihm ein Durst gerade in jenem Augenblick geboten haben mußte, als die splitternd aufschreiende Schaufensterscheibe seines Ladens seinen Gaumen trocken werden ließ.

Es war einmal ein Blechtrommler, der hieß Oskar. Als man ihm den Spielzeughändler nahm und des Spielzeughändlers Laden verwüstete, ahnte er, daß sich gnomhaften Blechtrommlern, wie er einer war, Notzeiten ankündigten. So klaubte er sich beim Verlassen des Ladens eine heile und zwei weniger beschädigte Trommeln aus den Trümmern, verließ so behängt die Zeughauspassage, um auf dem Kohlenmarkt seinen Vater zu suchen, der womöglich ihn suchte. Draußen war später Novembervormittag. Neben dem Stadttheater, nahe der Straßenbahnhaltestelle standen religiöse Frauen und frierende häßliche Mädchen, die fromme Hefte austeilten, Geld in Büchsen sammelten und zwischen zwei Stangen ein Transparent zeigten, dessen Aufschrift den ersten Korintherbrief, dreizehntes Kapitel zitierte. »Glaube – Hoffnung – Liebe« konnte Oskar lesen und mit den drei Wörtchen umgehen wie ein Jongleur mit Flaschen: Leichtgläubig, Hoffmannstropfen, Liebesperlen, Gutehoffnungshütte, Liebfrauenmilch, Gläubigerversammlung. Glaubst du, daß es morgen regnen wird? Ein ganzes leichtgläubiges Volk glaubte an den Weihnachtsmann. Aber der Weihnachtsmann war in Wirklichkeit der Gasmann. Ich glaube, daß es nach Nüssen riecht und nach Mandeln. Aber es roch nach Gas. Jetzt haben wir bald, glaube ich, den ersten Advent, hieß es. Und der erste, zweite bis vierte Advent wurden aufgedreht, wie man Gashähne aufdreht, damit es glaubwürdig nach Nüssen und Mandeln roch, damit alle Nußknacker getrost glauben konnten:

Er kommt! Er kommt! Wer kam denn? Das Christkindchen, der Heiland? Oder kam der himmlische Gasmann mit der Gasuhr unter dem Arm, die immer ticktick macht? Und er sagte: Ich bin der Heiland dieser Welt, ohne mich könnt ihr nicht kochen. Und er ließ mit sich reden, bot einen günstigen Tarif an, drehte die frischgeputzten Gashähnchen auf und ließ ausströmen den Heiligen Geist, damit man die Taube kochen konnte. Und verteilte Nüsse und Knackmandeln, die dann auch prompt geknackt wurden und gleichfalls strömten sie aus: Geist und Gase, so daß es den Leichtgläubigen leichtfiel, inmitten dichter und bläulicher Luft in all den Gasmännern vor den Kaufhäusern Weihnachtsmänner zu sehen und Christkindchen in allen Größen und Preislagen. Und so glaubten sie an die alleinseligmachende Gasanstalt, die mit steigenden und fallenden Gasometern Schicksal versinnbildlichte und zu Normalpreisen eine Adventszeit veranstaltete, an deren vorauszusehende Weihnacht zwar viele glaubten, deren anstrengende Feiertage aber nur jene überlebten, für die der Vorrat an Mandeln und Nüssen nicht ausreichen wollte – obgleich alle geglaubt hatten, es sei genug da.

Aber nachdem sich der Glaube an den Weihnachtsmann als Glaube an den Gasmann herausgestellt hatte, versuchte man es, ohne auf die Reihenfolge des Korintherbriefes zu achten, mit der Liebe: Ich liebe dich, hieß es, oh, ich liebe dich. Liebst du dich auch? Liebst du mich, sag mal, liebst du mich wirklich? Ich liebe mich auch. Und aus lauter Liebe nannten sie einander Radieschen, liebten Radieschen, bissen sich, ein Radieschen biß dem anderen das Radieschen aus Liebe ab. Und erzählten sich Beispiele wunderbarer himmlischer, aber auch irdischer Liebe zwischen Radieschen und flüsterten kurz vorm Zubeißen frisch, hungrig und scharf: Radieschen, sag, liebst du mich? Ich liebe mich auch.

Aber nachdem sie sich aus Liebe die Radieschen abgebissen hatten und der Glaube an den Gasmann zur Staatsreligion erklärt worden war, blieb nach Glaube und vorweggenommener Liebe nur noch der dritte Ladenhüter des Korintherbriefes: die Hoffnung. Und während sie noch an

Radieschen, Nüssen und Mandeln zu knabbern hatten, hofften sie schon, daß bald Schluß sei, damit sie neu anfangen konnten oder fortfahren, nach der Schlußmusik oder schon während der Schlußmusik hoffend, daß bald Schluß sei mit dem Schluß. Und wußten immer noch nicht, womit Schluß. Hofften nur, daß bald Schluß, schon morgen Schluß, heute hoffentlich noch nicht Schluß; denn was sollten sie anfangen mit dem plötzlichen Schluß. Und als dann Schluß war, machten sie schnell einen hoffnungsvollen Anfang daraus; denn hierzulande ist Schluß immer Anfang und Hoffnung in jedem, auch im endgültigsten Schluß. So steht auch geschrieben: Solange der Mensch hofft, wird er immer wieder neu anfangen mit dem hoffnungsvollen Schlußmachen.

Ich aber, ich weiß nicht. Ich weiß zum Beispiel nicht, wer sich heute unter den Bärten der Weihnachtsmänner versteckt, weiß nicht, was Knecht Ruprecht im Sack hat, weiß nicht, wie man die Gashähne zudreht und abdrosselt; denn es strömt schon wieder Advent, oder immer noch, weiß nicht, probeweise, weiß nicht, für wen geprobt wird, weiß nicht, ob ich glauben kann, daß sie hoffentlich liebevoll die Gashähne putzen, damit sie krähen, weiß nicht, an welchem Morgen, an welchem Abend, weiß nicht, ob es auf Tageszeiten ankommt; denn die Liebe kennt keine Tageszeiten, und die Hoffnung ist ohne Ende, und der Glaube kennt keine Grenzen, nur das Wissen und das Nichtwissen sind an Zeiten und Grenzen gebunden und enden meistens vorzeitig schon bei den Bärten, Rucksäcken, Knackmandeln, daß ich wiederum sagen muß: Ich weiß nicht, oh, weiß nicht, womit sie, zum Beispiel, die Därme füllen, wessen Gedärm nötig ist, damit es gefüllt werden kann, weiß nicht, womit, wenn auch die Preise für jede Füllung, fein oder grob, lesbar sind, weiß ich dennoch nicht, was im Preis miteinbegriffen, weiß nicht, aus welchen Wörterbüchern sie Namen für Füllungen klauben, weiß nicht, womit sie die Wörterbücher wie auch die Därme füllen, weiß nicht, wessen Fleisch, weiß nicht, wessen Sprache: Wörter bedeuten, Metzger verschweigen, ich schneide Scheiben ab, du schlägst die Bücher auf, ich lese, was mir schmeckt, du weißt nicht, was dir schmeckt: Wurstscheiben und Zitate aus Därmen und Büchern – und nie werden wir erfahren, wer still werden mußte, verstummen mußte, damit Därme gefüllt, Bücher laut werden konnten, gestopft, gedrängt, ganz dicht beschrieben, ich weiß nicht, ich ahne: Es sind dieselben Metzger, die Wörterbücher und Därme mit Sprache und Wurst füllen, es gibt keinen Paulus, der Mann hieß Saulus und war ein Saulus und erzählte als Saulus den Leuten aus Korinth etwas von ungeheuer preiswerten Würsten, die er Glaube, Hoffnung und Liebe nannte, als leicht verdaulich pries, die er heute noch, in immer wechselnder Saulusgestalt, an den Mann bringt.

Mir aber nahmen sie den Spielzeughändler, wollten mit ihm das Spielzeug aus der Welt bringen.

Es war einmal ein Musiker, der hieß Meyn und konnte ganz wunderschön Trompete blasen.

Es war einmal ein Spielzeughändler, der hieß Markus und verkaufte weißrotgelackte Blechtrommeln.

Es war einmal ein Musiker, der hieß Meyn und hatte vier Katzen, deren eine Bismarck hieß.

Es war einmal ein Blechtrommler, der hieß Oskar und war auf den Spielzeughändler angewiesen.

Es war einmal ein Musiker, der hieß Meyn und erschlug seine vier Katzen mit dem Feuerhaken.

Es war einmal ein Uhrmacher, der hieß Laubschad und war Mitglied im Tierschutzverein.

Es war einmal ein Blechtrommler, der hieß Oskar, und sie nahmen ihm seinen Spielzeughändler.

Es war einmal ein Spielzeughändler, der hieß Markus und nahm mit sich alles Spielzeug aus dieser Welt.

Es war einmal ein Musiker, der hieß Meyn, und wenn er nicht gestorben ist, lebt er heute noch und bläst wieder wunderschön Trompete.

ZWEITES BUCH

Schrott

Besuchstag: Maria brachte mir eine neue Trommel. Als sie mir mit dem Blech zugleich die Quittung der Spielzeugwarenhandlung übers Bettgitter reichen wollte, winkte ich ab, drückte auf die Klingel am Kopfende des Bettes, bis Bruno, mein Pfleger, eintrat, das tat, was er immer zu tun pflegt, wenn Maria mir eine neue, in blauem Papier verpackte Blechtrommel bringt. Er löste die Verschnürung des Paketes, ließ das Packpapier auseinanderfallen, um es nach dem fast feierlichen Herausheben der Trommel sorgfältig zu falten. Dann erst schritt Bruno – und wenn ich schritt sage, meine ich Schreiten –, zum Waschbecken schritt er mit dem neuen Blech, ließ warmes Wasser fließen und löste vorsichtig, ohne am weißen und roten Lack kratzen zu müssen, das Preisschildchen vom Trommelrand.

Als Maria nach kurzem, nicht allzu anstrengendem Besuch gehen wollte, nahm sie das alte Blech, das ich während der Beschreibung des Truczinskischen Rückens, der hölzernen Galionsfigur und der vielleicht etwas zu eigenwilligen Auslegung des ersten Korintherbriefes zerschlagen hatte, mit sich, um es in unserem Keller all den verbrauchten Blechen, die mir zu teils beruflichen, teils privaten Zwekken gedient hatten, nahe zu legen.

Bevor Maria ging, sagte sie: »Na, viel Platz is nich mehr im Keller. Ich mecht mal bloß wissen, wo ich die Winterkartoffeln lagern soll.«

Lächelnd überhörte ich den Vorwurf der aus Maria sprechenden Hausfrau und bat sie, die ausgediente Trommel ordnungsgemäß mit schwarzer Tinte zu numerieren und die von mir auf einem Zettel notierten Daten und kurzgehaltenen Angaben über den Lebenslauf des Bleches in jenes Diarium zu übertragen, das schon seit Jahren an der Innenseite der Kellertür hängt und über meine Trommeln vom Jahre neunundvierzig an Bescheid weiß.

Maria nickte ergeben und verabschiedete sich mit einem Kuß von mir. Mein Ordnungssinn bleibt ihr weiterhin kaum begreiflich, auch etwas unheimlich. Oskar kann Marias Bedenken gut verstehen, weiß er doch selbst nicht, warum ihn eine derartige Pedanterie zum Sammler zerschlagener Blechtrommeln macht. Zudem ist es nach wie vor sein Wunsch, jenen Schrotthaufen im Kartoffelkeller der Bilker Wohnung nie wieder sehen zu müssen. Weiß er doch aus Erfahrung, daß Kinder die Sammlungen ihrer Väter mißachten, daß also sein Sohn Kurt auf all die unglückseligen Trommeln eines Tages, da er das Erbe antreten wird, bestenfalls pfeifen wird.

Was also läßt mich alle drei Wochen Maria gegenüber Wünsche äußern, die, wenn sie regelmäßig befolgt werden, eines Tages unseren Lagerkeller füllen, den Winterkartoffeln den Platz nehmen werden?

Die selten, ja immer seltener aufblitzende fixe Idee, es könnte sich eines Tages ein Museum für meine invaliden Instrumente interessieren, kam mir erst, als schon mehrere Dutzend Bleche im Keller lagen. Hier also kann nicht der Ursprung meiner Sammelleidenschaft liegen. Vielmehr, und je genauer ich darüber nachdenke, um so wahrscheinlicher liegt der Begründung dieses Sammelsuriums der simple Komplex zugrunde: Eines Tages könnten die Blechtrommeln ausgehen, rar werden, unter Verbot stehen, der Vernichtung anheimfallen. Eines Tages könnte sich Oskar gezwungen sehen, einige nicht allzu arg zugerichtete Bleche einem Klempner in Reparatur geben zu müssen, damit der mir helfe, mit den geflickten Veteranen eine trommellose und schreckliche Zeit zu überstehen.

Ähnlich, wenn auch mit anderen Ausdrücken äußern sich die Ärzte der Heil- und Pflegeanstalt über die Ursache meines Sammlertriebes. Fräulein Doktor Hornstetter wollte sogar den Tag wissen, der zum Geburtstag meines Komplexes wurde. Recht genau konnte ich ihr den zehnten November achtunddreißig nennen, denn an jenem Tage verlor ich Sigismund Markus, den Verwalter meines Trommelmagazins. Wenn es schon nach dem Tod meiner armen Mama schwierig geworden war, pünktlich in den Besitz einer neuen Trommel zu gelangen, da die Donnerstagbesuche in der Zeughauspassage zwangsläufig aufhörten, Matzerath sich nur nachlässig um meine Instrumente kümmerte, Jan Bronski jedoch immer seltener ins Haus kam, um wieviel hoffnungsloser gestaltete sich meine Lage, als man das Geschäft des Spielzeughändlers zertrümmerte und der Anblick des am aufgeräumten Schreibtisch sitzenden Markus mir deutlich machte: Der Markus schenkt dir keine Trommel mehr, der Markus handelt nicht mehr mit Spielzeug, der Markus hat für immer die Geschäftsbeziehungen zu jener Firma abgebrochen, die dir bisher die schöngelackten weißroten Trommeln fabrizierte und lieferte.

Dennoch wollte ich damals nicht glauben, daß mit dem Ende des Spielzeughändlers jene frühe noch verhältnismäßig heitere Spielzeit ihr Ende gefunden hatte, klaubte mir vielmehr aus dem in einen Trümmerhaufen verwandelten Geschäft des Markus eine heile und zwei nur am Rand verbeulte Bleche, trug die Beute nach Hause und glaubte, Vorsorge getroffen zu haben.

Vorsichtig ging ich mit den Stücken um, trommelte selten, nur noch notfalls, versagte mir ganze Trommlernachmittage und, widerwillig genug, meine mir den Tag erträglich machenden Trommlerfrühstücke. Oskar übte Askese, magerte ab, wurde dem Dr. Hollatz und dessen immer knochiger werdenden Assistentin Schwester Inge vorgeführt. Die gaben mir süße, saure, bittere und geschmacklose Medizin, sprachen meine Drüsen schuldig, die wechselnd nach der Ansicht des Dr. Hollatz durch Überfunktion oder Unterfunktion mein Wohlbefinden zu stören hatten.

Um dem Hollatz zu entgehen, übte Oskar seine Askese mäßiger, nahm wieder zu, war im Sommer neununddreißig annähernd der alte, dreijährige Oskar, der sich die Rückgewinnung seiner Pausbäckigkeit mit dem endgültigen Zerschlagen der letzten noch vom Markus stammenden Trommel erkaufte. Das Blech klaffte, klapperte haltlos, gab weißen und roten Lack auf, rostete und hing mir mißtönend vor dem Bauch.

Es wäre sinnlos gewesen, Matzerath um Hilfe anzugehen, obgleich jener von Natur aus hilfsbereit, sogar gutmütig war. Seit dem Tode meiner armen Mama dachte der Mann nur noch an seinen Parteikram, zerstreute sich mit Zellenleiterbesprechungen oder unterhielt sich um Mitternacht, nach starkem Alkoholgenuß, laut und vertraulich mit den schwarzgerahmten Abbildungen Hitlers und Beethovens in unserem Wohnzimmer, ließ sich vom Genie das Schicksal und vom Führer die Vorsehung erklären und sah das Sammeln für die Winterhilfe im nüchternen Zustand als sein vorgesehenes Schicksal an.

Ungern erinnere ich mich dieser Sammlersonntage. Unternahm ich doch an solch einem Tag den ohnmächtigen Versuch, in den Besitz einer neuen Trommel zu gelangen. Matzerath, der vormittags auf der Hauptstraße vor den Kunstlichtspielen, auch vor dem Kaufhaus Sternfeld gesammelt hatte, kam mittags nach Hause und wärmte für sich und mich die Königsberger Klopse auf. Nach dem, wie ich mich heute noch erinnere, schmackhaften Essen – Matzerath kochte selbst als Witwer leidenschaftlich gerne und vorzüglich – legte sich der müde Sammler auf die Chaiselongue, um ein Nickerchen zu machen. Kaum atmete er schlafgerecht, griff ich mir auch schon die halbvolle Sammelbüchse vom Klavier, verschwand mit dem Ding, das die Form einer Konservendose hatte, im Laden unter dem Ladentisch und verging mich an der lächerlichsten aller Blechbüchsen. Nicht etwa, daß ich mich an den Groschenstücken hätte bereichern wollen! Ein blöder Sinn befahl mir, das Ding als Trommel auszuprobieren. Wie ich auch schlug und die Stöcke mischte, immer gab es nur eine Antwort: Kleine Spende fürs WHW! Keiner soll hungern, keiner soll frieren! Kleine Spende fürs WHW!

Nach einer halben Stunde resignierte ich, langte mir aus der Ladenkasse fünf Guldenpfennige, spendete die fürs Winterhilfswerk und brachte die so bereicherte Sammelbüchse zurück zum Klavier, damit Matzerath sie finden und den restlichen Sonntag fürs WHW klappernd totschlagen konnte.

Dieser mißglückte Versuch heilte mich für immer. Nie mehr habe ich ernsthaft versucht, eine Konservendose, einen umgestülpten Eimer, die Standfläche einer Waschschüssel als Trommel zu benutzen. Wenn ich es dennoch getan habe, bemühe ich mich, diese ruhmlosen Episoden zu vergessen, und räume ihnen auf diesem Papier keinen oder so wenig wie möglich Platz ein. Eine Konservendose ist eben keine Blechtrommel, ein Eimer ist ein Eimer, und in einer Waschschüssel wäscht man sich oder seine Strümpfe. So wie es heute keinen Ersatz gibt, gab es schon damals keinen; eine weißrot geflammte Blechtrommel spricht für sich, bedarf also keiner Fürsprache.

Oskar war allein, verraten und verkauft. Wie sollte er auf die Dauer sein dreijähriges Gesicht bewahren können, wenn es ihm am Notwendigsten, an seiner Trommel fehlte? All die jahrelangen Täuschungsversuche wie: gelegentliches Bettnässen, allabendliches kindliches Plappern der Abendgebete, die Angst vor dem Weihnachtsmann, der in

Wirklichkeit Greff hieß, das unermüdliche Stellen dreijähriger, typisch drolliger Fragen wie: Warum haben die Autos Räder? – all diesen Krampf, den die Erwachsenen von mir erwarteten, mußte ich ohne meine Trommel leisten, war bald kurz vorm Aufgeben und suchte deshalb verzweifelt jenen, der zwar nicht mein Vater war, der mich jedoch höchstwahrscheinlich gezeugt hatte, Oskar wartete nahe der Polensiedlung an der Ringstraße auf Jan Bronski.

Der Tod meiner armen Mama hatte das zuweilen fast freundschaftliche Verhältnis zwischen Matzerath und dem inzwischen zum Postsekretär avancierten Onkel, wenn nicht auf einmal und plötzlich, so doch nach und nach, und je mehr sich die politischen Zustände zuspitzten, um so endgültiger entflochten, trotz schönster gemeinsamer Erinnerungen gelöst. Mit dem Zerfall der schlanken Seele, des üppigen Körpers meiner Mama, zerfiel die Freundschaft zweier Männer, die sich beide in jener Seele gespiegelt, die beide von jenem Fleisch gezehrt hatten, die nun, da diese Kost und dieser Konvexspiegel wegfielen, nichts Unzulängliches fanden als ihre politisch gegensätzlichen, jedoch den gleichen Tabak rauchenden Männerversammlungen. Aber eine Polnische Post und hemdsärmelige Zellenleiterbesprechungen können keine schöne und selbst beim Ehebruch noch gefühlvolle Frau ersetzen. Bei aller Vorsicht – Matzerath mußte auf die Kundschaft und die Partei, Jan auf die Postverwaltung Rücksicht nehmen – kam es während der kurzen Zeitspanne zwischen dem Tode meiner armen Mama und dem Ende des Sigismund Markus dennoch zu Begegnungen meiner beiden mutmaßlichen Väter.

Um Mitternacht hörte man zwei- oder dreimal im Monat Jans Knöchel an den Scheiben unserer Wohnzimmerfenster. Wenn Matzerath dann die Gardine zurückschob, das Fenster einen Spalt weit öffnete, war die Verlegenheit beiderseits grenzenlos, bis der eine oder der andere das erlösende

Wort fand, einen Skat zu später Stunde vorschlug. Den Greff holten sie aus seinem Gemüseladen, und wenn der nicht wollte, wegen Jan nicht wollte, nicht wollte, weil er als ehemaliger Pfadfinderführer – er hatte seine Gruppe inzwischen aufgelöst – vorsichtig sein mußte, dazu schlecht und nicht allzu gerne Skat spielte, dann war es meistens der Bäcker Alexander Scheffler, der den dritten Mann abgab. Zwar saß auch der Bäckermeister ungern meinem Onkel Jan am selben Tisch gegenüber, aber eine gewisse Anhänglichkeit an meine arme Mama, die sich wie ein Erbstück auf Matzerath übertrug, auch der Grundsatz Schefflers, daß Geschäftsleute des Einzelhandels zusammenhalten müßten, ließen den kurzbeinigen Bäcker, von Matzerath gerufen, aus dem Kleinhammerweg herbeieilen, am Tisch unseres Wohnzimmers Platz nehmen, mit bleichen, wurmstichigen Mehlfingern die Karten mischen und wie Semmeln unters hungrige Volk verteilen.

Da diese verbotenen Spiele zumeist erst nach Mitternacht begannen und um drei Uhr früh, da Scheffler in seine Backstube mußte, abgebrochen wurden, gelang es mir nur selten, in meinem Nachthemd, jedes Geräusch vermeidend, meinem Bettchen zu entkommen und ungesehen, auch ohne Trommel, den schattigen Winkel unter dem Tisch zu erreichen.

Wie Sie zuvor schon bemerkt haben werden, ergab sich mir unter dem Tisch seit jeher die bequemste Art aller Betrachtungen: Ich stellte Vergleiche an. Doch wie hatte sich seit dem Hingang meiner armen Mama alles geändert! Da versuchte kein Jan Bronski oben vorsichtig und dennoch Spiel um Spiel verlierend, unten kühn, mit schuhlosem Strumpf Eroberungen zwischen den Schenkeln meiner Mama zu machen. Unter dem Skattisch jener Jahre gab es keine Erotik mehr, geschweige denn Liebe. Sechs Hosenbeine bespannten, verschiedene Fischgrätenmuster zeigend, sechs nackte, oder Unterhosen bevorzugende, mehr oder weniger behaarte Männerbeine, die sich sechsmal unten Mühe gaben, keine noch so zufällige Berührung zu finden, die oben, zu Rümpfen, Köpfen, Armen vereinfacht und erweitert, sich eines Spieles befleißigten, das aus politischen Gründen hätte verboten sein müssen, das aber in jedem Falle eines verlorenen oder gewonnenen Spieles die Entschuldigung, auch den Triumph zuließ: Polen hat einen Grand Hand verloren; die Freie Stadt Danzig gewann soeben für das Großdeutsche Reich bombensicher einen Karo einfach.

Der Tag ließ sich voraussehen, da diese Manöverspiele ihr Ende finden würden – wie ja alle Manöver eines Tages beendet und auf erweiterter Ebene anläßlich eines sogenannten Ernstfalles in nackte Tatsachen verwandelt werden.

Im Frühsommer neununddreißig zeigte es sich, daß Matzerath bei den wöchentlichen Zellenleiterbesprechungen unverfänglichere Skatbrüder als polnische Postbeamte und ehemalige Pfadfinderführer fand. Jan Bronski besann sich notgedrungen seines ihm zugewiesenen Lagers, hielt sich an die Leute der Post, so an den invaliden Hausmeister Kobyella, der seit seiner Dienstzeit in Marszalek Pilsudskis legendärer Legion auf einem um einige Zentimeter zu kurzen Bein stand. Trotz dieses Hinkebeines war der Kobyella ein tüchtiger Hausmeister, mithin ein handwerklich geschickter Mann, von dessen eventueller Gutwilligkeit ich die Reparatur meiner kranken Trommel erhoffen durfte. Nur weil der Weg zum Kobyella über Jan Bronski führte, stellte ich mich fast jeden Nachmittag gegen sechs, selbst bei drückendster Augusthitze, in der Nähe der Polensiedlung auf und wartete auf den nach Dienstschluß zumeist pünktlich heimkehrenden Jan. Er kam nicht. Ohne mir eigentlich die Frage zu stellen: Was treibt dein mutmaßlicher Vater nach Feierabend?, wartete ich oft bis sieben, halb acht. Aber er kam nicht. Ich hätte zur Tante Hedwig gehen können. Womöglich war Jan krank, fieberte oder bewahrte ein gebrochenes Bein im Gipsverband auf. Oskar blieb auf dem Fleck und begnügte sich damit, dann und wann Fenster und Gardinen der Postsekretärswohnung zu fixieren. Eine merkwürdige Scheu hielt Oskar davon ab, seine Tante Hedwig aufzusuchen, deren Blick aus warm mütterlichen Kuhaugen ihn traurig stimmte. Auch mochte er die Kinder der Bronskischen Ehe, die mutmaßlich seine Halbgeschwister waren, nicht besonders. Die gingen mit ihm um wie mit einer Puppe. Die wollten mit ihm spielen, ihn als Spielzeug benutzen. Woher nahm der mit Oskar fast gleichaltrige fünfzehnjährige Stephan das Recht, ihn väterlich, immer belehrend und von oben herab zu behandeln? Und jene zehnjährige Marga mit Zöpfen und einem Gesicht, in dem ständig der Mond voll und fett aufging: Sah sie in Oskar eine willenlose Ankleidepuppe, die man stundenlang kämmen, bürsten, zurechtzupfen und erziehen konnte? Natürlich sahen die beiden in mir das anomale, bedauernswerte Zwergenkind, kamen sich selbst gesund und vielversprechend vor, waren ja auch die Lieblinge meiner Großmutter Koljaiczek, der ich es leider schwermachen mußte, in mir einen Liebling zu sehen. Mir konnte man mit Märchen und Bilderbüchern kaum beikommen. Was ich von der Großmutter erwartete, selbst heute noch breit und genußvoll ausmale, war recht eindeutig und deshalb nur selten zu erlangen: Oskar wollte, sobald er sie sah, seinem Großvater Koljaiczek nacheifern, bei ihr untertauchen und, wenn möglich, nie wieder außerhalb ihres Windschattens atmen müssen.

Was habe ich nicht alles getan, um unter die Röcke meiner Großmutter zu gelangen! Ich kann nicht sagen, daß sie es nicht mochte, wenn Oskar ihr darunter saß. Nur zögerte sie, wies mich auch meistens zurück, hätte wohl jedem halbwegs dem Koljaiczek Ähnlichen Zuflucht geboten, nur mir, der ich weder die Figur noch das immer lockere Streichholz des Brandstifters hatte, mußten trojanische Pferde einfallen, um in die Festung gelangen zu können.

Oskar sieht sich wie ein echter Dreijähriger mit einem Gummiball spielen, bemerkt, wie jener Oskar zufällig den Ball unter die Röcke rollen läßt, dann dem runden Vorwand nachgleitet, bevor seine Großmutter die List durchschauen, den Ball zurückgeben kann. Wenn die Erwachsenen dabei waren, duldete mich meine Großmutter nie lange unter den Röcken. Die Erwachsenen verspotteten sie, erinnerten sie mit oftmals anzüglichen Worten an ihre Brautzeit auf dem herbstlichen Kartoffelacker, ließen die Großmutter, die von Natur her nicht bleich war, heftig und anhaltend erröten, was der Sechzigjährigen unter fast weißem Haar nicht schlecht zu Gesicht stand.

Wenn meine Großmutter Anna jedoch alleine war – selten kam es vor, und immer seltener sah ich sie nach dem Tode meiner armen Mama und kaum noch, seit sie den Marktstand auf dem Langfuhrer Wochenmarkt hatte aufgeben müssen –, duldete sie mich eher, freiwilliger und länger unter den kartoffelfarbenen Röcken. Nicht einmal den dummen Trick mit dem noch dümmeren Gummiball brauchte es, um Einlaß zu finden. Mit meiner Trommel über die Dielen rutschend, ein Bein unterschlagend, das andere gegen die Möbel stemmend, schob ich mich in Richtung des großmütterlichen Berges, hob, am Fuße angelangt, mit den Trommelstöcken die vierfache Hülle, war schon darunter, ließ den Vorhang viermal und gleichzeitig fallen, blieb ein Minütchen lang still und ergab mich ganz, mit allen Poren atmend, dem strengen Geruch leicht ranziger Butter, der immer und durch keine Saison beeinflußt unter jenen vier Röcken vorherrschte. Erst dann begann Oskar zu trommeln. Wußte er doch, was seine Großmutter gerne hörte, und so trommelte ich oktoberliche Regengeräusche, ähnlich jenen, die sie damals hinter dem Kartoffelkrautfeuer gehört haben muß, als ihr der Koljaiczek mit dem Geruch eines heftig verfolgten Brandstifters unterlief. Einen feinen schrägen Regen ließ ich aufs Blech fallen, bis über mir Seufzer und heilige Namen laut wurden, und es bleibt Ihnen überlassen, hier jene Seufzer und heiligen Vornamen wiederzuerkennen, die damals im Jahre neunundneunzig laut wurden, als meine Großmutter im Regen saß und der Koljaiczek im Trocknen.

Als ich im August neununddreißig der Polensiedlung gegenüber auf Jan Bronski wartete, dachte ich oft an meine Großmutter. Es hätte ja sein können, daß sie bei der Tante Hedwig zu Besuch war. Wie verlockend auch der Gedanke sein mochte, unter Röcken sitzend ranzigen Buttergeruch einatmen zu können, stieg ich dennoch nicht die zwei Treppen hoch, klingelte nicht an der Tür mit dem Namensschild: Jan Bronski. Was hätte Oskar auch seiner Großmutter bieten können? Seine Trommel war zerschlagen, seine Trommel gab nichts mehr her, seine Trommel hatte vergessen, wie sich ein Regen anhört, der im Oktober fein und schräge auf ein Kartoffelkrautfeuer fällt. Und da Oskars Großmutter nur mit der Geräuschkulisse herbstlicher Niederschläge beizukommen war, blieb er auf der Ringstraße, sah jenen Straßenbahnen entgegen und nach, die den Heeresanger rauf und runter klingelten und alle der Linie Fünf dienten.

Wartete ich noch auf Jan? Hatte ich es nicht schon aufgegeben und stand nur noch auf meinem Fleck, weil mir noch keine passable Form fürs Aufgeben eingefallen war? Längeres Warten wirkt sich erzieherisch aus. Es kann aber auch längeres Warten den Wartenden dazu verführen, die zu erwartende Begrüßungsszene so ins Detail gehend auszumalen, daß dem Erwarteten jede Chance einer geglückten Überraschung genommen wird. Jan überraschte mich dennoch. Vom Ehrgeiz besessen, ihn, den Unvorbereiteten, zuerst zu erblicken, mit den Resten meiner Trommel antrommeln zu können, stand ich gespannt und mit griffbereiten Stöcken auf meinem Fleck. Ohne erst lange erklären zu müssen, wollte ich mit großem Schlag und Aufschrei des Bleches meine hoffnungslose Lage deutlich machen, sagte mir: Noch fünf Straßenbahnen, noch drei, noch diese Bahn, stellte mir, Schrecken an die Wand malend, vor, daß die Bronskis auf Jans Wunsch hin nach Modlin oder Warschau versetzt worden waren, sah ihn als Oberpostsekretär in Bromberg oder Thorn, wartete, alle vorherigen Schwüre brechend, noch eine Straßenbahn ab und drehte mich schon in Richtung Heimweg, da wurde Oskar von hinten gefaßt, ein Erwachsener hielt seine Augen zu.

Ich spürte weiche, nach ausgesuchter Seife riechende, angenehm trockene Männerhände; ich spürte Jan Bronski.

Als er mich losließ und auffallend laut lachend gegen sich drehte, war es zu spät, um auf dem Blech meine fatale Lage demonstrieren zu können. Beide Trommelstöcke versorgte ich deshalb gleichzeitig hinter den leinernen Trägern meiner halblangen, in jener Zeit, da niemand mir Sorge trug, schmutzigen und an den Taschen ausgefransten Kniehosen. Die Hände frei, hob ich sodann die an jämmerlichem Bindfaden hängende Trommel hoch, anklagend hoch, über Augenhöhe hoch, hoch, wie Hochwürden Wiehnke während der Messe die Hostie hob, hätte auch sagen können: das ist mein Fleisch und Blut, sagte aber kein Wörtchen, hob das geschundene Metall nur hoch, wollte auch keine grundlegende, womöglich wunderbare Wandlung; die Reparatur meiner Trommel forderte ich, sonst nichts.

Jan unterbrach sofort sein unangebrachtes und, wie ich heraushören konnte, nervös angestrengtes Gelächter. Er erblickte, was nicht zu übersehen war, meine Trommel, löste den Blick vom zerknüllten Blech, suchte meine blanken, immer noch echt wirkenden dreijährigen Augen, sah zuerst nichts als zweimal dieselbe nichtssagend blaue Iris, Glanzlichter darin, Spiegelungen, all das, was man dem Auge an Ausdruck andichtet, nahm schließlich, nachdem er feststellen mußte, daß sich mein Blick in nichts von einer x-beliebigen spiegelfreudigen Straßenpfütze unterschied, all seinen guten Willen, gerade Greifbares in seinem Gedächtnis zusammen und zwang sich, in meinem Augenpaar jenen zwar grauen, aber ähnlich geschnittenen Blick meiner Mama wiederzufinden, der ihm ja immerhin etliche Jahre lang Wohlwollen bis Leidenschaft gespiegelt hatte. Vielleicht aber verblüffte ihn auch der Abglanz seiner selbst, was immer noch nicht zu bedeuten hatte, daß Jan mein Vater, genauer gesagt, mein Erzeuger war. Denn seine, Mamas wie auch meine Augen zeichneten sich durch die gleiche naiv verschlagene, strahlend dümmliche Schönheit aus, die nahezu allen Bronskis, so auch Stephan, weniger Marga Bronski, um so mehr aber meiner Großmutter und ihrem Bruder Vinzent zu Gesicht stand. Mir jedoch war bei aller schwarzbewimperten Blauäugigkeit ein Schuß Koljaiczeksches Brandstifterblut – man denke nur an mein Glaszersingen – nicht abzusprechen, während es Mühe gekostet hätte, mir rheinisch-matzerathsche Züge anzudichten.

Jan selbst, der gerne auswich, hätte in jenem Moment, da ich die Trommel hob und die Augen wirken ließ, direkt befragt, zugeben müssen: Es blickt mich seine Mutter Agnes an. Vielleicht blicke ich selbst mich an. Seine Mutter und ich, wir hatten viel zu viel Gemeinsames. Es mag aber auch sein, daß mich mein Onkel Koljaiczek anblickt, der in Amerika ist oder auf dem Meeresgrund. Nur Matzerath blickt mich nicht an, und das ist gut so.

Jan nahm mir die Trommel ab, drehte, beklopfte sie. Er, der Unpraktische, der nicht einen Bleistift ordentlich anspitzen konnte, tat so, als verstünde er etwas von der Reparatur einer Blechtrommel, faßte sichtbar einen Entschluß, was selten bei ihm vorkam, nahm mich bei der Hand – was mir auffiel, denn so eilig wäre es nicht gewesen –, überquerte mit mir die Ringstraße, fand mit mir an der Hand die Insel der Straßenbahnhaltestelle Heeresanger und stieg, als die Bahn ankam, mich nachziehend in den Anhänger für Raucher der Linie Fünf.

Oskar ahnte es, wir fuhren in die Stadt, wollten zum Heveliusplatz, in die Polnische Post zum Hausmeister Kobyella, der jenes Werkzeug und Können hatte, nach welchen Oskars Trommel seit Wochen verlangte.

Es hätte diese Straßenbahnfahrt zu einer ungestörten Freudenfahrt werden können, wäre es nicht der Vorabend des ersten September neununddreißig gewesen, an dem sich der Triebwagen mit Anhänger der Linie Fünf, vom Max-Halbe-Platz an vollbesetzt mit müden und dennoch lauten Badegästen des Seebades Brösen, in Richtung Stadt klingelte. Welch ein Spätsommerabend hätte uns nach Abgabe der Trommel im Café Weitzke hinter Limonade mit Strohhalm gewinkt, wenn nicht in der Hafeneinfahrt, gegenüber der Westerplatte, die beiden Linienschiffe »Schlesien« und »Schleswig-Holstein« festgemacht und der roten Backsteinmauer mit dahinterliegendem Munitionsbecken ihre Stahlrümpfe, drehbaren Doppeltürme und Kasemattengeschütze gezeigt hätten. Wie schön wäre es gewesen, an der Pförtnerwohnung der Polnischen Post klingeln und eine harmlose Kinderblechtrommel dem Hausmeister Kobyella zur Reparatur anvertrauen zu können, wenn das Innere der Post nicht schon seit Monaten mit Panzerplatten in Verteidigungszustand versetzt, ein bislang harmloses Postpersonal, Beamte, Briefträger, während Wochenendschulungen in Gdingen und Oxhöft in eine Festungsbesatzung verwandelt worden wäre.

Wir näherten uns dem Olivaer Tor. Jan Bronski schwitzte, starrte in das staubige Grün der Hindenburgalleebäume und rauchte mehr von seinen Goldmundstückzigaretten, als es ihm seine Sparsamkeit hätte erlauben dürfen. Oskar hatte seinen mutmaßlichen Vater noch nie so schwitzen sehen, ausgenommen die zwei- oder dreimal, da er ihn mit seiner Mama auf der Chaiselongue beobachtet hatte.

Meine arme Mama aber war schon lange tot. Warum schwitzte Jan Bronski? Nachdem ich bemerken mußte, daß ihn kurz vor Erreichen fast jeder Haltestelle die Lust ankam, auszusteigen, daß ihm jedesmal erst im Augenblick des Aussteigenwollens meine Gegenwart bewußt wurde, daß ich und meine Trommel ihn veranlaßten, wieder Platz zu nehmen, wurde mir klar, daß der Polnischen Post wegen geschwitzt wurde, die Jan als Staatsbeamter zu verteidigen hatte. Er war doch schon einmal davongelaufen, hatte dann mich und meine Schrotttrommel an der Ringstraße, Ecke Heeresanger entdeckt, die Umkehr zur Beamtenpflicht beschlossen, schleppte mich, der ich weder Beamter war noch zur Verteidigung eines Postgebäudes taugte, mit sich und schwitzte und rauchte dabei. Warum stieg er nicht noch einmal aus? Ich hätte ihn gewiß nicht gehindert. Er war ja noch in den besten Jahren, noch keine fünfundvierzig. Blau war sein Auge, braun sein Haar, gepflegt zitterten seine Hände, und hätte er nicht so erbärmlich schwitzen müssen, wäre es Kölnisch Wasser gewesen und nicht kalter Schweiß, den Oskar, neben seinem mutmaßlichen Vater sitzend, riechen mußte.

Am Holzmarkt stiegen wir aus und gingen zu Fuß den Altstädtischen Graben hinunter. Ein windstiller Nachsommerabend. Die Glocken der Altstadt bronzierten wie immer gegen acht Uhr den Himmel. Glockenspiele, die Tauben aufwölken ließen: »Üb immer Treu und Redlichkeit bis an dein kühles Grab.« Das klang schön und war zum Weinen. Aber überall wurde gelacht. Frauen mit sonnengebräunten Kindern, flauschigen Bademänteln, bunten Strandbällen und

Segelschiffen stiegen aus Straßenbahnen, die von den Seebädern Glettkau und Heubude tausend Frischgebadete brachten. Junge Mädchen leckten mit beweglichen Zungen unter noch verschlafenen Blicken Himbeereis. Eine Fünfzehnjährige ließ ihre Eiswaffel fallen, wollte sich schon bücken, den Schmand wieder aufheben, da zögerte sie, überließ dem Pflaster und den Schuhsohlen künftiger Passanten die zerfließende Erfrischung; bald würde sie zu den Erwachsenen gehören und Eis nicht mehr auf der Straße lecken.

An der Schneidemühlengasse bogen wir links ein. Der Heveliusplatz, in den die Gasse mündete, wurde von gruppenweise herumstehenden Leuten der SS-Heimwehr gesperrt: junge Burschen, auch Familienväter mit Armbinden und den Karabinern der Schutzpolizei. Es wäre leicht gewesen, diese Sperre, einen Umweg machend, zu umgehen, um vom Rähm aus die Post zu erreichen. Jan Bronski ging auf die Heimwehrleute zu. Die Absicht war deutlich: Er wollte aufgehalten, unter den Augen seiner Vorgesetzten, die sicherlich vom Postgebäude aus den Heveliusplatz beobachten ließen, zurückgeschickt werden, um so, als abgewiesener Held, eine halbwegs rühmliche Figur machend, mit derselben Straßenbahn Linie Fünf, die ihn hergebracht hatte, nach Hause fahren zu dürfen.

Die Heimwehrleute ließen uns durch, dachten wahrscheinlich gar nicht daran, daß jener gutgekleidete Herr mit dem dreijährigen Jungen an der Hand ins Postgebäude zu gehen gedachte. Vorsicht rieten sie uns höflich an und schrien erst Halt, als wir schon durch das Gitterportal hindurch waren und vor dem Hauptportal standen. Jan drehte sich unsicher. Da wurde die schwere Tür einen Spalt weit geöffnet, man zog uns hinein: Wir standen in der halbdunklen, angenehm kühlen Schalterhalle der Polnischen Post.

Jan Bronski wurde von seinen Leuten nicht gerade freundlich begrüßt. Sie mißtrauten ihm, hatten ihn wohl schon aufgegeben, gaben auch laut zu, daß der Verdacht bestanden habe, er, der Postsekretär Bronski, wolle sich verdrücken. Jan hatte Mühe, die Anschuldigungen zurückzuweisen. Man hörte gar nicht zu, schob ihn in eine Reihe, die es sich zur Aufgabe gemacht hatte, Sandsäcke aus dem Keller hinter die Fensterfront der Schalterhalle zu befördern. Diese Sandsäcke und ähnlichen Unsinn stapelte man vor den Fenstern, schob schwere Möbel wie Aktenschränke in die Nähe des Hauptportals, um das Tor in seiner ganzen Breite notfalls schnell verbarrikadieren zu können.

Jemand wollte wissen, wer ich sei, hatte dann aber keine Zeit, auf Jans Antwort warten zu können. Die Leute waren nervös, redeten bald laut, bald übervorsichtig leise. Meine Trommel und die Not meiner Trommel schien vergessen zu sein. Der Hausmeister Kobyella, auf den ich gesetzt hatte, der jenem Haufen Schrott vor meinem Bauch wieder zu Ansehen verhelfen sollte, blieb unsichtbar und stapelte wahrscheinlich in der ersten oder zweiten Etage des Postgebäudes, ähnlich fieberhaft wie die Briefträger und Schalterbeamten in der Halle, pralle Sandsäcke, die kugelsicher sein sollten. Oskars Anwesenheit war Jan Bronski peinlich. So verdrückte ich mich augenblicklich, als Jan von einem Mann, den die anderen Doktor Michon nannten, Instruktionen erhielt. Nach einigem Suchen und vorsichtigem Umgehen jenes Herrn Michon, der einen polnischen Stahlhelm trug und offensichtlich der Direktor der Post war, fand ich die Treppe zum ersten Stockwerk und dort, ziemlich am Ende des Ganges, einen mittelgroßen, fensterlosen Raum, in dem sich keine Munitionskisten schleppende Männer befanden, keine Sandsäcke stapelten.

Rollbare Wäschekörbe voller buntfrankierter Briefe standen dichtgedrängt auf den Dielen. Das Zimmer war niedrig, die Tapete ockerfarben. Leicht roch es nach Gummi. Eine Glühbirne brannte ungeschützt. Oskar war zu müde, den

Lichtschalter zu suchen. Ganz fern mahnten die Glocken von Sankt Marien, Sankt Katharinen, Sankt Johann, Sankt Brigitten, Sankt Barbara, Trinitatis und Heiliger Leichnam: Es ist neun Uhr, Oskar, du mußt schlafen gehen! – Und so legte ich mich in einen der Briefkörbe, bettete die gleichfalls erschöpfte Trommel an meiner Seite und schlief ein.

Die Polnische Post

Ich schlief in einem Wäschekorb voller Briefe, die nach Lodz, Lublin, Lwow, Torun, Krakow und Czestochowa hinwollten, die von Lodz, Lublin, Lemberg, Thorn, Krakau und Tschenstochau herkamen. Ich träumte aber weder von der Matka Boska Czestochowska noch von der schwarzen Madonna, knabberte weder träumend an Marszalek Pilsudskis in Krakau aufbewahrtem Herzen noch an jenen Lebkuchen, die die Stadt Thorn so berühmt gemacht haben. Nicht einmal von meiner immer noch nicht reparierten Trommel träumte ich. Traumlos auf Briefen in rollbarem Wäschekorb liegend, vernahm Oskar nichts von jenem Wispern, Zischeln, Plaudern, von jenen Indiskretionen, die angeblich laut werden sollen, wenn viele Briefe auf einem Haufen liegen. Mir sagten die Briefe kein Wörtchen, ich hatte keine Post zu erwarten, niemand durfte in mir einen Empfänger oder gar Absender sehen. Selbstherrlich schlief ich mit eingezogener Antenne auf einem Berg Post, der nachrichtenträchtig die Welt hätte bedeuten können.

So weckte mich verständlicherweise nicht jener Brief, den irgendein Pan Lech Milewczyk aus Warschau seiner Nichte in Danzig-Schidlitz schrieb, ein Brief also, alarmierend genug, um eine tausendjährige Schildkröte wecken zu können; mich weckte entweder nahes Maschinengewehrfeuer oder die fernen, nachgrollenden Salven aus den Doppeltürmen der Linienschiffe im Freihafen.

Das schreibt sich so leicht hin: Maschinengewehre, Doppeltürme. Hätte es nicht auch ein Platzregen, Hagelschauer, der Aufmarsch eines spätsommerlichen Gewitters, ähnlich jenem Gewitter anläßlich meiner Geburt, sein können? Ich war zu verschlafen, derlei Spekulationen nicht mächtig und folgerte, noch die Geräusche im Ohr bewahrend, treffend und wie alle Verschlafenen die Situation direkt beim Namen nennend: Jetzt schießen sie!

Kaum aus dem Wäschekorb geklettert, noch unsicher in den Sandalen stehend, besorgte Oskar sich um das Wohl seiner empfindlichen Trommel. Mit beiden Händen grub er jenem Korb, der seinen Schlaf beherbergt hatte, ein Loch in den zwar locker, aber verschachtelt geschichteten Briefen, ging jedoch nicht brutal vor, indem er zerriß, knickte und gar entwertete; nein, vorsichtig löste ich die miteinander verfilzte Post, trug jeder der zumeist violetten, mit dem »Poczta Polska« Stempel bedachten Briefe, sogar Postkarten Sorge, gab acht, daß sich kein Kuvert öffnete; denn selbst angesichts unabwendbarer, alles ändernder Ereignisse sollte das Postgeheimnis immer gewahrt bleiben.

Im selben Maße wie das Maschinengewehrfeuer zunahm, weitete sich der Trichter in jenem Wäschekorb voller Briefe. Endlich ließ ich es genug sein, bettete meine todkranke Trommel in dem frisch aufgeworfenen Lager, bedeckte sie dicht, nicht nur dreifach, nein, zehn- bis zwanzigfach auf ähnliche Art verzahnt mit den Umschlägen, wie Maurer Ziegel fügen, wenn es gilt, eine stabile Wand zu errichten.

Kaum hatte ich diese Vorsichtsmaßnahme, von der ich mir Splitter- und Kugelschutz für mein Blech erhoffen durfte, beendet, als an der Fassade, die das Postgebäude zum Heveliusplatz hin begrenzte, etwa in Höhe der Schalterhalle die erste Panzerabwehrgranate detonierte.

Die Polnische Post, ein massiver Ziegelbau, durfte getrost eine Anzahl dieser Einschläge hinnehmen, ohne befürchten zu müssen, daß es den Leuten der Heimwehr gelänge, kurzes Spiel zu machen, schnell eine Bresche zu schlagen, breit genug für einen frontalen, oft exerzierten Sturmangriff.

Ich verließ meinen sicheren, fensterlosen, von drei Büroräumen und dem Korridor der ersten Etage eingeschlossenen Lagerraum für Briefsendungen, um nach Jan Bronski zu schauen. Wenn ich nach meinem mutmaßlichen Vater Jan Ausschau hielt, suchte ich selbstverständlich und fast mit noch größerer Begierde den invaliden Hausmeister Kobyella. War ich doch am Vorabend mit der Straßenbahn, auf mein Abendessen verzichtend, in die Stadt, zum Heveliusplatz und hinein in jenes mir sonst gleichgültige Postgebäude gekommen, um meine Trommel reparieren zu lassen. Wenn ich also den Hausmeister nicht rechtzeitig, das heißt vor dem mit Sicherheit zu erwartenden Sturmangriff fand, war an eine sorgfältige Befestigung meines haltlosen Bleches kaum noch zu denken.

Oskar suchte also den Jan und meinte den Kobyella. Mehrmals durchmaß er mit auf der Brust gekreuzten Armen den langen gefliesten Korridor, blieb aber mit seinem Schritt alleine. Zwar unterschied er einzelne, sicher vom Postgebäude aus abgegebene Gewehrschüsse von der anhaltenden Munitionsvergeudung der Heimwehrleute, aber die sparsamen Schützen mußten in ihren Büroräumen die Poststempel gegen jene anderen, gleichfalls stempelnden Instrumente ausgetauscht haben. Im Korridor stand, lag oder hielt sich keine Bereitschaft für einen eventuellen Gegenangriff bereit. Da patrouillierte nur Oskar, war wehrlos und ohne Trommel dem Geschichte machenden Introitus einer viel zu frühen Morgenstunde ausgesetzt, die allenfalls Blei, aber kein Gold im Munde trug.

Auch in den Büroräumen zum Posthof hin fand ich keine Menschenseele. Leichtsinn, stellte ich fest. Man hätte das Gebäude auch in Richtung Schneidemühlengasse sichern müssen. Das dort liegende Polizeirevier, durch einen bloßen Bretterzaun vom Posthof und der Paketrampe getrennt, bildete eine so günstige Angriffsposition, wie sie nur noch im Bilderbuch zu finden sein mag. Ich klapperte die Büroräume, den Raum für eingeschriebene Sendungen, den

Raum der Geldbriefträger, die Lohnkasse, die Telegrammannahme ab: Da lagen sie. Hinter Panzerplatten und Sandsäcken, hinter umgestürzten Büromöbeln lagen sie, stokkend, fast sparsam schießend.

In den meisten Räumen hatten schon einige Fensterscheiben Bekanntschaft mit den Maschinengewehren der Heimwehr gemacht. Flüchtig besah ich mir den Schaden und stellte mit jenem Fensterglas Vergleiche an, das unter dem Eindruck meiner diamantenen Stimme in ruhig, tief atmenden Friedenszeiten zusammengebrochen war. Nun, wenn man von mir einen Beitrag zur Verteidigung der Polnischen Post forderte, wenn etwa jener kleine, drahtige Doktor Michon nicht als postalischer, sondern als militärischer Direktor der Post an mich heranträte, um mich vereidigend in Polens Dienste zu nehmen, an meiner Stimme sollte es nicht fehlen: Für Polen und Polens wildblühende und dennoch immer wieder Früchte tragende Wirtschaft hätte ich gerne die Scheiben aller gegenüberliegenden Häuser am Heveliusplatz, die Verglasung der Häuser am Rähm, die gläserne Flucht an der Schneidemühlengasse, inklusive Polizeirevier, und fernwirkender als je zuvor, die schöngeputzten Fensterscheiben des Altstädtischen Grabens und der Rittergasse binnen Minuten zu schwarzen, Zugluft fördernden Löchern gemacht. Das hätte Verwirrung unter den Leuten der Heimwehr, auch unter den zuguckenden Bürgern gestiftet. Das hätte den Effekt mehrerer schwerer Maschinengewehre ersetzt, das hätte schon zu Anfang des Krieges an Wunderwaffen glauben lassen, das hätte dennoch nicht die Polnische Post gerettet.

Oskar kam nicht zum Einsatz. Jener Doktor Michon mit dem polnischen Stahlhelm auf dem Direktorenkopf vereidigte mich nicht, sondern gab mir, als ich die Treppe zur Schalterhalle hinunterhastete, ihm zwischen die Beine lief, eine schmerzhafte Ohrfeige, um gleich nach dem Schlag, laut und polnisch fluchend, abermals seinen Verteidigungsgeschäften nachzugehen. Mir blieb nichts anderes übrig, als den Schlag hinzunehmen. Die Leute, mithin auch der Doktor Michon, der schließlich die Verantwortung trug, waren aufgeregt, fürchteten sich und konnten als entschuldigt gelten.

Die Uhr in der Schalterhalle sagte mir, daß es zwanzig nach vier war. Als es einundzwanzig nach vier war, konnte ich annehmen, daß die ersten Kampfhandlungen dem Uhrwerk keinen Schaden zugefügt hatten. Sie ging, und ich wußte nicht, ob ich diesen Gleichmut der Zeit als schlechtes oder gutes Zeichen werten sollte.

Jedenfalls blieb ich vorerst in der Schalterhalle, suchte Jan und Kobyella, ging dem Doktor Michon aus dem Wege, fand weder den Onkel noch den Hausmeister, stellte Schäden an der Verglasung der Halle fest, auch Sprünge und häßliche Lücken im Putz neben dem Hauptportal und durfte Zeuge sein, als man die ersten zwei Verwundeten herbeitrug. Der eine, ein älterer Herr mit immer noch sorgfältig gescheiteltem Grauhaar, sprach ständig und erregt, während man den Streifschuß an seinem rechten Oberarm verband. Kaum hatte man die leichte Wunde weiß eingewickelt, wollte er aufspringen, nach seinem Gewehr greifen und sich abermals hinter die wohl doch nicht kugelsicheren Sandsäcke werfen. Wie gut, daß ein leichter, durch starken Blutverlust verursachter Schwächeanfall ihn wieder zu Boden zwang und ihm jene Ruhe befahl, ohne die ein älterer Herr kurz nach einer Verwundung nicht zu Kräften kommt. Zudem gab ihm der kleine, nervige Fünfziger, der einen Stahlhelm trug, aber aus zivilem Brusttäschchen das Dreieck eines Kavaliertaschentuches hervorlugen ließ, dieser Herr mit den noblen Bewegungen eines beamteten Ritters, der Doktor war und Michon hieß, der Jan Bronski am Vorabend streng ins Verhör genommen hatte, gab dem älteren blessierten Herrn den Befehl, im Namen Polens Ruhe zu bewahren.

Der zweite Verwundete lag schwer atmend auf einem Strohsack und zeigte kein Verlangen mehr nach den Sandsäcken. In regelmäßigen Abständen schrie er laut und ohne Scham, weil er einen Bauchschuß hatte.

Gerade wollte Oskar noch einmal die Reihe der Männer hinter den Sandsäcken inspizieren, um endlich auf seine Leute zu treffen, da ließen zwei fast gleichzeitige Granateinschläge über und neben dem Hauptportal die Schalterhalle klirren. Die Schränke, die man vor das Portal gerückt hatte, sprangen auf und gaben Stöße gehefteter Akten frei, die dann auch richtig aufflatterten, den ordentlichen Halt verloren, um auf den Fliesen landend und gleitend Zettel zu berühren und zu decken, die sie im Sinne einer sachgemäßen Buchhaltung nie hätten kennenlernen dürfen. Unnütz zu sagen, daß restliches Fensterglas splitterte, daß größere und kleinere Felder Putz von den Wänden und von der Decke fielen. Man schleppte einen weiteren Verwundeten durch Gips- und Kalkwolken in die Mitte des Raumes, dann jedoch, auf Befehl des Stahlhelmes Doktor Michon, die Treppe hinauf ins erste Stockwerk.

Oskar folgte den Männern mit dem von Stufe zu Stufe aufstöhnenden Postbeamten, ohne daß ihn jemand zurückrief, zur Rede stellte oder gar, wie es kurz zuvor der Michon für nötig befunden hatte, mit grober Männerhand ohrfeigte. Allerdings gab er sich auch Mühe, keinem der Erwachsenen zwischen die Postverteidigerbeine zu laufen.

Als ich hinter den langsam die Treppe bewältigenden Männern das erste Stockwerk erreichte, bestätigte sich meine Ahnung: Man brachte den Verwundeten in jenen fensterlosen und deshalb sicheren Lagerraum für Briefsendungen, den ich eigentlich für mich reserviert hatte. Auch glaubte man, da es an Matratzen mangelte, in den Briefkörben zwar zu kurze, aber immerhin weiche Unterlagen für die Blessierten zu finden. Schon bereute ich, meine Trommel in einem dieser rollbaren Wäschekörbe voller unbestellbarer Post eingemietet zu haben. Würde das Blut dieser aufgerissenen, durchlöcherten Briefträger und Schalterbeamten nicht durch die zehn oder zwanzig Papierlagen hindurchsickern und meinem Blech eine Farbe geben, die es bisher nur als Lackanstrich gekannt hatte? Was hatte meine Trommel mit dem Blute Polens gemeinsam! Mochten sie ihre Akten und Löschblätter mit dem Saft färben! Mochten sie doch das Blau aus ihren Tintenfässern stürzen und mit Rot nachfüllen! Mochten sie doch ihre Taschentücher, weißen gestärkten Hemden zur gutpolnischen Hälfte röten! Schließlich ging es um Polen und nicht um meine Trommel! Wenn es ihnen schon darauf ankam, daß Polen, wenn verloren, dann weißrot verlorengehe, mußte dann meine Trommel, verdächtig genug durch den frischen Anstrich, gleichfalls verlorengehen?

Langsam setzte sich in mir der Gedanke fest: Es geht gar nicht um Polen, es geht um mein verbogenes Blech. Jan hatte mich in die Post gelockt, um den Beamten, denen Polen als Fanal nicht ausreichte, ein zündendes Feldzeichen zu bringen. Nachts, während ich in dem rollbaren Briefkorb schlief, doch weder rollte noch träumte, hatten es sich die wachenden Postbeamten wie eine Parole zugeflüstert: Eine sterbende Kindertrommel hat bei uns Zuflucht gesucht. Wir sind Polen, wir müssen sie schützen, zumal England und Frankreich einen Garantievertrag mit uns abgeschlossen haben.

Während mir derlei unnütz abstrakte Überlegungen vor der halboffenen Tür des Lagerraumes für Briefsendungen die Handlungsfreiheit beschränkten, wurde im Posthof erstmals Maschinengewehrfeuer laut. Wie von mir vorausgesagt, wagte die Heimwehr ihren ersten Angriff vom Polizeirevier aus, an der Schneidemühlengasse. Kurz darauf hob es uns allen die Füße: Es war denen von der Heimwehr gelungen, die Tür zum Paketraum oberhalb der Verladerampe für die Postautos in die Luft zu sprengen. Gleich darauf waren sie im Paketraum, dann in der Paketannahme, die Tür zum Korridor, der zur Schalterhalle führte, stand schon offen.

Die Männer, die den Verwundeten hochgeschleppt und in jenem Briefkorb gebettet hatten, der meine Trommel barg, stürzten davon, andere folgten ihnen. Dem Lärm nach schloß ich, man kämpfe im Korridor des Parterre, dann in der Paketannahme. Die Heimwehr mußte sich zurückziehen.

Zögernd erst, doch dann bewußter, betrat Oskar den Lagerraum für die Briefe. Der Verwundete hatte ein gelbgraues Gesicht, zeigte die Zähne und arbeitete mit den Augäpfeln hinter geschlossenen Lidern. Fädenziehendes Blut spuckte er. Da ihm der Kopf jedoch über den Rand des Briefkorbes hing, bestand wenig Gefahr, daß er die Postsendungen besudelte. Oskar mußte sich auf die Zehenspitzen stellen, um in den Korb langen zu können. Das Gesäß des Mannes wuchtete genau dort, wo seine Trommel begraben lag. Es gelang Oskar, erst vorsichtig, auf den Mann und die Briefe Rücksicht nehmend, dann kräftiger ziehend, schließlich reißend und fetzend mehrere Dutzend Umschläge unter dem Stöhnenden hervorzuklauben.

Heute möchte ich sagen, ich spürte schon den Rand meiner Trommel, da stürmten Männer die Treppe hoch, den Korridor entlang. Sie kamen zurück, hatten die Heimwehr aus dem Paketraum vertrieben, waren vorerst Sieger; ich hörte sie lachen.

Hinter einem der Briefkörbe versteckt, wartete ich nahe der Tür, bis die Männer bei dem Verwundeten waren. Zuerst laut redend und gestikulierend, dann leise fluchend, verbanden sie ihn.

In Höhe der Schalterhalle schlugen zwei Panzerabwehrgranaten ein – abermals zwei, dann Stille. Die Salven der Linienschiffe im Freihafen, der Westerplatte gegenüber, rollten fern, gutmütig brummend und gleichmäßig – man gewöhnte sich daran.

Ohne von den Männern bei dem Verwundeten bemerkt zu werden, verdrückte ich mich aus dem Lagerraum für Briefsendungen, ließ meine Trommel im Stich und machte mich abermals auf die Suche nach Jan, meinem mutmaßlichen Vater und Onkel, auch nach dem Hausmeister Kobyella.

In der zweiten Etage befand sich die Dienstwohnung des Oberpostsekretärs Naczalnik, der seine Familie rechtzeitig nach Bromberg oder Warschau geschickt haben mochte. Zuerst suchte ich einige Magazinräume zur Posthofseite ab und fand dann Jan und den Kobyella im Kinderzimmer der Naczalnikschen Dienstwohnung.

Ein freundlicher heller Raum mit lustiger, leider an einigen Stellen durch verirrte Gewehrkugeln verletzter Tapete. Hinter zwei Fenster hätte man sich in friedlichen Zeiten stellen können, hätte, den Heveliusplatz beobachtend, seinen Spaß gehabt. Ein noch unverletztes Schaukelpferd, diverse Bälle, eine Ritterburg voller umgestürzter Bleisoldaten zu Fuß und zu Pferde, ein aufgeklappter Pappkarton voller Eisenbahnschienen und Güterwagenminiaturen, mehrere mehr oder weniger mitgenommene Puppen, Puppenstuben, in denen Unordnung herrschte, kurz, ein Überangebot an Spielzeug verriet, daß der Oberpostsekretär Naczalnik Vater zweier reichlich verwöhnter Kinder, eines Jungen und eines Mädchens, sein mußte. Wie gut, daß die Gören nach Warschau evakuiert worden waren, daß mir eine Begegnung mit ähnlichem Geschwisterpaar, wie ich es von den Bronskis her kannte, erspart blieb. Mit leichter Schadenfreude stellte ich mir vor, wie es dem Bengel des Oberpostsekretärs leid getan haben mochte, von seinem Kinderparadies voller Bleisoldaten Abschied nehmen zu müssen. Vielleicht hatte er sich einige Ulanen in die Hosentasche gesteckt, um späterhin, bei den Kämpfen um die Festung Modlin, die polnische Kavallerie verstärken zu können.

Oskar redet zuviel von Bleisoldaten und kann sich dennoch nicht an dem Geständnis vorbeidrücken: Auf dem obersten Tablar eines Gestelles für Spielzeug, Bilderbücher und Gesellschaftsspiele reihten sich Musikinstrumente in kleinem Format. Eine honiggelbe Trompete stand tonlos neben einem den Kampfhandlungen gehorchenden, das heißt bei jedem Granateneinschlag bimmelnden Glockenspiel. Rechts außen zog sich schief und buntbemalt eine Ziehharmonika in die Länge. Die Eltern waren überspannt genug gewesen, ihrem Nachwuchs eine richtige kleine Geige mit vier richtigen Geigensaiten zu schenken. Neben der Geige stand, ihr weißes unbeschädigtes Rund zeigend, durch einige Bauklötze blockiert, so am Davonrollen gehindert, eine – man mag es nicht glauben wollen – weißrot gelackte Blechtrommel.

Ich versuchte erst gar nicht, die Trommel mit eigener Kraft vom Gestell herunterzuziehen. Oskar war sich seiner beschränkten Reichweite bewußt und erlaubte sich in Fällen, da seine Gnomenhaftigkeit in Hilflosigkeit überschlug, Erwachsene um Gefälligkeiten anzugehen.

Jan Bronski und Kobyella lagen hinter Sandsäcken, die die unteren Drittel der bis zum Fußboden reichenden Fenster füllten. Jan gehörte das linke Fenster. Kobyella hatte rechts seinen Platz. Sofort begriff ich, daß der Hausmeister jetzt kaum die Zeit fände, meine Trommel, die unter dem Blut spuckenden Verwundeten lag und sicherlich mehr und mehr zusammengedrückt wurde, hervorzuziehen und zu reparieren; denn der Kobyella war vollauf beschäftigt: In regelmäßigen Abständen schoß er mit seinem Gewehr durch eine im Sandsackwall ausgesparte Lücke über den Heveliusplatz in Richtung Ecke Schneidemühlengasse, wo kurz vor der Radaunebrücke ein Pak-Geschütz Stellung bezogen hatte.

Jan lag zusammengekauert, hielt den Kopf verborgen und zitterte. Ich erkannte ihn nur an seinem eleganten, nun jedoch mit Kalk und Sand bestäubten, dunkelgrauen Anzug. Die Schnürsenkel seines rechten, gleichfalls grauen Schuhes hatten sich gelöst. Ich bückte mich und band sie ihm zur Schleife. Als ich die Schleife anzog, zuckte Jan, schob sein viel zu blaues Augenpaar über den linken Ärmel und starrte mich unbegreiflich blau und wäßrig an. Obgleich er, wie Oskar sich flüchtig prüfend überzeugte, nicht verwundet war, weinte er lautlos. Jan Bronski hatte Angst. Ich ignorierte sein Geflenne, wies auf die Blechtrommel des evakuierten Naczalnikschen Sohnes und forderte Jan mit deutlichen Bewegungen auf, bei aller Vorsicht und den toten Winkel des Kinderzimmers nutzend, sich an das Gestell heranzumachen, mir das Blech herunterzulangen. Mein Onkel verstand mich nicht. Mein mutmaßlicher Vater begriff mich nicht. Der Geliebte meiner armen Mama war mit seiner Angst so beschäftigt und ausgefüllt, daß meine ihn um Hilfe angehenden Gesten allenfalls geeignet waren, seine Angst zu steigern. Oskar hätte ihn anschreien mögen, mußte aber befürchten, vom Kobyella, der nur auf sein Gewehr zu hören schien, entdeckt zu werden.

So legte ich mich links neben Jan hinter die Sandsäcke, drückte mich an ihn, um einen Teil meiner mir geläufigen Gleichmut auf den unglücklichen Onkel und mutmaßlichen Vater zu übertragen. Bald darauf wollte er mir auch etwas ruhiger vorkommen.

Es gelang meinem regelmäßig betonten Atem, seinem Puls eine ungefähre Regelmäßigkeit zu empfehlen. Als ich dann, allerdings viel zu früh, Jan ein zweites Mal auf die

Blechtrommel des Naczalnik Junior aufmerksam machte, indem ich seinen Kopf zwar langsam und sanft, schließlich bestimmt in Richtung des mit Spielzeug überladenen Holzgestelles zu drehen versuchte, verstand mich Jan abermals nicht. Angst besetzte ihn von unten nach oben, flutete von oben nach unten zurück, fand unten, vielleicht wegen der Schuhsohlen mit Einlagen, so starken Widerstand, daß die Angst sich Luft machen wollte, aber zurückprallte, über Magen, Milz und Leber flüchtend in seinem armen Kopf dergestalt Platz nahm, daß ihm die Blauaugen vorquollen und verzwickte Äderchen im Weiß zeigten, die Oskar am Augapfel seines mutmaßlichen Vaters wahrzunehmen zuvor nicht Gelegenheit gefunden hatte.

Es kostete mich Mühe und Zeit, die Augäpfel des Onkels zurückzutreiben, seinem Herzen einigen Anstand beizubringen. All mein Fleiß im Dienste der Ästhetik war jedoch umsonst, als die Leute von der Heimwehr zum erstenmal die mittlere Feldhaubitze einsetzten und in direktem Beschuß, durchs Rohr visierend, den Eisenzaun vor dem Postgebäude flachlegten, indem sie einen Ziegelpfeiler nach dem anderen mit bewundernswerter Genauigkeit, ein hohes Ausbildungsniveau verratend, ins Knie schlugen und zum endgültigen, das Eisengitter mitreißenden Kniefall zwangen. Mein armer Onkel Jan erlebte jeden Sturz der fünfzehn bis zwanzig Pfeiler mit Herz und Seele und so leidenschaftlich betroffen mit, als stieße man nicht nur Sockel in den Staub, sondern hätte mit den Sockeln auch auf den Sockeln stehende imaginäre, dem Onkel vertraute und lebensnotwendige Götterbilder gestürzt.

Nur so läßt sich erklären, daß Jan jeden Treffer der Haubitze mit schrillem Schrei quittierte, der, wäre er nur bewußter und gezielter geformt gewesen, gleich meinem glastötenden Schrei die Tugend eines scheibenschneidenden Diamanten gehabt hätte. Zwar schrie Jan inbrünstig, aber doch planlos und erreichte schließlich nur, daß der Kobyella seinen knochigen, invaliden Hausmeisterkörper zu uns herüberwarf, seinen mageren, wimpernlosen Vogelkopf hob und wäßrig graue Pupillen über unserer Notgemeinschaft bewegte. Er schüttelte Jan. Jan wimmerte. Er öffnete ihm das Hemd, suchte hastig Jans Körper nach einer Verwundung ab – fast hätte ich lachen müssen –, drehte ihn dann, als sich auch nicht die geringste Verletzung finden ließ, auf den Rücken, packte Jans Kinnlade, verschob die, ließ sie knakken, zwang Jans blauen Bronskiblick, das wäßrig graue Flackern der Kobyellalichter auszuhalten, fluchte ihm polnisch und Speichel sprühend ins Gesicht und warf ihm schließlich jenes Gewehr zu, welches Jan vor seiner extra für ihn ausgesparten Schießscharte bisher unbenutzt hatte liegen lassen; denn die Flinte war nicht einmal entsichert. Der Gewehrkolben schlug trocken gegen seine linke Kniescheibe. Der kurze und nach all den seelischen Schmerzen erstmals körperliche Schmerz schien ihm gutzutun, denn er faßte das Gewehr, wollte erschrecken, als er die Kälte der Metallteile in den Fingern und gleich darauf im Blut hatte, kroch dann jedoch, vom Kobyella halb fluchend, halb zuredend angefeuert, auf seine Schießscharte zu.

Mein mutmaßlicher Vater hatte eine solch genaue und bei all seiner weich üppigen Phantasie realistische Vorstellung vom Krieg, daß es ihm schwerfiel, ja, unmöglich war, aus mangelnder Einbildungskraft mutig zu sein. Ohne daß er sein Schußfeld durch die ihm zugewiesene Schießscharte wahrgenommen und ein lohnendes Ziel suchend abgetastet hätte, schoß er, das Gewehr schräg, weit von sich und über die Dächer der Häuser am Heveliusplatz richtend, schnell und blindlings ballernd sein Magazin leer, um sich abermals und mit ledigen Händen hinter den Sandsäcken zu verkriechen. Jener um Nachsicht bittende Blick, den Jan dem Hausmeister aus seinem Versteck zuwarf, las sich wie das schmollend verlegene Schuldbekenntnis eines Schülers ab, der seine Aufgaben nicht gemacht hatte. Kobyella klappte mehrmals mit dem Unterkiefer, lachte dann laut, wie unaufhörlich, brach beängstigend plötzlich das Gelächter ab und trat Bronski, der ja als Postsekretär sein Vorgesetzter war, drei- oder viermal gegen das Schienbein, holte schon aus, wollte Jan seinen unförmigen Schnürschuh in die Seite knallen, ließ aber, als Maschinengewehrfeuer die restlichen oberen Scheiben des Kinderzimmers abzählte und die Decke aufrauhte, den orthopädischen Schuh sinken, warf sich hinter sein Gewehr und gab mürrisch und hastig, als wollte er die mit Jan verlorene Zeit einholen, Schuß auf Schuß ab – was alles dem Munitionsverbrauch während des Zweiten Weltkrieges zuzuzählen ist.

Hatte der Hausmeister mich nicht bemerkt? Er, der sonst so streng und unnahbar sein konnte, wie nur Kriegsinvaliden einen gewissen respektvollen Abstand herausfordern können, ließ mich in dieser windigen Bude, deren Luft bleihaltig war. Dachte Kobyella etwa: Das ist ein Kinderzimmer, folglich darf Oskar hier bleiben und während der Gefechtspausen spielen?

Ich weiß nicht, wie lange wir so lagen: ich zwischen Jan und der linken Zimmerwand, wir beide hinter den Sandsäken, Kobyella hinter seinem Gewehr, für zwei schießend. Etwa gegen zehn Uhr ebbte das Feuer ab. So still wurde es, daß ich Fliegen brummen hörte, Stimmen und Kommandos vom Heveliusplatz her vernahm und der dumpf grollenden Arbeit der Linienschiffe im Hafenbecken zeitweilig Gehör schenkte. Ein heiterer bis wolkiger Septembertag, die Sonne pinselte Altgold, hauchdünn alles, empfindlich und dennoch schwerhörig. Es stand in den nächsten Tagen mein fünfzehnter Geburtstag bevor. Und ich wünschte mir, wie jedes Jahr im September, eine Blechtrommel, nichts Geringeres als eine Blechtrommel; auf alle Schätze dieser Welt verzichtend, richtete sich mein Sinnen nur und unverrückbar auf eine Trommel aus weißrot gelacktem Blech.

Jan rührte sich nicht. Kobyella schnaufte so gleichmäßig, daß Oskar schon annahm, er schlafe, nehme die kurze Kampfpause zum Anlaß für ein Nickerchen, weil schließlich alle Menschen, selbst Helden dann und wann eines erfrischenden Nickerchens bedürfen. Nur ich war hellwach und mit aller Unerbittlichkeit meines Alters auf das Blech aus. Nicht etwa, daß mir erst jetzt, während zunehmender Stille und absterbendem Gebrumm einer vom Sommer ermüdeten Fliege, die Blechtrommel des jungen Naczalnik wieder in den Sinn gekommen wäre. Oskar hatte sie auch während des Gefechtes, umtobt vom Kampflärm, nicht aus dem Auge gelassen. Jetzt aber wollte sich mir jene Gelegenheit zeigen, die zu versäumen mir jeder Gedanke verbot.

Oskar erhob sich langsam, bewegte sich leise, Glasscherben ausweichend, dennoch zielstrebig auf das Holzgestell mit dem Spielzeug zu, türmte in Gedanken aus einem Kinderstühlchen mit draufgestelltem Baukasten schon ein Podest, das hoch und sicher genug gewesen wäre, ihn zum Besitzer einer funkelnagelneuen Blechtrommel zu machen, da holte mich Kobyellas Stimme und gleich darauf des Hausmeisters trockener Griff ein. Verzweifelt wies ich auf die so nahe Trommel. Kobyella zerrte mich zurück. Mit beiden Armen verlangte ich nach dem Blech. Der Invalide zögerte schon, wollte schon hochlangen, mich glücklich machen, da griff Maschinengewehrfeuer ins Kinderzimmer, vor dem Portal detonierten Panzerabwehrgranaten; Kobyella schleuderte mich in die Ecke zu Jan Bronski, goß sich wieder hinter sein Gewehr und lud schon zum zweitenmal durch, als ich noch immer mit den Augen bei der Blechtrommel war.

Da lag Oskar, und Jan Bronski, mein süßer blauäugiger Onkel, hob nicht einmal die Nase, als mich der Vogelkopf mit dem Klumpfuß und dem Wasserblick ohne Wimpernwuchs kurz vor dem Ziel beiseite, in jene Ecke hinter die Sandsäcke wischte. Nicht etwa, daß Oskar weinte! Wut vermehrte sich in mir. Fette, weißbläuliche, augenlose Maden vervielfältigten sich, suchten nach einem lohnenden Kadaver: Was ging mich Polen an! Was war das, Polen? Die hatten doch ihre Kavallerie! Sollten sie reiten! Die küßten den Damen die Hände und merkten immer zu spät, daß sie nicht einer Dame die müden Finger, sondern einer Feldhaubitze ungeschminkte Mündung geküßt hatten. Und da entlud sie sich schon, die Jungfrau aus dem Geschlecht der Krupp. Da schnalzte sie mit den Lippen, imitierte schlecht und doch echt Schlachtgeräusche, wie sie in Wochenschauen zu hören sind, pfefferte ungenießbare Knallbonbons gegen das Hauptportal der Post, wollte die Bresche schlagen und schlug die Bresche und wollte durch die aufgerissene Schalterhalle hindurch das Treppenhaus anknabbern, damit keiner mehr rauf, keiner runter konnte. Und ihr Gefolge hinter den Maschinengewehren, auch die in den eleganten Panzerspähwagen, die so hübsche Namen wie »Ostmark« und »Sudetenland« draufgepinselt trugen, die konnten nicht genug bekommen, fuhren ratternd, gepanzert und spähend vor der Post auf und ab: zwei junge bildungsbeflissene Damen, die ein Schloß besichtigen wollten, aber das Schloß hatte noch geschlossen. Das steigerte die Ungeduld der verwöhnten, immer Einlaß begehrenden Schönen und zwang sie, Blicke, bleigraue, durchdringliche Blicke vom selben Kaliber in alle einsehbaren Gemächer des Schlosses zu werfen, damit es den Kastellanen heiß, kalt und eng werde.

Gerade rollte der eine Panzerspähwagen – ich glaube, es war die »Ostmark« – von der Rittergasse kommend wieder auf die Post zu, da schob Jan, mein seit geraumer Zeit wie lebloser Onkel, sein rechtes Bein gegen die Schießscharte, hob es in der Hoffnung, ein Spähwagen erspähe es, beschieße es; oder es erbarme sich ein verirrtes Geschoß, streife seine Wade oder Hacke und füge ihm jene Verletzung zu, die dem Soldaten den übertrieben gehumpelten Rückzug gestattet.

Es mochte diese Beinstellung dem Jan Bronski auf die Dauer anstrengend sein. Er mußte sie von Zeit zu Zeit aufgeben. Erst als er sich auf den Rücken drehte, fand er, das Bein mit beiden Händen in der Kniekehle stützend, Kraft genug, um Wade und Hacke andauernder und mit mehr Aussicht auf Erfolg den streunenden und gezielten Geschossen anzubieten.

So groß mein Verständnis für Jan war und heute noch ist, begriff ich doch die Wut des Kobyella, als jener seinen Vorgesetzten, den Postsekretär Bronski, in solch jämmerlicher und verzweifelter Haltung sah. Mit einem Sprung war der Hausmeister hoch, mit dem zweiten bei uns, über uns, packte schon zu, faßte Jans Stoff und mit dem Stoff Jan, hob das Bündel, schmetterte es zurück, hatte es wieder im Griff, ließ den Stoff krachen, schlug links, hielt rechts, holte rechts aus, ließ links fallen, erwischte noch rechts im Fluge und wollte mit links und rechts gleichzeitig die große Faust machen, die dann zum großen Schlag losschicken, Jan Bronski, meinen Onkel, Oskars mutmaßlichen Vater, treffen – da klirrte es, wie vielleicht Engel zur Ehre Gottes klirren, da sang es, wie im Radio der Äther singt, da traf es nicht den Bronski, da traf es Kobyella, da hatte sich eine Granate einen Riesenspaß erlaubt, da lachten Ziegel sich zu Splitt, Scherben zu Staub, Putz wurde Mehl, Holz fand sein Beil, da hüpfte das ganze komische Kinderzimmer auf einem Bein, da platzten die Käthe-Kruse-Puppen, da ging das Schaukelpferd durch und hätte so gerne einen Reiter zum Abwerfen gehabt, da ergaben sich Fehlkonstruktionen im Märklinbaukasten, und die polnischen Ulanen besetzten alle vier Zimmerecken gleichzeitig – da warf es endlich das

Gestell mit dem Spielzeug um: und das Glockenspiel läutete Ostern ein, auf schrie die Ziehharmonika, die Trompete mag wem was geblasen haben, alles gab gleichzeitig Ton an, ein probendes Orchester: das schrie, platzte, wieherte, läutete, zerschellte, barst, knirschte, kreischte, zirpte ganz hoch und grub doch tief unten Fundamente aus. Mir aber, der ich mich, wie es zu einem Dreijährigen paßte, während des Granateinschlages im Schutzengelwinkel des Kinderzimmers dicht unterm Fenster befunden hatte, mir fiel das Blech zu, die Trommel zu – und sie hatte nur wenige Sprünge im Lack und gar kein einziges Loch, Oskars neue Blechtrommel.

Als ich von meinem frischgewonnenen, sozusagen hastenichgesehn direkt vor die Füße gerollten Besitz aufblickte, sah ich mich gezwungen, Jan Bronski zu helfen. Es wollte ihm nicht gelingen, den schweren Körper des Hausmeisters von sich zu wälzen. Zuerst nahm ich an, es hätte auch Jan getroffen; denn er wimmerte sehr natürlich. Schließlich, als wir den Kobyella, der genauso natürlich stöhnte, zur Seite gerollt hatten, erwies sich der Schaden an Jans Körper als unbeträchtlich, Glassplitter hatten ihm lediglich die rechte Wange und den einen Handrücken geritzt. Ein schneller Vergleich erlaubte mir, festzustellen, daß mein mutmaßlicher Vater helleres Blut als der Hausmeister hatte, dem es die Hosenbeine in Höhe der Oberschenkel saftig und dunkel färbte.

Wer allerdings dem Jan das elegante, graue Jackett zerrissen und umgestülpt hatte, ließ sich nicht mehr in Erfahrung bringen. War es Kobyella oder die Granate? Es fetzte ihm übel von den Schultern, hatte das Futter gelöst, die Knöpfe befreit, die Nähte gespalten und die Taschen gekehrt.

Ich bitte um Nachsicht für meinen armen Jan Bronski, der zuerst alles wieder zusammenkratzte, was ihm ein grobes Unwetter aus den Taschen geschüttelt hatte, bevor er mit meiner Hilfe den Kobyella aus dem Kinderzimmer schleppte. Seinen Kamm fand er wieder, die Fotos seiner Lieben – es war auch ein Brustbild meiner armen Mama dabei –, seine Geldbörse hatte sich nicht einmal geöffnet. Mühsam alleine und auch nicht ungefährlich, da es die schützenden Sandsäcke zum Teil weggefegt hatte, war es für ihn, die weit im Zimmer zerstreuten Skatkarten einzusammeln; denn er wollte alle zweiunddreißig haben, und als er die zweiunddreißigste nicht fand, war er unglücklich, und als Oskar sie fand, zwischen zwei wüsten Puppenstuben fand, und ihm reichte, lächelte er, obgleich es Pique Sieben war.

Als wir den Kobyella aus dem Kinderzimmer geschleppt und endlich auf dem Korridor hatten, fand der Hausmeister die Kraft für einige Jan Bronski verständliche Worte. »Is noch alles dran?« besorgte sich der Invalide. Jan griff ihm in die Hose zwischen die Altmännerbeine, hatte den Griff voll und nickte dem Kobyella zu.

Wie waren wir alle glücklich: Kobyella hatte seinen Stolz behalten dürfen, Jan Bronski hatte alle zweiunddreißig Skatkarten inklusive Pique Sieben wiedergefunden, Oskar aber hatte eine neue Blechtrommel, die ihm bei jedem Schritt gegen das Knie schlug, während der durch den Blutverlust geschwächte Hausmeister von Jan und einem, den Jan Viktor nannte, eine Etage tiefer in den Lagerraum für Briefsendungen transportiert wurde.

Viktor Weluhn half uns beim Transport des trotz zunehmenden Blutverlustes immer schwerer werdenden Hausmeisters. Der stark kurzsichtige Viktor trug zu dem Zeitpunkt noch seine Brille und stolperte nicht auf den Steinstufen im Treppenhaus. Von Beruf war Viktor, was für einen Kurzsichtigen unglaublich klingen mag, Geldbriefträger. Heute nenne ich Viktor, sobald die Rede auf ihn kommt, den armen Viktor. Genau wie meine Mama durch einen Familienspaziergang zur Hafenmole zu meiner armen Mama wurde, wurde der Geldbriefträger Viktor durch den Verlust seiner Brille – es spielten auch andere Gründe mit – zum armen, brillenlosen Viktor.

»Hast du den armen Viktor wieder einmal gesehen?« frage ich meinen Freund Vittlar an den Besuchstagen. Doch seit jener Straßenbahnfahrt von Flingern nach Gerresheim – es wird davon noch berichtet werden – ist uns Viktor Weluhn verlorengegangen. Es bleibt nur zu hoffen, daß seine Häscher ihn gleichfalls vergeblich suchen, daß er seine Brille oder eine ihm angemessene Brille wiedergefunden hat und womöglich wie einst, wenn auch nicht mehr im Dienste der Polnischen Post, so doch als Geldbriefträger der Bundespost kurzsichtig, aber bebrillt die Leute mit bunten Scheinen und harten Münzen beglückt.

»Ist das nicht schrecklich?« keuchte Jan, der den Kobyella links gefaßt hatte.

»Und wie mag es ausgehen, wenn die Engländer und Franzosen nicht kommen?« besorgte sich der rechts mit dem Hausmeister beladene Viktor.

»Aber sie werden kommen! Rydz-Smigly hat noch gestern im Rundfunk gesagt: ›Wir haben die Garantie: Wenn es losgeht, steht ganz Frankreich wie ein Mann auf!« Jan hatte Mühe, seine Sicherheit bis zum Ende des Satzes beizubehalten, denn der Anblick seines eigenen Blutes auf seinem zerkratzten Handrücken stellte zwar nicht den polnisch-französischen Garantievertrag in Frage, ließ aber die Befürchtung zu, Jan könnte verbluten, noch ehe ganz Frankreich wie ein Mann aufstehe und getreu der gegebenen Garantie den Westwall überrenne.

»Sicher sind sie schon unterwegs. Und die Flotte Englands durchpflügt schon die Ostsee!« Viktor Weluhn liebte starke, nachhallende Ausdrücke, verhielt auf der Treppe, rechts mit dem getroffenen Körper des Hausmeisters behängt, links eine Hand wie auf dem Theater hochwerfend, alle fünf Finger sprechen lassend: »Kommt nur, ihr stolzen Briten!«

Während die beiden langsam, und immer wieder die polnisch-französisch-englischen Beziehungen erwägend, den Kobyella dem Notlazarett zuführten, blätterte Oskar in Gedanken Gretchen Schefflers Bücher nach diesbezüglichen Stellen durch. Keysers Geschichte der Stadt Danzig: »Während des Deutsch-Französischen Krieges anno siebenzigeinundsiebenzig liefen am Nachmittag des einundzwanzigsten August achtzehnhundertsiebenzig vier französische Kriegsschiffe in die Danziger Bucht ein, kreuzten auf der Reede, richteten schon ihre Geschützrohre gegen Hafen und Stadt, da gelang es während der folgenden Nacht der Schraubenkorvette ›Nymphe‹ unter der Führung des Korvettenkapitäns Weickhmann, den im Putziger Wiek ankernden Flottenverband zum Rückzug zu zwingen.«

Kurz bevor wir den Lagerraum für Briefsendungen in der ersten Etage erreichten, rang ich mich zu der später bestätigten Ansicht durch: Die Home Fleet lag, während die Polnische Post und das ganze flache Polen bestürmt wurden, mehr oder weniger gut geschützt in irgendeinem Fjord des nördlichen Schottland; Frankreichs große Armee verweilte noch beim Mittagessen und glaubte mit einigen Spähtruppunternehmungen im Vorfeld der Maginotlinie den polnisch-französischen Garantievertrag erfüllt zu haben.

Vor dem Lagerraum und Notlazarett fing uns Doktor Michon, der immer noch den Stahlhelm trug, auch das Kavaliertaschentüchlein aus der Brusttasche hervorlugen ließ, mit dem Beauftragten aus Warschau, einem gewissen Konrad, ab. Sofort setzte in allen Spielarten, schwerste Blessuren vortäuschend, Jan Bronskis Angst ein. Während Viktor Weluhn, der ja unverletzt war und mit seiner Brille ausgerüstet einen brauchbaren Schützen abgeben mochte, hinunter in die Schalterhalle mußte, durften wir in den fensterlosen Raum, den notdürftig Talgkerzen erhellten, weil das Elektrizitätswerk der Stadt Danzig nicht mehr bereit war, die Polnische Post mit Strom zu versorgen.

Der Doktor Michon, der an Jans Verwundungen nicht recht glauben wollte, jedoch auf Jan als kampftüchtigen Verteidiger der Post keinen unbedingten Wert legte, gab seinem Postsekretär den Befehl, als quasi Sanitäter, den Verwundeten aufzupassen und auch auf mich, den er flüchtig, und wie ich zu spüren glaubte, verzweifelt streichelte, ein besorgtes Auge zu werfen, damit das Kind nicht in die Kampfhandlungen gerate.

Einschlag der Feldhaubitze in Höhe der Schalterhalle. Es würfelte uns. Der Stahlhelm Michon, Warschaus Abgesandter Konrad und der Geldbriefträger Weluhn stürzten ihren Gefechtsstellungen entgegen. Jan und ich, wir fanden uns mit sieben oder acht Verwundeten in einem abgeschlossenen, allen Kampflärm dämpfenden Raum. Nicht einmal die Kerzen flackerten besonders, wenn draußen die Haubitze Ernst machte. Still war es trotz der Stöhnenden oder wegen der Stöhnenden. Jan wickelte hastig und ungeschickt in Streifen gerissene Bettlaken um Kobyellas Oberschenkel, wollte sodann sich selbst pflegen; aber Wange und Handrücken des Onkels bluteten nicht mehr. Verkrustet schwiegen die Schnittwunden, mochten jedoch schmerzen und Jans Angst nähren, die in dem niedrig stickigen Raum keinen Auslauf hatte. Fahrig suchte er seine Taschen ab, fand das vollzählige Spiel: Skat! Bis zum Zusammenbruch der Verteidigung spielten wir Skat.

Zweiunddreißig Karten wurden gemischt, abgehoben, verteilt, ausgespielt. Da alle Briefkörbe schon mit Verwundeten belegt waren, setzten wir Kobyella gegen einen Korb, banden ihn endlich, da er von Zeit zu Zeit umsinken wollte, mit den Hosenträgern eines anderen Verwundeten fest, brachten ihm Haltung bei, verboten ihm, seine Karten fallenzulassen, denn wir brauchten Kobyella. Was hätten wir tun können ohne den dritten fürs Skatspiel notwendigen Mann? Denen in den Briefkörben fiel es schwer, schwarz von rot zu unterscheiden, die wollten keinen Skat mehr spielen. Eigentlich wollte auch Kobyella keinen Skat mehr spielen. Hinlegen wollte er sich. Es drauf ankommen, den Karren laufenlassen wollte der Hausmeister. Mit einmal untätigen Hausmeisterhänden, die Augen wimpernlos schließend, wollte er den letzten Abbrucharbeiten zusehen. Wir aber duldeten diesen Fatalismus nicht, banden ihn fest, zwangen ihn, den dritten Mann abzugeben, während Oskar den zweiten Mann abgab – und niemand wunderte sich, daß der Dreikäsehoch Skat spielen konnte.

Ja, als ich zum erstenmal meine Stimme für die Sprache der Erwachsenen hergab und »Achtzehn!« sagte, blickte mich Jan, aus seinen Karten auftauchend, zwar kurz und unbegreiflich blau an, nickte bejahend, ich darauf: »Zwanzig?« Jan ohne Zögern: »Immer noch.« Ich: »Zwo! Und die drei? Vierundzwanzig?« Jan bedauerte: »Passe.« Und Kobyella? Der wollte schon wieder trotz der Hosenträger zusammensacken. Aber wir rissen ihn hoch, warteten den Lärm eines draußen, entfernt von unserem Spielzimmer dargebotenen Granateneinschlages ab, bis Jan in die gleich darauf ausbrechende Stille zischen konnte: »Vierundzwanzig, Kobyella! Hörst du nicht, was der Junge gereizt hat?«

Ich weiß nicht, von woher, aus welchen Untiefen der Hausmeister auftauchte. Mit Schraubwinden schien er seine Augenlider heben zu müssen. Endlich irrte sein Blick wäßrig über die zehn Karten, die Jan ihm diskret und ohne jeden Schummelversuch zuvor in die Hand gedrückt hatte.

»Passe«, sagte Kobyella. Das heißt, wir lasen es seinen Lippen ab, die fürs Sprechen wohl allzusehr ausgetrocknet waren.

Ich spielte einen Kreuz einfach. Um zu den ersten Stichen zu kommen, mußte Jan, der »Contra« gab, den Hausmeister anbrüllen, gutmütig derb in die Seite stoßen, damit er sich zusammennahm und das Bedienen nicht vergaß; denn ich zog den beiden erst mal alle Trümpfe ab, opferte Kreuz König, den Jan mit Pique Junge wegstach, kam aber, da ich Karo blank war, Jans Karo As wegstechend, wieder ans Spiel, holte ihm mit Herz Bube die Zehn raus – Kobyella warf Karo neun ab, und stand dann bombensicher mit meiner Herzflöte da: Miteinemspielzweicontradreischneiderviermalkreuzistachtundvierzigoderzwölfpfennige! Erst als mir beim nächsten Spiel – ich riskierte einen mehr als riskanten Grand ohne Zwein – Kobyella, der beide Jungs gegen hatte, aber nur bis dreiunddreißig gehalten hatte, den Karo Jungen mit Kreuz Bube wegstach, kam etwas Zug ins Spiel. Der Hausmeister, durch seinen Stich wie gestochen, kam mit Karo As hinterher, ich mußte bedienen, Jan pfefferte die Zehn rein, Kobyella strich weg, zog den König, ich hätte stechen sollen, stach aber nicht, warf Kreuz Acht ab, Jan talgte, was er konnte, kam sogar ins Spiel mit Pique Zehn, da stach ich und verdammt, Kobyella mit Pique Bube drüber, den hatte ich vergessen oder dachte, den hätte Jan, aber Kobyella hatte, stach drüber und wieherte, natürlich jetzt

Pique hinterher, ich mußte abwerfen, Jan talgte, was er konnte, dann endlich kamen sie mir mit Herzen, aber das half alles nix mehr: zwoundfünfzig hatte ich hin und her gezählt: ohnezweinspieldreimalgrandistsechzigverlorenhundertzwanzigoderdreißigpfennige. Jan pumpte mir zwei Gulden in Kleingeld, ich zahlte, aber der Kobyella war trotz des gewonnenen Spieles schon wieder zusammengesackt, ließ sich nicht auszahlen, und selbst die in jenem Augenblick erstmals im Treppenhaus einschlagende Pak-Granate sagte dem Hausmeister gar nichts, obgleich es sein Treppenhaus war, das er seit Jahren zu putzen und wichsen nicht müde geworden war.

Jan jedoch kam wieder die Angst an, als es die Tür unserer Briefkammer rüttelte und die Flämmchen der Talgkerzen nicht wußten, wie ihnen geschah und in welche Richtung sie sich legen sollten. Selbst als im Treppenhaus wieder verhältnismäßige Ruhe herrschte und die nächste Pak-Granate an der entlegenen Außenfassade detonierte, tat Jan Bronski wie verrückt beim Kartenmischen, vergab sich zweimal, aber ich sagte nichts mehr. Solange die schossen, war Jan für keinen Zuspruch empfänglich, überreizte sich, bediente falsch, vergaß sogar, den Skat zu drücken, und lauschte immer mit einem seiner kleinen wohldurchgebildeten, sinnlich fleischigen Ohren nach draußen, während wir ungeduldig warteten, daß er dem Spielverlauf nachkomme. Während Jan immer unkonzentrierter das Skatspiel unterstützte, war Kobyella, wenn er nicht gerade zusammensacken wollte und eins in die Seite brauchte, immer da. Der spielte gar nicht so schlecht, wie es um ihn zu stehen schien. Der sackte immer erst zusammen, wenn er sein Spielchen gewonnen und contragebend Jan oder mir einen Grand verpatzt hatte. Das konnte ihn nicht mehr interessieren: gewonnen oder verloren. Der war nur fürs Spiel selbst. Und wenn wir zählten und noch mal zählten, dann hing er schief in den ausgeliehenen Hosenträgern und erlaubte nur seinem Adamsapfel, schreckhaft ruckend, Lebenszeichen des Hausmeisters Kobyella zu geben.

Auch Oskar strengte dieser Dreimännerskat an. Nicht etwa, daß jene mit der Belagerung und Verteidigung der Post verbundenen Geräusche und Erschütterungen meine Nerven übermäßig belastet hätten. Es war vielmehr dieses erstmalige, plötzliche, und wie ich mir vornahm, zeitlich begrenzte Fallenlassen aller Verkleidung. Wenn ich mich bis zu jenem Tage nur dem Meister Bebra und seiner somnambulen Dame Roswitha ungeschminkt gegeben hatte, gab ich mich nun meinem Onkel und mutmaßlichen Vater, dazu einem invaliden Hausmeister, also Leuten gegenüber, die später in keinem Fall mehr als Zeugen in Frage kamen, dem Geburtsschein entsprechend als fünfzehnjähriger Halbwüchsiger, der zwar etwas waghalsig aber nicht ungeschickt Skat spielte. Diese Anstrengungen, die zwar meinem Willen gemäß, meinen gnomenhaften Maßen jedoch alles andere als angemessen waren, zeitigten nach einer knappen Stunde Skatspiel heftigste Glieder- und Kopfschmerzen.

Oskar hatte Lust aufzugeben, hätte auch Gelegenheit genug gefunden, sich etwa zwischen zwei kurz nacheinander das Gebäude schüttelnden Granateinschlägen davonzumachen, wenn ihm nicht ein bisher unbekanntes Gefühl für Verantwortung befohlen hätte, auszuhalten und der Angst des mutmaßlichen Vaters mit dem einzig wirksamen Mittel, dem Skatspiel, zu begegnen.

Wir spielten also und verboten dem Kobyella das Sterben. Er kam nicht dazu. Sorgte ich doch, daß die Karten immer im Umlauf blieben. Und als die Talgkerzen infolge einer Detonation im Treppenhaus umfielen und die Flämmchen aufgaben, war ich es, der geistesgegenwärtig das Nächstliegende tat, der dem Jan das Streichholz aus der Tasche holte, dabei Jans Goldmundstückzigaretten mitzog, der das Licht wieder auf die Welt brachte, Jan eine beruhigende Regatta anzündete und Flämmchen auf Flämmchen in die Dunkelheit setzte, bevor sich Kobyella, die Dunkelheit nützend, davonmachen konnte.

Zwei Kerzen klebte Oskar auf seine neue Trommel, legte sich die Zigaretten griffbereit, verschmähte jedoch für sich den Tabak, bot vielmehr Jan immer wieder eine an, hängte auch dem Kobyella eine in den verzogenen Mund, und es ging besser, das Spiel lebte auf, der Tabak tröstete, beruhigte, konnte aber nicht verhindern, daß Jan Bronski Spiel für Spiel verlor. Er schwitzte und kitzelte, wie immer, wenn er ganz bei der Sache war, seine Oberlippe mit der Zungenspitze. Dergestalt geriet er in Feuer, daß er mich im Eifer Alfred und Matzerath nannte, im Kobyella meine arme Mama zum Spielgenossen zu haben glaubte. Und als jemand auf dem Korridor schrie: »Den Konrad hat es erwischt!«, blickte er mich vorwurfsvoll an und sagte: »Ich bitte dich, Alfred, stell doch das Radio ab. Man versteht ja sein eigenes Wort nicht!«

Richtig ärgerlich wurde der arme Jan, als die Tür zur Briefkammer aufgerissen und der fix und fertige Konrad hereingeschleppt wurde.

»Tür zu, es zieht!« protestierte er. Es zog wirklich. Die Kerzen flackerten bedenklich und kamen erst wieder zur Ruhe, als die Männer, die den Konrad in eine Ecke geknüllt hatten, die Tür hinter sich zugemacht hatten. Abenteuerlich sahen wir drei aus. Von unten traf uns das Kerzenlicht, gab uns das Aussehen alles vermögender Zauberer. Und als dann Kobyella seinen Herz ohne Zwein ausreizte und siebenundzwanzig, dreißig sagte, nein, gurgelte und dabei ständig die Augen verrutschen ließ und in der rechten Schulter etwas sitzen hatte, das raus wollte, zuckte, ganz unsinnig lebendig tat, endlich schwieg, doch nun den Kobyella vornübersinken ließ und den drangebundenen Wäschekorb voller Briefe mit dem toten Mann ohne Hosenträger drauf ins Rollen brachte, als Jan dann mit einem einzigen Hieb und ganzem Einsatz Kobyella samt Wäschekorb zum Stehen brachte, als Kobyella, so abermals am Fortgang gehindert, endlich »Herz Hand« röhrte und Jan sein »Contra« zischen, Kobyella sein »Re« herauspressen konnte, da begriff Oskar, daß die Verteidigung der Polnischen Post geglückt war, daß jene, die da angriffen, den gerade begonnenen Krieg schon verloren hatten; selbst wenn es ihnen gelänge, im Verlauf des Krieges Alaska und Tibet, die Osterinseln und Jerusalem zu besetzen.

Schlimm allein war, daß Jan seinen großen, bombensicheren Grand Hand, mit Viern, Schneiderschwarz angesagt, nicht zu Ende spielen konnte.

Er begann mit der Kreuzflöte, nannte mich jetzt Agnes, sah im Kobyella seinen Nebenbuhler Matzerath, zog dann scheinheilig Karo Bube – ich täuschte ihm übrigens lieber meine arme Mama als den Matzerath vor –, Herz Bube hinterher – mit Matzerath wollte ich unter keinen Umständen verwechselt werden –, Jan wartete ungeduldig, bis jener Matzerath, der in Wirklichkeit Invalide, Hausmeister war und Kobyella hieß, abgeworfen hatte; das brauchte seine Zeit, doch dann knallte Jan Herz As auf die Dielen und konnte und wollte nicht begreifen, hatte ja nie recht begreifen können, war immer nur blauäugig, roch nach Kölnisch Wasser, blieb ohne Begriff und verstand deshalb auch nicht, weshalb der Kobyella auf einmal alle Karten fallen ließ, den Wäschekorb mit den Briefen und dem toten Mann drauf auf die Kippe stellte, bis erst der tote Mann, dann eine Lage Briefe und schließlich der ganze sauber geflochtene Korb kippten, uns eine Flut Post zustellten, als seien wir die Empfänger, als sei es jetzt an uns, die Spielkarten zur Seite zu schieben und Episteln zu lesen oder Briefmarken zu sammeln. Aber Jan wollte nicht lesen, wollte nicht sammeln, der hatte als Kind zuviel gesammelt, der wollte spielen, seinen Grand Hand zu Ende spielen, gewinnen wollte Jan, siegen. Und er hob den Kobyella auf, stellte den Korb auf die Räder, ließ den toten Mann aber liegen, schaufelte auch nicht die Briefe zurück, beschwerte den Korb also ungenügend und zeigte sich trotzdem erstaunt, als der Kobyella, am leichten beweglichen Korb hängend, kein Sitzfleisch bewies, sich mehr und mehr neigte, bis Jan ihn anschrie: »Alfred, ich bitt dich, sei kein Spielverderber, hörst du? Nur das Spielchen noch, und dann gehn wir nach Hause, hör doch!«

Oskar erhob sich müde, überwand seine immer stärker werdenden Glieder- und Kopfschmerzen, legte Jan Bronski seine kleinen, zähen Trommlerhände auf die Schultern und zwang sich zum halblauten aber eindringlichen Sprechen: »Laß ihn doch, Papa. Er ist tot und kann nicht mehr. Wenn du willst, können wir Sechsundsechzig spielen.«

Jan, den ich gerade noch als Vater angesprochen hatte, gab das zurückgebliebene Fleisch des Hausmeisters frei, starrte mich blau und blau überfließend an und weinte neinneinneinneinneinnei ... Ich streichelte ihn, aber er verneinte immer noch. Ich küßte ihn bedeutungsvoll, aber er dachte nur an seinen nicht zu Ende gespielten Grand Hand.

»Ich hätte ihn gewonnen, Agnes. Ganz sicher hätte ich ihn nach Hause gebracht.« So klagte er mir an Stelle meiner armen Mama, und ich – sein Sohn – fand mich in die Rolle, stimmte ihm zu, schwor darauf, daß er gewonnen hätte, daß er im Grunde schon gewonnen habe, er müsse nur fest daran glauben und auf seine Agnes hören. Aber Jan glaubte weder mir noch meiner Mama, weinte erst laut und hoch klagend, dann leise einem unmodulierten Lallen verfallend, kratzte die Skatkarten unter dem erkalteten Berg Kobyella hervor, zwischen den Beinen schürfte er, die Brieflawine gab einige her, nicht Ruhe fand Jan, bis er alle zweiunddreißig beisammen hatte. Und er säuberte sie von jenem klebrigen Saft, der dem Kobyella aus den Hosen sickerte, gab sich Mühe mit jeder Karte und mischte das Spiel, wollte wieder austeilen und begriff endlich hinter seiner wohlgeformten, nicht einmal niedrigen aber wohl doch etwas zu glatten und undurchlässigen Stirnhaut, daß es auf dieser Welt keinen dritten Mann für den Skat mehr gab.

Da wurde es sehr still in dem Lagerraum für Briefsendungen. Auch draußen bequemte man sich zu einer ausgedehnten Gedenkminute für den letzten Skatbruder und dritten Mann. War es Oskar doch, als öffnete sich leise die Tür. Und über die Schulter blickend, alles überirdisch Mögliche erwartend, sah er Viktor Weluhns merkwürdig blindes und leeres Gesicht. »Ich habe meine Brille verloren, Jan. Bist du noch da? Wir sollten fliehen. Die Franzosen kommen nicht oder kommen zu spät! Komm mit mir, Jan. Führe mich, ich habe meine Brille verloren!«

Vielleicht dachte der arme Viktor, er habe sich im Raum geirrt. Denn als er weder eine Antwort noch seine Brille, noch Jans fluchtbereiten Arm geboten bekam, zog er sein brillenloses Gesicht zurück, schloß die Tür, und ich hörte noch einige Schritte lang, wie sich Viktor tastend und einen Nebel teilend auf die Flucht machte.

Was mochte in Jans Köpfchen Witziges passiert sein, daß er erst leise, noch unter Tränen, dann jedoch laut und fröhlich dem Lachen verfiel, seine frische, rosa, für allerlei Zärtlichkeiten zugespitzte Zunge spielen ließ, die Skatkarten hochwarf, auffing, und endlich, da es windstill und sonntäglich in der Kammer mit den stummen Männern und Briefen wurde, begann er mit vorsichtigen ausgewogenen Bewegungen unter angehaltenem Atem ein hochempfindliches Kartenhaus zu bauen: Da gaben Pique Sieben und Kreuz Dame das Fundament ab. Die beiden deckte Karo, der König. Da gründete er aus Herz Neun und Pique As, mit Kreuz Acht als Deckel drauf, das zweite, neben dem ersten ruhende Fundament. Da verband er die beiden Grundlagen mit weiteren hochkant gestellten Zehnen und Buben, mit quergelegten Damen und Assen, daß sich alles gegenseitig stützte. Da beschloß er, dem zweiten Stockwerk ein drittes draufzusetzen, und tat das mit beschwörenden Händen, die, ähnlichen Zeremonien gehorchend, meine arme Mama gekannt haben mußte. Und als er Herz Dame so gegen den König mit dem roten Herzen lehnte, fiel das Gebäude nicht etwa zusammen; nein, luftig stand es, empfindsam, leicht atmend in jenem Raum voller atemloser Toter und Lebendiger, die den Atem anhielten, und erlaubte uns, die Hände zusammenzulegen, ließ den skeptischen Oskar, der ja das Kartenhaus nach allen Regeln durchschaute, den beizenden Qualm und Gestank vergessen, der sparsam und gewunden durch die Türritzen des Briefraumes schlich und den Eindruck erweckte: Das Kämmerlein mit dem Kartenhaus drin grenzt direkt und Tür an Tür an die Hölle.

Die hatten Flammenwerfer eingesetzt, hatten, den Frontalangriff scheuend, beschlossen, die letzten Verteidiger auszuräuchern. Die hatten den Doktor Michon soweit gebracht, daß er den Stahlhelm absetzte, zu einem Bettlaken griff und, da ihm das nicht ausreichte, noch sein Kavaliertüchlein zog und, beides schwenkend, die Übergabe der Polnischen Post anbot.

Und sie verließen, an die dreißig halbblinde, versengte Männer, die erhobenen Arme und Hände im Nacken verschränkt, das Postgebäude durch den linken Nebenausgang, stellten sich vor die Hofmauer, warteten auf die langsam heranrückenden Heimwehrleute. Und später hieß es, während der kurzen Zeitspanne, da die Verteidiger sich im Hof aufstellten und die Angreifer noch nicht da, aber unterwegs waren, seien drei oder vier geflüchtet: über die Postgarage, über die angrenzende Polizeigarage in die leeren, weil geräumten Häuser am Rähm. Dort hätten sie Kleider gefunden, sogar mit Parteiabzeichen, hätten sich gewaschen, fein zum Ausgehen gemacht, hätten sich dann einzeln verdrückt, und von einem hieß es: Er habe auf dem Altstädtischen Graben ein Optikergeschäft aufgesucht, habe sich eine Brille verpassen lassen, da seine während der Kampfhandlungen im Postgebäude verlorengegangen war. Frischbebrillt soll sich Viktor Weluhn, denn er war es, sogar am Holzmarkt ein Bier genehmigt haben und noch eines, weil er durstig war wegen der Flammenwerfer, soll sich dann mit der neuen Brille, die den Nebel vor seinem Blick zwar etwas lichtete, aber bei weitem nicht in dem Maße aufhob, wie es die alte Brille getan hatte, auf jene Flucht gemacht haben, die bis zum heutigen Tage anhält; so zäh sind seine Verfolger.

Die anderen aber – und ich sage, es waren an die Dreißig, die sich nicht zur Flucht entschlossen –, die standen schon an der Mauer, dem Seitenportal gegenüber, als Jan gerade die Herz Königin gegen den Herz König lehnte und beglückt seine Hände zurückzog.

Was soll ich noch sagen? Sie fanden uns. Sie rissen die Tür auf, schrien »Rausss!«, machten Luft, Wind, ließen das Kartenhaus zusammenfallen. Die hatten keinen Nerv für diese Architektur. Die schworen auf Beton. Die bauten für die Ewigkeit. Die achteten gar nicht auf des Postsekretärs Bronski empörtes, beleidigtes Gesicht. Und als sie ihn rausholten, sahen sie nicht, daß Jan noch einmal in die Karten griff und etwas an sich nahm, daß ich, Oskar, die Kerzenstummel von meiner neugewonnenen Trommel wischte, die Trommel mitgehen ließ, die Kerzenstummel verschmähte, denn Taschenlampen strahlten uns viel zu viele an; doch die merkten nicht, daß ihre Funzeln uns blendeten und kaum die Tür finden ließen. Die schrien hinter Stabtaschenlampen und vorgehaltenen Karabinern: »Rausss!« Die schrien immer noch »Rausss!«, als Jan und ich schon auf dem Korridor standen. Die meinten den Kobyella mit ihrem »Rausss!«

und den Konrad aus Warschau und auch den Bobek und den kleinen Wischnewski, der zu Lebzeiten in der Telegrammannahme gesessen hatte. Das machte denen Angst, daß die nicht gehorchen wollten. Und erst als die von der Heimwehr begriffen, daß sie sich vor Jan und mir lächerlich machten, denn ich lachte laut, wenn die »Rausss!« brüllten, da hörten sie auf mit der Brüllerei, sagten »Ach so« und führten uns zu den Dreißig auf dem Posthof, die die Arme hochhielten, die Hände im Nacken verschränkten, Durst hatten und von der Wochenschau aufgenommen wurden.

Kaum daß man uns durchs Nebenportal führte, schwenkten die von der Wochenschau ihre auf einem Personenwagen befestigte Kamera herum, drehten von uns jenen kurzen Film, der später in allen Kinos gezeigt wurde.

Man trennte mich von dem an der Wand stehenden Haufen. Oskar besann sich seiner Gnomenhaftigkeit, seiner alles entschuldigenden Dreijährigkeit, bekam auch wieder die lästigen Glieder- und Kopfschmerzen, ließ sich mit seiner Trommel fallen, zappelte, einen Anfall halb erleidend, halb markierend, ließ aber auch während des Anfalls die Trommel nicht los. Und als sie ihn packten und in ein Dienstauto der SS-Heimwehr steckten, sah Oskar, als der Wagen losfuhr, ihn in die Städtischen Krankenanstalten bringen wollte, daß Jan, der arme Jan, blöde und glückselig vor sich hin lächelte, in den erhobenen Händen einige Skatkarten hielt und links mit einer Karte – ich glaube, es war Herz Dame – dem davonfahrenden Sohn und Oskar nachwinkte.

Er liegt auf Saspe

Soeben las ich den zuletzt geschriebenen Absatz noch einmal durch. Wenn ich auch nicht zufrieden bin, sollte es um so mehr Oskars Feder sein, denn ihr ist es gelungen, knapp, zusammenfassend, dann und wann im Sinne einer bewußt knapp zusammenfassenden Abhandlung zu übertreiben, wenn nicht zu lügen.

Ich möchte jedoch bei der Wahrheit bleiben, Oskars Feder in den Rücken fallen und hier berichtigen, daß erstens Jans letztes Spiel, das er leider nicht zu Ende spielen und gewinnen konnte, kein Grand Hand, sondern ein Karo ohne Zwein war, daß zweitens Oskar beim Verlassen der Briefkammer nicht nur das neue Trommelblech, sondern auch das geborstene, das mit dem toten Mann ohne Hosenträger und den Briefen aus dem Wäschekorb gefallen war, an sich nahm. Ferner bleibt noch zu ergänzen: Kaum hatten Jan und ich die Briefkammer verlassen, weil uns die von der Heimwehr mit ihrem »Rauss!« und ihren Stabtaschenlampen und Karabinern dazu aufforderten, stellte sich Oskar schutzsuchend zwischen zwei onkelhaft gutmütig wirkende Heimwehrmänner, imitierte klägliches Weinen und wies auf Jan, seinen Vater, mit anklagenden Gesten, die den Armen zum bösen Mann machten, der ein unschuldiges Kind in die Polnische Post geschleppt hatte, um es auf polnisch unmenschliche Weise als Kugelfang zu benutzen.

Oskar versprach sich einiges für seine heile und seine zerstörte Trommel von diesem Judasschauspiel und sollte recht behalten: Die Heimwehrleute traten Jan ins Kreuz, stießen ihn mit den Gewehrkolben, ließen mir jedoch beide Trommeln, und einer, ein schon älterer Heimwehrmann mit grämlichen Familienvatersorgenfalten neben Nase und Mund, tätschelte meine Wangen, während mich ein anderer, weißblonder Kerl mit immer lachenden, deshalb geschlitzten und nie sichtbaren Augen auf den Arm nahm, was Oskar peinlich berührte.

Heute, da ich mich zeitweilig dieser unwürdigen Haltung schäme, sage ich immer wieder: Der Jan hat das nicht gemerkt, der war noch bei den Karten, der blieb auch späterhin bei den Karten, den konnte nichts mehr, selbst der lustigste wie teuflischste Einfall der Heimwehrleute von den Skatkarten weglocken. Während sich Jan schon im ewigen Reich der Kartenhäuser befand und glücklich solch ein dem Glück gläubiges Haus bewohnte, standen wir, die Heimwehrleute und ich – denn Oskar zählte sich zu den Heimwehrleuten –, zwischen Ziegelmauern, auf gefliesten Korridorfußböden, unter Decken mit Stuckgesimsen, die mit Wänden und Zwischenwänden derart ineinander verkrampft waren, daß man das Schlimmste für jenen Tag befürchten mußte, da all die Klebearbeit, die wir Architektur nennen, diesen oder jenen Umständen gehorchend, den Zusammenhalt aufgeben wird.

Natürlich kann mich diese verspätete Einsicht nicht entschuldigen, zumal mir – der ich beim Anblick von Baugerüsten immer an Abbrucharbeiten denken muß – der Glaube an Kartenhäuser als einzig menschenwürdige Behausung nicht fremd war. Dazu gesellt sich der familiäre Belastungspunkt. War ich doch an jenem Nachmittag fest davon überzeugt, in Jan Bronski nicht nur einen Onkel, sondern auch einen richtigen, nicht nur mutmaßlichen Vater zu haben. Ein Vorsprung also, der ihn von Matzerath für alle Zeiten unterscheidet: Denn Matzerath ist entweder mein Vater oder gar nichts gewesen.

Am ersten September neununddreißig – und ich setze voraus, daß auch Sie während jenes unglückseligen Nachmittages in jenem glückseligen, mit Karten spielenden Jan Bronski meinen Vater erkannten –, an jenem Tage datierte sich meine zweite große Schuld.

Ich kann es mir nie, selbst bei wehleidigster Stimme nicht verschweigen: Meine Trommel, nein, ich selbst, der Trommler Oskar, brachte zuerst meine arme Mama, dann den Jan Bronski, meinen Onkel und Vater, ins Grab.

Doch wie jedermann halte ich mir an Tagen, da mich ein unhöfliches und durch nichts aus dem Zimmer zu weisendes Schuldgefühl in die Kissen meines Anstaltbettes drückt, meine Unwissenheit zugute, die damals in Mode kam und noch heute manchem als flottes Hütchen zu Gesicht steht.

Oskar, den schlauen Unwissenden, brachte man, ein unschuldiges Opfer polnischer Barbarei, mit Fieber und entzündeten Nerven in die Städtischen Krankenanstalten. Matzerath wurde benachrichtigt. Er hatte meinen Verlust noch am Vorabend angezeigt, obgleich immer noch nicht feststand, daß ich sein Besitz war.

Die dreißig Männer aber, zu denen noch Jan hinzuzuzählen ist, mit den erhobenen Armen und den verschränkten Händen im Nacken, die brachte man, nachdem die Wochenschau ihre Aufnahmen gemacht hatte, zuerst in die ausgeräumte Viktoriaschule, dann nahm sie das Gefängnis Schießstange auf und schließlich, Anfang Oktober, der lockere Sand hinter der Mauer des verfallenen, ausgedienten Friedhofes Saspe.

Woher Oskar das weiß? Ich weiß es von Schugger Leo. Denn offiziell wurde natürlich nicht bekanntgegeben, auf welchem Sand, vor welcher Mauer man die einunddreißig Männer erschossen, in welchem Sand man die einunddreißig verbuddelt hatte.

Hedwig Bronski erhielt zuerst eine Räumungsanweisung für die Wohnung in der Ringstraße, die mit den Familienangehörigen eines höheren Luftwaffenoffiziers belegt wurde.

Während sie mit Stephans Hilfe packte und den Umzug nach Ramkau vorbereitete – es gehörten ihr dort einige Hektar Land und Wald, dazu die Wohnung des Pächters –, kam der Witwe eine Nachricht zu, die ihre das Leid dieser Welt zwar spiegelnden aber nicht begreifenden Augen nur langsam und mit Hilfe ihres Sohnes Stephan jenem Sinn nach entziffern konnten, der sie schwarz auf weiß zur Witwe machte.

Da hieß es:

Geschäftsstelle des Gerichtes
der Gruppe Eberhardt St.L. 41/39 –

Zoppot, den 6. Okt. 1939

Frau Hedwig Bronski,
auf Anordnung wird Ihnen mitgeteilt, daß der Bronski, Jan, durch kriegsgerichtliches Urteil wegen Freischärlerei zum Tode verurteilt und hingerichtet ist.

Zelewski
(Feldjustizinspektor)

Sie sehen also, von Saspe kein einziges Wörtchen. Man nahm Rücksicht auf die Angehörigen, wollte ihnen die Kosten für die Pflege eines allzu geräumigen und blumenfressenden Massengrabes ersparen, kam für die Pflege und eventuelle Umbettung selber auf, indem man den Saspeschen Sandboden planierte und die Patronenhülsen bis auf eine einzige – denn eine bleibt immer liegen – einsammelte, weil herumliegende Patronenhülsen den Anblick eines jeden anständigen Friedhofes, selbst wenn er nicht mehr benutzt wird, verunstalten.

Diese eine Patronenhülse aber, die immer liegenbleibt, auf die es ankommt, fand Schugger Leo, dem kein noch so geheimgehaltenes Begräbnis verborgen blieb. Er, der mich von der Beerdigung meiner armen Mama, von der Beerdigung meines narbenreichen Freundes Herbert Truczinski her kannte, der sicher auch wußte, wo sie Sigismund Markus verscharrt hatten – doch ich fragte ihn nie danach –, war selig und lief vor Freude fast über, als er mir im späten November – man hatte mich aus den Krankenanstalten entlassen – die verräterische Patronenhülse reichen konnte.

Doch bevor ich Sie mit jenem schon leicht oxydierten Gehäuse, welches vielleicht gerade jenen für Jan bestimmten Bleikern beherbergt hatte, Schugger Leo folgend zum Friedhof Saspe führe, muß ich Sie bitten, das Metallbett der Städtischen Krankenanstalten Danzig, Kinderabteilung, mit dem Metallbett der hiesigen Heil- und Pflegeanstalt zu vergleichen. Beide Betten weißlackiert und dennoch unterschiedlich. Das Bett der Kinderabteilung zwar kleiner, wenn wir die Länge werten, höher jedoch, legen wir messend den Gitterstäben einen Zollstock an. Obgleich ich dem kurzen und hohen Gitterkasten des Jahres neununddreißig den Vorzug gebe, habe ich in meinem heutigen, für Erwachsene bestimmten Kompromißbett meine anspruchslos gewordene Ruhe gefunden und überlasse es der Anstaltsleitung, mein seit Monaten laufendes Gesuch um ein höheres, doch gleichfalls metallenes und lackiertes Bettgitter abzulehnen oder zu genehmigen.

Während ich heute meinen Besuchern fast schutzlos ausgeliefert bin, trennte mich an den Besuchstagen der Kinderabteilung ein hochragender Zaun von dem Besucher Matzerath, von den Besucherehepaaren Greff und Scheffler, und gegen Ende meines Krankenhausaufenthaltes teilte mein Gitter jenen in vier Röcken übereinander wandelnden Berg, der nach meiner Großmutter Anna Koljaiczek benannt war, in bekümmerte, schwer atmende Abschnitte ein. Sie kam, seufzte, hob dann und wann ihre großen vielfältigen Hände, zeigte die rosa rissigen Handflächen und ließ mutlos Hände und Handflächen sinken, auf ihre Oberschenkel klatschen, daß mir dieser Klatschton bis heute zwar gegenwärtig, doch auf meiner Trommel nur ungefähr zu imitieren ist.

Gleich beim ersten Besuch brachte sie ihren Bruder Vinzent Bronski mit, der, ans Bettgitter geklammert, zwar leise aber eindringlich und pausenlos von der Königin Polens, der Jungfrau Maria, erzählte oder sang oder singend erzählte. Oskar war froh, wenn mit den beiden eine Krankenschwester in der Nähe war. Klagten sie mich doch an. Hielten mir ihre unbewölkten Bronskiaugen hin, erwarteten von mir, der ich mir Mühe gab, die Folgen des Skatspielens in der Polnischen Post, das Nervenfieber zu überwinden, einen Hinweis, ein Beileidswort, einen schonenden Bericht über Jans letzte, zwischen Angst und Skatkarten verlebten Stunden. Ein Geständnis wollten sie hören, eine Entlastung Jans; als hätte ich ihn entlasten können, als hätte mein Zeugnis Gewicht und Überzeugungskraft haben können.

Was hätte etwa dieser Rapport dem Gericht der Gruppe Eberhardt gesagt: Ich, Oskar Matzerath, gebe zu, am Vorabend des ersten September dem Jan Bronski, der auf dem Heimweg war, aufgelauert zu haben und ihn mittels einer reparaturbedürftigen Trommel in jene Polnische Post gelockt zu haben, die Jan Bronski verlassen hatte, weil er sie nicht verteidigen wollte.

Oskar legte dieses Zeugnis nicht ab, entlastete seinen mutmaßlichen Vater nicht, verfiel aber, sobald er sich zum lauten Zeugen entschloß, derart heftigen Krämpfen, daß auf Verlangen der Oberschwester hin die Besuchszeit für ihn beschränkt, Besuche seiner Großmutter Anna und seines mutmaßlichen Großvaters Vinzent untersagt wurden.

Als die beiden alten Leutchen – sie waren zu Fuß von Bissau gekommen und hatten mir Äpfel mitgebracht – den Saal der Kinderabteilung übertrieben vorsichtig und hilflos, wie es die Leute vom Land sind, verließen, vergrößerte sich im selben Maße, wie sich die vier schwankenden Röcke der Großmutter und der schwarze nach Kuhdung riechende Sonntagsanzug ihres Bruders entfernten, meine Schuld, meine übergroße Schuld.

So vieles ereignet sich gleichzeitig. Während vor meinem Bett Matzerath, die Greffs, die Schefflers mit Obst und Kuchen drängten, während man aus Bissau über Goldkrug und Brentau zu Fuß zu mir kam, weil die Eisenbahnlinie Karthaus bis Langfuhr noch nicht frei war, während Krankenschwestern, weiß und betäubend, Krankenhausklatsch vor sich her plapperten und im Kindersaal Engel ersetzten, war Polen noch nicht verloren, dann bald verloren und schließlich, nach den berühmten achtzehn Tagen, war Polen verloren, wenn sich auch bald darauf herausstellte, daß Polen immer noch nicht verloren war; wie ja auch heute, schlesischen und ostpreußischen Landsmannschaften zum Trotz, Polen noch nicht verloren ist.

Oh, du irrsinnige Kavallerie! – Auf Pferden nach Blaubeeren süchtig. Mit Lanzen, weißrot bewimpelt. Schwadronen Schwermut und Tradition. Attacken aus Bilderbüchern. Über Felder bei Lodz und Kutno. Modlin, die Festung entsetzend. Oh, so begabt galoppierend. Immer auf Abendrot wartend. Erst dann greift die Kavallerie an, wenn Vorder und Hintergrund prächtig, denn malerisch ist die Schlacht, der Tod ein Modell für die Maler, auf Standbein und Spielbein stehend, dann stürzend, Blaubeeren naschend, die Hagebutten, sie kollern und platzen, ergeben den Juckreiz, ohne den springt die Kavallerie nicht. Ulanen, es juckt sie schon wieder, sie wenden, wo Strohmieten stehen – auch das gibt ein Bild –, ihre Pferde und sammeln sich hinter einem, in Spanien er Don Quijote heißt, doch der, Pan Kiehot ist sein Name, ein reingebürtiger Pole von traurig edler Gestalt, der allen seinen Ulanen den Handkuß beibrachte zu Pferde, so daß sie nun immer wieder dem Tod – als wär' der 'ne

Dame – die Hände anständig küssen, doch vorher sammeln sie sich, die Abendröte im Rücken – denn Stimmung heißt ihre Reserve –, die deutschen Panzer von vorne, die Hengste aus den Gestüten der Krupp von Bohlen und Halbach, was Edleres ward nie geritten. Doch jener, halb spanisch, halb polnisch, ins Sterben verstiegene Ritter – begabt Pan Kiehot, zu begabt! –, der senkt die Lanze bewimpelt, weißrot lädt zum Handkuß Euch ein, und ruft, daß die Abendröte, weißrot klappern Störche auf Dächern, daß Kirschen die Kerne ausspucken, ruft er der Kavallerie zu: »Ihr edlen Polen zu Pferde, das sind keine stählernen Panzer, sind Windmühlen nur oder Schafe, ich lade zum Handkuß Euch ein!«

Und also ritten Schwadronen dem Stahl in die feldgraue Flanke und gaben der Abendröte noch etwas mehr rötlichen Schein. – Man mag Oskar diesen Schlußreim verzeihen und gleichfalls das Poemhafte dieser Feldschlachtbeschreibung. Es wäre vielleicht richtiger, führte ich die Verlustzahlen der polnischen Kavallerie auf und gäbe hier eine Statistik, die eindringlich trocken des sogenannten Polenfeldzuges gedächte. Auf Verlangen aber könnte ich hier ein Sternchen machen, eine Fußnote ankündigen und das Poem dennoch stehenlassen.

Bis etwa zum zwanzigsten September hörte ich, in meinem Spitalbettchen liegend, die Salven aus den Geschützen jener auf den Höhen des Jäschkentaler und Olivaer Waldes aufgefahrenen Batterien. Dann ergab sich das letzte Widerstandsnest, die Halbinsel Hela. Die Freie Hansestadt Danzig konnte den Anschluß ihrer Backsteingotik an das Großdeutsche Reich feiern und jubelnd jenem unermüdlich im schwarzen Mercedeswagen stehend, fast pausenlos rechtwinklig grüßenden Führer und Reichskanzler Adolf Hitler in jene blauen Augen sehen, die mit den blauen Augen Jan Bronskis einen Erfolg gemeinsam hatten: den Erfolg bei den Frauen.

Mitte Oktober wurde Oskar aus den Städtischen Krankenanstalten entlassen. Schwer wollte mir der Abschied von den Krankenschwestern fallen. Und als mir eine Schwester – ich glaube, sie hieß Schwester Berni oder auch Erni –, als mir Schwester Erni oder Berni meine zwei Trommeln reichte, die zerschlagene, die mich schuldig gemacht hatte, und die heile, die ich während der Verteidigung der Polnischen Post erobert hatte, wurde mir bewußt, daß es für mich auf dieser Welt außer Blechtrommeln noch etwas gab: Krankenschwestern!

Frisch instrumentiert und mit neuem Wissen ausgerüstet verließ ich an Matzeraths Hand die Städtischen Krankenanstalten, um mich im Labesweg, noch etwas unsicher auf den Füßen des permanent Dreijährigen stehend, dem Alltag, der alltäglichen Langeweile und den noch langweiligeren Sonntagen des ersten Kriegsjahres anzuvertrauen.

An einem Dienstag im späten November – ich betrat nach Wochen der Schonung zum erstenmal wieder die Straße – traf Oskar Ecke Max-Halbe-Platz–Brösener Weg, mürrisch vor sich hintrommelnd und der naßkalten Witterung kaum achtend, den ehemaligen Priesterseminaristen Schugger Leo.

Wir standen uns längere Zeit verlegen lächelnd gegenüber, und erst als Leo Glacéhandschuhe aus den Taschen seines Gehrockes holte und die weißgelblichen, hautähnlichen Hüllen über seine Finger und Handteller kriechen ließ, begriff ich, wen ich getroffen hatte, was dieses Treffen mir bringen würde – und Oskar fürchtete sich.

Noch guckten wir uns die Auslagen in Kaisers-Kaffee-Geschäft an, sahen einigen Straßenbahnen der Linien Fünf und Neun nach, die sich auf dem Max-Halbe-Platz kreuzten, folgten dann den gleichförmigen Häusern am Brösener Weg, umrundeten mehrmals eine Litfaßsäule, studierten einen Anschlag, der über den Umtausch des Danziger Guldens in Reichsmark berichtete, kratzten an einem Persilplakat, fanden unter weiß und blau etwas rot, begnügten uns damit, wollten schon wieder zum Platz zurück, da schob Schugger Leo den Oskar mit beiden Handschuhen in einen Hauseingang, griff mit den linken behandschuhten Fingern erst hinter sich, dann unter die Schöße seines Rockes, fingerte in seiner Hosentasche, beutelte die, fand etwas, prüfte den Fund noch in der Tasche und zog, für gut befindend, was er gefunden, den geschlossenen Griff aus der Tasche, ließ den Rockschoß wieder fallen, schob langsam die bekleidete Faust vor, schob immer weiter, drängte Oskar an die Hausflurwand, hatte einen langen Arm – und die Wand gab nicht nach –, öffnete erst die fünffingrige Haut, als ich schon glauben wollte: Gleich springt ihm der Arm aus dem Schultergelenk, macht sich selbständig, schlägt gegen meine Brust, dringt hindurch, findet zwischen den Schulterblättern wieder hinaus und in die Wand dieses muffigen Treppenhauses hinein – und Oskar wird nie sehen, was Leo im Griff hatte, wird allenfalls jenen Text der Hausordnung im Brösener Weg behalten, der sich vom Text der Hausordnung im Labesweg nicht wesentlich unterschied.

Kurz vor meinem Matrosenmantel, einen Ankerknopf schon drückend, öffnete Leo den Handschuh so schnell, daß ich seine Fingergelenke knacken hörte: Auf stockigem, glänzendem Stoff, der die Innenseite seiner Hand schützte, lag die Patronenhülse.

Als Leo wieder die Faust machte, war ich bereit, ihm zu folgen. Das Stückchen Metall hatte mich direkt angesprochen. Wir gingen nebeneinander, Oskar an Leos linker Seite, den Brösener Weg hinunter, hielten uns vor keinem Schaufenster, vor keiner Litfaßsäule mehr auf, überquerten die Magdeburger Straße, ließen die beiden hohen, kastenförmigen Schlußhäuser des Brösener Weges, auf denen nachts die Warnlichter für startende und landende Flugzeuge glühten, hinter uns, tippelten zuerst am Rande des umzäunten Flugplatzes, wechselten schließlich doch auf die trocknere Asphaltstraße über und folgten den in Richtung Brösen fließenden Straßenbahnschienen der Linie Neun.

Wir sprachen kein Wort, aber Leo hielt immer noch die Patronenhülse im Handschuh. Wenn ich zauderte, der Nässe und Kälte wegen umkehren wollte, öffnete er die Faust, ließ das Stückchen Metall auf dem Handteller hüpfen, lockte mich so hundert Schritt und noch einmal hundert Schrittchen weiter und gab sich sogar musikalisch, als ich kurz vor dem Stadtgut Saspe einen wirklichen Rückzug beschloß. Auf dem Absatz drehte er, hielt die Patronenhülse mit der offenen Seite nach oben, drückte das Loch wie das Mundstück einer Flöte gegen seine untere, reichlich ausladende Sabberlippe und mischte einen heiseren, bald schrillen, bald wie vom Nebel gedämpften Ton in den immer intensiver einsetzenden Regen. Oskar fror: Nicht nur die Musik auf der Patronenhülse machte ihn frieren, auch das, wie auf Bestellung, der Stimmung wegen hundsmiserable Wetter trug dazu bei, daß ich mir kaum Mühe gab, mein jämmerliches Frieren zu verbergen.

Was lockte mich alles gen Brösen? Gut, jener Rattenfänger Leo, der auf einer Patronenhülse pfiff. Aber es pfiff mir noch mehr. Von der Reede und von Neufahrwasser her, das hinter novemberlichem Waschküchennebel lag, reichten die Sirenen der Dampfer und das hungrige Geheul eines ein- oder auslaufenden Torpedobootes über Schottland, Schellmühl und Reichskolonie zu uns herüber, so daß Leo leichtes Spiel hatte, einen frierenden Oskar mit Nebelhörnern, Sirenen und pfeifender Patronenhülse nach sich zu ziehen.

Etwa auf der Höhe des gegen Pelonken einschwenkenden Drahtzaunes, der den Flugplatz vom Neuen Exerzierplatz und den Zingelgräben trennte, blieb Schugger Leo stehen, beobachtete eine Zeitlang mit schräg gehaltenem Kopf und über die Patronenhülse fließendem Seiber meinen bibbernd fliegenden Körper. Die Hülse saugte er an, hielt sie mit der Unterlippe, zog sich, einer Eingebung folgend, wild mit den Armen stoßend, den geschwänzten Bratenrock aus und warf mir den schweren, nach feuchter Erde riechenden Stoff über Kopf und Schultern.

Wir machten uns wieder auf den Weg. Ich weiß nicht, ob Oskar weniger fror. Manchmal sprang Leo fünf Schritte voraus, blieb stehen, gab in seinem vielknitterigen, doch erschreckend weißen Hemd eine Figur ab, die auf abenteuerliche Weise mittelalterlichen Verliesen, etwa dem Stockturm, entsprungen sein mochte, in grellem Hemd so dem Irrsinn die Mode vorschrieb. Sobald Leo den torkelnden Oskar im Bratenrock erblickte, brach er immer wieder in ein Gelächter aus, das er jedesmal flügelschlagend, einem krächzenden Raben gleich, beendete. Ich muß in der Tat einen komischen Vogel, wenn nicht einen Raben, dann eine Krähe abgegeben haben, zumal mir die Schöße des Rockes ein Stück Weg hinterherhingen, einer Schleppe gleich die Asphaltdecke der Straße aufwischten; ich hinterließ eine breit majestätische Spur, die Oskar schon nach dem zweiten Blick über die Schulter stolz machte und eine in ihm schlummernde, noch nicht ganz ausgetragene Tragik andeutete, wenn nicht versinnbildlichte.

Schon auf dem Max-Halbe-Platz ahnte ich, daß Leo mich nicht nach Brösen oder Neufahrwasser zu führen gedachte. Als Ziel dieses Fußmarsches kamen von Anfang an nur der Friedhof Saspe und die Zingelgräben in Frage, in deren unmittelbarer Nähe sich ein moderner Schießstand der Schutzpolizei befand.

Von Ende September bis Ende April fuhren die Straßenbahnen der Seebäderlinien nur alle fünfunddreißig Minuten. Als wir die letzten Häuser des Vorortes Langfuhr hinter uns ließen, kam uns eine Bahn ohne Anhänger entgegen.

Gleich darauf überholte uns jener Straßenbahnwagen, der an der Weiche Magdeburger Straße auf die Gegenbahn hatte warten müssen. Kurz vor dem Friedhof Saspe, neben dem man eine zweite Weiche eingerichtet hatte, wurden wir erst klingend überholt, dann kam uns ein Wagen entgegen, den wir schon lange im Dunst hatten warten sehen, weil der, der schlechten Sicht wegen, ein feuchtgelbes Stirnlicht führte.

Noch das flach mürrische Gesicht des Straßenbahnführers der Gegenbahn im Auge bewahrend, wurde Oskar vom Schugger Leo von der Asphaltstraße durch lockeren Sand geführt, der schon den Sand der Stranddünen ahnen ließ. Ein quadratisches Viereck bildend schloß eine Mauer den Friedhof ein. Ein Pförtchen nach Süden hin, mit viel verschnörkeltem Rost, nur andeutungsweise verschlossen, erlaubte uns den Eintritt. Leo ließ mir leider keine Zeit, die verrutschten, zum Sturz geneigten oder schon auf der Nase liegenden Grabsteine, die zumeist aus hinten und an den Seiten grobbossiertem, vorne geschliffenem schwarzschwedischem Granit oder Diabas geschlagen waren, genauer zu betrachten. Fünf oder sechs verarmte, auf Umwegen gewachsene Strandkiefern ersetzten den Baumschmuck des Friedhofes. Mama hatte zu Lebzeiten von der Straßenbahn aus diesem verfallenen Plätzchen vor allen anderen stillen Orten den Vorzug gegeben. Nun lag sie auf Brentau. Der Boden war fettiger dort; es wuchsen Ulmen und Ahorn.

Durch ein offenes, gitterloses Pförtchen in der nördlichen Mauer führte mich Leo vom Friedhof, bevor ich zwischen dem stimmungsvollen Verfall Fuß fassen konnte. Gleich hinter der Mauer standen wir auf planem Sandboden. Ginster, Kiefern, Hagebuttensträucher schwammen gegen die Küste hin überdeutlich in einer dampfenden Brühe. Gegen den Friedhof blickend, fiel mir sofort auf, daß ein Stück der Nordmauer frisch gekälkt war.

Leo tat geschäftig vor der neuwirkenden, wie sein knittriges Hemd schmerzlich grellen Wand. Angestrengt große Schritte machte er, schien die Schritte zu zählen, zählte laut und, wie Oskar heute noch glaubt, auf lateinisch. Auch sang er den Text, wie er es auf dem Priesterseminar gelernt haben mochte. Etwa zehn Meter von der Mauer entfernt markierte Leo einen Punkt, legte auch kurz vor dem getünchten, und wie ich mir denken konnte, geflickten Putz ein Stück Holz hin, tat das alles mit der linken Hand, denn rechts hielt er die Patronenhülse, und endlich, nach längstem Suchen und Messen, plazierte er dicht bei dem entfernten Stück Holz jenes hohle, vorn etwas verengte Metall, welches einen Bleikern solange beherbergt hatte, bis jemand mit gekrümmtem Zeigefinger, den Druckpunkt gesucht, ohne durchzureißen, dem Blei die Wohnung gekündigt und den todbringenden Umzug befohlen hatte.

Wir standen und standen. Schugger Leo ließ seinen Seiber fließen und Fäden ziehen. Er verschränkte die Handschuhe ineinander, gab anfangs noch etwas gesungenes Latein von sich, schwieg dann, da niemand da war, der sich der Responsorien mächtig erweisen konnte. Auch drehte sich Leo, äugte ärgerlich ungeduldig über die Mauer zur Brösener Landstraße, warf immer dann den Kopf in jene Richtung, wenn die zumeist leeren Straßenbahnen an der Weiche hielten, klingelnd einander auswichen und voneinander Abstand nahmen. Wahrscheinlich erwartete Leo Leidtragende. Aber weder zu Fuß noch mit der Bahn kam jemand, dem er mit seinem Handschuh Beileid reichen konnte.

Einmal brummten über uns zur Landung ansetzende Flugzeuge. Wir blickten nicht auf, erlitten den Motorenlärm und wollten uns nicht überzeugen lassen, daß da mit blinkenden Lichtern an den Flügelspitzen drei Maschinen vom Typ Ju 52 zur Landung ansetzten.

Kurze Zeit nachdem uns die Motoren verlassen hatten – die Stille war ähnlich peinigend, wie die Mauer uns gegenüber weiß war –, zog Schugger Leo, in sein Hemd greifend, etwas hervor, stand gleich darauf neben mir, riß sein Krähengewand von Oskars Schultern, sprang in Richtung Ginster, Hagebutten, Strandkiefern, gegen die Küste davon und ließ im Davonspringen mit deutlich abgesetzter Geste, die auf einen Finder baute, etwas fallen.

Erst als Leo endgültig verschwunden war – er geisterte im Vorfeld herum, bis ihn milchige, am Boden klebende Nebelschwaden verschluckten –, erst als ich mich ganz allein mit dem Regen fand, griff ich mir das im Sand steckende Stückchen Karton: Es war die Skatkarte Pique Sieben.

Wenige Tage nach dem Treffen auf dem Sasper Friedhof traf Oskar seine Großmutter Anna Koljaiczek auf dem Langfuhrer Wochenmarkt. Nachdem es bei Bissau keine Zoll- und Landesgrenze mehr gab, konnte sie wieder ihre Eier, Butter, auch Grünkohl und Winteräpfel auf den Markt bringen. Die Leute kauften gerne und viel, denn die Bewirtschaftung der Lebensmittel stand kurz bevor und förderte das Anlegen von Vorräten. Im gleichen Moment, da Oskar seine Großmutter hinter ihrer Ware hocken sah, spürte er die Skatkarte auf bloßer Haut unter Mantel, Pullover und Leibchen. Zuerst hatte ich Pique Sieben zerreißen wollen, als ich mit der Straßenbahn, von einem Schaffner zur kostenlosen Heimfahrt aufgefordert, von Saspe zurück zum Max-Halbe-Platz fuhr.

Oskar zerriß die Karte nicht. Er gab sie seiner Großmutter. Sie wollte hinter ihrem Grünkohl erschrecken, als sie ihn sah. Vielleicht dachte sie, der Oskar bringt nichts Gutes. Dann jedoch winkte sie den Dreijährigen, der sich hinter Fischkörben halb versteckt hielt, zu sich heran. Oskar machte Umstände, besichtigte erst einen lebenden Pomuchel, der auf feuchtem Seetang lag und fast einen Meter maß, wollte Taschenkrebsen aus dem Ottominer See zusehen, die zu Dutzenden in einem Körbchen immer noch fleißig den Krebsgang übten; da übte Oskar selbst diese Fortbewegungsart, näherte sich mit der Rückseite seines Matrosenmantels dem Stand seiner Großmutter und zeigte ihr erst die goldenen Ankerknöpfe, als er gegen einen der hölzernen Böcke unter ihren Auslagen stieß und die Äpfel ins Rollen brachte.

Schwerdtfeger kam mit den heißen, in Zeitungspapier gewickelten Ziegeln, schob sie meiner Großmutter unter die Röcke, holte mit dem Schieber wie eh und je die kalten Ziegel hervor, machte einen Strich auf die ihm anhängende Schiefertafel, wechselte zum nächsten Stand, und meine Großmutter reichte mir einen blanken Apfel.

Was konnte Oskar ihr geben, wenn sie ihm einen Apfel gab? Er reichte ihr zuerst die Skatkarte und dann die Patronenhülse, die er gleichfalls auf Saspe nicht hatte liegenlassen wollen. Lange und verständnislos starrte Anna Koljaiczek die beiden so verschiedenen Gegenstände an. Da näherte sich Oskars Mund ihrem knorpeligen Altfrauenohr unter dem Kopftuch, und ich flüsterte, alle Vorsicht beiseite lassend, an Jans rosiges, kleines aber fleischiges Ohr mit dem langen wohlausgebildeten Läppchen denkend: »Er liegt auf Saspe«, flüsterte Oskar und stürzte, eine Kiepe mit Grünkohl umreißend, davon.

Maria

Während die Geschichte lauthals Sondermeldungen verkündend wie ein gutgeschmiertes Gefährt Europas Straßen, Wasserwege und Lüfte befuhr, durchschwamm und fliegend eroberte, liefen meine Geschäfte, die sich ja nur auf das bloße Zertrommeln gelackter Kinderbleche beschränkten, schlecht, zögernd, überhaupt nicht mehr. Während die anderen mit teurem Metall verschwenderisch um sich warfen, ging mir wieder einmal das Blech aus. Zwar war es Oskar gelungen, aus der Polnischen Post ein neues, kaum angekratztes Instrument zu retten und somit der Verteidigung der Post einen Sinn zu geben, aber was konnte mir, der ich in meinen besten Zeiten knappe acht Wochen gebraucht hatte, um Blech in Schrott zu verwandeln, was konnte Oskar also die Blechtrommel des Herrn Naczalnik Junior bedeuten!

Gleich nach der Entlassung aus den Städtischen Krankenanstalten begann ich, den Verlust meiner Krankenschwestern beklagend, heftig wirbelnd zu arbeiten und arbeitend zu wirbeln. Der verregnete Nachmittag auf dem Friedhof Saspe ließ mein Handwerk nicht etwa zur Ruhe kommen, im Gegenteil, Oskar verdoppelte seine Anstrengungen und setzte all seinen Fleiß in die Aufgabe, den letzten Zeugen seiner Schmach angesichts der Heimwehrleute, die Trommel, zu vernichten.

Aber die hielt stand, gab mir Antwort, schlug, wenn ich draufschlug, anklagend zurück. Merkwürdigerweise kam mir während solcher Schlägerei, die ja nur bezweckte, einen bestimmten, zeitlich begrenzten Teil meiner Vergangenheit auszuradieren, immer wieder der Geldbriefträger Viktor Weluhn in den Sinn, obgleich der als Kurzsichtiger kaum gegen mich zeugen konnte. Aber war ihm als Kurzsichtigem nicht die Flucht geglückt? Verhielt es sich etwa so, daß die Kurzsichtigen mehr sehen, daß Weluhn, den ich meistens den armen Viktor nenne, meine Gesten wie einen schwarzweißen Schattenriß abgelesen, meine Judastat erkannt hatte und Oskars Geheimnis und Schande nun auf der Flucht mit sich und in alle Welt trug?

Erst Mitte Dezember verloren die Beschuldigungen des mir anhängenden lackierten und rotgeflammten Gewissens an Überzeugungskraft: Der Lack zeigte Haarrisse, blätterte ab. Das Blech wurde mürbe, dünn und riß, ehe es durchsichtig wurde. Wie immer, wenn etwas leidet und sich dem Ende entgegenmüht, möchte der dem Leid beiwohnende Augenzeuge das Leid verkürzen, ein schnelleres Ende herbeiführen. Oskar beeilte sich während der letzten Adventwochen, arbeitete, daß die Nachbarn und Matzerath sich den Kopf hielten, wollte bis zum Heiligen Abend fertig sein mit seiner Abrechnung; denn für den Heiligen Abend erhoffte ich mir ein neues, unbelastetes Blech.

Ich schaffte es. Am Tage vor dem vierundzwanzigsten Dezember konnte ich mir ein zerknülltes, haltlos schepperndes, rostiges, an ein zusammengefahrenes Auto erinnerndes Etwas vom Leib und auch von der Seele nehmen; es war, wie ich hoffte, nun auch für mich die Verteidigung der Polnischen Post endgültig zusammengeschlagen.

Nie hat ein Mensch – wenn Sie bereit sind, in mir einen Menschen zu sehen – ein enttäuschenderes Weihnachtsfest erlebt als Oskar, dem unterm Weihnachtsbaum eine Bescherung zuteil wurde, der es an nichts mangelte, außer an einer Blechtrommel.

Ein Baukasten lag da, den ich nie geöffnet habe. Ein Schwan zum Schaukeln sollte ein ganz besonderes Geschenk darstellen und mich zum Lohengrin machen. Wohl um mich zu ärgern, hatte man drei oder vier Bilderbücher auf den Gabentisch zu legen gewagt. Allein brauchbar wollten mir ein paar Handschuhe, Schnürstiefel und ein roter Pullover, den Gretchen Scheffler gestrickt hatte, vorkommen. Bestürzt ließ Oskar den Blick vom Baukasten zum Schwan gleiten, starrte den drollig gemeinten Teddybären der Bilderbücher auf die allerlei Instrumente haltenden Pfoten. Da hielt doch solch ein niedlich verlogenes Biest eine Trommel, sah aus, als könnte es trommeln, als finge es sogleich an mit einer Trommeleinlage, als wäre es schon mitten drin in der Trommelei; und ich hatte einen Schwan, aber keine Trommel, hatte wahrscheinlich mehr als tausend Bauklötze, doch keine einzige Trommel, hatte Fausthandschuhe für enorm frostige Winternächte, aber nichts in den Handschuhfäusten, das ich rund, glatt, eiskalt gelackt und blechern in die Winternacht hinaustragen durfte, damit der Frost etwas Weißes zu hören bekam!

Oskar dachte sich: Matzerath hält das Blech noch versteckt. Oder Gretchen Scheffler, die mit ihrem Bäcker zum Vertilgen unserer Weihnachtsgans gekommen ist, sitzt darauf. Sie wollen erst meine Freude an dem Schwan, an Bauklötzen und Bilderbüchern genießen, bevor sie mit dem wahren Schatz herausrücken. Ich gab nach, blätterte wie ein Narr in den Bilderbüchern, schwang mich auf den Rücken des Schwanes und schaukelte, zutiefst Abscheu empfindend, wenigstens eine halbe Stunde lang. Dann ließ ich mir noch den Pullover trotz überheizter Wohnung anpassen, schlüpfte mit Gretchen Schefflers Hilfe in die Schnürstiefel – inzwischen waren noch die Greffs eingetroffen, weil die Gans für sechs Personen gedacht war – und nach dem Verschlingen jener mit Backobst gefüllten, vom Matzerath meisterhaft zubereiteten Gans, während des Nachtisches – Mirabellen und Birnen – verzweifelt ein Bilderbuch haltend, das Greff mir zu den vier anderen Bilderbüchern gelegt hatte, nach Suppe, Gans, Rotkohl, Salzkartoffeln, Mirabellen und Birnen, angeatmet von einem Kachelofen, der es in sich hatte, sangen wir alle – und Oskar sang mit – ein Weihnachtslied und noch eine Strophe, freue Dich, und Otannenbaumotannenbaumwiegrünsinddeineklingglöckchenklingelingelingallejahrewieder und wollte nun endlich – draußen bemühten sie schon die Glocken – meine Trommel wollte ich haben – die betrunkene Bläsergemeinschaft, zu der früher auch der Musiker Meyn gehört hatte, blies, daß die Eiszapfen von den Fenstergesimsen ... ich aber wollte haben, und sie gaben nicht, rückten nicht raus damit, Oskar: »Ja!« die anderen: »Nein!« – da schrie ich, ich hatte schon lange nicht mehr geschrien, da feilte ich mir nach längerer Pause wieder einmal meine Stimme zu einem spitzen, Glas ritzenden Instrument und tötete nicht etwa Vasen, nicht Biergläser und Glühbirnen, keine Vitrine schnitt ich auf, nahm keiner Brille die Sehkraft – vielmehr hatte meine Stimme etwas gegen alle am Otannenbaum prangenden, Feststimmung verbreitenden Kugeln, Glöckchen, leichtzerbrechlichen Silberschaumgebläse, Weihnachtsbaumspitzen: Klingklang und klingelingeling machend zerstäubte der Christbaumschmuck. Auch lösten sich überflüssigerweise mehrere Kehrbleche Tannennadeln. Die Kerzen aber brannten still und heilig weiter, und Oskar bekam trotzdem keine Blechtrommel.

Es fehlte dem Matzerath jede Einsicht. Ich weiß nicht, ob er mich erziehen wollte oder ob er schlicht nicht daran dachte, mich rechtzeitig und ausgiebig mit Trommeln zu versorgen. Alles trieb auf die Katastrophe zu; und nur der Umstand, daß gleichzeitig mit meinem drohenden Untergang auch im Kolonialwarengeschäft ein immer größeres Durcheinander kaum zu verbergen war, ließ mir und dem Geschäft – wie man in Notzeiten immer anzunehmen pflegt – rechtzeitig Hilfe zukommen.

Da Oskar nicht die erforderliche Größe hatte, auch nicht gewillt war, hinter dem Ladentisch zu stehen, Knäckebrot,

Margarine und Kunsthonig zu verkaufen, nahm Matzerath, den ich der Einfachheit halber wieder meinen Vater nenne, Maria Truczinski, meines armen Freundes Herbert jüngste Schwester, ins Geschäft.

Sie hieß nicht nur Maria, sie war auch eine. Abgesehen davon, daß es ihr gelang, unsern Laden innerhalb weniger Wochen abermals in guten Ruf zu bringen, zeigte sie neben solch freundlich gestrenger Geschäftsführung – der sich Matzerath willig unterwarf – auch einigen Scharfsinn in der Beurteilung meiner Lage.

Noch bevor Maria ihren Platz hinter dem Ladentisch fand, hatte sie mir, der ich mit dem Schrotthaufen vor dem Bauch anklagend das Treppenhaus, die über hundert Stufen auf und nieder stampfte, mehrmals eine gebrauchte Waschschüssel als Ersatz angeboten. Aber Oskar wollte keinen Ersatz. Standhaft weigerte er sich, auf der Kehrseite einer Waschschüssel zu trommeln. Kaum hatte jedoch Maria im Geschäft Fuß gefaßt, wußte sie gegen Matzeraths Willen durchzusetzen, daß meinen Wünschen Rechnung getragen wurde. Allerdings war Oskar nicht dazu zu bewegen, an ihrer Seite Spielzeughandlungen aufzusuchen. Das Innere solch bunt überfüllter Läden hätte mir gewiß schmerzliche Vergleiche mit dem zertretenen Laden des Sigismund Markus aufgezwungen. Maria, sanft und fügsam, ließ mich draußen warten oder tätigte die Einkäufe alleine, brachte mir, je nach Bedarf, alle vier bis fünf Wochen ein neues Blech und mußte während der letzten Kriegsjahre, da selbst die Blechtrommeln rar und bewirtschaftet wurden, den Händlern Zucker oder ein Sechzehntel Bohnenkaffee bieten, um mein Blech unter dem Ladentisch, als sogenannte UT-Ware, gereicht zu bekommen. Das tat sie alles ohne Seufzen, Kopfschütteln und Augenaufschlagen, vielmehr unter aufmerksamstem Ernst und mit jener Selbstverständlichkeit, mit der sie mir frischgewaschene, ordentlich geflickte Hosen, Strümpfe und Kittel anzog. Wenn die Beziehungen zwischen Maria und mir während der folgenden Jahre auch ständigem Wechsel unterworfen waren, selbst heute noch nicht geklärt sind, die Art, wie sie mir die Trommel reicht, ist dieselbe geblieben, mag auch der Preis für Kinderblechtrommeln heute erheblich höher liegen als im Jahre neunzehnhundertvierzig.

Heute ist Maria Abonnentin eines Modejournals. Von Besuchstag zu Besuchstag trägt sie sich eleganter. Und damals?

War Maria schön? Sie zeigte ein rundes frischgewaschenes Gesicht, blickte kühl, doch nicht kalt aus etwas zu stark hervortretenden grauen, kurz aber dicht bewimperten Augen, unter kräftigen dunklen, an der Nasenwurzel zusammengewachsenen Brauen. Deutlich sich abzeichnende Bakkenknochen, deren Haut bei starkem Frost bläulich spannte und schmerzhaft sprang, gaben dem Gesicht eine beruhigend wirkende Flächenmäßigkeit, die durch die winzige, aber nicht unschöne oder gar komische, vielmehr bei aller Zierlichkeit wohldurchgebildete Nase kaum unterbrochen wurde. Ihre Stirn faßte sich rund, maß sich niedrig und wurde schon früh durch senkrechte Grübelfalten über der bewachsenen Nasenwurzel gezeichnet. Rund und leicht gekräuselt setzte auch jenes braune Haar, welches heute noch den Glanz nasser Baumstämme hat, an den Schläfen an, um dann straff den kleinen, griffigen, wie bei Mutter Truczinski kaum einen Hinterkopf aufweisenden Schädel zu bespannen. Als Maria sich die weiße Mantelschürze anzog und sich hinter den Ladentisch unseres Geschäftes stellte, trug sie noch Zöpfe hinter ihren rasch durchbluteten, derb gesunden Ohren, deren Läppchen leider nicht frei hingen, sondern direkt, zwar kein unschönes Fältchen ziehend, aber doch degeneriert genug in das Fleisch überm Unterkiefer wuchsen, um Schlüsse über Marias Charakter zuzulassen. Später schwatzte Matzerath dem Mädchen Dauerwellen auf: Die Ohren blieben verborgen. Heute stellt Maria unter modisch kurzgeschnittenem Wuschelkopf nur die angewachsenen Läppchen zur Schau, schützt aber die kleinen Schönheitsfehler durch große, ein wenig geschmacklose Klips.

Genau wie Marias mit einem Griff zu fassender Kopf volle Wangen, deutliche Backenknochen, großzügig geschnittene Augen beiderseits der eingebetteten, fast unauffälligen Nase zeigte, waren ihrem eher kleinen als mittelgroßen Körper etwas zu breite Schultern, schon unter dem Arm ansetzende volle Brüste und ein dem Becken entsprechendes reiches Gesäß beigegeben, das hinwiederum von zu schlanken, dennoch kräftigen, unterhalb der Schamhaare Durchblick gewährenden Beinen getragen wurde.

Vielleicht war Maria damals eine Spur X-beinig. Auch wollten mir ihre immer geröteten Hände im Gegensatz zur ausgewachsenen und endgültig proportionierten Figur kindlich, die Finger wurstig vorkommen. Diese Patschhände hat sie bis heute nicht ganz verleugnen können. Ihre Füße jedoch, die sich damals in klobigen Wanderschuhen, etwas später in ihr kaum angemessenen, altmodisch eleganten Schühchen meiner armen Mama abmühten, haben trotz des ungesunden Schuhwerks aus zweiter Hand nach und nach die kindliche Röte und Drolligkeit verloren und sich modernen Schuhmodellen westdeutscher und sogar italienischer Herkunft angepaßt.

Maria sprach nicht viel, sang aber gerne beim Abwaschen des Geschirrs und gleichfalls beim Abfüllen des Zuckers in blaue Pfund- und Halbpfundtüten. Nach Geschäftsschluß, wenn Matzerath abrechnete, auch sonntags, und sobald sie sich ein halbes Stündchen Ruhe gönnte, griff Maria zu ihrer Mundharmonika, die ihr der Bruder Fritz geschenkt hatte, als er eingezogen wurde und nach Groß-Boschpol kam.

Maria spielte ziemlich alles auf der Mundharmonika. Wanderlieder, die sie während der BDM-Heimabende gelernt hatte, Operettenmelodien und Schlager, die sie dem Radio und ihrem Bruder Fritz ablauschte, den Ostern vierzig eine Dienstreise für einige Tage nach Danzig brachte. Oskar erinnert sich, daß Maria »Regentropfen« mit Zungenschlag spielte und auch »Der Wind hat mir ein Lied erzählt« aus der Mundharmonika hervorlockte, ohne dabei Zarah Leander nachzuahmen. Niemals jedoch holte Maria ihre »Hohner« während der Geschäftszeit hervor. Selbst wenn keine Kundschaft kam, enthielt sie sich der Musik und schrieb, kindlich runde Buchstaben setzend, Preisschildchen und Warenlisten.

Wenn es sich auch nicht übersehen ließ, daß sie es war, die dem Geschäft vorstand, die einen Teil der Kundschaft, der sich nach dem Tode meiner armen Mama bei der Konkurrenz angemeldet hatte, zurückgewann und zu festen Kunden machte, behielt sie Matzerath gegenüber eine an Unterwürfigkeit grenzende Hochachtung bei, die jenen, der ja immer schon an sich geglaubt hatte, nicht einmal verlegen werden ließ.

»Schließlich habe ich das Mädchen ins Geschäft geholt und angelernt«, lautete sein Argument, wenn der Gemüsehändler Greff und Gretchen Scheffler sticheln wollten. So einfach waren die Gedankengänge dieses Mannes, der eigentlich nur während seiner Lieblingsbeschäftigung, während des Kochens, differenzierter, ja sensibel und deshalb beachtenswert wurde. Denn das muß Oskar ihm lassen: Seine Kassler Rippchen mit Sauerkraut, seine Schweinenieren in Senfsoße, seine panierten Wiener Schnitzel und, vor allen Dingen, sein Karpfen mit Sahne und Rettich ließen sich sehen, riechen und schmecken. Wenn er Maria im Geschäft auch nicht allzuviel beibringen konnte, weil erstens das Mädchen einen angeborenen Geschäftssinn für

Handel mit kleinen Beträgen mitbrachte, weil zweitens Matzerath von den Finessen des Handels über den Ladentisch kaum etwas verstand und sich allenfalls für den Einkauf auf dem Großmarkt eignete, das Kochen, Braten und Dünsten jedoch brachte er Maria bei; denn wenn sie auch während zwei Jahren Dienstmädchen bei einer Beamtenfamilie in Schidlitz gewesen war, konnte sie, als sie bei uns anfing, nicht einmal Wasser zum Sieden bringen.

Bald durfte es Matzerath ähnlich wie zu Lebzeiten meiner armen Mama halten: Er regierte in der Küche, steigerte sich von Sonntagsbraten zu Sonntagsbraten, konnte sich glücklich und zufrieden stundenlang beim Abwaschen des Geschirrs aufhalten, besorgte so nebenbei die während der Kriegsjahre immer schwieriger werdenden Einkäufe, Vorbestellungen und Abrechnungen bei den Firmen auf dem Großmarkt und beim Wirtschaftsamt, pflegte mit einiger Gerissenheit den Briefwechsel mit dem Steueramt, dekorierte nicht einmal ungeschickt, vielmehr Phantasie und Geschmack beweisend, alle vierzehn Tage das Schaufenster, erledigte verantwortungsbewußt seinen Parteikram und war, da ja Maria unerschütterlich hinter dem Ladentisch stand, voll und ganz beschäftigt.

Sie werden fragen: Was sollen diese Vorbereitungen, dieses umständliche Eingehen auf die Beckenknochen, Augenbrauen, Ohrläppchen, Hände und Füße eines jungen Mädchens? Ganz auf Ihrer Seite stehend, verurteile ich mit Ihnen diese Art Menschenbeschreibung. Ist Oskar doch fest überzeugt, daß es ihm bisher allenfalls gelungen ist, Marias Bild zu verzerren, wenn nicht für alle Zeiten zu verzeichnen. Deshalb ein letzter und hoffentlich klärender Satz: Maria war, wenn ich von all den anonymen Krankenschwestern absehe, Oskars erste Liebe.

Es wurde mir dieser Zustand bewußt, als ich eines Tages, wie ich es selten tat, meinem Trommeln zuhörte und bemerken mußte, wie neu, wie eindringlich und dennoch behutsam Oskar dem Blech seine Leidenschaft mitteilte. Maria nahm dieses Trommeln gut auf. Dennoch liebte ich es nicht besonders, wenn sie zu ihrer Mundharmonika griff, über der Maultrommel häßlich die Stirn runzelte und meinte, mich begleiten zu müssen. Oftmals jedoch, beim Strümpfestopfen oder Zuckerabfüllen, ließ sie die Hände sinken, blickte mir ernst und aufmerksam mit ganz und gar ruhigem Gesicht zwischen die Trommelstöcke und fuhr mir, bevor sie wieder zum Stopfstrumpf griff, mit weicher, verschlafener Bewegung über die kurzgeschnittenen Stoppelhaare.

Oskar, der sonst keine noch so zärtlich gemeinte Berührung vertrug, duldete Marias Hand, verfiel diesem Streicheln dergestalt, daß er oft stundenlang und schon bewußter die zum Streicheln verführenden Rhythmen aufs Blech legte, bis endlich Marias Hand gehorchte und ihm guttat.

Es kam dazu, daß mich Maria jeden Abend zu Bett brachte. Sie zog mich aus, wusch mich, half mir in den Schlafanzug, empfahl mir, vor dem Schlafengehen noch einmal die Blase zu entleeren, betete mit mir, obgleich sie protestantisch war, ein Vaterunser, drei Gegrüßetseistdumaria, auch dann und wann: Jesusdirlebichjesusdirsterbich, und deckte mich schließlich mit freundlichem, müde machendem Gesicht zu.

So schön diese letzten Minuten vor dem Lichtausknipsen auch waren – nach und nach tauschte ich Vaterunser und Jesusdirlebich zart anspielend in Meersternichdichgrüße und Mariazulieben um –, die allabendlichen Vorbereitungen für die Nachtruhe waren mir peinlich, hätten fast meine Selbstbeherrschung untergraben und mir, der ich sonst jederzeit das Gesicht zu bewahren wußte, jenes verräterische Erröten der Backfische und verquälten jungen Männer befohlen. Oskar gibt zu: Jedesmal wenn mich Maria mit ihren Händen entkleidete, in die Zinkwanne stellte und mir mit einem Waschlappen, mit Bürste und Seife den Staub eines Trommlertages von der Haut laugte und schrubbte, jedesmal also, wenn mir bewußt wurde, daß ich, ein fast Sechzehnjähriger, einem bald siebzehn Jahre alten Mädchen nackt und überdeutlich gegenüberstand, errötete ich heftig und anhaltend nachglühend.

Doch Maria schien den Farbwechsel meiner Haut nicht zu bemerken. Dachte sie etwa, Waschläppchen und Bürste erhitzten mich so? Sagte sie sich, es wird die Hygiene sein, die Oskar so einheizt? Oder war Maria schamhaft und taktvoll genug, diese meine alltägliche Abendröte zu durchschauen und dennoch zu übersehen?

Bis heute bin ich diesem jähen und durch nichts zu verbergenden, oft fünf Minuten und länger anhaltenden Anstrich verfallen. Ähnlich meinem Großvater, dem Brandstifter Koljaiczek, der feuerzündgockelrot wurde, wenn nur das Wörtchen Streichholz fiel, schießt mir das Blut durch die Adern, sobald jemand, den ich gar nicht zu kennen brauche, in meiner Nähe etwas von kleinen Kindern erzählt, die jeden Abend in der Badewanne mit Waschläppchen und Bürste behandelt werden. Wie ein Indianer steht Oskar dann da; schon lächelt die Umwelt, heißt mich absonderlich, sogar abwegig: Denn was kann es meiner Umwelt bedeuten, wenn kleine Kinderchen eingeseift, abgeschrubbt und von einem Waschläppchen an den verschwiegensten Orten besucht werden.

Maria jedoch, das Naturkind, erlaubte sich in meiner Anwesenheit, ohne verlegen zu werden, die gewagtesten Dinge. So zog sie sich jedesmal, bevor sie die Dielen des Wohnzimmers und Schlafzimmers wischte, vom Oberschenkel abwärts jene Strümpfe aus, die ihr Matzerath geschenkt hatte, die sie schonen wollte. Eines Sonnabends nach Geschäftsschluß – Matzerath hatte in der Ortsgruppendienststelle zu tun, wir waren alleine – ließ Maria Rock und Bluse fallen, stand in armseligem aber sauberem Unterrock neben mir am Wohnzimmertisch und begann, mit Benzin einige Flecken aus dem Rock und der kunstseidenen Bluse zu reiben.

Wie kam es wohl, daß Maria, sobald sie die Oberkleider ablegte, sobald sich der Benzingeruch verflüchtigte, angenehm und naiv betörend nach Vanille roch? Rieb sie sich mit solch einer Wurzel ein? Gab es ein billiges Parfum, das diese Geruchsrichtung vertrat? Oder war dieser Duft ihr so zu eigen, wie etwa eine Frau Kater Salmiakgeist ausdünstete, wie etwa meine Großmutter Koljaiczek leicht ranzige Butter unter ihren Röcken riechen ließ? Oskar, der allen Dingen auf den Grund gehen mußte, ging auch der Vanille nach: Maria rieb sich nicht ein. Maria roch so. Ja, ich bin heute noch überzeugt, daß sie sich dieses ihr anhaftenden Duftes gar nicht bewußt war; denn wenn bei uns am Sonntag nach Kalbsbraten mit Stampfkartoffeln und Blumenkohl in brauner Butter ein Vanillepudding auf dem Tisch zitterte, weil ich mit dem Stiefel gegen ein Tischbein stieß, aß Maria, die für Rote Grütze schwärmte, davon nur wenig und mit Widerwillen, während Oskar bis zum heutigen Tage in diesen einfachsten und vielleicht banalsten aller Puddinge verliebt ist.

Im Juli vierzig, kurz nachdem Sondermeldungen den hastig erfolgreichen Verlauf des Frankreichfeldzuges gemeldet hatten, begann die Badesaison an der Ostsee. Während Marias Bruder Fritz als Obergefreiter die ersten Ansichtspostkarten aus Paris schickte, beschlossen Matzerath und Maria, Oskar müsse an die See, die Seeluft könne seiner Gesundheit nur guttun. Maria solle mit mir während der Mittagspause – das Geschäft blieb von ein Uhr bis drei Uhr geschlossen – an den Brösener Strand, und wenn sie bis vier bleibe, sagte Matzerath, schade das auch nichts, er stehe dann und wann ganz gerne hinter dem Ladentisch und präsentiere sich der Kundschaft.

Für Oskar wurde ein blauer Badeanzug mit draufgenähtem Anker gekauft. Maria hatte schon einen grünen mit roten Rändern, den ihr die Schwester Guste zur Einsegnung geschenkt hatte. In einer Badetasche aus Mamas Zeiten wurde ein weißer flauschiger Bademantel, den gleichfalls Mama hinterlassen hatte, gestopft, dazu kamen überflüssigerweise ein Eimerchen, ein Schäufelchen und diverse Sandkuchenförmchen. Maria trug die Tasche. Meine Trommel trug ich selbst.

Oskar hatte Angst vor der Straßenbahnfahrt am Friedhof Saspe vorbei. Mußte er nicht befürchten, daß ihm der Anblick des so stillen und dennoch beredten Ortes die ohnehin nicht übermäßige Badelaune verschlüge? Wie wird sich der Geist Jan Bronskis verhalten, fragte sich Oskar, wenn leicht sommerlich gekleidet sein Verderber in einer Straßenbahn nahe seinem Grabe vorbeiklingelt?

Die Linie Neun hielt. Der Schaffner rief die Station Saspe aus. Ich blickte angestrengt an Maria vorbei in Richtung Brösen, von wo her die Gegenbahn, langsam größer werdend, herankroch. Nur nicht den Blick abschweifen lassen! Was gab es dort schon zu sehen! Kümmerliche Strandkiefern, verschnörkelte Rostgitter, ein Durcheinander von haltlosen Grabsteinen, deren Inschriften nur noch Stranddisteln und tauber Hafer lesen mochten. Dann lieber den Blick aus dem offenen Fenster raus und hochgerissen: Da brummten sie, die dicken Ju 52, wie eben nur dreimotorige Flugzeuge oder ganz fette Fliegen am wolkenlosen Julihimmel brummen können.

Klingelnd fuhren wir an und ließen uns von der Gegenbahn die Sicht versperren. Gleich hinter dem Anhänger verdrehte es mir den Kopf: Den ganzen verfallenen Friedhof bekam ich mit, auch ein Stück der Nordmauer, deren auffallend weiße Stelle zwar im Schatten lag, aber dennoch höchst peinlich...

Und dann war die Stelle fort, wir näherten uns Brösen, und ich blickte wieder Maria an. Sie füllte ein leichtes geblümtes Sommerkleid. Um ihren runden, matt glänzenden Hals, über gutgepolstertem Schlüsselbein reihte sich eine Kette aus altroten Holzkirschen, die alle gleich groß waren und platzvoll Reife vortäuschten. Ahnte ich es nur oder roch ich es wirklich? Oskar beugte sich leicht – Maria nahm ihren Vanillegeruch an die Ostsee mit –, atmete das Aroma tief ein und hatte den modernden Jan Bronski augenblicklich überwunden. Es war die Verteidigung der Polnischen Post schon historisch geworden, ehe den Verteidigern das Fleisch von den Knochen gefallen war. Oskar, der Überlebende, hatte ganz andere Gerüche in der Nase als etwa die, die sein einst so eleganter, nun mürber mutmaßlicher Vater an sich haben mochte.

In Brösen kaufte Maria ein Pfund Kirschen, nahm mich bei der Hand – sie wußte, daß Oskar nur ihr das erlaubte – und führte uns durch den Strandkiefernwald zur Badeanstalt. Trotz meiner fast sechzehn Jahre – der Bademeister hatte keinen Blick dafür – durfte ich in die Damenabteilung. Wasser: achtzehn; Luft: sechsundzwanzig; Wind: Ost – weiterhin heiter, stand an der schwarzen Tafel neben dem Anschlag der Lebensrettungsgesellschaft, die Vorschläge für Wiederbelebungsversuche neben linkischen, altmodischen Zeichnungen ausbreitete. Es hatten die Ertrunkenen alle gestreifte Badeanzüge an, die Retter trugen Schnurrbärte, Strohhüte schwammen auf tückisch gefährlichem Wasser.

Das barfüßige Bademädchen ging voran. Wie eine Büßerin trug sie den Strick um den Leib, und an dem Strick hing ein mächtiger Schlüssel, der alle Zellen aufschloß. Laufstege. Das Geländer an den Stegen. Ein dürrer Kokosläufer an allen Zellen vorbei. Wir bekamen Zelle 53. Das Holz der

Zelle warm, trocken, von einer natürlich weißbläulichen Farbe, die ich blind nennen möchte. Ein Spiegel neben dem Zellenfenster, der sich selbst nicht mehr ernst nahm.

Zuerst mußte Oskar sich ausziehen. Ich tat das mit dem Gesicht zur Wand und ließ mir nur widerwillig dabei helfen. Dann drehte mich Maria mit ihrem praktisch handfesten Griff, hielt mir den neuen Badeanzug hin und zwängte mich, ohne Rücksicht zu nehmen, in die enganliegende Wolle. Kaum hatte sie mir die Träger geknöpft, hob sie mich auf die Holzbank vor der Rückwand der Zelle, drückte mir Trommel und Stöcke auf die Schenkel und begann sich mit raschen, kräftigen Bewegungen zu entkleiden.

Zuerst trommelte ich ein bißchen, zählte auch die Astlöcher in den Fußbodenbrettern. Dann ließ ich das Zählen und das Trommeln. Unbegreiflich blieb mir, warum Maria mit komisch geschürzten Lippen geradeaus vor sich hin pfiff, während sie aus den Schuhen stieg, zwei Töne hoch, tief pfiff, die Söckchen abstreifte, wie ein Bierkutscher pfiff, den geblümten Stoff von sich nahm, pfeifend den Unterrock über das Kleid hängte, den Büstenhalter von sich abfallen ließ und immer noch, ohne eine Melodie zu finden, angestrengt pfiff, als sie die Schlüpfer, die eigentlich Turnhosen waren, bis zu den Knien herunterzog, auf die Füße rutschen ließ, ausstieg aus den gerollten Hosenbeinen und mit linkem Fuß den Stoff in die Ecke wischte.

Maria erschreckte Oskar mit ihrem behaarten Dreieck. Zwar wußte er von seiner armen Mama her, daß Frauen unten nicht kahl sind, aber Maria war ihm in jenem Sinne nicht Frau, in dem sich seine Mama einem Matzerath oder Jan Bronski gegenüber als Frau bewiesen hatte.

Und nun erkannte ich sie sofort. Wut, Scham, Empörung, Enttäuschung und eine halb komisch, halb schmerzhaft beginnende Versteifung meines Gießkännchens unter dem Badeanzug ließen mich Trommel und beide Trommelstöcke um des einen, mir neu gewachsenen Stockes willen vergessen.

Oskar sprang auf, warf sich Maria zu. Die fing ihn auf mit ihren Haaren. Er ließ sich das Gesicht zuwachsen. Zwischen die Lippen wuchs es ihm. Maria lachte und wollte ihn wegziehen. Ich aber zog immer mehr von ihr in mich hinein, kam dem Vanillegeruch auf die Spur. Maria lachte immer noch. Sie ließ mich sogar bei ihrer Vanille, das schien ihr Spaß zu machen, denn das Lachen gab sie nicht auf. Erst als mir die Beine wegrutschten und ihr mein Wegrutschen Schmerzen bereitete – denn die Haare ließ ich nicht los, oder die ließen mich nicht –, erst als mir die Vanille Tränen in die Augen preßte, als ich schon Pfifferlinge oder sonst was Strenges, nur keine Vanille mehr schmeckte, als dieser Erdgeruch, den Maria hinter der Vanille verbarg, mir den modernden Jan Bronski auf die Stirn nagelte und mich für alle Zeiten mit dem Geschmack der Vergänglichkeit verseuchte, da ließ ich los.

Oskar glitt auf die blindfarbenen Bretter der Badezelle und weinte immer noch, als ihn Maria, die schon wieder lachte, hob, auf den Arm nahm, streichelte und gegen jene Holzkirschenkette drückte, die sie als einziges Kleidungsstück anbehalten hatte.

Kopfschüttelnd sammelte sie ihre Haare von meinen Lippen und verwunderte sich: »Du best mir so ain Schlingelchen! Jehst da ran und waißt nich, was is, und nachher weinste.«

Brausepulver

Ist Ihnen das ein Begriff? Früher war es zu jeder Jahreszeit in flachen Tüten erhältlich. Meine Mama verkaufte in unserem Laden ein zum Erbrechen grünes Tütchen Waldmeisterbrausepulver. Ein Tütchen, dem nicht ganz reife Orangen die Farbe geliehen hatten, nannte sich: Brausepulver mit Apfelsinengeschmack. Ferner gab es Brausepulver mit Himbeergeschmack, auch Brausepulver, das, wenn man es mit klarem Leitungswasser übergoß, zischte, sprudelte, aufgeregt tat, das, wenn man's trank, bevor es sich beruhigte, entfernt, von weit her nach Zitrone schmeckte, und auch die Farbe im Glas hatte, nur etwas eifriger noch: ein sich als Gift aufspielendes, künstliches Gelb.

Was stand außer der Geschmacksrichtung weiter auf den Tütchen? Es stand da: Naturprodukt – Gesetzlich geschützt – Vor Nässe zu bewahren – und unterhalb einer gepunkteten Linie stand: Hier reißen.

Wo konnte man das Brausepulver sonst noch kaufen? Nicht nur im Laden meiner Mama, in jedem Kolonialwarengeschäft – nur nicht bei Kaisers-Kaffee und in den Konsumläden – konnte man das oben beschriebene Pülverchen kaufen. Dort und in allen Erfrischungsbuden kostete das Tütchen Brausepulver drei Guldenpfennige.

Maria und ich bekamen das Brausepulver gratis. Nur wenn wir nicht warten konnten, bis wir zu Hause waren, mußten wir in Kolonialwarenhandlungen oder vor Erfrischungsbuden drei Pfennige zahlen oder gar sechs, weil wir nicht genug bekommen konnten und zwei flache Tütchen verlangten.

Wer fing an mit dem Brausepulver? Die alte Streitfrage zwischen Liebenden. Ich sage, Maria fing an. Maria hat nie behauptet, Oskar habe angefangen. Sie ließ diese Frage offen und hätte, peinlich befragt, allenfalls zur Antwort gegeben: »Das Brausepulver hat angefangen.«

Natürlich wird jedermann Maria recht geben. Nur Oskar konnte sich mit diesem Schuldspruch nicht bescheiden. Nie hätte ich mir eingestehen mögen: Ein Tütchen Brausepulver zu drei Pfennigen Ladenpreis vermochte Oskar zu verführen. Ich war damals sechzehn Jahre alt und legte Wert darauf, mich selbst, allenfalls Maria, aber niemals ein vor Nässe zu schützendes Brausepulver schuldig zu sprechen.

Es begann wenige Tage nach meinem Geburtstag. Die Badesaison ging dem Kalender nach zu Ende. Das Wetter jedoch wollte noch nichts vom September wissen. Nach einem verregneten August zeigte der Sommer, was er konnte; es ließen sich seine nachträglichen Leistungen auf der Tafel neben dem Anschlag der Lebensrettungsgesellschaft, den man der Bademeisterkajüte angenagelt hatte, ablesen: Luft 29 – Wasser 20 – Wind Südost – vorwiegend heiter.

Während Fritz Truczinski als Luftwaffen-Obergefreiter Postkarten aus Paris, Kopenhagen, Oslo und Brüssel schrieb – der Kerl war immer auf Dienstreisen –, kamen Maria und ich zu einiger Sonnenbräune. Im Juli hatten wir unser Stammplätzchen vor der Sonnenwand des Familienbades. Da Maria dort vor den ungeschickten Scherzen der rotbehosten Sekundaner des Conradinums und vor den langweilig umständlichen Liebeserklärungen eines Obersekundaners der Petri-Oberschule nicht sicher war, gaben wir Mitte August das Familienbad auf und fanden im Damenbad ein weit ruhigeres Plätzchen, nahe dem Wasser, wo sich dicke, gleich den kurzen Ostseewellen kurzatmig schnaufende Damen bis zu den Krampfadern der Kniekehlen in den Fluten ergingen, wo Kleinkinder nackt und unerzogen gegen das Schicksal ankämpften; das heißt, sie kleckerten Sandburgen, die immer wieder zusammenfielen.

Das Damenbad: Wenn Frauen unter sich sind, sich unbeobachtet glauben, sollte ein Jüngling, wie ihn Oskar damals in sich zu verbergen wußte, die Augen schließen und sich nicht zum unfreiwilligen Zeugen ungenierten Frauentums machen lassen.

Wir lagen im Sand. Maria im grünen, rotumbordeten Badeanzug, ich hatte mir meinen blauen angepaßt. Der Sand schlief, die See schlief, die Muscheln waren zertreten und hörten nicht zu. Bernstein, der angeblich wachhält, gab es woanders, der Wind, der der Wettertafel nach aus Südost kam, schlief langsam ein, der ganze weite, sicher überanstrengte Himmel hörte nicht mehr auf mit dem Gähnen; auch Maria und ich waren etwas müde. Gebadet hatten wir schon, hatten nach dem Baden, nicht etwa vor dem Baden gegessen. Nun lagen die Kirschen als noch feuchte Kirschkerne neben schon weißtrockenen, leichten Kirschkernen vom Vorjahr im Seesand.

Oskar ließ beim Anblick von soviel Vergänglichkeit den Sand mit den einjährigen, tausendjährigen und noch blutjungen Kirschkernen auf seine Trommel rieseln, machte also die Sanduhr und versuchte, sich in die Rolle des Todes hineinzudenken, indem er mit Knochen spielte. Unter Marias warmem, verschlafenem Fleisch stellte ich mir Teile ihres sicher hellwachen Gerippes vor, genoß den Durchblick zwischen Elle und Speiche, ließ an ihrer Wirbelsäule Abzählspiele auf und ab klettern, griff hinein durch beide Hüftbeinlöcher und amüsierte mich über den Schwertfortsatz.

Aller Kurzweil zum Trotz, die ich mir als Tod mit der Seesanduhr angedeihen ließ, bewegte sich Maria. Sie griff blind, sich nur auf die Finger verlassend, in die Strandtasche und suchte etwas, während ich den restlichen Sand mit den letzten Kirschkernen der schon halb versandeten Trommel zukommen ließ. Da Maria das, was sie suchte, wahrscheinlich ihre Mundharmonika, nicht fand, stülpte sie die Tasche um: Gleich darauf lag auf dem Badelaken keine Mundharmonika, aber ein Tütchen Waldmeisterbrausepulver.

Maria tat überrascht. Vielleicht war sie auch überrascht. Ich war wirklich überrascht und sagte mir immer wieder, sag es noch heute: Wie ist das Brausepulver, dieses billige Zeug, das sich nur die Kinder der Arbeitslosen und Stauer kauften, weil die kein Geld für ordentliche Limonade hatten, wie ist dieser Ladenhüter in unsere Strandtasche gekommen?

Während Oskar noch überlegte, bekam Maria Durst. Auch ich mußte mir gegen meinen Willen, meine Überlegungen unterbrechend, aufdringlichen Durst eingestehen. Wir hatten keinen Becher, auch mußte man bis zum Trinkwasser wenigstens fünfunddreißig Schritte machen, wenn Maria ging; an die fünfzig, wenn ich mich auf den Weg machte. Zwischen niveaölglänzenden, auf dem Rücken oder auf dem Bauch liegenden Fleischbergen hieß es den heißesten Sand erleiden, wenn man vorhatte, beim Bademeister einen Becher zu leihen und den Leitungshahn neben der Bademeisterkajüte aufzudrehen.

Wir scheuten beide den Weg und ließen das Tütchen auf dem Badelaken liegen. Schließlich nahm ich es, bevor Maria es nehmen wollte. Doch Oskar legte es wieder aufs Laken, damit Maria zugreifen konnte. Maria griff nicht. So griff ich und gab es Maria. Maria gab es Oskar zurück. Ich dankte und schenkte es ihr. Sie aber wollte von Oskar keine Geschenke annehmen. Ich mußte es wieder aufs Laken legen. Dort lag es längere Zeit, ohne sich zu rühren.

Oskar stellt fest, daß Maria es war, die das Tütchen nach beklemmender Pause an sich nahm. Doch nicht genug: Sie riß einen Streifen Papier genau dort ab, wo unter gepunkteter Linie stand: Hier reißen! Dann hielt sie mir das geöffnete Tütchen hin. Dieses Mal lehnte Oskar dankend ab. Es gelang Maria, beleidigt zu sein. Sie legte mit aller Entschlossenheit das offene Tütchen aufs Laken. Was blieb mir übrig, als nun meinerseits, bevor etwa Seesand ins Tütchen finden konnte, zuzugreifen und Maria das Tütchen anzubieten.

Oskar stellt fest, daß Maria es war, die einen Finger in der Tütenöffnung verschwinden ließ, die den Finger wieder hervorlockte, ihn senkrecht und zur Ansicht hielt: Es zeigte sich auf der Fingerkuppe etwas Weißbläuliches, das Brausepulver. Sie bot mir den Finger an. Natürlich nahm ich ihn. Obgleich es mir in die Nase stieg, gelang es meinem Gesicht, Wohlgeschmack widerzuspiegeln. Es war Maria, die eine hohle Hand machte. Und Oskar konnte nicht umhin, ihr etwas Brausepulver in die rosa Schüssel zu streuen. Sie wußte nicht, was sie mit dem Häufchen anfangen sollte. Der Hügel in ihrem Handteller war ihr zu neu und zu erstaunlich. Da beugte ich mich vor, nahm all meinen Speichel zusammen, ließ ihn dem Brausepulver zukommen, tat das noch einmal und lehnte mich erst zurück, als ich keinen Speichel mehr hatte.

In Marias Hand begann es zu zischen und zu schäumen. Da brach der Waldmeister wie ein Vulkan aus. Da kochte, ich weiß nicht, wessen Volkes grünliche Wut. Da spielte sich etwas ab, was Maria noch nicht gesehen und wohl noch nie gefühlt hatte, denn ihre Hand zuckte, zitterte, wollte wegfliegen, weil Waldmeister sie biß, weil Waldmeister durch ihre Haut fand, weil Waldmeister sie aufregte, ihr ein Gefühl gab, ein Gefühl, ein Gefühl ...

So sehr das Grün sich auch vermehrte, Maria wurde rot, führte die Hand zum Mund, leckte die Innenfläche mit langer Zunge ab, tat das mehrmals und so verzweifelt, daß Oskar schon glauben wollte, die Zunge tilge nicht jenes sie so aufregende Waldmeistergefühl, sondern steigere es bis zu jenem Punkt, womöglich noch über jenen Punkt hinaus, der normalerweise allen Gefühlen gesetzt ist.

Dann ließ das Gefühl nach. Maria kicherte, blickte sich um, ob auch keine Zeugen des Waldmeisters vorhanden wären, und ließ sich, da sie rings die in Badeanzügen atmenden Seekühe teilnahmslos und niveabraun gelagert sah, auf das Badelaken fallen; auf so weißem Plan verging ihr dann langsam die Schamröte.

Vielleicht wäre es dem Badewetter jener Mittagsstunde doch noch gelungen, Oskar zum Schlaf zu verführen, hätte sich Maria nach einer knappen halben Stunde nicht abermals aufgerichtet und den Griff zum noch halb vollen Brausepulvertütchen gewagt. Ich weiß nicht, ob sie mit sich kämpfte, bevor sie den Rest des Pulvers in jene hohle Hand schüttelte, welcher die Wirkung des Waldmeisters nicht mehr fremd war. Etwa so lange wie jemand braucht, um sich seine Brille zu putzen, hielt sie das Tütchen links und rechts das rosa Schüsselchen reglos und gegensätzlich. Nicht etwa, daß sie den Blick auf das Tütchen oder die hohle Hand richtete, daß sie den Blick zwischen halbvoll und leer wandern ließ; zwischen Tüte und Hand blickte Maria mittendurch und machte streng dunkle Augen dabei. Es sollte sich aber zeigen, um wieviel der strenge Blick schwächer war als das halbvolle Tütchen. Die Tüte näherte sich der hohlen Hand, die kam dem Tütchen entgegen, der Blick verlor seine mit Schwermut gesprenkelte Strenge, wurde neugierig und schließlich nur noch gierig. Mit mühsam gespieltem Gleichmut häufte Maria den Rest des Waldmeisterbrausepulvers in ihrem gutgepolsterten, trotz der Hitze trockenen Handteller, ließ das Tütchen und die Gleichmut fallen, stützte mit der freigewordenen Hand den gefüllten Griff, verweilte mit grauen Augen noch bei dem Pulver und sah dann mich an, sah mich grau an, forderte grauäugig etwas von mir, meinen Speichel wollte sie, warum nahm sie nicht ihren, Oskar hatte doch kaum noch welchen, sie hatte sicher viel mehr, so schnell erneuert sich nicht der Speichel, sie sollte gefälligst ihren nehmen, der war genauso gut, wenn nicht noch besser, auf jeden Fall mußte sie mehr haben als ich, weil ich so schnell keinen machen konnte, auch weil sie größer als Oskar war.

Maria wollte meinen Speichel. Von Anfang an stand fest, daß nur mein Speichel in Frage kam. Sie nahm ihren fordernden Blick nicht von mir, und ich gab ihren nicht freihängenden, sondern angewachsenen Ohrläppchen die Schuld an dieser grausamen Unnachgiebigkeit. So schluckte Oskar, stellte sich Dinge vor, die ihm sonst das Wasser im Mund zusammenlaufen ließen, doch, lag es an der Seeluft, an der Salzluft, an der salzigen Seeluft, meine Speicheldrüsen versagten, ich mußte mich, durch Marias Blick dazu aufgefordert, erheben und auf den Weg machen. Es galt, ohne links und rechts zu schauen, über fünfzig Schritte durch den heißen Sand zurückzulegen, die noch heißeren Treppenstufen zur Bademeisterkajüte hinaufzusteigen, den Wasserhahn aufzudrehen, den gewendeten Kopf offenen Mundes drunter zu halten, zu trinken, zu spülen, zu schlucken, damit Oskar wieder zu Speichel kam.

Als ich die Strecke zwischen der Bademeisterkajüte und unserem weißen Laken, so endlos und von schrecklichem Anblick umsäumt der Weg auch war, überwunden hatte, fand ich Maria auf dem Bauche liegend. Den Kopf hatte sie zwischen verschränkten Armen versorgt. Ihre Zöpfe lagen träg auf rundem Rücken.

Ich stieß sie an, denn Oskar hatte jetzt Speichel. Maria rührte sich nicht. Ich stieß nochmals. Sie wollte nicht. Vorsichtig öffnete ich ihr die linke Hand. Sie ließ es geschehen: Die Hand war leer, als hätte sie nie Waldmeister gesehen. Ich bog ihr die rechten Finger gerade: rosig der Teller, in den Linien feucht, heiß und leer.

Hatte Maria doch ihren eigenen Speichel bemüht? Hatte sie nicht warten können? Oder sie hatte das Brausepulver davongeblasen, hatte das Gefühl erstickt, bevor sie fühlte, hatte die Hand am Badelaken blankgerieben, bis wieder Marias vertraute Patschhand mit dem leicht abergläubischen Mondberg, dem fetten Merkur und dem straffgepolsterten Venusgürtel zum Vorschein kam.

Wir gingen damals bald darauf nach Hause, und Oskar wird nie erfahren, ob Maria schon an jenem Tage das Brausepulver zum zweitenmal schäumen ließ oder ob jene Mischung aus Brausepulver und meinem Speichel erst einige Tage später für sie und für mich in der Wiederholung zum Laster wurde.

Der Zufall oder ein unseren Wünschen gehorsamer Zufall brachte es mit sich, daß Matzerath am Abend des soeben beschriebenen Badetages – wir aßen Blaubeerensuppe und hinterher Kartoffelpuffer – Maria und mir umständlich eröffnete, er sei Mitglied eines kleinen Skatklubs innerhalb seiner Ortsgruppe geworden, er werde zweimal in der Woche abends seine neuen Skatbrüder, die alle Zellenleiter seien, in der Gaststätte Springer treffen, auch Sellke, der neue Ortsgruppenleiter, wolle manchmal kommen, alleine schon deswegen müsse er hin und uns leider alleine lassen. Das Beste sei wohl, man quartiere den Oskar an den Skatabenden bei Mutter Truczinski ein.

Mutter Truczinski war damit einverstanden, zumal ihr jene Lösung weit besser gefiel als der Vorschlag, den ihr Matzerath ohne Marias Wissen am Vortage gemacht hatte. Da hieß es, nicht ich sollte bei Mutter Truczinski übernachten, sondern Maria sollte zweimal in der Woche bei uns auf der Chaiselongue ihr Nachtlager aufschlagen.

Zuvor hatte Maria in jenem breiten Bett geschlafen, in welches vor Zeiten mein Freund Herbert seinen narbigen Rücken gebettet hatte. Das schwere Möbel stand im kleineren hinteren Zimmer. Mutter Truczinski hatte ihr Bett im Wohnzimmer. Guste Truczinski, die nach wie vor im Hotel

»Eden« am kalten Büfett servierte, wohnte auch dort, kam manchmal an ihren freien Tagen, übernachtete selten und wenn, dann auf dem Sofa. Brachte jedoch ein Fronturlaub Fritz Truczinski mit Geschenken aus fernen Ländern in die Wohnung, schlief der Fronturlauber oder Dienstreisende in Herberts Bett, Maria in Mutter Truczinskis Bett, und die alte Frau machte sich ihr Lager auf dem Sofa.

Diese Ordnung wurde durch meine Ansprüche gestört. Zuerst sollte ich auf dem Sofa gebettet werden. Dieses Ansinnen lehnte ich knapp aber deutlich ab. Dann wollte mir Mutter Truczinski ihr Altfrauenbett abtreten und mit dem Sofa vorliebnehmen. Da erhob Maria Einspruch, wollte nicht haben, daß Unbequemlichkeiten die Nachtruhe ihrer alten Mutter störten, erklärte sich, ohne viele Worte zu machen, bereit, Herberts ehemaliges Kellnerbett mit mir zu teilen, und drückte das so aus: »Das jeht schon mit dem Oskarchen in ain Bett. Där is ja man doch nur ne achtel Portion.«

So trug Maria von der folgenden Woche an zweimal wöchentlich mein Bettzeug aus unserer Parterrewohnung ins zweite Stockwerk und schlug mir und meiner Trommel zu ihrer Linken das Nachtlager auf. In Matzeraths erster Skatnacht ereignete sich gar nichts. Es wollte mir Herberts Bett sehr groß vorkommen. Ich lag zuerst, Maria kam später. Sie hatte sich in der Küche gewaschen und betrat das Schlafzimmer in einem lächerlich langen und altmodisch steifen Nachthemd. Oskar hatte sie nackt und behaart erwartet, war anfangs enttäuscht, dann jedoch zufrieden, weil ihn der Stoff aus Urgroßmutters Schublade leicht und angenehm Brücken schlagend an den weißen Faltenwurf der Krankenschwesterntracht erinnerte.

Vor der Kommode stehend machte Maria ihre Zöpfe auf und pfiff dabei. Immer wenn Maria sich an- oder auszog, wenn sie die Zöpfe flocht oder löste, pfiff sie. Selbst beim

Kämmen preßte sie unermüdlich diese zwei Töne zwischen gespitzten Lippen hervor und brachte es dennoch zu keiner Melodie.

Sobald Maria den Kamm weglegte, brach auch das Pfeifen ab. Sie drehte sich, schüttelte noch einmal ihr Haar, schaffte mit wenigen Griffen Ordnung auf ihrer Kommode, die Ordnung stimmte sie übermütig: Ihrem fotografierten und retuschierten schnauzbärtigen Vater im schwarzen Ebenholzrahmen warf sie eine Kußhand zu, sprang dann mit übertriebener Wucht ins Bett, federte mehrmals, griff sich beim letzten Federn das Oberbett, verschwand unter dem Berg bis zum Kinn, berührte mich, der ich unter den eigenen Federn daneben lag, überhaupt nicht, langte mit rundem Arm, an dem der Nachthemdärmel zurückrutschte, noch einmal unter den Daunen hervor, suchte über ihrem Kopf jene Schnur, mit der man das Licht ausknipsen konnte, fand, knipste und sagte mir erst im Dunkeln mit viel zu lauter Stimme »Gute Nacht!«

Marias Atem wurde schnell gleichmäßig. Wahrscheinlich tat sie nicht nur so, sondern schlief wirklich bald ein, denn ihrer tagtäglichen Arbeitsleistung konnte und durfte nur eine ähnlich tüchtige Schlafleistung folgen.

Oskar boten sich noch längere Zeit lang betrachtenswerte, den Schlaf vertreibende Bildchen an. So dicht die Schwärze zwischen den Wänden und dem Verdunklungspapier vor dem Fenster auch lastete, es beugten sich dennoch blonde Krankenschwestern über Herberts narbigen Rücken, aus Schugger Leos weißem Knitterhemd entwickelte sich, weil das nahe lag, eine Möwe, und die flog, flog und zerschellte an einer Friedhofsmauer, die danach frischgekälkt aussah und so weiter und so weiter. Erst als ein sich ständig vermehrender, müdemachender Vanillegeruch den Film vor dem Schlaf flimmern, dann reißen ließ, fand Oskar zu ähnlich ruhigem Atem, wie ihn Maria schon lange übte.

Eine gleich züchtige Vorstellung mädchenhaften Zubettgehens gab mir Maria drei Tage später. Im Nachthemd kam sie, pfiff beim Zöpfeaufmachen, pfiff noch beim Kämmen, legte den Kamm weg, pfiff nicht mehr, schaffte Ordnung auf der Kommode, warf dem Foto die Kußhand zu, machte den übertriebenen Sprung, federte, griff das Oberbett und erblickte – ich betrachtete ihren Rücken – sie sah ein Tütchen – ich bewunderte ihr langes Schönhaar – sie entdeckte auf dem Oberbett etwas Grünes – ich schloß die Augen und wollte warten, bis sie sich an den Anblick des Brausepulvertütchens gewöhnt hatte – da schrien die Sprungfedern unter einer sich zurückwerfenden Maria, da knipste es, und als ich des Knipsens wegen die Augen öffnete, konnte Oskar sich bestätigen, was er wußte: Maria hatte das Licht ausgeknipst, atmete unordentlich im Dunkeln, hatte sich an den Anblick des Brausepulvertütchens nicht gewöhnen können; doch blieb es fraglich, ob die von ihr befohlene Dunkelheit die Existenz des Brausepulvers nicht übersteigerte, Waldmeister zur Blüte brachte und der Nacht Bläschen treibendes Natron verordnete.

Fast möchte ich glauben, die Dunkelheit war auf Oskars Seite. Denn schon nach wenigen Minuten – wenn man in einem stockdunklen Zimmer von Minuten sprechen kann – nahm ich Bewegungen am Kopfende des Bettes wahr; Maria angelte nach der Schnur, die Schnur biß an, und gleich darauf bewunderte ich abermals langfallendes Schönhaar auf Marias sitzendem Nachthemd. Wie gleichmäßig und gelb die Glühbirne hinter dem gefälteten Bezug des Lampenschirmes das Schlafzimmer ausleuchtete. Prall aufgeschlagen und unberührt häufte sich immer noch das Oberbett am Fußende. Das Tütchen auf dem Berg hatte sich in der Dunkelheit nicht zu bewegen gewagt. Marias Großmutternachthemd raschelte, ein Ärmel des Hemdes mit dazugehörender Patschhand hob sich, und Oskar sammelte Speichel in seiner Mundhöhle.

Wir beide haben während der folgenden Wochen über ein Dutzend Tütchen Brausepulver zumeist mit Waldmeistergeschmack, schließlich als der Waldmeister ausging, mit Zitronen- und Himbeergeschmack auf immer dieselbe Art entleert, mit meinem Speichel zum Aufbrausen gebracht und ein Gefühl gefördert, das Maria immer mehr zu schätzen wußte. Ich bekam einige Übung im Speichelansammeln, benutzte Tricks, die mir das Wasser schnell und reichlich im Munde zusammenlaufen ließen, und war bald imstande, mit dem Inhalt eines Tütchens Brausepulver Maria dreimal kurz nacheinander das begehrte Gefühl zu bescheren.

Maria war mit Oskar zufrieden, drückte ihn manchmal an sich, küßte ihn nach dem Brausepulvergenuß sogar zwei- oder dreimal irgendwohin ins Gesicht und schlief zumeist schnell ein, nachdem Oskar sie im Dunkeln noch kurz kichern gehört hatte.

Mir fiel das Einschlafen immer schwerer. Sechzehn Jahre zählte ich, hatte einen beweglichen Geist und das schlafvertreibende Bedürfnis, meiner Liebe zu Maria andere, ungeahntere Möglichkeiten zu bieten als die, die da im Brausepulver schlummerten, durch meinen Speichel erweckt, immer dasselbe Gefühl bemühten.

Oskars Überlegungen beschränkten sich nicht nur auf die Zeit nach dem Lichtausknipsen. Tagsüber brütete ich hinter der Trommel, blätterte in meinen zerlesenen Rasputinauszügen, erinnerte mich früherer Unterrichtsorgien zwischen dem Gretchen Scheffler und meiner armen Mama, befragte auch Goethe, den ich gleich Rasputin in den Auszügen der Wahlverwandtschaften besaß, nahm also des Gesundbeters Triebhaftigkeit, glättete jene mit dem alle Welt einbeziehenden Naturgefühl des Dichterfürsten, gab Maria bald das Aussehen der Zarin, auch die Züge der Großfürstin Anastasia, wählte Damen aus Rasputins adlig-exzentrischem Gefolge, um Maria alsbald, vom allzu Brünstigen abgestoßen, in der himmlischen Durchsichtigkeit einer Ottilie oder hinter der zuchtvoll gemeisterten Leidenschaft Charlottens zu erblicken. Sich selbst sah Oskar abwechselnd als Rasputin persönlich, dann als seinen Mörder, sehr oft als Hauptmann, seltener als Charlottens wankelmütigen Gatten und einmal – ich muß es gestehen – als einen in Goethes bekannter Gestalt über der schlafenden Maria schwebenden Genius.

Merkwürdigerweise erwartete ich von der Literatur mehr Anregungen als vom nackten, tatsächlichen Leben. So konnte mir Jan Bronski, den ich ja oft genug das Fleisch meiner armen Mama hatte bearbeiten sehen, so gut wie nichts beibringen. Obgleich ich wußte, dieses abwechselnd aus Mama und Jan oder Matzerath und Mama bestehende, seufzende, angestrengte, endlich ermattet ächzende, Fäden ziehend auseinanderfallende Knäuel bedeutet Liebe, wollte Oskar dennoch nicht glauben, daß Liebe Liebe war, und suchte aus Liebe andere Liebe und kam doch immer wieder auf die Knäuelliebe und haßte diese Liebe, bevor er sie als Liebe exerzierte und als einzig wahre und mögliche Liebe sich selbst gegenüber verteidigen mußte.

Maria nahm das Brausepulver liegend zu sich. Da sie, sobald das Pulver aufbrauste, mit den Beinen zu zucken und zu strampeln pflegte, rutschte ihr das Nachthemd oftmals schon nach dem ersten Gefühl bis zu den Schenkeln hoch. Beim zweiten Aufbrausen gelang es dem Hemd zumeist, über den Bauch kletternd sich vor ihren Brüsten zu rollen. Spontan, ohne die Möglichkeit vorher, Goethe oder Rasputin lesend, in Betracht gezogen zu haben, schüttete ich Maria, nachdem ich ihr wochenlang die linke Hand gefüllt hatte, den Rest eines Himbeerbrausepulvertütchens in die Bauchnabelkuhle, ließ meinen Speichel dazufließen, bevor sie protestieren konnte, und als es in dem Krater zu kochen anfing, verlor Maria alle für einen Protest nötigen Argumente: Denn der kochend brausende Bauchnabel hatte der hohlen Hand viel voraus. Es war zwar dasselbe Brausepulver, mein Speichel blieb mein Speichel, auch war das Gefühl nicht anders, nur stärker, viel stärker. So übersteigert trat das Gefühl auf, daß Maria es kaum noch aushalten konnte. Sie beugte sich vor, wollte mit der Zunge die brausenden Himbeeren in ihrem Bauchnabeltöpfchen abstellen, wie sie den Waldmeister in der hohlen Hand zu töten pflegte, wenn der seine Schuldigkeit getan hatte, aber ihre Zunge war nicht lang genug; ihr Bauchnabel war ihr entlegener als Afrika oder Feuerland. Mir jedoch lag Marias Bauchnabel nahe, und ich vertiefte meine Zunge in ihm, suchte Himbeeren und fand immer mehr, verlor mich so beim Sammeln, kam in Gegenden, wo kein nach dem Sammelschein fragender Förster sein Revier hatte, fühlte mich jeder einzelnen Himbeere verpflichtet, hatte nur noch Himbeeren im Auge, Sinn, Herzen, Gehör, roch nur noch Himbeeren, war so hinter Himbeeren her, daß Oskar nur nebenbei bemerkte: Maria ist zufrieden mit deinem Sammelfleiß. Deshalb hat sie das Licht ausgeknipst. Deshalb überläßt sie sich vertrauensvoll dem Schlaf und erlaubt dir, weiter zu suchen; denn Maria war reich an Himbeeren.

Und als ich die nicht mehr fand, da fand ich wie zufällig an anderen Orten Pfifferlinge. Und da die tiefer versteckt unterm Moos wuchsen, versagte meine Zunge, und ich ließ mir einen elften Finger wachsen, da die zehn Finger gleichfalls versagten. Und so kam Oskar zu einem dritten Trommelstock – alt genug war er dafür. Und ich trommelte nicht Blech, sondern Moos. Und ich wußte nicht mehr: Bin ich das, der da trommelt? Ist es Maria? Ist das mein Moos oder ihr Moos? Gehören das Moos und der elfte Finger wem anders und die Pfifferlinge nur mir? Hatte der Herr da unten seinen eigenen Kopf, eigenen Willen? Zeugten Oskar, er oder ich?

Und Maria, die oben schlief und unten dabei war, die harmlos Vanille und unterm Moos strenge Pfifferlinge, die allenfalls Brausepulver, doch den nicht wollte, den ja auch ich nicht wollte, der sich selbständig gemacht hatte, der den eigenen Kopf bewies, der etwas von sich gab, was ich ihm nicht eingegeben, der aufstand, als ich mich legte, der andere Träume hatte als ich, der weder lesen noch schreiben konnte, der dennoch für mich unterschrieb, der heute noch seinen eigenen Weg geht, der sich an jenem Tage schon von mir trennte, da ich ihn erstmals wahrnahm, der mein Feind ist, mit dem ich mich immer wieder verbünden muß, der mich verrät und im Stich läßt, den ich verraten und verkaufen möchte, dessen ich mich schäme, der meiner überdrüssig ist, den ich wasche, der mich beschmutzt, der nichts sieht und alles wittert, der mir so fremd ist, daß ich ihn siezen möchte, der ein ganz anderes Gedächtnis als Oskar hat: Denn wenn heute Maria mein Zimmer betritt und Bruno diskret auf den Gang hinaus ausweicht, erkennt er Maria nicht wieder, will nicht, kann nicht, lümmelt sich höchst phlegmatisch, während Oskars Herz erregt meinen Mund stammeln läßt: »Hör zu, Maria, zärtliche Vorschläge: Ich könnte mir einen Zirkel kaufen und einen Kreis um uns schlagen, könnt' mit demselben Zirkel die Neigungswinkel deines Halses messen, während du liest, nähst oder, wie jetzt, an meinem Kofferradio drehst. Laß doch das Radio, zärtliche Vorschläge: Ich könnt' mir die Augen impfen lassen und wieder zu Tränen kommen. Beim nächsten Metzger ließe Oskar sein Herz durch den Wolf drehen, wenn du deine Seele gleichfalls. Wir könnten uns auch ein Stofftier kaufen, damit es still bleibt zwischen uns beiden. Wenn ich mich zu Würmern entschlösse und du zur Geduld: Wir könnten angeln gehen und glücklicher werden. Oder das Brausepulver von damals, erinnerst du dich? Du nennst mich Waldmeister, ich brause auf, du willst noch mehr, ich geb' dir den Rest – Maria, Brausepulver, zärtliche Vorschläge!

Warum drehst du am Radio, hörst nur noch aufs Radio, als besäße dich ein wildes Verlangen nach Sondermeldungen?«

Sondermeldungen

Auf dem weißen Rund meiner Trommel läßt sich schlecht experimentieren. Das hätte ich wissen müssen. Mein Blech verlangt immer dasselbe Holz. Es will schlagend befragt werden, schlagende Antworten geben oder unterm Wirbel zwanglos plaudernd Frage und Antwort offenlassen. Meine Trommel ist also weder eine Bratpfanne, die künstlich erhitzt rohes Fleisch erschrecken läßt, noch eine Tanzfläche für Paare, die nicht wissen, ob sie zusammengehören. Deshalb hat Oskar auch nie, selbst während einsamster Stunden nicht, Brausepulver auf seine Trommel gestreut, seinen Speichel dazugemengt und ein Schauspiel veranstaltet, das er seit Jahren nicht mehr gesehen hat, das ich sehr vermisse. Zwar konnte sich Oskar einen Versuch mit besagtem Pulver nicht ganz verkneifen, doch ging er direkter vor, ließ die Trommel aus dem Spiel; ich stellte mich also bloß, denn ohne meine Trommel bin ich immer der Bloßgestellte.

Zunächst war es schwierig, Brausepulver zu bekommen. Ich schickte Bruno in alle Kolonialwarengeschäfte Grafenbergs, ließ ihn mit der Straßenbahn nach Gerresheim fahren. Auch bat ich ihn, es in der Stadt zu versuchen, doch selbst in Erfrischungsbuden jener Art, wie man sie an den Endstationen der Straßenbahnlinien findet, konnte Bruno kein Brausepulver bekommen. Jüngere Verkäuferinnen kannten es überhaupt nicht, ältere Budenbesitzer erinnerten sich wortreich, rieben – wie Bruno berichtete – versonnen ihre Stirnen, sagten: »Mann, was woll'n Se? Brausepulver? Das is aber schon lange her, dasses das gab. Unter Wilhelm und ganz zu Anfang noch, unter Adolf, da war das im Handel.

Das war'n noch Zeiten! Doch wenn Se ne Limonade haben wollen oder ne Coca?«

Mein Pfleger trank also auf meine Kosten mehrere Flaschen Limonade und Coca Cola, verschaffte mir jedoch nicht, wonach ich verlangte, und dennoch konnte Oskar geholfen werden. Bruno zeigte sich unermüdlich: Gestern brachte er mir ein weißes, unbeschriftetes Tütchen; die Laborantin der Heil- und Pflegeanstalt, ein gewisses Fräulein Klein, hatte sich verständnisvoll bereit erklärt, ihre Dosen, Schubladen und Nachschlagewerke zu öffnen, einige Gramm hiervon, wenige Gramm davon zu nehmen und schließlich nach mehreren Versuchen ein Brausepulver zu mixen, von dem Bruno zu berichten wußte: Es könne brausen, prickeln, grün werden und ganz behutsam nach Waldmeister schmecken.

Und heute war Besuchstag. Es kam Maria. Doch zuerst kam Klepp. Wir lachten zusammen etwa eine Dreiviertelstunde lang über etwas Vergessenswertes. Ich schonte Klepp und Klepps leninistische Gefühle, brachte das Gespräch nicht auf Aktuelles, erwähnte also nichts von jener Sondermeldung, die mir aus meinem kleinen Kofferradio – Maria schenkte es mir vor Wochen – von Stalins Tod berichtete. Klepp schien dennoch Bescheid zu wissen, denn an seinem braunkarierten Mantelärmel spannte sich, unsachgemäß angenäht, ein Trauerflor. Dann stand Klepp auf, und Vittlar trat ein. Die beiden Freunde scheinen wieder einmal Streit zu haben, denn Vittlar begrüßte Klepp lachend und mit den Fingern Teufelshörner machend: »Stalins Tod überraschte mich heute früh beim Rasieren!« höhnte er und half Klepp in den Mantel. Mit speckglänzender Pietät im breiten Gesicht lüftete Klepp den schwarzen Stoff an seinem Mantelärmel. »Deswegen trage ich Trauer«, seufzte er und intonierte, Armstrongs Trompete imitierend, die ersten Begräbnistakte aus New Orleans Function:

trrrah trahdada traah dada dadada – dann schob er sich durch die Tür.

Vittlar jedoch blieb, wollte sich nicht setzen, tänzelte vielmehr vor dem Spiegel, und wir lächelten uns beide etwa ein Viertelstündchen verständnisvoll an, ohne Stalin zu meinen.

Ich weiß nicht, wollte ich ihn zu meinem Vertrauten machen oder lag es in meiner Absicht, Vittlar zu vertreiben. Ans Bett winkte ich ihn, winkte sein Ohr heran und flüsterte in seinen großlappigen Löffel: »Brausepulver? Ist dir das ein Begriff, Gottfried?«

Ein entsetzter Sprung trug Vittlar von meinem Gitterbett fort; zu Pathos und ihm geläufiger Theatralik griff er, ließ mir einen Zeigefinger entgegenwachsen und zischte: »Warum willst du Satan mich mit Brausepulver verführen? Weißt du noch immer nicht, daß ich ein Engel bin?«

Und gleich einem Engel flügelte Vittlar, nicht ohne zuvor noch einmal den Spiegel über dem Waschbecken zu befragen, davon. Die jungen Leute außerhalb der Heil- und Pflegeanstalt sind wirklich merkwürdig und neigen zur Manieriertheit.

Und dann kam Maria. Sie hat sich ein neues Frühjahrskostüm schneidern lassen, trägt dazu einen eleganten mausgrauen Hut mit raffiniert sparsam strohgelber Dekoration und nimmt dieses Gebilde selbst in meinem Zimmer nicht ab. Flüchtig begrüßte sie mich, hielt mir die Wange hin, stellte sogleich jenes Kofferradio an, das sie zwar mir schenkte, dennoch für den eigenen Gebrauch bestimmt zu haben scheint; denn der scheußliche Kunststoffkasten muß einen Teil unserer Gespräche während der Besuchstage ersetzen. »Haste die Meldung heute früh mitbekommen? Is doch doll. Oder nich?« »Ja, Maria«, gab ich geduldig zurück. »Auch mir hat man Stalins Tod nicht verheimlichen wollen, doch bitte, stell nun das Radio ab.«

Maria gehorchte wortlos, setzte sich, immer noch mit Hut, und wir sprachen wie gewöhnlich über Kurtchen.

»Stell dir vor Oskar, dä Bengel will kaine langen Strümpfe mehr tragen, dabai is März, und es soll noch kälter werden, ham se im Radio jewußt.« Ich überhörte die Radiomeldung, ergriff aber Kurtchens Partei in Sachen lange Strümpfe. »Der Junge ist jetzt zwölf, Maria, er schämt sich der wollenen Strümpfe wegen vor seinen Schulkameraden.«

»Na mir is saine Jesundhait lieber, und die Strümpfe trächter bis Ostern.«

Dieser Termin wurde so bestimmt geäußert, daß ich behutsam einzulenken versuchte: »Dann solltest du ihm Skihosen kaufen, denn die langen Wollstrümpfe sind wirklich häßlich. Denk mal zurück, als du so alt warst. Auf unserem Hof im Labesweg? Was haben sie mit Klein-Käschen gemacht, der auch immer lange Strümpfe bis Ostern tragen mußte? Nuchi Eyke, der auf Kreta blieb, Axel Mischke, der noch kurz vor Schluß in Holland hopsging, und Harry Schlager, was haben die gemacht mit Klein-Käschen? Die langen Wollstrümpfe haben sie ihm mit Teer beschmiert, daß die kleben blieben, und Klein-Käschen mußte in die Krankenanstalten eingeliefert werden.«

»Das war vor allem Susi Kater, die hat Schuld jehabt und nich de Strümpfe!« Maria stieß das wütend hervor. Obgleich Susi Kater schon zu Anfang des Krieges zu den Blitzmädchen ging und später nach Bayern geheiratet haben soll, trug Maria der einige Jahre älteren Susi so ausdauernd einen Groll nach, wie eben nur Frauen ihre Antipathien aus der Jugendzeit bis in die Großmutterzeit zu bewahren wissen. Dennoch zeigte der Hinweis auf Klein-Käschens teerbeschmierte Wollstrümpfe einige Wirkungen. Maria versprach, Kurtchen Skihosen zu kaufen. Wir konnten dem Gespräch eine andere Wendung geben. Es gab Lobenswertes über unser Kurtchen zu berichten. Studienrat Könnemann hatte sich bei der letzten Elternversammlung anerkennend geäußert. »Nu stell dir vor. Dä Zweitbeste isser in seine Klasse. Und im Jeschäft hilft er mir, ich kann dir nich sagen, wie.«

So nickte ich anerkennend, ließ mir noch die neuesten Anschaffungen fürs Feinkostgeschäft beschreiben. Ermutigte Maria, eine Filiale in Oberkassel zu begründen. Die Zeit sei günstig, sagte ich, die Konjunktur halte an – das hatte ich übrigens aus dem Radio aufgeschnappt –, und dann fand ich es an der Zeit, Bruno zu klingeln. Der kam und reichte mir das weiße Tütchen mit dem Brausepulver.

Oskars Plan war durchdacht. Ohne jede Erklärung erbat ich mir Marias linke Hand. Zuerst wollte sie mir die Rechte geben, verbesserte sich dann, bot mir den linken Handrükken kopfschüttelnd und lachend, erwartete womöglich einen Handkuß. Erstaunt zeigte sie sich erst, als ich mir den Handteller zudrehte und zwischen Mondberg und Venusberg das Pulver aus dem Tütchen häufte. Sie erlaubte das aber und erschrak erst, als Oskar sich über ihre Hand beugte und seinen Speichel reichlich über dem Brausepulverberg ausschied.

»Nu laß doch den Unsinn, Oskar!« entrüstete sie sich, sprang auf, nahm Abstand und starrte entsetzt auf das brausende, grün schäumende Pulver. Von der Stirn abwärts errötete Maria. Schon wollte ich hoffen, da war sie mit drei Schritten beim Waschbecken, ließ Wasser, ekelhaftes Wasser, erst kaltes, dann warmes Wasser über unser Brausepulver fließen und wusch sich danach die Hände mit meiner Seife.

»Du bist manchmal wirklich unausstehlich, Oskar. Was soll bloß der Herr Münsterberg von uns denken?« Um Nachsicht für mich bittend, blickte sie Bruno an, der während meines Versuches am Fußende des Bettes Aufstellung genommen hatte. Damit sich Maria nicht weiterhin genieren mußte, schickte ich den Pfleger aus dem Zimmer und bat mir, sobald der die Tür ins Schloß gedrückt hatte, Maria abermals ans Bett: »Erinnerst du dich nicht? Bitte, erinnere dich doch. Brausepulver! Drei Pfennige kostete das Tütchen! Denk mal zurück: Waldmeister, Himbeeren, wie schön das schäumte, aufbrauste und das Gefühl, Maria, das Gefühl!«

Maria erinnerte sich nicht. Törichte Angst hatte sie vor mir, zitterte ein wenig, verbarg ihre linke Hand, versuchte krampfhaft, ein anderes Gesprächsthema zu finden, erzählte mir abermals von Kurtchens Schulerfolgen, von Stalins Tod, von dem neuen Eisschrank im Feinkostgeschäft Matzerath, von der geplanten Filialengründung in Oberkassel. Ich jedoch hielt dem Brausepulver die Treue, sagte Brausepulver, sie stand auf, Brausepulver, bettelte ich, sie verabschiedete sich hastig, zupfte an ihrem Hut, wußte nicht, ob sie gehen sollte, drehte am Radioapparat, der knarrte, ich überschrie ihn: »Brausepulver, Maria, erinnere dich!«

Da stand sie in der Tür, weinte, schüttelte den Kopf, ließ mich mit dem knarrenden, pfeifenden Kofferradio alleine, indem sie die Tür so vorsichtig schloß, als verließe sie einen Sterbenden.

Maria kann sich also nicht mehr an das Brausepulver erinnern. Mir jedoch wird, solange ich atmen und trommeln mag, das Brausepulver nicht aufhören zu schäumen; denn mein Speichel war es, der im Spätsommer des Jahres vierzig Waldmeister und Himbeeren belebte, der Gefühle weckte, der mein Fleisch auf die Suche schickte, der mich zum Sammler von Pfifferlingen, Morcheln und anderen, mir unbekannten, doch gleichwohl genießbaren Pilzen ausbildete, der mich zum Vater machte, jawohl, Vater, blutjungen Vater, vom Speichel zum Vater, Gefühl weckend, Vater, sammelnd und zeugend; denn Anfang November bestand kein Zweifel mehr, Maria war schwanger, Maria war im zweiten Monat, und ich, Oskar, war der Vater.

Das glaub ich noch heute, denn die Geschichte mit Matzerath passierte erst viel später; zwei Wochen, nein, zehn Tage nachdem ich die schlafende Maria im Bett ihres narbenreichen Bruders Herbert, angesichts der Feldpostkarten ihres jüngeren Bruders, des Obergefreiten, im dunklen Zimmer dann, zwischen Wänden und Verdunklungspapier geschwängert hatte, fand ich die nicht mehr schlafende, vielmehr betriebsam nach Luft schnappende Maria auf unserer Chaiselongue; unter dem Matzerath lag sie, und Matzerath lag auf ihr drauf.

Oskar trat, aus dem Hausflur, vom Dachboden kommend, wo er nachgedacht hatte, mit seiner Trommel im Wohnzimmer ein. Die beiden bemerkten mich nicht. Hatten die Köpfe in Richtung Kachelofen. Hatten sich nicht einmal richtig ausgezogen. Dem Matzerath hing die Unterhose in den Kniekehlen. Seine Hose häufte sich auf dem Teppich. Marias Kleid und Unterrock hatten sich über dem Büstenhalter bis vor die Achseln gerollt. Die Schlüpfer schlingerten ihr am rechten Fuß, der mit dem Bein, häßlich verdreht, von der Chaiselongue hing. Das linke Bein lag abgeknickt, wie unbeteiligt, auf den Rückpolstern. Zwischen den Beinen Matzerath. Mit der rechten Hand drehte er ihr den Kopf weg, die andere Hand weitete ihre Öffnung und half ihm auf die Spur. Zwischen Matzeraths gespreizten Fingern hindurch stierte Maria seitwärts auf den Teppich, schien dort das Muster bis unter den Tisch zu verfolgen. Er hatte sich in ein Kissen mit Sammetbezug verbissen, ließ von dem Sammet nur ab, wenn sie miteinander sprachen. Denn manchmal sprachen sie, ohne die Arbeit dabei zu unterbrechen. Nur als die Uhr dreiviertel schlug, stockten beide, solange das Läutwerk seine Pflicht tat, und er sagte, wie vor dem Läuten wieder gegen sie arbeitend: »Jetzt is dreiviertel.« Und dann wollte er von ihr wissen, ob es so gut sei, wie er es mache. Sie bejahte die Frage mehrmals und bat ihn, vorsichtig zu sein. Er versprach ihr, ganz bestimmt vorsichtig zu sein. Sie befahl ihm, nein, legte ihm ans Herz, diesmal besonders aufzupassen. Dann erkundigte er sich, ob es bei ihr bald soweit sei. Und sie sagte: Gleich ist soweit. Da hatte sie wohl einen Krampf in jenem Fuß, der ihr von der Chaiselongue hing, denn sie stieß den in die Zimmerluft, doch die Schlüpfer blieben dran hängen. Da biß er wieder ins Sammetkissen, und sie schrie: geh weg, und er wollte auch weg, doch dann konnte er nicht mehr weg, weil Oskar drauf war auf den beiden, bevor er weg war, weil ich ihm die Trommel ins Kreuz und die Stöcke aufs Blech schlug, weil ich das nicht mehr hören konnte: weg und geh weg, weil mein Blech lauter war als ihr weg, weil ich das nicht duldete, daß er wegging, genau wie Jan Bronski immer von Mama weggegangen war; denn Mama hatte auch immer weg gesagt, zu Jan, weg, zu Matzerath, weg. Und dann waren sie auseinandergefallen, und den Rotz ließen sie irgendwohin klatschen, auf ein Tuch extra dafür, oder wenn das nicht greifbar, auf die Chaiselongue, auf den Teppich womöglich. Ich aber konnte das nicht ansehen. Schließlich war ja auch ich nicht weggegangen. Und ich war der erste, der nicht wegging, deshalb bin ich der Vater und nicht jener Matzerath, der immer und bis zuletzt glaubte, er sei mein Vater. Dabei war das Jan Bronski. Und das hab ich von Jan geerbt, daß ich vor dem Matzerath nicht wegging, daß ich drinnenblieb, drinnenließ; und was rauskam, das war mein Sohn, nicht sein Sohn! Der hatte überhaupt keinen Sohn! Das war gar kein richtiger Vater! Auch wenn er zehnmal die arme Mama geheiratet hat und auch Maria geheiratet hat, weil sie schwanger war. Und er dachte, die Leute im Haus und auf der Straße, die denken sicher. Natürlich dachten die, der Matzerath habe die Maria dickgemacht und heirate sie jetzt, wo sie siebzehneinhalb ist, und er ist an die fünfundvierzig. Aber sie ist ja tüchtig für ihr Alter, und was den kleinen

Oskar angeht, der kann sich freuen über die Stiefmutter, denn die Maria ist nicht wie eine Stiefmutter zu dem armen Kind, sondern wie eine richtige Mutter, obgleich das Oskarchen nicht ganz klar im Kopf ist und eigentlich nach Silberhammer gehört oder nach Tapiau in die Anstalt.

Matzerath entschloß sich auf Gretchen Schefflers Zureden hin, meine Geliebte zu heiraten. Wenn ich also ihn, meinen mutmaßlichen Vater, als Vater bezeichne, muß ich feststellen: Mein Vater heiratete meine zukünftige Frau, nannte später meinen Sohn Kurt seinen Sohn Kurt, verlangte also von mir, daß ich in seinem Enkelkind meinen Halbbruder anerkannte und meine geliebte, nach Vanille duftende Maria als Stiefmutter in seinem nach Fischlaich stinkenden Bett duldete. Wenn ich mir aber bestätigte: Dieser Matzerath ist nicht einmal dein mutmaßlicher Vater, er ist ein wildfremder, weder sympathischer noch deine Abneigung verdienender Mensch, der gut kochen kann, der gut kochend bisher schlecht und recht an Vaters Statt für dich sorgte, weil deine arme Mama ihn dir hinterlassen hat, der dir nun vor allen Leuten die allerbeste Frau wegschnappt, dich zum Zeugen einer Hochzeit, fünf Monate später einer Kindstaufe macht, zum Gast zweier Familienfeste also, die zu veranstalten viel mehr dir zukäme, denn du hättest Maria zum Standesamt führen sollen, an dir wäre es gewesen, die Taufpaten zu bestimmen, wenn ich mir also die Hauptrollen dieser Tragödie ansah und bemerken mußte, daß die Aufführung des Stückes unter einer falschen Besetzung der Hauptrollen litt, verzweifelte ich am Theater: Denn Oskar, dem wahren Charakterdarsteller, hatte man eine Statistenrolle eingeräumt, die genauso gut hätte gestrichen werden können.

Bevor ich meinem Sohn den Namen Kurt gebe, ihn so nenne, wie er nie hätte heißen sollen – denn ich hätte den Knaben nach seinem wahren Großvater Vinzent Bronski benannt –, bevor ich mich also mit Kurt abfinde, will Oskar nicht verschweigen, wie er sich während Marias Schwangerschaft gegen die zu erwartende Geburt wehrte.

Noch am selben Abend jenes Tages, da ich die beiden auf der Chaiselongue überraschte, trommelnd auf Matzeraths schweißnassem Rücken hockte und die von Maria geforderte Vorsicht verhinderte, unternahm ich einen verzweifelten Versuch, meine Geliebte zurückzugewinnen.

Es gelang Matzerath, mich abzuschütteln, als es schon zu spät war. Deswegen schlug er mich. Maria nahm Oskar in Schutz und machte Matzerath Vorwürfe, weil es ihm nicht gelungen war, vorsichtig zu sein. Matzerath verteidigte sich wie ein alter Mann. Maria sei schuld, redete er sich heraus, sie hätte mit einmal zufrieden sein sollen, aber sie könne wohl nicht genug bekommen. Daraufhin weinte Maria, sagte, bei ihr gehe das nicht so schnell mit reinraus und fertig, da müsse er sich eine andere suchen, sie sei zwar unerfahren, aber ihre Schwester Guste, die ja im »Eden« sei, wisse Bescheid und habe ihr gesagt, so fix gehe das nicht, aufpassen solle Maria, es gebe Männer, die seien nur darauf aus, ihren Rotz loszuwerden, und er, Matzerath, sei wohl auch so einer, aber das mache sie nicht mehr mit, bei ihr müsse es gleichfalls klingeln wie eben. Aber deshalb hätte er trotzdem aufpassen müssen, das sei er ihr wohl schuldig, dieses bißchen Rücksichtnahme. Dann weinte sie und saß immer noch auf der Chaiselongue. Und Matzerath schrie in Unterhosen, er könne das Geheule nicht mehr anhören; dann tat ihm sein Zornesausbruch leid, und er vergriff sich wieder an Maria, das heißt, er versuchte, sie unterm Kleid, wo sie noch blank war, zu streicheln, und das machte Maria wütend.

Oskar hatte sie noch nie so gesehen. Rote Flecken bekam sie im Gesicht, und die grauen Augen wurden immer dunkler. Einen Schlappschwanz nannte sie Matzerath, der sich daraufhin die Hose langte, hineinstieg und sich zuknöpfte.

Er könne ruhig abhauen, schrie Maria, zu seinen Zellenleitern, das seien auch so Schnellspritzer. Und Matzerath griff sich sein Jackett, dann den Türdrücker und versicherte, er werde jetzt andere Saiten aufziehen, den Weiberkram habe er restlos satt; wenn sie so geil sei, solle sie sich doch einen Fremdarbeiter angeln, den Franzos, der das Bier bringe, der könne es sicher besser. Er, Matzerath, stelle sich unter Liebe etwas anderes vor als nur Sauereien, er gehe jetzt seinen Skat dreschen, da wisse er, was ihn erwarte.

Da war ich mit Maria alleine im Wohnzimmer. Sie weinte nicht mehr, sondern zog sich nachdenklich und nur ganz sparsam pfeifend ihre Schlüpfer an. Längere Zeit lang strich sie ihr Kleid glatt, das auf der Chaiselongue gelitten hatte. Dann stellte sie das Radio an, bemühte sich zuzuhören, als die Wasserstandsmeldungen der Weichsel und Nogat durchgegeben wurden, zog sich, als nach der Verkündung des Pegelstandes der unteren Mottlau Walzerklänge angekündigt wurden und auch zu Gehör kamen, plötzlich und unvermittelt die Schlüpfer wieder aus, ging in die Küche, ließ eine Schüssel klappern, Wasser laufen, das Gas hörte ich puffen und vermutete: Maria hat sich zu einem Sitzbad entschlossen.

Um dieser etwas peinlichen Vorstellung zu entgehen, konzentrierte Oskar sich auf die Walzerklänge. Wenn ich mich recht erinnere, trommelte ich sogar einige Takte Straußmusik und fand Gefallen daran. Dann wurden die Walzerklänge vom Rundfunkgebäude aus unterbrochen und eine Sondermeldung angekündigt. Oskar tippte auf eine Meldung vom Atlantik und sollte sich nicht getäuscht haben. Mehreren U-Booten war es gelungen, westlich von Irland sieben oder acht Schiffe mit soundsoviel tausend Bruttoregistertonnen zu versenken. Darüber hinaus war es anderen Unterseebooten gelungen, im Atlantik fast genauso viel Bruttoregistertonnen in den Grund zu bohren. Und besonders hervorgetan hatte sich ein U-Boot unter Kapitänleutnant Schepke – es kann aber auch Kapitänleutnant Kretschmer gewesen sein –, jedenfalls einer von den beiden oder ein dritter berühmter Kapitänleutnant hatte am meisten Bruttoregistertonnen und obendrein oder darüber hinaus noch einen englischen Zerstörer der XY-Klasse versenkt.

Während ich auf meiner Trommel das der Sondermeldung folgende Englandlied variierte und fast in einen Walzer verwandelte, trat Maria mit einem Frottierhandtuch überm Arm im Wohnzimmer ein. Halblaut sagte sie: »Haste jehert, Oskarchen, schon wieder ne Sondermeldung! Wenn die so weitermachen ...«

Ohne Oskar zu verraten, was dann passieren würde, wenn es gelänge, so weiterzumachen, setzte sie sich auf einen Stuhl, über dessen Lehne Matzerath sein Jackett zu hängen pflegte. Maria drehte das feuchte Frottierhandtuch zu einer Wurst und pfiff ziemlich laut und auch richtig das Englandlied mit. Den Schluß wiederholte sie noch einmal, als die im Radio schon aufgehört hatten, knipste dann den Kasten auf dem Büfett aus, sobald wieder unvergängliche Walzerklänge laut wurden. Die Handtuchwurst ließ sie auf dem Tisch liegen, setzte sich und legte ihre Patschhände auf die Oberschenkel.

Da wurde es sehr still in unserem Wohnzimmer, nur die Standuhr sprach immer lauter, und Maria schien zu überlegen, ob es nicht besser wäre, den Radioapparat wieder anzuschalten. Dann faßte sie aber einen anderen Entschluß. Sie schmiegte den Kopf gegen die Handtuchwurst auf der Tischplatte, ließ die Arme an den Knien vorbei gegen den Teppich hängen und weinte lautlos und regelmäßig.

Oskar fragte sich, ob Maria sich schämte, weil ich sie in solch peinlicher Situation überrascht hatte. Ich beschloß, sie aufzuheitern, schlich mich aus dem Wohnzimmer und fand im dunklen Laden neben den Puddingpäckchen und dem

Gelatinepapier ein Tütchen, das sich im halbdunklen Korridor als ein Tütchen Brausepulver mit Waldmeistergeschmack auswies. Oskar war froh über seinen Griff, denn zeitweilig glaubte ich erkannt zu haben, daß Maria Waldmeister allen anderen Geschmacksrichtungen vorzog.

Als ich das Wohnzimmer betrat, lag Marias rechte Wange immer noch auf dem zur Wurst gedrehten Frottierhandtuch. Auch hingen ihre Arme nach wie vor hilflos pendelnd zwischen den Oberschenkeln. Oskar näherte sich von links und war enttäuscht, als er ihre Augen geschlossen und tränenlos fand. Geduldig wartete ich, bis sie die Lider mit etwas verklebten Wimpern hob, hielt ihr das Tütchen hin, doch sie bemerkte den Waldmeister nicht, schien durch das Tütchen und Oskar hindurchzusehen.

Sie wird tränenblind sein, entschuldigte ich Maria und entschloß mich nach kurzer innerer Beratung, direkter vorzugehen. Unter den Tisch kletterte Oskar, kauerte sich zu Marias leicht nach innen verdrehten Füßen, griff ihre linke, mit den Fingerspitzen fast den Teppich berührende Hand, drehte die, bis ich den Handteller einsehen konnte, riß mit den Zähnen das Tütchen auf, streute den halben Inhalt des Papiers in die mir willenlos überlassene Schüssel, gab meinen Speichel dazu, beobachtete noch das erste Aufbrausen und erhielt dann von Maria einen recht schmerzhaften Fußtritt gegen die Brust, der Oskar auf den Teppich bis unter die Mitte des Wohnzimmertisches warf.

Trotz des Schmerzes war ich sofort wieder auf den Beinen und unter dem Tisch hervor. Maria stand gleichfalls. Wir standen uns atmend gegenüber. Maria griff das Frottierhandtuch, wischte sich die linke Hand blank, schleuderte mir den Wisch vor die Füße und nannte mich eine verfluchte Drecksau, einen Giftzwerg, einen übergeschnappten Gnom, den man in die Klappsmühle stecken müsse. Dann packte sie mich, klatschte meinen Hinterkopf, beschimpfte meine arme Mama, die einen Balg wie mich in die Welt gesetzt habe, und stopfte mir, als ich schreien wollte, es auf alles Glas im Wohnzimmer und in der ganzen Welt abgesehen hatte, den Mund mit jenem Frottierhandtuch, das, wenn man hineinbiß, zäher als Rindfleisch war.

Erst als es Oskar gelang, rot bis blau anzulaufen, gab sie mich frei. Ich hätte jetzt mühelos alle Gläser, Fensterscheiben und abermals den Glasdeckel vor dem Zifferblatt der Standuhr zerschreien können. Ich schrie aber nicht, sondern erlaubte einem Haß von mir Besitz zu ergreifen, der so seßhaft ist, daß ich ihn heute noch, sobald Maria mein Zimmer betritt, wie jenes Frottiertuch zwischen den Zähnen spüre.

Launisch wie Maria sein konnte, ließ sie von mir ab, lachte gutmütig, stellte mit einem einzigen Griff das Radio wieder an, kam, den Walzer mitpfeifend, auf mich zu, um mir, wie ich es eigentlich gerne hatte, versöhnlich das Haar zu streicheln.

Ganz nah ließ Oskar sie herankommen und schlug ihr dann mit beiden Fäusten von unten nach oben genau da hin, wo sie den Matzerath eingelassen hatte. Und als sie mir die Fäuste vor dem zweiten Schlag abfing, biß ich mich fest an derselben verdammten Stelle und fiel, immer noch in Maria verbissen, mit ihr auf die Chaiselongue, hörte zwar, wie die im Radio eine weitere Sondermeldung ankündigten, doch das wollte Oskar nicht hören; und so verschweigt er Ihnen, wer was und wieviel versenkte, denn ein heftiger Weinkrampf lockerte mir die Zähne, und ich lag bewegungslos auf Maria, die vor Schmerz weinte, während Oskar aus Haß weinte und aus Liebe, die sich in bleierne Ohnmacht verwandelte und dennoch nicht aufhören konnte.

Die Ohnmacht zu Frau Greff tragen

Ihn, Greff, mochte ich nicht. Er, Greff, mochte mich nicht. Ich habe auch später, als Greff mir die Trommelmaschine baute, Greff nicht gemocht. Selbst heute, da Oskar für solch anhaltende Antipathien kaum die Kraft aufbringt, mag ich Greff nicht besonders, auch wenn es ihn gar nicht mehr gibt.

Greff war Gemüsehändler. Doch lassen Sie sich nicht täuschen. Weder an Kartoffeln glaubte er noch an Wirsingkohl, besaß aber dennoch umfassende Kenntnisse im Gemüseanbau, gab sich gerne als Gärtner, Naturfreund, Vegetarier. Doch gerade weil Greff kein Fleisch aß, war er kein echter Gemüsehändler. Es war ihm unmöglich, von Feldfrüchten wie von Feldfrüchten zu sprechen. »Betrachten Sie bitte diese außergewöhnliche Kartoffel«, hörte ich ihn oftmals zu seinen Kunden sagen. »Dieses schwellende, strotzende, immer wieder neue Formen erdenkende und dennoch so keusche Fruchtfleisch. Ich liebe die Kartoffel, weil sie zu mir spricht!« Natürlich darf ein echter Gemüsehändler niemals so sprechen und die Kundschaft in Verlegenheit bringen. Meine Großmutter Anna Koljaiczek, die ja zwischen Kartoffeläckern alt wurde, hat selbst während der besten Kartoffeljahre nie mehr über die Lippen gebracht als ein Sätzchen wie dieses: »Na dies Jahr sind de Bulven ähn beßchen greßer als vorjes Jahr.« Dabei waren Anna Koljaiczek und ihr Bruder Vinzent Bronski viel mehr auf die Kartoffelernte angewiesen als der Gemüsehändler Greff, dem ein gutes Pflaumenjahr ein schlechtes Kartoffeljahr wettzumachen pflegte.

Alles an Greff war übertrieben. Mußte er unbedingt eine grüne Schürze im Laden tragen? Welch eine Anmaßung, den spinatgrünen Latz der Kundschaft gegenüber lächelnd und weise tuend »Des lieben Gottes grüne Gärtnerschürze« zu nennen. Dazu kam, daß er die Pfadfinderei nicht lassen konnte. Zwar hatte er achtunddreißig schon seinen Verein auflösen müssen – den Bengels hatte man braune Hemden und die kleidsamen schwarzen Winteruniformen verpaßt –, dennoch kamen die ehemaligen Pfadfinderiche in Zivil oder in neuer Uniform häufig und regelmäßig zu ihrem ehemaligen Oberpfadfinder, um mit jenem, der vor seiner vom lieben Gott geliehenen Gärtnerschürze eine Guitarre zupfte, Morgenlieder, Abendlieder, Wanderlieder, Landsknechtlieder, Erntelieder, Marienlieder, in- und ausländische Volkslieder zu singen. Da Greff noch rechtzeitig Mitglied des NSKK geworden war und sich ab einundvierzig nicht nur Gemüsehändler, sondern auch Luftschutzwart nannte, sich außerdem auf zwei ehemalige Pfadfinder berufen durfte, die es inzwischen im Jungvolk zu etwas gebracht hatten, Fähnleinführer und Stammführer waren, konnte man von der HJ-Gebietsleitung aus die Liederabende in Greffs Kartoffelkeller als erlaubt bezeichnen. Auch wurde Greff vom Gauschulungsleiter Löbsack aufgefordert, während Gebietsschulungskursen in der Gauschulungsburg Jenkau Liederabende zu veranstalten. Mit einem Volksschullehrer zusammen erhielt Greff Anfang vierzig den Auftrag, für den Reichsgau Danzig-Westpreußen ein Jugendliederbuch unter dem Motto »Sing mit!« zusammenzustellen. Das Buch wurde sehr gut. Der Gemüsehändler erhielt einen Brief aus Berlin, der vom Reichsjugendführer signiert war, und wurde nach Berlin zu einem Singleitertreffen eingeladen.

Greff war also ein patenter Mann. Nicht nur, daß er von allen Liedern auch alle Strophen wußte; Zelte konnte er bauen, Lagerfeuer so entfachen und löschen, daß keine Waldbrände entstanden, er marschierte zielstrebig nach dem Kompaß, nannte alle sichtbaren Sterne beim Vornamen, schnurrte lustige und abenteuerliche Geschichten herunter, kannte die Sagen des Weichsellandes, hielt Heimabende unter dem Titel »Danzig und die Hanse«, zählte alle Hochmeister des Ritterordens mit den dazu gehörenden Daten auf, begnügte sich aber nicht damit, sondern wußte auch allerlei über die Sendung des Deutschtums im Ordensland zu berichten und flocht nur ganz selten ein markantes Pfadfindersprüchlein in seine Vorträge.

Greff liebte die Jugend. Er liebte die Knaben mehr als die Mädchen. Eigentlich liebte er die Mädchen überhaupt nicht, liebte nur die Knaben. Oftmals liebte er die Knaben mehr, als es sich durch das Absingen von Liedern ausdrücken ließ. Mag sein, daß ihn seine Frau, die Greffsche, eine Schlampe mit immer speckigem Büstenhalter und durchlöcherten Schlüpfern, zwang, zwischen drahtigen und blitzsauberen Buben der Liebe reineres Maß zu suchen. Es konnte aber auch eine andere Wurzel jenes Baumes gegraben werden, an dessen Zweigen zu jeder Jahreszeit Frau Greffs dreckige Wäsche blühte. Ich meine: Die Greffsche verschlampte, weil der Gemüsehändler und der Luftschutzwart nicht den rechten Blick für ihre unbekümmerte und etwas stupide Üppigkeit hatte.

Greff liebte das Straffe, das Muskulöse, das Abgehärtete. Wenn er Natur sagte, meinte er gleichzeitig Askese. Wenn er Askese sagte, meinte er eine besondere Art von Körperpflege. Greff verstand sich auf seinen Körper. Er pflegte ihn umständlich, setzte ihn der Hitze und besonders erfindungsreich der Kälte aus. Während Oskar Glas nah- und fernwirkend zersang, gelegentlich Eisblumen vor den Scheiben auftaute, Eiszapfen schmelzen und klirren ließ, war der Gemüsehändler ein Mann, der mit handlichem Werkzeug dem Eis zu Leibe rückte.

Greff schlug Löcher ins Eis. Im Dezember, Januar, Februar schlug er mit einem Beil Löcher ins Eis. Das Fahrrad holte er früh, noch bei Dunkelheit aus dem Keller, wickelte das Eisbeil in einen Zwiebelsack, fuhr über Saspe nach Brösen, von Brösen auf der verschneiten Strandpromenade in Richtung Glettkau, stieg zwischen Brösen und Glettkau ab und schob, während es langsam heller wurde, das Fahrrad mit Beil im Zwiebelsack über den vereisten Strand, dann zwei- bis dreihundert Meter weit über die zugefrorene Ostsee. Küstennebel herrschte dort. Niemand hätte vom Strand aus sehen können, wie Greff das Fahrrad ablegte, das Beil aus dem Zwiebelsack wickelte, eine Weile still und andächtig stand, den Nebelhörnern der eingefrorenen Frachtdampfer auf der Reede zuhörte, dann die Joppe fallen ließ, ein bißchen turnte und schließlich kräftig und gleichmäßig zuschlagend begann, der Ostsee ein kreisrundes Loch zu hacken.

Eine gute Dreiviertelstunde brauchte Greff für sein Loch. Fragen Sie mich bitte nicht, woher ich das weiß. Oskar wußte damals so ziemlich alles. So wußte ich auch, wie lange Greff für sein Loch in der Eisdecke brauchte. Er schwitzte, und sein Schweiß sprang von hoher buckliger Stirn salzig in den Schnee. Er machte das geschickt, trieb die Spur satt und kreisrund, ließ sie ihren Anfang finden und hob dann ohne Handschuhe die etwa zwanzig Zentimeter dicke Scholle aus der weiten, und wie man annehmen darf, bis Hela oder gar Schweden reichenden Eisfläche. Uralt und grau, mit gefrorener Grütze versetzt, stand das Wasser in dem Loch. Es dampfte ein wenig und war dennoch keine heiße Quelle. Das Loch zog die Fische an. Das heißt, man sagt Löchern im Eis nach, daß sie die Fische anziehen. Greff hätte jetzt Neunaugen oder einen zwanzigpfündigen Dorsch angeln können. Er angelte aber nicht, begann sich vielmehr auszuziehen, nackt auszuziehen; denn wenn Greff sich auszog, zog er sich nackt aus.

Oskar will Ihnen keine winterlichen Schauer über den Rücken jagen. Kurz sei berichtet: Der Gemüsehändler Greff nahm während der Wintermonate zweimal in der Woche ein Bad in der Ostsee. Mittwochs badete er allein am frühesten Morgen. Um sechs fuhr er los, war um halb sieben da, hackte bis Viertel nach sieben das Loch, riß sich mit raschen, übertriebenen Bewegungen die Kleider vom Leib, sprang in das Loch, nachdem er sich zuvor mit Schnee abgerieben hatte, schrie in dem Loch, singen hörte ich ihn manchmal: »Wildgänse rauschen durch die Nacht« oder: »Wir lieben die Stürme ...« sang er, badete, schrie zwei, höchstens drei Minuten lang, war mit einem Sprung schrecklich deutlich auf der Eisdecke: ein dampfendes krebsrotes Fleisch, das um das Loch herum hetzte, immer noch schrie, nachglühte, endlich zurück in die Kleider und aufs Fahrrad fand. Kurz vor acht war Greff wieder im Labesweg und öffnete pünktlich seinen Gemüseladen.

Das zweite Bad nahm Greff am Sonntag in Begleitung mehrerer Knaben. Oskar will das nie gesehen haben, hat es auch nicht gesehen. Das erzählten später die Leute. Der Musiker Meyn wußte Geschichten über den Gemüsehändler, trompetete die durchs ganze Quartier, und eine dieser Trompetergeschichten besagte: An jedem Sonntag während der strengsten Wintermonate badete der Greff in Begleitung mehrerer Knaben. Doch selbst Meyn behauptete nicht, daß der Gemüsehändler die Knaben gezwungen habe, gleich ihm nackt in das Eisloch zu springen. Er soll schon zufrieden gewesen sein, wenn die als Halbnackedeis oder Fastnackedeis sehnig und zäh auf dem Eis rumtollten und sich gegenseitig mit Schnee abrieben. Ja, soviel Freude machten die Knaben im Schnee dem Greff, daß er vor oder nach seinem Bad oftmals mittollte, mithalf, den einen oder anderen Knaben abzureiben, auch der ganzen Horde erlaubte, ihn abzureiben; so will der Musiker Meyn von der Glettkauer Strandpromenade aus trotz des Küstennebels gesehen haben, wie der schrecklich nackte, singende, schreiende

Greff zwei seiner nackten Zöglinge an sich riß, hob und nackt mit nackt beladen, ein schreiend entfesseltes Dreigespann über die dichte Eisdecke der Ostsee tobte.

Man kann sich denken, daß Greff kein Fischerssohn war, obgleich es in Brösen und Neufahrwasser viele Fischer gab, die Greff hießen. Greff, der Gemüsehändler, kam aus Tiegenhof, jedoch hatte Lina Greff, eine geborene Bartsch, ihren Mann in Praust kennengelernt. Er half dort einem jungen unternehmungslustigen Vikar bei der Betreuung des katholischen Gesellenvereins, und Lina ging des gleichen Vikars wegen jeden Sonnabend ins Gemeindehaus. Einem Foto nach, das die Greffsche mir geschenkt haben muß, denn es klebt heute noch in meinem Fotoalbum, war die zwanzigjährige Lina damals kräftig, rund, lustig, gutmütig, leichtsinnig, dumm. Ihr Vater hatte eine größere Gärtnerei in Sankt Albrecht. Sie heiratete als Zweiundzwanzigjährige, wie sie später immer wieder beteuerte, vollkommen unerfahren, auf Anraten des Vikars hin, den Greff und machte mit dem Geld ihres Vaters den Gemüseladen in Langfuhr auf. Da sie einen großen Teil ihrer Waren, so fast alles Obst, aus der väterlichen Gärtnerei billig bezogen, ging das Geschäft gut, fast von alleine, und Greff konnte nicht viel verderben.

Ja, hätte der Gemüsehändler nicht diesen kindischen Zug zur Bastelei gehabt, wäre es nicht schwer gewesen, aus dem Laden, der so günstig, fern aller Konkurrenz in dem kinderreichen Vorort lag, eine Goldgrube zu machen. Doch als zum dritten und vierten Male der Beamte vom Eichamt erschien und die Gemüsewaage kontrollierte, die Gewichte beschlagnahmte, auch die Waage sperrte und Greff mit kleineren und größeren Bußen belegte, ging ein Teil der Stammkundschaft davon, kaufte auf dem Wochenmarkt ein, und es hieß: Die Ware bei Greff ist zwar immer erste Qualität, gar nicht mal teuer, aber es geht dort wohl nicht reell zu; die Leute vom Eichamt waren schon wieder da.

Dabei bin ich sicher, Greff wollte nicht betrügen. War es doch so, daß die große Kartoffelwaage zu Greffs Ungunsten wog, nachdem der Gemüsehändler einige Änderungen vorgenommen hatte. So baute er kurz vor Kriegsanfang gerade jener Waage ein Glockenspiel ein, das je nach Gewicht der gewogenen Kartoffeln ein Liedchen hören ließ. Bei zwanzig Pfund Kartoffeln bekam die Kundschaft, als Zugabe sozusagen, »An der Saale hellem Strande« zu hören, fünfzig Pfund Kartoffeln lösten »Üb immer Treu und Redlichkeit« aus, ein Zentner Winterkartoffeln entlockte dem Glockenspiel die naiv betörenden Töne des Liedchens »Ännchen von Tharau«.

Wenn ich auch einsah, daß dem Eichamt diese musikalischen Scherze nicht gefallen konnten, Oskar selbst hatte einen Sinn für des Gemüsehändlers Marotten. Auch Lina Greff sah ihrem Gatten diese Absonderlichkeiten nach, weil, nun weil die Greffsche Ehe eben darin bestand, daß beide Ehepartner sich gegenseitig alle Absonderlichkeiten nachsahen. So kann man sagen, die Greffsche Ehe war eine gute Ehe. Der Gemüsehändler schlug seine Frau nicht, betrog sie niemals mit anderen Frauen, war weder ein Trinker noch ein Prasser, war vielmehr ein lustiger, solide gekleideter Mann, der nicht nur bei der Jugend, sondern auch bei jenem Teil der Kundschaft, der dem Händler mit den Kartoffeln die Musik abnahm, wegen seiner geselligen, hilfsbereiten Natur beliebt war.

So sah auch Greff ruhig und nachsichtig zu, wie seine Lina von Jahr zu Jahr zu einer immer übler riechenden Schlampe wurde. Lächeln sah ich ihn, wenn Leute, die es gut mit ihm meinten, die Schlampe beim Namen nannten. Seine eigenen, trotz der Kartoffeln gepflegten Hände anhauchend und reibend, hörte ich ihn manchmal zu Matzerath, der an der Greffschen Anstoß nahm, sagen: »Natürlich hast du vollkommen recht, Alfred. Sie ist ein wenig nachlässig, die gute Lina. Aber du und ich, sind wir denn ohne Fehl?« Wenn Matzerath nicht lockerließ, beschloß Greff solche Diskussionen bestimmt und dennoch freundlich: »Du magst hier und da richtig sehen, dennoch hat sie ein gutes Herz. Ich kenne doch meine Lina.«

Es mag sein, daß er sie gekannt hat. Sie jedoch kannte ihn kaum. Genau wie die Nachbarn und Kunden hätte sie in den Beziehungen Greffs zu jenen Knaben und Jünglingen, die oft genug den Händler besuchten, nie etwas anderes sehen können als die Begeisterung junger Menschen für einen zwar laienhaften, aber passionierten Freund und Erzieher der Jugend.

Mich konnte Greff weder begeistern noch erziehen. Auch war Oskar nicht sein Typ. Hätte ich mich zum Wachstum entschließen können, wäre ich vielleicht zu seinem Typ geworden; denn mein Sohn Kurt, der jetzt etwa dreizehn Jahre zählt, verkörpert in all seiner knochigen Schlaksigkeit genau Greffs Typ, auch wenn er ganz nach Maria schlägt, von mir nur wenig hat und von Matzerath gar nichts.

Greff war mit Fritz Truczinski, der Heimaturlaub bekommen hatte, Trauzeuge jener Ehe, die zwischen Maria Truczinski und Alfred Matzerath geschlossen wurde. Da Maria genau wie ihr Gatte protestantischer Konfession war, ging man nur aufs Standesamt. Das war Mitte Dezember. Matzerath sagte in Parteiuniform sein Ja. Maria war im dritten Monat.

Je dicker meine Geliebte wurde, um so mehr steigerte sich Oskars Haß. Dabei hatte ich nichts gegen die Schwangerschaft einzuwenden. Nur daß die von mir gezeugte Frucht eines Tages den Namen Matzerath tragen sollte, nahm mir alle Freude an dem zu erwartenden Stammhalter. So unternahm ich, als Maria im fünften Monat war, freilich viel zu spät, den ersten Abtreibungsversuch. Das war um die Faschingszeit. Maria wollte an jener Messingstange über dem

Ladentisch, an der Würste und Speck hingen, einige Papierschlangen, auch zwei Clownsmasken mit Knollennasen befestigen. Die Leiter, die sonst an den Regalen einen guten Halt hatte, stand wackelig gegen den Ladentisch gelehnt. Maria hoch oben, mit den Händen zwischen Papierschlangen, Oskar tief unten am Leiterfuß. Meine Trommelstöcke als Hebel benutzend, mit der Schulter und festestem Vorsatz nachhelfend, drückte ich den Tritt hoch, dann zur Seite: Zwischen Papierschlangen und Clownsmasken schrie Maria leise und schreckhaft auf, schon schwankte die Leiter, Oskar sprang zur Seite, und dicht neben ihm kam Maria, buntes Papier, Wurst und Masken mitreißend, zu Fall.

Das sah schlimmer aus, als es war. Sie hatte sich nur den Fuß verstaucht, mußte sich legen und schonen, hatte sonst aber keinen Schaden genommen, wurde weiterhin immer unförmiger und erzählte nicht einmal dem Matzerath, wer ihr zu dem verstauchten Fuß verholfen hatte.

Erst als ich im Mai des folgenden Jahres, etwa drei Wochen vor der zu erwartenden Niederkunft, den zweiten Abtreibungsversuch unternahm, sprach sie, ohne die volle Wahrheit zu sagen, mit ihrem Gatten Matzerath. Beim Essen, in meiner Gegenwart, sagte sie: »Oskarchen is in dä letzte Zait so wild baim Spielen und schlächt mä manchmal jegen dem Bauch. Vleicht mechten wä ihm bis nache Jeburt bai main Muttchen unterbringen, wo Platz is.«

Das hörte sich Matzerath an und glaubte es auch. In Wirklichkeit hatte mir ein mörderischer Anfall zu einer ganz anderen Begegnung mit Maria verholfen.

Sie hatte sich während der Mittagspause auf die Chaiselongue gelegt. Matzerath war im Laden und dekorierte, nachdem er das Geschirr vom Mittagessen abgewaschen hatte, das Schaufenster. Still war es im Wohnzimmer. Vielleicht eine Fliege, die Uhr wie gewöhnlich, im Radio ein leise gestellter Bericht über die Erfolge der Fallschirmjäger auf Kreta. Ich horchte nur auf, als sie den großen Boxer Max Schmeling sprechen ließen. Der hatte sich, soviel ich verstehen konnte, beim Absprung und Landen auf Kretas felsigem Boden den Weltmeisterfuß verknackst, mußte jetzt liegen und sich schonen; ähnlich wie Maria, die nach dem Sturz von der Leiter das Bett hüten mußte. Schmeling sprach ruhig, bescheiden, dann erzählten Fallschirmjäger, die weniger prominent waren, und Oskar hörte nicht mehr zu: Stille, vielleicht eine Fliege, die Uhr wie gewöhnlich, ganz leise das Radio.

Ich saß vor dem Fenster auf meinem Bänkchen und beobachtete Marias Leib auf der Chaiselongue. Sie atmete schwer und hielt die Augen geschlossen. Ab und zu schlug ich mürrisch auf mein Blech ein. Aber sie rührte sich nicht und zwang mich dennoch, mit ihrem Bauch in einem Zimmer atmen zu müssen. Gewiß, da gab es noch die Uhr, die Fliege zwischen Scheibe und Gardine und das Radio mit der steinigen Insel Kreta im Hintergrund. Das alles ging mir nach kürzester Zeit unter, ich sah nur noch den Bauch, wußte weder, in welchem Zimmer sich dieser Bauch rundete, noch wem er gehörte, wußte kaum noch, wer jenen Bauch so dick gemacht hatte, kannte nur einen Wunsch: Er muß weg, der Bauch, das ist ein Irrtum, das versperrt dir die Aussicht, du mußt aufstehen und etwas tun! So stand ich auf. Du mußt sehen, was sich da machen läßt. So ging ich hin zum Bauch und nahm etwas mit beim Hingehen. Du solltest da ein bißchen Luft machen, das ist eine üble Blähung. Da hob ich, was ich beim Hingehen mitgenommen hatte, suchte mir eine Stelle zwischen Marias auf dem Bauch mitatmenden Patschhänden. Du solltest jetzt endlich zum Entschluß kommen, Oskar, sonst öffnet Maria die Augen. Da fühlte ich mich auch schon beobachtet, blickte aber weiterhin auf Marias leicht zitternde linke Hand, bemerkte zwar, daß sie die rechte Hand wegzog, daß die rechte Hand etwas vorhatte, und war auch nicht sonderlich erstaunt, als Maria mit der rechten Hand die Schere aus Oskars Faust drehte. Vielleicht blieb ich noch einige Sekunden lang mit erhobenem, aber leerem Griff stehen, hörte die Uhr, die Fliege, die Stimme des Ansagers im Radio, der das Ende des Kretaberichtes meldete, machte dann kehrt und verließ, bevor die neue Sendung – muntere Weisen von zwei bis drei – beginnen konnte, unser Wohnzimmer, das mir angesichts eines raumfüllenden Leibes zu eng geworden war.

Zwei Tage später wurde ich von Maria mit einer neuen Trommel versorgt und zu Mutter Truczinski in die nach Kaffee-Ersatz und Bratkartoffeln riechende Wohnung in der zweiten Etage gebracht. Zuerst schlief ich auf dem Sofa, da Oskar sich weigerte, in Herberts ehemaligem Bett zu schlafen, das, wie ich fürchten mußte, immer noch Marias Vanilleduft an sich haben mochte. Nach einer Woche schleppte der alte Heilandt mein hölzernes Kinderbett die Treppe hoch. Ich erlaubte, daß das Gestell neben jenem Lager aufgestellt wurde, das unter mir, Maria und unserem gemeinsamen Brausepulver stillgehalten hatte.

Oskar wurde ruhiger oder gleichgültiger bei Mutter Truczinski. Sah ich doch jetzt den Bauch nicht mehr, denn Maria scheute das Treppensteigen. Ich mied die Wohnung im Parterre, das Geschäft, die Straße, selbst den Hof des Mietshauses, auf dem wegen der immer schwieriger werdenden Ernährungslage wieder Kaninchen gehalten wurden.

Meistens saß Oskar vor den Postkarten, die der Unteroffizier Fritz Truczinski aus Paris geschickt oder mitgebracht hatte. Dieses und jenes stellte ich mir unter der Stadt Paris vor und begann, als Mutter Truczinski mir eine Ansichtspostkarte des Eiffelturmes reichte, auf die Eisenkonstruktion des kühnen Bauwerkes eingehend, Paris zu trommeln, eine Musette zu trommeln, ohne jemals vorher eine Musette gehört zu haben.

Am zwölften Juni, nach meinen Berechnungen vierzehn Tage zu früh, im Zeichen Zwillinge – und nicht, wie ich errechnet hatte, im Sternzeichen Krebs – wurde mein Sohn Kurt geboren. Der Vater in einem Jupiterjahr, der Sohn in einem Venusjahr. Der Vater vom Merkur in der Jungfrau beherrscht, was skeptisch und einfallsreich macht; der Sohn gleichfalls vom Merkur, aber im Zeichen der Zwillinge mit kaltem, strebendem Verstand bedacht. Was bei mir die Venus des Zeichens Waage im Hause des Aszendenten milderte, verschlimmerte der Widder im gleichen Haus meines Sohnes; ich sollte seinen Mars noch zu spüren bekommen.

Mutter Truczinski teilte mir aufgeregt und wie eine Maus tuend die Neuigkeit mit: »Nu stell dich vor, Oskarchen, hattä doch dä Klapperstorch ain Briederchen jebracht. Un ech hab schon jedacht, na, wennes man nur nech ne Marjell is, wo später Kummer macht!« Kaum daß ich mein Trommeln vor der Eiffelturmvorlage und der frisch dazugekommenen Ansicht des Triumphbogens unterbrach. Mutter Truczinski schien auch als Großmutter Truczinski keinen Glückwunsch von mir zu erwarten. Obgleich nicht Sonntag war, entschloß sie sich, etwas Rot aufzulegen, griff nach dem oftbewährten Zichorienpapier, rieb sich schminkend die Wangen, verließ frischfarbig die Wohnung, um unten, im Parterre, dem angeblichen Vater Matzerath beizustehen.

Es war, wie gesagt, Juni. Ein trügerischer Monat. Erfolge an allen Fronten – wenn man Erfolge auf dem Balkan als Erfolge bezeichnen will –, dafür aber stand man vor noch größeren Erfolgen im Osten. Da marschierte ein riesiges Heer auf. Die Eisenbahn hatte zu tun. Auch Fritz Truczinski, der es bislang in Paris so unterhaltsam gehabt hatte, mußte in östliche Richtung eine Reise antreten, die sobald nicht aufhören sollte und mit keiner Fronturlauberreise zu verwechseln war. Oskar jedoch saß ruhig vor den blanken Postkarten, weilte im milden, frühsommerlichen Paris, trommelte leichthin »Trois jeunes tambours«, hatte nichts mit der deutschen Besatzungsarmee gemein, mußte also auch keine Partisanen fürchten, die ihn von Seinebrücken herabzustürzen gedachten. Nein, ganz in Zivil bestieg ich mit meiner Trommel den Eiffelturm, genoß von oben, wie es sich gehört, den weiten Blick, befand mich so wohl und trotz der verlockenden Höhe frei von bittersüßen Selbstmordgedanken, daß mir erst nach dem Abstieg, als ich vierundneunzig Zentimeter groß am Fuße des Eiffelturmes stand, die Geburt meines Sohnes wieder bewußt wurde.

Voilà, ein Sohn! dachte ich mir. Er soll, wenn er drei Jahre alt ist, eine Blechtrommel bekommen. Wir wollen doch einmal sehen, wer hier der Vater ist – jener Herr Matzerath oder ich, Oskar Bronski.

Im heißen Monat August – ich glaube, es wurde gerade wieder einmal der erfolgreiche Abschluß einer Kesselschlacht, jener von Smolensk, gemeldet –, da wurde mein Sohn Kurt getauft. Wie aber kam es dazu, daß meine Großmutter Anna Koljaiczek und ihr Bruder Vinzent Bronski zur Taufe eingeladen wurden? Wenn ich mich wieder zu jener Version entschließe, die den Jan Bronski zu meinem Vater, den stillen und immer wunderlicheren Vinzent zu meinem Großvater väterlicherseits macht, gäbe es Gründe genug für die Einladung. Schließlich waren meine Großeltern die Urgroßeltern meines Sohnes Kurt.

Diese Beweisführung fiel natürlich niemals dem Matzerath ein, der ja die Einladung ausgesprochen hatte. Der sah sich selbst während zweifelhaftester Momente, etwa nach einem haushoch verlorenen Skatspiel, als doppelten Erzeuger, Vater und Ernährer. Oskar sah seine Großeltern aus anderen Gründen wieder. Man hatte die beiden alten Leutchen eingedeutscht. Sie waren keine Polen mehr und träumten nur noch kaschubisch. Volksdeutsche nannte man sie, Volksgruppe drei. Dazu kam, daß Hedwig Bronski, Jans

Witwe, einen Baltendeutschen, der in Ramkau Ortsbauernführer war, geheiratet hatte. Schon liefen Anträge, nach deren Bewilligung Marga und Stephan Bronski den Namen ihres Stiefvaters Ehlers übernehmen sollten. Der siebzehnjährige Stephan hatte sich freiwillig gemeldet, befand sich auf dem Truppenübungsplatz Groß-Boschpol in der Infanterieausbildung und hatte alle Aussichten, die Kriegsschauplätze Europas besuchen zu dürfen, während Oskar, der auch bald ins wehrtaugliche Alter kam, hinter seiner Trommel warten mußte, bis es beim Heer oder bei der Marine, eventuell bei der Luftwaffe eine Verwendungsmöglichkeit für einen dreijährigen Blechtrommler gäbe.

Der Ortsbauernführer Ehlers machte den Anfang. Vierzehn Tage vor der Taufe fuhr er mit Hedwig neben sich auf dem Bock zweispännig im Labesweg vor. Er hatte O-Beine, war magenkrank und mit Jan Bronski gar nicht zu vergleichen. Einen ganzen Kopf kleiner saß er neben der kuhäugigen Hedwig am Wohnzimmertisch. Seine Erscheinung überraschte selbst Matzerath. Es wollte kein Gespräch aufkommen. Vom Wetter sprach man, man stellte fest, daß im Osten allerlei los sei, daß es da stramm vorwärts gehe, viel zügiger als anno fünfzehn, erinnerte sich Matzerath, der anno fünfzehn dabeigewesen war. Es gaben sich alle Mühe, nicht von Jan Bronski zu sprechen, bis ich ihnen einen Strich durch die schweigsame Rechnung machte und mit kindlich drolliger Mundstellung laut und mehrmals nach Oskars Onkel Jan rief. Matzerath gab sich einen Ruck, sagte etwas Freundliches und etwas Besinnliches über seinen ehemaligen Freund und Nebenbuhler. Ehlers stimmte sofort und wortreich zu, obgleich er seinen Vorgänger nie gesehen hatte. Hedwig fand dann sogar einige echte und ganz langsam kullernde Tränen und schließlich das Schlußwort zum Thema Jan: »Ain guter Mänsch warrer ja. Und konnt kaine Flieje nich ain Haarchen krümmen. Wä hätt jedacht, dasser mißt so zu Grund jähen, wo ä doch ängstlich war und konnt sich verfeiern vor nuscht un wieder nuscht.«

Nach solchen Worten bat Matzerath die hinter ihm stehende Maria, Flaschenbier zu holen, und den Ehlers fragte er, ob er Skat spielen könne. Ehlers konnte nicht, bedauerte das sehr, aber Matzerath war großzügig genug, dem Ortsbauernführer den kleinen Fehler nachzusehen. Sogar die Schulter klopfte er ihm und versicherte, als schon das Bier in den Gläsern stand, daß das nichts mache, wenn er vom Skat nichts verstehe; man könne ja trotzdem gut Freund bleiben.

So fand also Hedwig Bronski als Hedwig Ehlers wieder in unsere Wohnung und brachte zur Taufe meines Sohnes Kurt außer ihrem Ortsbauernführer ihren ehemaligen Schwiegervater Vinzent Bronski und dessen Schwester Anna mit. Matzerath schien Bescheid zu wissen, begrüßte die beiden alten Leutchen laut und herzlich auf der Straße unter den Fenstern der Nachbarn und sagte im Wohnzimmer, als meine Großmutter unter die vier Röcke griff und das Taufgeschenk, eine ausgereifte Gans, hervorholte: »Das wär nun aber nicht nötich jewesen, Muttchen. Ich freu mich auch, wenn de nix bringst und trotzdem kommst.« Das war wieder meiner Großmutter nicht recht, die wissen wollte, was ihre Gans wert war. Auf den fetten Vogel klatschte sie mit flacher Hand und protestierte: »Nu hab dä man nich so, Alfrädchen. Das is ja keine kaschubsche Gans nicht, das is nu ne Volksdeitsche und schmeckt dech jenau so wie vorm Kriech!«

Damit waren alle völkischen Probleme gelöst, und nur vor der Taufe gab es noch einige Schwierigkeiten, als Oskar sich weigerte, die protestantische Kirche zu betreten. Auch als sie meine Trommel aus dem Taxi holten, mich mit dem Blech köderten und immer wieder versicherten, in protestantische Kirchen könne man sogar Trommeln offen mitnehmen, blieb ich weiterhin schwärzester Katholik und hätte mich eher zu einer kurzen, zusammenfassenden Beichte in Hochwürden Wiehnkes Priesterohr entschlossen als zum Anhören einer protestantischen Taufpredigt. Matzerath gab nach. Wahrscheinlich fürchtete er meine Stimme und die mit ihr verbundenen Schadenersatzansprüche. So blieb ich, während in der Kirche getauft wurde, im Taxi, betrachtete den Hinterkopf des Chauffeurs, musterte Oskars Antlitz im Rückspiegel, gedachte meiner eigenen, schon Jahre zurückliegenden Taufe und aller Versuche Hochwürden Wiehnkes, die Satan aus dem Täufling Oskar vertreiben sollten.

Nach der Taufe wurde gegessen. Man hatte zwei Tische aneinander geschoben und begann mit der Mockturtlesuppe. Löffel und Tellerrand. Die vom Lande schlürften. Greff spreizte den kleinen Finger weg. Gretchen Scheffler biß die Suppe. Guste lächelte breit über dem Löffel. Ehlers sprach über den Löffel hinweg. Vinzent suchte zitternd neben dem Löffel. Nur die alten Frauen, die Großmutter Anna und Mutter Truczinski, waren ganz und gar den Löffeln ergeben, während Oskar sozusagen aus dem Löffel fiel, sich davonmachte, während die noch löffelten, und im Schlafzimmer die Wiege seines Sohnes suchte, denn er wollte über seinen Sohn nachdenken, während die anderen hinter den Löffeln immer gedankenloser und leergelöffelter schrumpften, wenn sie auch die Löffelsuppe in sich hineinschütteten.

Hellblauer Tüllhimmel über dem Körbchen auf Rädern. Da der Korbrand zu hoch war, erspähte ich zuerst nur etwas rotblau Verkniffenes. Meine Trommel stellte ich mir unter und konnte dann meinen schlafenden, im Schlaf nervös zukkenden Sohn betrachten. Oh, Vaterstolz, der immer nach großen Worten sucht! Da mir angesichts des Säuglings nichts einfiel als der kurze Satz: Wenn er drei Jahre alt ist, soll er eine Trommel bekommen – da mir mein Sohn keinen

Aufschluß über seine Gedankenwelt gab, da ich nur hoffen konnte, er möge gleich mir zu den hellhörigen Säuglingen gehören, versprach ich ihm nochmals und immer wieder die Blechtrommel zu seinem dritten Geburtstag, stieg dann von meinem Blech und versuchte es wieder mit den Erwachsenen im Wohnzimmer.

Dort machten sie gerade Schluß mit der Mockturtlesuppe. Maria brachte die grünen, süßen Büchsenerbsen in Butter. Matzerath, der für den Schweinebraten verantwortlich war, servierte die Platte eigenhändig, ließ das Jackett von sich fallen, schnitt hemdsärmelig Scheibe um Scheibe und machte ein solch zärtlich enthemmtes Gesicht über dem mürb saftigen Fleisch, daß ich wegblicken mußte.

Für den Gemüsehändler Greff wurde extra serviert. Büchsenspargel, hartgekochte Eier und Sahne mit Rettich bekam er, weil Vegetarier kein Fleisch essen. Jedoch nahm er wie alle anderen einen Klacks von den Stampfkartoffeln, begoß die aber nicht mit der Bratensoße, sondern mit gebräunter Butter, die die aufmerksame Maria ihm in einem zischenden Pfännchen aus der Küche brachte. Während die anderen Bier tranken, hatte Greff Süßmost im Glas. Man sprach von der Kesselschlacht bei Kijew, zählte an den Fingern die Gefangenenzahlen zusammen. Der Balte Ehlers zeigte sich dabei besonders fix, ließ bei jedem Hunderttausend einen Finger hochschnellen, um dann, als seine beiden gespreizten Hände eine Million umfaßten, weiterzählend einen Finger nach dem anderen zu köpfen. Als man das Thema russische Kriegsgefangene, die durch die wachsende Summe immer wertloser und uninteressanter wurden, erschöpft hatte, erzählte Scheffler von den U-Booten in Gotenhafen, und Matzerath flüsterte meiner Großmutter Anna ins Ohr, daß bei Schichau jede Woche zwei Unterseeboote vom Stapel zu laufen hätten. Hierauf erklärte der Gemüsehändler Greff allen Taufgästen, warum Unterseeboote mit der Breitseite und nicht mit dem Heck zuerst vom Stapel laufen müßten. Er wollte es anschaulich bringen, hatte für alles Handbewegungen, die ein Teil der Gäste, die vom U-Bootbau fasziniert waren, aufmerksam und ungeschickt nachmachten. Vinzent Bronski warf, als seine linke Hand einem tauchenden U-Boot gleichen wollte, sein Bierglas um. Meine Großmutter wollte deswegen mit ihm schimpfen. Aber Maria beschwichtigte sie, sagte, das mache nichts, das Tischtuch komme sowieso morgen in die Wäsche; daß es beim Taufessen Flecken gebe, sei doch natürlich. Da kam auch schon Mutter Truczinski mit einem Lappen, tupfte die Bierlache weg und hielt links die große Kristallschüssel voller Schokoladenpudding mit Mandelsplittern.

O hätte es doch eine andere Soße oder überhaupt keine Soße zu dem Schokoladenpudding gegeben! Aber es gab Vanillesoße. Dickflüssig, gelbflüssig: Vanillesoße. Eine ganz banale, gewöhnliche und dennoch einzigartige Vanillesoße. Es gibt wohl nichts Fröhlicheres aber auch nichts Traurigeres auf dieser Welt als eine Vanillesoße. Sanft roch die Vanille vor sich hin und umgab mich mehr und mehr mit Maria, so daß ich sie, die aller Vanille Anstifterin war, die neben dem Matzerath saß, die dessen Hand mit ihrer Hand hielt, nicht mehr sehen und ertragen konnte.

Von seinem Kinderstühlchen rutschte Oskar, hielt sich dabei am Rock der Greffschen fest, blieb ihr, die oben löffelte, zu Füßen liegen und genoß zum erstenmal jene der Lina Greff eigene Ausdünstung, die jede Vanille sofort überschrie, verschluckte, tötete.

So säuerlich es mich auch ankam, verharrte ich dennoch in der neuen Geruchsrichtung, bis mir alle mit der Vanille zusammenhängenden Erinnerungen betäubt zu sein schienen. Langsam, lautlos und krampflos überkam mich ein befreiender Brechreiz. Während mir die Mockturtlesuppe, stückweise der Schweinebraten, nahezu unversehrt die grünen Büchsenerbsen und jene paar Löffelchen Schokoladenpudding mit Vanillesoße entfielen, begriff ich meine Ohnmacht, schwamm ich in meiner Ohnmacht, breitete sich Oskars Ohnmacht zu Füßen der Lina Greff aus – und ich beschloß von nun an und tagtäglich meine Ohnmacht zu Frau Greff zu tragen.

Fünfundsiebenzig Kilo

Vjazma und Brjansk; dann setzte die Schlammperiode ein. Auch Oskar begann, Mitte Oktober einundvierzig kräftig im Schlamm zu wühlen. Man mag mir nachsehen, daß ich den Schlammerfolgen der Heeresgruppe Mitte meine Erfolge im unwegsamen und gleichfalls recht schlammigen Gelände der Frau Lina Greff gegenüberstelle. Ähnlich wie sich dort, kurz vor Moskau, Panzer und LKWs festfuhren, fuhr ich mich fest; zwar drehten sich dort noch die Räder, wühlten den Schlamm auf, zwar gab auch ich nicht nach – es gelang mir wortwörtlich im Greffschen Schlamm Schaum zu schlagen –, aber von Geländegewinn konnte weder kurz vor Moskau noch im Schlafzimmer der Greffschen Wohnung gesprochen werden.

Immer noch nicht mag ich diesen Vergleich aufgeben: Wie künftige Strategen damals aus den verfahrenen Schlammoperationen ihre Lehre gezogen haben werden, zog auch ich aus dem Kampf gegen das Greffsche Naturereignis meine Schlüsse. Man soll die Unternehmungen an der Heimatfront des letzten Weltkrieges nicht unterschätzen. Oskar war damals siebzehn Jahre alt und wurde trotz seiner Jugend im tückisch unübersichtlichen Übungsgelände der Lina Greff zum Manne herangebildet. Die militärischen Vergleiche aufgebend, messe ich jetzt Oskars Fortschritte mit künstlerischen Begriffen, sage also: Wenn mir Maria im naiv betörenden Vanillenebel die kleine Form nahelegte, mich mit Lyrismen wie Brausepulver und Pilzsuche vertraut machte, kam ich im streng säuerlichen, vielfach gewobenen Dunstkreis der Greffschen zu jenem breit epischen Atem, der mir heute erlaubt, Fronterfolge und Betterfolge in einem Satz zu nennen. Musik! Von Marias kindlich sentimentaler und dennoch so süßer Mundharmonika direkt aufs Dirigentenpult; denn Lina Greff bot mir ein Orchester, so breit und tief gestaffelt, wie man es allenfalls in Bayreuth oder Salzburg finden kann. Da lernte ich das Blasen, Klimpern, Pusten, Zupfen, Streichen, ob Generalbaß oder Kontrapunkt, ob es sich um Zwölftöner, Neutöner handelte, der Einsatz beim Scherzo, das Tempo beim Andante, mein Pathos war streng trocken und weich flutend zugleich; Oskar holte das Letzte aus der Greffschen heraus und blieb dennoch unzufrieden, wenn nicht unbefriedigt, wie es sich für einen echten Künstler gehört.

Von unserem Kolonialwarengeschäft zur Greffschen Gemüsehandlung brauchte es zwanzig Schrittchen. Der Laden lag schräg gegenüber, lag günstig, weit günstiger lag er als die Bäckermeisterwohnung Alexander Schefflers im Kleinhammerweg. An dieser günstigeren Lage mag es gelegen haben, daß ich es im Studium der weiblichen Anatomie etwas weiter brachte als im Studium meiner Meister Goethe und Rasputin. Vielleicht läßt sich dieser bis heute klaffende Bildungsunterschied durch die Verschiedenheit meiner beiden Lehrerinnen erklären und womöglich entschuldigen. Während mich Lina Greff gar nicht unterrichten wollte, sondern mir schlicht und passiv ihren Reichtum als Anschauungs- und Versuchsmaterial zur Verfügung stellte, nahm Gretchen Scheffler ihren Lehrberuf allzu ernst. Erfolge wollte sie sehen, wollte mich laut lesen hören, wollte meinen schönschreibenden Trommlerfingern zugucken, wollte mich mit der holden Grammatika befreunden und zugleich selbst von dieser Freundschaft profitieren. Als Oskar ihr jedoch alle sichtbaren Zeichen eines Erfolges verweigerte, verlor Gretchen Scheffler die Geduld, wandte sich kurz nach dem Tod meiner armen Mama, nach immerhin sieben Jahren Unterricht, wieder ihrer Stickerei zu und beglückte mich, da die Bäckerehe weiterhin kinderlos blieb, nur noch dann und wann, vor allem an großen Feiertagen, mit selbstgestrickten Pullovern, Strümpfen und Fausthandschuhen. Von Goethe und Rasputin war zwischen uns nicht mehr die Rede, und nur jenen Auszügen aus den Werken beider Meister, die ich immer noch, mal hier, mal da, zumeist auf dem Trockenboden des Mietshauses aufbewahrte, hatte es Oskar zu verdanken, daß dieser Teil seiner Studien nicht ganz und gar versandete; ich bildete mich selbst und kam zu eigenem Urteil.

Die kränkliche Lina Greff jedoch war ans Bett gebunden, konnte mir nicht ausweichen, mich nicht verlassen, denn ihre Krankheit war zwar langwierig, doch nicht ernsthaft genug, als daß der Tod mir die Lehrerin Lina hätte vorzeitig nehmen können. Da aber auf diesem Stern nichts von Dauer ist, war es Oskar, der die Bettlägerige in dem Augenblick verließ, da er seine Studien als abgeschlossen betrachten konnte.

Sie werden sagen: In welch begrenzter Welt mußte sich der junge Mensch heranbilden! Zwischen einem Kolonialwarengeschäft, einer Bäckerei und einer Gemüsehandlung mußte er sein Rüstzeug fürs spätere, mannhafte Leben zusammenlesen. Wenn ich auch zugeben muß, daß Oskar seine ersten, so wichtigen Eindrücke in recht muffig kleinbürgerlicher Umgebung sammelte, gab es schließlich noch einen dritten Lehrer. Ihm blieb es überlassen, Oskar die Welt zu öffnen und ihn zu dem zu machen, was er heute ist, zu einer Person, die ich mangels einer besseren Bezeichnung mit dem unzulänglichen Titel Kosmopolit behänge.

Ich spreche, wie die Aufmerksamsten unter Ihnen gemerkt haben werden, von meinem Lehrer und Meister Bebra, von dem direkten Nachkommen des Prinzen Eugen, vom Sproß aus dem Stamme Ludwig des Vierzehnten, von dem Liliputaner und Musikalclown Bebra. Wenn ich Bebra sage, meine ich natürlich auch die Dame an seiner Seite, die große Somnambule Roswitha Raguna, die zeitlose Schöne, an die ich oft während jener dunklen Jahre, da Matzerath mir meine Maria wegnahm, denken mußte. Wie alt wird sie sein, die Signora? fragte ich mich. Ist sie ein blühendes zwanzigjähriges, wenn nicht neunzehnjähriges Mädchen? Oder ist sie jene grazile neunundneunzigjährige Greisin, die noch in hundert Jahren unverwüstlich das Kleinformat ewiger Jugend verkörpern wird?

Wenn ich mich recht erinnere, begegnete ich den beiden mir so verwandten Menschen kurz nach dem Tod meiner armen Mama. Wir tranken im Café Vierjahreszeiten gemeinsam unseren Mokka, dann trennten sich unsere Wege. Es gab leichte, doch nicht unerhebliche politische Differenzen; Bebra stand dem Reichspropagandaministerium nahe, trat, wie ich seinen Andeutungen unschwer entnehmen konnte, in den Privatgemächern der Herren Goebbels und Göring auf und versuchte mir diese Entgleisung auf verschiedenste Art zu erklären und zu entschuldigen. Da erzählte er von den einflußreichen Stellungen der Hofnarren im Mittelalter, zeigte mir Reproduktionen nach Bildern spanischer Maler, die irgendeinen Philipp oder Carlos mit Hofstaat zeigten; und inmitten dieser steifen Gesellschaften ließen sich einige kraus, spitzig und gepludert gekleidete Narren erkennen, die in etwa Bebras, womöglich auch meine, Oskars Proportionen aufwiesen. Gerade weil mir diese Bildchen gefielen – denn heute darf ich mich einen glühenden Bewunderer des genialen Malers Diego Velazquez nennen –, wollte ich es Bebra nicht so leicht machen. Er ließ dann auch davon ab, das Zwergenwesen am Hofe des vierten spanischen Philipp mit seiner Stellung in der Nähe des rheinischen Emporkömmlings Joseph Goebbels zu vergleichen. Von den schwierigen Zeiten sprach er, von den Schwachen, die zeitweilig ausweichen müßten, vom Widerstand, der im Verborgenen blühe, kurz, es fiel damals das Wörtchen »Innere Emigration«, und deswegen trennten sich Oskars und Bebras Wege.

Nicht daß ich dem Meister grollte. An allen Plakatsäulen suchte ich während der folgenden Jahre die Anschläge der Varietés und Zirkusse nach Bebras Namen ab, fand ihn auch zweimal mit der Signora Raguna angeführt, unternahm dennoch nichts, das zu einem Treffen mit den Freunden hätte führen können.

Auf einen Zufall ließ ich es ankommen, doch der Zufall versagte sich, denn hätten sich Bebras und meine Wege im Herbst zweiundvierzig schon gekreuzt und nicht erst im folgenden Jahr, Oskar wäre nie zum Schüler der Lina Greff, sondern zum Jünger des Meisters Bebra geworden. So aber überquerte ich tagtäglich, oftmals schon am frühen Vormittag den Labesweg, betrat den Gemüseladen, hielt mich zuerst anstandshalber ein halbes Stündchen in der Nähe des immer mehr zum kauzigen Bastler werdenden Händlers auf, sah zu, wie er seine schrulligen, bimmelnden, heulenden, kreischenden Maschinen baute, und stieß ihn an, wenn Kundschaft den Laden betrat; denn Greff nahm zu jener Zeit kaum noch Notiz von seiner Umwelt. Was war geschehen? Was machte den einst so offenen, immer zum Scherz bereiten Gärtner und Jugendfreund so stumm, was ließ ihn so vereinsamen, zum Sonderling und etwas nachlässig gepflegten älteren Mann werden?

Die Jugend kam nicht mehr. Was da heranwuchs, kannte ihn nicht. Seine Gefolgschaft aus der Pfadfinderzeit hatte der Krieg an alle Fronten zerstreut. Feldpostbriefe trafen ein, dann nur noch Feldpostkarten, und eines Tages erhielt Greff über Umwege die Nachricht, daß sein Liebling, Horst Donath, erst Pfadfinder, dann Fähnleinführer beim Jungvolk, als Leutnant am Donez gefallen war.

Greff alterte von jenem Tage an, gab wenig auf sein Äußeres, verfiel gänzlich der Bastelei, so daß man in dem Gemüseladen mehr Klingelmaschinen und Heulmechaniken sah als etwa Kartoffeln und Kohlköpfe. Freilich tat auch die allgemeine Ernährungslage das ihrige; der Laden wurde nur selten und unregelmäßig beliefert, und Greff war nicht gleich Matzerath in der Lage, auf dem Großmarkt, Beziehungen spielen lassend, einen guten Einkäufer abzugeben.

Traurig sah der Laden aus, und eigentlich hätte man froh sein müssen, daß Greffs sinnlose Lärmapparate den Raum zwar auf skurrile, dennoch dekorative Weise schmückten und füllten. Mir gefielen die Produkte, die Greffs immer krauser werdendem Bastlerhirn entsprangen. Wenn ich mir heute die Bindfadenknotengeburten meines Pflegers Bruno ansehe, fühle ich mich an Greffs Ausstellung erinnert. Und genau wie Bruno mein gleichviel lächelndes wie ernstes Interesse an seinen künstlerischen Spielereien genießt, freute sich Greff auf seine zerstreute Art, wenn er bemerkte, daß mir die eine oder andere Musikmaschine Vergnügen bereitete. Er, der sich jahrelang nicht um mich gekümmert hatte, zeigte sich enttäuscht, wenn ich nach einem halben Stündchen seinen zur Werkstatt gewandelten Laden verließ und seine Frau, Lina Greff, aufsuchte.

Was soll ich Ihnen viel von jenen Besuchen bei der Bettlägerigen erzählen, die meistens zwei bis zweieinhalb Stunden dauerten. Trat Oskar ein, winkte sie vom Bett her: »Ach du best es, Oskarchen. Na komm beßchen näher und wenn de willst inne Federn, weil kalt is inne Stube und der Greff nur janz mies jehaizt hat!« So schlüpfte ich zu ihr unter das Federbett, ließ meine Trommel und jene beiden Stöcke, die gerade im Gebrauch waren, vor dem Bett liegen, und erlaubte nur einem dritten, abgenutzten und etwas faserigen Trommelstock, mit mir der Lina einen Besuch abzustatten.

Nicht etwa, daß ich mich entkleidete, bevor ich bei Lina zu Bett ging. In Wolle, in Sammet und in Lederschuhen stieg ich ein und fand nach geraumer Zeit, trotz anstrengend einheizender Arbeit, in derselben fast unverrückten Kleidung aus den verfilzten Federn heraus.

Nachdem ich den Gemüsehändler mehrmals kurz nach dem Verlassen des Linabettes, noch mit den Ausdünstungen seiner Frau behaftet, besucht hatte, bürgerte sich ein Brauchtum ein, dem ich allzugerne nachkam. Noch während ich im Bett der Greffschen weilte und meine letzten Übungen praktizierte, betrat der Gemüsehändler das Schlafzimmer mit einer Schüssel voller warmem Wasser, stellte die auf ein Schemelchen, legte Handtuch und Seife dazu und verließ wortlos, ohne das Bett mit einem einzigen Blick zu belasten, den Raum.

Oskar riß sich zumeist schnell von der ihm gebotenen Nestwärme los, fand zu der Waschschüssel und unterwarf sich und jenen im Bett wirkungsvollen ehemaligen Trommelstock einer gründlichen Reinigung; konnte ich doch verstehen, daß dem Greff der Geruch seiner Frau, selbst wenn der ihm aus zweiter Hand entgegenschlug, unerträglich war.

So aber, frisch gewaschen, war ich dem Bastler willkommen. All seine Maschinen und ihre verschiedenen Geräusche führte er mir vor, und es wundert mich heute noch, daß es zwischen Oskar und Greff trotz dieser späten Vertraulichkeit zu keiner Freundschaft kam, daß mir Greff weiterhin fremd blieb und allenfalls meine Anteilnahme aber nie meine Sympathie erweckte.

Im September zweiundvierzig – ich hatte gerade sang- und klanglos meinen achtzehnten Geburtstag hinter mich gebracht, im Radio eroberte die sechste Armee Stalingrad – baute Greff die Trommelmaschine. In ein hölzernes Gerüst hängte er zwei ins Gleichgewicht gebrachte, mit Kartoffeln gefüllte Schalen, nahm sodann eine Kartoffel aus der linken Schale: die Waage schlug aus und löste eine Sperre, die den auf dem Gerüst installierten Trommelmechanismus freigab: Das wirbelte, bumste, knatterte, scharrte, Becken schlugen zusammen, der Gong dröhnte, und alles zusammen fand ein endliches schepperndes, tragisch mißtönendes Finale.

Mir gefiel die Maschine. Immer wieder ließ ich sie mir von Greff demonstrieren. Glaubte Oskar doch, der bastelnde Gemüsehändler habe sie seinetwegen, für ihn erfunden und erbaut. Bald darauf wurde mir allzu deutlich mein Irrtum offenbar. Greff hatte vielleicht von mir Anregungen erhalten, die Maschine jedoch war für ihn bestimmt; denn ihr Finale war auch sein Finale.

Es war ein früher, reinlicher Oktobermorgen, wie ihn nur der Nordostwind frei vors Haus liefert. Zeitig hatte ich Mutter Truczinskis Wohnung verlassen, trat auf die Straße, als gerade Matzerath den Rolladen vor der Ladentür hochzog. Neben ihn stellte ich mich, als er die grüngestrichenen Latten hochklappern ließ, bekam zuerst eine Wolke Kolonialwarenladengeruch geboten, der sich während der Nacht im Inneren des Geschäftes angespeichert hatte, und nahm dann den Morgenkuß von Matzerath in Empfang. Noch bevor sich Maria sehen ließ, überquerte ich den Labesweg, warf gen Westen einen langen Schatten über das Kopfsteinpflaster; denn rechts, im Osten, über dem Max-Halbe-Platz, zog sich aus eigener Kraft die Sonne hoch und benutzte dabei denselben Trick, den auch der Baron Münchhausen angewandt haben muß, als er sich am eigenen Zopf aus dem Sumpf lüpfte.

Wer den Gemüsehändler Greff gleich mir gekannt hätte, wäre gleichfalls erstaunt gewesen, Schaufenster und Tür seines Ladens um jene Zeit noch verhängt und verschlossen zu finden. Zwar hatten die letzten Jahre den Greff zu einem mehr und mehr absonderlichen Greff gemacht. Dennoch hatte er sich bisher pünktlich an die Geschäftszeit zu halten gewußt. Womöglich ist er krank, dachte Oskar und verwarf sogleich wieder den Gedanken. Denn wie konnte Greff, der noch im letzten Winter, zwar nicht mehr so regelmäßig wie in früheren Jahren, der Ostsee Löcher ins Eis gehackt hatte, um ein Vollbad zu nehmen, wie sollte dieser Naturmensch, trotz einiger Alterserscheinungen, von einem Tag auf den anderen erkranken können? Das Vorrecht des Betthütens übte fleißig genug die Greffsche aus; auch wußte ich, daß Greff weiche Betten verachtete, daß er vorzugsweise auf Feldbetten und harten Pritschen schlief. Es konnte gar keine Krankheit geben, die den Gemüsehändler ans Bett hätte fesseln können.

Ich stellte mich vor die verschlossene Gemüsehandlung, blickte zu unserem Geschäft zurück, bemerkte, daß sich Matzerath im Inneren des Ladens befand; dann erst wirbelte ich vorsichtig, auf das empfindliche Ohr der Greffschen hoffend, meiner Blechtrommel einige Takte ab. Es brauchte nur wenigen Lärm, und schon öffnete sich das zweite Fenster rechts neben der Ladentür. Die Greffsche im Nachthemd, den Kopf voller Lockenwickler, ein Kopfkissen vor der Brust haltend, zeigte sich über dem Kasten mit den Eisblumen. »Na komm schon rain, Oskarchen. Worauf warteste noch, wo's draußen so fresch is!«

Erklärend schlug ich mit einem Trommelstock gegen den Blechladen vor dem Schaufenster.

»Albrecht!« rief sie, »Albrecht, wo biste? Was is denn nu los?« Weiterhin ihren Gatten rufend, räumte sie das Fenster. Zimmertüren schlugen, im Laden hörte ich sie klappern, und gleich darauf begann sie mit ihrem Geschrei. Sie schrie im Keller, doch konnte ich nicht sehen, warum sie schrie, denn die Kellerluke, durch die an den Liefertagen, in den Kriegsjahren immer seltener, die Kartoffeln geschüttet wurden, war gleichfalls versperrt. Als ich ein Auge an die geteerten Bohlen vor der Luke preßte, sah ich, daß im Keller das elektrische Licht brannte. Auch das obere Stück der Kellertreppe, auf dem etwas Weißes lag, wahrscheinlich das Kopfkissen der Greffschen, konnte ich ausmachen.

Sie mußte das Kissen auf der Treppe verloren haben, denn im Keller war sie nicht mehr, sondern schrie schon wieder im Laden und gleich darauf im Schlafzimmer. Den Telefonhörer hob sie ab, schrie und wählte, schrie dann ins Telefon; aber Oskar verstand nicht, worum es ging, nur Unfall schnappte er auf, und die Adresse, Labesweg 24, wiederholte sie mehrmals und schreiend, hängte dann ein und füllte gleich darauf in ihrem Nachthemd, ohne Kissen, doch mit den Lockenwicklern, schreiend das Fenster, goß sich und ihren ganzen, mir wohlbekannten doppelten Vorrat in den Kasten auf die Eisblumen, schlug beide Hände in die fleischigen, blaßroten Gewächse und schrie oben, daß die Straße eng wurde, daß Oskar schon dachte, jetzt fängt auch die Greffsche mit dem Glaszersingen an; aber es sprang keine Scheibe. Aufgerissen wurden die Fenster, Nachbarschaft zeigte sich, Frauen riefen sich Fragen zu, Männer stürzten, der Uhrmacher Laubschad, erst halb mit den Armen in seinem Jackenärmel, der alte Heilandt, Herr Reißberg, der Schneider Libischewski, Herr Esch aus den zunächst liegenden Haustüren, selbst Probst, nicht der Friseur, der von der Kohlenhandlung, kam mit seinem Sohn. Im weißen Ladenkittel wehte Matzerath heran, während Maria mit Kurtchen auf dem Arm in der Tür des Kolonialwarengeschäftes stehenblieb.

Es fiel mir leicht, in der Versammlung aufgeregter Erwachsener unterzutauchen und Matzerath, der mich suchte, zu entgehen. Er und der Uhrmacher Laubschad, sie waren die ersten, die zur Tat schreiten wollten. Man versuchte, durch das Fenster in die Wohnung zu gelangen. Doch die Greffsche ließ niemand hoch, geschweige denn hinein. Während sie gleichzeitig kratzte, schlug und biß, fand sie jedoch Zeit, immer lauter, teilweise sogar verständlich zu schreien. Erst solle das Unfallkommando kommen, sie habe schon längst telefoniert, niemand brauche mehr zu telefonieren, sie wisse schon, was man zu tun habe, wenn so was passiere. Sie sollen sich um ihren eigenen Laden kümmern. Das sei schon schlimm genug hier. Neugierde, nichts als Neugierde, da sehe man wieder mal, wo einem die Freunde blieben, wenn das Unglück komme. Und mitten in ihrem Lamento mußte sie mich in der Versammlung vor ihrem Fenster entdeckt haben, denn sie rief mich und streckte mir, da sie die Männer inzwischen abgeschüttelt hatte, die bloßen Arme entgegen, und jemand – Oskar glaubt heute noch, daß es der Uhrmacher Laubschad war –, der hob mich, wollte mich gegen Matzeraths Willen hineinreichen, und kurz vor dem Eisblumenkasten hätte Matzerath mich auch beinahe erwischt, doch da packte Lina Greff schon zu, drückte mich gegen ihr warmes Hemd und schrie jetzt nicht mehr, weinte nur noch hoch wimmernd, holte hoch wimmernd Luft.

Im gleichen Maße wie das Geschrei der Frau Greff die Nachbarschaft zum erregten und schamlosen Gestikulieren aufgepeitscht hatte, vermochte ihr dünnes, hohes Wimmern den Andrang unter den Eisblumen zu einer stummen, verlegen scharrenden Masse zu machen, die kaum noch wagte, dem Weinen ins Gesicht zu sehen, die all ihr Hoffen, all ihre Neugierde und Anteilnahme dem zu erwartenden Unfallwagen entgegenbrachte.

Auch Oskar war das Winseln der Greffschen nicht angenehm. Ich versuchte, etwas tiefer zu rutschen, um ihren leidvollen Tönen nicht gar so nah sein zu müssen. Es gelang mir auch, den Halt an ihrem Hals aufzugeben, mich halb auf den Blumenkasten zu setzen. Allzusehr fühlte Oskar sich beobachtet, weil Maria mit dem Jungen auf dem Arm in der Ladentür stand. So gab ich auch diesen Sitz auf, begriff die Peinlichkeit meiner Lage, dachte dabei aber nur an Maria – die Nachbarn waren mir gleichgültig –, stieß mich ab von der Greffschen Küste, die mir allzusehr zitterte und das Bett bedeutete.

Lina Greff bemerkte meine Flucht nicht, oder sie fand keine Kraft mehr, jenen kleinen Körper aufzuhalten, der ihr die längste Zeit lang fleißig Ersatz geboten hatte. Vielleicht ahnte Lina auch, daß Oskar ihr für immer entglitt, daß mit ihrem Geschrei ein Geräusch zur Welt gekommen war, das einerseits zur Mauer und Geräuschkulisse zwischen der Bettlägerigen und dem Trommler wurde, andererseits eine bestehende Mauer zwischen Maria und mir zum Einsturz brachte.

Ich stand im Schlafzimmer der Greffs. Meine Trommel hing mir schief und unsicher an. Oskar kannte das Zimmer ja, hätte die saftgrüne Tapete der Länge und Breite nach auswendig hersagen können. Da stand auf dem Schemel noch die Waschschüssel mit der grauen Seifenlauge vom Vortage. Alles hatte seinen Platz, und dennoch wollten mir die abgegriffenen, abgesessenen, durchgelegenen und angestoßenen Möbel frisch oder zumindest aufgefrischt vorkommen, als hätte alles, was da steif auf vier Füßen oder Beinen an den Wänden stand, erst das Geschrei und danach das hohe Wimmern der Lina Greff nötig gehabt, um zu neuem, erschreckend kaltem Glanz zu kommen.

Die Tür zum Laden stand offen. Oskar wollte nicht, ließ sich aber dennoch in jenen nach trockener Erde und Zwiebeln riechenden Raum ziehen, den das Tageslicht, das durch Ritzen in den Fensterläden fand, mit staubwimmelnden Streifen aufteilte. So blieben die meisten Lärm- und Musikmaschinen Greffs im Halbdunkel, nur auf einige Details, auf ein Glöckchen, auf Sperrholzstreben, auf den Unterteil der Trommelmaschine deutete das Licht und zeigte mir die im Gleichgewicht verharrenden Kartoffeln.

Jene Falltür, die genau wie in unserem Geschäft hinter dem Ladentisch den Keller abdeckte, stand offen. Nichts stützte den Bohlendeckel, den die Greffsche in ihrer schreienden Hast aufgerissen haben mochte; doch den Haken hatte sie nicht in die Falle am Ladentisch einschnappen lassen. Mit leichtem Stoß hätte Oskar den Deckel zum Kippen bringen, den Keller verschließen können.

Reglos stand ich halb hinter den Staub- und Modergeruch ausatmenden Bohlen, starrte auf jenes grellerleuchtete Geviert, welches einen Teil der Treppe und ein Stück betonierten Kellerboden einrahmte. In dieses Quadrat schob sich von oben rechts der Teil eines stufenbildenden Podestes, das eine neue Anschaffung Greffs sein mußte, denn ich hatte den Kasten bei gelegentlichen Besuchen des Kellers zuvor nie gesehen. Nun hätte Oskar eines Podestes wegen den Blick nicht so lange und so gebannt in den Keller geschickt, wenn sich nicht aus der oberen rechten Ecke des Bildes merkwürdig verkürzt zwei gefüllte Wollstrümpfe in schwarzen Schnürschuhen geschoben hätten. Wenn ich auch nicht die Sohlen der Schuhe einsehen konnte, erkannte ich sie dennoch sofort als Greffs Wanderschuhe. Das kann nicht Greff sein, dachte ich mir, der dort fertig zum Wandern im Keller steht, denn die Schuhe stehen nicht, schweben vielmehr frei über dem Podest; es sei denn, daß es den steil nach unten geneigten Schuhspitzen gelingt, die Bretter kaum, aber doch zu berühren. So stellte ich mir eine Sekunde lang einen auf Schuhspitzen stehenden Greff vor; denn diese komische, aber auch anstrengende Übung war ihm, dem Turner und Naturmenschen, zuzutrauen.

Um mich von der Richtigkeit meiner Annahme zu überzeugen, auch um den Gemüsehändler gegebenenfalls gehörig auszulachen, kletterte ich, auf den steilen Stufen alle Vorsicht bewahrend, die Treppe hinunter und trommelte, wenn ich mich recht erinnere, angstmachendes, angstvertreibendes Zeug dabei: »Ist die Schwarze Köchin da? Jajaja!«

Erst als Oskar fest auf dem Betonboden stand, ließ er den Blick auf Umwegen, über Bündel leere Zwiebelsäcke, gestapelte, gleichfalls leere Obstkisten gleiten, bis er, zuvor nie gesehenes Balkenwerk streifend, sich jener Stelle näherte, an der Greffs Wanderschuhe hängen oder auf der Spitze stehen mußten.

Natürlich wußte ich, daß Greff hing. Die Schuhe hingen, mithin hingen auch die grobgestrickten, dunkelgrünen Socken. Nackte Männerknie über den Strumpfrändern, behaart die Oberschenkel bis zum Hosenrand; da zog sich langsam ein prickelndes Stechen von meinen Geschlechtsteilen, dem Gesäß folgend, den taubwerdenden Rücken hoch, kletterte an der Wirbelsäule entlang, setzte sich im Nacken fort, schlug mich heiß und kalt, prallte mir von dort wieder zwischen die Beine, ließ meinen ohnehin winzigen Beutel schrumpfen, saß mir abermals, den schon gekrümmten Rücken überspringend, im Nacken, verengte sich dort – es sticht und würgt Oskar heutzutage noch, wenn jemand in seiner Gegenwart vom Hängen, selbst vom Wäscheaufhängen spricht –; nicht nur Greffs Wanderschuhe, Wollstrümpfe, Knie und Kniehosen hingen; der ganze Greff hing am Hals und machte über dem Seil ein angestrengtes Gesicht, das nicht frei von theatralischer Pose war.

Überraschend schnell ließ das Ziehen und Stechen nach. Greffs Anblick normalisierte sich mir; denn im Grunde ist die Körperstellung eines hängenden Mannes genauso normal und natürlich wie etwa der Anblick eines Mannes, der auf den Händen läuft, eines Mannes, der auf dem Kopf steht, eines Mannes, der eine wahrhaft unglückliche Figur macht, indem er auf ein vierbeiniges Roß steigt, um zu reiten.

Dazu kam der Dekor. Erst jetzt begriff Oskar den Aufwand, den Greff mit sich getrieben hatte. Der Rahmen, die Umgebung, in der Greff hing, war ausgesuchtester, fast extravaganter Art. Der Gemüsehändler hatte eine ihm angemessene Form des Todes gesucht, hatte einen ausgewogenen Tod gefunden. Er, der zeit seines Lebens mit den Beamten des Eichamtes Schwierigkeiten und peinlichen Briefwechsel gehabt hatte, er, dem sie die Waage und die Gewichte mehrmals beschlagnahmt hatten, er, der wegen unkorrekten Abwiegens von Obst und Gemüse Bußen hatte zahlen müssen, er wog sich aufs Gramm mit Kartoffeln auf.

Das matt glänzende, wahrscheinlich geseifte Seil lief, auf Rollen geführt, über zwei Balken, die er eigens für seinen letzten Tag einem Gerüst draufgezimmert hatte, das schließlich nur den einen Zweck besaß, sein letztes Gerüst zu sein. Dem Aufwand an bestem Bauholz durfte ich entnehmen, daß der Gemüsehändler nicht hatte sparen wollen. Es mochte schwierig gewesen sein, in jenen an Baumaterialien armen Kriegszeiten die Balken und Bretter zu beschaffen. Greff wird zuvor Tauschhandel getrieben haben; für Obst bekam er Holz. So fehlte es an diesem Gerüst auch nicht an überflüssigen und nur zierenden Verstrebungen. Das dreiteilige, stufenbildende Podest – eine Ecke desselben hatte Oskar vom Laden aus sehen können – hob das gesamte Gestühl in beinahe erhabene Bereiche.

Wie bei der Trommelmaschine, die der Bastler als Modell benutzt haben mochte, hingen Greff und sein Gegengewicht innerhalb des Gerüstes. Recht gegensätzlich zu den weißgekälkten vier Eckbalken stand ein zierliches grünes Leiterchen zwischen ihm und den gleichfalls schwebenden Feldfrüchten. Die Kartoffelkörbe hatte er mittels eines kunstvollen Knotens, wie ihn die Pfadfinder zu schlagen wissen, dem Hauptseil angeknüpft. Da das Innere des Gerüstes von vier weißgestrichenen, dennoch starkstrahlenden Glühbirnen erleuchtet wurde, konnte Oskar, ohne das feierliche Podest betreten und entweihen zu müssen, einem mit Draht am Pfadfinderknoten befestigten Pappschildchen über den Kartoffelkörben die Aufschrift ablesen: Fünfundsiebenzig Kilo (weniger hundert Gramm).

Greff hing in der Uniform eines Pfadfinderführers. Er hatte an seinem letzten Tag wieder in die Uniform der Vorkriegsjahre zurückgefunden. Sie war ihm eng geworden. Die beiden obersten Knöpfe und den Gurt hatte er nicht schließen können, was seiner sonst adretten Aufmachung einen peinlichen Beigeschmack gab. Zwei Finger der linken Hand hatte Greff nach Pfadfindersitte überkreuz gelegt. Ans rechte Handgelenk band sich der Erhängte, bevor er sich erhing, den Pfadfinderhut. Auf das Halstuch hatte er verzichten müssen. Da es ihm wie bei der Kniehose auch am Hemdkragen nicht gelungen war, die obersten Knöpfe zu schließen, quoll ihm schwarzkrauses Brusthaar aus dem Stoff.

Da lagen auf den Stufen des Podestes einige Astern, auch, unpassend, Petersilienstengel. Wahrscheinlich waren ihm beim Streuen die Blumen ausgegangen, da er die meisten Astern, auch einige Rosen zum Bekränzen jener vier Bildchen verschwendet hatte, die an den vier Hauptbalken des Gerüstes hingen. Links vorne hing hinter Glas Sir Baden-Powell, der Gründer der Pfadfinder. Links hinten, ungerahmt, der heilige Sankt Georg. Rechts hinten, ohne Glas, der Kopf des David von Michelangelo. Gerahmt und verglast lächelte am rechten vorderen Pfosten das Foto eines vielleicht sechzehnjährigen, ausdrucksvoll hübschen Knaben. Eine frühe Aufnahme seines Lieblings Horst Donath, der als Leutnant am Donez fiel.

Vielleicht erwähne ich noch die vier Fetzen Papier auf den Podeststufen zwischen Astern und Petersilie. Sie lagen so, daß man sie mühelos zusammensetzen konnte. Das tat Oskar, und er entzifferte eine Vorladung vors Gericht, der man den Stempel der Sittenpolizei mehrmals aufgedrückt hatte.

So bleibt mir noch zu berichten, daß mich damals der aufdringliche Ruf des Unfallwagens aus den Betrachtungen über den Tod eines Gemüsehändlers weckte. Gleich darauf stolperten sie die Treppe herab, das Podest hinauf und legten Hand an den hängenden Greff. Kaum jedoch, daß sie den Händler gelüpft hatten, fielen und stürzten die das Gegengewicht bildenden Kartoffelkörbe: Ähnlich wie bei der Trommelmaschine begann ein freigewordener Mechanismus zu arbeiten, den Greff geschickt oberhalb des Gerüstes mit Sperrholz verkleidet hatte. Während unten die Kartoffeln übers und vom Podest auf den Betonboden polterten, schlug es oben auf Blech, Holz, Bronze, Glas, hämmerte oben ein entfesseltes Trommelorchester Albrecht Greffs großes Finale.

Es gehört heute zu Oskars schwierigen Aufgaben, die Geräusche der Kartoffellawine – an der sich übrigens einige Sanitäter bereicherten –, den organisierten Lärm der Greffschen Trommelmaschine auf seinem Blech nachhallen zu lassen. Wahrscheinlich weil meine Trommel die Gestaltung des Greffschen Todes entschieden beeinflußte, gelingt es mir manchmal, ein abgerundetes, Greffs Tod übersetzendes Trommelstück auf Oskars Blech zu legen, das ich, von Freunden und Pfleger Bruno nach dem Titel befragt, Fünfundsiebenzig Kilo nenne.

Bebras Fronttheater

Mitte Juni zweiundvierzig wurde mein Sohn Kurt ein Jahr alt. Oskar, der Vater, nahm das gelassen hin, dachte sich: noch zwei Jährchen. Im Oktober zweiundvierzig erhängte sich der Gemüsehändler Greff an einem so formvollendeten Galgen, daß ich, Oskar, fortan den Selbstmord zu den erhabenen Todesarten zählte. Im Januar dreiundvierzig sprach man viel von der Stadt Stalingrad. Da Matzerath jedoch den Namen dieser Stadt ähnlich betonte, wie er zuvor Pearl Harbor, Tobruk und Dünkirchen betont hatte, schenkte ich den Ereignissen in jener fernen Stadt nicht mehr Aufmerksamkeit als anderen Städten, die mir durch Sondermeldungen bekannt wurden; denn für Oskar waren Wehrmachtsberichte und Sondermeldungen eine Art Geografieunterricht. Wie hätte ich sonst auch erfahren können, wo die Flüsse Kuban, Mius und Don fließen, wer hätte mir besser die geografische Lage der Aleuteninseln Attu, Kiska und Adak erläutern können als ausführliche Radioberichte über die Ereignisse im Fernen Osten. So lernte ich also im Januar dreiundvierzig, daß die Stadt Stalingrad an der Wolga liegt, sorgte mich aber weniger um die sechste Armee, vielmehr um Maria, die zu jener Zeit eine leichte Grippe hatte.

Während Marias Grippe abklang, setzten die im Radio ihren Geografieunterricht fort: Rzev und Demjansk sind für Oskar heute noch Ortschaften, die er sofort und blindlings auf jeder Karte Sowjetrußlands findet. Kaum war Maria genesen, bekam mein Sohn Kurt den Keuchhusten. Während ich versuchte, mir die schwierigsten Namen einiger heißumkämpfter Oasen Tunesiens zu merken, fand mit dem Afrikakorps auch Kurtchens Keuchhusten sein Ende.

O Wonnemonat Mai: Maria, Matzerath und Gretchen Scheffler bereiteten Kurtchens zweiten Geburtstag vor. Auch Oskar maß dem bevorstehenden Festtag größere Bedeutung bei; denn vom zwölften Juni dreiundvierzig an brauchte es nur noch ein Jährchen. Ich hätte also, wäre ich anwesend gewesen, an Kurtchens zweitem Geburtstag meinem Sohn ins Ohr flüstern können: »Warte nur, balde trommelst auch du.« Es begab sich aber, daß Oskar am zwölften Juni dreiundvierzig nicht in Danzig-Langfuhr weilte, sondern in der alten Römerstadt Metz. Ja, es zog sich seine Abwesenheit so in die Länge, daß er Mühe hatte, am zwölften Juni vierundvierzig rechtzeitig genug, um Kurtchens dritten Geburtstag mitfeiern zu können, die vertraute, immer noch nicht bombenbeschädigte Heimatstadt zu erreichen.

Welche Geschäfte führten mich fort? Ohne jeden Umschweif sei hier erzählt: Vor der Pestalozzischule, die man in eine Luftwaffenkaserne verwandelt hatte, traf ich meinen Meister Bebra. Doch Bebra alleine hätte mich nicht zur Reise überreden können. An Bebras Arm hing die Raguna, die Signora Roswitha, die große Somnambule.

Oskar kam vom Kleinhammerweg. Er hatte dem Gretchen Scheffler einen Besuch abgestattet, hatte ein bißchen im »Kampf um Rom« geschmökert, hatte herausgefunden, daß es schon damals, zu Belisars Zeiten, wechselvoll zuging, daß man auch damals schon, geografisch recht weiträumig, Siege und Niederlagen an Flußübergängen und Städten feierte oder einsteckte.

Ich überquerte die Fröbelwiese, die man während der letzten Jahre zu einem Barackenlager der OT gemacht hatte, war mit den Gedanken bei Taginae – im Jahre fünfhundertzweiundfünfzig schlug dort Narses den Totila –, doch nicht des Sieges wegen weilten meine Gedanken bei dem großen Armenier Narses, vielmehr hatte es mir die Figur des Feldherrn angetan; verwachsen, bucklig war Narses, klein war Narses, ein Zwerg, Gnom, Liliputaner war Narses. Vielleicht war Narses ein Kinderköpfchen größer als Oskar, überlegte ich und stand vor der Pestalozzischule, sah einigen zu schnell gewachsenen Luftwaffenoffizieren vergleichsweise auf die Ordensschnallen, sagte mir, Narses trug gewiß keine Orden, das hatte der nicht nötig; da stand mitten im Hauptportal der Schule jener große Feldherr persönlich, eine Dame hing an seinem Arm – warum sollte Narses keine Dame am Arm haben? – winzig neben den Luftwaffenriesen kamen sie mir entgegen, dennoch Mittelpunkt, von Historie umwittert, uralt zwischen lauter frischgebackenen Lufthelden – was bedeutete diese ganze Kaserne voller Totilas und Tejas, voller baumlanger Ostgoten gegen einen einzigen armenischen Zwerg namens Narses – und Narses näherte sich Schrittchen auf Schrittchen Oskar, winkte Oskar zu, und auch die Dame an seinem Arm winkte: Bebra und Signora Roswitha Raguna begrüßten mich – respektvoll wich uns die Luftwaffe aus – ich näherte meinen Mund Bebras Ohr, flüsterte: »Lieber Meister, ich hielt Sie für den großen Feldherrn Narses, den ich weit höher einschätze als den Kraftmeier Belisar.«

Bescheiden winkte Bebra ab. Doch die Raguna fand Gefallen an meinem Vergleich. Wie schön sie den Mund beim Sprechen zu bewegen wußte: »Ich bitte dich Bebra, hat er so unrecht, unser junger Amico? Fließt in deinen Adern nicht das Blut des Prinzen Eugen? E Lodovico quattordicesimo? Ist er nicht dein Vorfahr?«

Bebra nahm meinen Arm, führte mich beiseite, da die Luftwaffe uns unentwegt bewunderte und lästig werdend anstarrte. Als schließlich ein Leutnant und gleich darauf zwei Unteroffiziere vor Bebra Haltung annahmen – der Meister trug an der Uniform die Rangabzeichen eines Hauptmanns, am Ärmel einen Streifen mit der Inschrift Propagandakompanie –, als die ordensgeschmückten Burschen von der Raguna Autogramme erbaten und auch bekamen, winkte Bebra seinen Dienstwagen herbei, wir stiegen ein und mußten uns noch beim Abfahren den begeisterten Applaus der Luftwaffe gefallen lassen.

Pestalozzistraße, Magdeburger Straße, Heeresanger fuhren wir. Bebra saß neben dem Fahrer. Schon auf der Magdeburger Straße nahm die Raguna meine Trommel zum Anlaß. »Immer noch sind Sie Ihrer Trommel treu, bester Freund?« flüsterte sie mit ihrer Mittelmeerstimme, die ich so lange nicht gehört hatte. »Und wie steht es sonst mit der Treue?« Oskar blieb ihr die Antwort schuldig, verschonte sie mit seinen langwierigen Frauengeschichten, erlaubte aber lächelnd, daß die große Somnambule zuerst seine Trommel, dann seine Hände, die das Blech etwas krampfhaft umklammert hielten, streichelte, immer südlicher streichelte.

Als wir in den Heeresanger einbogen und den Straßenbahnschienen der Linie Fünf folgten, gab ich ihr sogar Antwort, das heißt, ich streichelte mit der Linken ihre Linke, während sie mit ihrer Rechten meiner Rechten zärtlich war. Schon waren wir über den Max-Halbe-Platz hinweg. Oskar konnte nicht mehr aussteigen, da erblickte ich im Rückspiegel des PKWs Bebras kluge, hellbraune, uralte Augen, die unsere Streichelei beobachteten. Doch die Raguna hielt meine Hände, die ich ihr, um den Freund und Meister zu schonen, entziehen wollte. Bebra lächelte im Rückspiegel, nahm dann seinen Blick fort, begann ein Gespräch mit dem Fahrer, während Roswitha ihrerseits, mit Händen heiß drückend und streichelnd, mit dem Mittelmeermund ein Gespräch begann, das süß und direkt mich meinte, Oskar ins Ohr floß, dann wieder sachlich wurde, um hinterher um so süßer all meine Bedenken und versuchten Fluchtversuche zu verkleben. Reichskolonie, Richtung Frauenklinik, fuhren wir, und die Raguna gestand Oskar, daß sie immer an ihn gedacht habe während all der Jahre, daß sie das Glas aus dem Café Vierjahreszeiten, das ich damals mit einer Widmung besungen hatte, immer noch aufbewahre, daß Bebra zwar ein vortrefflicher Freund und ausgezeichneter Arbeitspartner sei, aber an Ehe könne man nicht denken; der Bebra müsse alleine bleiben, antwortete die Raguna auf eine Zwischenfrage von mir, sie lasse ihm alle Freiheiten, und auch er, obgleich recht eifersüchtig von Natur, habe im Laufe der Jahre begriffen, daß man die Raguna nicht binden könne, zudem finde der gute Bebra als Leiter des Fronttheaters auch kaum Zeit, eventuellen ehelichen Pflichten nachzukommen, dafür sei aber das Fronttheater erste Klasse, mit dem Programm hätte man sich in Friedenszeiten im »Wintergarten« oder in der »Skala« sehen lassen können, ob ich, Oskar, nicht Lust verspüre, bei all meiner ungenutzten göttlichen Begabung, alt genug sei ich wohl dafür, ein Probejährchen, sie könne bürgen, aber ich, Oskar, habe wohl andere Verpflichtungen, nein? um so besser, man fahre heute ab, das sei die letzte Nachmittagsvorstellung im Wehrbezirk Danzig-Westpreußen gewesen, es gehe jetzt nach Lothringen, dann nach Frankreich, an Ostfront sei vorläufig nicht zu denken, das habe man gerade glücklich hinter sich, ich, Oskar, könne von Glück sprechen, daß der Osten passé sei, daß es jetzt nach Paris gehe, bestimmt gehe es nach Paris, ob mich, Oskar, schon einmal eine Reise nach Paris geführt habe. Na also, Amico, wenn die Raguna schon nicht Ihr hartes Trommlerherz verführen kann, dann lassen Sie sich von Paris verführen, andiamo!

Der Wagen stoppte beim letzten Wort der großen Somnambulen. In regelmäßigen Abständen, grün, preußisch die Bäume der Hindenburgallee. Wir stiegen aus, Bebra ließ den Fahrer warten, ins Café Vierjahreszeiten wollte ich nicht, da mein etwas wirrer Kopf nach frischer Luft verlangte. So ergingen wir uns im Steffenspark: Bebra an meiner Rechten, Roswitha an meiner Linken. Bebra erklärte mir Sinn und Zweck der Propagandakompanie. Roswitha erzählte mir Anekdötchen aus dem Alltag der Propagandakompanie. Bebra wußte von Kriegsmalern, Kriegsberichterstattern und von seinem Fronttheater zu plaudern. Roswitha ließ ihrem Mittelmeermund die Namen ferner Städte entspringen, von denen ich im Radio gehört hatte, wenn Sondermeldungen laut wurden. Bebra sagte Kopenhagen. Roswitha hauchte Palermo. Bebra sang Belgrad. Roswitha klagte wie eine Tragödin: Athen. Beide zusammen aber schwärmten immer wieder von Paris, versprachen, daß jenes Paris alle anderen soeben genannten Städte aufwiegen könne, schließlich machte mir Bebra, fast möchte ich sagen, dienstlich und in aller Form als Leiter und Hauptmann eines Fronttheaters das Angebot: »Steigen Sie ein bei uns, junger Mann, trommeln Sie, zersingen Sie Biergläser und Glühbirnen! Die deutsche Besatzungsarmee im schönen Frankreich, im ewigjungen Paris wird Ihnen danken und zujubeln.«

Nur der Form halber bat Oskar um Bedenkzeit. Eine gute halbe Stunde schritt ich abseits der Raguna, abseits des Freundes und Meisters Bebra zwischen maigrünem Gebüsch, gab mich nachdenklich und gequält, rieb mir die Stirn, lauschte, was ich noch nie getan hatte, den Vöglein im Walde, tat so, als erwartete ich von irgendeinem Rotkehlchen Auskunft und Rat, und sagte, als im Grün etwas besonders laut und auffallend zirpte: »Die gute und weise Natur rät mir, Ihren Vorschlag, verehrter Meister, anzunehmen. Sie dürfen fortan in mir ein Mitglied Ihres Fronttheaters sehen!«

Wir gingen dann doch ins Vierjahreszeiten, tranken einen dünnblütigen Mokka und besprachen die Einzelheiten meiner Flucht, die wir aber nicht Flucht nannten, sondern Fortgang.

Vor dem Café wiederholten wir noch einmal alle Einzelheiten des geplanten Unternehmens. Dann verabschiedete ich mich von der Raguna und dem Hauptmann Bebra der Propagandakompanie, und jener ließ es sich nicht nehmen, mir sein Dienstauto zur Verfügung zu stellen. Während die beiden zu Fuß einen Bummel die Hindenburgallee hinauf in Richtung Stadt machten, fuhr mich der Fahrer des Hauptmanns, ein schon älterer Obergefreiter, zurück nach Langfuhr, bis zum Max-Halbe-Platz; denn in den Labesweg hinein wollte und konnte ich nicht: Ein im Wehrmachts-Dienstauto vorfahrender Oskar hätte allzuviel und unzeitgemäßes Aufsehen erregt.

Viel Zeit blieb mir nicht. Ein Abschiedsbesuch bei Matzerath und Maria. Längere Zeit lang stand ich am Laufgitter meines Sohnes Kurt, fand auch, wenn ich mich recht erinnere, einige väterliche Gedanken, versuchte, den blonden Bengel zu streicheln, doch Kurtchen wollte nicht, dafür wollte Maria, die etwas erstaunt meine ihr seit Jahren ungewohnten Zärtlichkeiten entgegennahm und gutmütig erwiderte. Der Abschied von Matzerath fiel mir merkwürdigerweise schwer. Der Mann stand in der Küche und kochte Nierchen in Senfsoße, war ganz verwachsen mit seinem Kochlöffel, womöglich glücklich, und so wagte ich nicht, ihn zu stören. Erst als er hinter sich langte und mit blinder Hand auf dem Küchentisch etwas suchte, kam Oskar ihm zuvor, griff das Brettchen mit der gehackten Petersilie, reichte es ihm – und ich nehme heute noch an, daß Matzerath lange, auch als ich nicht mehr in der Küche war, erstaunt und verwirrt das Brettchen mit der Petersilie gehalten haben muß; denn Oskar hatte dem Matzerath zuvor nie etwas gereicht, gehalten oder aufgehoben.

Ich aß bei Mutter Truczinski, ließ mich von ihr waschen, zu Bett bringen, wartete, bis sie in ihren Federn lag und leicht pfeifend schnarchte, fand dann in meine Pantoffeln, nahm meine Kleider an mich, fand durch das Zimmer, in dem die grauhaarige Maus pfiff, schnarchte und immer älter wurde, hatte im Korridor einige Mühe mit dem Schlüssel, bekam schließlich doch den Riegel aus der Falle, turnte, immer noch barfuß, im Nachthemdchen mit meinem Kleiderbündel die Treppen hoch zum Trockenboden, fand in meinem Versteck, hinter gestapelten Dachpfannen und gebündeltem Zeitungspapier, das man trotz der Luftschutzvorschriften dort lagerte, über den Luftschutzsandberg und den Luftschutzeimer stolpernd, fand ich eine funkelnagelneue Trommel, die ich mir ohne Marias Wissen aufgespart hatte, und Oskars Lektüre fand ich: Rasputin und Goethe in einem Band. Sollte ich meine Lieblingsautoren mitnehmen?

Während Oskar in seine Kleider und Schuhe schlüpfte, sich die Trommel umhängte, die Stöcke hinter den Hosenträgern versorgte, verhandelte er mit seinen Göttern Dionysos und Apollo gleichzeitig. Während mir der Gott des besinnungslosen Rausches riet, entweder überhaupt keinen Lesestoff und wenn doch, dann nur einen Stapel Rasputin mitzunehmen, wollte mir der überschlaue und allzu vernünftige Apollo die Reise nach Frankreich ganz und gar ausreden, bestand jedoch, als er merkte, daß Oskar zur Reise entschlossen war, auf einem lückenlosen Reisegepäck; jedes wohlanständige Gähnen, das Goethe vor Jahrhunderten von sich gegeben hatte, mußte ich mitnehmen, nahm aber aus Trotz, auch weil ich wußte, daß die »Wahlverwandtschaften« nicht alle Probleme geschlechtlicher Art zu lösen vermochten, auch Rasputin und seine nackte, dennoch schwarz bestrumpfte Frauenwelt an mich. Wenn Apollo die Harmonie, Dionysos Rausch und Chaos anstrebte, war Oskar ein kleiner, das Chaos harmonisierender, die Vernunft in Rauschzustände versetzender Halbgott, der allen seit Zeiten festgelegten Vollgöttern außer seiner Sterblichkeit eines voraus hatte: Oskar durfte lesen, was ihm Spaß machte; die Götter jedoch zensieren sich selbst.

Wie man sich an ein Mietshaus und an die Küchengerüche von neunzehn Mietsparteien gewöhnen kann. Von jeder Stufe, jeder Etage, jeder mit Namensschild versehenen Wohnungstür nahm ich Abschied: Oh, Musiker Meyn, den sie als dienstuntauglich zurückgeschickt hatten, der wieder Trompete blies, wieder Machandel trank und darauf wartete, daß sie ihn wieder holten – und später holten sie ihn auch, nur seine Trompete durfte er nicht mitnehmen. Oh, unförmige Frau Kater, deren Tochter Susi sich Blitzmädchen nannte. Oh, Axel Mischke, gegen was hast du deine Peitsche eingetauscht? Herr und Frau Woiwuth, die immer Wrucken aßen. Herr Heinert war magenkrank, deshalb bei Schichau und nicht bei der Infanterie. Und nebenan Heinerts Eltern, die noch Heimowski hießen. Oh, Mutter Truczinski; sanft schlief die Maus hinter der Wohnungstür. Mein Ohr am Holz hörte sie pfeifen. Klein-Käschen, der eigentlich Retzel hieß, hatte es zum Leutnant gebracht, obgleich er als Kind immer lange wollene Strümpfe tragen mußte. Schlagers Sohn war tot, Eykes Sohn war tot, Kollins Sohn war tot. Aber der Uhrmacher Laubschad lebte noch und erweckte tote Uhren zum Leben. Und der alte Heilandt lebte und klopfte immer noch krumme Nägel gerade. Und Frau Schwerwinski war krank, und Herr Schwerwinski war gesund und starb dennoch vor ihr. Und gegenüber im Parterre, wer wohnte da? Da wohnten Alfred und Maria Matzerath und ein fast zweijähriges Bengelchen, Kurt genannt. Und wer verließ da zu nachtschlafender Zeit das große, mühsam atmende Mietshaus? Das war Oskar, Kurtchens Vater. Was trug er hinaus auf die verdunkelte Straße? Seine Trommel trug er und sein großes Buch, an dem er sich bildete. Warum blieb er zwischen all den verdunkelten, an den Luftschutz glaubenden Häusern vor einem verdunkelten, luftschutzgläubigen

Haus stehen? Weil da die Witwe Greff wohnte, der er zwar nicht seine Bildung, aber einige sensible Handfertigkeiten verdankte. Warum nahm er seine Mütze vor dem schwarzen Haus ab? Weil er des Gemüsehändlers Greff gedachte, der krause Haare hatte und eine Adlernase, der sich aufwog und gleichzeitig erhängte, der als Erhängter immer noch krause Haare, eine Adlernase hatte, aber die braunen Augen, die sonst versonnen in Höhlen lagen, überanstrengt hervortreten ließ. Warum setzte Oskar seine Matrosenmütze mit den fliegenden Bändern wieder auf und stiefelte bemützt davon? Weil er eine Verabredung am Güterbahnhof Langfuhr hatte. Kam er pünktlich am Verabredungsort an? Er kam.

Das heißt, in letzter Minute erreichte ich den Bahndamm nahe der Unterführung Brunshöferweg. Nicht etwa, daß ich mich vor der nahen Praxis des Dr. Hollatz aufgehalten hätte. Zwar verabschiedete ich mich in Gedanken von der Schwester Inge, schickte meine Grüße zur Bäckerwohnung im Kleinhammerweg, machte das aber alles im Gehen ab, und nur das Portal der Herz-Jesu-Kirche nötigte mir jene Rast ab, die mich beinahe hätte zu spät kommen lassen. Das Portal war verschlossen. Dennoch stellte ich mir allzu genau den nackten, rosa Jesusknaben auf dem linken Oberschenkel der Jungfrau Maria vor. Da war sie wieder, meine arme Mama. Im Beichtstuhl kniete sie, füllte in Hochwürden Wiehnkes Ohr all ihre Kolonialwarenhändlerinsünden ab, wie sie Zucker in blaue Pfund- und Halbpfundtüten abzufüllen pflegte. Oskar aber kniete vor dem linken Seitenaltar, wollte dem Jesusknaben das Trommeln beibringen, und der Bengel trommelte nicht, bot mir kein Wunder. Oskar schwor damals und schwor zum anderen Mal vor dem verschlossenen Kirchenportal: Ich werde ihn noch zum Trommeln bringen. Wenn nicht heute, dann morgen!

Weil ich jedoch die lange Reise vorhatte, schwor ich auf übermorgen, zeigte dem Kirchenportal meinen Trommlerrücken, war gewiß, daß mir Jesus nicht verlorenging, kletterte neben der Unterführung am Bahndamm hoch, verlor dabei etwas Goethe und Rasputin, brachte dennoch den größten Teil meines Bildungsgutes auf den Damm, zwischen die Schienen, stolperte noch einen Steinwurf weit über Schwellen und Schotter und rannte den auf mich wartenden Bebra beinahe um, so dunkel war es.

»Da ist ja unser Blechvirtuos!« rief der Hauptmann und Musikalclown. Dann geboten wir uns gegenseitig Vorsicht, tasteten uns über Gleise, Kreuzungen, verirrten uns zwischen rangierenden Güterwagen und fanden endlich den Fronturlauberzug, dem man ein Sonderabteil für Bebras Fronttheater eingeräumt hatte.

Oskar hatte schon manche Straßenbahnfahrt hinter sich, und nun sollte er auch mit der Eisenbahn fahren. Als Bebra mich in das Abteil schob, blickte die Raguna von irgendeiner Nadelarbeit auf, lächelte und küßte mir lächelnd die Wange. Immer noch lächelnd, dabei die Finger nicht von der Nadelarbeit lassend, stellte sie mir die beiden restlichen Mitglieder des Fronttheaterensembles vor: die Akrobaten Felix und Kitty. Die honigblonde, ein wenig grauhäutige Kitty war nicht ohne Liebreiz und mochte etwa die Größe der Signora haben. Ihr leichtes Sächseln vermehrte noch ihren Charme. Der Akrobat Felix war wohl der Längste der Theatergruppe. Gut und gerne maß er seine hundertachtunddreißig Zentimeter. Der Ärmste litt unter seinen auffallenden Ausmaßen. Das Erscheinen meiner vierundneunzig Zentimeter nährte noch den Komplex. Auch hatte des Akrobaten Profil einige Ähnlichkeit mit dem Profil eines hochgezüchteten Rennpferdes, deswegen nannte ihn die Raguna scherzhaft »Cavallo« oder »Felix Cavallo«. Gleich dem Hauptmann Bebra trug der Akrobat feldgraue Uniform, allerdings mit den Rangabzeichen eines Obergefreiten. Unkleidsam genug steckten auch die Damen in zu Reisekostümen geschneidertem Feldgrau. Jene Nadelarbeit, die die Raguna unter den Fingern hatte, wies sich gleichfalls als feldgraues Tuch aus: Das wurde später meine Uniform, Felix und Bebra hatten sie gestiftet, Roswitha und Kitty nähten abwechselnd daran und nahmen immer mehr von dem Feldgrau weg, bis der Rock, Hose, Feldmütze mir paßten. Passendes Schuhzeug für Oskar hätte man jedoch in keiner Kleiderkammer der Wehrmacht auftreiben können. Ich mußte mich mit meinen zivilen Schnürstiefeln zufriedengeben und bekam keine Knobelbecher.

Meine Papiere wurden gefälscht. Der Akrobat Felix erwies sich bei dieser sensiblen Arbeit als überaus geschickt. Schon aus reiner Höflichkeit konnte ich nicht protestieren; die große Somnambule gab mich als ihren Bruder aus, als ihren älteren, wohlgemerkt: Oskarnello Raguna, geboren am einundzwanzigsten Oktober neunzehnhundertzwölf in Neapel. Ich führte bis zum heutigen Tage allerlei Namen. Oskarnello Raguna war einer davon und gewiß nicht der schlechtklingendste.

Und dann fuhren wir, wie man so sagt, ab. Wir fuhren über Stolp, Stettin, Berlin, Hannover, Köln nach Metz. Von Berlin sah ich so gut wie gar nichts. Fünf Stunden Aufenthalt hatten wir. Natürlich war gerade Fliegeralarm. Wir mußten in den Thomaskeller. Wie die Sardinen lagen die Fronturlauber in den Gewölben. Es gab Hallo, als uns jemand von der Feldgendarmerie durchschleusen wollte. Einige Landser, die von der Ostfront kamen, kannten Bebra und seine Leute von ehemaligen Fronttheatergastspielen her, man klatschte, pfiff, die Raguna warf Kußhändchen. Man forderte uns zum Spielen auf, improvisierte in Minuten am Ende des ehemaligen Bierkellergewölbes so etwas wie eine Bühne. Bebra konnte schlecht nein sagen, zumal ihn ein Luftwaffenmajor mit Herzlichkeit und übertriebener Haltung bat, den Leuten doch etwas zum besten zu geben.

Zum erstenmal sollte Oskar in einer richtigen Theatervorführung auftreten. Obgleich ich nicht ganz ohne Vorbereitungen auftrat – Bebra hatte während der Bahnfahrt meine Nummer mehrmals mit mir geprobt –, stellte sich doch Lampenfieber ein, so daß die Raguna Gelegenheit fand, mir händestreichelnd Gutes anzutun.

Kaum hatte man uns unser Artistengepäck nachgeschleppt – die Landser waren übereifrig –, begannen Felix und Kitty mit ihren akrobatischen Darbietungen. Beide waren Gummimenschen, verknoteten sich, fanden immer wieder durch sich hindurch, aus sich heraus, um sich herum, nahmen von sich weg, fügten einander zu, tauschten dies und das aus und vermittelten den gaffenden, drängenden Landsern heftige Gliederschmerzen und Tage nachwirkenden Muskelkater. Während noch Felix und Kitty sich ver- und entknoteten, trat Bebra als Musikalclown auf. Auf vollen bis leeren Flaschen spielte er die gängigsten Schlager jener Kriegsjahre, spielte »Erika« und »Mamatschi schenk mir ein Pferdchen«, ließ aus den Flaschenhälsen »Heimat deine Sterne« erklingen und aufleuchten, griff, als das nicht recht zünden wollte, auf sein altes Glanzstück zurück: »Jimmy the Tiger« wütete zwischen den Flaschen. Das gefiel nicht nur den Fronturlaubern, das fand auch Oskars verwöhntes Ohr; und als Bebra nach einigen läppischen, aber dennoch erfolgssicheren Zauberkunststücken Roswitha Raguna, die große Somnambule, und Oskarnello Raguna, den glastötenden Trommler, ankündigte, erwiesen sich die Zuschauer als gut eingeheizt: Roswitha und Oskarnello konnten nur Erfolg haben. Mit leichtem Wirbel leitete ich unsere Darbietungen ein, bereitete Höhepunkte mit anschwellendem Wirbel vor und forderte nach den Darbietungen mit großem kunstvollem Schlag zum Beifall heraus. Irgendeinen Landser, selbst Offizier rief sich die Raguna aus der Zuschauermenge, bat alte gegerbte Obergefreite oder schüchtern freche Fahnenjunker, Platz zu nehmen, sah dem einen oder anderen ins Herz – das konnte sie ja – und verriet der Menge außer den immer stimmenden Daten der Soldbücher noch einige Intimitäten aus den Privatleben der Obergefreiten und Fahnenjunker. Sie machte es delikat, bewies Witz bei ihren Enthüllungen, schenkte einem so Entblößten, wie die Zuschauer meinten, zum Abschluß eine volle Bierflasche, bat den Beschenkten, die Flasche hoch und deutlich zur Ansicht zu heben, gab sodann mir, Oskarnello, das Zeichen: anschwellender Trommelwirbel, ein Kinderspiel für meine Stimme, die anderen Aufgaben gewachsen war, knallend zerscherbte die Bierflasche: Das verdutzte, bierbespritzte Gesicht eines mit allen Wassern gewaschenen Obergefreiten oder milchhäutigen Fahnenjunkers blieb übrig – und dann gab's Applaus, langanhaltenden Beifall, in den sich die Geräusche eines schweren Luftangriffes auf die Reichshauptstadt mischten.

Das war zwar nicht Weltklasse, was wir boten, aber es unterhielt die Leute, ließ sie die Front und den Urlaub vergessen, das machte Gelächter frei, endloses Gelächter; denn als über uns die Luftminen runtergingen, den Keller mit Inhalt schüttelten und verschütteten, das Licht und Notlicht wegnahmen, als alles durcheinanderlag, fand dennoch immer wieder Gelächter durch den dunklen stickigen Sarg, »Bebra!« riefen sie, »Wir wollen Bebra hören!«, und der gute, unverwüstliche Bebra meldete sich, spielte im Dunkeln den Clown, forderte der begrabenen Masse Lachsalven ab und trompetete, als man nach der Raguna und Oskarnello verlangte: »Signora Raguna ist serrrr müde, liebe Bleisoldaten. Auch Klein-Oskarnello muß fürrr das Grrroßdeutsche Reich und den Endsieg ein kleines Schläfchen machen!«

Sie aber, Roswitha, lag bei mir und ängstigte sich. Oskar aber ängstigte sich nicht und lag dennoch bei der Raguna. Ihre Angst und mein Mut fügten unsere Hände zusammen.

Ich suchte ihre Angst ab, sie suchte meinen Mut ab. Schließlich wurde ich etwas ängstlich, sie aber bekam Mut. Und als ich ihr das erste Mal die Angst vertrieben, ihr Mut gemacht hatte, erhob sich mein männlicher Mut schon zum zweitenmal. Während mein Mut herrliche achtzehn Jahre zählte, verfiel sie, ich weiß nicht, im wievielten Lebensjahr stehend, zum wievieltenmal liegend ihrer geschulten, mir Mut machenden Angst. Denn genau wie ihr Gesicht hatte auch ihr sparsam bemessener und dennoch vollzähliger Körper nichts mit der Spuren grabenden Zeit gemeinsam. Zeitlos mutig und zeitlos ängstlich ergab sich mir eine Roswitha. Und niemals wird jemand erfahren, ob jene Liliputanerin, die im verschütteten Thomaskeller während eines Großangriffes auf die Reichshauptstadt unter meinem Mut ihre Angst verlor, bis die vom Luftschutz uns ausbuddelten, neunzehn oder neunundneunzig Jahre zählte; denn Oskar kann um so leichter verschwiegen sein, als er selber nicht weiß, ob jene wahrhaft erste, seinen körperlichen Ausmaßen angemessene Umarmung ihm von einer mutigen Greisin oder von einem aus Angst hingebungsvollen Mädchen gewährt wurde.

Beton besichtigen – oder mystisch barbarisch gelangweilt

Drei Wochen lang spielten wir Abend für Abend in den altehrwürdigen Kasematten der Garnison- und Römerstadt Metz. Dasselbe Programm zeigten wir zwei Wochen lang in Nancy. Châlons-sur-Marne nahm uns eine Woche lang gastfreundlich auf. Schon schnellten sich von Oskars Zunge einige französische Wörtchen. In Reims konnte man noch Schäden, die der Erste Weltkrieg verursacht hatte, bewundern. Die steinerne Menagerie der weltberühmten Kathedrale spie, vom Menschentum angeekelt, ohne Unterlaß Wasser auf die Pflastersteine, was heißen soll: Es regnete tagtäglich, auch nachts in Reims. Dafür hatten wir dann einen strahlend milden September in Paris. An Roswithas Arm durfte ich an den Quais wandeln und meinen neunzehnten Geburtstag begehen. Obgleich ich die Metropole von den Postkarten des Unteroffiziers Fritz Truczinski her kannte, enttäuschte mich Paris nicht im geringsten. Als Roswitha und ich erstmals am Fuße des Eiffelturmes standen und wir – ich vierundneunzig, sie neunundneunzig Zentimer hoch – hinaufblickten, wurde uns beiden, Arm in Arm, erstmals unsere Einmaligkeit und Größe bewußt. Wir küßten uns auf offener Straße, was jedoch in Paris nichts heißen will.

Oh, herrlicher Umgang mit Kunst und Historie! Als ich, immer noch Roswitha am Arm haltend, dem Invalidendom einen Besuch abstattete, des großen, aber nicht hochgewachsenen, deshalb uns beiden so verwandten Kaisers gedachte, sprach ich mit Napoleons Worten. Wie jener am Grabe des zweiten Friedrich, der ja auch kein Riese war, gesagt hatte: »Wenn der noch lebte, stünden wir nicht hier!«, flüsterte ich zärtlich meiner Roswitha ins Ohr: »Wenn der Korse noch lebte, stünden wir nicht hier, küßten uns nicht unter den Brücken, auf den Quais, sur le trottoir de Paris.«

Im Rahmen eines Riesenprogramms traten wir in der Salle Pleyel und im Théâtre Sarah Bernhardt auf. Oskar gewöhnte sich schnell an die großstädtischen Bühnenverhältnisse, verfeinerte sein Repertoire, paßte sich dem verwöhnten Geschmack der Pariser Besatzungstruppen an: Ich zersang nicht mehr simple deutsch-ordinäre Bierflaschen, nein, ausgesuchteste, schöngeschwungene, hauchdünn geatmete Vasen und Fruchtschalen aus französischen Schlössern zersang und zerscherbte ich. Nach kulturhistorischen Gesichtspunkten baute sich mein Programm auf, begann mit Gläsern aus der Zeit Louis XIV., ließ Glasprodukte aus der Epoche Louis XV. zu Glasstaub werden. Mit Vehemenz, der revolutionären Zeit eingedenk, suchte ich die Pokale des unglücklichen Louis XVI. und seiner kopflosen Marie Antoinette heim, ein bißchen Louis Philippe, und zum Abschluß setzte ich mich mit den gläsernen Phantasieprodukten des französischen Jugendstils auseinander.

Wenn auch die feldgraue Masse im Parkett und auf den Rängen dem historischen Ablauf meiner Darbietungen nicht folgen konnte und die Scherben nur als gewöhnliche Scherben beklatschte, gab es dann und wann doch Stabsoffiziere und Journalisten aus dem Reich, die außer den Scherben auch meinen Sinn fürs Historische bewunderten. Ein uniformierter Gelehrtentyp wußte mir Schmeichelhaftes über meine Künste zu sagen, als wir, nach einer Galavorstellung für die Kommandantur, ihm vorgestellt wurden. Besonders dankbar war Oskar dem Korrespondenten einer führenden Zeitung des Reiches, der in der Seine-Stadt weilte, sich als Spezialist für Frankreich auswies und mich diskret auf einige kleine Fehler, wenn nicht Stilbrüche in meinem Programm aufmerksam machte.

Wir blieben den Winter über in Paris. In erstklassigen Hotels logierte man uns ein, und ich will nicht verschweigen, daß Roswitha an meiner Seite den ganzen langen Winter hindurch die Vorzüge der französischen Bettstatt immer wieder erprobte und bestätigte. War Oskar glücklich in Paris? Hatte er seine Lieben daheim, Maria, den Matzerath, das Gretchen und den Alexander Scheffler, hatte Oskar seinen Sohn Kurt, seine Großmutter Anna Koljaiczek vergessen?

Wenn ich sie auch nicht vergessen hatte, vermißte ich dennoch keinen meiner Angehörigen. So schickte ich auch keine Feldpostkarte nach Hause, gab denen kein Lebenszeichen, bot ihnen vielmehr die Möglichkeit, ein Jahr lang ohne mich zu leben; denn eine Rückkehr hatte ich schon bei der Abfahrt beschlossen, war es doch für mich von Interesse, wie sich die Gesellschaft ohne meine Anwesenheit daheim eingerichtet hatte. Auf der Straße, auch während der Vorstellung suchte ich manchmal in den Gesichtern der Soldaten nach bekannten Zügen. Vielleicht hat man Fritz Truczinski oder Axel Mischke von der Ostfront abgezogen und nach Paris versetzt, spekulierte Oskar, glaubte auch ein- oder zweimal in einer Horde Infanteristen Marias flotten Bruder erkannt zu haben; aber er war es nicht: Feldgrau täuscht!

Einzig und alleine der Eiffelturm ließ in mir Heimweh aufkommen. Nicht etwa daß ich ihn bestiegen und, vom Fernblick verführt, den Drang Richtung Heimat erweckt hätte. Oskar hatte den Turm auf Postkarten und in Gedanken so oft bestiegen, daß eine tatsächliche Besteigung nur einen enttäuschenden Abstieg bewirkt hätte. Am Fuße des Eiffelturmes, doch ohne Roswitha, allein unter dem kühn geschwungenen Beginn der Metallkonstruktion stehend oder gar hockend, wurde mir jenes zwar Durchblick gewährende, dennoch geschlossene Gewölbe zur alles verdeckenden Haube meiner Großmutter Anna: Wenn ich unter dem

Eiffelturm saß, saß ich auch unter ihren vier Röcken, das Marsfeld wurde mir zum kaschubischen Kartoffelacker, ein Pariser Oktoberregen fiel schräg und unermüdlich zwischen Bissau und Ramkau, ganz Paris, auch die Metro, roch mir an solchen Tagen nach leicht ranziger Butter, still wurde ich, nachdenklich, Roswitha ging mit mir behutsam um, achtete meinen Schmerz; denn sie war von feinfühlender Art.

Im April vierundvierzig – von allen Fronten wurden erfolgreiche Frontverkürzungen gemeldet – mußten wir unser Artistengepäck packen, Paris verlassen und den Atlantikwall mit Bebras Fronttheater beglücken. Wir begannen die Tournee in Le Havre. Bebra wollte mir wortkarg, zerstreut vorkommen. Wenn er auch während der Vorstellungen nie versagte und die Lacher nach wie vor auf seiner Seite hatte, versteinerte sich, sobald der letzte Vorhang fiel, sein uraltes Narsesgesicht. Anfangs glaubte ich, in ihm einen Eifersüchtigen und, schlimmer noch, einen vor der Kraft meiner Jugend Kapitulierenden zu sehen. Roswitha klärte mich flüsternd auf, wußte zwar nichts Genaues, munkelte nur von Offizieren, die nach den Vorstellungen Bebra hinter verschlossenen Türen aufsuchten. Es sah so aus, als verließe der Meister seine innere Emigration, als plante er etwas Direktes, als regierte in ihm das Blut seines Vorfahren, des Prinzen Eugen. Es hatten ihn seine Pläne so weit von uns entfernt, ihn zwischen so weiträumige Bezüglichkeit geführt, daß Oskars enges Verhältnis zu seiner ehemaligen Roswitha allenfalls ein müdes Lächeln in sein Faltengesicht lockte. Als er uns – in Trouville war's, wir logierten im Kurhotel – engumschlungen auf dem Teppich unserer gemeinsamen Garderobe überraschte, winkte er ab, als wir auseinanderfallen wollten, und sagte in seinen Schminkspiegel hinein: »Habt euch, Kinder, küßt euch, morgen besichtigen wir den Beton, und schon übermorgen knirscht euch Beton zwischen den Lippen, nimmt euch die Lust am Kuß!«

Das war im Juni vierundvierzig. Wir hatten inzwischen den Atlantikwall von der Biscaya bis hoch nach Holland abgeklappert, blieben jedoch zumeist im Hinterland, sahen nicht viel von den sagenhaften Bunkern, und erst in Trouville spielten wir erstmals direkt an der Küste. Man bot uns eine Besichtigung des Atlantikwalls an. Bebra sagte zu. Letzte Vorstellung in Trouville. Nachts wurden wir in das Dörfchen Bavent, kurz vor Caen, vier Kilometer hinter den Stranddünen verlegt. Man quartierte uns bei Bauern ein. Viel Weideland, Hecken, Apfelbäume. Man brennt dort den Obstschnaps Calvados. Wir tranken davon und schliefen gut danach. Scharfe Luft kam durchs Fenster, ein Froschtümpel quakte bis zum Morgen. Es gibt Frösche, die können trommeln. Im Schlaf hörte ich sie und ermahnte mich: Du mußt nach Hause, Oskar, bald wird dein Sohn Kurt drei Jahre alt, du mußt ihm die Trommel liefern, du hast sie ihm versprochen! Wenn Oskar so ermahnt von Stunde zu Stunde als gepeinigter Vater erwachte, tastete er neben sich, vergewisserte sich seiner Roswitha, nahm ihren Geruch wahr: Ganz leicht roch die Raguna nach Zimt, gestoßenen Nelken, Muskat auch; sie roch vorweihnachtlich nach Backgewürzen und hielt diesen Geruch selbst im Sommer.

Mit dem Morgen fuhr vor dem Bauernhof ein Schützenpanzerwagen vor. Im Hoftor schauerten wir alle ein wenig. Es war früh, frisch, gegen den Wind von der See her schwatzten wir, stiegen auf: Bebra, die Raguna, Felix und Kitty, Oskar und jener Oberleutnant Herzog, der uns zu seiner Batterie westlich Cabourg führte.

Wenn ich sage, daß die Normandie grün ist, verschweige ich jenes weißbraun gefleckte Vieh, das links und rechts der schnurgeraden Landstraße auf taunassen, leicht nebligen Weiden seinem Wiederkäuerberuf nachging, unserem gepanzerten Fahrzeug mit einer Gleichmut begegnete, daß die Panzerplatten schamrot geworden wären, hätte man sie zuvor nicht mit einem Tarnanstrich versehen. Pappeln, Hecken, kriechendes Gebüsch, die ersten ungeschlachten, leeren und mit Fensterläden schlagenden Strandhotels; in die Promenade bogen wir ein, stiegen ab und stiefelten hinter dem Oberleutnant, der dem Hauptmann Bebra einen zwar überheblichen, dennoch strammen Respekt erwies, durch die Dünen, gegen einen Wind voller Sand und Brandungsgeräusch.

Das war nicht die sanfte Ostsee, die mich flaschengrün und mädchenhaft schluchzend erwartete. Da erprobte der Atlantik sein uraltes Manöver: stürmte bei Flut vor, zog sich bei Ebbe zurück.

Und dann hatten wir ihn, den Beton. Bewundern und streicheln durften wir ihn; er hielt still. »Achtung!« schrie jemand im Beton, warf sich baumlang aus jenem Bunker, der die Form einer oben abgeflachten Schildkröte hatte, zwischen zwei Dünen lag, »Dora sieben« hieß und mit Schießscharten, Sehschlitzen und kleinkalibrigen Metallteilen auf Ebbe und Flut blickte. Obergefreiter Lankes hieß der Mensch, der dem Oberleutnant Herzog, auch unserem Hauptmann Bebra meldete.

LANKES *grüßend:* Dora sieben, ein Obergefreiter, vier Mann. Keine besonderen Vorkommnisse!

HERZOG: Danke! Stehen Sie bequem, Obergefreiter Lankes. – Sie hören, Herr Hauptmann, keine besonderen Vorkommnisse. So geht das seit Jahren.

BEBRA: Immerhin Ebbe und Flut! Die Darbietungen der Natur!

HERZOG: Genau das ist es, was unseren Leuten zu schaffen macht. Deswegen bauen wir einen Bunker neben dem anderen. Liegen uns schon gegenseitig im Schußfeld. Müssen bald ein paar Bunker sprengen, damit es wieder Platz gibt für neuen Beton.

BEBRA *am Beton klopfend, seine Fronttheaterleute machen es ihm nach:* Und der Herr Oberleutnant glaubt an Beton?

HERZOG: Das wäre wohl nicht das geeignete Wort. Wir glauben hier so ziemlich an nix mehr. Was Lankes?

LANKES: Jawoll, Herr Leutnant, an nix mehr!

BEBRA: Aber sie mischen und stampfen.

HERZOG: Ganz im Vertrauen. Man sammelt Erfahrungen dabei. Habe doch früher keine Ahnung vom Bau gehabt, bißchen studiert, dann ging es los. Hoffe, meine Erkenntnisse in der Zementverarbeitung nach dem Krieg anwenden zu können. Muß ja wieder alles aufgebaut werden, in der Heimat. – Schaun' sich mal an, den Beton, ganz von nahe. *Bebra und seine Leute mit den Nasen dicht am Beton.* Was sehen Sie? Muscheln! Haben ja alles vor der Tür liegen. Brauchen nur nehmen und mischen. Steine, Muscheln, Sand, Zement... Was soll ich Ihnen sagen, Herr Hauptmann, Sie als Künstler und Schauspieler werden dafür Verständnis aufbringen. Lankes! Erzähl'n Se doch mal dem Herrn Hauptmann, was wir in die Bunker einstampfen.

LANKES: Jawoll, Herr Oberleutnant! Herrn Hauptmann erzählen, was wir in Bunker einstampfen. Wir betonieren junge Hunde ein. In jedem Bunkerfundament liegt ein junger Hund begraben.

BEBRAS LEUTE: Ein Hündchen!

LANKES: Gibt bald im ganzen Abschnitt, von Caen bis Havre, keine jungen Hunde mehr.

BEBRAS LEUTE: Keine Hündchen mehr!

LANKES: So fleißig sind wir.

BEBRAS LEUTE: So fleißig!

LANKES: Werden bald junge Katzen nehmen müssen.

BEBRAS LEUTE: Miau!

LANKES: Aber Katzen sind nicht so vollwertig wie junge Hunde. Deshalb hoffen wir, daß es hier bald losgeht.

BEBRAS LEUTE: Die Galavorstellung! *Sie klatschen Beifall.*

LANKES: Geprobt haben wir ja genug. Und wenn uns die jungen Hunde ausgehen...

BEBRAS LEUTE: Oh!

LANKES: ... können wir auch keine Bunker mehr bauen. Denn Katzen, das bedeutet nix Gutes.

BEBRAS LEUTE: Miau, miau!

LANKES: Aber wenn Herr Hauptmann noch ganz kurz wissen wollen, warum wir die jungen Hunde...

BEBRAS LEUTE: Die Hündchen!

LANKES: Da kann ich nur sagen: Ich glaub da nicht dran!

BEBRAS LEUTE: Pfui!

LANKES: Aber die Kameraden hier, die kommen meistens vom Land. Und da macht man das heute noch so, daß wenn man ein Haus oder ne Scheune oder ne Dorfkirche baut, denn muß da was Lebendiges rein, und...

HERZOG: Schon gut Lankes. Stehen Sie bequem. – Wie Herr Hauptmann also vernommen haben, frönt man hier am Atlantikwall sozusagen dem Aberglauben. Is genauso wie bei Ihnen auf dem Theater, wo man vor der Premiere nicht pfeifen darf, wo sich die Schauspieler, bevor es losgeht, über die Schulter spucken...

BEBRAS LEUTE: Toitoitoi! *Spucken sich gegenseitig über die Schulter.*

HERZOG: Doch Scherz beiseite. Man muß den Leuten den Spaß lassen. Auch daß sie in der letzten Zeit dazu übergegangen sind, an den Bunkerausgängen kleine Muschelmosaike und Betonornamente anzubringen, wird auf allerhöchsten Befehl geduldet. Die Leute wollen beschäftigt werden. Und so sage ich zu unserem Chef, den die Betonkringel stören, immer wieder: Besser Kringel am Beton, Herr Major, als Kringel im Gehirn. Wir Deutsche sind Bastler. Machen Sie was dagegen!

BEBRA: Nun tragen ja auch wir dazu bei, das wartende Heer am Atlantikwall zu zerstreuen...

BEBRAS LEUTE: Bebras Fronttheater, singt für euch, spielt für euch, hilft euch, den Endsieg erringen!

HERZOG: Vollkommen richtig, wie Sie und Ihre Leute das sehen. Doch das Theater alleine tut's nicht. Zumeist sind wir auf uns selbst angewiesen, so hilft man sich, wie man kann. Was Lankes?

LANKES: Jawoll, Herr Oberleutnant! Hilft sich, wie man kann!

HERZOG: Da hören Sie es. – Und wenn der Herr Hauptmann mich nun entschuldigen wollen. Ich muß noch nach Dora vier und Dora fünf rüber. Schaun' sich mal in aller Ruhe den Beton an, hat es in sich. Lankes wird Ihnen alles zeigen ...

LANKES: Alles zeigen, Herr Oberleutnant! *Herzog und Bebra grüßen militärisch. Herzog geht nach rechts ab. Die Raguna, Oskar, Felix und Kitty, die sich bisher hinter Bebra hielten, springen hervor. Oskar hält seine Blechtrommel, die Raguna trägt einen Proviantkorb, Felix und Kitty klettern aufs Betondach des Bunkers, beginnen dort mit akrobatischen Übungen. Oskar und Roswitha spielen mit Eimerchen und Schäufelchen neben dem Bunker im Sand, zeigen sich ineinander verliebt, juchzen und necken Felix und Kitty.*

BEBRA *lässig, nachdem er den Bunker von allen Seiten betrachtet hat:* Sagen Sie mal, Obergefreiter Lankes, was sind Sie eigentlich von Beruf?

LANKES: Maler, Herr Hauptmann. Is aber schon lange her.

BEBRA: Sie meinen Flachstreicher.

LANKES: Flach auch, Herr Hauptmann, aber sonst mehr in Kunst.

BEBRA: Hört, hört! Das hieße also, Sie eifern dem großen Rembrandt nach, Velazquez womöglich?

LANKES: So zwischen den beiden.

BEBRA: Aber Mann Gottes! Haben Sie es dann nötig, Beton zu mischen, Beton zu stampfen, Beton zu bewachen? –

In die Propagandakompanie gehören Sie. Kriegsmaler sind es, die wir brauchen!

LANKES: Da is nich drinnen bei mir, Herr Hauptmann. Ich mal für heutige Begriffe zu schräge. – Doch wenn Herr Hauptmann ne Zigarette für Obergefreiten haben? *Bebra reicht eine Zigarette.*

BEBRA: Soll schräge etwa modern heißen?

LANKES: Was heißt modern? Bevor die mit ihrem Beton kamen, war schräge ne Zeitlang modern.

BEBRA: Ach so?

LANKES: Tja.

BEBRA: Pastos malen Sie. Spachteln womöglich?

LANKES: Das auch. Und middem Daumen jeh ich rein, ganz automatisch, und kleb Nägel und Knöppe zwischen, und vor dreiunddreißig hatt' ich ne Zeit, da hab ich Stacheldraht auf Zinnober jesetzt. Hatte gute Presse. Hängen jetzt bei nem Schweizer Privatsammler, Seifenfabrikant.

BEBRA: Dieser Krieg, dieser schlimme Krieg! Und heut' stampfen Sie Beton! Leihen Ihr Genie für Befestigungsarbeiten aus! Freilich, das taten schon zu ihrer Zeit Leonardo und Michelangelo. Entwarfen Säbelmaschinen und türmten Bollwerke, wenn sie keine Madonna in Auftrag hatten.

LANKES: Na sehen Se! Irgendwo gibt es immer ne Lücke. Wassen echter Künstler is, der muß sich äußern. Da, wenn sich Herr Hauptmann die Ornamente überm Bunkereingang ansehen wollen, die sind von mir.

BEBRA *nach gründlichem Studium:* Erstaunlich! Welch ein Formenreichtum, welch strenge Ausdruckskraft!

LANKES: Strukturelle Formationen könnte man die Stilart nennen.

BEBRA: Und hat Ihre Schöpfung, das Relief oder Bild einen Titel?

LANKES: Sagte doch schon: Formationen, von mir aus auch Schrägformationen. Is ne neue Stilart. Hat noch keiner gemacht.

BEBRA: Dennoch, und gerade weil Sie der Kreator sind, sollten Sie dem Werk einen unverwechselbaren Titel geben...

LANKES: Titel, was sollen Titel? Die gibt es nur, weil es Kunstkataloge für Ausstellungen gibt.

BEBRA: Sie zieren sich, Lankes. Sehen Sie den Kunstfreund in mir, nicht den Hauptmann. Zigarette? *Lankes greift zu.* Also?

LANKES: Na wenn Sie mir so kommen. – Also Lankes hat sich gedacht: wenn hier mal Schluß ist. Und einmal ist hier ja Schluß – so oder so – dann bleiben die Bunker stehen, weil Bunker immer stehen bleiben, auch wenn alles andere kaputtgeht. Und dann kommt die Zeit! Die Jahrhunderte kommen, mein ich – *er steckt die letzte Zigarette weg.* Wenn Herr Hauptmann vielleicht noch ne Zigarette haben? Danke gehorsamst! – Und die Jahrhunderte kommen und gehen darüber hinweg wie nix. Aber die Bunker bleiben, wie ja auch die Pyramiden geblieben sind. Und dann, eines schönen Tages kommt ein sogenannter Altertumsforscher und denkt sich: was war das doch für ne kunstarme Zeit, damals, zwischen dem ersten und siebenten Weltkrieg: stumpfer, grauer Beton, ab und zu dilettantische, unbeholfene Kringel in Heimatstilart über den Bunkereingängen – und dann stößt er auf Dora vier, Dora fünf, sechs, Dora sieben, sieht meine strukturellen Schrägformationen, sagt sich: Guck mal einer an. Interessant. Möchte fast sagen, magisch, drohend und dennoch von eindringlicher Geistigkeit. Da hat sich ein Genie, womöglich das einzige Genie des zwanzigsten Jahrhunderts, eindeutig und für alle Zeiten ausgesprochen. – Ob das Werk auch einen Namen hat? Ob eine Signatur den Meister verrät? – Und wenn Herr Hauptmann genau hinsehen und den Kopf schräghalten, dann steht da zwischen den aufgerauhten Schrägformationen ...

BEBRA: Meine Brille. Helfen Sie mir Lankes.

LANKES: Na, da steht geschrieben: Herbert Lankes, anno neunzehnhundertvierundvierzig. Titel: MYSTISCH, BARBARISCH, GELANGWEILT.

BEBRA: Damit dürften Sie unserem Jahrhundert den Namen gegeben haben.

LANKES: Na, sehen Sie!

BEBRA: Vielleicht wird man bei Restaurierungsarbeiten nach fünfhundert oder auch tausend Jahren einige Hundeknöchelchen im Beton finden.

LANKES: Was meinen Titel nur unterstreichen kann.

BEBRA *aufgewühlt:* Was ist die Zeit, und was sind wir, lieber Freund, wenn nicht unsere Werke ... doch schauen Sie: Felix und Kitty, meine Akrobaten. Sie turnen auf dem Beton.

KITTY *ein Papier wird schon längere Zeit zwischen Roswitha und Oskar, zwischen Felix und Kitty hin und her gereicht und beschrieben. Kitty leicht sächselnd:* Sehen Se nur Herr Bebra, was man nich alles machen kann, auffem Beton. *Sie läuft auf den Händen.*

FELIX: Und Salto mortale hat es noch nie auf Beton gegeben. *Er macht einen Überschlag.*

KITTY: Solch eine Bühne müßten wir in Wirklichkeit haben.

FELIX: Nur bißchen windig isses hier oben.

KITTY: Dafür isses nich so heiß und stinkt auch nich so wie in die ollen Kinos. *Sie verknotet sich.*

FELIX: Und ein Gedicht is uns hier oben sogar eingefallen.

KITTY: Was heißt hier uns! Oskarnello isses eingefallen und der Signora Roswitha.

FELIX: Doch wennes sich nich reimen wollte, haben wir geholfen.

KITTY: Nur ein Wort fehlt noch, dann isses fertig.

FELIX: Wie die Stengel am Strand da heißen, will Oskarnello wissen.

KITTY: Weil die ins Gedicht rein müssen.

FELIX: Sonst fehlt was Wichtiges.

KITTY: Ach sagen Se doch, Herr Soldat. Wie heißen die Stengel denn?

FELIX: Vielleicht darf er nich, wegen Feind hört mit.

KITTY: Wir erzählen es bestimmt nich weiter.

FELIX: Is ja nur, weil sonst die Kunst nich aufgeht.

KITTY: Hat sich doch so Mühe gegeben, der Oskarnello.

FELIX: Und so schön schreiben kanner, mit Sütterlinbuchstaben.

KITTY: Wo er das bloß gelernt hat, möcht ich wissen.

FELIX: Nur wie die Stengel heißen, weißer nich.

LANKES: Wenn Herr Hauptmann gestatten?

BEBRA: Wenn es sich nicht um ein kriegsentscheidendes Geheimnis handelt?

FELIX: Wenn Oskarnello es doch wissen will.

KITTY: Wenn sonst das Gedicht nich funktioniert.

ROSWITHA: Wenn wir doch alle so neugierig sind.

BEBRA: Wenn ich Ihnen nun den dienstlichen Befehl gebe.

LANKES: Na, das haben wir gegen eventuelle Panzer und Landungsboote gebaut. Und das nennen wir, weil es so aussieht, Rommelspargel.

FELIX: Rommel...

KITTY: ...spargel? Paßt das denn, Oskarnello?

OSKAR: Es paßt! *Er schreibt das Wort auf das Papier, reicht das Gedicht zu Kitty auf den Bunker. Sie verknotet sich noch mehr und sagt die folgenden Verse wie ein Schulgedicht auf.*

KITTY: AM ATLANTIKWALL

Noch waffenstarrend, mit getarnten Zähnen,
Beton einstampfend, Rommelspargel,
schon unterwegs ins Land Pantoffel,
wo jeden Sonntag Salzkartoffel
und freitags Fisch, auch Spiegeleier:
wir nähern uns dem Biedermeier!

Noch schlafen wir in Drahtverhauen,
verbuddeln in Latrinen Minen
und träumen drauf von Gartenlauben,
von Kegelbrüdern, Turteltauben,
vom Kühlschrank, formschön Wasserspeier:
wir nähern uns dem Biedermeier!

Muß mancher auch ins Gras noch beißen,
muß manch ein Mutterherz noch reißen,
trägt auch der Tod noch Fallschirmseide,
knüpft er doch Rüschlein seinem Kleide,
zupft Federn sich vom Pfau und Reiher:
wir nähern uns dem Biedermeier!

Alle klatschen Beifall, auch Lankes.

LANKES: Jetzt haben wir Ebbe.

ROSWITHA: Dann wird es Zeit, daß wir frühstücken! *Sie schwenkt den großen Proviantkorb, der mit Schleifen und Stoffblumen geschmückt ist.*

KITTY: Au ja, picknicken wir im Freien!

FELIX: Es ist die Natur, die unseren Appetit anregt!

ROSWITHA: Oh, heilige Handlung des Essens, die du die Völker verbindest, solange gefrühstückt wird!

BEBRA: Tafeln wir auf dem Beton. Da haben wir eine gute Grundlage! *Alle außer Lankes klettern auf den Bunker. Roswitha breitet ein heiteres, geblümtes Tischtuch aus. Kleine Kissen mit Quasten und Fransen holt sie aus dem unerschöpflichen Korb. Ein Sonnenschirm, rosa mit hellgrün, wird aufgespannt, ein winziges Grammophon mit Lautsprecher aufgestellt. Tellerchen, Löffelchen, Messerchen, Eierbecher, Servietten werden verteilt.*

FELIX: Ich hätte gerne etwas von der Leberpastete!

KITTY: Habt ihr noch etwas von dem Kaviar, den wir aus Stalingrad gerettet haben?

OSKAR: Du solltest die dänische Butter nicht so dick aufstreichen, Roswitha!

BEBRA: Das ist recht, mein Sohn, daß du dich um ihre Linie sorgst.

ROSWITHA: Wenn es mir doch schmeckt und auch gut bekommt. Och! Wenn ich an die Torte mit Schlagsahne denke, die man uns in Kopenhagen bei der Luftwaffe servierte!

BEBRA: Die holländische Schokolade in der Thermosflasche ist gut heiß geblieben.

KITTY: Ich bin einfach ganz verliebt in die amerikanischen Büchsenkekse.

ROSWITHA: Aber nur, wenn man etwas von der südafrikanischen Ingwermarmelade drauftut.

OSKAR: Nicht so maßlos, Roswitha, ich bitte dich!

ROSWITHA: Du nimmst ja auch gleich fingerdicke Scheiben von dem scheußlichen englischen Corned beef!

BEBRA: Na, Herr Soldat? Auch ein hauchdünnes Scheibchen Rosinenbrot mit Mirabellenkonfitüre?

LANKES: Wenn ich nicht im Dienst wäre, Herr Hauptmann...

ROSWITHA: So erteile ihm doch den dienstlichen Befehl!

KITTY: Ja doch, dienstlichen Befehl!

BEBRA: So gebe ich Ihnen also, Obergefreiter Lankes, den dienstlichen Befehl, ein Rosinenbrot mit französischer Mirabellenkonfitüre, ein weichgekochtes dänisches Ei, sowjetischen Kaviar und ein Schälchen echt holländische Schokolade zu sich zu nehmen!

LANKES: Jawoll, Herr Hauptmann! Zu mir nehmen. *Er nimmt gleichfalls auf dem Bunker Platz.*

BEBRA: Haben wir denn kein Kissen mehr für den Herrn Soldaten?

OSKAR: Er kann meines nehmen. Ich setze mich auf die Trommel.

ROSWITHA: Aber daß du dich nicht erkältest, Schatz! Der Beton hat seine Tücken, und du bist es nicht gewohnt.

KITTY: Mein Kissen kann er auch haben. Ich verknot mich ein bißchen, dann rutschen die Honigbrötchen auch besser.

FELIX: Bleib aber überm Tischtuch, daß du den Beton nicht mit dem Honig bekleckerst. Das ist Wehrkraftzersetzung! *Alle kichern.*

BEBRA: Ach, wie die Seeluft uns guttut.

ROSWITHA: Das tut sie.

BEBRA: Die Brust weitet sich.

ROSWITHA: Das tut sie.

BEBRA: Das Herz häutet sich.

ROSWITHA: Das tut das Herz.

BEBRA: Die Seele entpuppt sich.

ROSWITHA: Wie schön man wird, wenn das Meer zuschaut!

BEBRA: Der Blick wird frei, flügge …

ROSWITHA: Er flügelt …

BEBRA: Flattert davon, übers Meer, unendliche Meer … Sagen Sie mal, Obergefreiter Lankes, ich seh da fünfmal was Schwarzes am Strand.

KITTY: Ich auch. Mit fünf Regenschirme!

FELIX: Sechs.

KITTY: Fünf! eins, zwei, drei, vier, fünf!

LANKES: Das sind die Nonnen von Lisieux. Die haben sie mit ihrem Kindergarten von dort nach hierher evakuiert.

KITTY: Aber Kinderchen sieht Kitty keine! Nur fünf Regenschirme.

LANKES: Die Gören lassen sie immer im Dorf, in Bavent, und kommen bei Ebbe manchmal und sammeln Muscheln und Krabben, die im Rommelspargel hängengeblieben sind.

KITTY: Die Ärmsten!

ROSWITHA: Ob wir ihnen etwas Corned beef und paar Büchsenkekse anbieten.

OSKAR: Oskar schlägt Rosinenbrötchen mit Mirabellenkonfitüre vor, weil heute Freitag ist und Corned beef für Nonnen verboten.

KITTY: Jetzt laufen sie! Segeln richtig mit ihre Regenschirme!

LANKES: Das machen sie immer, wenn sie genug gesammelt haben. Dann fangen sie an zu spielen. Vor allem die Novize, die Agneta, ein ganz junges Ding, das noch nicht weiß, wo vorne und hinten ist – doch wenn Herr Hauptmann noch ne Zigarette fürn Obergefreiten haben? Danke bestens! – Und die da hinten, die Dicke, die nicht nachkommt, das ist die Schwester Oberin, die Scholastika. Die will nicht, daß am Strand gespielt wird, weil das womöglich gegen die Ordensregeln verstößt. *Nonnen mit Regenschirmen laufen im Hintergrund. Roswitha stellt das Grammophon ein: Es erklingt die Petersburger Schlittenfahrt. Die Nonnen tanzen dazu und jauchzen.*

AGNETA: Huhu! Schwester Scholastika!

SCHOLASTIKA: Agneta, Schwester Agneta!

AGNETA: Jaha, Schwester Scholastika!

SCHOLASTIKA: Kehren Sie um, mein Kind! Schwester Agneta!

AGNETA: Ich kann ja nicht! Das läuft von alleine!

SCHOLASTIKA: Dann beten Sie, Schwester, für eine Umkehr!

AGNETA: Für eine schmerzensreiche?

SCHOLASTIKA: Für eine gnadenreiche!

AGNETA: Für eine freudenreiche?

SCHOLASTIKA: Beten Sie, Schwester Agneta!

AGNETA: Ich bete ja, immerzuhu. Aber es läuft immer weiter!

SCHOLASTIKA *leiser:* Agneta, Schwester Agneta!

AGNETA: Huhu! Schwester Scholastika! *Die Nonnen verschwinden. Nur dann und wann tauchen im Hintergrund ihre Regenschirme auf. Die Schallplatte läuft ab. Neben dem Bunkereingang klingelt das Feldtelefon. Lankes springt vom Bunkerdach, nimmt den Hörer ab, die anderen essen.*

ROSWITHA: Daß es selbst hier, inmitten unendlicher Natur, ein Telefon geben muß!

LANKES: Hier Dora sieben. Obergefreiter Lankes.

HERZOG *mit Telefonhörer und Kabel kommt er langsam von rechts, bleibt oft stehen und spricht in sein Telefon hinein:* Schlafen Sie, Obergefreiter Lankes! Da ist doch Bewegung vor Dora sieben. Ganz deutlich auszumachen!

LANKES: Das sind Nonnen, Herr Oberleutnant.

HERZOG: Was heißt hier Nonnen. Und wenn es nun keine Nonnen sind?

LANKES: Sind aber welche. Ganz deutlich auszumachen.

HERZOG: Wohl noch nie was von Tarnung gehört, was? Fünfte Kolonne, was? Machen die Engländer schon seit Jahrhunderten. Kommen mit der Bibel, und dann knallts auf einmal!

LANKES: Die sammeln Krabben, Herr Oberleutnant...

HERZOG: Sofort wird der Strand geräumt, verstanden!

LANKES: Jawoll, Herr Oberleutnant. Aber die sammeln doch bloß Krabben.

HERZOG: Sie sollen sich hinter Ihr MG klemmen, Obergefreiter Lankes!

LANKES: Aber wenn die doch nur Krabben suchen, weil Ebbe is und weil die für ihren Kindergarten...

HERZOG: Ich gebe Ihnen den dienstlichen Befehl...

LANKES: Jawoll, Herr Oberleutnant! *Lankes verschwindet im Bunker. Herzog geht mit dem Telefon nach rechts ab.*

OSKAR: Roswitha, halte dir bitte beide Ohren zu, jetzt wird geschossen, wie in der Wochenschau.

KITTY: Oh, schrecklich! Ich verknot mich noch mehr.

BEBRA: Fast glaube auch ich, daß wir etwas zu hören bekommen.

FELIX: Wir sollten das Grammophon wieder anstellen. Das mildert manches! *Er stellt das Grammophon an: »The Platters« singen »The Great Pretender«. Der langsamen, tragisch schleppenden Musik angepaßt, knattert das Maschinengewehr. Roswitha hält sich die Ohren zu. Felix macht einen Kopfstand. Im Hintergrund fliegen fünf Nonnen mit Regenschirmen gen Himmel. Die Schallplatte stockt, wiederholt sich, dann Ruhe. Felix beendet den Handstand. Kitty entknotet sich. Roswitha räumt das Tischtuch mit den Frühstücksresten hastig in den Proviantkorb. Oskar und Bebra helfen ihr. Man verläßt das Bunkerdach. Lankes erscheint im Bunkereingang.*

LANKES: Wenn Herr Hauptmann vielleicht noch ne Zigarette für'n Obergefreiten haben.

BEBRA *seine Leute ängstlich hinter ihm:* Der Herr Soldat raucht zuviel.

BEBRAS LEUTE: Raucht zuviel!

LANKES: Das liegt am Beton, Herr Hauptmann.

BEBRA: Und wenn es nun eines Tages keinen Beton mehr gibt?

BEBRAS LEUTE: Keinen Beton mehr gibt.

LANKES: Der ist unsterblich, Herr Hauptmann. Nur wir und unsere Zigaretten...

BEBRA: Ich weiß, ich weiß, mit dem Rauch verflüchtigen wir uns.

BEBRAS LEUTE *langsam abgehend:* Mit dem Rauch!
BEBRA: Den Beton jedoch werden sie noch in tausend Jahren besichtigen.
BEBRAS LEUTE: In tausend Jahren!
BEBRA: Hundeknochen wird man finden!
BEBRAS LEUTE: Hundeknöchelchen.
BEBRA: Auch ihre schrägen Formationen im Beton.
BEBRAS LEUTE: MYSTISCH, BARBARISCH, GELANGWEILT!
Der rauchende Lankes alleine.

Wenn Oskar auch während des Frühstücks auf dem Beton wenig oder kaum zu Wort kam, konnte er es dennoch nicht unterlassen, dieses Gespräch am Atlantikwall festzuhalten, fand man doch solche Worte am Vorabend der Invasion; auch werden wir jenem Obergefreiten und Betonkunstmaler Lankes wiederbegegnen, wenn auf einem anderen Blatt die Nachkriegszeit, unser heute in Blüte stehendes Biedermeier, gewürdigt wird.

Auf der Strandpromenade wartete immer noch der Schützenpanzerwagen auf uns. Mit langen Sprüngen fand der Oberleutnant Herzog zu seinen Schutzbefohlenen. Atemlos entschuldigte er sich bei Bebra für den kleinen Vorfall. »Sperrgebiet ist eben Sperrgebiet!« sagte er, half den Damen auf das Fahrzeug, gab dem Fahrer noch einige Anweisungen, und zurück ging's nach Bavent. Wir mußten uns sputen, fanden kaum Zeit fürs Mittagessen; denn für zwei Uhr hatten wir eine Vorstellung in dem Rittersaal jenes anmutigen normannischen Schlößchens angekündigt, das hinter Pappeln am Dorfausgang lag.

Gerade eine halbe Stunde blieb uns noch für Beleuchtungsproben, dann mußte Oskar trommelnd den Vorhang ziehen. Wir spielten für Unteroffiziere und Mannschaften. Das Lachen kam derb und oft. Wir trugen dick auf. Ich zersang einen gläsernen Nachttopf, in dem ein Paar Wiener

Würstchen mit Senf lagen. Fettgeschminkt weinte Bebra seine Clownstränen über dem zerbrochenen Töpfchen, klaubte sich die Würste aus den Scherben, gab sich Senf dazu und verspeiste sie, was den Feldgrauen zu lauter Heiterkeit verhalf. Kitty und Felix traten seit einiger Zeit in Krachledernen und mit Tirolerhütchen auf, was ihren akrobatischen Leistungen eine besondere Note gab. Roswitha im enganliegenden Silberkleid trug blaßgrüne Stulpenhandschuhe, golddurchwirkte Sandalen am allerkleinsten Fuß, hielt die leicht bläulichen Augenlider stets gesenkt und zeugte mit ihrer somnambulen Mittelmeerstimme von jener ihr geläufigen Dämonie. Sagte ich schon, daß Oskar keiner Verkleidung bedurfte? Meine gute alte Matrosenmütze mit der gestickten Inschrift »SMS Seydlitz« trug ich, das marineblaue Hemd, drüber die Jacke mit goldenen Ankerknöpfen, unten lugten die Kniehosen hervor, gerollte Kniestrümpfe in meinen reichlich abgetragenen Schnürschuhen und jene weißrot gelackte Blechtrommel, die gleich beschaffen noch fünfmal in meinem Artistengepäck als Vorrat ruhte.

Am Abend wiederholten wir die Vorstellung für Offiziere und die Blitzmädchen einer Nachrichtendienststelle in Cabourg. Roswitha war etwas nervös, machte zwar keine Fehler, setzte sich aber mitten in ihrer Nummer eine Sonnenbrille mit blauer Umrandung auf, schlug eine andere Tonart an, wurde direkter in ihren Prophezeiungen, sagte zum Beispiel zu einem blassen, vor Verlegenheit schnippischen Blitzmädchen, sie habe eine Liebschaft mit ihrem Vorgesetzten. Eine Offenbarung also, die mir peinlich war, im Saal aber Lacher genug fand, denn der Vorgesetzte saß wohl neben dem Blitzmädchen.

Nach der Vorstellung gaben die Stabsoffiziere des Regimentes, die in dem Schloß Quartier genommen hatten, noch eine Party. Während Bebra, Kitty und Felix blieben, verabschiedeten die Raguna und Oskar sich unauffällig, gingen zu Bett, schliefen nach dem abwechslungsreichen Tag schnell ein und wurden erst um fünf Uhr früh durch die beginnende Invasion geweckt.

Was soll ich Ihnen viel darüber berichten? In unserem Abschnitt, nahe der Ornemündung, landeten Kanadier. Bavent mußte geräumt werden. Wir hatten schon unser Gepäck verstaut. Mit dem Regimentsstab sollten wir zurückverlegt werden. Im Schloßhof hielt eine motorisierte, dampfende Feldküche. Roswitha bat mich, ihr einen Becher Kaffee zu holen, da sie noch nicht gefrühstückt hatte. Etwas nervös und besorgt, ich könnte den Anschluß an den Lastwagen verfehlen, weigerte ich mich und war auch eine Spur grob mit ihr. Da sprang sie selbst vom Wagen, lief mit dem Kochgeschirr in Stöckelschuhen auf die Feldküche zu und erreichte den heißen Morgenkaffee gleichzeitig mit einer dort einschlagenden Schiffsgranate.

Oh, Roswitha, ich weiß nicht, wie alt du warst, weiß nur, daß du neunundneunzig Zentimeter maßest, daß aus dir das Mittelmeer sprach, daß du nach Zimmet rochest und nach Muskat, daß du allen Menschen ins Herz blicken konntest; nur in dein eigenes Herz blicktest du nicht, sonst wärest du bei mir geblieben und hättest dir nicht jenen viel zu heißen Kaffee geholt!

Es gelang Bebra in Lisieux, für uns einen Marschbefehl nach Berlin zu erwirken. Als er vor der Kommandantur zu uns stieß, sprach er erstmals seit Roswithas Hingang: »Wir Zwerge und Narren sollten nicht auf einem Beton tanzen, der für Riesen gestampft und hart wurde! Wären wir nur unter den Tribünen geblieben, wo uns niemand vermutete.«

In Berlin trennte ich mich von Bebra. »Was willst du in all den Luftschutzkellern ohne deine Roswitha!« lächelte er spinnwebendünn, küßte mich auf die Stirn, gab mir Kitty und Felix mit Dienstreisepapieren versehen bis zum Hauptbahnhof Danzig als Reisebegleitung mit, schenkte mir auch die restlichen fünf Trommeln aus dem Artistengepäck; und so versorgt, auch nach wie vor mit meinem Buch versehen, traf ich am elften Juni vierundvierzig, einen Tag vor meines Sohnes drittem Geburtstag, in der Heimatstadt ein, die noch immer unversehrt und mittelalterlich von Stunde zu Stunde mit verschieden großen Glocken von verschieden hohen Kirchtürmen lärmte.

Die Nachfolge Christi

Nun ja, die Heimkehr! Um zwanzig Uhr vier traf der Fronturlauberzug in Danzig Hauptbahnhof ein. Felix und Kitty brachten mich bis zum Max-Halbe-Platz, verabschiedeten sich, wobei Kitty zu Tränen kam, suchten dann ihre Leitstelle in Hochstrieß auf, und Oskar stiefelte kurz vor einundzwanzig Uhr mit seinem Gepäck durch den Labesweg.

Die Heimkehr. Eine weitverbreitete Unsitte macht heutzutage jeden jungen Mann, der einen kleinen Wechsel fälschte, deshalb in die Fremdenlegion ging, nach ein paar Jährchen etwas älter geworden heimkehrt und Geschichten erzählt, zu einem modernen Odysseus. Manch einer setzt sich zerstreut in den falschen Zug, fährt nach Oberhausen und nicht nach Frankfurt, erlebt etwas unterwegs – wie sollte er nicht – und wirft, kaum heimgekehrt, mit Namen wie Circe, Penelope und Telemachos um sich.

Oskar war alleine schon deshalb kein Odysseus, weil er bei seiner Heimkehr alles unverändert fand. Seine geliebte Maria, die er ja als Odysseus Penelope nennen müßte, wurde nicht von geilen Freiern umschwärmt, die hatte noch immer ihren Matzerath, für den sie sich schon lange vor Oskars Abreise entschieden hatte. Auch fällt es den Gebildeten unter Ihnen hoffentlich nicht ein, in meiner armen Roswitha wegen ihrer einstigen somnambulen Berufstätigkeit eine männerbetörende Circe zu sehen. Was endlich meinen Sohn Kurt angeht, so machte der für seinen Vater keinen Finger krumm, war also mitnichten ein Telemachos, auch wenn er Oskar nicht wiedererkannte.

Wenn schon Vergleich – und ich sehe ein, daß ein Heimkehrer sich Vergleiche gefallen lassen muß –, dann will ich für Sie der biblische verlorene Sohn sein; denn Matzerath machte die Tür auf, empfing mich wie ein Vater und nicht wie ein mutmaßlicher Vater. Ja, er verstand es, sich so über Oskars Heimkehr zu freuen, kam auch zu echten, sprachlosen Tränen, daß ich mich von jenem Tage an nicht nur ausschließlich Oskar Bronski, sondern auch Oskar Matzerath nannte.

Maria nahm mich gelassener, doch nicht unfreundlich auf. Sie saß am Tisch, klebte Lebensmittelkarten fürs Wirtschaftsamt und hatte auf dem Rauchtischchen schon einige noch verpackte Geburtstagsgeschenke für Kurtchen gestapelt. Praktisch wie sie war, dachte sie zuerst an mein Wohlbefinden, zog mich aus, badete mich wie in alten Zeiten, übersah mein Erröten und setzte mich im Schlafanzug an den Tisch, auf dem Matzerath mir inzwischen Spiegeleier und Bratkartoffeln servierte. Milch trank ich dazu, und während ich aß und trank, begann die Fragerei: »Wo warste nur, überall ham wä jesucht, und de Polizei hat auch jesucht wie varückt, und vor Jericht mußten wir und beeidigen, daß wir dir nich über Eck jebracht hätten. Na, nu biste ja da. Aber Scherereien hattes jenug jemacht und wirtes wohl noch machen, denn nu missen wä dir wieder anmelden. Hoffentlich wolln se dir nich inne Anstalt stecken. Vädient hastes ja. Laifst davon un sagst nischt!«

Maria bewies Weitblick. Es gab Scherereien. Ein Beamter vom Gesundheitsministerium kam, sprach vertraulich mit Matzerath, aber Matzerath schrie laut, daß man es hören konnte: »Das kommt gar nicht in Frage, das habe ich meiner Frau am Totenbett versprechen müssen, ich bin der Vater und nicht die Gesundheitspolizei!«

Ich kam also nicht in die Anstalt. Aber von jenem Tag an traf alle zwei Wochen ein amtliches Briefchen ein, das den Matzerath zu einer kleinen Unterschrift aufforderte; doch Matzerath wollte nicht unterschreiben, legte aber sein Gesicht in Sorgenfalten.

Oskar hat vorgegriffen, muß wieder Matzeraths Gesicht glätten, denn am Abend meiner Ankunft strahlte er, machte sich viel weniger Gedanken als Maria, fragte auch weniger, ließ es mit meiner glücklichen Heimkehr genug sein, benahm sich also wie ein rechter Vater und sagte, als man mich bei der etwas verdutzten Mutter Truczinski zu Bett brachte: »Was wird sich doch das Kurtchen freuen, daß es wieder ein Brüderchen hat. Und obendrein feiern wir morgen Kurtchens dritten Geburtstag.«

Mein Sohn Kurt fand auf seinem Geburtstagstisch außer dem Kuchen mit den drei Kerzen einen weinroten Pullover von Gretchen Schefflers Hand, den er gar nicht beachtete. Einen scheußlichen gelben Gummiball gab es, auf den er sich setzte, den er ritt und schließlich mit einem Küchenmesser anstach. Dann saugte er aus der Gummiwunde jenes ekelhaft süße Wasser, das sich in allen luftgefüllten Bällen niederschlägt. Kaum hatte der Ball seine nicht mehr zu vertreibende Beule, begann Kurtchen, das Segelschiff abzutakeln und in ein Wrack zu verwandeln. Unberührt, doch beängstigend handlich blieben Brummkreisel und Peitsche liegen.

Oskar, der seines Sohnes Geburtstag schon lange im voraus bedacht hatte, der mitten aus rabiatestem Zeitgeschehen gen Osten eilte, damit er den dritten Geburtstag seines Stammhalters nicht versäumte, er stand abseits, sah dem zerstörerischen Werk zu, bewunderte den resoluten Knaben, verglich seine körperlichen Ausmaße mit denen seines Sohnes, und etwas nachdenklich gestand ich mir ein: Das Kurtchen ist dir während deiner Abwesenheit über den Kopf gewachsen, jene vierundneunzig Zentimeter, die du dir seit deinem fast siebzehn Jahre zurückliegenden dritten Geburtstag zu erhalten verstanden hast, überragt das Jüngelchen um glatte zwei bis drei Zentimeter; es ist an der Zeit, ihn zum Blechtrommler zu machen und jenem voreiligen Wachstum ein energisches »Genug!« zuzurufen.

Aus meinem Artistengepäck, das ich mit dem großen Bildungsbuch auf dem Trockenboden hinter den Dachpfannen versorgt hatte, holte ich ein blitzblankes fabrikneues Blech und wollte meinem Sohn – da die Erwachsenen es nicht taten – dieselbe Chance bieten, die meine arme Mama, ein Versprechen haltend, mir an meinem dritten Geburtstag geboten hatte.

Mit gutem Grund durfte ich annehmen, daß Matzerath, der einst mich fürs Geschäft bestimmt hatte, nun, nach meinem Versagen, in Kurtchen den zukünftigen Kolonialwarenhändler sah. Wenn ich jetzt sage: Das mußte verhütet werden!, sehen Sie bitte in Oskar keinen ausgemachten Feind des Einzelhandels. Ein mir oder meinem Sohn in Aussicht gestellter Fabrikkonzern, ein zu erbendes Königreich mit dazugehörenden Kolonien hätte mich genauso handeln lassen. Oskar wollte nichts aus zweiter Hand übernehmen, wollte deshalb seinen Sohn zu ähnlichem Handeln bewegen, ihn – und hier lag mein Denkfehler – zum Blechtrommler einer permanenten Dreijährigkeit machen, als wäre die Übernahme einer Blechtrommel für einen jungen, hoffnungsvollen Menschen nicht gleich scheußlich wie die Übernahme eines Kolonialwarengeschäfts.

So denkt Oskar heute. Doch damals gab es für ihn nur ein einziges Wollen: Es galt, einen trommelnden Sohn an die Seite eines trommelnden Vaters zu stellen, es galt, zweimal von unten her trommelnd, den Erwachsenen zuzuschauen, es galt, eine zeugungsfähige Trommlerdynastie zu begründen; denn mein Werk sollte von Generation zu Generation blechern und weißrot gelackt übermittelt werden.

Was für ein Leben stand uns bevor! Wir hätten nebeneinander, aber auch in verschiedenen Zimmern, wir hätten Seite an Seite, aber auch er im Labesweg, ich in der Luisenstraße, er im Keller, ich auf dem Dachboden, Kurtchen in der Küche, Oskar auf dem Abtritt, Vater und Sohn hätten hier und dort gelegentlich zusammen aufs Blech schlagen können, hätten bei günstiger Gelegenheit alle beide meiner Großmutter, seiner Urgroßmutter Anna Koljaiczek unter die Röcke schlüpfen, dort wohnen, trommeln und den Geruch leicht ranziger Butter einatmen können. Vor ihrer Pforte hockend, hätte ich zum Kurtchen gesagt: »Schau nur hinein, mein Sohn. Von dort her kommen wir. Und wenn du schön brav bist, dürfen wir für ein Stündchen oder länger zurück und die dort wartende Gesellschaft besuchen.«

Und das Kurtchen hätte sich unter den Röcken vorgebeugt, hätte ein Auge riskiert und mich, seinen Vater, höflich fragend um Erklärungen gebeten.

»Jene schöne Dame«, hätte Oskar geflüstert, »die dort in der Mitte sitzt, mit ihren schönen Händen spielt und ein so sanft ovales Gesicht hat, daß man weinen könnte, das ist meine arme Mama, deine gute Großmutter, die an einem Gericht Aalsuppe oder am eigenen übersüßen Herzen starb.«

»Weiter, Papa, weiter!« hätte das Kurtchen gedrängt. »Wer ist der Mann mit dem Schnauz?«

Geheimnisvoll hätte ich dann die Stimme gesenkt: »Das ist dein Urgroßvater, der Joseph Koljaiczek. Achte auf seine flackernden Brandstifteraugen, auf die göttlich polnische Verstiegenheit und die praktisch kaschubische Verschlagenheit über seiner Nasenwurzel. Bemerke bitte auch die Schwimmhäute zwischen seinen Zehen. Im Jahre dreizehn, als die ›Columbus‹ vom Stapel lief, geriet er unter ein Holzfloß, mußte lange schwimmen, bis er nach Amerika kam und dort Millionär wurde. Doch manchmal geht er wieder zu Wasser, schwimmt zurück, taucht hier unter, wo er erstmals als Brandstifter Schutz gefunden und seinen Teil zu meiner Mama spendete.«

»Doch jener schöne Herr, der sich bis jetzt hinter der Dame, die meine Großmutter ist, versteckt hielt, der sich jetzt neben sie setzt und ihre Hände mit seinen Händen streichelt? Er hat genauso blaue Augen wie du, Papa!«

Da hätte ich allen Mut zusammennehmen müssen, um als schlechter, verräterischer Sohn meinem braven Kinde antworten zu können: »Das sind die wunderbaren blauen Augen der Bronskis, die dich, mein Kurtchen, anschauen. Dein Blick ist zwar grau. Den hast du von deiner Mutter. Dennoch bist du genau wie jener Jan, der meiner armen Mama die Hand küßt, wie dessen Vater Vinzent ein durch und durch wunderbarer, dennoch kaschubisch realer Bronski. Eines Tages kehren auch wir dorthin zurück, gehen der Quelle nach, die den leicht ranzigen Buttergeruch verbreitet. Freue dich!«

Erst im Inneren meiner Großmutter Koljaiczek oder, wie ich es scherzhaft nannte, im großmütterlichen Butterfaß wäre es meinen damaligen Theorien nach zu einem wahren Familienleben gekommen. Selbst heute, da ich Gottvater, den eingeborenen Sohn und, was noch wichtiger ist, den Geist höchstpersönlich mit einem einzigen Daumensprung erreiche und gar überspringe, da ich der Nachfolge Christi, wie all meinen anderen Berufen, mit Unlust verpflichtet bin, male ich mir, dem nichts unerreichbarer geworden ist als der Eingang zu meiner Großmutter, die schönsten Familienszenen im Kreis meiner Vorfahren aus.

So stelle ich mir besonders an Regentagen vor: Meine Großmutter verschickt Einladungen, und wir treffen uns in ihr. Jan Bronski kommt, hat sich Blumen, Nelken etwa, in die Einschußlöcher seiner polnischen Postverteidigerbrust gesteckt. Maria, die auf meine Empfehlung hin eine Einladung bekommen hat, nähert sich schüchtern meiner Mama, zeigt ihr, um Gunst werbend, jene von Mama begonnenen, von Maria tadellos weitergeführten Geschäftsbücher, und Mama schlägt ihre kaschubische Lache an, zieht meine Geliebte an sich und sagt, ihr die Wange küssend, mit dem Auge zwinkernd: »Abä Marjellchen, wä wird sich da ain Jewissen machen. Haben wä doch alle baide ainen Matzerath jehairatet und ainen Bronski jenährt!«

Weitere Gedankengänge, wie etwa die Spekulation auf einen von Jan gezeugten, von meiner Mama im Inneren der Großmutter Koljaiczek ausgetragenen und schließlich in jenem Butterfäßchen geborenen Sohn, muß ich mir streng verbieten. Denn sicher zöge dieser Fall einen weiteren Fall nach sich. Da käme womöglich mein Halbbruder Stephan Bronski, der schließlich auch in diesen Kreis gehört, auf die Bronskiidee, zuerst ein Auge, alsbald noch mehr auf meine Maria zu werfen. Da beschränkt sich meine Einbildungskraft lieber auf ein harmloses Familientreffen. Da verzichte ich auf einen dritten und vierten Trommler, lasse es mit Oskar und Kurtchen genug sein, erzähle auf meinem Blech den Anwesenden etwas über jenen Eiffelturm, der mir in fremden Landen die Großmutter ersetzte, und freue mich, wenn die Gäste, einschließlich der einladenden Anna Koljaiczek, an unseren Trommeln Spaß haben und sich gegenseitig, dem Rhythmus gehorchend, aufs Knie schlagen.

So verführerisch es ist, im Innern der eigenen Großmutter die Welt und ihre Bezüge zu entfalten, auf beschränkter Ebene vielschichtig zu sein, muß Oskar nun – da er gleich Matzerath nur ein mutmaßlicher Vater ist – sich wieder an die Begebenheiten des zwölften Juni vierundvierzig, an Kurtchens dritten Geburtstag halten.

Noch einmal: Einen Pullover, einen Ball, ein Segelschiff, Peitsche und Brummkreisel bekam der Knabe und sollte von mir noch eine weißrot gelackte Blechtrommel dazubekommen. Kaum war er mit dem Abtakeln des Segelschiffes fertig, da näherte sich Oskar, hielt das blecherne Geschenk hinter seinem Rücken verborgen, ließ sein gebrauchtes Blech unterm Bauch baumeln. Auf ein Schrittchen standen wir uns gegenüber: Oskar, der Dreikäsehoch; Kurt, der zwei Zentimeter größere Dreikäsehoch. Er machte ein wildböses Kneifgesicht – war wohl noch bei der Zerstörung des Segelschiffes – und zerbrach just in dem Augenblick, da ich die

Trommel hervorzog, hochhielt, den letzten Mast der »Pamir«; so hieß der Windjammer.

Kurt ließ das Wrack fallen, nahm die Trommel an, hielt sie, drehte sie und kam dabei zu etwas ruhigeren, doch immer noch gespannten Gesichtszügen. Nun war es an der Zeit, ihm die Trommelstöcke hinzuhalten. Leider mißverstand er die doppelte Bewegung, fühlte sich bedroht, schlug mir mit dem Blechrand die Hölzer aus den Fingern, griff, als ich mich nach den Knüppeln bücken wollte, hinter sich, traf mich, da ich die Stöcke hatte und ihm ein zweites Mal anbot, mit seinem Geburtstagsgeschenk: Mich, nicht den Brummkreisel, Oskar traf er, nicht den Kreisel, der dafür gerillt war, seinem Vater wollte er's Brummen und Kreiseln beibringen, peitschte mich, dachte sich, wart Brüderchen; so peitschte Kain den Abel, bis Abel sich drehte, torkelnd noch, dann immer hurtiger und exakter, anfangs dunkel, aus unwirschem Gebrumm schon zu höherem Singen findend, das Brummkreiselliedchen sang. Und immer höher hinauf lockte mich Kain mit der Peitsche, da hatte ich Kreide in der Stimme, da ließ ein Tenor sein Morgengebet fließen, so mögen aus Silber getriebene Engel singen, die Wiener Sängerknaben, gedrillte Kastraten – und Abel mag so gesungen haben, bevor er zurückfiel, wie dann auch ich unter der Peitsche des Knaben Kurt zusammensackte.

Als er mich so, elend nachbrummend, liegen sah, traf er noch mehrmals, als hätte sein Arm nicht genug gehabt, die Zimmerluft. Auch behielt er mich während der eingehenden Untersuchung der Trommel mißtrauisch im Auge. Zuerst wurde der weißrote Lack gegen eine Stuhlkante geschlagen, dann fiel das Geschenk auf die Dielen, und Kurtchen suchte und fand den massiven Rumpf des ehemaligen Segelschiffes. Mit diesem Holz schlug er die Trommel. Er trommelte nicht, er zerschlug die Trommel. Keinen noch so einfachen Rhythmus versuchte seine Hand. Monoton gleichmäßig hieb er unter starr angestrengter Miene auf ein Blech, das solch einen Trommler nicht erwartet hatte, das zwar leichteste Stöcke, spielend gewirbelt, doch nicht die Rammstöße eines klobigen Wrackes vertrug. Die Trommel knickte, wollte ausweichen, indem sie sich aus den Fassungen löste, wollte sich unsichtbar machen, indem sie weißen und roten Lack aufgab und graublaues Blech um Mitleid bitten ließ. Es zeigte sich jedoch der Sohn dem Geburtstagsgeschenk des Vaters gegenüber unerbittlich. Und als der Vater noch einmal vermitteln wollte und trotz vieler und gleichzeitiger Schmerzen über den Teppich zum Sohn auf den Dielen hinstrebte, trat wieder die Peitsche dazwischen: Diese Dame kannte der müde Kreisel, gab das Kreiseln und Brummen auf, und auch die Trommel verzichtete endgültig auf einen empfindsamen, spielerisch wirbelnden, zwar kräftig, doch nicht brutal die Stöcke mischenden Trommler.

Als Maria eintrat, gehörte die Trommel dem Schrott an. Sie nahm mich auf den Arm, küßte meine geschwollenen Augen, das aufgerissene Ohr, leckte mein Blut und meine gestriemten Hände.

Oh, hätte Maria doch nicht nur das mißhandelte, zurückgebliebene, bedauernswert abnormale Kind geküßt! Hätte sie doch den geschlagenen Vater erkannt und in jeder Wunde den Geliebten. Was für ein Trost, was für ein heimlicher und wahrer Gatte hätte ich ihr während der folgenden düsteren Monate sein können.

Da traf es zuerst – und Maria nicht unbedingt angehend – meinen Halbbruder, den gerade zum Leutnant beförderten Stephan Bronski, der zu jenem Zeitpunkt schon nach seinem Stiefvater Ehlers hieß, an der Eismeerfront plötzlich, was seine Offizierslaufbahn für immer in Frage stellte. Während Stephans Vater Jan anläßlich seiner Erschießung als Verteidiger der Polnischen Post auf dem Friedhof Saspe eine Skatkarte unter dem Hemd getragen hatte, schmückten das

Eiserne Kreuz zweiter Klasse, das Infanterie-Sturmabzeichen und der sogenannte Gefrierfleischorden des Leutnants Rock.

Ende Juni bekam Mutter Truczinski einen leichten Schlaganfall, weil die Post ihr schlechte Nachricht gebracht hatte. Der Unteroffizier Fritz Truczinski war für drei Dinge gleichzeitig gefallen: für Führer, Volk und Vaterland. Das geschah im Mittelabschnitt, und Fritzens Brieftasche mit den Fotos hübscher, zumeist lachender Mädchen aus Heidelberg, Brest, Paris, Bad Kreuznach und Saloniki sowie die Eisernen Kreuze erster und zweiter Klasse, ich weiß nicht mehr, welches Verwundetenabzeichen, die bronzene Nahkampfspange und die zwei abgetrennten Panzerknackerläppchen, auch einige Briefe schickte ein Hauptmann namens Kanauer vom Mittelabschnitt direkt nach Langfuhr in den Labesweg.

Matzerath half, so gut er konnte, und Mutter Truczinski ging es bald besser, wenn auch nie mehr gut. Sie saß fest im Stuhl am Fenster, wollte von mir und Matzerath, der zweibis dreimal am Tag heraufkam und etwas mitbrachte, wissen, wo das nun eigentlich liege: »Mittelabschnitt?«, ob das weit sei und ob man da mit der Bahn über Sonntag hinfahren könne.

Matzerath konnte bei allem guten Willen keine Auskunft geben. So blieb es mir, der ich mich an Sondermeldungen und Wehrmachtsberichten geografisch gebildet hatte, an langen Nachmittagen überlassen, der festsitzenden, dennoch mit dem Kopf wackelnden Mutter Truczinski einige Versionen des immer beweglicher werdenden Mittelabschnittes vorzutrommeln.

Maria jedoch, die dem flotten Fritz sehr anhing, wurde fromm. Anfangs, den ganzen Juli hindurch, versuchte sie es noch mit ihrer gelernten Religion, ging sonntags zum Pfarrer Hecht in die Christuskirche, und Matzerath begleitete sie manchmal, obgleich sie lieber alleine ging.

Es wollte der protestantische Gottesdienst der Maria nicht reichen. Mitten in der Woche – war es ein Donnerstag, war es ein Freitag? – noch vor Geschäftsschluß, Matzerath den Laden überlassend, nahm Maria mich, den Katholiken, bei der Hand, wir gingen Richtung Neuer Markt, bogen dann in die Elsenstraße ein, in die Marienstraße, beim Fleischer Wohlgemuth vorbei, bis zum Kleinhammerpark – schon dachte Oskar, es geht zum Bahnhof Langfuhr, wir machen eine kleine Reise, womöglich nach Bissau in die Kaschubei –, als wir links einschwenkten, vor der Bahndammunterführung aus Aberglauben erst einen Güterzug abwarteten, dann durch die Unterführung, in der es ekelhaft tropfte, hindurchfanden und nicht geradeaus zum Filmpalast strebten, sondern links am Bahndamm lang unseren Weg nahmen. Ich kalkulierte: Entweder schleppt sie mich zum Brunshöferweg in die Praxis des Dr. Hollatz, oder sie will konvertieren, will in die Herz-Jesu-Kirche.

Die sah mit dem Portal gegen den Bahndamm. Zwischen Bahndamm und offenem Portal blieben wir stehen. Später Augustnachmittag mit Gesumm in der Luft. Hinter uns auf dem Schotter, zwischen den Gleisen hackten und schaufelten Ostarbeiterinnen mit weißen Kopftüchern. Wir standen und guckten in den schattigen, kühlatmenden Kirchenbauch: ganz hinten, geschickt verlockend, ein heftig entzündetes Auge – das ewige Licht. Hinter uns auf dem Bahndamm stellten die Ukrainerinnen das Schaufeln und Hacken ein. Ein Horn tutete, ein Zug nahte, kam, war da, immer noch da, noch nicht vorbei, dann weg, und Horn tutete, Ukrainerinnen schaufelten. Maria war unschlüssig, wußte wohl nicht, welchen Fuß sie vorsetzen sollte, bürdete mir, dem die alleinseligmachende Kirche von Geburt und Taufe her näherstand, die Verantwortung auf; Maria überließ sich seit Jahren, seit jenen zwei Wochen voller Brausepulver und Liebe, wieder einmal Oskars Führung.

Da ließen wir den Bahndamm und seine Geräusche, August und Augustgebrumm draußen. Etwas wehmütig, mit den Fingerspitzen auf meiner Trommel unter dem Kittel dröselnd, das Gesicht jedoch sich selbst und der Gleichmut überlassend, erinnerte ich mich der Messen, Pontifikalämter, Vesperandachten und sonnabendlichen Beichten an der Seite meiner armen Mama, die kurz vor ihrem Tode durch allzu heftigen Verkehr mit Jan Bronski fromm wurde, sich Sonnabend für Sonnabend leicht beichtete, sonntags mit dem Sakrament stärkte, um so erleichtert und gestärkt zugleich am folgenden Donnerstag dem Jan in der Tischlergasse zu begegnen. Wie hieß doch Hochwürden damals? Hochwürden hieß Wiehnke, war immer noch Pfarrherr der Herz-Jesu-Kirche, predigte angenehm leise und unverständlich, sang das Credo so dünn und weinerlich, daß selbst mich damals so etwas wie Glauben beschlichen hätte, hätte es nicht jenen linken Seitenaltar mit der Jungfrau, dem Jesusknaben und dem Täuferknaben gegeben.

Dennoch war es jener Altar, der mich bewog, Maria aus dem Sonnenschein ins Portal, dann über die Fliesen ins Kirchenschiff zu ziehen.

Oskar nahm sich Zeit, saß ruhig und immer kühler werdend neben Maria im Eichengestühl. Jahre waren vergangen, und dennoch wollte mir vorkommen, als warteten noch immer dieselben Leute, planvoll im Beichtspiegel blätternd, auf Hochwürden Wiehnkes Ohr. Wir saßen etwas abseits, mehr zum Mittelschiff hin. Ich wollte Maria die Wahl lassen und erleichtern. Einerseits war sie dem Beichtstuhl nicht auf verwirrende Weise zu nahe, konnte also auf stille inoffizielle Art konvertieren, andererseits sah sie, wie es vor dem Beichten zuging, konnte also beobachtend zum Entschluß kommen, auch in den Kasten zu Hochwürdens Ohr finden und mit ihm Einzelheiten ihres Übertritts zur Alleinseligmachenden besprechen. Sie tat mir leid, wie sie so klein und mit noch ungeschickten Händen unter dem Geruch, Staub, Stuck, unter gewundenen Engeln, gebrochenem Licht, zwischen verkrampften Heiligen, vor, unter und zwischen süß schmerzensreichem Katholizismus kniete und zum erstenmal verkehrt herum das Kreuzzeichen schlug. Oskar tippte Maria an, machte es ihr richtig vor, zeigte der Lernbegierigen, wo hinter ihrer Stirn, wo tief in ihrer Brust, wo genau in ihren Schultergelenken Vater, Sohn und Heiliger Geist wohnen, auch wie man die Hände falten muß, um es zum Amen bringen zu können. Maria gehorchte, ließ die Hände dann im Amen ruhen und begann, aus dem Amen heraus zu beten.

Anfangs versuchte auch Oskar, betend einiger Verstorbener zu gedenken, verlor sich aber, als er für seine Roswitha zum Herrn flehte, ihr ewige Ruh und Eingang in die himmlischen Freuden erhandeln wollte, dergestalt in Einzelheiten irdischer Art, daß sich ewige Ruhe und himmlische Freuden schließlich in einem Pariser Hotel angesiedelt fanden. Da rettete ich mich in die Präfation, weil es dort einigermaßen unverbindlich zugeht, sagte von Ewigkeit zu Ewigkeit, sursum corda, dignum et justum – das ist würdig und recht, ließ es damit genug sein und beobachtete Maria von der Seite.

Das katholische Beten stand ihr. Sie sah hübsch und malenswert in ihrer Andacht aus. Das Beten verlängert die Wimpern, zieht die Augenbrauen nach, heizt die Wangen ein, macht die Stirn schwer, den Hals biegsam und bewegt die Nasenflügel. Fast hätte mich Marias schmerzlich aufblühendes Gesicht zu Annäherungsversuchen verführt. Doch soll man Betende nicht stören, Betende weder verführen noch sich selbst durch Betende verführen lassen, auch wenn es Betenden angenehm und fürs Gebet förderlich ist, einem Beobachter betrachtenswert zu sein.

So rutschte ich also von dem geglätteten Kirchenholz und ließ meine Hände brav über der Trommel, die meinen Kittel wölbte. Oskar floh Maria, fand auf die Fliesen, schlich mit seinem Blech an den Kreuzwegstationen des linken Kirchenschiffs vorbei, blieb nicht beim Heiligen Antonius – bitte für uns – stehen, denn wir hatten weder eine Geldbörse noch einen Haustürschlüssel verloren, auch den Heiligen Adalbert von Prag, den die alten Pruzzen erschlugen, ließen wir links liegen, gaben nicht Ruhe, hüpften von Fliese zu Fliese – das bot sich als Schachbrett an –, bis ein Teppich die Stufen zum linken Seitenaltar ankündigte.

Sie werden mir glauben, daß in der neugotischen Backstein-Herz-Jesu-Kirche und mithin beim linken Seitenaltar alles beim alten geblieben war. Es saß der nacktrosa Jesusknabe immer noch auf dem linken Oberschenkel der Jungfrau, die ich nicht Jungfrau Maria nenne, damit sie mit meiner konvertierenden Maria nicht verwechselt wird. Gegen das rechte Knie der Jungfrau drängte noch immer jener mit schokoladenfarbenem Zottelfell notdürftig bekleidete Täuferknabe. Sie selbst wies wie einst mit dem rechten Zeigefinger auf den Jesus und sah dabei den Johannes an.

Doch Oskar interessierte sich auch nach Jahren der Abwesenheit weniger für den jungfräulichen Mutterstolz als vielmehr für die Beschaffenheit der beiden Knaben. Jesus war etwa so groß wie mein Sohn Kurt anläßlich seines dritten Geburtstages, also zwei Zentimeter größer als Oskar. Johannes, der den Zeugnissen nach älter war als der Nazarener, hatte meine Größe. Beide jedoch hatten denselben altklugen Gesichtsausdruck, der auch mir, dem permanent Dreijährigen, geläufig war. Nichts hatte sich verändert. Genauso oberschlau hatten sie dreingesehn, als ich vor soundsoviel Jahren an der Seite meiner armen Mama die Herz-Jesu-Kirche aufgesucht hatte.

Über den Teppich die Stufen, doch ohne Introitus hinauf. Jeden Faltenwurf prüfte ich, ging dem bemalten Gips beider Nackedeis mit meinem Trommelstock, der mehr Gefühl hatte als alle Finger zusammen, langsam, nichts auslassend nach: Schenkel, Bauch, Arme, zählte die Speckfältchen, Grübchen – das war genau Oskars Wuchs, mein gesundes Fleisch, meine kräftigen, etwas verfetteten Knie, meine kurzen, aber muskulösen Trommlerarme. Und der hielt sie auch so, der Bengel. Der saß auf dem Oberschenkel der Jungfrau und hob Arme und Fäuste, als hätte er vor, aufs Blech zu schlagen, als wäre Jesus der Trommler und nicht Oskar der Trommler, als wartete er nur auf mein Blech, als hätte er diesmal ernsthaft vor, der Jungfrau, dem Johannes und mir etwas rhythmisch Reizvolles aufs Blech zu legen.

Ich tat, was ich vor Jahren getan hatte, nahm mir die Trommel vom Bauch und stellte den Jesus auf die Probe. Vorsichtig, um den bemalten Gips bedacht, schob ich ihm Oskars Weißrote auf die rosigen Oberschenkel, tat das jedoch, um mir Genugtuung zu schaffen, hoffte also nicht blöd auf ein Wunder, wollte vielmehr die Ohnmacht plastisch sehen; denn wenn er auch so dasaß und die Fäuste hob, wenn er auch meine Größe und meinen zähen Wuchs hatte, wenn er auch gipsern und leichthin jenen Dreijährigen markierte, den ich mit soviel Mühe und unter den größten Entbehrungen aufrechterhielt – trommeln konnte er nicht, konnt nur so tun als ob, dachte wohl: hätt' ich, so könnt' ich, sagt' ich, du hast und kannst doch nicht, klemmte ihm beide Stöcke, kugelte mich vor Lachen, zwischen die Wurstfinger, zehn – trommle nun, süßester Jesu, bunter Gips trommelt aufs Blech, Oskar zurück, die drei Stufen, runter vom Teppich, auf Fliesen, trommle doch Jesusknabe, Oskar tritt weiter hinter sich. Abstand nimmt er und lacht sich schief, weil der Jesus so dasitzt, trommeln nicht kann, vielleicht will. – Begann mich schon Langeweile wie eine Schwarte zu nagen – da schlug er, da trommelte er!

Während alles bewegungslos blieb: er links, er rechts, dann mit beiden Stöcken, schlug über kreuz, wirbelte nicht einmal schlecht, tat das sehr ernsthaft, liebte den Wechsel, war im einfachen Rhythmus genauso gut, wie wenn er's komplizierter hören ließ, verzichtete aber auf alle Mätzchen, hielt sich nur an das Blech, kam mir nicht einmal religiös oder wie ein aufgewärmter Landsknecht, sondern rein musikalisch, verschmähte auch keine Schlager, brachte unter anderem, was damals in aller Leute Mund war, »Es geht alles vorüber«, natürlich auch »Lili Marleen«, drehte mir langsam, vielleicht etwas ruckweise den Lockenkopf mit den blauen Bronskiaugen zu, lächelte ziemlich hochmütig und fügte nun Oskars Lieblingsstücke zu einem Potpourri: Das begann mit »Glas, Glas, Gläschen«, streifte den »Stundenplan«, der Bursche spielte genau wie ich Rasputin gegen Goethe aus, stieg mit mir auf den Stockturm, kroch mit mir unter die Tribüne, fing Aale auf der Hafenmole, schritt an meiner Seite hinter dem zum Fußende hin verjüngten Sarg meiner armen Mama und fand, was mich am meisten verblüffte, immer wieder unter die vier Röcke meiner Großmutter Anna Koljaiczek.

Da trat Oskar näher. Da zog es ihn heran. Da wollte er auf den Teppich, wollt nicht mehr auf den Fliesen stehen. Eine Altarstufe gab ihn an die nächste weiter. So stieg ich hinauf und hätte ihn lieber hinabsteigen sehen. »Jesus«, kratzte ich einen Rest Stimme zusammen, »so haben wir nicht gewettet. Sofort gibst du mir meine Trommel wieder. Du hast dein Kreuz, das sollte dir reichen!« Ohne abrupt abzubrechen, beendete er die Trommelei, kreuzte die Stöcke übertrieben sorgfältig auf dem Blech und reichte mir ohne Widerrede, was Oskar ihm leichtsinnig gepumpt hatte.

Schon wollte ich ohne Dank und hastig wie zehn Teufel die Stufen runter und raus aus dem Katholizismus, da berührte eine angenehme, wenn auch befehlerische Stimme meine Schulter: »Liebst du mich, Oskar?« Ohne mich zu drehen, antwortete ich: »Nicht daß ich wüßte.« Er darauf mit derselben Stimme, ohne jede Steigerung: »Liebst du mich, Oskar?« Unwirsch gab ich zurück: »Bedaure, nicht die Spur!« Da ödete er mich zum drittenmal an: »Oskar, liebst du mich?« Jesus bekam mein Gesicht zu sehen: »Ich hasse dich, Bürschchen, dich und deinen ganzen Klimbim!«

Merkwürdigerweise verhalf ihm mein Anwurf zu stimmlichem Triumph. Den Zeigefinger hob er wie eine Volksschullehrerin und gab mir einen Auftrag: »Du bist Oskar, der Fels, und auf diesem Fels will ich meine Kirche bauen. Folge mir nach!«

Sie können sich meine Empörung vorstellen. Wut gab mir die Haut eines Suppenhuhnes. Einen Gipszeh brach ich ihm ab, aber er rührte sich nicht mehr. »Sag das noch einmal«, zischte Oskar, »und ich kratz dir die Farbe ab!«

Da kam kein Wörtchen mehr, da kam nur wie immer und je jener alte Mann, der immer und durch alle Kirchen schlurft. Den linken Seitenaltar grüßte er, bemerkte mich gar nicht, schlurfte weiter und war schon beim Adalbert von Prag, da stolperte auch ich die Stufen hinunter, vom Teppich auf die Fliesen, fand, ohne mich umzudrehen, über das Schachmuster zu Maria, die gerade auf korrekte Art und nach meiner Unterweisung das katholische Kreuz schlug.

Bei der Hand nahm ich sie, führte sie zum Weihwasserbekken, ließ sie in der Mitte der Kirche, schon fast am Portal, noch einmal in Richtung Hochaltar das Kreuz schlagen, machte das alles aber nicht mit, sondern zog sie, als sie aufs Knie wollte, hinaus in die Sonne.

Es war früher Abend. Die Ostarbeiterinnen auf dem Bahndamm waren weg. Dafür wurde kurz vor dem Vorortbahnhof Langfuhr ein Güterzug rangiert. Mücken hingen traubenweise in der Luft. Von oben her kamen die Glocken. Rangiergeräusche nahmen das Geläute. Mücken blieben in Trauben. Maria hatte ein verweintes Gesicht. Oskar hätte schreien mögen. Was sollte ich mit dem Jesus anfangen? Ich hätte meine Stimme beladen mögen. Was hatte ich mit seinem Kreuz zu tun? Wußte aber ganz genau, daß meine Stimme gegen seine Kirchenfenster nicht ankam. Der sollte seinen Tempel doch weiterhin auf Leute bauen, die Petrus oder Petri oder ostpreußisch Petrikeit hießen. »Paß auf, Oskar, laß die Kirchenfenster heil!« flüsterte Satan in mir. »Der ruiniert dir noch deine Stimme.« Und so warf ich nur einen einzigen Blick hoch, maß solch ein neugotisches Fenster aus, riß mich dann los, sang nicht, folgte ihm nicht nach, sondern trottete an Marias Seite zur Unterführung Bahnhofstraße, hindurch durch den tropfenden Tunnel, hoch zum Kleinhammerpark, rechts rein in die Marienstraße, vorbei beim Fleischermeister Wohlgemuth, links hinein in die Elsenstraße, über den Strießbach zum Neuen Markt, wo sie einen Löschteich für den Luftschutz bauten. Lang war der Labesweg, und dann waren wir doch da: Oskar weg von Maria, über neunzig Stufen hinauf auf den Dachboden. Da hingen Bettlaken, und hinter den Bettlaken häufte sich Luftschutzsand, und hinter Sand und Eimern, Bündeln Zeitungspapier und Stapeln Dachpfannen mein Buch und mein Trommelvorrat aus Fronttheaterzeiten. Und in einer Schuhschachtel fanden sich einige ausgediente, aber immer noch birnenförmige Glühbirnen. Von denen nahm Oskar die erste, zersang sie, nahm die zweite, ließ sie zu Glasstaub werden, trennte der dritten fein säuberlich die fettere Hälfte ab, sang einer vierten die Schönschriftbuchstaben JESUS, ließ dann das Glas und die Inschrift zu Pulver werden, wollte das wiederholen, da waren ihm die Glühbirnen ausgegangen. Erschöpft ließ ich mich auf den Luftschutzsand fallen: Oskar hatte noch seine Stimme. Jesus hatte eventuell einen Nachfolger. Die Stäuber jedoch sollten meine ersten Jünger werden.

Die Stäuber

Wenn Oskar sich allein schon deswegen nicht zur Nachfolge Christi eignet, weil es mir unüberwindliche Schwierigkeiten bereitet, Jünger zu sammeln, fand doch die damalige Berufung nach diesen und jenen Umwegen mein Ohr, machte mich zum Nachfolger, obgleich ich an meinen Vorgänger nicht glaubte. Doch getreu der Regel: wer zweifelt, der glaubt, wer nicht glaubt, glaubt am längsten, gelang es mir nicht, das kleine, mir privat dargebotene Wunder im Inneren der Herz-Jesu-Kirche mit Zweifeln zu begraben, vielmehr versuchte ich, Jesus zu einer Wiederholung seiner Trommlerdarbietungen zu bewegen.

Mehrmals fand Oskar ohne Maria in die besagte Backsteinkirche. Immer wieder entwischte ich Mutter Truczinski, die ja fest im Stuhl saß und mir nicht beikommen konnte. Was hatte mir Jesus zu bieten? Warum blieb ich halbe Nächte im linken Kirchenschiff, ließ mich vom Küster einschließen? Warum ließ sich Oskar vor dem linken Seitenaltar die Ohren glashart, jedes Glied steif werden? Denn trotz knirschender Demut, trotz gleichfalls knirschender Lästerungen bekam ich weder meine Trommel noch Jesu Stimme zu hören.

Miserere! Ich habe mich mein Lebtag nicht so mit den Zähnen klappern hören wie auf den Fliesen der mitternächtlichen Herz-Jesu-Kirche. Welcher Narr hätte jemals eine bessere Klapper gefunden als Oskar? Da imitierte ich einen Frontabschnitt voller verschwenderischer Maschinengewehre, da hatte ich die Verwaltung einer Versicherungsgesellschaft samt Büromädchen und Schreibmaschinen zwischen Ober- und Unterkiefer. Das schallte hin und her, fand

Echo und Beifall. Da hatten Säulen den Schüttelfrost, bekamen Gewölbe die Gänsehaut, da hüpfte mein Husten auf einem Bein übers Schachmuster der Fliesen, den Kreuzweg rückwärts, das Mittelschiff hoch, schwang sich zum Chor hinauf, hustete sechzigmal – ein Bachverein, der nicht sang, der vielmehr den Husten eingeübt hatte –, und als ich schon hoffen wollte, Oskars Husten habe sich in Orgelpfeifen verkrochen und melde sich erst beim sonntäglichen Choral – da hustete es in der Sakristei, gleich darauf von der Kanzel und verschied endlich hustend hinter dem Hochaltar, im Rücken des Turners am Kreuz – und hustete schnell seine Seele aus. Es ist vollbracht, hustete mein Husten; dabei war gar nichts vollbracht. Der Jesusknabe hielt steif und unverfroren meine Stöcke, hielt sich mein Blech auf dem rosigen Gips und trommelte nicht, bestätigte mir nicht die Nachfolge. Oskar hätte sie gern schriftlich gehabt, die ihm anbefohlene Nachfolge Christi.

Es ist mir aus jener Zeit die Sitte oder Unsitte geblieben, beim Besichtigen von Kirchen, selbst berühmtester Kathedralen, kaum auf den Fliesen und bei gesündester Konstitution, einen anhaltenden Husten freizugeben, der sich angemessen der Stilart, Höhe und Breite entweder gotisch oder romanisch, auch barock entfaltet und mir nach Jahren noch erlauben wird, meinen Husten im Ulmer Münster oder im Dom zu Speyer auf Oskars Trommel nachhallen zu lassen. Damals jedoch, da ich mitten im Monat August den grabeskalten Katholizismus auf mich wirken ließ, war an Tourismus und Kirchenbesichtigungen in fernen Ländern nur dann zu denken, wenn man als Uniformierter an den planmäßigen Rückzügen teilnahm, womöglich im mitgeführten Tagebüchlein notierte: »Heute Orvieto geräumt, phantastische Kirchenfassade, nach dem Krieg mit Monika hinreisen und genauer ansehen.«

Es fiel mir leicht, zum Kirchgänger zu werden, da mich zu Hause nichts hielt. Da gab es Maria. Doch Maria hatte den

Matzerath. Da gab es meinen Sohn Kurt. Doch der Bengel wurde immer unerträglicher, warf mir Sand in die Augen, kratzte mich, daß seine Fingernägel in meinem väterlichen Fleisch abbrachen. Auch zeigte mir mein Sohn ein Paar Fäuste, die so weiße Knöchel hatten, daß mir der bloße Anblick dieser schlagfertigen Zwillinge schon das Blut aus der Nase springen ließ.

Merkwürdigerweise nahm sich Matzerath meiner wenn auch ungeschickt so doch herzlich an. Erstaunt ließ Oskar es sich gefallen, daß jener ihm bisher gleichgültige Mensch ihn auf den Schoß nahm, drückte, anguckte, ihn sogar einmal küßte, dabei zu Tränen kam und mehr zu sich als zu Maria sagte: »Das geht doch nich. Man kann doch den eigenen Sohn nich. Selbst wenn er zehnmal und alle Ärzte dasselbe sagen. Die schreiben das einfach so hin. Die haben wohl keine Kinder.«

Maria, die am Tisch saß und wie jeden Abend Lebensmittelmarken auf Zeitungsbögen klebte, blickte auf. »Nu beruhje dir doch, Alfred. Du tust grad so, als würd mir das nuscht ausmachen. Aber wenn se sagen, das macht man heut so, denn weiß ich nich, was nu richtig is.«

Mit dem Zeigefinger wies Matzerath auf das Klavier, das seit dem Tod meiner armen Mutter nicht mehr zu Musik kam: »Agnes hätte das nie gemacht oder erlaubt!«

Maria warf dem Klavier einen Blick zu, hob die Schultern und ließ sie erst beim Sprechen wieder fallen: »Na is verständlich, weil se de Mutter war und immer jehofft hat, dasses besser mecht werden mit ihm. Aber siehst ja: is nich jeworden, wird überall nur rumjestoßen und weiß nich zu leben und weiß nich zu sterben!«

Holte sich Matzerath die Kraft von der Abbildung Beethovens, die immer noch über dem Klavier hing und finster den finsteren Hitler musterte? – »Nein!« schrie er. »Niemals!« und schlug mit der Faust auf den Tisch, auf feuchte, klebende Klebebögen, ließ sich von Maria den Brief der Anstaltsleitung reichen, las darin und las und las und las, zerriß dann den Brief und schleuderte die Fetzen zwischen die Brotmarken, Fettmarken, Nährmittelmarken, Reisemarken, Schwerarbeitermarken, Schwerstarbeitermarken und zwischen die Marken für werdende und stillende Mütter. Wenn Oskar auch, dank Matzerath, nicht in die Hände jener Ärzte geriet, sah er fortan und sieht sogar heute noch, sobald ihm Maria unter die Augen kommt, eine wunderschöne, in bester Gebirgsluft liegende Klinik, in dieser Klinik einen lichten, modern freundlichen Operationssaal, sieht, wie vor dessen gepolsterter Tür die schüchterne doch vertrauensvoll lächelnde Maria mich erstklassigen Ärzten übergibt, die gleichfalls und Vertrauen erweckend lächeln, während sie hinter ihren weißen, keimfreien Schürzen erstklassige, Vertrauen erweckende, sofort wirkende Spritzen halten. Es hatte mich also alle Welt verlassen, und nur der Schatten meiner armen Mama, der dem Matzerath lähmend auf die Finger fiel, wenn er ein vom Reichsgesundheitsministerium verfaßtes Schreiben unterzeichnen wollte, verhinderte mehrmals, daß ich, der Verlassene, diese Welt verließ.

Oskar möchte nicht undankbar sein. Meine Trommel blieb mir noch. Auch blieb mir meine Stimme, die Ihnen, die Sie alle meine Erfolge dem Glas gegenüber kennen, kaum etwas Neues bieten kann, die manchen unter Ihnen, der den Wechsel liebt, langweilen mag – mir jedoch war Oskars Stimme über der Trommel ein ewig frischer Beweis meiner Existenz; denn solange ich Glas zersang, existierte ich, solange mein gezielter Atem dem Glas den Atem nahm, war in mir noch Leben.

Oskar sang damals viel. Verzweifelt viel sang er. Immer wenn ich zu später Stunde die Herz-Jesu-Kirche verließ, zersang ich etwas. Ich ging nach Hause, suchte nicht einmal besonders, nahm mir ein schlechtverdunkeltes Mansardenzimmer vor oder auch eine blaubepinselte, luftschutzgerecht glimmende Straßenlaterne. Jedesmal nach dem Kirchenbesuch wählte ich einen anderen Heimweg. Einmal kam Oskar durch den Anton-Möller-Weg auf die Marienstraße. Einmal stiefelte er den Uphagenweg hoch, ums Conradinum herum, ließ dort das verglaste Schulportal klirren und kam über die Reichskolonie zum Max-Halbe-Platz. Als ich an einem der letzten Augusttage zu spät zur Kirche kam und das Portal schon verschlossen fand, entschloß ich mich zu einem größeren Umweg, der meiner Wut Luft machen sollte. Die Bahnhofstraße lief ich, jede dritte Laterne killend, hoch, bog hinterm Filmpalast rechts in die Adolf-Hitler-Straße ein, ließ die Fensterfront der Infanteriekaserne links liegen, kühlte jedoch mein Mütchen an einer mir aus Richtung Oliva entgegenkommenden, fast leeren Straßenbahn, deren linker Seite ich alle trüb abgedunkelten Scheiben nahm.

Kaum achtete Oskar auf seinen Erfolg, ließ die Straßenbahn kreischen und bremsen, ließ die Leute aussteigen, schimpfen und wieder einsteigen, suchte nach einem Nachtisch für seine Wut, nach einem Leckerbissen in jener an Leckerbissen so armen Zeit und blieb erst in seinen Schnürschuhen stehen, als er am äußersten Rand des Vorortes Langfuhr angelangt, neben der Tischlerei Berendt, dem weiten Barackenlager des Flugplatzes vorgelagert, das Hauptgebäude der Schokoladenfabrik Baltic im Mondschein liegen sah.

Meine Wut war jedoch nicht mehr so groß, daß ich mich der Fabrik auf altbewährte Weise sofort vorgestellt hätte. Zeit nahm ich mir, zählte die vom Mond vorgezählten Scheiben nach, kam mit dem Mond zum selben Ergebnis, hätte jetzt mit der Vorstellung beginnen können, wollte aber erst wissen, was es mit den Halbwüchsigen auf sich hatte, die mir von Hochstrieß an, vermutlich schon unter den Kastanien der Bahnhofstraße hinterher waren. Allein sechs oder sieben standen vor oder in dem Wartehäuschen neben der Straßenbahnhaltestelle Hohenfriedberger Weg. Fünf weitere Burschen ließen sich hinter den ersten Bäumen der Chaussee nach Zoppot ausmachen.

Schon wollte ich den Besuch der Schokoladenfabrik verschieben, den Burschen aus dem Wege gehen, also einen Umweg machen und über die Eisenbahnbrücke am Flugplatz entlang durch die Laubenkolonie zur Aktienbierbrauerei am Kleinhammerweg schleichen, als Oskar auch von der Brücke her ihre aufeinander abgestimmten signalartigen Pfiffe hörte. Da gab es keinen Zweifel mehr: Der Aufmarsch galt mir.

Man zählt sich in solchen Lagen, während der kurzen Zeitspanne, da die Verfolger ausgemacht sind, die Hatz aber noch nicht begonnen hat, breit und genießerisch die letzten Rettungsmöglichkeiten auf: Da hätte Oskar laut nach Mama und Papa schreien können. Da hätte ich wen nicht alles, womöglich einen Polizisten herbeitrommeln können. Da hätte ich bei meiner Statur gewiß die Unterstützung der Erwachsenen gefunden, lehnte aber – konsequent wie Oskar mitunter sein konnte – die Hilfe ausgewachsener Passanten, die Vermittlung eines Polizisten ab, wollte es, von Neugierde und Selbstbewußtsein geplagt, darauf ankommen lassen, tat das Allerdümmste: Den geteerten Zaun vor dem Schokoladenfabrikgelände suchte ich nach einer Lücke ab, fand keine, sah, wie die Halbwüchsigen das Wartehäuschen an der Haltestelle, die Baumschatten der Zoppoter Chaussee verließen, Oskar weiter am Zaun entlang, jetzt kamen sie auch von der Brücke her, und der Bretterzaun hatte immer noch kein Loch, die kamen nicht schnell, eher schlendernd und vereinzelt, ein bißchen konnte Oskar noch suchen, die gönnten mir gerade soviel Zeit, wie man braucht, um eine Lücke im Zaun zu finden, doch als dann endlich eine einzige Planke fehlte und ich mich, irgendwo ein Eckloch reißend, durch den Spalt quetschte, standen mir auf der anderen Seite des Zaunes vier Burschen in Windblusen gegenüber, die mit ihren Pfoten die Taschen ihrer Skihosen beutelten.

Da ich das Unabänderliche meiner Situation sofort begriff, suchte ich erst einmal meine Kleidung nach jenem Eckloch ab, das ich mir in der Zaunlücke gerissen hatte. Es fand sich rechts hinten an der Hose. Mit zwei gespreizten Fingern maß ich es aus, fand es ärgerlich groß, stellte mich aber gleichgültig und wartete mit dem endgültigen Aufblicken, bis alle Burschen von der Straßenbahnhaltestelle, von der Chaussee und der Brücke über den Zaun geklettert waren; denn die Lücke im Zaun war denen nicht angemessen.

Das ereignete sich in den letzten Augusttagen. Der Mond hielt sich von Zeit zu Zeit eine Wolke vor. So an die zwanzig Burschen zählte ich. Die jüngsten vierzehn, die ältesten sechzehn, fast siebzehn. Vierundvierzig hatten wir einen warmen, trockenen Sommer. Vier von den größeren Bengels trugen Luftwaffenhelferuniformen. Ich erinnere mich, daß wir vierundvierzig ein gutes Kirschenjahr hatten. Sie standen in Grüppchen um Oskar herum, unterhielten sich halblaut, benutzten einen Jargon, den zu verstehen ich mir keine Mühe gab. Auch riefen sie sich mit merkwürdigen Namen an, die ich mir zum kleineren Teil merkte. So hieß ein etwa fünfzehnjähriges Kerlchen mit leicht verschleierten Rehaugen Ritschhase, manchmal auch Dreschhase. Den daneben nannten sie Putte. Den kleinsten, doch sicher nicht jüngsten Bengel, einen Lispler mit vorstehender Oberlippe, rief man Kohlenklau. Einen Luftwaffenhelfer sprach man als Mister an, einen anderen recht treffend Suppenhuhn, auch gab es historische Namen: Löwenherz, Blaubart hieß ein Milchgesicht, mir wohlvertraute Namen wie Totila und Teja, ja vermessen genug, Belisar und Narses machte ich aus;

Störtebeker, der einen richtigen, zum Ententeich verbeulten Veloursbut und einen zu langen Regenmantel trug, musterte ich aufmerksamer: Er war trotz seiner sechzehn Jährchen der Anführer der Gesellschaft.

Man beachtete Oskar nicht, wollte ihn wohl mürbe machen, und so setzte ich mich halb belustigt, halb über mich, der ich mich auf diese offensichtliche Knabenromantik einließ, verärgert und mit müden Beinen auf meine Trommel, sah mir den so gut wie vollen Mond an und versuchte, einen Teil meiner Gedanken in die Herz-Jesu-Kirche zu schicken.

Vielleicht hätte er heute getrommelt, auch ein Wörtchen gesagt, und ich saß auf dem Hof der Schokoladenfabrik Baltic, ließ mich auf Ritterundräuberspiele ein. Vielleicht wartete er auf mich, hatte vor, nach einer kurzen Trommeleinlage den Mund abermals aufzutun, mir die Nachfolge Christi zu verdeutlichen, war nun enttäuscht, daß ich nicht kam, hob sicherlich hochmütig die Augenbrauen. Was mochte Jesus von diesen Burschen halten? Was sollte Oskar, sein Ebenbild, sein Nachfolger und Stellvertreter mit dieser Horde anfangen? Konnte er mit Jesu Worten »Lasset die Kindlein zu mir kommen!« Halbwüchsige ansprechen, die sich Putte, Dreschhase, Blaubart, Kohlenklau und Störtebeker nannten?

Störtebeker näherte sich. Neben ihm Kohlenklau, seine rechte Hand. Störtebeker: »Steh auf!«

Oskar hatte die Augen noch beim Mond, die Gedanken noch vor dem linken Seitenaltar der Herz-Jesu-Kirche, stand nicht auf, und Kohlenklau schlug mir, auf einen Wink Störtebekers hin, die Trommel unter dem Gesäß weg.

Als ich aufstand, nahm ich das Blech, um es vor weiteren Schäden besser bewahren zu können, an mich, unter den Kittel.

Ein hübscher Bengel, dieser Störtebeker, dachte Oskar. Die Augen etwas zu tief und zu nah beieinanderliegend, doch die Mundpartie einfallsreich und beweglich.

»Wo kommste her?«

Die Fragerei sollte also beginnen, und ich hielt mich, da mir diese Begrüßung nicht gefiel, abermals an die Mondscheibe, stellte mir den Mond – der sich ja alles gefallen läßt – als Trommel vor und lächelte über meinen unverbindlichen Größenwahn.

»Der grinst, Störtebeker.«

Kohlenklau beobachtete mich, schlug seinem Chef eine Tätigkeit vor, die er »das Stäuben« nannte. Andere im Hintergrund, das pickelige Löwenherz, Mister, Dreschhase und Putte waren auch fürs Stäuben.

Immer noch beim Mond, buchstabierte ich mir Stäuben. Welch ein hübsches Wörtchen, doch sicher nichts Angenehmes.

»Hier bestimme ich, wann gestäubt wird!« beendete Störtebeker das Gemurmel seiner Bande, meinte dann wieder mich: »Haben dich oft genug in der Bahnhofstraße gesehen. Was machste da? Wo kommste her?«

Zwei Fragen auf einmal. Wenigstens zu einer Antwort mußte sich Oskar entschließen, wenn er Herr der Lage bleiben wollte. So zog ich das Gesicht vom Mond weg, blickte den Störtebeker mit meinen blauen, einflußreichen Augen an und sagte ruhig: »Aus der Kirche komme ich.«

Etwas Gemurmel hinter Störtebekers Regenmantel. Sie ergänzten meine Antwort. Kohlenklau fand heraus, daß ich mit der Kirche die Herz-Jesu-Kirche meinte.

»Wie heißt du?«

Diese Frage mußte kommen. Das lag an der Begegnung. Diese Fragestellung nimmt einen wesentlichen Platz in der menschlichen Konversation ein. Von der Beantwortung dieser Frage leben längere und kürzere Theaterstücke, auch Opern – siehe Lohengrin.

Da wartete ich das Mondlicht zwischen zwei Wolken ab, ließ jenen Glanz im Blau meiner Augen drei Löffel Suppe lang auf Störtebeker wirken und sagte dann, nannte mich, war neidisch auf die Wirkung des Wortes – denn den Namen Oskar hätten die allenfalls mit Gelächter quittiert –, und Oskar sagte: »Ich heiße Jesus«, bewirkte längere Stille mit diesem Bekenntnis, bis Kohlenklau sich räusperte: »Wir müssen ihn doch stäuben, Chef.«

Nicht nur Kohlenklau war fürs Stäuben. Störtebeker gab mit den Fingern schnalzend seine Erlaubnis zum Stäuben, und Kohlenklau packte mich, drückte mir seine Knöchel gegen den rechten Oberarm, bewegte sie trocken, rasch, heiß und schmerzhaft, bis Störtebeker abermals, jetzt Einhalt gebietend, mit den Fingern schnalzte – das also war das Stäuben!

»Na, wie heißte nun?« Der Chef mit dem Veloursuhut gab sich gelangweilt, machte rechts eine Boxbewegung, die den zu langen Ärmel seines Regenmantels zurückrutschen ließ, zeigte im Mondschein seine Armbanduhr und flüsterte links an mir vorbei: »Eine Minute Bedenkzeit. Dann sagt Störtebeker Feierabend.«

Immerhin eine Minute lang durfte sich Oskar ungestraft den Mond ansehen, Ausflüchte in dessen Kratern suchen und den einmal gefaßten Entschluß zur Nachfolge Christi in Frage stellen. Weil mir das Wörtchen Feierabend nicht gefiel, auch weil ich mich von den Burschen auf keinen Fall mit Uhrzeiten bevormunden lassen wollte, sagte Oskar nach etwa fünfunddreißig Sekunden: »Ich bin Jesus.«

Das Folgende wirkte effektvoll und war dennoch nicht von mir inszeniert. Sogleich nach meinem abermaligen Bekenntnis zur Nachfolge Christi, bevor Störtebeker mit den Fingern schnalzen, Kohlenklau stäuben konnte – gab es Fliegeralarm.

Oskar sagte »Jesus«, atmete wieder ein, und nacheinander bestätigten mich die Sirenen des nahen Flugplatzes, die Sirene auf dem Hauptgebäude der Infanteriekaserne Hochstrieß, die Sirene auf dem Dach der kurz vorm Langfuhrer Wald liegenden Horst-Wessel-Oberschule, die Sirene auf dem Kaufhaus Sternfeld und ganz fern, von der Hindenburgallee her, die Sirene der Technischen Hochschule. Es brauchte seine Zeit, bis alle Sirenen des Vorortes langatmig und eindringlich gleich Erzengeln die von mir verkündete frohe Botschaft aufnahmen, die Nacht schwellen und einsinken, die Träume flimmern und reißen ließen, den Schläfern ins Ohr krochen und dem Mond, der nicht zu beeinflussen war, die schreckliche Bedeutung eines nicht zu verdunkelnden Himmelskörpers gaben.

Während Oskar den Fliegeralarm ganz auf seiner Seite wußte, machten die Sirenen den Störtebeker nervös. Ein Teil seiner Bande wurde durch den Alarm direkt und dienstlich angesprochen. So mußte er die vier Luftwaffenhelfer über den Zaun zu ihren Batterien, zu den Acht-Komma-Acht-Stellungen zwischen Straßenbahndepot und Flugplatz schicken. Drei seiner Leute, darunter Belisar, hatten Luftschutzwache im Conradinum, mußten also auch sogleich fort. Den Rest, etwa fünfzehn Burschen, hielt er zusammen und begann, da am Himmel nichts los war, wieder mit dem Verhör: »Also wenn wir richtig verstanden haben, biste Jesus. – Lassen wir das. Andere Frage: Wie machste das mit den Laternen und Fensterscheiben? Keine Ausflüchte, wir wissen Bescheid!«

Nun, Bescheid wußten die Burschen nicht. Allenfalls hatten sie diesen oder jenen Erfolg meiner Stimme beobachtet. Oskar befahl sich einige Nachsicht mit jenen Halbwüchsigen, die man heutzutage kurz und bündig Halbstarke nennen würde. Ich versuchte, ihre direkte und teilweise ungeschickte Zielstrebigkeit zu entschuldigen, gab mich mild objektiv. Das also waren die berüchtigten Stäuber, von denen seit einigen Wochen die ganze Stadt sprach; eine Jugendbande, der die Kriminalpolizei und mehrere Züge des HJ-Streifendienstes hinterher waren. Wie sich später herausstellen sollte: Gymnasiasten des Conradinums, der Petri-Oberschule und der Horst-Wessel-Oberschule. Auch gab es eine zweite Gruppe der Stäuberbande in Neufahrwasser, die zwar von Gymnasiasten geführt wurde, aber zu gut zwei Dritteln Lehrlinge der Schichauwerft und der Waggonfabrik zu Mitgliedern hatte. Die beiden Gruppen arbeiteten nur selten, eigentlich nur dann zusammen, wenn sie von der Schichaugasse aus den Steffenspark und die nächtliche Hindenburgallee nach BDM-Führerinnen abkämmten, die nach Schulungsabenden von der Jugendherberge auf dem Bischofsberg heimkehrten. Man vermied Streitigkeiten zwischen den Gruppen, grenzte die Aktionsgebiete genau ab, und Störtebeker sah in dem Anführer der Neufahrwasseraner mehr einen Freund als einen Rivalen. Die Stäuberbande kämpfte gegen alles. Sie räumten die Dienststellen der Hitlerjugend aus, hatten es auf die Orden und Rangabzeichen von Fronturlaubern abgesehen, die mit ihren Mädchen in den Parkanlagen Liebe machten, stahlen Waffen, Munition und Benzin mit Hilfe ihrer Luftwaffenhelfer aus den Flakbatterien und planten von Anfang an einen großen Angriff auf das Wirtschaftsamt.

Ohne etwas von der Organisation und den Plänen der Stäuber zu wissen, wollte Oskar, der sich damals recht verlassen und erbärmlich vorkam, im Kreis der Halbwüchsigen ein Gefühl von Geborgenheit beschleichen. Schon machte ich mich insgeheim mit den Burschen gemein, schlug den Einwand des zu großen Altersunterschiedes – ich sollte zwanzig werden – in den Wind und hielt mir vor: Warum sollst du den Burschen nicht eine Probe deiner Kunst zeigen? Jungens sind immer wißbegierig. Du warst auch einmal fünfzehn und sechzehn Jahre alt. Gib ihnen ein Beispiel, mach ihnen etwas vor. Sie werden dich bewundern, werden dir womöglich fortan gehorchen. Deinen durch viele Erfahrungen gewitzten Einfluß kannst du ausüben, gehorche jetzt schon deiner Berufung, sammle Jünger und tritt die Nachfolge Christi an.

Vielleicht ahnte Störtebeker, daß meine Nachdenklichkeit wohlbegründet war. Er ließ mir Zeit, und ich war ihm dankbar dafür. Ende August. Eine Mondnacht, leichtbewölkt. Fliegeralarm. Zwei, drei Scheinwerfer an der Küste. Wahrscheinlich ein Aufklärungsflugzeug. In jenen Tagen wurde Paris geräumt. Mir gegenüber das vielfenstrige Hauptgebäude der Schokoladenfabrik Baltic. Nach langem Lauf kam die Heeresgruppe Mitte an der Weichsel zum Stehen. Allerdings arbeitete Baltic nicht mehr für den Einzelhandel, sondern stellte Schokolade für die Luftwaffe her. So mußte Oskar sich auch mit der Vorstellung vertraut machen, daß die Soldaten des General Patton ihre amerikanischen Uniformen unter dem Eiffelturm spazierenführten. Das war schmerzlich für mich, und Oskar hob einen Trommelstock. So viele gemeinsame Stunden mit Roswitha. Und Störtebeker bemerkte meine Geste, ließ seinen Blick dem Trommelstock folgen und auf die Schokoladenfabrik gleiten. Während man bei hellstem Tageslicht im Pazifik ein Inselchen von Japanern säuberte, lag hier der Mond in allen Fenstern der Fabrik gleichzeitig. Und Oskar sagte zu allen, die es hören wollten: »Jesus zersingt jetzt das Glas.«

Schon bevor ich die ersten drei Scheiben abfertigte, fiel mir das Gebrumm einer Fliege hoch über mir auf. Während zwei weitere Scheiben das Mondlicht aufgaben, dachte ich: Das ist eine sterbende Fliege, die brummt so laut. Dann malte ich mit meiner Stimme die restlichen Fensterfüllungen des obersten Fabrikstockwerkes schwarz und überzeugte mich von der Bleichsucht mehrerer Scheinwerfer, bevor ich die Spiegelungen der Lichter, die in der Batterie neben dem Narviklager beheimatet sein mochten, aus mehreren Fabrikfenstern des mittleren und untersten Stockwerkes nahm. Zuerst schossen die Küstenbatterien, dann gab ich dem mittleren Stockwerk den Rest. Gleich darauf erhielten die Batterien Altschottland, Pelonken und Schellmühl Feuererlaubnis. Das waren drei Fenster im Parterre – und das waren Nachtjäger, die auf dem Flugplatz starteten, flach über die Fabrik hinwegstrichen. Noch bevor ich mit dem Erdgeschoß fertig war, stellte die Flak das Schießen ein und überließ es den Nachtjägern, einen über Oliva von drei Scheinwerfern gleichzeitig gefeierten viermotorigen Fernbomber abzuschießen.

Anfangs trug sich Oskar noch mit der Befürchtung, die Gleichzeitigkeit seiner Darbietung mit den effektvollen Anstrengungen der Fliegerabwehr könnte die Aufmerksamkeit der Burschen teilen oder sogar von der Fabrik weg in den Nachthimmel locken.

Um so erstaunter war ich, als nach getaner Arbeit die gesamte Bande immer noch nicht von der fensterscheibenlosen Schokoladenfabrik loskam. Selbst als vom nahen Hohenfriedberger Weg her Bravorufe und Applaus wie im Theater laut wurden, weil es den Bomber erwischt hatte, weil der brennend, den Leuten was bietend, im Jäschkentaler Wald mehr abstürzte als landete, rissen sich nur wenige Bandenmitglieder, unter ihnen Putte, von der entglasten Fabrik los. Doch weder Störtebeker noch Kohlenklau, auf die es mir eigentlich ankam, gaben etwas auf den Abschuß.

Dann waren wie zuvor nur noch der Mond und der Kleinkram der Sterne am Himmel. Die Nachtjäger landeten. Sehr entfernt wurde etwas Feuerwehr laut. Da drehte sich Störtebeker, zeigte mir seinen immer verächtlich geschwungenen Mund, machte jene Boxbewegung, die die Armbanduhr unter dem zu langen Regenmantelärmel freigab, nahm sich die Uhr ab, reichte sie mir wortlos, aber schwer atmend, wollte etwas sagen, mußte aber die mit der Entwarnung beschäftigten Sirenen abwarten, bis er mir unter dem Beifall seiner Leute gestehen konnte: »Gut Jesus. Wenn du willst, biste aufgenommen und kannst mitmachen. Wir sind die Stäuber, wenn dir das ein Begriff ist!«

Oskar wog die Armbanduhr in der Hand, schenkte das recht raffinierte Ding mit den Leuchtziffern und der Uhrzeit null Uhr dreiundzwanzig dem Bürschchen Kohlenklau. Der sah seinen Chef fragend an. Störtebeker gab nickend die Einwilligung. Und Oskar sagte, indem er sich die Trommel für den Heimweg bequem rückte: »Jesus geht euch voran. Folget mir nach!«

Das Krippenspiel

Man sprach damals viel von Wunderwaffen und vom Endsieg. Wir, die Stäuber, sprachen weder vom einen noch vom anderen, hatten aber die Wunderwaffe.

Als Oskar die Führung der dreißig bis vierzig Mitglieder zählenden Bande übernahm, ließ ich mir von Störtebeker zuerst den Chef der Gruppe Neufahrwasser vorstellen. Moorkähne, ein hinkender Siebzehnjähriger, Sohn eines leitenden Beamten im Lotsenamt Neufahrwasser, war wegen seiner Körperbehinderung – sein rechtes Bein war zwei Zentimeter kürzer als sein linkes – weder Luftwaffenhelfer noch Rekrut geworden. Obgleich Moorkähne sein Hinken selbstbewußt und deutlich ablesbar zur Schau stellte, war er schüchtern und sprach leise. Der immer etwas verschlagen lächelnde junge Mann galt als bester Schüler der Prima im Conradinum und hatte – vorausgesetzt, daß die russische Armee keinen Einspruch erheben würde – alle Aussichten, sein Abitur mustergültig zu bestehen; Moorkähne wollte Philosophie studieren.

Genauso bedingungslos, wie mich Störtebeker respektierte, sah der Hinker in mir den Jesus, der den Stäubern vorging. Gleich anfangs ließ sich Oskar von den beiden das Depot und die Kasse zeigen, denn beide Gruppen sammelten die Erträge ihrer Beutezüge im selben Keller. Der befand sich trocken und geräumig in einer still vornehmen Langfuhrer Villa am Jäschkentaler Weg. Puttes Eltern, die sich »von Puttkamer« nannten, bewohnten das von allerlei Kletterpflanzen umrankte, mittels einer sanft ansteigenden Wiese der Straße entrückte Grundstück – das heißt, Herr von Puttkamer befand sich im schönen Frankreich, befehligte eine Division, war Ritterkreuzträger pommersch-polnisch-preußischer Herkunft; Frau Elisabeth von Puttkamer hingegen war kränklich, schon seit Monaten in Oberbayern; dort sollte sie genesen. Wolfgang von Puttkamer, den die Stäuber Putte riefen, beherrschte die Villa; denn jene alte, fast taube Magd, die in den oberen Räumen für das Wohl des jungen Herrn sorgte, sahen wir nie, da wir den Keller durch die Waschküche erreichten.

Im Depot stapelten sich Konservendosen, Tabakwaren und mehrere Ballen Fallschirmseide. An einem Regal hingen zwei Dutzend Wehrmachtdienstuhren, die Putte auf Störtebekers Befehl ständig in Gang zu halten und aufeinander abzustimmen hatte. Auch mußte er die zwei Maschinenpistolen, das Sturmgewehr und die Pistolen reinigen. Man zeigte mir eine Panzerfaust, MG-Munition und fünfundzwanzig Handgranaten. Das alles und eine stattliche Reihe Benzinkanister war für die Erstürmung des Wirtschaftsamtes bestimmt. So lautete denn Oskars erster Befehl, den ich als Jesus aussprach: »Waffen und Benzin im Garten vergraben. Schlagbolzen an Jesus abliefern. Unsere Waffen sind anderer Art!«

Als mir die Burschen eine Zigarrenkiste voller zusammengeraubter Orden und Ehrenzeichen vorzeigten, erlaubte ich ihnen lächelnd den Besitz der Dekorationen. Doch hätte ich die Fallschirmjägermesser den Burschen abnehmen sollen. Sie gebrauchten später die Klingen, die ja so schön im Griff lagen und gebraucht werden wollten.

Dann brachte man mir die Kasse. Oskar ließ vorzählen, zählte nach und ließ einen Kassenstand von zweitausendvierhundertzwanzig Reichsmark notieren. Das war Anfang September vierundvierzig. Und als Mitte Januar fünfundvierzig Konjew und Schukow den Durchbruch an der Weichsel erzwangen, sahen wir uns gezwungen, unsere Kasse im Kellerdepot preiszugeben. Putte legte das Geständnis ab, und auf dem Tisch des Oberlandesgerichtes bündelten und stapelten sich sechsunddreißigtausend Reichsmark.

Meiner Natur entsprechend hielt Oskar sich während der Aktionen im Hintergrund. Tagsüber suchte ich zumeist alleine, und wenn, dann nur von Störtebeker begleitet, ein lohnendes Ziel für das nächtliche Unternehmen, überließ dann Störtebeker oder Moorkähne die Organisation und zersang – jetzt nenne ich sie, die Wunderwaffe – fernwirkender als je zuvor, ohne die Wohnung der Mutter Truczinski zu verlassen, zu später Stunde vom Schlafzimmerfenster aus die Parterrefenster mehrerer Parteidienststellen, das Hoffenster einer Druckerei, in der Lebensmittelkarten gedruckt wurden, und einmal, auf Wunsch und widerstrebend, die Küchenfenster zur Privatwohnung eines Studienrates, an dem die Burschen sich rächen wollten.

Das war schon im November. V 1 und V 2 flogen nach England, und ich sang über Langfuhr hinweg, dem Baumbestand der Hindenburgallee folgend, Hauptbahnhof, Altstadt und Rechtstadt überspringend, suchte die Fleischergasse und das Museum auf, ließ die Burschen eindringen und nach Niobe, der hölzernen Galionsfigur, suchen.

Sie fanden sie nicht. Nebenan saß Mutter Truczinski fest und kopfwackelnd im Stuhl, hatte mit mir einiges gemeinsam; denn wenn Oskar fernwirkend sang, dachte sie fernwirkend, suchte den Himmel nach ihrem Sohn Herbert, den Frontabschnitt Mitte nach ihrem Sohn Fritz ab. Auch ihre älteste Tochter Guste, die Anfang vierundvierzig ins Rheinland heiratete, mußte sie im fernen Düsseldorf suchen, denn dort hatte der Oberkellner Köster seine Wohnung, weilte aber in Kurland; Guste durfte ihn nur knappe vierzehn Urlaubstage lang halten und kennenlernen.

Das waren friedliche Abende. Oskar saß zu Mutter Truczinskis Füßen, phantasierte ein wenig auf seiner Trommel, holte sich aus der Röhre des Kachelofens einen Bratapfel, verschwand mit der faltigen Altfrauen- und Kleinkinderfrucht im dunklen Schlafzimmer, zog das Verdunkelungspapier hoch, öffnete das Fenster einen Spaltbreit, ließ etwas Frost und Nacht hereinkommen und schickte seinen gezielten, fernwirkenden Gesang hinaus, sang aber keinen zitternden Stern an, hatte nichts auf der Milchstraße zu suchen, sondern meinte den Winterfeldplatz, dort nicht das Rundfunkgebäude, sondern den Kasten gegenüber, in dem die Gebietsführung der HJ ihre Büroräume Tür an Tür reihte.

Meine Arbeit brauchte bei klarem Wetter keine Minute. Etwas abgekühlt hatte sich inzwischen der Bratapfel am offenen Fenster. Kauend kehrte ich zu Mutter Truczinski und meiner Trommel zurück, ging bald zu Bett und durfte gewiß sein, daß die Stäuber, während Oskar schlief, in Jesu Namen Parteikassen, Lebensmittelkarten und, was wichtiger war, Amtsstempel, vorgedruckte Formulare oder eine Mitgliederliste des HJ-Streifendienstes raubten.

Nachsichtig überließ ich es Störtebeker und Moorkähne, allerlei Unsinn mit gefälschten Ausweisen anzustellen. Der Hauptfeind der Bande war nun einmal der Streifendienst. Sollten sie also ihre Gegenspieler nach Lust und Laune abfangen, stäuben, ihnen von mir aus – wie es Kohlenklau nannte und auch besorgte – die Eier polieren.

Diesen Veranstaltungen, die nur Vorspiel bedeuteten und noch nichts von meinen eigentlichen Plänen verrieten, blieb ich ohnehin fern, kann also auch nicht bezeugen, ob die Stäuber es waren, die im September vierundvierzig zwei höhere Streifendienstführer, darunter den gefürchteten Helmut Neitberg, fesselten und in der Mottlau, oberhalb der Kuhbrücke, ersäuften.

Daß, wie es später hieß, Verbindungen zwischen der Stäuberbande und den Edelweißpiraten aus Köln am Rhein bestanden hätten, daß polnische Partisanen aus dem Gebiet der Tuchler Heide unsere Aktionen beeinflußt, sogar gelenkt hätten, muß von mir, der ich doppelt, als Oskar und Jesus, der Bande vorstand, bestritten und ins Reich der Legende verwiesen werden.

Auch sagte man uns beim Prozeß Beziehungen zu den Attentätern und Verschwörern des zwanzigsten Juli nach, weil Puttes Vater, August von Puttkamer, dem Feldmarschall Rommel sehr nahegestanden und Selbstmord verübt hatte. Putte, der seinen Vater während des Krieges vielleicht vier- oder fünfmal flüchtig und mit wechselnden Rangabzeichen gesehen hatte, erfuhr erst bei unserem Prozeß von jener uns im Grunde gleichgültigen Offiziersgeschichte und weinte so jämmerlich und schamlos, daß Kohlenklau, sein Nebenmann, ihn vor den Richtern stäuben mußte.

Ein einziges Mal nahmen während unserer Tätigkeit Erwachsene zu uns Kontakt auf. Werftarbeiter – wie ich sofort vermutete, kommunistischer Herkunft – versuchten über unsere Lehrlinge von der Schichauwerft Einfluß zu gewinnen und uns zu einer roten Untergrundbewegung zu machen. Die Lehrlinge waren nicht einmal abgeneigt. Die Gymnasiasten jedoch lehnten jede politische Tendenz ab. Der Luftwaffenhelfer Mister, Zyniker und Theoretiker der Stäuberbande, formulierte seine Ansicht während einer Bandenversammlung dahin: »Wir haben überhaupt nichts mit Parteien zu tun, wir kämpfen gegen unsere Eltern und alle übrigen Erwachsenen; ganz gleich wofür oder wogegen die sind.«

Wenn Mister sich auch reichlich überspitzt ausgedrückt hatte, stimmten ihm dennoch alle Gymnasiasten zu; es kam zu einer Spaltung der Stäuberbande. So machten die Schichaulehrlinge – was mir sehr leid tat, die Jungs waren tüchtig – einen eigenen Verein auf, hielten sich aber, gegen Störtebeker und Moorkähnes Einspruch, weiterhin für die Stäuberbande. Beim Prozeß – denn ihr Laden flog gleichzeitig mit unserem auf – wurde ihnen der Brand des U-

Boot-Mutterschiffes im Werftgelände zur Last gelegt. Über hundert U-Boot-Fahrer und Fähnriche zur See, die sich in der Ausbildung befanden, kamen damals auf schreckliche Weise ums Leben. Der Brand brach auf dem Deck aus, verwehrte den unter Deck schlafenden U-Boot-Besatzungen das Verlassen der Mannschaftsräume, und als die kaum achtzehnjährigen Fähnriche durch die Bullaugen ins rettende Hafenwasser wollten, blieben sie mit den Hüftknochen stecken, wurden rückwärts vom rasch um sich greifenden Feuer erfaßt und mußten von den Motorbarkassen aus abgeschossen werden, da sie allzu laut und anhaltend schrien.

Wir haben das Feuer nicht gelegt. Vielleicht waren es die Lehrlinge der Schichauwerft, vielleicht aber auch Leute vom Westerlandverband. Die Stäuber waren keine Brandstifter, obgleich ich, ihr geistiger Rektor, vom Großvater Koljaiczek her brandstifterisch veranlagt sein mochte.

Gut erinnere ich mich des Monteurs, der von den Deutschen Werken Kiel zur Schichauwerft versetzt worden war und uns kurz vor der Spaltung der Stäuberbande besuchte. Erich und Horst Pietzger, die Söhne eines Stauers vom Fuchswall, brachten ihn zu uns in den Keller der Puttkamervilla. Aufmerksam besichtigte er unser Depot, vermißte brauchbare Waffen, fand zögernd aber dennoch lobende Worte und verfiel, als er nach dem Chef der Bande fragte und von Störtebeker sofort, von Moorkähne zaudernd an mich verwiesen wurde, einem anhaltenden und so überheblichen Gelächter, daß nicht viel gefehlt hätte, und er wäre auf Oskars Wunsch den Stäubern zum Stäuben übergeben worden.

»Was issen das fürn Gnom?« sagte er zu Moorkähne und wies mit dem Daumen über die Schulter auf mich.

Bevor Moorkähne, der etwas verlegen lächelte, antworten konnte, gab Störtebeker beängstigend ruhig seine Antwort: »Das ist unser Jesus.«

Der Monteur, der sich Walter nannte, vertrug das Wörtchen nicht, erlaubte sich, in unseren Räumen zornig zu werden: »Sagt mal, seid ihr politisch in Ordnung, oder seid ihr Meßdiener und übt Krippenspiele für Weihnachten ein?«

Störtebeker öffnete die Kellertür, gab Kohlenklau einen Wink, ließ die Klinge eines Fallschirmjägermessers aus seinem Jackenärmel springen und sagte mehr zur Bande als zu dem Monteur: »Wir sind Meßdiener und üben für Weihnachten Krippenspiele ein.«

Es geschah aber dem Herrn Monteur nichts Schmerzhaftes. Man verband ihm die Augen und führte ihn aus der Villa. Bald darauf waren wir für uns, denn die Lehrlinge der Schichauwerft setzten sich ab, machten unter der Leitung des Monteurs einen eigenen Verein auf, und ich bin sicher, daß sie es waren, die das U-Boot-Mutterschiff in Brand steckten.

Störtebeker hatte in meinem Sinne die richtige Antwort gegeben. Wir waren politisch uninteressiert und begannen, nachdem die Streifen-HJ eingeschüchtert ihre Diensträume kaum noch verließ oder allenfalls auf dem Hauptbahnhof die Ausweise kleiner leichtlebiger Mädchen kontrollierte, unser Arbeitsfeld in die Kirchen zu verlegen und nach den Worten des linksradikalen Monteurs Krippenspiele einzuüben.

Zuerst galt es, für die abgeworbenen, recht tüchtigen Schichaulehrlinge Ersatz zu finden. Ende Oktober vereidigte Störtebeker zwei Meßdiener der Herz-Jesu-Kirche, die Brüder Felix und Paul Rennwand. Störtebeker war an die beiden über ihre Schwester Luzie herangekommen. Das noch nicht siebzehnjährige Mädchen war trotz meines Protestes bei der Vereidigung dabei. Die Brüder Rennwand mußten die linke Hand auf meine Trommel legen, in der die Burschen, überspannt wie sie sein konnten, eine Art Symbol sahen, und die Stäuberformel nachsprechen: einen Text, der so albern und voller Hokuspokus war, daß ich ihn nicht mehr zusammenbekomme.

Oskar beobachtete Luzie bei der Vereidigung. Die Schultern hatte sie hochgezogen, hielt links ein leicht zitterndes Wurstbrot, kaute an ihrer Unterlippe, zeigte ein dreieckiges, starres Fuchsgesicht, ließ den Blick auf Störtebekers Rükken brennen, und ich machte mir Sorgen um die Zukunft der Stäuber.

Wir begannen mit der Umgestaltung unserer Kellerräume. Von Mutter Truczinskis Wohnung aus leitete ich, mit den Meßdienern zusammenarbeitend, die Inventarbeschaffung. Aus Sankt Katharinen bezogen wir einen halbhohen, wie sich herausstellen sollte, echten Joseph aus dem sechzehnten Jahrhundert, einige Kirchenleuchter, etwas Meßgeschirr und ein Fronleichnamsbanner. Ein nächtlicher Besuch der Trinitatiskirche brachte einen hölzernen, doch künstlerisch uninteressanten Posaunenengel und einen bunten, als Wandschmuck verwendbaren Bildteppich ein. Die Kopie nach älterer Vorlage zeigte eine geziert tuende Dame mit einem ihr ergebenen Fabeltier, Einhorn genannt. Wenn Störtebeker auch mit einigem Recht feststellte, daß das gewebte Lächeln des Mädchens auf dem Teppich gleich grausam verspielt wie das Lächeln im Fuchsgesicht der Luzie vorherrschte, hoffte ich dennoch, daß mein Unterführer nicht zur Ergebenheit wie das fabelhafte Einhorn bereit war. Als der Teppich an der Stirnwand des Kellers hing, wo zuvor allerlei Unsinn wie »Schwarze Hand« und »Totenkopf« abgebildet war, als das Einhornmotiv schließlich all unsere Beratungen beherrschte, fragte ich mich: Warum, Oskar, warum beherbergst du, da schon die Luzie hier kommt und geht und hinter deinem Rücken kichert, warum nun noch diese zweite, gewebte Luzie, die deine Unterführer zu Einhörnern macht, die es lebend und gewebt im Grunde auf dich abgesehen hat, denn nur du, Oskar, bist wahrhaftig fabelhaft, bist das vereinzelte Tier mit dem übertrieben geschnörkelten Horn.

Wie gut, daß die Adventszeit kam, daß ich mit lebensgroßen, naiv geschnitzten Krippenfiguren, die wir aus den Kirchen der Umgebung evakuierten, den Teppich bald so dicht verstellen konnte, daß sich die Fabel nicht mehr allzu vordergründig zum Nachspielen anbot. Mitte Dezember startete Rundstedt seine Ardennenoffensive, und auch wir waren mit den Vorbereitungen für unseren großen Coup fertig.

Nachdem ich an Marias Hand, die zu Matzeraths Kummer ganz im Katholizismus lebte, mehrere Sonntage nacheinander die Zehn-Uhr-Messe besucht und auch der gesamten Stäuberbande den Kirchgang anbefohlen hatte, brachen wir, genug mit den Örtlichkeiten vertraut, ohne daß Oskar Glas zersingen mußte, mit Hilfe der Meßdiener Felix und Paul Rennwand, während der Nacht vom achtzehnten zum neunzehnten Dezember in die Herz-Jesu-Kirche ein.

Schnee fiel, der nicht liegenblieb. Die drei Handwagen stellten wir hinter der Sakristei ab. Der jüngere Rennwand hatte den Schlüssel zum Hauptportal. Oskar ging voran, führte die Burschen nacheinander zum Weihwasserbecken, ließ sie im Mittelschiff in Richtung Hochaltar aufs Knie gehen. Sodann ordnete ich die Verhängung der Herz-Jesu-Statue mit einer Arbeitsdienstdecke an, damit uns der blaue Blick nicht allzu sehr bei der Arbeit behinderte. Das Werkzeug transportierten Dreschhase und Mister in das linke Kirchenschiff vor den linken Seitenaltar. Zuerst mußte der Stall voller Krippenfiguren und Tannengrün ins Mittelschiff geräumt werden. Mit Hirten, Engeln, Schafen, Eseln und Kühen waren wir reichlich eingedeckt. Unser Keller war voller Statisten; nur an den Hauptdarstellern fehlte es noch. Belisar räumte die Blumen vom Altartisch ab. Totila und Teja rollten den Teppich zusammen. Kohlenklau packte das

Werkzeug aus. Oskar jedoch kniete hinter einem Betschemelchen und überwachte die Demontage.

Zuerst wurde der Täuferknabe im schokoladenfarbenen Zottelfell abgesägt. Wie gut, daß wir eine Metallsäge mithatten. Im Inneren des Gipses verbanden fingerdicke Metallstäbe den Täufer mit der Wolke. Kohlenklau sägte. Er machte es wie ein Gymnasiast, also ungeschickt. Wieder einmal fehlten uns die Lehrlinge der Schichauwerft. Störtebeker löste Kohlenklau ab. Etwas besser ging es, und nach einer halben Stunde Lärm konnten wir den Täuferknaben umlegen, in eine Wolldecke wickeln und die Stille der mitternächtlichen Kirche auf uns wirken lassen.

Das Absägen des Jesusknaben, der mit der ganzen Gesäßfläche den linken Oberschenkel der Jungfrau berührte, war zeitraubender. Gut vierzig Minuten brauchten Dreschhase, der ältere Rennwand und Löwenherz. Warum war eigentlich Moorkähne noch nicht da? Er wollte mit seinen Leuten direkt von Neufahrwasser kommen und uns in der Kirche treffen, damit sich der Anmarsch nicht allzu auffällig gestaltete. Störtebeker hatte schlechte Laune, wollte mir nervös vorkommen. Mehrmals fragte er die Brüder Rennwand nach Moorkähne. Als schließlich, wie wir alle erwarteten, das Wörtchen Luzie fiel, stellte Störtebeker keine Fragen mehr, riß Löwenherz die Metallsäge aus den ungeschickten Händen und gab wild verbissen arbeitend dem Jesusknaben den Rest.

Beim Umlegen der Figur wurde der Heiligenschein abgebrochen. Störtebeker entschuldigte sich bei mir. Nur mit Mühe unterdrückte ich die nun auch von mir besitzergreifende Gereiztheit und ließ die Bruchstücke des vergoldeten Gipstellers in zwei Mützen einsammeln. Kohlenklau glaubte, mit Klebstoff den Schaden beheben zu können. Mit Kissen wurde der abgesägte Jesus gepolstert, dann in zwei Wolldecken gewickelt.

Unser Plan war, die Jungfrau oberhalb des Beckens abzusägen und einen zweiten Schnitt zwischen Fußsohlen und Wolke anzusetzen. Die Wolke wollten wir in der Kirche lassen und nur die beiden Hälften der Jungfrau, ganz gewiß den Jesus und, wenn möglich, auch den Täuferknaben in unseren Puttkamerkeller transportieren. Wider Erwarten hatten wir das Gewicht der Gipsbrocken zu hoch angesetzt. Die ganze Gruppe war hohlgegossen, die Wandungen zeigten allenfalls die Dicke zweier Finger, und nur das Eisengerüst bot Schwierigkeiten.

Die Burschen, besonders Kohlenklau und Löwenherz, waren erschöpft. Eine Pause mußte ihnen zugestanden werden, denn die anderen, auch die Rennwandbrüder, konnten nicht sägen. Die Bande saß zerstreut in den Kirchenbänken und fror. Störtebeker stand und verbeulte seinen Veloursshut, den er im Kircheninneren abgenommen hatte. Mir gefiel die Stimmung nicht. Es mußte etwas geschehen. Die Burschen litten unter dem leeren, nächtlichen Sakralbau. Auch gab es wegen Moorkähnes Abwesenheit einige Spannungen. Die Rennwandbrüder schienen Angst vor Störtebeker zu haben, standen abseits und flüsterten, bis Störtebeker Ruhe befahl.

Langsam, ich glaube seufzend, erhob ich mich von meinem Betpolster und ging direkt auf die übriggebliebene Jungfrau zu. Ihr Blick, der den Johannes gemeint hatte, richtete sich jetzt auf die Altarstufen voller Gipsstaub. Ihr rechter Zeigefinger, der zuvor auf Jesus gedeutet hatte, wies ins Leere oder vielmehr ins dunkle linke Kirchenschiff. Eine Altarstufe nach der anderen nahm ich, blickte dann hinter mich, suchte Störtebekers tiefliegende Augen; die waren abwesend, bis Kohlenklau ihn anstieß und meiner Aufforderung zugänglich machte. Er sah mich an, unsicher, wie ich ihn nie gesehen hatte, verstand nicht, verstand dann endlich oder teilweise, kam langsam, viel zu langsam, nahm die

Altarstufen aber mit einem Satz und hob mich auf jene weiße, etwas verkantete, die schlechtgeführte Säge verratende Schnittfläche auf dem linken Oberschenkel der Jungfrau, die ungefähr den Abdruck des Jesusknabengesäßes nachzeichnete.

Störtebeker machte sofort kehrt, war mit einem Schritt auf den Fliesen, wollte gleich wieder seinem Sinnen verfallen, drehte dann doch den Kopf rückwärts, verengte seine nah beieinanderliegenden Augen zu flackernden Kontrollichtern und mußte sich gleich der übrigen Bande in den Kirchenbänken beeindruckt zeigen, als er mich an Jesu Stelle so selbstverständlich und anbetungswürdig sitzen sah.

So brauchte er auch nicht lange, kapierte schnell meinen Plan, ja überbot den noch. Die beiden Stabtaschenlampen, die Narses und Blaubart während der Demontage bedient hatten, ließ er direkt auf mich und die Jungfrau richten, befahl, weil mich die Funzeln blendeten, rotes Licht einzustellen, winkte die Rennwandbrüder zu sich heran, flüsterte mit ihnen, die wollten nicht, wie er wollte, Kohlenklau näherte sich, ohne daß Störtebeker ein Zeichen gegeben hatte, der Gruppe, zeigte schon seine zum Stäuben bereiten Knöchel; da gaben die Brüder nach und verschwanden, bewacht von Kohlenklau und dem Luftwaffenhelfer Mister, in der Sakristei. Oskar wartete ruhig, rückte sich seine Trommel zurecht und war gar nicht erstaunt, als der lange Mister im Priestergewand, die beiden Rennwandbrüder in Meßdienermonturen weißrot zurückkamen. Kohlenklau, halb im Zeug des Vikars, hatte alles bei sich, was die Messe verlangte, räumte das Zeug auf die Wolke und verdrückte sich. Der ältere Rennwand hielt das Weihrauchkesselchen, der jüngere die Schellen. Mister machte trotz der ihm viel zu weiten Gewandung Hochwürden Wiehnke nicht schlecht nach, tat es anfangs noch mit pennälerhaftem Zynismus, ließ sich dann aber vom Text und der heiligen Handlung mitreißen, bot uns allen, besonders aber mir, nicht eine alberne Parodie, sondern eine Messe, die später, vor Gericht, immer als Messe, wenn auch als Schwarze Messe bezeichnet wurde.

Die drei Burschen begannen mit den Stufengebeten: Die Bande in den Bänken und auf den Fliesen beugte das Knie, schlug das Kreuz, und Mister hob an, den Wortlaut einigermaßen beherrschend, von den Meßdienern routiniert unterstützt, die Messe zu singen. Schon beim Introitus bewegte ich vorsichtig die Stöcke auf dem Blech. Das Kyrie begleitete ich kräftiger. Gloria in excelsis Deo – auf meinem Blech lobte ich, rief zur Oration, gab an Stelle der Epistel aus der Tagesmesse eine längere Trommeleinlage. Der Allelujavers gelang mir besonders schön. Beim Credo merkte ich, wie die Burschen an mich glaubten, nahm das Blech beim Offertorium etwas zurück, ließ Mister Brot darbringen, Wein mit Wasser vermischen, ließ den Kelch und mich beräuchern, sah zu, wie sich Mister bei der Händewaschung benahm. Orate, fratres, trommelte ich im roten Taschenlampenlicht, leitete zur Wandlung über: Das ist mein Leib. Oremus, sang Mister, durch heilige Anordnung gemahnt – die Burschen in den Bänken boten mir zwei verschiedene Fassungen des Vaterunser, doch Mister verstand es, Protestanten und Katholiken bei der Kommunion zu einigen. Noch während sie genossen, trommelte ich ihnen das Confiteor ein. Die Jungfrau wies mit dem Finger auf Oskar, den Trommler. Die Nachfolge Christi trat ich an. Die Messe lief wie am Schnürchen. Misters Stimme schwoll und nahm ab. Wie schön er den Segen brachte: Nachlaß, Vergebung und Verzeihung, und als er die Schlußworte »ite, missa est« – gehet, jetzt ist die Entlassung – dem Kirchenraum anvertraute, fand wirklich eine geistige Entlassung statt, und die weltliche Inhaftierung konnte nur eine im Glauben gefestigte und in Oskars und Jesu Namen gestärkte Stäuberbande treffen.

Ich hatte die Autos schon während der Messe gehört. Auch Störtebeker drehte den Kopf, so waren einzig wir beide nicht überrascht, als vom Hauptportal, auch von der Sakristei her, gleichfalls vom rechten Nebenportal Stimmen laut wurden, Stiefelabsätze auf Kirchenfliesen knallten.

Störtebeker wollte mich vom Oberschenkel der Jungfrau heben. Ich winkte ab. Er verstand Oskar, nickte, zwang die Bande, auf den Knien zu bleiben, knieend die Kripo zu erwarten, und die Burschen blieben unten, zitterten zwar, manch einer ging auf beide Knie, alle aber warteten wortlos, bis sie durch das linke Mittelschiff und von der Sakristei her zu uns gefunden, den linken Seitenaltar umstellt hatten.

Viele grelle, nicht auf rot gestellte Taschenlampen. Störtebeker erhob sich, schlug das Kreuz, zeigte sich den Taschenlampen, übergab seinen Veloursshut dem immer noch knieenden Kohlenklau und ging in seinem Regenmantel auf einen gedunsenen Schatten ohne Taschenlampe, auf Hochwürden Wiehnke zu, zog hinter dem Schatten etwas Dünnes, Umsichschlagendes hervor und ins Licht, Luzie Rennwand, und schlug solange in das verkniffene dreieckige Mädchengesicht unter der Baskenmütze, bis ihn der Hieb eines Polizisten zwischen die Kirchenbänke warf.

»Mensch, Jeschke«, hörte ich von meiner Jungfrau herab einen der Kripos rufen, »das ist doch der Sohn vom Chef!«

So genoß Oskar mit leichter Genugtuung, im Sohn des Polizeipräsidenten einen tüchtigen Unterführer gehabt zu haben, und ließ sich widerstandslos, die Rolle eines greinenden, von Halbwüchsigen verführten Dreijährigen spielend, in Obhut nehmen: Hochwürden Wiehnke nahm mich auf den Arm.

Nur die Kripos schrien. Die Jungens wurden abgeführt. Hochwürden Wiehnke mußte mich auf die Fliesen stellen, da ihn ein Schwächeanfall auf die nächste Kirchenbank zwang. Neben unserem Werkzeug stand ich, entdeckte hinter Stemmeisen und Hämmern jenen Proviantkorb voller Wurstbrote, die Dreschhase vor dem Einsatz geschmiert hatte.

Den Korb griff ich mir, ging auf die magere, im dünnen Mantel fröstelnde Luzie zu und bot ihr die Stullen an. Sie hob mich, hielt mich rechts, behängte sich links mit den Wurstbroten, hatte auch schon eine Stulle zwischen den Fingern, gleich darauf zwischen den Zähnen, und ich beobachtete ihr brennendes, geschlagenes, gedrängt volles Gesicht: die Augen rastlos hinter zwei schwarzen Schlitzen, die Haut wie gehämmert, ein kauendes Dreieck, Puppe, Schwarze Köchin, Wurst mit den Pellen fressend, beim Fressen dünner werdend, hungriger, dreieckiger, puppiger – Anblick, der mich stempelte. Wer nimmt mir das Dreieck von und aus der Stirn? Wie lange wird es noch in mir kauen, Wurst, Pellen, Menschen, und lächeln, wie nur ein Dreieck lächeln kann und Damen auf Teppichen, die sich Einhörner erziehen?

Als Störtebeker zwischen zwei Beamten abgeführt wurde und Luzie wie Oskar sein blutverschmiertes Gesicht zeigte, sah ich an ihm, ihn fortan nicht mehr erkennend, vorbei und wurde zwischen fünf oder sechs Kripos, auf dem Arm der stullenfressenden Luzie, meiner ehemaligen Stäuberbande nachgetragen.

Was blieb zurück? Hochwürden Wiehnke blieb mit unseren beiden Stabtaschenlampen, die immer noch auf Rotlicht eingestellt waren, zwischen schnellabgeworfenen Meßdienergewändern und dem Priestergewand zurück. Kelch und Monstranz blieben auf den Altarstufen. Der abgesägte Johannes und der abgesägte Jesus blieben bei jener Jungfrau, die in unserem Puttkamerkeller das Gegengewicht zu dem Teppich mit Dame und Einhorn hätte verkörpern sollen.

Oskar jedoch wurde einem Prozeß entgegengetragen, den ich heute noch den zweiten Prozeß Jesu nenne, der mit meinem und so auch mit Jesu Freispruch endete.

Die Ameisenstraße

Stellen Sie sich bitte ein azurblau gefliestes Schwimmbassin vor, im Bassin schwimmen sonnengebräunte, sportlich empfindende Menschen. Am Rande des Bassins sitzen vor den Badekabinen ähnlich empfindende Männer und Frauen. Womöglich Musik aus einem Lautsprecher, den man auf leise stellte. Gesunde Langeweile, leichte und unverbindliche, die Badeanzüge straffende Erotik. Die Fliesen sind glatt, dennoch gleitet niemand aus. Nur wenige Verbotsschilder; doch auch die sind überflüssig, weil die Badenden nur für zwei Stunden kommen und alles Verbotene außerhalb der Anstalt tun. Dann und wann springt jemand vom Dreimetersprungbrett, kann aber dennoch nicht die Augen der Schwimmenden gewinnen, die Augen der liegenden Badegäste aus den illustrierten Zeitungen locken. – Plötzlich ein Lüftchen! Nein, kein Lüftchen. Vielmehr ist es ein junger Mann, der langsam, zielstrebig, von Sprosse zu Sprosse nachgreifend, die Leiter zum Zehnmetersprungturm hinaufsteigt. Schon sinken die Zeitschriften mit den Reportagen aus Europa und Übersee, Augen steigen mit ihm, liegende Körper werden länger, eine junge Frau beschattet die Stirn, jemand vergißt, woran er dachte, ein Wort bleibt unausgesprochen, eine Liebelei, gerade begonnen, endet frühzeitig, mitten im Satz – denn nun steht er gutgebaut und potent auf dem Brett, hüpft, lehnt sich gegen das sanftgebogene Stahlrohrgeländer, schaut wie gelangweilt herab, löst sich mit elegantem Beckenschwung vom Geländer, wagt sich aufs überragende, bei jedem Schritt federnde Sprungbrett, schaut hinab, erlaubt seinem Blick, sich zu einem azurenen, bestürzend kleinen Bassin zu verjüngen, in dem rot, gelb, grün, weiß, rot, gelb, grün, weiß, rot, gelb die Badekappen der Schwimmerinnen immer wieder neu durcheinandergeraten. Dort müssen die Bekannten sitzen, Doris und Erika Schüler, auch Jutta Daniels mit ihrem Freund, der gar nicht zu ihr paßt. Sie winken, auch Jutta winkt. Um sein Gleichgewicht besorgt, winkt er zurück. Die rufen. Was wollen die denn? Er soll machen, rufen die, springen, ruft Jutta. Aber er hatte doch gar nicht vor, wollte doch nur einmal gucken, wie es oben ist, und dann wieder langsam, Sprosse um Sprosse greifend, absteigen. Und nun rufen sie, daß es alle hören können, rufen laut: Spring! Nu spring schon! Spring!

Das ist, werden Sie zugeben müssen, so nah man sich auf einem Sprungturm dem Himmel befinden mag, eine verteufelte Lage. Ähnlich, wenn auch nicht während der Badesaison, erging es im Januar fünfundvierzig den Mitgliedern der Stäuberbande und mir. Wir hatten uns hoch hinauf gewagt, drängelten nun auf dem Sprungbrett, und unten, ein feierliches Hufeisen ums wasserlose Bassin bildend, saßen die Richter, Beisitzer, Zeugen und Gerichtsdiener.

Da trat Störtebeker auf das federnde Brett ohne Geländer.

»Spring!« rief der Richterchor.

Aber Störtebeker sprang nicht.

Da erhob sich unten auf den Zeugenbänken eine schmale Mädchengestalt, die ein Berchtesgadener Jäckchen und einen grauen Faltenrock trug. Ein weißes, aber nicht verschwommenes Gesicht – von dem ich noch heute behaupte, daß es ein Dreieck bildete – hob sie wie eine blinkende Zielmarkierung; und Luzie Rennwand rief nicht, sondern flüsterte: »Spring, Störtebeker, spring!«

Da sprang Störtebeker, und Luzie setzte sich wieder aufs Holz der Zeugenbank, zog die Ärmel ihres gestrickten Berchtesgadener Jäckchens lang und über ihre Fäuste.

Moorkähne hinkte aufs Sprungbrett. Die Richter forderten ihn zum Sprung auf. Aber Moorkähne wollte nicht, lächelte verlegen seine Fingernägel an, wartete, bis Luzie die Ärmel freigab, die Fäuste aus der Wolle fallen ließ und ihm das schwarzgerahmte Dreieck mit den Strichaugen zeigte. Da sprang er zielbesessen auf das Dreieck zu und erreichte es dennoch nicht.

Kohlenklau und Putte, die sich während des Aufstieges schon nicht grün gewesen waren, gerieten auf dem Sprungbrett aneinander. Putte wurde gestäubt, und selbst beim Sprung ließ Kohlenklau nicht von Putte ab.

Dreschhase, der lange seidige Wimpern hatte, schloß seine grundlos traurigen Rehaugen vor dem Sprung.

Bevor sie sprangen, mußten die Luftwaffenhelfer ihre Uniformen ausziehen.

Auch durften die Brüder Rennwand nicht als Meßdiener vom Sprungbrett in den Himmel hinabspringen; das hätte Luzie, ihr Schwesterchen, das in fadenscheiniger Kriegswolle auf der Zeugenbank saß und den Sprungsport förderte, niemals geduldet.

Im Gegensatz zur Historie sprangen zuerst Belisar und Narses, dann Totila und Teja.

Blaubart sprang, Löwenherz sprang, das Fußvolk der Stäuberbande: Nase, Buschmann, Ölhafen, Pfeifer, Kühnesenf, Jatagan und Faßbinder sprangen.

Als Stuchel sprang, ein verwirrend schielender Untersekundaner, der eigentlich nur halb und zufällig zur Stäuberbande gehörte, blieb einzig Jesus auf dem Sprungbrett zurück und wurde von den Richtern im Chor als Oskar Matzerath zum Sprung aufgefordert, welcher Aufforderung Jesus nicht nachkam. Und als sich in der Zeugenbank die gestrenge Luzie mit dem dünnen Mozartzopf zwischen den Schulterblättern erhob, die Strickjackenarme ausbreitete und, ohne den verkniffenen Mund zu bewegen, flüsterte: »Spring, süßer Jesus, spring!«, da begriff ich die verführerische Natur eines Zehnmetersprungbrettes, da rollten sich kleine graue Kätzchen in meinen Kniekehlen, da paarten sich Igel unter meinen Fußsohlen, da wurden Schwalben in meinen Achselhöhlen flügge, da lag mir die Welt zu Füßen und nicht nur Europa. Da tanzten Amerikaner und Japaner einen Fackeltanz auf der Insel Luzon. Da verloren Schlitzäugige und Rundäugige Knöpfe an ihren Monturen. Da gab es aber in Stockholm einen Schneider, der nähte zum selben Zeitpunkt Knöpfe an einen dezent gestreiften Abendanzug. Da fütterte Mountbatten die Elefanten Birmas mit Geschossen aller Kaliber. Da lehrte gleichzeitig eine Witwe in Lima ihren Papagei das Wörtchen »Caramba« nachsprechen. Da schwammen mitten im Pazifik zwei mächtige, wie gotische Kathedralen verzierte Flugzeugträger aufeinander zu, ließen ihre Flugzeuge starten und versenkten sich gegenseitig. Die Flugzeuge aber konnten nicht mehr landen, hingen hilflos und rein allegorisch gleich Engeln in der Luft und verbrauchten brummend ihren Brennstoff. Das jedoch störte einen Straßenbahnschaffner in Haparanda, der gerade Feierabend gemacht hatte, überhaupt nicht. Eier schlug er sich in die Pfanne, zwei für sich, zwei für seine Verlobte, auf deren Ankunft er lächelnd und alles vorausbedenkend wartete. Natürlich hätte man auch voraussehen können, daß sich die Armeen Konjews und Schukows abermals in Bewegung setzen würden; während es in Irland regnete, durchbrachen sie die Weichselfront, nahmen Warschau zu spät und Königsberg zu früh und konnten dennoch nicht verhindern, daß einer Frau in Panama, die fünf Kinder hatte und einen einzigen Mann, die Milch auf dem Gasherd anbrannte. So blieb es auch nicht aus, daß der Faden des Zeitgeschehens, der vorne noch hungrig war, Schlingen schlug und Geschichte machte, hinten schon zur Historie gestrickt wurde. Auch fiel mir auf, das Tätigkeiten wie: Daumendrehen, Stirnrunzeln, Köpfchensenken, Händeschütteln, Kindermachen, Falschgeldprägen, Lichtausknipsen, Zähneputzen, Totschießen und Trockenlegen überall, wenn auch nicht gleichmäßig geschickt, geübt wurden. Mich verwirrten diese vielen zielstrebigen Aktionen. Deshalb wandte meine Aufmerksamkeit sich wieder dem Prozeß zu, der mir zu Ehren am Fuße des Sprungturmes veranstaltet wurde. »Spring, süßer Jesus, spring«, flüsterte die frühreife Zeugin Luzie Rennwand. Sie saß auf Satans Schoß, was ihre Jungfräulichkeit noch betonte. Er bereitete ihr Lust, indem er ihr ein Wurstbrot reichte. Sie biß zu und blieb dennoch keusch. »Spring, süßer Jesus!« kaute sie und bot mir ihr unverletztes Dreieck.

Ich sprang nicht und werde nie von Sprungtürmen springen. Das war nicht Oskars letzter Prozeß. Man hat mich mehrmals und noch in letzter Zeit zum Sprung verführen wollen. Wie beim Stäuberprozeß gab es auch beim Ringfingerprozeß – den ich besser den dritten Prozeß Jesu nenne – Zuschauer genug am Rande des azurgefliesten Bassins ohne Wasser. Auf Zeugenbänken saßen sie, wollten durch und nach meinem Prozeß weiterleben.

Ich aber machte kehrt, erstickte die flüggen Schwalben in meinen Achselhöhlen, erdrückte die unter meinen Sohlen Hochzeit feiernden Igel, hungerte die grauen Kätzchen in meinen Knickehlen aus – und ging steif, die Hochgefühle des Sprunges verschmähend, auf das Geländer zu, schwang mich in die Leiter, stieg ab, ließ mir von jeder Leitersprosse bestätigen, daß man Sprungtürme nicht nur besteigen, sondern auch sprunglos wieder verlassen kann.

Unten erwarteten mich Maria und Matzerath. Hochwürden Wiehnke segnete mich ungefragt. Gretchen Scheffler hatte mir ein Wintermäntelchen mitgebracht, auch Kuchen. Das Kurtchen war gewachsen und wollte mich weder als Vater noch als Halbbruder erkennen. Meine Großmutter Koljaiczek hielt ihren Bruder Vinzent am Arm. Der kannte die Welt und redete wirr.

Als wir das Gerichtsgebäude verließen, kam ein Beamter in Zivil auf Matzerath zu, übergab dem ein Schreiben und sagte: »Sie sollten sich das wirklich noch einmal überlegen, Herr Matzerath. Das Kind muß von der Straße fort. Sie sehen ja, von welchen Elementen solch ein hilfloses Geschöpf mißbraucht wird.«

Maria weinte und hängte mir meine Trommel um, die Hochwürden Wiehnke während des Prozesses an sich genommen hatte. Wir gingen zur Straßenbahnhaltestelle am Hauptbahnhof. Das letzte Stück trug mich Matzerath. Über seine Schulter hinweg blickte ich zurück, suchte ein dreieckiges Gesicht in der Menge, wollte wissen, ob sie auch auf den Sprungturm mußte, ob sie Störtebeker und Moorkähne nachsprang oder ob sie gleich mir die zweite Möglichkeit einer Leiter, den Abstieg, wahrgenommen hatte.

Bis zum heutigen Tage habe ich es mir nicht abgewöhnen können, auf den Straßen und Plätzen nach einem mageren, weder hübschen noch häßlichen, dennoch unentwegt Männer mordenden Backfisch Umschau zu halten. Selbst im Bett meiner Heil- und Pflegeanstalt erschrecke ich, wenn Bruno mir unbekannten Besuch meldet. Mein Entsetzen heißt dann: Jetzt kommt Luzie Rennwand und fordert dich als Kinderschreck und Schwarze Köchin letztmals zum Sprung auf.

Zehn Tage lang überlegte sich Matzerath, ob er den Brief unterschreiben und ans Gesundheitsministerium abschikken sollte. Als er ihn am elften Tag unterschrieben abschickte, lag die Stadt schon unter Artilleriebeschuß, und es war fraglich, ob die Post noch Gelegenheit fände, den Brief weiterzusenden. Panzerspitzen der Armee des Marschalls Rokossowski drangen bis Elbing vor. Die zweite Armee, von Weiß, bezog Stellung auf den Höhen um Danzig. Es begann das Leben im Keller.

Wie wir alle wissen, befand sich unser Keller unter dem Laden. Man konnte ihn vom Kellereingang im Hausflur, gegenüber der Toilette, achtzehn Stufen hinabsteigend, hinter Heilandts und Katers Keller, vor Schlagers Keller erreichen. Der alte Heilandt war noch da. Frau Kater jedoch, auch der Uhrmacher Laubschad, Eykes und Schlagers waren mit einigen Bündeln davon. Von ihnen, auch von Gretchen und Alexander Scheffler hieß es später, sie seien in letzter Minute an Bord eines ehemaligen KdF-Schiffes gegangen und ab, Richtung Stettin oder Lübeck oder auch auf eine Mine und in die Luft geflogen; auf jeden Fall war über die Hälfte der Wohnungen und Keller leer.

Unser Keller hatte den Vorteil eines zweiten Einganges, der, wie wir gleichfalls alle wissen, aus einer Falltür im Laden hinter dem Ladentisch bestand. So konnte auch niemand sehen, was Matzerath in den Keller brachte, was er aus dem Keller holte. Es hätte uns auch niemand die Vorräte gegönnt, die Matzerath während der Kriegsjahre zu stapeln verstanden hatte. Der trockenwarme Raum war voller Lebensmittel wie: Hülsenfrüchte, Teigwaren, Zucker, Kunsthonig, Weizenmehl und Margarine. Kisten Knäckebrot lasteten auf Kisten Palmin. Konservendosen mit Leipziger Allerlei stapelten sich neben Dosen mit Mirabellen, Jungen Erbsen, Pflaumen auf Regalen, die der praktische Matzerath selbst angefertigt und auf Dübeln an den Wänden befestigt hatte. Einige etwa Mitte des Krieges auf Greffs Veranlassung hin zwischen Kellerdecke und Betonboden gekeilte Balken sollten dem Lebensmittellager die Sicherheit eines vorschriftsmäßigen Luftschutzraumes geben. Mehrmals wollte Matzerath die Balken wieder wegschlagen, da Danzig außer Störangriffen kein größeres Bombardement erlebte. Doch als der Luftschutzwart Greff nicht mehr mahnte, bat ihn Maria um den Verbleib der stützenden Balken. Für Kurtchen forderte sie Sicherheit und manchmal auch für mich.

Während der ersten Luftangriffe Ende Januar trugen der alte Heilandt und Matzerath noch mit vereinten Kräften den Stuhl mit Mutter Truczinski in unseren Keller. Dann ließ man sie, vielleicht auf ihren Wunsch, womöglich auch die Anstrengungen des Tragens scheuend, in der Wohnung, vor dem Fenster. Nach dem großen Angriff gegen die Innenstadt fanden Maria und Matzerath die alte Frau mit herabhängendem Unterkiefer und so verdrehtem Blick vor, als wäre ihr eine kleine klebrige Fliege ins Auge geflogen.

So wurde die Tür zum Schlafzimmer aus den Angeln gehoben. Der alte Heilandt holte aus seinem Schuppen Werkzeug und einige Kistenbretter. Derbyzigaretten rauchend, die ihm Matzerath gegeben hatte, begann er Maß zu nehmen. Oskar half ihm bei der Arbeit. Die anderen verschwanden im Keller, weil der Artilleriebeschuß von der Höhe wieder begann.

Er wollte es schnell machen und eine schlichte, unverjüngte Kiste zusammenzimmern. Oskar war jedoch mehr für die traditionelle Sargform, ließ nicht locker, hielt ihm die Bretter so bestimmt unter die Säge, daß er sich schließlich doch noch zu jener Verjüngung zum Fußende hin entschloß, die jede menschliche Leiche für sich beanspruchen darf.

Am Ende sah der Sarg fein aus. Die Greffsche wusch Mutter Truczinski, nahm ein frischgewaschenes Nachthemd aus dem Schrank, beschnitt ihre Fingernägel, ordnete ihren Dutt, gab dem mit drei Stricknadeln den nötigen Halt, kurz, sie sorgte dafür, daß Mutter Truczinski auch im Tode einer grauen Maus glich, die zu Lebzeiten gerne Malzkaffee getrunken und Kartoffelpuffer gegessen hatte.

Da sich die Maus aber während des Bombenangriffes in ihrem Stuhl verkrampft hatte und nur mit angezogenen Knien im Sarg liegen wollte, mußte ihr der alte Heilandt, als Maria mit dem Kurtchen auf dem Arm für Minuten das Zimmer verließ, beide Beine brechen, damit der Sarg vernagelt werden konnte.

Leider hatten wir nur gelbe und keine schwarze Farbe. So wurde Mutter Truczinski in ungestrichenen, aber zum Fußende hin verjüngten Brettern aus der Wohnung und die Treppen hinunter getragen. Oskar trug seine Trommel hinterdrein und betrachtete lesend den Sargdeckel: Vitello-Margarine – Vitello-Margarine – Vitello-Margarine – stand dort dreimal in gleichmäßigen Abschnitten untereinander und bestätigte nachträglich Mutter Truczinskis Geschmacksrichtung. Sie hatte zu Lebzeiten die gute Vitello-Margarine aus reinen Pflanzenfetten der besten Butter vorgezogen; weil Margarine gesund ist, frisch hält, nährt und fröhlich macht.

Der alte Heilandt zog den Tafelwagen der Gemüsehandlung Greff mit dem Sarg durch die Luisenstraße, Marienstraße, durch den Anton-Möller-Weg – da brannten zwei Häuser – in Richtung Frauenklinik. Das Kurtchen war bei der Witwe Greff in unserem Keller geblieben. Maria und Matzerath schoben, Oskar saß drauf, wäre gerne auf den Sarg geklettert, durfte aber nicht. Die Straßen waren mit Flüchtlingen aus Ostpreußen und dem Werder verstopft. Durch die Eisenbahnunterführung vor der Sporthalle war kaum durchzukommen. Matzerath schlug vor, im Schulgarten des Conradinums ein Loch zu graben. Maria war dagegen. Der alte Heilandt, der Mutter Truczinskis Alter hatte, winkte ab. Auch ich war gegen den Schulgarten. Auf die Städtischen Friedhöfe mußten wir allerdings verzichten, da von der Sporthalle an die Hindenburgallee nur für Militärfahrzeuge offen war. So konnten wir die Maus nicht neben ihrem Sohn Herbert beerdigen, wählten ihr aber ein Plätzchen hinter der Maiwiese im Steffenspark, der den Städtischen Friedhöfen gegenüberlag.

Der Boden war gefroren. Während Matzerath und der alte Heilandt abwechselnd mit der Spitzhacke wirkten und Maria Efeu neben Steinbänken auszugraben versuchte, machte Oskar sich selbständig und war bald zwischen den

Baumstämmen der Hindenburgallee. Welch ein Verkehr! Die von der Höhe und aus dem Werder zurückgezogenen Panzer schleppten sich gegenseitig ab. An den Bäumen – wenn ich mich recht erinnere, waren es Linden – hingen Volkssturmleute und Soldaten. Pappschildchen vor ihren Uniformröcken waren einigermaßen leserlich und besagten, daß an den Bäumen oder Linden Verräter hingen. Mehreren Erhängten sah ich ins angestrengte Gesicht, stellte Vergleiche im allgemeinen und im besonderen mit dem erhängten Gemüsehändler Greff an. Auch sah ich Bündel junger Burschen in zu großen Uniformen hängen, glaubte mehrmals Störtebeker zu erkennen – erhängte Burschen sehen aber alle gleich aus – und sagte mir dennoch: Jetzt haben sie den Störtebeker gehängt – ob sie auch Luzie Rennwand aufgeknüpft haben?

Dieser Gedanke beflügelte Oskar. Die Bäume links und rechts suchte er nach einem dünnen hängenden Mädchen ab, wagte sich durch die Panzer hindurch auf die andere Seite der Allee, fand aber auch dort nur Landser, alte Volkssturmmänner und Burschen, die Störtebeker glichen. Enttäuscht klapperte ich mich die Allee bis zum halbzerstörten Café Vierjahreszeiten hinauf, fand nur widerstrebend zurück und hatte, als ich beim Grab der Mutter Truczinski stand und mit Maria Efeu und Laub über den Hügel streute, immer noch die feste und detaillierte Vorstellung einer hängenden Luzie.

Den Tafelwagen der Witwe Greff brachten wir nicht mehr in den Gemüseladen. Matzerath und der alte Heilandt nahmen ihn auseinander, stellten aber Einzelteile vor den Ladentisch, und der Kolonialwarenhändler sagte zu dem alten Mann, dem er drei Päckchen Derbyzigaretten einsteckte: »Vielleicht brauchen wir den Wagen noch mal. Hier ist er einigermaßen sicher.«

Der alte Heilandt sagte nichts, griff sich aber mehrere Pakete Nudeln und zwei Tüten Zucker aus den fast leeren

Regalen. Dann schlurfte er mit seinen Filzpantoffeln, die er während des Begräbnisses, auch auf dem Hin- und Rückweg angehabt hatte, aus dem Laden und überließ es Matzerath, den kümmerlichen Warenrest aus den Regalen in den Keller zu räumen.

Wir kamen jetzt kaum noch raus aus dem Loch. Es hieß, die Russen seien schon in Zigankenberg, Pietzgendorf und vor Schidlitz. Jedenfalls mußten sie auf den Höhen sitzen, denn sie schossen schnurstracks in die Stadt. Rechtstadt, Altstadt, Pfefferstadt, Vorstadt, Jungstadt, Neustadt und Niederstadt, an denen zusammen man über siebenhundert Jahre lang gebaut hatte, brannten in drei Tagen ab. Das war aber nicht der erste Brand der Stadt Danzig. Pommerellen, Brandenburger, Ordensritter, Polen, Schweden und nochmals Schweden, Franzosen, Preußen und Russen, auch Sachsen hatten zuvor schon, Geschichte machend, alle paar Jahrzehnte die Stadt verbrennenswert gefunden – und nun waren es Russen, Polen, Deutsche und Engländer gemeinsam, die die Ziegel gotischer Backsteinkunst zum hundertstenmal brannten, ohne dadurch Zwieback zu gewinnen. Es brannten die Häkergasse, Langgasse, Breitgasse, Große und Kleine Wollwebergasse, es brannten die Tobiasgasse, Hundegasse, der Altstädtische Graben, Vorstädtische Graben, die Wälle brannten und die Lange Brücke. Das Krantor war aus Holz und brannte besonders schön. In der Kleinen Hosennähergasse ließ sich das Feuer für mehrere auffallend grelle Hosen Maß nehmen. Die Marienkirche brannte von innen nach außen und zeigte Festbeleuchtung durch Spitzbogenfenster. Die restlichen, noch nicht evakuierten Glocken von Sankt Katharinen, Sankt Johann, Sankt Brigitten, Barbara, Elisabeth, Peter und Paul, Trinitatis und Heiliger Leichnam schmolzen in Turmgestühlen und tropften sang- und klanglos. In der Großen Mühle wurde roter Weizen gemahlen. In der Fleischergasse roch es nach verbranntem Sonntagsbraten. Im Stadttheater wurden Brandstifters Träume, ein doppelsinniger Einakter, uraufgeführt. Im Rechtstädtischen Rathaus beschloß man, die Gehälter der Feuerwehrleute nach dem Brand rückwirkend heraufzusetzen. Die Heilige-Geist-Gasse brannte im Namen des Heiligen Geistes. Freudig brannte das Franziskanerkloster im Namen des Heiligen Franziskus, der ja das Feuer liebte und ansang. Die Frauengasse entbrannte für Vater und Sohn gleichzeitig. Daß der Holzmarkt, Kohlenmarkt, Heumarkt abbrannten, versteht sich von selbst. In der Brotbänkengasse kamen die Brötchen nicht mehr aus dem Ofen. In der Milchkannengasse kochte die Milch über. Nur das Gebäude der Westpreußischen Feuerversicherung wollte aus rein symbolischen Gründen nicht abbrennen.

Oskar hat sich nie viel aus Bränden gemacht. So wäre ich auch im Keller geblieben, als Matzerath die Treppen hochsprang, um sich vom Dachboden aus das brennende Danzig anzusehen, wenn ich nicht leichtsinnigerweise auf eben jenem Dachboden meine wenigen, leicht brennbaren Habseligkeiten gelagert gehabt hätte. Es galt, meine letzte Trommel aus dem Fronttheatervorrat und meinen Goethe wie Rasputin zu retten. Auch verwahrte ich zwischen den Buchseiten einen hauchdünnen, zart bemalten Fächer, den meine Roswitha, die Raguna, zu Lebzeiten graziös zu bewegen verstanden hatte. Maria blieb im Keller. Kurtchen jedoch wollte mit mir und Matzerath aufs Dach und das Feuer sehen. Einerseits ärgerte ich mich über die unkontrollierte Begeisterungsfähigkeit meines Sohnes, andererseits sagte Oskar sich: Er wird es von seinem Urgroßvater, von meinem Großvater, dem Brandstifter Koljaiczek, haben. Maria behielt das Kurtchen unten, ich durfte mit Matzerath hinauf, nahm meine Siebensachen an mich, warf einen Blick durch das Trockenbodenfenster und erstaunte über die sprühend lebendige Kraft, zu der sich die altehrwürdige Stadt hatte aufraffen können.

Als Granaten in der Nähe einschlugen, verließen wir den Trockenboden. Später wollte Matzerath noch einmal hinauf, aber Maria verbot es ihm. Er fügte sich, weinte, als er der Witwe Greff, die unten geblieben war, den Brand lang und breit schildern mußte. Noch einmal fand er in die Wohnung, stellte das Radio an: Aber es kam nichts mehr. Nicht einmal das Feuer des brennenden Funkhauses hörte man knistern, geschweige denn eine Sondermeldung.

Fast zaghaft wie ein Kind, das nicht weiß, ob es weiterhin an den Weihnachtsmann glauben soll, stand Matzerath mitten im Keller, zog an seinen Hosenträgern, äußerte erstmals Zweifel am Endsieg und nahm sich auf Anraten der Witwe Greff das Parteizeichen vom Rockaufschlag, wußte aber nicht, wohin damit; denn der Keller hatte Betonfußboden, die Greffsche wollte ihm das Abzeichen nicht abnehmen, Maria meinte, er solle es in den Winterkartoffeln verbuddeln, aber die Kartoffeln waren dem Matzerath nicht sicher genug, und nach oben zu gehen, wagte er nicht, denn die mußten bald kommen, wenn sie nicht schon da waren, unterwegs waren, kämpften ja schon bei Brentau und Oliva, als er noch auf dem Dachboden gewesen war, und er bedauerte mehrmals, den Bonbon nicht oben im Luftschutzsand gelassen zu haben, denn wenn die ihn hier unten mit dem Bonbon in der Hand fanden – da ließ er ihn fallen, auf den Beton, wollte drauftreten und den wilden Mann spielen, doch Kurtchen und ich, wir waren gleichzeitig drüber her, und ich hatte ihn zuerst, hielt ihn auch weiterhin, als das Kurtchen zuschlug, wie es immer zuschlug, wenn es etwas haben wollte, aber ich gab meinem Sohn nicht das Parteiabzeichen, wollte ihn nicht gefährden; denn mit den Russen soll man keine Scherze treiben. Das wußte Oskar noch von seiner Rasputinlektüre her, und ich überlegte mir, während das Kurtchen auf mich einschlug, Maria uns trennen wollte, ob wohl Weißrussen oder Großrussen, ob Kosaken oder

Georgier, ob Kalmücken oder gar Krimtataren, ob Ruthenen oder Ukrainer, ob womöglich Kirgisen das Matzerathsche Parteiabzeichen beim Kurtchen fänden, wenn Oskar unter den Schlägen seines Sohnes nachgäbe.

Als Maria uns mit Hilfe der Witwe Greff trennte, hielt ich den Bonbon siegreich in der linken Faust. Matzerath war froh, daß sein Orden weg war. Maria hatte mit dem heulenden Kurtchen zu tun. Mich stach die offene Nadel in den Handteller. Nach wie vor konnte ich dem Ding keinen Geschmack abgewinnen. Doch als ich dem Matzerath seinen Bonbon gerade hinten, am Rock, wieder ankleben wollte – was ging mich schließlich seine Partei an –, da waren sie gleichzeitig über uns im Laden und, was die kreischenden Frauen anging, höchstwahrscheinlich auch in den Nachbarkellern.

Als sie die Falltür hoben, stach mich die Nadel des Abzeichens immer noch. Was blieb mir zu tun übrig, als mich vor Marias zitternde Knie zu hocken und Ameisen auf dem Betonfußboden zu beobachten, deren Heerstraße von den Winterkartoffeln diagonal durch den Keller zu einem Zuckersack führte. Ganz normale, leichtgemischte Russen, schätzte ich, da an die sechs Mann auf der Kellertreppe drängten und über Maschinenpistolen Augen machten. Bei all dem Geschrei wirkte beruhigend, daß sich die Ameisen durch den Auftritt der russischen Armee nicht beeinflussen ließen. Die hatten nur Kartoffeln und Zucker im Sinn, während jene mit den Maschinenpistolen vorerst andere Eroberungen anstrebten. Daß die Erwachsenen die Hände hochhoben, fand ich normal. Das kannte man aus den Wochenschauen; auch war es nach der Verteidigung der Polnischen Post ähnlich ergebungsvoll zugegangen. Warum aber das Kurtchen die Erwachsenen nachäffte, blieb mir unerklärlich. Der hätte sich ein Beispiel an mir, seinem Vater – oder wenn nicht am Vater, dann an den Ameisen nehmen sollen. Da sich sogleich drei der viereckigen Uniformen für die Witwe Greff erwärmten, kam etwas Bewegung in die starre Gesellschaft. Die Greffsche, die solch zügigen Andrang nach so langer Witwenschaft und vorhergehender Fastenzeit kaum erwartet hatte, schrie anfangs noch vor Überraschung, fand sich dann aber schnell in jene ihr fast in Vergessenheit geratene Lage.

Schon bei Rasputin hatte ich gelesen, daß die Russen die Kinder lieben. In unserem Keller sollte ich es erleben. Maria zitterte ohne Grund und konnte gar nicht begreifen, warum die vier, die nichts mit der Greffschen gemein hatten, das Kurtchen auf ihrem Schoß sitzen ließen, nicht selbst und abwechselnd dort Platz nahmen, vielmehr das Kurtchen streichelten, dadada zu ihm sagten und ihm, auch Maria die Wangen tätschelten.

Mich und meine Trommel nahm jemand vom Beton weg auf den Arm und hinderte mich somit, weiterhin und vergleichsweise die Ameisen zu beobachten und an ihrem Fleiß das Zeitgeschehen zu messen. Mein Blech hing mir vor dem Bauch, und der stämmige, großporige Kerl wirbelte mit dicken Fingern, für einen Erwachsenen nicht einmal ungeschickt, einige Takte, zu denen man hätte tanzen können. Oskar hätte sich gerne revanchiert, hätte gern einige Kunststückchen aufs Blech gelegt, konnte aber nicht, weil ihn noch immer das Matzerathsche Parteiabzeichen in die linke Handfläche stach.

Fast wurde es friedlich und familiär in unserem Keller. Die Greffsche lag immer stiller werdend unter drei Kerlen abwechselnd, und als einer von denen genug hatte, wurde Oskar von meinem recht begabten Trommler an einen schwitzenden, in den Augen leicht geschlitzten, nehmen wir an, Kalmücken abgegeben. Während er mich links schon hielt, knöpfte er sich rechts die Hose zu und nahm keinen Anstoß daran, daß sein Vorgänger, mein Trommler, das Gegenteil tat. Dem Matzerath jedoch bot sich kaum Abwechslung. Immer noch stand er vor dem Regal mit den Weißblechdosen voller Leipziger Allerlei, hielt die Hände hoch, zeigte alle Handlinien; doch niemand wollte ihm aus der Hand lesen. Hingegen erwies sich die Auffassungsgabe der Frauen als erstaunlich: Maria lernte die ersten Worte Russisch, zitterte nicht mehr mit den Knien, lachte sogar und hätte auf ihrer Mundharmonika spielen können, wäre die Maultrommel greifbar gewesen.

Oskar jedoch, der sich nicht so schnell umstellen konnte, verlegte sich, Ersatz für seine Ameisen suchend, auf das Beobachten mehrerer platter, graubräunlicher Tiere, die sich auf dem Kragenrand meines Kalmücken ergingen. Gerne hätte ich solch eine Laus gefangen und untersucht, weil auch in meiner Lektüre, weniger bei Goethe, um so häufiger bei Rasputin, von Läusen die Rede war. Weil ich aber mit einer einzigen Hand den Läusen schlecht beikommen konnte, trachtete ich, das Parteiabzeichen loszuwerden. Und um meine Handlungsweise zu erklären, sagt Oskar: Da der Kalmücke schon mehrere Orden an der Brust hatte, hielt ich jenen mich stechenden und am Läusefangen hindernden Bonbon dem seitwärts von mir stehenden Matzerath mit immer noch geschlossener Hand hin.

Man kann jetzt sagen, das hätte ich nicht tun sollen. Man kann aber auch sagen: Matzerath hätte nicht zuzugreifen brauchen.

Er griff zu. Ich war den Bonbon los. Matzerath erschrak nach und nach, als er das Zeichen seiner Partei zwischen den Fingern spürte. Mit nunmehr freien Händen wollte ich nicht Zeuge sein, was Matzerath mit dem Bonbon tat. Zu zerstreut, um den Läusen nachgehen zu können, wollte Oskar sich abermals auf die Ameisen konzentrieren, bekam aber doch eine rasche Handbewegung Matzeraths mit, sagt jetzt, da ihm nicht einfällt, was er damals dachte: Es wäre vernünftiger gewesen, das bunte runde Ding ruhig in der geschlossenen Hand zu halten.

Er aber wollte es loswerden und fand trotz seiner oft erprobten Phantasie als Koch und Dekorateur des Kolonialwarenladenschaufensters kein anderes Versteck als seine Mundhöhle.

Wie wichtig solch eine kurze Handbewegung sein kann! Von der Hand in den Mund, das reichte aus, die beiden Iwans, die links und rechts friedlich neben Maria gesessen hatten, zu erschrecken und von dem Luftschutzbett aufzujagen. Mit Maschinenpistolen standen sie vor Matzeraths Bauch, und jedermann konnte sehen, daß Matzerath versuchte, etwas zu verschlucken.

Hätte er doch zuvor wenigstens mit drei Fingern die Nadel des Parteiabzeichens geschlossen. Nun würgte er an dem sperrigen Bonbon, lief rot an, bekam dicke Augen, hustete, weinte, lachte und konnte bei all den gleichzeitigen Gemütsbewegungen die Hände nicht mehr oben behalten. Das jedoch duldeten die Iwans nicht. Sie schrien und wollten wieder seine Handteller sehen. Aber Matzerath hatte sich vollkommen auf seine Atmungsorgane eingestellt. Selbst husten konnte er nicht mehr richtig, geriet aber ins Tanzen und Armeschleudern, fegte einige Weißblechdosen voller Leipziger Allerlei vom Regal und bewirkte, daß mein Kalmücke, der bisher ruhig und leichtgeschlitzt zugesehen hatte, mich behutsam absetzte, hinter sich langte, etwas in die Waagerechte brachte und aus der Hüfte heraus schoß, ein ganzes Magazin leerschoß, schoß, bevor Matzerath ersticken konnte.

Was man nicht alles tut, wenn das Schicksal seinen Auftritt hat! Während mein mutmaßlicher Vater die Partei verschluckte und starb, zerdrückte ich, ohne es zu merken oder zu wollen, zwischen den Fingern eine Laus, die ich dem Kalmücken kurz zuvor abgefangen hatte. Matzerath hatte sich quer über die Ameisenstraße fallen lassen. Die Iwans verließen den Keller über die Treppe zum Laden und nahmen einige Päckchen Kunsthonig mit. Mein Kalmücke ging als letzter, griff aber keinen Kunsthonig, weil er ein neues Magazin in seine Maschinenpistole stecken mußte. Die Witwc Greff hing offen und verdreht zwischen Margarinekisten. Maria hielt das Kurtchen an sich, als wollte sie es erdrücken. Mir ging ein Satzgebilde durch den Kopf, das ich bei Goethe gelesen hatte. Die Ameisen fanden eine veränderte Situation vor, scheuten aber den Umweg nicht, bauten ihre Heerstraße um den gekrümmten Matzerath herum; denn jener aus dem geplatzten Sack rieselnde Zucker hatte während der Besetzung der Stadt Danzig durch die Armee Marschall Rokossowskis nichts von seiner Süße verloren.

Soll ich oder soll ich nicht

Zuerst kamen die Rugier, dann kamen die Goten und Gepiden, sodann die Kaschuben, von denen Oskar in direkter Linie abstammt. Bald darauf schickten die Polen den Adalbert von Prag. Der kam mit dem Kreuz und wurde von Kaschuben oder Pruzzen mit der Axt erschlagen. Das geschah in einem Fischerdorf, und das Dorf hieß Gyddanyzc. Aus Gyddanyzc machte man Danczik, aus Danczik wurde Dantzig, das sich später Danzig schrieb, und heute heißt Danzig Gdańsk.

Bis man jedoch zu dieser Schreibart gefunden hatte, kamen nach den Kaschuben die Herzöge von Pommerellen nach Gyddanyzc. Die hatten Namen wie: Subislaus, Sambor, Mestwin und Swantopolk. Aus dem Dorf wurde ein Städtchen. Dann kamen die wilden Pruzzen und zerstörten die Stadt ein bißchen. Dann kamen die Brandenburger von weit her und zerstörten gleichfalls ein bißchen. Auch Boleslaw von Polen wollte ein bißchen zerstören, und der Ritterorden sorgte gleichfalls dafür, daß die kaum ausgebesserten Schäden unter den Ritterschwertern wieder deutlich wurden.

Ein zerstörerisches und wiederaufbauendes Spielchen treibend, wechselten sich jetzt mehrere Jahrhunderte lang die Herzöge von Pommerellen, die Hochmeister des Ritterordens, die Könige und Gegenkönige von Polen, Grafen von Brandenburg und die Bischöfe von Wloclawek ab. Baumeister und Abbruchunternehmer hießen: Otto und Waldemar, Bogussa, Heinrich von Plotzke – und Dietrich von Altenberg, der die Ritterburg dorthin baute, wo man im zwanzigsten Jahrhundert, am Heveliusplatz, die Polnische Post verteidigte.

Es kamen die Hussiten, machten hier und da ein Feuerchen und zogen wieder ab. Dann warf man die Ordensritter aus der Stadt, brach die Burg ab, weil man in der Stadt keine Burg haben wollte. Man wurde polnisch und fuhr nicht schlecht dabei. Der König, der das erreichte, hieß Kazimierz, wurde der Große genannt und war der Sohn des ersten Wladyslaw. Dann kam Ludwig und nach dem Ludwig die Hedwig. Die heiratete den Jagiello von Litauen, und es begann die Zeit der Jagiellonen. Auf Wladyslaw den Zweiten folgte ein dritter Wladyslaw, dann wieder mal ein Kazimierz, der aber keine rechte Lust hatte und dennoch dreizehn Jahre lang gutes Danziger Kaufmannsgeld im Krieg gegen den Ritterorden verpulverte. Johann Albrecht hatte dagegen mehr mit den Türken zu tun. Dem Alexander folgte Sigismund der Alte oder auch Zygmunt Stary genannt. Dem Geschichtsbuchkapitel über Sigismund August folgt das Kapitel über jenen Stefan Bathory, nach dem die Polen gerne ihre Ozeandampfer benennen. Der belagerte, beschoß die Stadt längere Zeit – wie man nachlesen kann –, konnte sie aber nicht einnehmen. Dann kamen die Schweden und benahmen sich auch so. Denen machte das Belagern der Stadt einen solchen Spaß, daß sie es gleich mehrmals wiederholten. Auch gefiel zu jener Zeit Holländern, Dänen, Engländern die Danziger Bucht so gut, daß es mehreren ausländischen auf der Danziger Reede kreuzenden Schiffskapitänen gelang, zu Seehelden zu werden.

Der Friede zu Oliva. – Wie hübsch und friedlich das klingt. Dort bemerkten die Großmächte zum erstenmal, daß sich das Land der Polen wunderbar fürs Aufteilen eignet. Schweden, Schweden, nochmals Schweden – Schwedenschanze, Schwedentrunk, Schwedensprung. Dann kamen die Russen und die Sachsen, weil sich in der Stadt der arme Polenkönig Stanislaw Leszczynski verbarg. Wegen des einen einzigen Königs wurden tausendachthundert Häuser zerstört, und als der arme Leszczynski nach Frankreich floh, weil dort sein Schwiegersohn Ludwig wohnte, mußten die Bürger der Stadt eine Million blechen.

Dann wurde Polen dreimal geteilt. Die Preußen kamen ungerufen und übermalten an allen Stadttoren den polnischen Königsadler mit ihrem Vogel. Es hatte der Schulmeister Johannes Falk gerade noch Zeit, das Weihnachtslied »O du fröhliche ...« zu dichten, dann kamen die Franzosen. Napoleons General hieß Rapp, und an den mußten die Danziger nach einer elenden Belagerung zwanzig Millionen Franken berappen. Daß die Franzosenzeit eine schreckliche Zeit war, muß nicht unbedingt bezweifelt werden. Sie dauerte aber nur sieben Jahre. Da kamen die Russen und Preußen und schossen die Speicherinsel in Brand. Schluß war es mit dem Freistaat, den sich Napoleon ausgedacht hatte. Abermals fanden die Preußen Gelegenheit, ihren Vogel an alle Stadttore zu pinseln, besorgten das auch fleißig und legten erst einmal auf preußische Art das 4. Grenadierregiment, die 1. Artilleriebrigade, die 1. Pionierabteilung und das 1. Leibhusarenregiment in die Stadt. Nur vorübergehend hielten sich in Danzig das 30. Infanterieregiment, das 18. Infanterieregiment, das 3. Garderegiment zu Fuß, das 44. Infanterieregiment und das Füsilierregiment Numero 33 auf. Hingegen zog jenes berühmte Infanterieregiment Numero 128 erst im Jahre neunzehnhundertzwanzig ab. Um nichts auszulassen, sei noch berichtet, daß während preußischer Zeit die 1. Artilleriebrigade zur 1. Festungsabteilung und zur 2. Fußabteilung des ostpreußischen Artillerieregiment Numero 1 erweitert wurde. Dazu kam noch das pommersche Fußartillerieregiment Numero 2, welches später durch das westpreußische Fußartillerieregiment Numero 16 abgelöst wurde. Dem 1. Leibhusarenregiment folgte das 2. Leibhusarenregiment. Hingegen hielt sich das 8. Ulanenregiment nur kurze Zeit in den Mauern der Stadt auf. Dafür wurde außerhalb der Mauern, im Vorort Langfuhr, das westpreußische Train-Bataillon Numero 17 kaserniert. Zu Burckhardts, Rauschnings und Greisers Zeiten gab es im Freistaat nur die grüne Schutzpolizei. Das wurde neununddreißig unter Forster anders. Da waren alle Backsteinkasernen wieder voller fröhlich lachender Männer in Uniform, die mit allen Waffen jonglierten. Nun könnte man aufzählen, wie alle die Einheiten hießen, die von neununddreißig bis fünfundvierzig in Danzig und Umgebung lagen oder in Danzig zur Eismeerfront eingeschifft wurden. Das jedoch unterläßt Oskar und sagt schlicht: Dann kam, wie wir erfahren haben, der Marschall Rokossowski. Der erinnerte sich beim Anblick der heilen Stadt an seine großen internationalen Vorgänger, schoß erst einmal alles in Brand, damit sich jene, die nach ihm kamen, im Wiederaufbau austoben konnten.

Merkwürdigerweise kamen diesmal nach den Russen keine Preußen, Schweden, Sachsen oder Franzosen; es kamen die Polen.

Mit Sack und Pack kamen die Polen aus Wilna, Bialystok und Lemberg und suchten sich Wohnungen. Zu uns kam ein Herr, der sich Fajngold nannte, alleinstehend war, doch immer so tat, als umgäbe ihn eine vielköpfige Familie, welcher er Anweisungen zu geben hätte. Herr Fajngold übernahm sofort das Kolonialwarengeschäft, zeigte seiner Frau Luba, die aber weiterhin unsichtbar blieb und auch keine Antworten gab, die Dezimalwaage, den Petroleumtank, die Wurststange aus Messing, die leere Kasse und hocherfreut die Vorräte im Keller. Maria, die er sofort als Verkäuferin eingestellt und seiner imaginären Frau Luba wortreich präsentiert hatte, zeigte dem Herrn Fajngold unseren Matzerath, der schon seit drei Tagen unter einer Zeltplane im Keller lag, weil wir ihn der vielen Russen wegen, die auf den Straßen überall Fahrräder, Nähmaschinen und Frauen ausprobierten, nicht beerdigen konnten.

Als Herr Fajngold die Leiche sah, die wir auf den Rücken gedreht hatten, schlug er die Hände auf ähnliche Art ausdrucksvoll über dem Kopf zusammen, wie Oskar es vor Jahren bei seinem Spielzeughändler Sigismund Markus beobachtet hatte. Seine ganze Familie, nicht nur die Frau Luba, rief er in den Keller, und sicherlich sah er alle kommen, denn er nannte sie beim Namen, sagte Luba, Lew, Jakub, Berek, Leon, Mendel und Zonja, erklärte den Genannten, wer da liege und tot sei, und erklärte gleich darauf uns, daß alle, die er soeben gerufen habe, auch so dalagen, bevor sie in die Öfen von Treblinka kamen, dazu noch seine Schwägerin und der Schwägerin Schwestermann, der fünf Kinderchen hatte, und alle lagen, nur er, der Herr Fajngold, lag nicht, weil er Chlor streuen mußte.

Dann half er uns den Matzerath die Treppe hoch in den Laden tragen, hatte aber schon wieder seine Familie um sich, bat seine Frau Luba, doch der Maria beim Waschen der Leiche zu helfen. Die half aber nicht, was dem Herrn Fajngold weiter nicht auffiel, weil er die Vorräte aus dem Keller in den Laden schaffte. Auch ging uns die Greffsche, die ja Mutter Truczinski gewaschen hatte, diesmal nicht zur Hand, denn die hatte die Wohnung voller Russen; man hörte sie singen.

Der alte Heilandt, der schon während der ersten Besatzungstage als Schuhmacher Arbeit fand und Russenstiefel besohlte, die während des Vormarsches durchgelaufen worden waren, wollte sich zuerst nicht als Sargschreiner betätigen. Doch als Herr Fajngold mit ihm ins Geschäft kam und für einen Elektromotor aus dem Schuppen des alten Heilandt Derbyzigaretten aus unserem Geschäft anbot, legte er die Stiefel zur Seite, nahm anderes Werkzeug und seine letzten Kistenbretter.

Wir wohnten damals, bevor wir auch dort ausgewiesen wurden und Herr Fajngold uns den Keller überließ, in Mutter Truczinskis von Nachbarn und zugereisten Polen völlig ausgeräumter Wohnung. Der alte Heilandt nahm die Tür von der Küche zum Wohnzimmer aus den Angeln, da die Tür vom Wohnzimmer zum Schlafzimmer für Mutter Truczinskis Sarg hergehalten hatte. Unten auf dem Hof rauchte er Derbyzigaretten und zimmerte die Kiste zusammen. Wir blieben oben, und ich nahm mir den einzigen Stuhl, den man der Wohnung gelassen hatte, stieß die zerscherbten Fenster auf und ärgerte mich über den Alten, der die Kiste ohne jede Sorgfalt und ohne die vorschriftsmäßige Verjüngung zusammenkloppte.

Oskar sah Matzerath nicht mehr, denn als man die Kiste auf den Tafelwagen der Witwe Greff hob, waren Vitellos Margarinekistendeckel schon draufgenagelt, obgleich Matzerath zu Lebzeiten Margarine nicht nur nicht gegessen, sondern auch für Kochzwecke verabscheut hatte.

Maria bat den Herrn Fajngold um seine Begleitung, da sie die russischen Soldaten auf den Straßen fürchtete. Fajngold, der auf dem Ladentisch mit untergeschlagenen Beinen hockte und Kunsthonig aus einem Pappbecher löffelte, äußerte zuerst Bedenken, fürchtete das Mißtrauen seiner Frau Luba, erhielt dann wohl von seiner Gattin die Erlaubnis zum Mitgehen, denn er rutschte vom Ladentisch, gab mir den Kunsthonig, ich gab ihn an Kurtchen weiter, der das Zeug auch restlos vertilgte, während Herr Fajngold sich von Maria in einen langen schwarzen Mantel mit grauem Kaninchenfell helfen ließ. Bevor er den Laden abschloß und seine Frau bat, niemandem zu öffnen, stellte er sich unter einen ihm zu kleinen Zylinderhut, den vormals Matzerath bei diversen Begräbnissen und Hochzeiten getragen hatte.

Der alte Heilandt weigerte sich, den Tafelwagen bis zu den Städtischen Friedhöfen zu ziehen. Er habe noch Stiefel zu besohlen, sagte er, und müsse es kurz machen. Am Max-Halbe-Platz, dessen Trümmer immer noch qualmten, bog er links in den Brösener Weg ein, und ich ahnte, daß es in Richtung Saspe ging. Die Russen saßen vor den Häusern in der dünnen Februarsonne, sortierten Armband- und Taschenuhren, putzten mit Sand Silberlöffel, benutzten Büstenhalter als Ohrenwärmer, übten Kunstfahren auf Fahrrädern, hatten sich ein Hindernisgelände aus Ölgemälden, Standuhren, Badewannen, Radioapparaten und Garderobeständern aufgebaut, radelten dazwischen Achten, Schnecken, Spiralen, wichen Gegenständen wie Kinderwagen und Hängelampen, die aus den Fenstern geworfen wurden, geistesgegenwärtig aus und wurden für ihre Geschicklichkeit mit Beifall bedacht. Wo wir vorbeifuhren, hörte das Spiel für Sekunden auf. Einige mit Frauenwäsche über der Uniform halfen uns schieben, wollten auch nach Maria greifen, wurden aber von Herrn Fajngold, der Russisch sprach und einen Ausweis hatte, zurechtgewiesen. Ein Soldat mit Damenhut schenkte uns einen Vogelbauer mit einem lebenden Wellensittich auf der Stange. Das Kurtchen, das neben dem Wagen hüpfte, wollte die bunten Federn sogleich greifen und ausreißen. Maria, die das Geschenk nicht zurückzuweisen wagte, hob den Käfig aus Kurtchens Reichweite zu mir auf den Tafelwagen. Oskar, dem der Wellensittich zu bunt war, stellte den Käfig mit Vogel auf Matzeraths vergrößerte Margarinekiste. Ganz hinten saß ich, ließ die Beine baumeln und blickte in das Gesicht des Herrn Fajngold, das faltig, nachdenklich bis grämlich den Eindruck erweckte, der Herr überprüfte hinter der Stirn eine komplizierte Rechnung, die ihm nicht aufgehen wollte.

Ich schlug ein bißchen auf mein Blech, machte es heiter, wollte die trüben Gedanken des Herrn Fajngold verscheuchen. Aber er bewahrte sich seine Falten, hatte seinen Blick ich weiß nicht wo, womöglich im fernen Galizien; nur meine Trommel sah er nicht. Da gab Oskar es auf, ließ nur noch die Räder des Handwagens und Marias Weinen laut werden.

Welch ein milder Winter, dachte ich, als wir die letzten Langfuhrer Häuser hinter uns hatten, nahm auch einige Notiz von dem Wellensittich, der sich angesichts jener nachmittäglich über dem Flugplatz stehenden Sonne plusterte.

Das Flugfeld war bewacht, die Straße nach Brösen gesperrt. Ein Offizier sprach mit dem Herrn Fajngold, der während der Unterredung den Zylinderhut zwischen gespreizten Fingern hielt und dünnes, rotblond wehendes Haar zeigte. Kurz und wie prüfend an Matzeraths Kiste klopfend, den Wellensittich mit dem Finger neckend, ließ der Offizier uns passieren, gab aber zwei höchstens sechzehnjährige Burschen mit zu kleinen Käppis und zu großen Maschinenpistolen als Bewachung oder Begleitung mit.

Der alte Heilandt zog, ohne sich ein einziges Mal umzudrehen. Auch verstand er es, Zigaretten während des Ziehens, ohne den Wagen bremsen zu müssen, mit einer Hand anzuzünden. In der Luft hingen Flugzeuge. Man hörte die Motoren so deutlich, weil es Ende Februar, Anfang März war. Nur bei der Sonne hielten sich einige Wölkchen auf und verfärbten sich nach und nach. Die Bomber flogen gen Hela oder kamen von der Halbinsel Hela zurück, weil dort noch Reste der zweiten Armee kämpften.

Mich machten Wetter und Flugzeuggebrumm traurig. Es gibt nichts Langweiligeres, den Überdruß mehr Förderndes als ein wolkenloser Märzhimmel voller bald laut, bald ersterbend brummender Flugzeuge. Dazu kam, daß die beiden Jungrussen sich während des ganzen Weges vergeblich Mühe gaben, Gleichschritt zu halten.

Vielleicht hatten sich einige Bretter der schnellgezimmerten Kiste während der Fahrt erst über Kopfsteinpflaster, dann über Asphalt mit Schlaglöchern gelockert, auch fuhren wir gegen den Wind; jedenfalls roch es nach totem Matzerath, und Oskar war froh, als wir den Friedhof Saspe erreichten.

Wir konnten nicht bis auf die Höhe des schmiedeeisernen Gitters heranfahren, da ein quergestellter, ausgebrannter T 34 die Straße kurz vor dem Friedhof sperrte. Andere Panzer hatten auf dem Marsch in Richtung Neufahrwasser einen Umweg machen müssen, hatten ihre Spuren im Sand links von der Straße hinterlassen und einen Teil der Friedhofsmauer niedergewalzt. Herr Fajngold bat den alten Heilandt, hinten zu gehen. Sie trugen den Sarg, der sich leicht in der Mitte bog, den Panzerspuren nach, dann mühevoll über das Geröll der Friedhofsmauer und mit letzter Kraft ein Stück zwischen gestürzte und auf der Kippe stehende Grabsteine. Der alte Heilandt saugte süchtig an seiner Zigarette und stieß den Rauch gegen das Sargende. Ich trug den Käfig mit dem Wellensittich auf der Stange. Maria zog zwei Schaufeln hinter sich her. Kurtchen trug eine Kreuzhacke, das heißt, er schwang sie um sich, schlug auf dem Friedhof, sich in Gefahr bringend, gegen den grauen Granit, bis Maria ihm die Hacke wegnahm, um, kräftig wie sie war, den beiden Männern beim Graben zu helfen.

Wie gut, daß der Boden hier sandig und nicht gefroren ist, stellte ich fest und suchte hinter der nördlichen Mauer Jan Bronskis Stelle. Hier oder da mochte es gewesen sein. Genaues ließ sich nicht mehr feststellen, da die wechselnden Jahreszeiten den ehemaligen verräterisch frischen Kalkanstrich grau und mürbe wie alles Mauerwerk auf Saspe gemacht hatten.

Durch die hintere Gittertür fand ich wieder zurück, schickte den Blick an den Krüppelkiefern hoch und dachte, um nichts Belangloses denken zu müssen: Nun begraben sie auch den Matzerath. Auch suchte und fand ich teilweise einen Sinn in dem Umstand, daß hier unter demselben Sandboden die beiden Skatbrüder Bronski und Matzerath, wenn auch ohne meine arme Mama liegen sollten.

Begräbnisse erinnern immer an andere Begräbnisse!

Der Sandboden wollte bewältigt werden, verlangte wohl geübtere Totengräber. Maria machte eine Pause, hielt sich schwer atmend an der Spitzhacke und begann wieder zu weinen, als sie das Kurtchen sah, das auf weite Distanz mit Steinen nach dem Wellensittich im Käfig warf. Kurtchen traf nicht, warf zu weit, Maria weinte kräftig und echt, weil sie den Matzerath verloren hatte, weil sie in dem Matzerath etwas gesehen hatte, was er, meiner Meinung nach, kaum darstellte, was ihr aber fortan dennoch deutlich und liebenswert bleiben sollte. Trost sprechend benutzte Herr Fajngold die Gelegenheit für eine Pause, denn das Graben setzte ihm zu. Der alte Heilandt schien Gold zu suchen, so gleichmäßig führte er die Schaufel, warf den Aushub hinter sich und stieß auch den Zigarettenrauch in bemessenen Abständen aus. Etwas entfernt saßen die beiden Jungrussen auf der Friedhofsmauer und schwatzten gegen den Wind. Dazu Flugzeuge und eine Sonne, die immer reifer wurde.

Sie mochten einen Meter tief gegraben haben, und Oskar stand müßig und ratlos zwischen altem Granit, zwischen Krüppelkiefern, zwischen der Witwe Matzeraths und einem Kurtchen, das nach dem Wellensittich warf.

Soll ich oder soll ich nicht? Du bist im einundzwanzigsten Lebensjahr, Oskar. Sollst du oder sollst du nicht? Ein Waisenkind bist du. Du solltest endlich. Seit deine arme Mama nicht mehr ist, bist du eine Halbwaise. Schon damals hättest du dich entscheiden sollen. Dann legten sie deinen mutmaßlichen Vater Jan Bronski dicht unter die Erdkruste. Mutmaßliche Vollwaise warst du, standest hier, auf diesem Sand, der Saspe heißt, und hieltest eine leicht oxydierte Patronenhülse. Es regnete, und eine Ju 52 setzte zur Landung an. Wurde nicht schon damals, wenn nicht im Regengeräusch, dann im Gedröhn der landenden Transportmaschine dieses »Soll ich, soll ich nicht« deutlich? Du sagtest dir, das ist der Regen, und das sind Motorengeräusche; derlei Monotonie kann man jeden Text unterschieben. Du wolltest es noch deutlicher haben und nicht nur mutmaßlich.

Soll ich oder soll ich nicht? Jetzt machen sie ein Loch für Matzerath, deinen zweiten mutmaßlichen Vater. Mehr mutmaßliche Väter gibt es deines Wissens nach nicht. Warum jonglierst du dennoch mit zwei glasgrünen Flaschen: Soll ich, soll ich nicht? Wen willst du noch befragen? Die Krüppelkiefern, die sich selbst fragwürdig sind?

Da fand ich ein mageres gußeisernes Kreuz mit mürben Schnörkeln und verkrusteten Buchstaben wie: Mathilde Kunkel – oder Runkel. Da fand ich – soll ich oder soll ich nicht – im Sand zwischen Disteln und Strandhafer – soll ich – drei oder vier – soll ich nicht – tellergroße, bröckelnd rostige Metallkränze, die vormals – soll ich – vielleicht Eichenlaub oder Lorbeer dargestellt hatten – soll ich etwa nicht – wog die in der Hand – soll ich etwa doch – zielte – soll ich – das überragende Kreuzende – oder nicht – hatte einen Durchmesser von – soll ich – vielleicht vier Zentimetern – nicht – einen Abstand von zwei Metern befahl ich mir – soll ich – und warf – nicht – daneben – soll ich abermals – zu schief stand das Eisenkreuz – soll ich – Mathilde Kunkel oder hieß sie Runkel – soll ich Runkel, soll ich Kunkel – das war der sechste Wurf, und sieben gestand ich mir zu und sollte sechsmal nicht und warf sieben – sollte, hing ihn über – sollte – bekränzte Mathilde – sollte – Lorbeer für Fräulein Kunkel – soll ich? fragte ich die junge Frau Runkel – ja, sagte Mathilde; sie starb sehr früh, im Alter von siebenundzwanzig Jahren und achtundsechzig geboren. Ich aber stand im einundzwanzigsten Lebensjahr, als mir der Wurf beim siebenten Versuch glückte, als ich jenes – »Soll ich, soll ich nicht?« – in ein bewiesenes, bekränztes, gezieltes, gewonnenes »Ich soll!« vereinfachte.

Und als Oskar mit dem neuen »Ich soll!« auf der Zunge und »Ich soll!« im Herzen zu den Totengräbern hinstrebte, da knarrte der Wellensittich, weil Kurtchen ihn getroffen hatte, und ließ blaugelbe Federn. Ich fragte mich, welche Fragestellung wohl meinen Sohn bewogen haben mochte, so lange mit kleinen Steinen nach einem Wellensittich zu werfen, bis ihm ein letzter Treffer Antwort gab.

Sie hatten die Kiste neben das etwa einszwanzig tiefe Grab geschoben. Der alte Heilandt hatte es eilig, mußte aber warten, weil Maria katholisch betete, weil der Herr Fajngold den Zylinder vor der Brust hielt und mit den Augen in Galizien war. Auch Kurtchen kam jetzt näher heran. Wahrscheinlich hatte er nach seinem Treffer einen Entschluß gefaßt und näherte sich aus diesen oder jenen Gründen, doch ähnlich entschlossen wie Oskar, dem Grab.

Mich quälte diese Ungewißheit. War es doch mein Sohn, der sich für oder gegen etwas entschieden hatte. Hatte er sich entschlossen, nun endlich in mir den einzig wahren Vater zu erkennen und zu lieben? Entschloß er sich etwa jetzt, da es zu spät war, zur Blechtrommel? Oder hieß sein Entschluß: Tod meinem mutmaßlichen Vater Oskar, der meinen mutmaßlichen Vater Matzerath nur deshalb mit einem Parteiabzeichen tötete, weil er die Väter satt hatte? Konnte auch er kindliche Zuneigung, wie sie zwischen Vätern und Söhnen erstrebenswert sein sollte, nicht anders als im Totschlag äußern?

Während der alte Heilandt die Kiste mit Matzerath und dem Parteiabzeichen in Matzeraths Luftröhre, mit der Munition einer russischen Maschinenpistole in Matzeraths Bauch mehr ins Grab stürzte als hinabließ, gestand Oskar sich ein, daß er Matzerath vorsätzlich getötet hatte, weil jener aller Wahrscheinlichkeit nach nicht nur sein mutmaßlicher, sondern sein wirklicher Vater war; auch weil er es satt hatte, sein Leben lang einen Vater mit sich herumschleppen zu müssen.

So stimmte es auch nicht, daß die Nadel des Parteiabzeichens schon offen war, als ich mir den Bonbon vom Betonfußboden klaubte. Aufgemacht wurde die Nadel erst in meiner geschlossenen Hand. Sperrig und stechend gab ich den klebenden Bonbon an Matzerath ab, damit sie den Orden bei ihm finden konnten, damit er sich die Partei auf die Zunge legte, damit er daran erstickte – an der Partei, an mir, an seinem Sohn; denn das mußte ein Ende haben!

Der alte Heilandt begann zu schaufeln. Das Kurtchen half ihm ungeschickt doch eifrig dabei. Ich habe Matzerath nie geliebt. Manchmal mochte ich ihn. Er sorgte für mich mehr als Koch denn als Vater. Er war ein guter Koch. Wenn ich heute Matzerath manchmal vermisse, sind es seine Königsberger Klopse, seine sauren Schweinenieren, sein Karpfen mit Rettich und Sahne, seine Gerichte wie: Aalsuppe mit Grün, Kassler Rippchen mit Sauerkraut und all seine unvergeßlichen Sonntagsbraten, die ich noch immer auf der Zunge und zwischen den Zähnen habe. Man hatte vergessen, ihm, der Gefühle in Suppen verwandelte, einen Kochlöffel in den Sarg zu legen. Man hatte vergessen, ihm ein Spiel Skatkarten in den Sarg zu legen. Er kochte besser, als er Skat spielte. Dennoch spielte er besser als Jan Bronski und fast so gut wie meine arme Mama. Das war sein Vermögen, das war seine Tragik. Maria habe ich ihm nie verzeihen können, obgleich er sie gut behandelt, nie geschlagen und meist nachgegeben hatte, wenn sie einen Streit vom Zaune brach. Auch gab er mich nicht ans Reichsgesundheitsministerium ab und unterschrieb den Brief erst, als keine Post mehr ausgetragen wurde. Bei meiner Geburt unter den Glühbirnen bestimmte er mich fürs Geschäft. Um nicht hinter dem Ladentisch stehen zu müssen, stellte sich Oskar über siebzehn Jahre lang hinter ungefähr hundert weißrot gelackte Blechtrommeln. Jetzt lag Matzerath und konnte nicht mehr stehen. Der alte Heilandt schippte ihn zu und rauchte dabei Matzeraths Derbyzigaretten. Oskar hätte jetzt das Geschäft übernehmen sollen. Aber inzwischen hatte

Herr Fajngold mit seiner vielköpfigen unsichtbaren Familie das Geschäft übernommen. Der Rest fiel mir zu: Maria, Kurtchen und die Verantwortung für alle beide.

Maria weinte und betete immer noch echt und katholisch. Herr Fajngold weilte in Galizien oder löste knifflige Rechenaufgaben. Kurtchen ermüdete, schaufelte aber unentwegt. Auf der Friedhofsmauer saßen die schwatzenden Jungrussen. Gleichmäßig mürrisch kippte der alte Heilandt den Sand des Friedhofes Saspe auf die Margarinekistenbretter. Drei Buchstaben des Wortes Vitello konnte Oskar noch lesen, da nahm er sich das Blech vom Hals, sagte nicht mehr »Soll ich oder soll ich nicht?«, sondern »Es muß sein!« und warf die Trommel dorthin, wo schon genügend Sand auf dem Sarg lag, damit es nicht so polterte. Ich gab auch die Stöcke dazu. Die blieben im Sand stecken. Das war meine Trommel aus der Stäuberzeit. Aus dem Fronttheatervorrat stammte sie. Bebra schenkte mir die Bleche. Wie mochte der Meister mein Handeln beurteilen? Jesus hatte auf dem Blech getrommelt und ein kastenförmiger, großporiger Russe. Viel war nicht mehr mit ihr los. Aber als ein Wurf Sand ihre Fläche traf, gab sie Laut. Und beim zweiten Wurf gab sie noch etwas Laut. Und beim dritten Wurf gab sie keinen Laut mehr von sich, zeigte nur noch etwas weißen Lack, bis der Sand auch das gleichmachte mit anderem Sand, mit immer mehr Sand, es vermehrte sich der Sand auf meiner Trommel, häufte sich, wuchs – und auch ich begann zu wachsen, was sich durch heftiges Nasenbluten anzeigte.

Kurtchen bemerkte das Blut zuerst. »Er blutet, blutet!« schrie er und rief den Herrn Fajngold aus Galizien zurück, zog Maria aus dem Gebet, zwang selbst die beiden Jungrussen, die immer noch auf der Mauer saßen und in Richtung Brösen geschwatzt hatten, zu kurzem schreckhaftem Aufblicken.

Der alte Heilandt ließ die Schaufel im Sand, nahm die Kreuzhacke und legte meinen Nacken auf das blauschwarze Eisen. Die Kühle wirkte sich aus. Das Nasenbluten ließ etwas nach. Der alte Heilandt schippte schon wieder und hatte nicht mehr viel Sand neben dem Grab, da verebbte das Nasenbluten ganz und gar, aber das Wachsen blieb und zeigte sich mir durch inwendiges Knirschen, Rauschen und Knacken an.

Als der alte Heilandt mit dem Grab fertig war, zog er aus einem anderen Grab ein morsches Holzkreuz ohne Inschrift und stieß das in den frischen Hügel ungefähr zwischen Matzeraths Kopf und meine begrabene Trommel. »Färtich!« sagte der Alte und nahm Oskar, der nicht laufen konnte, auf den Arm, trug ihn, zog die anderen, auch die Jungrussen mit Maschinenpistolen vom Friedhof, über die niedergewalzte Mauer, den Panzerspuren entlang zum Handwagen auf den Straßenbahnschienen, wo sich der Panzer quergestellt hatte. Über meine Schulter blickte ich rückwärts gegen den Friedhof Saspe. Maria trug den Käfig mit Wellensittich, Herr Fajngold trug das Werkzeug, Kurtchen trug nichts, die beiden Russen trugen zu kleine Käppis und zu große Maschinenpistolen, die Strandkiefern krümmten sich.

Vom Sand auf die Asphaltstraße. Auf dem Panzerwrack saß Schugger Leo. Hoch oben Flugzeuge, von Hela kommend, nach Hela fliegend. Schugger Leo gab acht, daß er seine Handschuhe nicht an dem ausgebrannten T 34 schwärzte. Die Sonne fiel mit ihren vollgesogenen Wölkchen auf den Turmberg bei Zoppot. Schugger Leo rutschte vom Panzer und hielt sich gerade.

Den alten Heilandt stimmte Schugger Leos Anblick heiter: »Na hätt' man so was schon jesehen! Dä Wält jeht under, nur dem Schugger Leo kriegen se nich klainjekloppt.« Gutmütig klopfte er mit der freien Hand den schwarzen Bratenrock und klärte den Herrn Fajngold auf: »Das is unser Schugger Leo. Dä will uns jetzt bemitleidigen und das Handchen dricken.«

So war es dann auch. Leo ließ seine Handschuhe flattern, sagte allen Anwesenden sabbernd, wie es seine Art war, sein Beileid und fragte: »Habt ihr den Herrn gesehn, habt ihr den Herrn gesehn?« Niemand hatte den gesehn. Maria schenkte Leo, ich weiß nicht warum, den Käfig mit dem Wellensittich.

Als Schugger Leo zu Oskar kam, den der alte Heilandt auf den Handwagen gelegt hatte, fiel ihm das Gesicht auseinander, Winde blähten seine Kleidung. Ein Tanz fuhr ihm in die Beine. »Der Herr, der Herr!« schrie er und schüttelte den Wellensittich im Käfig. »Nu seht den Herrn, wie er wächst, nu seht, wie er wächst!«

Da warf es ihn mitsamt dem Käfig in die Luft, und er lief, flog, tanzte, taumelte, stürzte, verflüchtigte sich mit dem kreischenden Vogel, selber ein Vogel, endlich flügge, flatterte querfeldein Richtung Rieselfelder. Und schreien hörte man ihn durch die Stimmen der beiden Maschinenpistolen hindurch: »Er wächst, er wächst!« und schrie immer noch, als die beiden Jungrussen nachladen mußten: »Er wächst!« Und selbst als abermals die Maschinenpistolen, als Oskar schon eine stufenlose Treppe hinunter in wachsende, alles aufnehmende Ohnmacht fiel, hörte ich noch den Vogel, die Stimme, den Raben – Leo verkündete: »Er wächst, er wächst, er wächst ...«

Desinfektionsmittel

Hastige Träume besuchten mich in der letzten Nacht. Ähnlich wie an meinen Besuchstagen, wenn die Freunde kommen, trug es sich zu. Die Träume übergaben einander die Tür, gingen, nachdem sie mir erzählt hatten, was Träume erzählenswert finden: alberne Geschichten voller Wiederholungen, Monologe, die sich leider nicht überhören lassen, weil sie eindringlich genug mit den Gesten schlechter Schauspieler vorgetragen werden. Als ich versuchte, Bruno die Geschichten beim Frühstück zu erzählen, konnte ich sie nicht loswerden, da ich alles vergessen hatte; Oskar ist unbegabt fürs Träumen.

Während Bruno das Frühstück abräumte, fragte ich so nebenbei: »Bester Bruno, wie groß bin ich eigentlich?«

Bruno stellte das Tellerchen mit der Marmelade auf die Kaffeetasse und bekümmerte sich: »Aber Herr Matzerath, Sie haben schon wieder keine Marmelade gegessen.«

Nun, diesen Vorwurf kenne ich. Immer nach dem Frühstück wird er laut. Bringt Bruno mir doch jeden Morgen diesen Klacks Erdbeermarmelade, damit ich ihn mit einem Papier, mit der Zeitung, die ich zu einem Dach knicke, sogleich verdecke. Weder kann ich Marmelade sehen noch essen, deshalb wies ich auch Brunos Vorwurf ruhig und bestimmt zurück: »Du weißt, Bruno, wie ich über Marmelade denke – sage mir lieber, wie groß ich bin.«

Bruno hat die Augen eines ausgestorbenen Achtbeiners. Diesen prähistorischen Blick schickt er, sobald er sich besinnen muß, zur Zimmerdecke, spricht zumeist in diese Richtung, sagte also auch heute früh zur Zimmerdecke: »Aber es ist doch Erdbeermarmelade!« Erst als nach längerer Pause –

denn durch mein Schweigen hielt ich meine Frage nach Oskars Körpergröße aufrecht – Brunos Blick von der Decke zurückfand und sich an die Gitterstäbe meines Bettes klammerte, bekam ich zu hören, daß ich einen Meter und einundzwanzig Zentimeter messe.

»Willst du nicht, bester Bruno, der Ordnung halber, noch einmal nachmessen?«

Ohne den Blick zu verrücken, zog Bruno einen Zollstock aus der Popotasche seiner Hose, warf mit beinahe brutaler Kraft meine Bettdecke zurück, zog mir das verrutschte Hemd über die Blöße, entfaltete das heftig gelbe, bei einsachtundsiebenzig abgebrochene Maß, hielt es mir an, verschob, kontrollierte, machte es mit den Händen gründlich, war aber mit dem Blick in Saurierzeiten und ließ endlich, so tuend, als lese er das Resultat ab, den Zollstock auf mir zur Ruhe kommen: »Immer noch ein Meter und einundzwanzig Zentimeter!«

Warum mußte er beim Zusammenraffen des Zollstockes, beim Abservieren des Frühstücks solchen Lärm machen? Gefällt ihm mein Maß nicht?

Als Bruno mit dem Frühstückstablett, mit dem dottergelben Zollstock neben empörend naturfarbener Erdbeermarmelade das Zimmer verließ, klebte er vom Korridor aus noch einmal sein Auge an das Guckloch der Tür – uralt ließ mich sein Blick werden, bevor er mich mit meinem Meter und den einundzwanzig Zentimetern endlich allein ließ.

So groß ist Oskar also! Für einen Zwerg, Gnom, Liliputaner fast zu groß. Wie hoch trug meine Roswitha, die Raguna, den Scheitel? Welche Höhe wußte sich Meister Bebra, der vom Prinzen Eugen abstammte, zu bewahren? Selbst auf Kitty und Felix könnte ich heute hinabschauen. Während doch alle, die ich da aufzählte, einst auf Oskar, der bis zu seinem einundzwanzigsten Lebensjahr vierundneunzig Zentimeter maß, neidvoll freundlich herabschauten.

Erst als mich der Stein bei Matzeraths Begräbnis auf dem Friedhof Saspe am Hinterkopf traf, begann ich zu wachsen.

Oskar sagt Stein. Ich entschließe mich also, den Bericht über die Ereignisse auf dem Friedhof zu ergänzen.

Nachdem ich ein Spielchen treibend herausgefunden hatte, daß es für mich kein »Soll ich oder nicht?« mehr gab, sondern nur noch ein »Ich soll, ich muß, ich will!« – nahm ich mir die Trommel vom Leib, warf sie mit den Stöcken in Matzeraths Grab, entschloß mich zum Wachstum, litt auch sogleich unter zunehmendem Ohrensausen und wurde erst dann von einem etwa walnußgroßen Kieselstein am Hinterkopf getroffen, den mein Sohn Kurt mit viereinhalbjähriger Kraft geschleudert hatte. Wenn mich auch dieser Treffer nicht überraschte – ahnte ich doch, daß mein Sohn etwas mit mir vorhatte –, stürzte ich gleichwohl zu meiner Trommel in Matzeraths Grube. Der alte Heilandt zog mich mit trockenem Altmännergriff aus dem Loch, ließ aber Trommel und Trommelstöcke unten, legte mich, da das Nasenbluten deutlich wurde, mit dem Nacken auf das Eisen der Spitzhacke. Das Nasenbluten ließ, wie wir wissen, rasch nach, das Wachstum jedoch machte Fortschritte, die allerdings so minimal waren, daß nur Schugger Leo sie bemerkte und laut schreiend, flatternd und vogelleicht verkündete.

Soweit diese Ergänzung, die im Grunde überflüssig ist; denn das Wachstum setzte schon vor dem Steinwurf und Sturz ins Matzerathgrab ein. Für Maria und den Herrn Fajngold gab es jedoch von Anfang an nur einen Grund für mein Wachstum, das sie Krankheit nannten: der Stein an den Hinterkopf, der Sturz in die Grube. Maria prügelte das Kurtchen noch auf dem Friedhof. Kurt tat mir leid, denn es mochte ja immerhin sein, daß er den Stein mir zugedacht hatte, um zu helfen, um mein Wachstum zu beschleunigen. Vielleicht wollte er endlich einen richtigen, einen erwachsenen Vater haben oder auch nur einen Ersatz für

Matzerath; denn den Vater in mir hat er nie erkannt und gewürdigt.

Es gab während meines fast ein Jahr währenden Wachstums Ärzte und Ärztinnen genug, die dem geschleuderten Stein, dem unglücklichen Sturz die Schuld bestätigten, die also sagten und in meine Krankengeschichte schrieben: Oskar Matzerath ist ein verwachsener Oskar, weil ein Stein ihn am Hinterkopf traf – und so weiter und so weiter.

Hier sollte man sich meines dritten Geburtstages erinnern. Was wußten die Erwachsenen über den Anfang meiner eigentlichen Geschichte zu berichten: Im Alter von drei Jahren stürzte Oskar Matzerath von der Kellertreppe auf den Betonfußboden. Durch diesen Sturz wurde sein Wachstum unterbrochen und so weiter und so weiter...

Man mag in diesen Erklärungen die verständliche Sucht des Menschen erkennen, die da jedem Wunder den Beweis liefern möchte. Oskar muß gestehen, daß auch er jedes Mirakel genauestens untersucht, bevor er es als unglaubwürdige Phantasterei zur Seite schiebt.

Vom Friedhof Saspe zurückkommend, fanden wir neue Mieter in Mutter Truczinskis Wohnung vor. Eine polnische achtköpfige Familie bevölkerte die Küche und beide Zimmer. Die Leute waren nett, wollten uns, bis wir etwas anderes gefunden hatten, aufnehmen, doch der Herr Fajngold war gegen dieses Massenquartier, wollte uns wieder das Schlafzimmer überlassen und sich vorläufig mit dem Wohnzimmer behelfen. Das jedoch wollte hinwiederum Maria nicht. Sie fand, ihrer frischen Witwenschaft komme es nicht zu, mit einem alleinstehenden Herrn so vertraulich beisammen zu wohnen. Fajngold, dem es zeitweilig nicht bewußt war, daß es keine Frau Luba und keine Familie um ihn herum gab, der oft genug die energische Gattin im Rücken spürte, hatte Gelegenheit, Marias Gründe einzusehen. Der Schicklichkeit und der Frau Luba wegen ginge es nicht, aber den Keller wollte er uns einräumen. Er half sogar bei der Einrichtung des Lagerraumes mit, duldete jedoch nicht, daß auch ich in den Keller zog. Weil ich krank war, erbärmlich krank war, wurde mir ein Notlager im Wohnzimmer neben dem Klavier meiner armen Mama errichtet.

Es war schwer, einen Arzt zu finden. Die meisten Ärzte hatten die Stadt rechtzeitig mit Truppentransporten verlassen, weil man die Westpreußische Krankenkasse schon im Januar nach dem Westen verlegt hatte und somit der Begriff Patient für viele Ärzte irreal geworden war. Nach langem Suchen trieb der Herr Fajngold in der Helene-Lange-Schule, in der Verwundete der Wehrmacht und der Roten Armee nebeneinander lagen, eine Ärztin aus Elbing auf, die dort amputierte. Sie versprach vorbeizukommen und kam auch nach vier Tagen, setzte sich an mein Krankenlager, rauchte, während sie mich untersuchte, drei oder vier Zigaretten nacheinander und schlief über der vierten Zigarette ein.

Herr Fajngold wagte es nicht, sie zu wecken. Maria stieß sie zaghaft an. Aber die Ärztin kam erst wieder zu sich, als sie mit der heruntergebrannten Zigarette ihren linken Zeigefinger ansengte. Sofort stand sie, trat den Stummel auf dem Teppich aus und sagte knapp und gereizt: »Müssen entschuldigen. Habe letzte drei Wochen kein Auge zugemacht. War in Käsemark an der Fähre mit ostpreußischem Kleinkindertransport. Kamen aber nicht rüber. Nur die Truppen. So an die viertausend. Alle hops gegangen.« Dann tätschelte sie mir genauso knapp, wie sie von den hopsgegangenen Kleinkindern erzählt hatte, die wachsende Kleinkinderwange, steckte sich eine neue Zigarette ins Gesicht, krempelte ihren linken Arm hoch, holte eine Ampulle aus ihrer Aktentasche und sagte, während sie sich selbst eine Aufmunterungsspritze gab, zu Maria: »Kann ich gar nicht sagen, was mit dem Jungen ist. Müßte in eine Klinik. Aber nicht hier. Sehn Sie zu, daß Sie wegkommen, Richtung Westen. Knie-,

Hand- und Schultergelenke sind geschwollen. Beim Kopf fängt es sicher auch an. Machen Sie kalte Umschläge. Paar Tabletten laß ich Ihnen da, falls er Schmerzen hat und nicht schlafen kann.«

Mir gefiel diese knappe Ärztin, die nicht wußte, was mit mir los war, und das auch zugab. Maria und Herr Fajngold machten mir während der folgenden Wochen mehrere kalte Umschläge, die mir guttaten, aber nicht verhinderten, daß die Knie-, Hand- und Schultergelenke, auch der Kopf weiterhin anschwollen und schmerzten. Vor allem war es mein in die Breite gehender Kopf, über den sich Maria und auch Herr Fajngold entsetzten. Sie gab mir von jenen Tabletten, die allzubald ausgingen. Er begann mit Lineal und Bleistift Fieberkurven zu entwerfen, geriet aber dabei ins Experimentieren, trug in kühn erdachte Konstruktionen mein Fieber ein, das er mit einem auf dem Schwarzen Markt gegen Kunsthonig eingetauschten Thermometer fünfmal täglich maß, was sich dann auf Herrn Fajngolds Tabellen wie ein schrecklich zerklüftetes Gebirge ausnahm – ich stellte mir die Alpen, die Schneekette der Anden vor –, dabei war es halb so abenteuerlich um meine Temperatur bestellt: Morgens hatte ich meistens achtunddreißigeins; bis abends brachte ich es auf neununddreißig; neununddreißigvier hieß die höchste Temperatur während meiner Wachstumsperiode. Da sah und hörte ich allerlei unterm Fieber, da saß ich in einem Karussell, wollte aussteigen, durfte aber nicht. Mit vielen Kleinkindern saß ich in Feuerwehrautos, ausgehöhlten Schwänen, auf Hunden, Katzen, Säuen und Hirschen, fuhr, fuhr, fuhr, wollte aussteigen, durfte aber nicht. Da weinten alle die Kleinkinderchen, wollten gleich mir aus den Feuerwehrautos, ausgehöhlten Schwänen heraus, herunter von den Katzen, Hunden, Hirschen und Säuen, wollten nicht mehr Karussell fahren, durften aber nicht. Da stand nämlich der himmlische Vater neben dem Karussellbesitzer und bezahlte für uns immer noch eine Runde. Und wir beteten: »Ach, Vaterunser, wir wissen ja, daß Du viel Kleingeld hast, daß Du uns gerne Karussell fahren läßt, daß es Dir Spaß macht, uns das Runde dieser Welt zu beweisen. Steck bitte Deine Börse ein, sag stop, halt, fertig, Feierabend, basta, aussteigen, Ladenschluß, stoi – es schwindelt uns armen Kinderchen, man hat uns, viertausend, nach Käsemark an die Weichsel gebracht, doch wir kommen nicht rüber, weil Dein Karussell, Dein Karussell ...«

Aber der liebe Gott, Vaterunser, Karussellbesitzer lächelte, wie es im Buche steht, ließ abermals eine Münze aus seiner Börse hüpfen, damit es die viertausend Kleinkinderchen, mittenmang Oskar, in Feuerwehrautos und ausgehöhlten Schwänen, auf Katzen, Hunden, Säuen und Hirschen im Kreise herumtrug, und jedesmal, wenn mich mein Hirsch – ich glaube heute noch, daß ich auf einem Hirsch saß – an unserem Vaterunser und Karussellbesitzer vorbeitrug, bot er ein anderes Gesicht: Das war Rasputin, der die Münze für die nächste Rundfahrt lachend mit seinen Gesundbeterzähnen biß; das war der Dichterfürst Goethe, der aus feinbesticktem Beutelchen Münzen lockte, die auf den Vorderseiten alle sein geprägtes Vaterunserprofil zeigten, und wieder Rasputin rauschhaft, danach Herr von Goethe, gemäßigt. Ein bißchen Wahnsinn mit Rasputin, danach aus Vernunftgründen Goethe. Die Extremisten um Rasputin, die Kräfte der Ordnung um Goethe. Die Masse, Aufruhr um Rasputin, Kalendersprüche nach Goethe ... und endlich beugte sich – nicht weil das Fieber nachließ, sondern weil sich immer jemand mildernd ins Fieber hineinbeugt –, Herr Fajngold beugte sich und stoppte das Karussell. Feuerwehr, Schwan und Hirsch stellte er ab, entwertete die Münzen des Rasputin, schickte Goethe hinab zu den Müttern, ließ viertausend schwindlige Kleinkinderchen davonwehen, nach Käsemark über die Weichsel ins Himmelreich – und hob Oskar aus seinem Fieberbett, setzte ihn auf eine Lysolwolke, was heißen soll, er desinfizierte mich.

Das hing anfangs noch mit den Läusen zusammen und wurde dann zur Gewohnheit. Die Läuse entdeckte er zuerst bei Kurtchen, dann bei mir, bei Maria und bei sich. Wahrscheinlich hatte uns jener Kalmücke die Läuse hinterlassen, der Maria den Matzerath genommen hatte. Wie schrie der Herr Fajngold, als er die Läuse entdeckte. Nach seiner Frau und seinen Kindern rief er, verdächtigte seine ganze Familie des Ungeziefers, handelte Pakete verschiedenartigster Desinfektionsmittel gegen Kunsthonig und Haferflocken ein und begann, sich selbst, seine ganze Familie, das Kurtchen, Maria und mich, auch mein Krankenbett tagtäglich zu desinfizieren. Er rieb uns ein, bespritzte und puderte uns. Und während er spritzte, puderte und einrieb, blühte mein Fieber, floß seine Rede, erfuhr ich von Güterwagen voller Karbol, Chlor und Lysol, die er gespritzt, gestreut und gesprenkelt hatte, als er noch Desinfektor im Lager Treblinka gewesen war und jeden Mittag um zwei die Lagerstraßen, Baracken, die Duschräume, Verbrennungsöfen, die gebündelten Kleider, die Wartenden, die noch nicht geduscht hatten, die Liegenden, die schon geduscht hatten, alles was aus den Öfen herauskam, alles was in die Öfen hineinwollte, als Desinfektor Mariusz Fajngold tagtäglich mit Lysolwasser besprenkelt hatte. Und er zählte mir die Namen auf, denn er kannte alle Namen: Vom Bilauer erzählte er, der dem Desinfektor eines Tages im heißesten August geraten hatte, die Lagerstraßen von Treblinka nicht mit Lysolwasser, sondern mit Petroleum zu besprenkeln. Das tat Herr Fajngold. Und der Bilauer hatte das Streichholz. Und der alte Zew Kurland von der ZOB nahm allen den Eid ab. Und der Ingenieur Galewski brach die Waffenkammer auf. Und der Bilauer erschoß den Herrn Hauptsturmführer Kutner. Und der Sztulbach und der Warynski rauf auf den Zisenis. Und die anderen gegen die Trawnikileute. Und ganz andere knipsten den Zaun auf und fielen um. Aber der Unterscharführer Schöpke, der immer Witzchen zu machen pflegte, wenn er die Leute zum Duschen führte, der stand im Lagertor und schoß. Doch das half ihm nichts, weil die anderen über ihn rüber: der Adek Kawe, der Motel Lewit und Henoch Lerer, auch Hersz Rotblat und Letek Zagiel und Tosias Baran mit seiner Debora. Und Lolek Begelmann schrie: »Auch der Fajngold soll kommen, bevor die Flugzeuge kommen.« Aber Herr Fajngold wartete noch auf seine Frau Luba. Doch die kam schon damals nicht, wenn er nach ihr rief. Da packten sie ihn links und rechts. Links der Jakub Gelernter und rechts der Mordechaj Szwarcbard. Und vor ihm lief der kleine Doktor Atlas, der schon im Lager Treblinka, der später noch in den Wäldern bei Wilna zum fleißigsten Lysolsprenkeln geraten hatte, der behauptete: Lysol ist wichtiger als das Leben! Und Herr Fajngold konnte das nur bestätigen; denn er hatte ja Tote, nicht einen Toten, nein Tote, was soll ich eine Zahl sagen, Tote, sag ich, gab es, die er mit Lysol besprenkelt hatte. Und Namen wußte er, daß es langweilig wurde, daß mir, der ich im Lysol schwamm, die Frage nach Leben und Tod von hunderttausend Namen nicht so wichtig war wie die Frage, ob man das Leben, und wenn nicht das Leben, dann den Tod mit Herrn Fajngolds Desinfektionsmitteln auch rechtzeitig und ausreichend desinfiziert hatte.

Dann aber ließ mein Fieber nach, und es wurde April. Dann nahm mein Fieber wieder zu, das Karussell drehte sich, und Herr Fajngold sprenkelte Lysol auf Tote und Lebende. Dann ließ mein Fieber wieder nach, und der April war zu Ende. Anfang Mai wurde mein Hals kürzer, der Brustkorb weitete sich, rutschte höher hinauf, so daß ich mit dem Kinn, ohne den Kopf senken zu müssen, Oskars Schlüsselbein reiben konnte. Es kam noch einmal etwas Fieber und etwas Lysol. Auch hörte ich Maria im Lysol schwimmende Worte flüstern: »Wenn er sich nur nich verwächst. Wenn es man nur nich zu nem Buckel mecht kommen. Wenn das man bloß kein Wasserkopp mecht werden!«

Herr Fajngold jedoch tröstete Maria, erzählte ihr von Leuten, die er gekannt habe, die es trotz Buckel und Wasserkopf zu etwas gebracht hätten. Von einem Roman Frydrych wußte er zu berichten, der mit seinem Buckel nach Argentinien auswanderte und dort ein Geschäft für Nähmaschinen aufmachte, das dann später ganz groß wurde und einen Namen bekam.

Der Bericht über den erfolgreichen, buckligen Frydrych tröstete zwar nicht Maria, versetzte aber den Erzähler, den Herrn Fajngold, in solche Begeisterung, daß er sich entschloß, unserem Kolonialwarengeschäft ein anderes Gesicht zu geben. Mitte Mai, kurz nach Kriegsende bekam der Laden neue Artikel zu sehen. Die ersten Nähmaschinen und Nähmaschinenersatzteile tauchten auf, doch blieben die Lebensmittel noch einige Zeit und halfen mit, den Übergang zu erleichtern. Paradiesische Zeiten! Es kam kaum noch Bargeld zur Zahlung. Getauscht wurde, weitergetauscht, und der Kunsthonig, die Haferflocken, auch die letzten Beutelchen Dr. Oetkers Backpulver, Zucker, Mehl und Margarine verwandelten sich in Fahrräder, die Fahrräder und Fahrradersatzteile in Elektromotoren, diese in Werkzeug, das Werkzeug wurde zu Pelzwaren, und die Pelze verzauberte der Herr Fajngold in Nähmaschinen. Das Kurtchen machte sich bei diesem Tauschtauschtauschspielchen nützlich, brachte Kunden, vermittelte Geschäfte, lebte sich viel schneller als Maria in die neue Branche ein. Es war beinahe wie zu Matzeraths Zeiten. Maria stand hinter dem Ladentisch, bediente jenen Teil der alten Kundschaft, der noch im Lande war, und versuchte mit mühsamem Polnisch die Wünsche der neuzugezogenen Kunden zu erfahren.

Kurtchen war sprachbegabt. Kurtchen war überall. Herr Fajngold konnte sich auf das Kurtchen verlassen. Das Kurtchen mit seinen noch nicht ganz fünf Jahren spezialisierte sich und lockte unter hundert schlechten bis mittelmäßigen Modellen, die auf dem Schwarzen Markt in der Bahnhofstraße gezeigt wurden, die vorzüglichen Singer- und Pfaff-Nähmaschinen sofort heraus; und Herr Fajngold wußte Kurtchens Kenntnisse zu schätzen. Als Ende Mai meine Großmutter Anna Koljaiczek zu Fuß aus Bissau über Brentau nach Langfuhr kam, uns besuchte und sich schwer atmend auf die Chaiselongue warf, lobte der Herr Fajngold das Kurtchen sehr und fand auch für Maria lobende Worte. Als er meiner Großmutter lang und breit die Geschichte meiner Krankheit erzählte, dabei immer wieder auf die Nützlichkeit seiner Desinfektionsmittel hinwies, fand er auch Oskar lobenswert, weil ich so still und brav gewesen, während der ganzen Krankheit nie geschrien habe.

Meine Großmutter wollte Petroleum haben, weil es in Bissau kein Licht mehr gab. Fajngold erzählte ihr von seinen Erfahrungen mit Petroleum im Lager Treblinka, auch von seinen vielseitigen Aufgaben als Lagerdesinfektor, ließ Maria zwei Literflaschen Petroleum abfüllen, gab ein Paket Kunsthonig und ein ganzes Sortiment Desinfektionsmittel dazu und lauschte nickend und abwesend zugleich, als meine Großmutter erzählte, was alles in Bissau und Bissau-Abbau während der Kampfhandlungen abgebrannt war. Auch von Schäden in Viereck, das man wieder wie einst Firoga nannte, wußte sie zu berichten. Und für Bissau sagte man wieder, wie vor dem Krieg, Bysewo. Den Ehlers aber, der doch Ortsbauernführer in Ramkau gewesen war und sehr tüchtig, der ihres Bruders Sohn Frau, also die Hedwig vom Jan, der auf der Post geblieben war, geheiratet hatte, den hatten die Landarbeiter vor seiner Dienststelle aufgehängt. Und hätten auch beinahe die Hedwig aufgehängt, weil sie als Frau von einem polnischen Helden den Ortsbauernführer genommen, auch weil der Stephan es zum Leutnant gebracht hatte, und die Marga war doch beim BDM gewesen.

»Nu«, sagte meine Großmutter, »dem Stephan konnten se ja nu nich mähr, weil ä jefallen is baim Eismeer, da oben. Aber de Marga wollten se ihr wegnehmen und im Lager stecken. Aber da hat der Vinzent sain Mund aufjemacht und jerädet, wie ä noch nie hat. Und nu is de Hedwig midde Marga bai uns und hilft auffem Acker. Aber dem Vinzent hat Reden so mitjenommen, dasser womeglich nich mä lange machen wird kennen. Und was die Oma anjeht, die hattes auch am Härzen und überall, och im Kopp, wo ihr son Damlack draufjetäppert hat, weil ä jemeint hat, er mißt mal.«

So klagte Anna Koljaiczek, hielt sich ihren Kopf, streichelte meinen wachsenden Kopf und kam dabei zu einiger betrachtender Einsicht: »So isses nu mal mit de Kaschuben, Oskarchen. Die trefft es immer am Kopp. Aber ihr werd ja nun wägjehn nach drieben, wo besser is, und nur de Oma wird blaiben. Denn mit de Kaschuben kann man nich kaine Umzüge machen, die missen immer dablaiben und Koppchen hinhalten, damit de anderen drauftäppern können, weil unserains nich richtich polnisch is und nich richtig deitsch jenug, und wenn man Kaschub is, das raicht weder de Deitschen noch de Pollacken. De wollen es immer genau haben!«

Laut lachte meine Großmutter, versteckte die Petroleumflaschen, den Kunsthonig und die Desinfektionsmittel unter jenen vier Röcken, die trotz heftigster militärischer, politischer und weltgeschichtlicher Ereignisse nicht von ihrer Kartoffelfarbe gelassen hatten.

Als sie gehen wollte und der Herr Fajngold sie noch um einen Augenblick Geduld bat, da er der Großmutter noch seine Frau Luba und den Rest der Familie vorstellen wollte, sagte Anna Koljaiczek, als Frau Luba nicht kam: »Nu lassen Se ma gut sain. Ech ruf auch immer: Agnes, maine Tochter, nu komm und hälf daine alte Mutter baim Wäscheauswringen. Und sie kommt jenau so nich, wie Ihre Luba nich mecht kommen. Und dä Vinzent, was main Bruder is, jeht nachts wennes duster is trotz saine Krankheit vor de Tür und weckt de Nachbarn aussem Schlaf, wail ä laut ruft nach sain Sohn Jan, dä auffe Post war und draufgegangen is.«

Sie stand schon in der Tür und legte sich ihr Tuch um, da rief ich vom Bett aus: »Babka, babka!«, das heißt Großmutter, Großmutter. Und sie drehte sich, hob schon ein wenig ihre Röcke, als wollte sie mich drunter lassen und mitnehmen, da erinnerte sie sich wahrscheinlich der Petroleumflaschen, des Kunsthonigs und der Desinfektionsmittel, die jenen Platz schon besetzten – und ging, ging ohne mich, ging ohne Oskar davon.

Anfang Juni fuhren die ersten Transporte in Richtung Westen. Maria sagte nichts, aber ich merkte, daß auch sie von den Möbeln, vom Laden, von dem Mietshaus, von den Gräbern beiderseits der Hindenburgallee und von dem Hügel auf dem Friedhof Saspe Abschied nahm.

Bevor sie mit Kurtchen in den Keller ging, saß sie abends manchmal neben meinem Bett am Klavier meiner armen Mama, hielt links ihre Mundharmonika und versuchte rechts mit einem Finger ihr Liedchen zu begleiten.

Herr Fajngold litt unter der Musik, bat Maria, aufzuhören, und bat sie, sobald sie die Mundharmonika sinken ließ und den Klavierdeckel schließen wollte, doch noch ein bißchen zu spielen.

Dann machte er ihr den Antrag. Oskar hatte das kommen sehen. Herr Fajngold rief immer seltener nach seiner Frau Luba, und als er an einem Sommerabend voller Fliegen und Gesumm ihrer Abwesenheit gewiß war, machte er Maria den Antrag. Sie und beide Kinder, auch den kranken Oskar, wollte er aufnehmen. Die Wohnung bot er ihr an und die Teilhaberschaft am Geschäft.

Maria war damals zweiundzwanzig. Ihre anfängliche, noch wie vom Zufall gefügte Schönheit zeigte sich gefestigt, wenn nicht verhärtet. Die letzten Kriegs- und Nachkriegsmonate hatten ihr jene Dauerwellen genommen, die Matzerath noch bezahlt hatte. Wenn sie auch nicht, wie zu meiner Zeit, Zöpfe trug, hing ihr das Haar doch lang auf die Schultern, erlaubte, in ihr ein etwas ernstes, womöglich verbittertes Mädchen zu sehen – und dieses Mädchen sagte nein, wies den Antrag des Herrn Fajngold zurück. Auf unserem ehemaligen Teppich stand Maria, hielt das Kurtchen links, zeigte mit dem rechten Daumen in Richtung Kachelofen, und Herr Fajngold und Oskar hörten sie sprechen: »Das jeht nich. Das is hier futsch und vorbei. Wir jehn ins Rheinland zu meine Schwester Guste. Die is da mit ainem Oberkellner aussem Hotelfach verheiratet. Der heißt Köster und wird uns vorlaifig aufnehmen, alle drei.«

Am nächsten Tag schon stellte sie die Anträge. Drei Tage später hatten wir unsere Papiere. Der Herr Fajngold sprach nicht mehr, schloß das Geschäft, saß, während Maria packte, im dunklen Laden auf dem Ladentisch neben der Waage und mochte auch keinen Kunsthonig löffeln. Erst als Maria sich von ihm verabschieden wollte, rutschte er von seinem Sitz, holte das Fahrrad mit dem Anhänger und bot uns seine Begleitung zum Bahnhof an.

Oskar und das Gepäck – wir durften pro Person fünfzig Pfund mitnehmen – wurden in den zweirädrigen Anhänger, der auf Gummireifen lief, verladen. Herr Fajngold schob das Rad. Maria hielt Kurtchens Hand und drehte sich Ecke Elsenstraße, als wir links einbogen, noch einmal um. Ich konnte mich nicht mehr in Richtung Labesweg drehen, da mir das Drehen Schmerzen bereitete. So blieb Oskars Kopf ruhig zwischen den Schultern. Nur mit den Augen, die sich ihre Beweglichkeit bewahrt hatten, grüßte ich die Marienstraße, den Strießbach, den Kleinhammerpark, die immer noch ekelhaft tropfende Unterführung zur Bahnhofstraße, meine unzerstörte Herz-Jesu-Kirche und den Bahnhof des Vorortes Langfuhr, den man jetzt Wrzeszcz nannte, was sich kaum aussprechen ließ.

Wir mußten warten. Als dann der Zug einrollte, war es ein Güterzug. Menschen gab es, viel zuviel Kinder. Das Gepäck wurde kontrolliert und gewogen. Soldaten warfen in jeden Güterwagen einen Strohballen. Keine Musik spielte. Es regnete aber auch nicht. Heiter bis wolkig war es, und der Ostwind wehte.

Wir kamen in den viertletzten Wagen. Herr Fajngold stand mit dünnem rötlich wehendem Haar unter uns auf den Gleisen, trat, als die Lokomotive durch einen Stoß ihre Ankunft verriet, näher heran, reichte Maria drei Päckchen Margarine und zwei Päckchen Kunsthonig, fügte, als polnische Kommandos, Geschrei und Weinen die Abfahrt ankündigten, dem Reiseproviant noch ein Paket mit Desinfektionsmitteln hinzu – Lysol ist wichtiger als das Leben –, und wir fuhren, ließen den Herrn Fajngold zurück, der auch richtig und ordnungsgemäß, wie es sich bei der Abfahrt von Zügen gehört, mit rötlich wehendem Haar immer kleiner wurde, nur noch aus Winken bestand, bis es ihn nicht mehr gab.

Wachstum im Güterwagen

Das schmerzt mich heute noch. Das warf mir soeben den Kopf in die Kissen. Das läßt Fuß- und Kniegelenke deutlich werden, macht mich zum Knirscher – was heißen soll, Oskar muß mit den Zähnen knirschen, damit er das Knirschen seiner eigenen Knochen in den Gelenkpfannen nicht hört. Ich betrachte meine zehn Finger und muß mir eingestehen, sie sind geschwollen. Ein letzter Versuch auf meiner Trommel beweist: Oskars Finger sind nicht nur etwas geschwollen, sie sind für diesen Beruf momentan unbrauchbar; die Trommelstöcke entfallen ihnen.

Auch der Füllfederhalter will sich meiner Führung nicht mehr unterordnen. Um kalte Umschläge werde ich Bruno bitten müssen. Dann, mit kühl umwickelten Händen, Füßen und Knien, mit dem Tuch auf der Stirn werde ich meinen Pfleger Bruno mit Papier und einem Bleistift ausrüsten; denn meinen Füllfederhalter verleihe ich ungern. Ob Bruno auch gut zuhören will und kann? Wird seine Nacherzählung auch jener Reise im Güterwagen gerecht werden, die am 12. Juni fünfundvierzig begann? Bruno sitzt an dem Tischchen unter dem Anemonenbild. Jetzt dreht er den Kopf, zeigt mir die Seite, die man Gesicht nennt, und schaut mit den Augen eines Fabeltieres links und rechts an mir vorbei. Wie er sich den Bleistift quer über den dünnen säuerlichen Mund legt, will er einen Wartenden vortäuschen. Doch angenommen, er wartet tatsächlich auf mein Wort, auf das Zeichen zum Anfang seiner Nacherzählung – seine Gedanken kreisen um seine Knotengebilde. Bindfäden wird er knüpfen, während es Oskars Aufgabe bleibt, meine verworrene Vorgeschichte wortreich zu entwirren. Bruno schreibt jetzt:

Ich, Bruno Münsterberg, aus Altena im Sauerland, unverheiratet und kinderlos, bin Pfleger in der Privatabteilung der hiesigen Heil- und Pflegeanstalt. Herr Matzerath, der hier seit über einem Jahr stationiert ist, ist mein Patient. Ich habe noch andere Patienten, von denen hier nicht die Rede sein kann. Herr Matzerath ist mein harmlosester Patient. Nie gerät er so außer sich, daß ich andere Pfleger rufen müßte. Er schreibt und trommelt etwas zu viel. Um seine überanstrengten Finger schonen zu können, bat er mich heute, für ihn zu schreiben und keine Knotengeburt zu machen. Ich habe mir dennoch Bindfaden in die Tasche gesteckt und werde, während er erzählt, mit den unteren Gliedmaßen einer Figur beginnen, die ich, Herrn Matzeraths Erzählung folgend, »Der Ostflüchtling« nennen werde. Dieses wird nicht die erste Figur sein, die ich den Geschichten meines Patienten entnehme. Bisher knotete ich seine Großmutter, die ich »Apfel in vier Schlafröcken« nenne; knüpfte aus Bindfaden seinen Großvater, den Flößer, nannte den etwas gewagt »Columbus«; durch meinen Bindfaden wurde aus seiner armen Mama »Die schöne Fischesserin«; aus seinen beiden Vätern Matzerath und Jan Bronski knotete ich eine Gruppe, die »Die beiden Skatdrescher« heißt; auch schlug ich den narbenreichen Rücken seines Freundes Herbert Truczinski zu Faden, nannte das Relief »Unebene Strecke«; auch einzelne Gebäude, wie die Polnische Post, den Stockturm, das Stadttheater, die Zeughauspassage, das Schiffahrtsmuseum, Greffs Gemüsekeller, die Pestalozzischule, die Badeanstalt Brösen, die Herz-Jesu-Kirche, das Café Vierjahreszeiten, die Schokoladenfabrik Baltic, mehrere Bunker am Atlantikwall, den Eiffelturm zu Paris, den Stettiner Bahnhof zu Berlin, die Kathedrale zu Reims und nicht zuletzt das Mietshaus, in dem Herr Matzerath das Licht dieser Welt erblickte, bildete ich, Knoten um Knoten schlagend, nach, die Gitter und Grabsteine der Friedhöfe

Saspe und Brentau boten ihre Ornamente meinem Bindfaden an, ich ließ Fadenschlag um Fadenschlag Weichsel und Seine fließen, die Wellen der Ostsee, die Wogen des Atlantik gegen Bindfadenküsten branden, ließ Bindfaden zu kaschubischen Kartoffeläckern und dem Weideland der Normandie werden, bevölkerte die so entstandene Landschaft – die ich schlicht »Europa« nenne, mit Figurengruppen wie: Die Postverteidiger. Die Kolonialwarenhändler. Menschen auf der Tribüne. Menschen vor der Tribüne. Volksschüler mit Schultüten. Aussterbende Museumswärter. Jugendliche Kriminelle bei den Weihnachtsvorbereitungen. Polnische Kavallerie vor Abendröte. Ameisen machen Geschichte. Fronttheater spielt für Unteroffiziere und Mannschaften. Stehende Menschen, die liegende Menschen im Lager Treblinka desinfizieren. Und jetzt beginne ich mit der Figur des Ostflüchtlings, der sich höchstwahrscheinlich in eine Gruppe von Ostflüchtlingen verwandeln wird.

Herr Matzerath fuhr am zwölften Juni fünfundvierzig etwa um elf Uhr vormittags von Danzig, das zu jenem Zeitpunkt schon Gdańsk hieß, ab. Ihn begleiteten die Witwe Maria Matzerath, die mein Patient als seine ehemalige Geliebte bezeichnet, Kurt Matzerath, meines Patienten angeblicher Sohn. Außerdem sollen sich in dem Güterwagen noch zweiunddreißig andere Personen befunden haben, darunter vier Franziskanerinnen in Ordenstracht und ein junges Mädchen mit Kopftuch, in welchem Herr Oskar Matzerath ein gewisses Fräulein Luzie Rennwand erkannt haben will. Nach mehreren Anfragen meinerseits gibt mein Patient aber zu, daß jenes Mädchen Regina Raeck hieß, spricht aber weiterhin von einem namenlos dreieckigen Fuchsgesicht, das er dann doch immer wieder beim Namen nennt, Luzie ruft; was mich nicht hindert, jenes Mädchen hier als Fräulein Regina einzutragen. Regina Raeck reiste mit ihren Eltern, den Großeltern und einem kranken Onkel, der außer seiner Familie einen üblen Magenkrebs mit sich gen Westen führte, viel sprach und sich sofort nach der Abfahrt als ehemaliger Sozialdemokrat ausgab.

Soweit sich mein Patient erinnern kann, verlief die Fahrt bis Gdynia, das viereinhalb Jahre lang Gotenhafen hieß, ruhig. Zwei Frauen aus Oliva, mehrere Kinder und ein älterer Herr aus Langfuhr sollen bis kurz hinter Zoppot geweint haben, während sich die Nonnen aufs Beten verlegten.

In Gdynia hatte der Zug fünf Stunden Aufenthalt. Zwei Frauen mit sechs Kindern wurden noch in den Waggon eingewiesen. Der Sozialdemokrat soll dagegen protestiert haben, weil er krank war und als Sozialdemokrat von vor dem Kriege her Sonderbehandlung verlangte. Aber der polnische Offizier, der den Transport leitete, ohrfeigte ihn, als er nicht Platz machen wollte, und gab in recht fließendem Deutsch zu verstehen, daß er nicht wisse, was das bedeute, Sozialdemokrat. Er habe sich während des Krieges an verschiedenen Orten Deutschlands aufhalten müssen, während der Zeit sei ihm das Wörtchen Sozialdemokrat nie zu Gehör gekommen. – Der magenkranke Sozialdemokrat kam nicht mehr dazu, dem polnischen Offizier Sinn, Wesen und Geschichte der Sozialdemokratischen Partei Deutschlands zu erklären, weil der Offizier den Waggon verließ, die Türen zuschob und von außen verriegelte.

Ich habe vergessen, zu schreiben, daß alle Leute auf Stroh saßen oder lagen. Als der Zug am späten Nachmittag abfuhr, riefen einige Frauen: »Wir fahren wieder zurück nach Danzig.« Aber das war ein Irrtum. Der Zug wurde nur rangiert und fuhr dann westwärts in Richtung Stolp. Die Reise bis Stolp soll vier Tage gedauert haben, weil der Zug auf freier Strecke ständig von ehemaligen Partisanen und polnischen Jugendbanden aufgehalten wurde. Die Jugendlichen öffneten die Schiebetüren der Waggons, ließen etwas frische Luft hinein und entführten mit der verbrauchten Luft auch einen Teil des Reisegepäcks aus den Waggons. Immer wenn die Jugendlichen den Waggon des Herrn Matzerath besetzten, erhoben sich die vier Nonnen und hielten ihre an den Kutten hängenden Kreuze hoch. Die vier Kruzifixe beeindruckten die jungen Burschen sehr. Sie bekreuzigten sich, bevor sie die Rucksäcke und Koffer der Reisenden auf den Bahndamm warfen.

Als der Sozialdemokrat den Burschen ein Papier hinhielt, auf welchem ihm noch in Danzig oder Gdańsk polnische Behörden bescheinigt hatten, daß er zahlendes Mitglied der Sozialdemokratischen Partei von einunddreißig bis siebenunddreißig gewesen war, bekreuzigten sich die Burschen nicht, sondern schlugen ihm das Papier aus den Fingern, schnappten sich seine zwei Koffer und den Rucksack seiner Frau; auch jenen feinen großkarierten Wintermantel, auf dem der Sozialdemokrat lag, trug man an die frische pommersche Luft.

Dennoch behauptet Herr Oskar Matzerath, die Burschen hätten auf ihn einen vorteilhaften und disziplinierten Eindruck gemacht. Er führt das auf den Einfluß ihres Anführers zurück, der trotz seiner jungen Jahre mit knapp sechzehn Lenzen schon eine Persönlichkeit dargestellt haben soll, die den Herrn Matzerath auf schmerzliche und erfreuliche Weise zugleich an den Anführer der Stäuberbande, an jenen Störtebeker, erinnerte.

Als jener dem Störtebeker so ähnliche junge Mann Maria Matzerath den Rucksack aus den Fingern ziehen wollte und schließlich auch zog, griff sich Herr Matzerath im letzten Augenblick das glücklicherweise obenliegende Fotoalbum der Familie aus dem Sack. Zuerst wollte der Bandenführer zornig werden. Als aber mein Patient das Album aufschlug und dem Burschen ein Foto seiner Großmutter Koljaiczek zeigte, ließ er, wohl an seine eigene Großmutter denkend, den Rucksack der Frau Maria fallen, legte grüßend zwei

Finger an seine eckig polnische Mütze, sagte in Richtung Familie Matzerath: »Do widzenia!« und verließ, an Stelle des Matzerathschen Rucksackes den Koffer anderer Mitreisender greifend, mit seinen Leuten den Waggon.

In dem Rucksack, der dank des Familienfotoalbums im Besitz der Familie blieb, befanden sich außer einigen Wäschestücken die Geschäftsbücher und Umsatzsteuerbelege des Kolonialwarengeschäftes, die Sparbücher und ein Rubinencollier, das einst Herrn Matzeraths Mutter gehörte, das mein Patient in einem Paket Desinfektionsmittel versteckt hatte; auch machte jenes Bildungsbuch, das zur Hälfte aus Rasputinauszügen, zur anderen Hälfte aus Goethes Schriften bestand, die Reise gen Westen mit.

Mein Patient behauptet, er habe während der ganzen Reise zumeist das Fotoalbum und ab und zu das Bildungsbuch auf den Knien gehabt, habe darin geblättert, und beide Bücher sollen ihm, trotz heftigster Gliederschmerzen, viele vergnügliche, aber auch nachdenkliche Stunden beschert haben.

Weiterhin möchte mein Patient sagen: Das Rütteln und Schütteln, Überfahren von Weichen und Kreuzungen, das gestreckte Liegen auf der ständig vibrierenden Vorderachse eines Güterwagens hätten sein Wachstum gefördert. Er sei nicht mehr wie zuvor in die Breite gegangen, sondern habe an Länge gewonnen. Die geschwollenen, doch nicht entzündeten Gelenke durften sich auflockern. Selbst seine Ohren, die Nase und das Geschlechtsorgan sollen, wie ich hier höre, unter den Schienenstößen des Güterwagens Wachstum bezeugt haben. Solange der Transport freie Fahrt hatte, verspürte Herr Matzerath offenbar keine Schmerzen. Nur wenn der Zug hielt, weil wieder einmal Partisanen oder Jugendbanden eine Visite machen wollten, will er wieder den stechenden, ziehenden Schmerz erlitten haben, dem er, wie gesagt, mit dem schmerzstillenden Fotoalbum begegnete.

Es sollen sich außer dem polnischen Störtebeker noch mehrere andere jugendliche Räuber und gleichfalls ein älterer Partisan für die Familienfotos interessiert haben. Der alte Krieger nahm sogar Platz, versorgte sich mit einer Zigarette, blätterte bedächtig, kein Viereck auslassend, das Album durch, begann mit dem Bildnis des Großvaters Koljaiczek, verfolgte den bilderreichen Aufstieg der Familie bis zu jenen Schnappschüssen, die Frau Maria Matzerath mit dem einjährigen, zweijährigen, drei- und vierjährigen Sohn Kurt zeigen. Mein Patient sah ihn sogar beim Betrachten mancher Familienidylle lächeln. Nur an einigen allzu deutlich erkennbaren Parteiabzeichen auf den Anzügen des verstorbenen Herrn Matzerath, auf den Rockaufschlägen des Herrn Ehlers, der Ortsbauernführer in Ramkau war und die Witwe des Postverteidigers Jan Bronski geheiratet hatte, nahm der Partisan Anstoß. Mit der Spitze eines Frühstücksmessers will der Patient vor den Augen des kritischen Mannes und zu dessen Zufriedenheit die fotografierten Parteiabzeichen weggekratzt haben.

Dieser Partisan soll – wie mich Herr Matzerath gerade belehren will – im Gegensatz zu vielen unechten Partisanen ein echter Partisan gewesen sein. Denn hier wird behauptet: Partisane sind nie zeitweilig Partisane, sondern sind immer und andauernd Partisane, die gestürzte Regierungen in den Sattel heben und gerade mit Hilfe der Partisane in den Sattel gehobene Regierungen stürzen. Unverbesserliche, sich selbst unterwandernde Partisane sind, nach Herrn Matzeraths These – was mir eigentlich einleuchten sollte –, unter allen der Politik verschriebenen Menschen die künstlerisch begabtesten, weil sie sofort verwerfen, was sie gerade geschaffen haben.

Ähnliches kann ich von mir behaupten. Kommt es nicht oft genug vor, daß meine Knotengeburten, kaum daß sie im Gips einen Halt bekommen haben, mit der Faust zertrümmert werden? Ich denke da besonders an jenen Auftrag, den mir mein Patient vor Monaten gab, der da hieß, ich möchte aus schlichtem Bindfaden den russischen Gesundbeter Rasputin und den deutschen Dichterfürsten Goethe zu einer einzigen Person knüpfen, die dann, auf Verlangen meines Patienten, eine übersteigerte Ähnlichkeit mit ihm, dem Auftraggeber, haben sollte. Ich weiß nicht, wieviel Kilometer Bindfaden ich schon geknüpft habe, damit diese beiden Extreme endlich zu einer gültigen Verknotung kommen. Doch ähnlich jenem Partisanen, den mir Herr Matzerath als Muster preist, bleibe ich rastlos und unzufrieden; was ich rechts knüpfe, löse ich links auf, was meine Linke bildet, zertrümmert meine geballte Rechte.

Doch auch Herr Matzerath kann seine Erzählung nicht gradlinig in Bewegung halten. Abgesehen von den vier Nonnen, die er einmal Franziskanerinnen, dann Vinzentinerinnen nennt, ist es besonders jenes junge Ding, das mit seinen zwei Namen und einem einzigen, angeblich dreieckigen Fuchsgesicht seinen Bericht immer wieder auflöst und mich, den Nacherzähler, eigentlich nötigen sollte, zwei oder noch mehr Versionen jener Reise aus dem Osten nach dem Westen zu notieren. Das jedoch ist nicht mein Beruf, und so halte ich mich an den Sozialdemokraten, der während der ganzen Fahrt nicht das Gesicht wechselte, ja, nach Aussage meines Patienten, bis kurz vor Stolp allen Mitreisenden immer wieder erklärt haben soll, daß auch er bis zum Jahre siebenunddreißig als eine Art Partisan Plakate klebend seine Gesundheit aufs Spiel gesetzt, seine Freizeit geopfert habe, denn er sei einer der wenigen Sozialdemokraten gewesen, die auch bei Regenwetter Plakate klebten.

So soll er auch gesprochen haben, als kurz vor Stolp der Transport zum soundsovielten Male aufgehalten wurde, weil eine größere Jugendbande ihren Besuch anmeldete. Da kaum noch Gepäck vorhanden war, gingen die Burschen dazu über, den Reisenden ihre Kleidung auszuziehen. Vernünftigerweise beschränkten sich die jungen Leute auf Herrenoberbekleidung. Das konnte hingegen der Sozialdemokrat nicht verstehen, weil er meinte, ein geschickter Schneider könne aus den weitläufigen Kutten der Nonnen mehrere und vorzügliche Anzüge schneidern. Der Sozialdemokrat war, wie er gläubig verkündete, ein Atheist. Dic jungen Räuber jedoch hingen, ohne das gläubig zu verkünden, der alleinseligmachenden Kirche an und wollten nicht die ergiebigen Wollstoffe der Nonnen, sondern den einreihigen, leicht holzhaltigen Anzug des Atheisten. Der aber wollte Jacke, Weste und Hose nicht ausziehen, erzählte vielmehr von seiner kurzen, aber erfolgreichen Laufbahn als sozialdemokratischer Plakatkleber und wurde, als er vom Erzählen nicht lassen, sich beim Anzugausziehen widerspenstig zeigen wollte, von einem ehemaligen Wehrmachtsknobelbecher in den Magen getreten.

Der Sozialdemokrat übergab sich heftig, anhaltend und schließlich Blut auswerfend. Dabei trug er seinem Anzug keine Sorge, und die Burschen verloren jedes Interesse an dem zwar beschmutzten, doch durch eine gründliche chemische Reinigung wieder zu rettenden Stoff. Auf Herrenoberbekleidung verzichteten sie, zogen aber Frau Maria Matzerath eine hellblaue Kunstseidenbluse und dem jungen Mädchen, das nicht Luzie Rennwand, sondern Regina Raeck hieß, das Berchtesgadener Strickjäckchen aus. Dann schoben sie die Tür des Waggons zu, aber nicht ganz zu, und der Zug fuhr ab, während das Sterben des Sozialdemokraten begann.

Zwei, drei Kilometer vor Stolp wurde der Transport auf ein Abstellgleis geschoben und blieb dort während der Nacht, die sternenklar, aber für den Monat Juni kühl gewesen sein soll.

In jener Nacht starb – wie Herr Matzerath sagt – unanständig und laut Gott lästernd, die Arbeiterklasse zum Kampf aufrufend, mit letzten Worten – wie man es in Filmen zu hören bekommt – die Freiheit hochleben lassend, schließlich einem Brechanfall verfallend, der den Waggon mit Entsetzen füllte, jener Sozialdemokrat, der allzusehr an seinem einreihigen Anzug hing.

Kein Geschrei hinterher, sagt mein Patient. Es wurde und blieb still in dem Waggon. Nur Frau Maria klapperte mit den Zähnen, weil sie ohne Bluse fror und die letzte übriggebliebene Wäsche dem Sohn Kurt und dem Herrn Oskar draufgelegt hatte. Gegen Morgen nahmen zwei beherzte Nonnen die Gelegenheit der offengebliebenen Waggontür wahr, reinigten den Waggon und warfen durchnäßtes Stroh, den Kot der Kinder und Erwachsenen, auch den Auswurf des Sozialdemokraten auf den Bahndamm.

In Stolp wurde der Zug von polnischen Offizieren inspiziert. Gleichzeitig wurden warme Suppe und ein dem Malzkaffee ähnliches Getränk ausgeteilt. Die Leiche im Waggon des Herrn Matzerath beschlagnahmte man wegen Seuchengefahr, ließ sie von Sanitätern auf einem Gerüstbrett forttragen. Nach Fürsprache der Nonnen erlaubte ein höherer Offizier noch den Angehörigen ein kurzes Gebet. Auch durften dem toten Mann die Schuhe, Strümpfe und der Anzug ausgezogen werden. Mein Patient beobachtete während der Entkleidungsszene – später wurde die Leiche auf dem Brett mit leeren Zementsäcken zugedeckt – die Nichte des Entkleideten. Abermals erinnerte ihn das junge Mädchen, obgleich es Raeck hieß, heftig abstoßend und faszinierend zugleich, an jene Luzie Rennwand, die ich in Bindfaden nachbildete, als Knotengeburt, die Wurstbrotfresserin nenne. Jenes Mädchen im Waggon griff zwar nicht angesichts ihres ausgeplünderten Onkels zu einem wurstbelegten Brot und vertilgte das samt den Pellen, sie beteiligte sich vielmehr bei der Plünderei, erbte von des Onkels Anzug die Weste, zog die an Stelle ihrer entführten Strickjacke an und prüfte ihre neue, nicht einmal unkleidsame Aufmachung in einem Taschenspiegel, soll mit dem Spiegel – und hier begründet sich die heute noch nachwirkende Panik meines Patienten – ihn und seinen Liegeplatz eingefangen, gespiegelt und glatt, kühl mit Strichaugen aus einem Dreieck heraus beobachtet haben.

Die Fahrt von Stolp nach Stettin dauerte zwei Tage. Zwar gab es noch oft genug unfreiwilligen Aufenthalt und die langsam schon zur Gewohnheit werdenden Besuche jener mit Fallschirmjägermessern und Maschinenpistolen bewaffneten Halbwüchsigen, doch die Besuche wurden kürzer und kürzer, weil bei den Reisenden kaum noch etwas zu holen war.

Mein Patient behauptet, er habe während der Reise von Danzig-Gdańsk nach Stettin, so innerhalb einer Woche, neun, wenn nicht zehn Zentimeter Körperlänge gewonnen. Vor allem sollen sich Ober- und Unterschenkel gestreckt, Brustkorb und Kopf jedoch kaum gedehnt haben. Dafür ließ sich, obgleich der Patient während der Reise auf dem Rücken lag, das Wachstum eines leicht nach links oben verlagerten Buckels nicht verhindern. Auch gibt Herr Matzerath zu, daß sich die Schmerzen hinter Stettin – inzwischen hatte deutsches Eisenbahnpersonal den Transport übernommen – steigerten und durch bloßes Blättern im Fotoalbum der Familie nicht in Vergessenheit zu bringen waren. Er hat mehrmals und anhaltend schreien müssen, bewirkte mit dem Geschrei zwar keine Schäden in irgendeiner Bahnhofsverglasung – Matzerath: Meiner Stimme war jede glaszersingende Potenz abhanden gekommen –, versammelte aber die vier Nonnen mit seinem Geschrei vor seinem Lager und ließ die aus dem Gebet nicht mehr herauskommen.

Die gute Hälfte der Mitreisenden, darunter die Angehörigen des verstorbenen Sozialdemokraten mit dem Fräulein Regina, verließen in Schwerin den Transport. Herr Matzerath bedauerte das sehr, da ihm der Anblick des jungen Mädchens so vertraut und notwendig geworden war, daß ihn nach ihrem Fortgang heftige, krampfartige Anfälle, von hohem Fieber begleitet, überfielen und schüttelten. Er soll, nach Aussagen von Frau Maria Matzerath, verzweifelt nach einer Luzie geschrien, sich selbst Fabeltier und Einhorn genannt und Angst vor dem Sturz, Lust zum Sturz von einem Zehnmetersprungbrett gezeigt haben.

In Lüneburg wurde Herr Oskar Matzerath in ein Krankenhaus eingeliefert. Dort lernte er im Fieber einige Krankenschwestern kennen, wurde aber bald darauf in die Universitätsklinik Hannover überwiesen. Dort gelang es, sein Fieber zu drücken. Frau Maria und ihren Sohn Kurt sah Herr Matzerath nur selten und erst dann wieder täglich, als sie eine Stellung als Putzfrau in der Klinik fand. Da es jedoch keinen Wohnraum für Frau Maria und den kleinen Kurt in der Klinik oder in der Nähe der Klinik gab, auch weil das Leben im Flüchtlingslager immer unerträglicher wurde – Frau Maria mußte tagtäglich drei Stunden in überfüllten Zügen, oft auf dem Trittbrett fahren; so weit lagen Klinik und Lager auseinander –, willigten die Ärzte trotz starker Bedenken in eine Überweisung des Patienten nach Düsseldorf in die dortigen Städtischen Krankenanstalten ein, zumal Frau Maria eine Zuzugsgenehmigung vorweisen konnte: Ihre Schwester Guste, die während des Krieges einen dort wohnhaften Oberkellner geheiratet hatte, stellte Frau Matzerath ein Zimmer ihrer Zweieinhalbzimmerwohnung zur Verfügung, da der Oberkellner keinen Platz beanspruchte; er befand sich in russischer Gefangenschaft.

Die Wohnung lag günstig. Mit allen Straßenbahnen, die vom Bilker Bahnhof in Richtung Wersten und Benrath fuhren, konnte man bequem, ohne umsteigen zu müssen, die Städtischen Krankenanstalten erreichen.

Herr Matzerath lag dort vom August fünfundvierzig bis zum Mai sechsundvierzig. Seit über einer Stunde erzählt er mir von mehreren Krankenschwestern gleichzeitig. Die heißen: Schwester Monika, Schwester Helmtrud, Schwester Walburga, Schwester Ilse und Schwester Gertrud. Er erinnert sich an den ausgedehntesten Krankenhausklatsch, mißt dem Drum und Dran des Krankenschwesterlebens, der Berufskleidung eine übertriebene Bedeutung bei. Kein Wort fällt von der, wie ich mich erinnere, in jener Zeit miserablen Krankenhauskost, von schlechtgeheizten Krankenzimmern. Nur Krankenschwestern, Krankenschwesterngeschichten und langweiligstes Krankenschwesternmilieu. Da wurde geflüstert und vertraulich berichtet, da hieß es, daß Schwester Ilse zur Oberschwester gesagt haben soll, da hatte es die Oberschwester gewagt, die Unterkünfte der Lehrschwestern kurz nach der Mittagspause zu kontrollieren, da wurde auch etwas gestohlen und eine Schwester aus Dortmund – ich glaube, er sagte Gertrud – zu Unrecht verdächtigt. Auch Geschichten mit jungen Ärzten, die von den Schwestern nur Zigarettenmarken haben wollten, erzählt er umständlich. Die Untersuchung einer Abtreibung wegen, die eine Laborantin, nicht eine Krankenschwester, an sich selbst oder mit Hilfe eines Assistenzarztes vorgenommen hatte, findet er erzählenswert. Ich verstehe meinen Patienten nicht, der seinen Geist an diese Banalitäten verschwendet.

Herr Matzerath bittet mich nun, ihn zu beschreiben. Froh komme ich diesem Wunsch nach und überspringe einen Teil jener Geschichten, die er, weil sie von Krankenschwestern handeln, breit ausmalt und mit gewichtigen Worten behängt.

Mein Patient mißt einen Meter und einundzwanzig Zentimeter. Er trägt seinen Kopf, der selbst für normal gewachsene Personen zu groß wäre, zwischen den Schultern auf nahezu verkümmertem Hals, Brustkorb und der als Buckel zu bezeichnende Rücken treten hervor. Er blickt aus starkleuchtenden, klug beweglichen, manchmal schwärmerisch geweiteten blauen Augen. Dicht wächst sein leicht gewelltes dunkelbraunes Haar. Gerne zeigt er seine im Verhältnis zum übrigen Körper kräftigen Arme mit den – wie er selbst sagt – schönen Händen. Besonders wenn Herr Oskar trommelt –

was ihm die Anstaltsleitung drei bis allenfalls vier Stunden täglich erlaubt –, wirken seine Finger wie selbständig und zu einem anderen, gelungeneren Körper gehörend. Herr Matzerath ist durch Schallplatten sehr reich geworden und verdient heute noch an den Platten. Interessante Leute suchen ihn an den Besuchstagen auf. Noch bevor sein Prozeß lief, bevor er bei uns eingeliefert wurde, kannte ich seinen Namen, denn Herr Oskar Matzerath ist ein prominenter Künstler. Ich persönlich glaube an seine Unschuld und bin deshalb nicht sicher, ob er bei uns bleiben oder ob er noch einmal herauskommen und wieder wie früher erfolgreich auftreten wird. Jetzt soll ich ihn messen, obgleich ich das vor zwei Tagen getan habe. –

Ohne die Nacherzählung meines Pflegers Bruno überprüfen zu wollen, greife ich, Oskar, wieder zur Feder.

Bruno hat mich soeben mit seinem Zollstock gemessen. Das Maß ließ er auf mir liegen und verließ, das Ergebnis laut verkündend, mein Zimmer. Sogar sein Knotengebilde, an dem er heimlich, während ich erzählte, arbeitete, hat er fallen gelassen. Ich nehme an, er will Fräulein Doktor Hornstetter rufen.

Doch bevor die Ärztin kommt und mir bestätigt, was Bruno gemessen hat, spricht Oskar zu Ihnen: Während der drei Tage, da ich meinem Pfleger die Geschichte meines Wachstums erzählte, gewann ich – wenn das ein Gewinn ist? – reichliche zwei Zentimeter Körpergröße.

So mißt Oskar also von heute an einen Meter und dreiundzwanzig Zentimeter. Er wird nun berichten, wie es ihm nach dem Krieg erging, als man ihn, einen sprechenden, zögernd schreibenden, fließend lesenden, zwar verwachsenen, ansonsten ziemlich gesunden jungen Mann aus den Städtischen Krankenanstalten Düsseldorf entließ, damit ich ein – wie man bei Entlassungen aus Krankenanstalten immer annimmt – neues, nunmehr erwachsenes Leben beginnen konnte.

DRITTES BUCH

Feuersteine und Grabsteine

Verschlafenes, gutmütiges Fett: Guste Truczinski hatte sich als Guste Köster nicht ändern müssen, zumal sie den Köster nur während der vierzehntägigen Verlobungszeit, kurz vor seiner Einschiffung zur Eismeerfront und danach anläßlich des Fronturlaubes, da sie heirateten, zumeist in Luftschutzbetten auf sich wirken lassen konnte. Wenn auch keine Nachricht über Kösters Verbleib nach der Kapitulation der Kurlandarmee eintraf, antwortete Guste, nach ihrem Gatten befragt, sicher und mit dem Daumen in Richtung Küchentür weisend: »Na der is drieben in Jefangenschaft baim Ivan. Wenner wiedäkommt, wird hier alles anders.«

Die dem Köster vorbehaltenen Änderungen in der Bilker Wohnung waren auf Maria und schließlich auch auf Kurtchens Lebenswandel gemünzt. Als ich aus den Krankenanstalten entlassen wurde, mich bei den Krankenschwestern, gelegentliche Besuche versprechend, verabschiedet hatte und mich mit der Straßenbahn nach Bilk zu den Schwestern und meinem Sohn Kurt aufmachte, fand ich in der zweiten Etage des vom Dach bis zum dritten Stockwerk abgebrannten Mietshauses eine Schwarzhändlerzentrale, die Maria und mein Sohn, sechsjährig und mit den Fingern rechnend, leiteten.

Maria, treu und selbst im Schwarzhandel noch ihrem Matzerath ergeben, machte in Kunsthonig. Aus unbeschrifteten Eimern füllte sie ab, klatschte die Kunst auf die Küchenwaage und nötigte mich – kaum war ich eingetreten und mit den engen Verhältnissen vertraut – zum Verpacken der Viertelpfundkleckse.

Kurtchen saß hinter einer Persilkiste wie hinter einem Ladentisch, sah seinen heimkehrenden, genesenen Vater zwar an, hatte aber die immer etwas winterlich grauen Augen auf etwas gerichtet, das durch mich hindurch erkennbar und betrachtenswert sein mußte. Ein Papier hielt er vor sich, reihte darauf imaginäre Zahlenkolonnen, hatte nach knapp sechs Wochen Schulbesuch in überfüllten und schlecht geheizten Klassenräumen das Aussehen eines Grüblers und Strebers.

Guste Köster trank Kaffee. Bohnenkaffee, merkte Oskar auf, als sie mir eine Tasse zuschob. Während ich mich mit dem Kunsthonig abgab, betrachtete sie neugierig, nicht ohne Mitleid für ihre Schwester Maria, meinen Buckel. Es fiel ihr schwer, sitzen zu bleiben, nicht meinen Buckel streicheln zu dürfen; denn allen Frauen bedeutet Buckelstreicheln Glück, Glück in Gustes Fall: die Heimkehr des alles ändernden Köster. Sie hielt sich zurück, streichelte ersatzweise, doch ohne Glück, die Kaffeetasse und ließ jene Seufzer laut werden, die ich während der folgenden Monate täglich hören sollte: »Na darauf kennt ihr Jift nehmen, wenn dä Köster heimjekehrt is, wird hier alles anders, und zwar: hastenichjesehn!«

Guste verurteilte den Schwarzhandel, trank aber gerne von jenem dem Kunsthonig abgewonnenen Bohnenkaffee. Wenn Kundschaft kam, verließ sie das Wohnzimmer, schlorrte in die Küche und klapperte dort laut und protestierend.

Es kam viel Kundschaft. Gleich nach neun Uhr, nach dem Frühstück begann das Klingeln: kurz – lang – kurz. Am späten Abend, gegen zehn Uhr, stellte Guste, oft gegen Kurtchens Protest, der wegen der Schule nur die halbe Geschäftszeit wahrnehmen konnte, die Klingel ab.

Die Leute sagten: »Kunsthonig?« Maria nickte sanft und fragte: »Ain Viertelchen oder ain Halbes?« Es gab aber auch

Leute, die keinen Kunsthonig wollten. Die sagten dann: »Feuersteine?« Woraufhin Kurtchen, der wechselnd am Vormittag oder Nachmittag Schule hatte, aus seinen Zahlenkolonnen auftauchte, untern Pullover nach dem Stoffsäckchen tastete und mit hell herausfordernder Knabenstimme Zahlen in die Wohnzimmerluft stieß: »Drei oder vier gefälligst? Sie nehmen am besten fünf. Die gehen bald rauf auf mindestens vierundzwanzig. Letzte Woche galt achtzehn, heute früh mußte ich zwanzig sagen, und wenn Sie vor zwei Stunden gekommen wären, als ich gerade aus der Schule kam, hätte ich noch einundzwanzig sagen können.«

Kurtchen war vier Straßen lang und sechs Straßen breit der einzige Händler für Feuersteine. Er hatte eine Quelle, verriet die Quelle aber nie, sagte jedoch immer wieder, selbst vorm Schlafengehen an Stelle eines Nachtgebetes: »Ich habe eine Quelle!«

Als Vater wollte ich für mich das Recht beanspruchen können, um die Quelle meines Sohnes wissen zu dürfen. Wenn er also, nicht einmal geheimnisvoll, eher selbstbewußt verkündete: »Ich habe eine Quelle!«, folgte sogleich meine Frage: »Wo hast du die Steine her? Sofort sagst du, wo du die Steine herhast.«

Marias stehende Rede jener Monate, da ich der Quelle nachforschte, war: »Laß den Jung, Oskar. Erstens geht dir das jar nischt an, zweitens frag' ich, wenn schon jefragt werden muß, und spiel dir drittens nich auf wie sein Vater. Vor paar Monate konnste noch nich mal nich baff sagen!«

Wenn ich keine Ruhe gab und Kurtchens Quelle allzu hartnäckig hinterher war, schlug Maria mit flacher Hand auf einen Kunsthonigeimer und entrüstete sich bis in die Ellenbogen, indem sie mich und Guste, die zeitweilig meine Quellenforschungen unterstützte, gleichzeitig angriff: »Ihr seid mir die Richtichen! Wollt dem Jung das Jeschäft vermasseln. Dabei lebt ihr davon, was er flüssich macht. Wenn ich an die paar Kalorien von Oskars Krankenzulage denke, die der in zwei Tage wegfuttert, wird mir schon schlecht, aber ich lach nur.«

Oskar muß zugeben: Damals hatte ich einen gesegneten Appetit, und Kurtchens Quelle, die mehr einbrachte als der Kunsthonig, war es zu verdanken, daß Oskar nach der schmalen Krankenhauskost wieder zu Kräften kam.

So mußte der Vater beschämt schweigen und mit einem ordentlichen Taschengeld von Kurtchens kindlicher Gnade die Wohnung in Bilk möglichst oft verlassen, um seine Schande nicht ansehen zu müssen.

Allerlei wohlbestallte Kritiker des Wirtschaftswunders behaupten heute, und je weniger sie sich der damaligen Situation erinnern können, um so begeisterter: »Das war noch eine dolle Zeit vor der Währungsreform! Da war noch was los! Die Leute hatten nischt im Magen und stellten sich trotzdem nach Theaterkarten an. Und auch die schnell improvisierten Feste mit Kartoffelschnaps waren einfach sagenhaft und viel gelungener als Parties mit Sekt und Dujardin, die man heutzutage feiert.«

So sprechen die Romantiker der verpaßten Gelegenheiten. Ich müßte eigentlich genauso lamentieren, denn in jenen Jahren, da Kurtchens Feuersteinquelle sprudelte, bildete ich mich nahezu kostenlos im Kreis von tausend Nachhol- und Bildungsbeflissenen, belegte Kurse in der Volkshochschule, wurde Stammgast im British Center, »Die Brücke« genannt, diskutierte mit Katholiken und Protestanten die Kollektivschuld, fühlte mich mit all denen schuldig, die da dachten: Machen wir es jetzt ab, dann haben wir es hinter uns und brauchen später, wenn es wieder aufwärtsgeht, kein schlechtes Gewissen mehr zu haben.

Immerhin verdanke ich der Volkshochschule mein wenn auch bescheidenes, so doch großzügig lückenhaftes Bildungsniveau. Ich las damals viel. Jene Lektüre, die vor meinem Wachstum gerade reichen konnte, um die Welt zur Hälfte Rasputin, zur anderen Hälfte Goethe zuzusprechen, meine Kenntnisse aus Köhlers Flottenkalender von nullvier bis sechzehn wollten mir nicht genügen. Ich weiß nicht mehr, was ich alles las. Auf der Toilette las ich. Beim stundenlangen Anstehen nach Theaterkarten, eingeklemmt zwischen lesenden jungen Mädchen mit Mozartzöpfen, las ich. Ich las, während Kurtchen Feuersteine verkaufte, las, während ich Kunsthonig einpackte. Und wenn Stromsperre war, las ich zwischen Talgkerzen; dank Kurtchens Quelle hatten wir welche.

Beschämend zu sagen, daß die Lektüre jener Jahre nicht in mich hinein, sondern durch mich hindurch fiel. Einige Wortfetzen, Klappentexte sind geblieben. Und das Theater? Schauspielernamen: die Hoppe, Peter Esser, das R bei der Flickenschildt, Schauspielschülerinnen, die auf Studiobühnen das R der Flickenschildt noch verbessern wollten, Gründgens, der sich als Tasso ganz in Schwarz den von Goethe verordneten Lorbeerkranz von der Perücke nimmt, weil ihm das Grünzeug angeblich die Locken versengt, und derselbe Gründgens in ähnlichem Schwarz als Hamlet. Und die Flickenschildt behauptet: Hamlet ist fett. Und Yoricks Schädel, der machte mir Eindruck, weil Gründgens recht eindrückliche Dinge über ihn zu sagen wußte. Dann spielten sie vor erschüttertem Publikum in ungeheizten Theaterräumen »Draußen vor der Tür«, und ich stellte mir für den Beckmann mit der kaputten Brille Gustes Mann, den heimkehrenden Köster, vor, der nach Gustes Rede alles ändern, die Feuersteinquelle meines Sohnes Kurt zuschütten würde.

Heute, da ich das hinter mir habe und weiß, daß ein Nachkriegsrausch eben doch nur ein Rausch ist und einen Kater mit sich führt, der unaufhörlich miauend heute schon alles zur Historie erklärt, was uns gestern noch frisch und blutig als Tat oder Untat von der Hand ging, heute lobe ich mir

Gretchen Schefflers Unterricht zwischen KdF-Andenken und Selbstgestricktem: nicht zuviel Rasputin, mit Maß Goethe, Keysers Geschichte der Stadt Danzig in Stichworten, die Bestückung eines längst versunkenen Linienschiffes, Geschwindigkeit in Knoten aller bei der Seeschlacht bei Tsushima eingesetzten japanischen Torpedoboote, ferner Belisar und Narses, Totila und Teja, Felix Dahns Kampf um Rom.

Schon im Frühjahr siebenundvierzig gab ich die Volkshochschule, das British Center und Pastor Niemöller auf und verabschiedete mich vom zweiten Rang aus von Gustaf Gründgens, der immer noch als Hamlet auf dem Programm stand.

Noch keine zwei Jahre war es her, da ich mich an Matzeraths Grab zum Wachstum entschlossen hatte, und schon war mir das Leben der Erwachsenen einerlei. Nach den verlorenen Proportionen des Dreijährigen sehnte ich mich. Unverrückbar wollte ich wieder vierundneunzig Zentimeter messen, kleiner als mein Freund Bebra, als die selige Roswitha sein. Oskar vermißte seine Trommel. Lange Spaziergänge brachten ihn in die Nähe der Städtischen Krankenanstalten. Da er ohnehin jeden Monat einmal zu Professor Irdell mußte, der ihn einen interessanten Fall nannte, besuchte er immer wieder die ihm bekannten Krankenschwestern und fühlte sich, auch wenn die Pflegerinnen keine Zeit für ihn hatten, in der Nähe weißer, eiliger, Genesung oder Tod verheißender Stoffe wohl und fast glücklich.

Die Schwestern mochten mich, trieben kindliche, doch nicht böswillige Scherze mit meinem Buckel, setzten mir etwas Gutes zum Essen vor und weihten mich in ihre endlosen, verwickelten, angenehm müde machenden Krankenhausgeschichten ein. Ich hörte zu, gab Ratschläge, konnte sogar bei kleineren Streitigkeiten vermitteln, da ich die Sympathie der Oberschwester besaß. Oskar war zwischen zwanzig bis dreißig in Krankenschwesterntrachten verborgenen Mädchen der einzige und auf seltsame Art auch begehrte Mann.

Bruno sagte es schon: Oskar hat schöne, sprechende Hände, ein welliges, leichtes Haar und – blau genug – jene immer noch gewinnenden Bronskiaugen. Mag sein, daß mein Buckel und der unter dem Kinn ansetzende, gleichviel gewölbte wie enge Brustkorb gegensätzlich genug die Schönheit meiner Hand, meines Auges, das Gefällige meines Haarwuchses unterstreichen, jedenfalls kam es oft genug vor, daß Krankenschwestern, in deren Stationszimmer ich saß, meine Hände ergriffen, mit all meinen Fingern spielten, auch dem Haar zärtlich waren und im Hinausgehen zueinander sagten: »Wenn man ihm in die Augen sieht, könnt' man das andere an ihm glatt vergessen.«

Ich war also meinem Buckel überlegen und hätte mich ganz gewiß entschlossen, Eroberungen innerhalb der Krankenanstalten zu machen, wenn ich damals noch meiner Trommel mächtig, meiner oftbewährten Trommlerpotenz sicher gewesen wäre. Beschämt, unsicher, etwaigen Regungen meines Körpers nicht trauend, verließ ich nach solch zärtlichen Vorspielen, einer Hauptaktion ausweichend, die Krankenanstalten, machte mir Luft, spazierte im Garten oder um den Drahtzaun herum, der das Gelände der Anstalten engmaschig, regelmäßig, mir pfeifende Gleichmut einredend, umlief. Den Straßenbahnen, die nach Wersten und Benrath fuhren, sah ich zu, langweilte mich angenehm auf den Promenaden neben den Radfahrerwegen und belächelte den Aufwand einer Natur, die Frühling spielte und programmgemäß Knospen wie Knallfrösche springen ließ.

Gegenüber pinselte unser aller Sonntagsmaler von Tag zu Tag mehr tubenfrisch Saftgrün in die Bäume des Werstener Friedhofes. Friedhöfe haben mich immer schon verlocken können. Sie sind gepflegt, eindeutig, logisch, männlich, lebendig. Auf Friedhöfen kann man Mut und Entschlüsse fassen, auf Friedhöfen erst bekommt das Leben Umrisse – ich meine nicht Grabeinfassungen – und wenn man will, einen Sinn.

Da gab es an der nördlichen Friedhofmauer entlang den Bittweg. Sieben Grabsteingeschäfte machten sich dort Konkurrenz. Große Betriebe wie C. Schnoog oder Julius Wöbel. Dazwischen die Buden der Krauter, die R. Haydenreich, J. Bois, Kühn & Müller und P. Korneff hießen. Ein Gemisch aus Baracke und Atelier, große, entweder frischgestrichene oder gerade noch leserliche Schilder an den Dächern mit Schriften unter den Firmennamen wie: Grabsteingeschäft – Grabdenkmäler und Einfassungen – Natur- und Kunststeinbetriebe – Grabmalkunst. Über Korneffs Bude buchstabierte ich: P. Korneff Steinmetz und Grabsteinbildhauer.

Zwischen der Werkstatt und dem das Gelände begrenzenden Drahtzaun reihten sich übersichtlich gestaffelt auf einfachen und doppelten Sockeln die Grabdenkmäler für einstellige Gräber bis vierstellige, sogenannte Familiengräber. Gleich hinter dem Zaun, den Rautenmusterschatten des Drahtes bei sonnigem Wetter duldend, die Muschelkalkkissen für geringere Ansprüche, polierte Diabasplatten mit mattgeschliffenen Palmzweigen, die typischen achtzig Zentimeter hohen, von Hohlkehlen umeilten Kindergrabsteine aus schlesischem, leicht wolkigem Marmor, mit im oberen Drittel vertieften Reliefs, die zumeist geknickte Rosen darstellten. Dann eine Reihe ordinärer Metersteine, roter Mainsandstein, der, von zerbombten Bank- und Kaufhausfassaden stammend, hier Auferstehung feierte; wenn man so etwas von einem Grabstein sagen kann. In der Mitte der Ausstellung das Prunkstück: ein aus drei Sockeln, zwei Seitenstücken und einer großen, reichprofilierten Wand zusammengesetztes Denkmal aus bläulichweißem Tiroler Marmor. Auf der Hauptwand hob sich erhaben das ab, was die

Steinmetze einen Korpus nennen. Es war dieses ein Korpus mit Kopf und Knien nach links, mit Dornenkrone und drei Nägeln, bartlos, Hände geöffnet, Brustwunde stilisiert blutend, ich glaube, fünf Tropfen.

Obgleich es im Bittweg Grabdenkmäler mit dem nach links hin orientierten Korpus mehr als genug gab – vor Anfang der Frühjahrssaison breiteten oft mehr als zehn die Arme aus –, hatte es mir der Korneffsche Jesus Christ besonders angetan, weil, nun weil er meinem athletischen Turner über dem Hauptaltar der Herz-Jesu-Kirche, mit den Muskeln spielend, den Brustkorb dehnend, am meisten glich. Stunden verbrachte ich an jenem Zaun. Einen Stock ließ ich über das engmaschige Drahtnetz schnurren, wünschte mir dabei dieses und jenes, dachte an alles mögliche und an nichts. Korneff blieb lange verborgen. Aus einem der Atelierfenster drängte ein mehrmals das Knie beugendes, schließlich das Flachdach überragendes Ofenrohr. Nur mäßig stieg der gelbe Qualm schlechter Kohle, fiel auf die Dachpappe, sickerte an den Fenstern, an der Regenrinne herunter, verlor sich zwischen unbearbeiteten Steinen und brüchigen Lahnmarmorplatten. Vor dem Schiebetor der Werkstatt wartete unter mehreren Zeltplanen, wie gegen Tieffliegerangriffe getarnt, ein Dreiradauto. Geräusche aus der Werkstatt – Holz schlug auf Eisen, Eisen sprengte Stein – verrieten den arbeitenden Steinmetz.

Im Mai fehlten die Zeltplanen über dem Dreiradwagen, die Schiebetür stand offen. Grau vor grau sah ich im Inneren der Werkstatt aufgebänkte Steine, den Galgen einer Schleifmaschine, Regale mit Gipsmodellen und endlich Korneff. Er ging gebückt mit knickenden Knien. Den Kopf hielt er steif und vornüber. Rosa, schwarz durchfettete Pflaster kreuzten den Nacken. Mit einer Harke kam Korneff und harkte, weil's Frühling war, zwischen den ausgestellten Grabsteinen. Er machte das sorgfältig, hinterließ wechselnde Spuren im Kies und sammelte auch Laub vom Vorjahr, das auf einigen Denkmälern klebte. Dicht vorm Zaun, während die Harke vorsichtig zwischen Muschelkalkkissen und Diabasplatten geführt wurde, überraschte mich seine Stimme: »Na Jong, dich woll'n se woll zu Haus nich mehr, oder?«

»Ihre Grabsteine gefallen mir außerordentlich«, schmeichelte ich.

»Dat soll man nich laut sage, sonz kriecht man ehn druppjestellt.«

Jetzt erst bemühte er seinen steifen Nacken, erfaßte mich oder vielmehr meinen Buckel mit schrägem Blick: »Wat han se denn mit dich jemacht? Is dat nich hinderlich beim Schlafen?«

Ich ließ ihn auslachen, erklärte ihm dann, daß ein Buckel nicht unbedingt stören müsse, daß ich ihm gewissermaßen überlegen sei, daß es sogar Frauen und Mädchen gebe, die nach einem Buckel Verlangen zeigten, die sich den besonderen Verhältnissen und Möglichkeiten eines buckligen Mannes sogar anglichen, die, rundheraus gesagt, an solch einem Buckel Spaß fänden.

Korneff dachte mit dem Kinn auf dem Harkenstiel nach: »Dat mag sein Möglichkeit han, davon hannich jehort.«

Dann erzählte er mir von seiner Zeit in der Eifel, da er in Basaltbrüchen gearbeitet und es mit einer Frau gehabt hatte, deren Holzbein, das linke glaube ich, abgeschnallt werden konnte, was er mit meinem Buckel verglich, auch wenn man meine »Kiste« nicht abschnallen könne. Lang, breit und umständlich erinnerte sich der Steinmetz. Ich wartete geduldig, bis er fertig war und die Frau ihr Bein wieder angeschnallt hatte, bat ihn dann um eine Besichtigung seiner Werkstatt.

Korneff öffnete das Blechtor in der Mitte des Drahtzaunes, wies mit der Harke einladend in Richtung der offenen

Schiebetür, und ich ließ den Kies unter mir knirschen, bis der Geruch von Schwefel, Kalk, Feuchtigkeit mich gefangennahm.

Schwere, oben abgeflachte, birnenförmige Holzknüppel mit faserigen, immer denselben Schlag verratenden Vertiefungen ruhten auf grobgespitzten, doch schon mit den vier Schlägen gerichteten Flächen. Spitzeisen für Bossierschlägel, Spitzeisen mit Knüppelköpfen, frisch nachgeschmiedete, vom Härten noch blaue Zahneisen, die langen federnden Beiz- und Schlageisen für Marmor, gedrungen breitspurig Scharriereisen auf einem Stück Blaubank, Schleifschlamm auf vierkantigen Holzböcken trocknend, auf Rundhölzern, bereit zum Davonrollen, eine hochkant gestellte, matt und fertig geschliffene Travertinwand: fett, gelb, käsig, porig, für ein zweistelliges Grab.

»Dat issen Stockhammer, dat issen Flecht, dat issen Nuteisen und dat«, Korneff hob eine handbreite, drei Schritt lange Latte, hielt die Kante prüfend vors Auge, »dat issen Richtlatz. Damit verkammesöl ich de Stifte, wenn se nech spuren.«

Meine Frage war nicht nur höflich: »Beschäftigen Sie denn Lehrlinge?«

Korneff führte Beschwerde: »Fönf könnt ich anne Arbeit halten. Sin aber kein zu kriegen. De lern' heut all Schwarzhandel, de Jäck!« Gleich mir war der Steinmetz gegen jene dunklen Geschäfte, die manch jungen hoffnungsvollen Mann hinderten, einen ordentlichen Beruf zu lernen. Während Korneff mir verschiedene grobe bis feine Carborundumsteine und ihre Schleifwirkung auf einer Solnhofer Platte vorführte, spielte ich mit einem kleinen Gedanken. Bimssteine, der schokoladenbraune Schellackstein fürs Vorpolieren, die Tripelerde, mit der man, was vorher matt war, blank tripelt, und immer noch, doch schon glänzender, mein kleiner Gedanke. Korneff zeigte mir Schriftvorlagen, erzählte von erhabener und vertiefter Schrift, vom Schriftvergolden, auch daß das alles halb so wild sei mit dem Gold: Mit einem guten alten Taler könne man Roß und Reiter vergolden, was mir sofort das immer in Richtung Sandgrube reitende Denkmal des Kaiser Wilhelm in Danzig auf dem Heumarkt verdeutlichte, den zu vergolden nun polnische Denkmalpfleger beschließen mochten, gab aber trotz Roß und Reiter in Blattgold den kleinen, immer wertvoller werdenden Gedanken nicht auf, spielte mit ihm, formulierte schon, als Korneff mir die dreibeinige Punktiermaschine für Bildhauerarbeiten erklärte, mit dem Knöchel gegen die verschiedenen, nach links oder rechts orientierten Gipsmodelle des Gekreuzigten pochte: »Sie würden also einen Lehrling einstellen?« Mein kleiner Gedanke machte sich auf den Weg. »An sich suchen Sie doch einen Lehrling, oder?« Korneff rieb sich die Heftpflaster über seinem Furunkelnacken. »Ich meine, würden Sie mich gegebenenfalls als Lehrling einstellen?« Die Frage war schlecht gestellt, und ich verbesserte mich sogleich: »Unterschätzen Sie bitte meine Kräfte nicht, werter Herr Korneff! Nur meine Beine sind etwas schwächlich. Am Zupacken soll es jedoch nicht fehlen!« Begeistert von meiner eigenen Entschlußkraft und nun aufs Ganze gehend, entblößte ich meinen linken Oberarm, bot Korneff einen zwar kleinen aber rindfleischzähen Muskel zum Fühlen an, langte mir, da er nicht fühlen wollte, ein Bossiereisen vom Muschelkalk, ließ das sechskantige Metall beweiskräftig auf meinem tennisballgroßen Hügelchen springen, unterbrach diese Kundgebung erst, als Korneff die Schleifmaschine anstellte, eine blaugraue Carborundumscheibe kreischend auf dem Travertinsockel für die zweistellige Wand kreisen ließ und endlich, die Augen bei der Maschine, das Schleifgeräusch überbrüllte: »Überschlaf dich das Jong. Dat is hier kein Honigschlecken. Und wenn de dann immer noch meinst, dann kannste kommen, als ne Art Praktikant.«

Dem Steinmetz gehorchend, überschlief ich meinen kleinen Gedanken eine Woche lang, verglich tagsüber Kurtchens Feuersteine mit den Grabsteinen am Bittweg, hörte mir Marias Vorwürfe an: »Du liegst uns auf der Tasche, Oskar. Fang etwas an: Tee, Kakao oder Trockenmilch!«, fing aber nichts an, ließ mich von Guste, die mir den abwesenden Köster als Beispiel pries, wegen meiner Enthaltsamkeit in punkto Blackmarket loben, litt jedoch sehr unter meinem Sohn Kurt, der mich, Zahlenkolonnen erfindend und zu Papier bringend, auf ähnliche Art übersah, wie ich es jahrelang verstanden hatte, einen Matzerath zu übersehen.

Wir saßen beim Mittagessen. Guste hatte die Klingel abgestellt, damit uns keine Kundschaft bei Rührei und Speck überraschen konnte. Maria sagte: »Siehste Oskar, das können wir uns nur jenehmigen, weil wir die Hände nich in den Schoß nich legen.« Kurtchen seufzte. Die Feuersteine waren auf achtzehn gefallen. Guste aß viel und schweigsam. Ich tat es ihr nach, fand Geschmack, fühlte mich aber, Geschmack findend, womöglich des Trockeneipulvers wegen, unglücklich und verspürte, auf etwas Knorpel im Speck beißend, jäh und bis in die Ohrenränder ein Bedürfnis nach Glück, gegen alles bessere Wissen wollte ich Glück, alle Skepsis wog nicht das Verlangen nach Glück auf, hemmungslos glücklich wollte ich werden und erhob mich, während die anderen noch aßen und mit Trockeneipulver zufrieden waren, ging auf den Schrank zu, als hielte der Glück bereit, kramte in meinem Fach, fand, nein nicht Glück, aber hinter dem Fotoalbum, unter dem Bildungsbuch die zwei Päckchen Desinfektionsmittel des Herrn Fajngold, fingerte aus dem einen Päckchen, nein, gewiß nicht das Glück, aber das gründlich desinfizierte Rubinencollier meiner armen Mama, das Jan Bronski vor Jahren in einer nach Schnee riechenden Winternacht einem Schaufenster entnommen hatte, dem kurz zuvor Oskar, der damals noch glücklich war und Glas zersingen konnte, eine kreisrunde Lücke gesungen hatte. Und ich verließ mit dem Schmuck die Wohnung, sah in dem Schmuck die Vorstufe zum, machte mich auf den Weg zum, fuhr zum Hauptbahnhof, weil, dachte mir, wenn das klappt, dann, verhandelte lange über und war mir im klaren, daß ... aber der Einarmige und der Sachse, den die anderen Assessor nannten, waren sich nur über den Sachwert im klaren, ahnten nicht, wie überreif sie mich fürs Glück machten, als sie mir für das Collier meiner armen Mama eine echtlederne Aktentasche und fünfzehn Stangen Amizigaretten, Lucky Strike, gaben.

Am Nachmittag war ich wieder in Bilk bei der Familie. Ich packte aus: fünfzehn Stangen, ein Vermögen, Lucky Strike in Zwanzigerpackungen, ließ die anderen staunen, schob ihnen den verpackten blonden Tabakberg zu, sagte, das ist für euch, nur laßt mich von heut an in Ruhe, die Zigaretten dürften wohl meine Ruhe wert sein und außerdem, von heut an jeden Tag einen Henkelmann voller Mittagessen, den ich von heut an jeden Tag in meiner Aktentasche aus dem Haus zu meiner Arbeitsstelle zu tragen gedenke. Werdet ihr glücklich mit Kunsthonig und Feuersteinen, sagte ich ohne Zorn und Anklage, meine Kunst soll anders heißen, mein Glück wird fortan auf Grabsteine geschrieben oder zünftiger, in Grabsteine gemeißelt werden.

Korneff stellte mich für hundert Reichsmark im Monat als Praktikant ein. Das war soviel wie gar nichts und machte sich schließlich dennoch bezahlt. Schon nach einer Woche zeigte sich, daß meine Kräfte für grobe Steinmetzarbeiten nicht reichten. Ich sollte eine bruchfrische Wand Belgisch Granit für ein vierstelliges Grab bossieren und konnte nach einer knappen Stunde kaum noch das Eisen und nur noch gefühllos den Bossierschlägel halten. Auch das Grobspitzen mußte ich Korneff überlassen, während ich, Geschicklichkeit beweisend, das Feinspitzen, Zahnen, das Ersehen einer

Fläche mit zwei Richtlatten, das Ziehen der vier Schläge und das Schlag für Schlag Abscharrieren der Dolomiteinfassungen zu meiner Arbeit machte. Ein senkrechtgestelltes Vierkantholz, darüber, ein T bildend, das Brettchen, auf dem ich saß, rechts das Eisen führte und links, gegen Korneffs Einspruch, der aus mir einen Rechtshänder machen wollte, links ließ ich die hölzernen Birnen, Knüppel, die eisernen Schlägel, den Stockhammer knallen, klingen, mit vierundsechzig Stockhammerzähnen gleichzeitig den Stein beißen und zermürben: Glück, das war zwar nicht meine Trommel, Glück, war nur Ersatz, Glück kann aber auch ein Ersatz sein, Glück gibt es vielleicht nur ersatzweise, Glück immer Ersatz fürs Glück, das lagert sich ab: Marmorglück, Sandsteinglück, Elbsandstein, Mainsandstein, Deinsandstein, Unsersandstein, Glück Kirchheimer, Glück Grenzheimer. Hartes Glück: Blaubank. Wolkig brüchiges Glück: Alabaster. Widiastahl dringt glücklich in Diabas. Dolomit: grünes Glück. Sanftes Glück: Tuff. Buntes Glück von der Lahn. Poriges Glück: Basalt. Erkaltetes Glück aus der Eifel. Wie ein Vulkan brach das Glück aus und lagerte sich staubig ab und knirschte mir zwischen den Zähnen.

Die glücklichste Hand zeigte ich beim Schriftklopfen. Selbst Korneff ließ ich hinter mir, leistete den ornamentalen Teil der Bildhauerarbeit: Akanthusblätter, geknickte Rosen für Kindergrabsteine, Palmenzweige, christliche Symbole wie PX oder INRI, Hohlkehlen, Rundstäbe, Eierstäbe, Fasen und Doppelfasen. Mit allen erdenklichen Profilen beglückte Oskar Grabsteine in allen Preislagen. Und wenn ich acht Stunden lang einer polierten, unter meinem Atem immer wieder erblindenden Diabaswand eine Inschrift beigebracht hatte wie: Hier ruht in Gott mein lieber Mann – neue Zeile – Unser guter Vater, Bruder und Onkel – neue Zeile – Joseph Esser – neue Zeile – geb. am 3. 4. 1885 gest. am 22. 6. 1946 – neue Zeile – der Tod ist das Tor zum Leben –

dann war ich, diesen Text endlich überlesend, ersatzweise, das heißt angenehm glücklich und dankte dem im Alter von einundsechzig Jahren verstorbenen Joseph Esser und den grünen Diabaswölkchen vor meinem Schrifteisen immer wieder dafür, indem ich den fünf Os in der Esserschen Grabsteininschrift besondere Sorgfalt angedeihen ließ; so kam es, daß mir der Buchstabe O, den Oskar besonders liebte, zwar regelmäßig und endlos, aber immer etwas zu groß glückte.

Ende Mai begann meine Zeit als Steinmetzpraktikant, Anfang Oktober bekam Korneff zwei neue Furunkel, und wir mußten die Travertinwand für Hermann Webknecht und Else Webknecht geb. Freytag auf dem Südfriedhof versetzen. Bis zu jenem Tag hatte mich der Steinmetz, der meinen Kräften immer noch nicht traute, auf Friedhöfe nie mitnehmen wollen. Zumeist half ihm bei den Versetzarbeiten ein fast tauber, aber sonst brauchbarer Hilfsarbeiter der Firma Julius Wöbel. Dafür sprang Korneff ein, wenn bei Wöbel, der acht Leute beschäftigte, Not am Mann war. Immer wieder bot ich vergeblich meine Hilfe bei Friedhofsarbeiten an; zog es mich doch dorthin, wenn auch zu jenem Zeitpunkt keine Entschlüsse zu fassen waren. Glücklicherweise setzte Anfang Oktober bei Wöbel die Hochkonjunktur ein, er konnte vor Frosteinbruch keinen Mann entbehren; Korneff war auf mich angewiesen.

Wir bänkten zu zweit die Travertinwand hinter dem Dreiradwagen auf, legten sie dann auf Hartholzrollen, rollten sie auf die Ladefläche, schoben den Sockel daneben, schützten die Kanten mit leeren Papiersäcken, luden Werkzeug, Zement, Sand, Kies, die Hölzer und Kisten zum Abbänken dazu, ich machte die Klappe fest, Korneff saß schon am Steuer und ließ den Motor an, da stieß er Kopf und Furunkelnacken aus dem Seitenfenster und schrie: »Nu mach Jong, mach voran. Hol dich dein Henkelmann und steig ein!«

Langsame Fahrt um die Städtischen Krankenanstalten herum. Vor dem Hauptportal weiße Pflegerinnenwolken. Dazwischen eine mir bekannte Pflegerin, Schwester Gertrud. Ich winke, sie winkt zurück. Glück, denke ich, schon wieder oder noch immer, sollte sie mal einladen, auch wenn ich sie jetzt nicht mehr sehe, weil wir Richtung Rhein, zu irgend etwas einladen, Richtung Kappes Hamm, vielleicht ins Kino oder Gründgens ansehen im Theater, da winkt er schon, der gelbe Ziegelbau, mal einladen, muß nicht Theater sein, und Rauch stößt über halbleeren Bäumen das Krematorium aus, wie wäre es, Schwester Gertrud, mal die Tapete wechseln? Anderer Friedhof, andere Grabsteingeschäfte: Ehrenrunde für Schwester Gertrud vor dem Hauptportal: Beutz & Kranich, Pottgiessers Natursteine, Böhms Grabmalkunst, Friedhofsgärtnerei Gockeln, Kontrolle im Tor, es ist gar nicht so einfach, auf den Friedhof zu kommen, Verwaltung mit Friedhofsmütze: Travertin für zweistelliges Grab, Numero neunundsiebenzig, Feld acht, Webknecht, Hermann, Hand an Friedhofsmütze, Henkelmänner zum Wärmen beim Krematorium abgeben; und vorm Leichenhaus steht Schugger Leo.

Ich sagte zu Korneff: »Ist das nicht ein gewisser Schugger Leo, der mit den weißen Handschuhen?«

Korneff, die Furunkel hinter sich greifend: »Dat is Sabber Willem und nich Schugger Leo, dä wohnt hier!«

Wie hätte ich mich mit dieser Auskunft zufriedengeben können. Schließlich hatte es mich zuvor in Danzig gegeben, und nun gab es mich in Düsseldorf, und immer noch hieß ich Oskar: »Bei uns gab es einen auf den Friedhöfen, der sah genau so aus und hieß Schugger Leo, und ganz zu Anfang, als er nur Leo hieß, war er auf einem Priesterseminar.«

Korneff, linke Hand an den Furunkeln, rechts den Dreiradwagen vor dem Krematorium wendend: »Dat mag all sein Richtichkeit han. Kenn ne Menge, die so aussehn, anfangs auffem Seminar waren, jetzt auffem Friedhof leben und anners heißen. Dat hier is Sabber Willem!«

Wir fuhren an Sabber Willem vorbei. Der grüßte mit weißem Handschuh, und ich fühlte mich auf dem Südfriedhof wie zu Hause.

Oktober, Friedhofsalleen, der Welt fallen die Haare und Zähne aus, ich meine, immerzu schaukeln gelbe Blätter von oben nach unten. Stille, Sperlinge, Spaziergänger, der Motor des Dreiradwagens in Richtung Feld acht, das noch sehr fern liegt. Dazwischen alte Frauen mit Gießkannen und Enkelkindern, Sonne auf schwarzschwedischem Granit, Obelisken, sinnbildlich geborstene Säulen oder auch echter Kriegsschaden, grün angelaufener Engel hinter Taxus oder taxusähnlichem Grünzeug. Frau mit Marmorhand vor dem Auge, vom eigenen Marmor geblendet. Christus in Steinsandalen segnet Ulmen, und ein anderer Christus auf Feld vier, der eine Birke segnet. Schöne Gedanken auf der Allee zwischen Feld vier und Feld fünf: Sagen wir, das Meer. Und das Meer wirft unter anderem eine Leiche an den Strand. Vom Seesteg Zoppot her Violinenmusik und die schüchternen Anfänge eines Feuerwerkes zugunsten der Kriegsblinden. Ich beuge mich als Oskar und dreijährig über das Strandgut, hoffe, daß es Maria ist, Schwester Gertrud womöglich, die ich endlich mal einladen sollte. Aber es ist schön Luzie, bleich Luzie, wie mir jenes seinem Höhepunkt entgegeneilende Feuerwerk sagt und bestätigt. Auch hat sie wie immer, wenn sie es böse meint, ihr gestricktes Berchtesgadener Jäckchen an. Naß ist die Wolle, die ich ihr ausziehe. Gleichfalls naß ist das Jäckchen, das sie unter dem Strickjäckchen trägt. Und abermals blüht mir ein Berchtesgadener Jäckchen. Und ganz zum Schluß, da auch das Feuerwerk sich verausgabt hat und nur noch die Violinen, da finde ich unter Wolle auf Wolle in Wolle, in ein BDM-Turnhemd gewickelt ihr Herz, Luzies Herz, einen kühlen winzigen Grabstein, drauf steht geschrieben: Hier ruht Oskar – Hier ruht Oskar – Hier ruht Oskar…

»Schlaf nich Jong!« unterbrach Korneff meine schönen, vom Meer angeschwemmten, vom Feuerwerk illuminierten Gedanken. Links bogen wir ein, und Feld acht, ein neues Feld ohne Bäume mit wenig Grabsteinen, lag platt und hungrig vor uns. Deutlich hoben sich aus dem Einerlei der noch ungepflegten, weil zu frischen Gräber die letzten fünf Beerdigungen ab: modernde Berge brauner Kränze mit verflossenen, verregneten Schleifen.

Numero neunundsiebenzig fanden wir schnell am Anfang der vierten Reihe, dicht neben Feld sieben, das einige junge schnellwachsende Bäume aufwies, auch mit Metersteinen, zumeist schlesischem Marmor, verhältnismäßig regelmäßig bewachsen war. Wir fuhren an neunundsiebenzig von hinten heran, luden das Werkzeug, Zement, Kies, Sand, den Sockel und jene Travertinwand ab, die leicht speckig glänzte. Der Dreiradwagen machte einen Sprung, als wir den Brocken von der Ladefläche auf die Kiste mit den Hölzern zum Abbänken rollten. Korneff zog das provisorische Holzkreuz, auf dessen Querbalken H. Webknecht und E. Webknecht stand, aus dem Kopfende des Grabes, ließ sich von mir den Graber reichen und begann, die beiden Löcher, einssechzig tief nach Friedhofsvorschrift, für die Betonpfeiler auszuheben, während ich auf Feld sieben Wasser holte, dann Beton anmachte, damit fertig war, als er bei einsfünfzig fertig sagte und ich mit dem Ausstampfen der beiden Löcher beginnen konnte, während Korneff schnaufend auf der Travertinwand saß, hinter sich griff und seine Furunkel betastete. »Is bald soweit. Han ich jenau im Jefühl, wenn die soweit sind und hops sagen.« Ich stampfte und dachte mir wenig dabei. Von Feld sieben kroch ein protestantisches Begräbnis über Feld acht nach Feld neun. Als sie drei Reihen vor uns vorbeikamen, rutschte Korneff von der Travertinwand, und wir zogen vom Pastor an bis zu den allernächsten Angehörigen nach Friedhofsvorschrift die Mützen. Hinter dem Sarg ging ganz alleine eine kleine, schwarze, schiefe Frau. Danach waren alle viel größer und stämmiger.

»Du kriechst de Tör nich zu!« stöhnte Korneff neben mir. »Ich han dat Jefühl, die wolln raus, bevor wir die Wand zum Stehn jebracht han.«

Inzwischen war das Begräbnis auf Feld neun angekommen, sammelte sich und gebar die auf- und abschwellende Stimme eines Pfarrers. Wir hätten jetzt den Sockel aufs Fundament legen können, da der Beton angezogen hatte. Aber Korneff legte sich bäuchlings über die Travertinwand, schob sich seine Mütze zwischen Stirn und Stein, zerrte, den Nacken freilegend, den Jacken- und Hemdkragen zurück, während Einzelheiten aus dem Leben des Verstorbenen von Feld neun bei uns auf Feld acht bekannt wurden. Nicht nur die Travertinwand mußte ich erklettern, Korneff hockte ich hinten drauf und begriff die ganze Bescherung: Es waren zwei nebeneinander. Ein Nachzügler mit zu großem Kranz strebte Feld neun und der langsam zu Ende gehenden Predigt entgegen. Mit einem Buchenblatt wischte ich, nachdem ich mit einem Zug das Pflaster entfernt hatte, die Ichthyolansalbe weg und sah die beiden fast gleichgroßen, teerbraun ins Gelb übergehenden Verhärtungen. »Lasset uns beten«, wehte es von Feld neun herüber. Ich nahm das zum Zeichen, hielt den Kopf seitlich weg, drückte und zog mit Buchenblättern unter den Daumen. »Vater unser...« Korneff knirschte: »Ziehen mußte, nicht drücken.« Ich zog. »...werde Dein Name.« Korneff gelang es, mitzubeten: »...komme Dein Reich.« Da drückte ich doch, weil ziehen nicht half. »Wille geschehe, wie im, also auch.« Daß es nicht knallte, war ein Wunder. Und noch einmal: »gib uns heute.« Jetzt war Korneff wieder im Text: »Schuld und nicht in Versuchung...« Das war mehr, als ich dachte. »Reich, Kraft und Herrlichkeit.« Holte den bunten Rest heraus. »Ewigkeit, Amen.« Während ich noch einmal zog, Korneff: »Amen« und noch einmal drückte: »Amen«, als die drüben auf Feld neun schon mit dem Beileid anfingen, Korneff immer noch: »Amen«, lag platt und erlöst auf dem Travertin, stöhnte: »Amen«, auch: »Haste noch Beton für untern Sockel?« Ich hatte und er: »Amen.«

Die letzten Schippen voll schüttete ich als Verbindung zwischen die beiden Pfeiler. Da schob sich Korneff von der polierten Schriftfläche und ließ sich von Oskar die herbstlich bunten Buchenblätter mit dem ähnlich gefärbten Inhalt der beiden Furunkel zeigen. Die Mützen rückten wir zurecht, legten Hand an den Stein und stellten das Grabdenkmal für Hermann Webknecht und Else Webknecht, geb. Freytag, auf, während sich das Begräbnis auf Feld neun verflüchtigte.

Fortuna Nord

Grabsteine konnten sich damals nur Leute leisten, die Wertvolles auf der Erdoberfläche zurückließen. Es mußte nicht einmal ein Diamant oder eine ellenlange Perlenkette sein. Für fünf Zentner Kartoffeln gab es schon einen ausgewachsenen Meterstein aus Grenzheimer Muschelkalk. Stoff für zwei Anzüge mit Weste brachte uns das Denkmal für ein Doppelgrab aus Belgischem Granit auf drei Sockeln ein. Die Witwe des Schneiders, die den Stoff hatte, bot uns gegen eine Grabeinfassung aus Dolomit die Verarbeitung des Stoffes an, da sie noch einen Gesellen beschäftigte.

So kam es, das Korneff und ich nach Feierabend mit der Zehn in Richtung Stockum fuhren, die Witwe Lennert aufsuchten und uns Maß nehmen ließen. Oskar trug damals, lächerlich genug, eine von Maria umgearbeitete Panzerjägeruniform, deren Jacke, obgleich die Knöpfe versetzt waren, meiner besonderen Ausmaße wegen nicht zu schließen war.

Der Geselle, den die Witwe Lennert Anton nannte, baute mir aus dunkelblauem, feingestreiftem Tuch einen Anzug nach Maß: einreihig, aschgrau gefüttert, die Schultern gut, aber nicht falsche Werte schaffend unterarbeitet, der Buckel nicht etwa kaschiert, eher dezent betont, die Hosen mit Umschlag, doch nicht zu weit; es war ja noch immer Meister Bebra mein gutangezogenes Vorbild. Deshalb auch keine Schlaufen für einen Gürtel, sondern Knöpfe für Hosenträger, die Weste hinten blank, vorne matt, altrosa gefüttert. Das Ganze brauchte fünf Anproben.

Noch während der Schneidergeselle über Korneffs zweireihigem und meinem einreihigen Anzug saß, suchte ein

Schuhfritze für seine dreiundvierzig durch Bombenschaden zu Tode gekommene Frau einen Meterstein. Der Mann wollte uns erst Bezugscheine bieten, aber wir wollten Ware sehen. Für den Schlesischen Marmor mit Kunststeineinfassung und Versetzen bekam Korneff ein Paar dunkelbraune Halbschuhe und ein Paar Pantoffeln mit Ledersohle. Für mich fielen ein Paar schwarze, wenn auch altmodische, so doch wunderbar weiche Schnürstiefel ab. Größe fünfunddreißig; die gaben meinen schwachen Füßen einen festen und eleganten Halt.

Um Hemden kümmerte sich Maria, der ich ein Bündel Reichsmark auf die Kunsthonigwaage legte: »Ach würdest du mir zwei weiße Oberhemden, eines mit feinem Streifen, eine hellgraue Krawatte und eine maronenfarbene kaufen? Der Rest ist fürs Kurtchen oder für dich, liebe Maria, die du nie an dich denkst, immer an andere.«

Einmal in Geberlaune, schenkte ich Guste einen Schirm mit echter Hornkrücke und ein Spiel kaum gebrauchter Altenburger Skatkarten, da sie sich gerne die Bildchen legte und ungern ein Spiel bei den Nachbarn auslieh, wenn sie nach Kösters Heimkehr Fragen stellen wollte.

Maria beeilte sich, meinen Auftrag zu erledigen, erstand für den üppigen Rest des Geldes einen Regenmantel für sich, für Kurtchen einen Schultornister aus imitiertem Leder, der, so häßlich er war, vorläufig seinen Zweck erfüllen mußte. Zu meinen Hemden und Krawatten legte sie drei Paar graue Socken, die ich zu bestellen vergessen hatte.

Als Korneff und Oskar die Anzüge abholten, standen wir uns vor dem Spiegel der Schneiderwerkstatt verlegen und dennoch voneinander beeindruckt gegenüber. Korneff wagte kaum, seinen Hals mit von Furunkelnarben zerfurchtem Nacken zu drehen. Aus abfallenden Schultergelenken ließ er die Arme vornüberhängen und versuchte seine Knickbeine zu strecken. Mir gab das neue Gewand, besonders wenn ich die Arme vor dem Brustkorb verschränkte, dadurch meine oberen horizontalen Ausmaße vergrößerte, das rechte schmächtige Bein als Standbein benutzte, das linke lässig winkelte, etwas dämonisch Intellektuelles. Lächelnd Korneff und sein Erstaunen genießend, näherte ich mich dem Spiegel, stand jener von meinem verkehrten Konterfei beherrschten Fläche so nahe, daß ich sie hätte küssen können, hauchte mich aber nur an und sagte so nebenbei: »Hallo, Oskar! Es fehlt dir noch eine Krawattennadel.«

Als ich eine Woche später, an einem Sonntag nachmittag, die Städtischen Krankenanstalten betrat, meine Pflegerinnen besuchte, mich neu, eitel und tiptop von allen meinen besten Seiten zeigte, war ich schon Besitzer einer silbernen Krawattennadel mit Perle.

Die guten Mädchen verloren die Sprache, als sie mich im Stationszimmer sitzen sahen. Das war im Spätsommer siebenundvierzig. Ich kreuzte auf bewährte Art die Anzugarme über dem Brustkorb, spielte mit meinen Lederhandschuhen. Über ein Jahr lang war ich jetzt Steinmetzpraktikant und Meister im Hohlkehlenziehen. Ein Hosenbein legte ich übers andere, trug dennoch den Bügelfalten Sorge. Die gute Guste pflegte das Maßwerk, als wäre es für den heimkehrenden, dann alles ändernden Köster geschneidert worden. Schwester Helmtrud wollte den Stoff fühlen und fühlte ihn auch. Für Kurtchen kaufte ich im Frühjahr siebenundvierzig, als wir seinen siebenten Geburtstag mit selbstgemixtem Eierlikör und Sandkuchen – Rezept: man nehme! – feierten, einen mausgrauen Lodenmantel. Ich bot den Krankenschwestern, zu denen sich auch Schwester Gertrud gesellte, Konfekt an, das eine Diabasplatte außer zwanzig Pfund braunem Zucker eingebracht hatte. Kurtchen ging meines Erachtens nach viel zu gerne zur Schule. Die Lehrerin, unverbraucht und, bei Gott, keine Spollenhauer, lobte ihn, sagte, er sei helle, doch etwas ernst. Wie fröhlich Krankenschwestern sein können, wenn man ihnen Konfekt anbietet! Als ich einen Augenblick mit Schwester Gertrud alleine im Stationszimmer war, erkundigte ich mich nach ihren freien Sonntagen.

»Na heut' zum Beispiel, da hab ich von fünf an frei. Aber is ja doch nix los in der Stadt«, resignierte Schwester Gertrud.

Ich war der Meinung, es käme auf einen Versuch an. Sie wollte es erst gar nicht versuchen, sich viel lieber mal richtig ausschlafen. Da wurde ich direkter, brachte meine Einladung vor, schloß, weil sie sich immer noch nicht entscheiden konnte, geheimnisvoll mit den Worten: »Ein wenig Unternehmungsgeist, Schwester Gertrud! Man ist nur einmal jung. An Kuchenmarken soll es bestimmt nicht fehlen.« Den Text begleitend, klopfte ich leicht stilisiert gegen das Tuch vor meiner Brusttasche, bot ihr noch ein Stückchen Konfekt an und bekam merkwürdigerweise einen gelinden Schreck, als das derb westfälische Mädchen, das ganz und gar nicht mein Typ war, zum Salbenschränkchen hingewendet hören ließ: »Na denn gut, wenn Sie meinen. Sagen wir um sechs, aber nicht hier, sagen wir, am Corneliusplatz.«

Niemals hätte ich Schwester Gertrud ein Treffen in der Eingangshalle oder vor dem Hauptportal der Krankenanstalten zugemutet. So erwartete ich sie um sechs unter der damals noch kriegsbeschädigten, keine Zeit ansagenden Normaluhr am Corneliusplatz. Sie kam pünktlich, wie ich auf meiner Wochen zuvor erstandenen, nicht allzu kostbaren Taschenuhr nachlesen konnte. Fast hätte ich sie nicht erkannt; denn hätte ich sie rechtzeitig, sagen wir, an der fünfzig Schritt entfernten, quer gegenüberliegenden Straßenbahnhaltestelle aussteigen sehen, bevor sie mich bemerken konnte, hätte ich mich verdrückt, enttäuscht davongemacht; denn Schwester Gertrud kam nicht als Schwester Gertrud, nicht in Weiß kam sie mit der Rotkreuzbrosche, sondern als x-beliebiges, Zivilkleidung dürftigster Machart tragendes Fräulein Gertrud Wilms aus Hamm oder Dortmund oder sonstwoher zwischen Dortmund und Hamm.

Sie bemerkte meinen Mißmut nicht, erzählte, daß sie fast zu spät gekommen wäre, weil die Oberschwester ihr aus reiner Schikane noch kurz vor fünf etwas aufgetragen habe.

»Nun, Fräulein Gertrud, darf ich einige Vorschläge machen? Vielleicht beginnen wir ganz zwanglos in einer Konditorei und hinterher, was Sie mögen: eventuell Kino, fürs Theater werden leider keine Karten mehr zu bekommen sein, oder wie wäre es mit einem Tänzchen?«

»Au ja, gehn wir tanzen!« begeisterte sie sich und merkte zu spät, dann jedoch ihren Schreck kaum verbergend, daß ich als ihr Tanzpartner eine zwar gutangezogene, dennoch unmögliche Figur machen würde.

Mit leichter Schadenfreude – warum war sie auch nicht in jener von mir so geschätzten Krankenschwesterntracht gekommen – festigte ich den einmal von ihr gutgeheißenen Plan, und sie, der es an Vorstellungskraft fehlte, gab den Schreck bald auf, aß mit mir, ich ein Stückchen, sie drei Stückchen Torte, in der Zement verbacken sein mußte, stieg, nachdem ich mit Kuchenmarken und Bargeld gezahlt hatte, mit mir bei Koch am Wehrhahn in die Straßenbahn Richtung Gerresheim ein, denn unterhalb Grafenberg mußte nach Korneffs Angaben ein Tanzlokal sein.

Das letzte Stück bergauf gingen wir, weil die Straßenbahn vor der Steigung hielt, langsam zu Fuß. Ein Septemberabend, wie er im Buche steht. Gertruds bezugscheinfreie Holzsandalen klapperten gleich der Mühle am Bach. Das machte mich fröhlich. Die Leute, die bergab kamen, drehten sich nach uns um. Dem Fräulein Gertrud war das peinlich. Ich war's gewohnt, nahm keine Rücksicht: Schließlich waren es meine Kuchenmarken gewesen, die ihr zu drei Stückchen Zementtorte in der Konditorei Kürten verholfen hatten.

Das Tanzlokal hieß Wedig und führte den Untertitel: Löwenburg. Schon an der Kasse gab es Gekicher und, als wir eintraten, verdrehte Köpfe. Schwester Gertrud wollte in ihrer Zivilkleidung unsicher werden, wäre fast über einen Klappstuhl gestolpert, hätten der Kellner und ich sie nicht gehalten. Jener wies uns einen Tisch nahe der Tanzfläche, und ich bestellte zweimal Kaltgetränk, fügte leise, nur dem Kellner vernehmlich hinzu: »Aber mit Schuß bitte.«

Die Löwenburg bestand zur Hauptsache aus einem Saal, der früher einer Reitschule gedient haben mochte. Mit Papierschlangen und Girlanden vom letzten Karneval hatte man die oberen Regionen, die reichlich beschädigte Decke verhängt. Halbdunkle, dazu gefärbte Lichter kreisten, warfen Reflexe auf die straff zurückgekämmten Haare junger, teilweise eleganter Schwarzhändler und auf die Taftblusen der Mädchen, die sich alle untereinander zu kennen schienen.

Als das Kaltgetränk mit Schuß serviert wurde, erstand ich beim Kellner zehn Amis, bot Schwester Gertrud eine an, eine dem Kellner, der sie sich hinters Ohr steckte, und nahm, nachdem ich meiner Dame Feuer gegeben hatte, Oskars Bernsteinspitze hervor, um eine Camel bis knapp zur Hälfte zu rauchen. Die Tische neben uns beruhigten sich. Schwester Gertrud wagte aufzublicken. Und als ich die stattliche Camelkippe im Aschenbecher ausdrückte und liegenließ, nahm Schwester Gertrud den Stummel mit sachlichem Griff an sich und steckte ihn in ein Seitenfach ihres Wachstuchhandtäschchens.

»Für meinen Verlobten in Dortmund«, sagte sie, »der raucht wie verrückt.«

Ich war froh, nicht ihr Verlobter sein zu müssen, auch daß die Musik einsetzte.

Die Fünfmannband spielte: »Don't fence me in.« Diagonal über die Tanzfläche eilende Kreppsohlenmänner stießen nicht zusammen, angelten sich Mädchen, die beim Aufstehen ihre Handtäschchen Freundinnen in Verwahrung gaben.

Es zeigten sich einige recht flüssig, wie eingeschult tanzende Paare. Viel Chewing-gum wurde bewegt, einige Burschen stellten für mehrere Takte das Tanzen ein, hielten die ungeduldig auf der Stelle dribbelnden Mädchen am Oberarm – englische Brocken ersetzten dem rheinischen Wortschatz die Hefe. Bevor die Paare sich wieder im Tanz fanden, wurden kleine Gegenstände weitergereicht: Echte Schwarzhändler kennen keinen Feierabend.

Diesen Tanz ließen wir aus, auch den nächsten Fox. Oskar schaute den Männern gelegentlich auf die Beine und forderte Schwester Gertrud, die nicht wußte, wie ihr geschah, zu einem Tänzchen auf, als die Band »Rosamunde« anstimmte.

Mich an Jan Bronskis Tanzkünste erinnernd, wagte ich, der ich fast zwei Köpfe kleiner war als Schwester Gertrud und die groteske Note unserer Verbindung erkannte, auch bestärken wollte, einen Schieber: hielt sie, die sich gottergeben führen ließ, die Handfläche nach außen gekehrt am Gesäß, spürte dreißig Prozent Wolle, schob, mit der Wange ihrer Bluse nahe, die ganze kräftige Schwester Gertrud rückwärts und zwischen ihrem Schritt spurend, Platz fordernd, weil links unsere starren Arme ausschwenkend, von Ecke zu Ecke über die Tanzfläche. Es ging besser, als ich zu hoffen gewagt hatte. Erlaubte mir Variationen, hielt mich, oben die Bluse während, unten bald links, bald rechts ihrer Halt bietenden Hüfte, umtanzte sie, ohne dabei jene klassische Haltung des Schiebers aufzugeben, die den Eindruck zu erwecken hat: Die Dame stürzt sogleich rückwärts, der Herr, der sie stürzen will, stürzt vorwärts über sie hinweg; und dennoch stürzen sie nicht, weil sie ausgezeichnete Schiebertänzer sind.

Bald hatten wir Zuschauer. Ich hörte Ausrufe wie: »Han ich dich nich jesacht, dat issen Jimmy! Guck dich den Jimmy an. Hallo Jimmy! Come on, Jimmy! Let's go, Jimmy!«

Leider konnte ich das Gesicht der Schwester Gertrud nicht sehen und mußte mich mit der Hoffnung begnügen, sie nehme den Beifall stolz und gelassen zugleich als eine Ovation der Jugend auf, finde sich in den Applaus, wie sie sich als Krankenschwester in die oft unbeholfenen Schmeicheleien der Patienten zu finden wußte.

Als wir uns setzten, wurde immer noch geklatscht. Die Fünfmannband gab, wobei sich der Schlagzeuger besonders hervortat, einen Tusch und noch einen Tusch und einen dritten Tusch. »Jimmy«, wurde gerufen und »Haste die beiden gesehen?« Da erhob sich Schwester Gertrud, stammelte etwas von Toilettegehen, nahm das Handtäschchen mit der Kippe für den Dortmunder Verlobten, drängte sich hochrot, überall anstoßend zwischen Stühle und Tische in Richtung Toilette, neben der Kasse.

Sie kam nicht wieder. Der Tatsache, daß sie vorm Weggehen mit langem Schluck ihr Kaltgetränkglas geleert hatte, durfte ich entnehmen, daß Glasaustrinken Abschied bedeutet: Schwester Gertrud ließ mich sitzen.

Und Oskar? Eine Amizigarette in der Bernsteinspitze, beim Ober, der diskret das bis zur Neige geleerte Glas der Krankenschwester wegräumte, ein Schuß ohne Kaltgetränk bestellt. Koste es, was es wolle: Oskar lächelte. Zwar schmerzhaft, aber er lächelte und schlug, oben die Arme kreuzend, unten die Hosenbeine übereinander, wippte mit zierlichem schwarzem Schnürstiefel, Größe fünfunddreißig, und genoß die Überlegenheit des Verlassenen.

Die jungen Leute, Stammgäste der Löwenburg, waren nett, zwinkerten mir von der Tanzfläche vorbeiswingend zu. »Hallo« riefen die Burschen und »Take it easy« die Mädchen. Ich dankte mit meiner Zigarettenspitze den Vertretern wahrer Humanität und schmunzelte nachsichtig, als der Schlagzeuger üppig wirbelte und mich an gute alte Tribünenzeiten erinnerte, indem er eine Solonummer auf die Flachtrommel, auf Pauke, Becken, Triangel legte und alsdann Damenwahl ankündigte.

Heiß gab sich die Band, spielte »Jimmy the Tiger«. Damit war wohl ich gemeint, obgleich niemand in der Löwenburg von meiner Trommlerlaufbahn unter Tribünengerüsten wissen konnte. Jedenfalls flüsterte mir das junge quecksilbrige Ding mit dem hennaroten Wuschelkopf, das mich zum Herrn ihrer Wahl auserkor, tabakheiser und kaugummibreit »Jimmy the Tiger« ins Ohr. Und während wir schnell, Dschungel und Dschungelgefahren heraufbeschwörend, Jimmy tanzten, ging auf Tigerpfoten der Tiger um, was etwa zehn Minuten dauerte. Abermals gab es Tusch, Beifall und nochmals Tusch, weil ich einen gutangezogenen Buckel hatte, dazu flink auf den Beinen war und als Jimmy the Tiger keine schlechte Figur machte. Ich bat die mir gewogene Dame an meinen Tisch, und Helma – so hieß sie – bat, ihre Freundin Hannelore mitbringen zu dürfen. Hannelore war schweigsam, seßhaft und trank viel. Helma hatte es mehr mit den Amizigaretten, und ich mußte beim Ober nachbestellen.

Ein gelungener Abend. Ich tanzte »Hebaberiba«, »In the mood«, »Shoeshine boy«, plauderte zwischendurch, versorgte zwei leicht zufriedenzustellende Mädchen, die mir erzählten, daß sie beide beim Fernsprechamt am Graf-Adolf-Platz arbeiteten, daß aber noch mehr Mädchen vom Fernsprechamt jeden Sonnabend und Sonntag zu Wedig in die Löwenburg kämen. Sie seien jedenfalls jedes Wochenende da, wenn sie nicht gerade Dienst hätten, und auch ich versprach, des öfteren wiederzukommen, weil Helma und Hannelore so nett seien, weil man sich mit Mädchen vom Fernsprechamt – hier machte ich ein Wortspiel, das beide sofort verstanden – auch nahe beieinander sitzend gut verstehe.

In die Krankenanstalten ging ich längere Zeit nicht mehr. Und als ich wieder dann und wann einen Besuch machte, war Schwester Gertrud auf die Frauenstation versetzt worden. Ich sah sie nie mehr oder nur einmal flüchtig, von weitem grüßend. In der Löwenburg wurde ich gerngesehener Stammgast. Die Mädchen nahmen mich tüchtig, doch nicht maßlos aus. Durch sie lernte ich einige Angehörige der britischen Besatzungsarmee kennen, schnappte hundert Wörtchen Englisch auf, schloß auch Freundschaft, sogar Duzbruderschaft mit einigen Mitgliedern der Löwenburgband, bezwang mich aber, was die Trommelei betraf, setzte mich also nie hinter das Schlagzeug, sondern begnügte mich mit dem kleinen Glück der Schriftklopferei in Korneffs Steinmetzbude.

Während des strengen Winters siebenundvierzig-achtundvierzig hielt ich Kontakt mit den Mädchen des Fernsprechamtes, erhielt auch einige nicht allzu kostspielige Wärme bei der schweigsam seßhaften Hannelore, wobei wir jedoch knapp Distanz wahrten und uns auf das unverbindliche Handwerk verließen.

Im Winter pflegt sich der Steinmetz. Das Werkzeug muß nachgeschmiedet werden, einigen alten Brocken wird die Schriftfläche abgestockt, wo Kanten fehlen, schleift man Fasen, zieht Hohlkehlen. Korneff und ich füllten das während der Herbstsaison gelichtete Grabsteinlager wieder auf, stampften einige Kunststeine aus Muschelkalkversatz. Auch versuchte ich mich in leichteren Bildhauerarbeiten mit der Punktiermaschine, schlug Reliefs, die Engelköpfe, Christi dornengekröntes Haupt und die Taube des Heiligen Geistes darstellten. Wenn Schnee fiel, schippte ich Schnee, und wenn kein Schnee fiel, taute ich die Wasserleitung zur Schleifmaschine auf.

Ende Februar achtundvierzig – der Karneval hatte mich abmagern lassen, ich schaute womöglich etwas vergeistigt aus, denn in der Löwenburg nannten mich einige Mädchen »Doktor« – kamen kurz nach Aschermittwoch die ersten Bauern vom linken Rheinufer und besichtigten unser Grabsteinlager. Korneff war abwesend. Er machte seine alljährliche Rheumakur, arbeitete in Duisburg vor einem Hochofen, und als er nach vierzehn Tagen ausgedörrt und ohne Furunkel zurückkam, hatte ich schon drei Steine, darunter einen für ein dreistelliges Grab, günstig verkaufen können. Korneff schlug noch zwei Kirchheimer Muschelkalkwände los, und Mitte März begannen wir mit dem Versetzen. Ein Schlesischer Marmor ging nach Grevenbroich; die zwei Kirchheimer Metersteine stehen auf einem Dorffriedhof bei Neuss; den roten Mainsandstein mit von mir geschlagenem Engelsköpfchen kann man heute noch auf dem Stommler Friedhof bewundern. Die Diabaswand mit dem Dornenkronenchrist für das dreistellige Grab luden wir Ende März auf und fuhren langsam, weil der Dreiradwagen überladen war, in Richtung Kappes-Hamm, Rheinbrücke Neuss. Von Neuss über Grevenbroich nach Rommerskirchen, bogen dann rechts auf die Straße nach Bergheim Erft ab, ließen Rheydt, Niederaußem hinter uns, brachten den Brocken samt Sockel ohne Achsenbruch auf den Friedhof von Oberaußem, der leicht zum Dorf geneigt auf einem Hügel liegt.

Welch eine Aussicht! Zu unseren Füßen das Braunkohlenrevier des Erftlandes. Die acht gegen den Himmel dampfenden Kamine des Werkes Fortuna. Das neue, zischende, immer explodieren wollende Kraftwerk Fortuna Nord. Die Mittelgebirge der Schlackenhalden mit Drahtseilbahnen und Kipploren darüber. Alle drei Minuten ein Elektrozug mit Koks oder leer. Vom Kraftwerk kommend, zum Kraftwerk hin, spielzeugklein, dann Spielzeug für Riesen, die linke Ecke des Friedhofs überspringend die Starkstromleitung in Dreierkolonne, summend und hochgespannt nach Köln laufend. Andere Kolonnen dem Horizont zu, nach Belgien und Holland eilend: Welt, Knotenpunkt – wir stellten die Wand aus Diabas für die Familie Flies auf –, Elektrizität entsteht, wenn man ... Der Totengräber mit Gehilfe, der hier den Schugger Leo ersetzte, die kamen mit Werkzeug, im Spannungsfeld standen wir, mit einer Umbettung begann der Totengräber drei Reihen unter uns – hier wurden Reparationsleistungen vollbracht – der Wind führte uns die typischen Gerüche einer zu früh angesetzten Umbettung zu – nein, kein Ekel, es war ja März. Märzäcker zwischen den Kokshalden. Der Totengräber trug eine gezwirnte Brille und zankte halblaut mit seinem Schugger Leo, bis die Sirene von Fortuna eine Minute lang ausatmete, atemlos wir, von der umzubettenden Frau gar nicht zu sprechen, nur Hochspannung hielt durch, und die Sirene kippte, fiel über Bord und ersoff – während von dörflichen schiefergrauen Schieferdächern Rauch mittäglich kräuselte und die Kirchenglokken gleich hinterdrein: Bete und arbeite – Industrie und Religion Hand in Hand. Schichtwechsel auf Fortuna, wir Butterbrote mit Speck, aber Umbetten duldet keine Pause, auch rastlos Starkstrom zu Siegermächten hineilend, Holland erleuchtend, während hier immer wieder Stromsperre – doch die Frau kam ans Licht!

Während Korneff die Löcher fürs Fundament einsfünfzig tief aushob, kam sie hoch in die Frische und lag noch nicht lange unten, seit letztem Herbst erst im Dunkeln und war doch schon fortgeschritten, wie ja überall Verbesserungen vorgenommen wurden, und auch die Demontage an Rhein und Ruhr Fortschritte machte, hatte sich jene Frau während des Winters – den ich in der Löwenburg vertändelt hatte – ernsthaft unter der gefrorenen Erdkruste des Braunkohlenreviers mit sich selbst auseinandergesetzt und mußte nun, während wir Beton stampften und den Sockel legten, stückweise zur Umbettung überredet werden. Aber dafür war ja die Zinkkiste da, daß nichts, auch das Kleinste nicht verlorenging – wie ja auch Kinder bei der Brikettausgabe in Fortuna hinter den überladenen Lastwagen herliefen und fallende Briketts sammelten, weil Kardinal Frings von der Kanzel herunter gesagt hatte: Wahrlich ich sage euch: Kohlenklauen ist keine Sünde. Ihr aber brauchte niemand mehr einzuheizen. Ich glaube nicht, daß sie in der sprichwörtlich frischen Märzluft fror, zumal ja noch Haut mehr als genug, wenn auch durchlässig und mit Laufmaschen, dafür Stoffreste und Haare, die immer noch Dauerwellen – daher kommt das Wort –, auch waren die Sargbeschläge der Umbettung wert, selbst kleine Hölzlein wollten mit auf den anderen Friedhof, wo keine Bauern und Bergleute aus Fortuna, nein, in die große Stadt, wo immer was los war und neunzehn Kinos gleichzeitig, dahin wollte die Frau heimkehren, denn sie war eine Evakuierte, wie der Totengräber zu erzählen wußte, und nicht hiesig: »Dat Griet kam us Kölle, un kömmt nu nach Müllem, up de annere Sieht vom Rhing«, sagte er und hätte noch mehr gesagt, wenn nicht noch einmal die Sirene eine Minute lang Sirene, und ich näherte mich, die Sirene nützend, der Umbettung, unterwanderte auf Umwegen die Sirene, wollte Zeuge der Umbettung sein, und nahm was mit, das sich hinterher neben der Zinkkiste als mein Spaten herausstellte, den ich, nicht etwa um zu helfen, sondern nur so, weil ich den Spaten bei mir hatte, auch gleich in Aktion setzte, etwas aufs Spatenblatt nahm, das danebengefallen war: Und der Spaten, das war ein ehemaliger Spaten des Reichsarbeitsdienstes. Und was ich auf den RAD-Spaten nahm, das waren die ehemaligen oder waren noch immer der Mittelfinger und – glaube noch heute – der Ringfinger der evakuierten Frau, die beide nicht abgefallen, vielmehr vom Heber, der ja kein Gefühl hatte, abgehackt worden waren. Die aber schienen mir schön und geschickt gewesen zu sein, wie auch der Kopf der Frau, der schon in der Zinkkiste war, eine gewisse Ebenmäßigkeit durch den Nachkriegswinter siebenundvierzig-achtundvierzig, der ja bekanntlich schlimm war, hinübergerettet hatte, so daß abermals von Schönheit, wenn auch verfallener, die Rede sein konnte. Zudem waren mir der Kopf und die Finger der Frau näher und menschlicher als die Schönheit des Kraftwerkes Fortuna Nord. Mag sein, daß ich das Pathos der Industrielandschaft genoß, wie ich zuvor etwa Gustaf Gründgens im Theater genossen hatte, blieb aber doch solch auswendigen Schönheiten gegenüber mißtrauisch, wenn das auch kunstvoll war und die Evakuierte nur allzu natürlich wirkte. Zugegeben, daß der Starkstrom mir ähnlich wie Goethe ein Weltgefühl vermittelte, aber die Finger der Frau berührten mein Herz, auch wenn ich mir die Evakuierte als Mann vorstellte, weil das besser in meinen Kram fürs Entschlüssefassen paßte und für den Vergleich, der mich zum Yorick machte und die Frau – halb noch unten, halb in der Zinkkiste – zum Manne Hamlet, wenn man Hamlet als Mann bezeichnen will. Ich aber, Yorick, fünfter Aufzug, der Narr, »Ich kannte ihn, Horatio«, erste Szene, ich, der auf allen Bühnen dieser Welt – »Ach armer Yorick!« – seinen Schädel dem Hamlet ausleiht, damit irgendein Gründgens oder Sir Laurence Olivier sich als Hamlet Gedanken darüber macht: »Wo sind nur deine Schwänke? deine Sprünge?« – ich hielt des Gründgens Hamletfinger auf meinem Arbeitsdienstspatenblatt, stand auf dem festen Boden des niederrheinischen Braunkohlenreviers, zwischen den Gräbern der Bergleute, Bauern und deren Familienangehörigen, sah auf die Schieferdächer des Dorfes Oberaußem herab, machte den dörflichen Friedhof zum Mittelpunkt der Welt, das Kraftwerk Fortuna Nord zu meinem imponierenden halbgöttlichen Gegenüber, die Äcker waren Dänemarks Äcker, die Erft war mein Belt, was hier faulte, das faulte mir im Reich der Dänen – ich, Yorick, überspannt, geladen, knisternd, über mir singend, nicht daß ich Engel sage, und dennoch sangen die Starkstromengel in Dreierkolonnen zum Horizont hin, wo Köln und sein Hauptbahnhof neben dem gotischen Fabeltier lagen, und versorgten die katholische Beratungsstelle mit Strom, himmlisch über die Rübenäcker, die Erde jedoch gab Brikett her und Hamlets, nicht Yoricks Leiche. Die anderen aber, die nichts mit dem Theater zu tun hatten, die mußten unten bleiben – »Die es dahin gebracht. – Der Rest ist Schweigen« – und wurden mit Grabsteinen beschwert, wie wir die Familie Flies mit der dreistelligen Diabaswand schwerwiegend belasteten. Für mich aber, Oskar Matzerath, Bronski, Yorick, begann ein neues Zeitalter, und ich betrachtete, des neuen Zeitalters kaum bewußt, noch schnell, bevor es vorbei war, des Prinzen Hamlet vergammelte Finger auf meinem Spatenblatt – »Er ist zu fett und kurz von Atem« –, ließ, dritter Aufzug, den Gründgens in erster Szene nach Sein oder Nichtsein fragen, verwarf diese törichte Fragestellung, hielt vielmehr Konkretes nebeneinander: so meinen Sohn und meines Sohnes Feuersteine, meine mutmaßlichen irdischen und himmlischen Väter, die vier Röcke meiner Großmutter, die auf Fotos unsterbliche Schönheit meiner armen Mama, den narbigen Irrgarten auf Herbert Truczinskis Rücken, die blutaufsaugenden Briefkörbe der Polnischen Post, Amerika – ach, was ist Amerika gegen die Straßenbahnlinie Neun, die nach Brösen fuhr –, ließ den zeitweilig immer noch deutlichen Vanilleduft Marias gegen das als Irrsinn gebotene Dreieckgesicht einer Luzie Rennwand wehen, bat jenen den Tod noch desinfizierenden Herrn Fajngold, das unauffindliche Parteiabzeichen in Matzeraths Luftröhre zu suchen, und sagte zu Korneff oder mehr zu den Hochspannungsmasten hin, sagte – da ich langsam zum Entschluß kam und dennoch das Bedürfnis verspürte, vor dem Entschluß eine dem Theater gemäße, Hamlet in Frage stellende, mich, Yorick, als wahren Bürger feiernde Frage zu stellen –, zu Korneff sagte ich, als der mich rief, weil der Sockel mit der Diabaswand verfugt werden mußte, leise und von dem Wunsch bewegt, endlich ein Bürger werden zu dürfen, sprach – leicht Gründgens imitierend, obgleich der kaum einen Yorick spielen könnte –, sagte übers Spatenblatt weg: »Heiraten oder Nichtheiraten, das ist hier die Frage.«

Seit jener Wende auf dem Friedhof, Fortuna Nord gegenüber, gab ich die Tanzgaststätte Wedigs Löwenburg auf, unterbrach alle Verbindungen mit den Mädchen des Fernsprechamtes, deren großes Plus ja gerade darin bestanden hatte, schnell und befriedigend Verbindungen herzustellen.

Im Mai kaufte ich für Maria und mich Kinokarten. Nach der Vorstellung gingen wir in ein Restaurant, aßen verhältnismäßig gut, und ich plauderte mit Maria, die sich allerlei Sorgen machte, weil Kurtchens Feuersteinquelle versiegte, weil das Geschäft mit dem Kunsthonig nachließ, weil – wie sie es nannte – ich mit meinen schwachen Kräften seit Monaten für die ganze Familie aufkäme. Ich beruhigte Maria, sagte, Oskar tue das gerne, nichts sei ihm lieber, als eine große Verantwortung tragen zu müssen, machte auch Komplimente über ihr Aussehen und wagte schließlich den Heiratsantrag.

Sie erbat sich Bedenkzeit. Meine Yorickfrage wurde wochenlang überhaupt nicht oder nur ausweichend, endlich jedoch durch die Währungsreform beantwortet.

Maria nannte mir einen Haufen Gründe, streichelte mir dabei den Ärmel, nannte mich »lieber Oskar«, sagte auch, ich sei zu gut für diese Welt, bat um Verständnis und um meine weiterhin ungetrübte Freundschaft, wünschte mir alles erdenklich Gute für meine Zukunft als Steinmetz und überhaupt, weigerte sich aber, nochmals und dringlich befragt, eine Ehe mit mir einzugehen.

So wurde aus Yorick kein Bürger, sondern ein Hamlet, ein Narr.

Madonna 49

Die Währungsreform kam zu früh, machte aus mir einen Narren, zwang mich, Oskars Währung gleichfalls zu reformieren; ich sah mich fortan gezwungen, aus meinem Buckel, wenn auch kein Kapital, so doch meinen Lebensunterhalt zu schlagen.

Dabei hätte ich einen guten Bürger abgegeben. Die Zeit nach der Währungsreform, die – wie wir heute sehen – alle Voraussetzungen fürs momentan in Blüte stehende Biedermeier hatte, hätte auch Oskars biedermeierliche Züge fördern können. Als Ehemann, Biedermann hätte ich mich am Wiederaufbau beteiligt, hätte jetzt einen mittelgroßen Steinmetzbetrieb, gäbe dreißig Gesellen, Handlangern und Lehrlingen Lohn und Brot, wäre jener Mann, der alle neuerbauten Bürohochhäuser, Versicherungspaläste mit den beliebten Muschelkalk- und Travertinfassaden ansehnlich macht: Geschäftsmann, Biedermann, Ehemann – aber Maria gab mir einen Korb.

Da besann Oskar sich seines Buckels und fiel der Kunst anheim! Bevor Korneff, dessen vom Grabstein abhängende Existenz gleichfalls durch die Währungsreform in Frage gestellt wurde, kündigte, kündigte ich, stand auf der Straße, wenn ich nicht in Guste Kösters Wohnküche Daumen drehte, trug langsam meinen eleganten Maßanzug ab, verschlampte ein wenig, hatte zwar keinen Streit mit Maria, fürchtete aber Streit und verließ deshalb zumeist am frühen Vormittag schon die Wohnung in Bilk, besuchte zuerst die Schwäne am Graf-Adolf-Platz, dann die im Hofgarten und saß klein, versonnen, nicht etwa verbittert in den Parkanlagen, dem Arbeitsamt und der Kunstakademie, die in Düsseldorf Nachbarn sind, schräg gegenüber.

Man sitzt und sitzt auf solch einer Parkbank, bis man selbst hölzern und mitteilungsbedürftig wird. Alte, vom Wetter abhängige Männer, hochbetagte Frauen, die langsam wieder zu schwatzhaften Mädchen werden, die jeweilige Jahreszeit, schwarze Schwäne, Kinder, die sich schreiend verfolgen, und Liebespaare, die man beobachten möchte, bis sie sich, wie man voraussehen konnte, trennen müssen. Manche lassen Papier fallen. Das flattert ein bißchen, wälzt sich und wird von einem Mann mit Mütze, den die Stadt bezahlt, auf spitzem Stock gespießt.

Oskar verstand es, zu sitzen und mit den Knien seine Hosenbeine gleichmäßig auszubeuteln. Gewiß fielen mir die beiden mageren Jünglinge mit dem bebrillten Mädchen auf, bevor mich die Dicke, die einen Ledermantel mit ehemaligem Wehrmachtskoppel trug, ansprach. Die Idee, mich anzusprechen, kam wohl den Jünglingen, die sich schwarz und anarchistisch trugen. So gefährlich sie aussahen, genierten sie sich dennoch, mich, einen Buckligen, dem man eine versteckte Größe ansah, direkt und ohne Umschweif anzusprechen. Sie überredeten die Dicke im Leder. Die kam, stand auf Säulen breitbeinig, stotterte, bis ich sie aufforderte, Platz zu nehmen. Sie saß, hatte, weil es vom Rhein her dunstig, fast neblig war, beschlagene Brillengläser, sprach und sprach, bis ich sie aufforderte, erst einmal ihre Brille zu putzen, dann ihr Anliegen so zu formulieren, daß auch ich es verstünde. Da winkte sie die düsteren Jünglinge herbei, und die nannten sich sofort, ohne meine Aufforderung, Künstler, malende, zeichnende, bildende Künstler, die sich auf der Suche nach einem Modell befänden. Schließlich gaben sie mir nicht ohne Leidenschaft zu verstehen, daß sie in mir ein Modell zu sehen glaubten, rückten auch gleich, weil ich mit Daumen und Zeigefinger schnelle Bewegungen machte, mit den Verdienstmöglichkeiten eines Akademiemodelles heraus: Pro Stunde zahle die Kunstakademie eine Mark achtzig – für Akt – aber das komme wohl nicht in Frage, sagte die Dicke – sogar zwei Deutsche Mark.

Warum sagte Oskar ja? Lockte mich die Kunst? Lockte mich der Verdienst? Kunst und Verdienst lockten mich, erlaubten Oskar, ja zu sagen. So stand ich auf, ließ die Parkbank und die Möglichkeiten einer Parkbankexistenz für immer hinter mir, folgte dem stramm marschierenden Brillenmädchen und den beiden Jünglingen, die vornübergebeugt gingen, als trügen sie ihr Genie auf dem Rücken, an dem Arbeitsamt vorbei, in die Eiskellerbergstraße, ins teilweise zerstörte Gebäude der Kunstakademie.

Auch Professor Kuchen – schwarzer Bart, Kohleaugen, schwarzer kühner Schlapphut, schwarze Ränder unter den Fingernägeln – er erinnerte mich an das schwarze Büfett meiner Jugendjahre – sah in mir dasselbe vortreffliche Modell, das auch seine Schüler in mir, dem Mann auf der Parkbank, gesehen hatten.

Längere Zeit umschritt er mich, ließ seine Kohleaugen kreisen, schnaubte, daß schwarzer Staub seinen Nasenlöchern entfuhr, und sprach, mit schwarzen Fingernägeln einen unsichtbaren Feind erwürgend: »Kunst ist Anklage, Ausdruck, Leidenschaft! Kunst, das ist schwarze Zeichenkohle, die sich auf weißem Papier zermürbt!«

Dieser zermürbenden Kunst gab ich das Modell ab. Professor Kuchen führte mich in das Atelier seiner Schüler, hob mich eigenhändig auf eine Drehscheibe, drehte die, nicht um mich schwindlig zu machen, sondern um Oskars Proportionen von allen Seiten zu verdeutlichen. Sechzehn Staffeleien rückten näher an Oskars Profil heran. Noch ein kurzer Vortrag des kohlenstaubschnaubenden Professors: Ausdruck verlangte er, hatte es überhaupt mit dem Wörtchen Ausdruck, sagte: verzweifelt nachtschwarzer Ausdruck, behauptete von mir, ich, Oskar, drücke das zerstörte Bild des Menschen anklagend, herausfordernd, zeitlos und dennoch den Wahnsinn unseres Jahrhunderts ausdrückend aus, donnerte noch über die Staffeleien hinweg: »Zeichnet ihn nicht, den Krüppel, schlachtet ihn, kreuzigt ihn, nagelt ihn mit Kohle aufs Papier!«

Das war wohl das Zeichen zum Anfang, denn sechzehnmal knirschte hinter den Staffeleien Kohle, schrie mürb werdend auf, zerrieb sich an meinem Ausdruck – gemeint war mein Buckel –, machte den schwarz, schwärzte den an, verzeichnete ihn; denn alle Schüler des Professors Kuchen waren mit solch dicker Schwärze meinem Ausdruck hinterher, daß sie unweigerlich ins Übertreiben gerieten, die Ausmaße meines Buckels überschätzten; zu immer größeren Bögen mußten sie greifen und bekamen dennoch meinen Buckel nicht aufs Papier.

Da gab Professor Kuchen den sechzehn Zeichenkohlezermürbern den guten Rat, nicht mit dem Umriß meines allzu ausdruckstarken Buckels – der angeblich jedes Format sprengte – anzufangen, sondern im oberen Fünftel des Bogens, möglichst weit links zuerst meinen Kopf anzuschwärzen.

Mein schönes Haar glänzt dunkelbraun. Die machten aus mir einen strähnigen Zigeuner. Keinem der sechzehn Kunstjünger fiel auf, daß Oskar blaue Augen hat. Als ich mir während einer Pause – denn jedes Modell darf nach einer Dreiviertelstunde Modellstehen ein Viertelstündchen pausieren – die oberen linken Fünftel der sechzehn Bögen anschaute, überraschte mich zwar vor jeder Staffelei das sozial Anklagende meines verhärmten Antlitzes, doch vermißte ich, leicht betroffen, die Leuchtkraft meiner Blauaugen: Dort, wo es klar und gewinnend hätte strahlen sollen, rollten, verengten sich, zerbröckelten, stachen mich schwärzeste Kohlespuren.

Die künstlerische Freiheit in Betracht ziehend, sagte ich mir: Den Rasputin in dir haben die jungen Musensöhne und kunstverstrickten Mädchen zwar erkannt; ob sie wohl jemals jenen in dir schlummernden Goethe entdecken, erwecken und leicht, weniger mit Ausdruck, eher mit einem maßvollen Silberstift zu Papier bringen? Weder den sechzehn Schülern, so begabt sie sein mochten, noch dem Professor Kuchen, so unverwechselbar sein Kohlestrich genannt wurde, gelang es, ein gültiges Bildnis Oskars der Nachwelt zu bescheren. Allein, ich verdiente gut, wurde respektvoll behandelt, stand tagtäglich sechs Stunden auf der Drehscheibe, wurde bald mit dem Gesicht zum immer verstopften Waschbecken, dann mit der Nase gegen die grauen, himmelblauen, leicht bewölkten Atelierfenster, manchmal auch gegen eine spanische Wand gedreht und spendete Ausdruck, der mir stündlich eine Mark und achtzig Pfennige einbrachte.

Nach einigen Wochen gelang es den Schülern, etliche nette Bildchen zu machen. Das heißt, sie hatten sich im Ausdruckanschwärzen etwas gemäßigt, übertrieben die Ausmaße meines Buckels nicht mehr ins Uferlose, brachten mich gelegentlich vom Scheitel bis zur Sohle, von den Jackenknöpfen über meinem Brustkorb bis zu jener Stelle meines Anzugstoffes aufs Papier, welche am weitesten ausladend meinen Buckel begrenzte. Auf vielen Zeichenbögen fand sich sogar Platz für einen Hintergrund. Die jungen Leute zeigten sich trotz der Währungsreform immer noch vom Krieg beeindruckt, bauten hinter mir Ruinen mit anklagend schwarzen Fensterlöchern auf, stellten mich als hoffnungslosen, unterernährten Flüchtling zwischen geborstene Baumstümpfe, inhaftierten mich sogar, wickelten mit fleißig schwarzer Kohle hinter mir einen übertrieben stachligen Stacheldrahtzaun ab, ließen mich von Wachtürmen beobachten, die gleichfalls im Hintergrund drohten; ein leeres Blechschüsselchen mußte ich halten, Kerkerfenster gaben hinter und über mir ihren grafischen Reiz her – man steckte Oskar in Sträflingskleidung – was alles des künstlerischen Ausdruckes wegen geschah.

Da mir das jedoch als schwarzhaariger Zigeuner-Oskar angeschwärzt wurde, da man mich nicht blauäugig, sondern mit Kohleaugen all dieses Elend schauen ließ, hielt ich, der ich wußte, daß man Stacheldraht nicht zeichnen kann, als Modell still, war aber dennoch froh, als mich die Bildhauer, die bekanntlich ohne zeitbezügliche Hintergründe auskommen müssen, zum Modell, zum Aktmodell machten.

Diesmal sprach mich kein Schüler, sondern der Meister persönlich an. Professor Maruhn war mit meinem Kohleprofessor, dem Meister Kuchen, befreundet. Als ich eines Tages im Privatatelier Kuchens, einem düsteren Raum voller gerahmter Zeichenkohlespuren, stillhielt, damit mich der Rauschebart mit seinem unverwechselbaren Strich aufs Papier bannte, besuchte ihn Professor Maruhn, ein stämmiger untersetzter Fünfziger, der, hätte nicht eine staubige Baskenmütze von seinem Künstlertum gezeugt, im weißen Modellierkittel einem Chirurgen nicht unähnlich gewesen wäre.

Maruhn, wie ich sofort merkte, ein Liebhaber klassischer Formen, blickte mich meiner Proportionen wegen feindselig an. Seinen Freund verhöhnte er: Er, Kuchen, habe wohl nicht genug an seinen Zigeunermodellen, die er bislang angeschwärzt habe, denen er jenen in Künstlerkreisen gebräuchlichen Übernamen Zigeunerkuchen verdanken könne? Ob er sich nun auch an Mißgeburten versuchen wolle, ob er sich mit der Absicht trage, nach jener erfolgreichen und gut verkäuflichen Zigeunerperiode nun eine Zwergenperiode noch verkäuflicher, noch erfolgreicher anzuschwärzen?

Professor Kuchen verwandelte den Spott seines Freundes in wütende, nachtschwarze Kohlespuren: Das war das schwärzeste Bild, daß er jemals von Oskar machte, eigentlich war es nur schwarz, bis auf ein wenig Helligkeit auf meinen Backenknochen, auf Nase, Stirn und auf meinen Händen, die Kuchen immer zu groß und mit Gichtknoten versehen ausdruckstark im Mittelgrund seiner Kohleorgien spreizte. Jedoch habe ich auf dieser Zeichnung, die später auf Ausstellungen zu Ansehen kam, blaue, das heißt lichte, nicht düster strahlende Augen. Oskar führt das auf den Einfluß des Bildhauers Maruhn zurück, der ja kein expressiver Kohlewüterich, sondern Klassiker war, dem meine Augen in goethischer Klarheit leuchteten. So wird es dann auch Oskars Blick gewesen sein, der den Bildhauer Maruhn, der eigentlich nur das Ebenmaß liebte, verführen konnte, in mir ein Bildhauermodell, sein Bildhauermodell, zu sehen.

Das Atelier Maruhns war staubig hell, fast leer und zeigte keine einzige fertige Arbeit. Überall standen jedoch Modelliergerüste für geplante Arbeiten, die so perfekt durchdacht waren, daß Draht, Eisen und die nackten gebogenen Bleirohre auch ohne den Modellierton zukünftige, formvollendete Harmonie ankündigten.

Ich stand dem Bildhauer fünf Stunden täglich als Aktmodell und bekam zwei Mark pro Stunde. Mit Kreide markierte er auf der Drehscheibe einen Punkt, zeigte an, wo fortan mein rechtes Bein als Standbein zu wurzeln hatte. Eine Senkrechte vom inneren Knöchel des Standbeines hochgezogen hatte genau meine Halsgrube zwischen den Schlüsselbeinen zu treffen. Das linke Bein war das Spielbein. Doch diese Bezeichnung täuscht. Wenn ich es auch leicht gewinkelt und lässig zur Seite zu stellen hatte, durfte ich es dennoch nicht verrücken oder spielerisch bewegen. Auch das Spielbein wurde mit einem Kreideumriß auf der Drehscheibe verwurzelt.

Während der Wochen, da ich dem Bildhauer Maruhn Modell stand, konnte er für meine Arme keine entsprechende und ähnlich den Beinen unverrückbare Pose finden. Da mußte ich den linken Arm hängen lassen, den rechten über den Kopf winkeln, da mußte ich beide Arme vor der Brust kreuzen, unterm Buckel verschränken, in die Seiten stemmen; es gab tausend Möglichkeiten, und der Bildhauer probierte alle an mir und dem Eisengerüst mit den biegsamen Bleirohrgliedern aus.

Als er sich schließlich nach einem Monat fleißiger Posensuche entschloß, mich entweder mit verschränkten Händen, die ich am Hinterkopf zu halten hatte, oder ganz ohne Arme, als Torso in Ton umzusetzen, hatte er sich beim Gerüstbau und Gerüstumbau derart erschöpft, daß er zwar nach dem Ton in der Tonkiste griff, auch einen Anlauf nahm, dann jedoch den dumpfen ungeformten Stoff wieder in die Kiste klatschen ließ, sich vors Gerüst hockte, mich und mein Gerüst anstarrte, mit den Fingern verzweifelt zitterte: Das Gerüst war zu perfekt!

Seufzend resignierend, Kopfschmerzen vortäuschend, doch ohne Oskar zu grollen, gab er es auf, stellte das bucklige Gerüst samt Spiel- und Standbein, mit den erhobenen Bleirohrarmen, mit den Drahtfingern, die sich im eisernen Nacken verschränkten, in die Ecke zu all den anderen frühvollendeten Gerüsten; leise, nicht spöttisch, eher der eigenen Nutzlosigkeit bewußt, schwankten in meinem geräumigen Buckelgerüst die Holzknebel –, auch Schmetterlinge genannt –, die hätten die Tonlast tragen sollen.

Darauf tranken wir Tee und verplauderten noch ein rundes Stündchen, das mir der Bildhauer als Modellstunde bezahlte. Er sprach von früheren Zeiten, da er noch als junger Michelangelo den Ton zentnerweise und hemmungslos in Gerüste hing und Plastiken vollendete, die zumeist während des Krieges zerstört wurden. Ich erzählte ihm von Oskars Tätigkeit als Steinmetz und Schrifthauer. Wir fachsimpelten ein bißchen, bis er mich zu seinen Schülern brachte, damit die in mir das Bildhauermodell sahen und nach Oskar Gerüste bauten.

Von den zehn Schülern des Professors Maruhn waren, wenn lange Haare ein Geschlechtszeichen sind, sechs als Mädchen zu bezeichnen. Vier waren häßlich und begabt. Zwei waren hübsch, schwatzhaft und wirkliche Mädchen. Ich habe mich nie als Aktmodell geniert. Ja, Oskar genoß sogar das Erstaunen der beiden hübschen und schwatzhaften Bildhauermädchen, als die mich zum erstenmal auf der Drehscheibe musterten und leicht irritiert feststellten, daß Oskar, trotz Buckel, trotz sparsam bemessener Körpergröße ein Geschlechtsteil mit sich führte, welches sich notfalls mit jedem anderen, sogenannten normalen männlichen Attribut hätte messen können.

Mit den Schülern des Meisters Maruhn verhielt es sich etwas anders als mit dem Meister. Die hatten schon nach zwei Tagen die Gerüste stehen, taten genial und klatschten, von genialer Eile besessen, den Ton zwischen die hastig und unsachgemäß befestigten Bleirohre, hatten aber wohl zu wenig hölzerne Schmetterlinge in meinen Gerüstbuckel gehängt: Denn kaum hing die Last des feuchtatmenden Modelliertones, Oskar ein wild zerklüftetes Aussehen gebend, in den Gerüsten, da neigte sich schon zehnmal der frischangelegte Oskar, da fiel mir der Kopf zwischen die Füße, da klatschte der Ton von den Bleirohren, da rutschte mir der Buckel in die Kniekehlen, da lernte ich den Meister Maruhn schätzen, der ein so vortrefflicher Gerüstbauer war, daß er das Kaschieren des Gerüstes mit dem billigen Stoff gar nicht nötig hatte.

Es gab sogar Tränen bei den häßlichen, aber begabten Bildhauermädchen, wenn der Ton-Oskar sich vom Gerüst-Oskar trennte. Die hübschen, aber schwatzhaften Bildhauermädchen lachten, wenn mir, fast sinnbildlich, das Fleisch zeitraffend von den Knochen fiel. Als es den Bildhauerlehrlingen dennoch gelang, nach mehreren Wochen einige brave Skulpturen zuerst in Ton, dann in Gips und Glanz für die Semesterschlußausstellung anzufertigen, hatte ich Gelegenheit, immer wieder neue Vergleiche zwischen den häßlichen und begabten, den hübschen aber schwarzhaften Mädchen anzustellen. Während die garstigen, aber nicht kunstlosen Jungfrauen recht sorgfältig meinen Kopf, die Glieder, den Buckel nachbildeten, mein Geschlechtsteil jedoch aus merkwürdiger Scheu heraus entweder vernachlässigten oder albern stilisierten, verschwendeten die lieblichen, großäugigen, zwar schönfingrigen, dennoch ungeschickten Jungfrauen wenig Aufmerksamkeit an die gegliederten Maße meines Körpers, aber allen Fleiß an die haargenaue Nachbildung meiner ansehnlichen Genitalien. Um die vier bildhauernden jungen Männer in diesem Zusammenhang nicht zu vergessen, sei berichtet: Die abstrahierten, klopften mich mit flachen gerillten Brettchen viereckig und ließen das, was die häßlichen Jungfrauen vernachlässigten, die lieblichen Jungfrauen wie fleischige Natur blühen ließen, mit trockenem Männerverstand als viereckig längliches Klötzchen über zwei gleich großen Würfeln wie das zeugungswütige Organ eines Baukastenkönigs in den Raum ragen.

Sei es meiner blauen Augen wegen, sei es der Heizsonnen wegen, die die Bildhauer um mich, den nackten Oskar, aufstellten: Junge Maler, die die anmutigen Bildhauermädchen besuchten, entdeckten entweder im Augenblau oder in meiner angestrahlten, krebsrot glühenden Haut den malerischen Reiz, entführten mich aus den zu ebener Erde liegenden Bildhauer- und Grafikerateliers in die oberen Stockwerke und mischten fortan nach mir ihre Farben auf den Paletten.

Anfangs waren die Maler noch allzusehr von meinem blauen Blick beeindruckt. So blau schien ich sie anzusehen, daß Malers Pinsel mich ganz und gar blau wollte. Oskars gesundes Fleisch, sein gewelltes Braunhaar, sein frischer, durchbluteter Mund welkten, schimmelten in makabren Blautönen; allenfalls, daß sich hier und da, die Verwesung noch beschleunigend, todkrankes Grün, speiübles Gelb zwischen meine blauen Fleischlappen schoben.

Oskar kam erst zu anderen Farben, als er während des Karnevals, der eine Woche lang in den Kellerräumen der Akademie gefeiert wurde, Ulla entdeckte und als Muse den Malern zuführte.

War es der Rosenmontag? Es war am Rosenmontag, da ich mich entschloß, mitzufeiern, kostümiert hinzugehen und einen kostümierten Oskar in die Menge zu mischen.

Maria sagte, als sie mich vor dem Spiegel sah: »Nu blaib zu Haus, Oskar. Die zertrampeln dir nur.« Dann half sie mir doch beim Kostümieren, schnitt Stoffreste zu, die ihre Schwester Guste sogleich mit geschwätziger Nadel zu einem Narrenkleid zusammenfügte. Zuerst schwebte mir etwas im Stil Velazquez' vor. Auch hätte ich mich gerne als Feldherr Narses, womöglich als Prinz Eugen gesehen. Als ich schließlich vor dem großen Spiegelglas stand, dem Kriegsereignisse zu einem diagonalen, das Spiegelbild leicht versetzenden Sprung verholfen hatten, als das ganze bunte, geplüderte, geschlitzte, mit Schellen behängte Zeug deutlich wurde, meinen Sohn Kurt zu Gelächter und Hustenanfall reizte, sagte ich mir leise, nicht gerade glücklich: Nun bist du Yorick der Narr, Oskar. Doch wo gibt es einen König, den du narren könntest!?

Schon in der Straßenbahn, die mich zum Ratinger Tor, in die Nähe der Akademie bringen sollte, fiel mir auf, daß ich das Volk, alles, was da als Cowboy und Spanierin das Büro und den Ladentisch verdrängen wollte, nicht zum Lachen brachte, sondern erschreckte. Man nahm Abstand, und so kam ich trotz des vollbesetzten Straßenbahnwagens in den Genuß eines Sitzplatzes. Vor der Akademie schwangen Polizisten ihre waschechten und gar nicht kostümierten Gummiknüppel. Der »Musentümpel« – so hieß das Fest der Kunstjünger – war überfüllt, die Menge versuchte dennoch das Gebäude zu erstürmen und setzte sich mit der Polizei teilweise blutig, auf jeden Fall farbig auseinander.

Als Oskar sein kleines Glöckchen, das ihm am linken Ärmel hing, sprechen ließ, teilte sich die Menge, ein Polizist, der von Berufs wegen meine Größe erkannte, salutierte von oben herab, fragte nach meinen Wünschen und geleitete mich, seinen Knüppel schwingend, in die festlichen Kellerräume – dort kochte das Fleisch, war aber noch nicht gar.

Nun darf niemand glauben, daß ein Künstlerfest ein Fest ist, auf dem Künstler ein Fest feiern. Die Mehrzahl der Akademiestudenten stand mit ernsten, angestrengten, wenn auch bemalten Gesichtern hinter originellen, aber etwas wackligen Schanktischen und suchte, Bier, Sekt, Wiener Würstchen und schlecht eingeschenkte Schnäpse verkaufend, einen Nebenverdienst. Das eigentliche Künstlerfest wurde von Bürgern bestritten, die einmal im Jahr mit Geld um sich werfen, wie Künstler leben und feiern wollten.

Nachdem ich etwa ein Stündchen lang auf Treppen, in Ecken, unter Tischen Pärchen erschreckt hatte, die im Begriff waren, der Unbequemlichkeit einen Reiz abzugewinnen, befreundete ich mich mit zwei Chinesinnen, die aber griechisches Blut in den Adern haben mußten, denn die praktizierten eine Liebe, die vor Jahrhunderten auf der Insel Lesbos besungen wurde. Wenn die beiden auch recht fix und vielfingerig einander zusetzten, ließen sie mich doch an den entscheidenden Stellen in Ruhe, boten mir eine teilweise recht amüsante Schau, tranken mit mir zu warmen Sekt und erprobten, mit meiner Erlaubnis, den Widerstand meines am äußersten Punkt recht stößigen Buckels, hatten wohl Glück dabei – was meine These einmal mehr bestätigt: Ein Buckel bringt den Frauen Glück.

Dennoch machte mich dieser Umgang mit Frauen, je länger er dauerte, immer trauriger. Gedanken bewegten mich, Politik stimmte mich sorgenvoll, mit Sekt malte ich die Blockade der Stadt Berlin auf die Tischplatte, pinselte an der Luftbrücke, verzweifelte angesichts der beiden Chinesinnen, die nicht zusammenkommen konnten, an der Wiedervereinigung Deutschlands und tat, was ich sonst nie tat: Oskar suchte als Yorick den Sinn des Lebens.

Als meinen Damen nichts Sehenswertes mehr einfiel – sie verfielen dem Weinen, was ihren geschminkten Chinesengesichtern verräterische Spuren zeichnete –, erhob ich mich geschlitzt, gepludert, mit Schellen lärmend, wollte zu zwei Dritteln nach Hause, suchte mit einem Drittel noch ein kleines karnevalistisches Erlebnis und sah – nein, er sprach mich an – den Obergefreiten Lankes.

Erinnern Sie sich noch? Wir begegneten ihm am Atlantikwall während des Sommers vierundvierzig. Er bewachte dort den Beton und rauchte die Zigaretten meines Meisters Bebra.

Die Treppe, auf der man dichtgedrängt saß und knutschte, wollte ich hinauf, gab mir gerade selbst Feuer, da tippte es mich an, und ein Obergefreiter des letzten Weltkrieges sprach: »Äh, Kumpel, haste nich'n Zigarett för mich?«

Kein Wunder, daß ich ihn mit Hilfe dieser Rede, auch weil sein Kostüm feldgrau war, sofort erkannte. Dennoch hätte ich diese Bekanntschaft nie aufgefrischt, hätte der Obergefreite und Betonmaler nicht die Muse persönlich auf dem feldgrauen Knie gehabt.

Lassen Sie mich erst mit dem Maler sprechen und später die Muse beschreiben. Nicht nur die Zigarette gab ich ihm, ließ auch mein Feuerzeug wirken und sagte, während er zu Rauch kam: »Erinnern Sie sich, Obergefreiter Lankes? Bebras Fronttheater? Mystisch, barbarisch, gelangweilt?«

Der Maler erschrak, als ich ihn so ansprach, ließ zwar nicht die Zigarette, aber die Muse von seinem Knie fallen. Ich fing das völlig betrunkene, langbeinige Kind auf und gab es ihm zurück. Während wir beide, Lankes und Oskar, Erinnerungen austauschten, über den Oberleutnant Herzog, den Lankes einen Spinner nannte, schimpften, meines Meisters Bebra und auch der Nonnen gedachten, die damals zwischen dem Rommelspargel Krabben suchten, verwunderte ich mich über die Erscheinung der Muse. Sie war als Engel gekommen, trug einen Hut aus plastisch geformter Preßpappe, wie man sie zum Verpacken von Exporteiern verwendet, und spiegelte trotz starker Trunkenheit, trotz traurig geknickter Flügel immer noch den leicht kunstgewerblichen Liebreiz einer Himmelsbewohnerin.

»Dat is Ulla«, klärte mich der Maler Lankes auf. »Die hat eijentlich Schneiderin jelernt, will aber jetzt in Kunst machen, was mich janich in mein Kram paßt, denn mit der Schneiderei verdient se was, mit Kunst nich.«

Da erbot sich Oskar, der ja mit der Kunst schönes Geld verdiente, die Schneiderin Ulla als Modell und Muse bei den Malern der Kunstakademie einzuführen. So begeistert war Lankes von meinem Vorschlag, daß er gleich drei Zigaretten aus meinem Päckchen zog, dafür seinerseits eine Einladung in sein Atelier hervorbrachte; nur müsse ich das Taxi bis dahin bezahlen, schränkte er die Einladung sogleich wieder ein.

Wir fuhren sofort, ließen den Karneval hinter uns, ich bezahlte das Taxi, und Lankes, der sein Atelier in der Sittarder Straße hatte, machte uns überm Spiritus einen Kaffee, der die Muse wieder belebte. Sie wirkte, nachdem sie sich mit Hilfe meines rechten Zeigefingers übergeben hatte, beinahe nüchtern.

Jetzt erst sah ich, daß sie sich aus hellblauen Augen ständig verwunderte, hörte auch ihre Stimme, die ein wenig piepsig, blechern, doch nicht ohne rührenden Liebreiz war. Als ihr der Maler Lankes meinen Vorschlag unterbreitete, ihr das Modellstehen in der Kunstakademie mehr befahl denn vorschlug, weigerte sie sich zuerst, wollte weder Muse noch Modell in der Kunstakademie werden, wollte nur dem Maler Lankes gehören. Doch jener gab ihr trocken und wortlos, wie es begabte Maler gerne tun, mit großer Hand einige Ohrfeigen, fragte sie nochmals und lachte zufrieden, schon wieder gutmütig, als sie sich schluchzend, genau wie ein Engel weinend, bereit erklärte, für die Maler der Kunstakademie zum gutbezahlten Modell und womöglich zur Muse zu werden.

Man muß sich vorstellen, daß Ulla etwa einen Meter achtundsiebenzig mißt, überschlank, lieblich und zerbrechlich ist und an Botticelli und Cranach gleichzeitig erinnert. Wir standen Doppelakt. Langustenfleisch hat etwa die Farbe ihres langen und glatten Fleisches, den zarter kindlicher Flaum bedeckt. Ihr Haupthaar eher dünn, aber lang und strohblond. Die Schamhaare kraus rötlich, nur ein kleines Dreieck bewachsend. Unter den Armen rasiert Ulla sich wöchentlich.

Wie zu erwarten war, konnten die üblichen Kunstschüler nicht viel mit uns anfangen, machten ihr zu lange Arme, mir einen zu großen Kopf, verfielen also den Fehlern aller Anfänger: Sie bekamen uns nicht ins Format.

Erst als uns Ziege und Raskolnikoff entdeckten, entstanden Bilder, die der Muse und Oskars Erscheinung gerecht wurden.

Sie schlafend, ich sie erschreckend: Faun und Nymphe.

Ich hockend, sie mit kleinen, immer ein wenig frierenden Brüsten über mich gebeugt, mein Haar streichelnd: Die Schöne und das Untier.

Sie liegend, ich zwischen ihren langen Beinen mit einer gehörnten Pferdemaske spielend: Die Dame und das Einhorn.

Das alles in Zieges oder Raskolnikoffs Stil, mal farbig, dann wieder in vornehmen Grautönen, mal mit feinem Pinsel detailliert, dann wieder in Zieges Manier mit genialem Spachtel hingeschmettert, mal das Geheimnisvolle um Ulla und Oskar nur angedeutet, und dann war es Raskolnikoff, der mit unserer Hilfe zum Surrealismus fand: Da wurde Oskars Gesicht zu einem honiggelben Zifferblatt, wie es einst unsere Standuhr zeigte, da blühten in meinem Buckel mechanisch rankende Rosen, die Ulla zu pflücken hatte, da saß ich der oben lächelnden, unten langbeinigen Ulla im aufgeschnittenen Leib und hatte, zwischen ihrer Milz und Leber hockend, in einem Bilderbuch zu blättern. Auch steckte man uns gerne in Kostüme, machte aus Ulla die Kolumbine, aus mir einen weißgeschminkten traurigen Mimen. Schließlich blieb es Raskolnikoff vorbehalten – man nannte ihn so, weil er ständig von Schuld und Sühne sprach –, das ganz große Bild zu malen: Ich saß auf Ullas leichtbeflaumtem linken Oberschenkel – nackt, ein verwachsenes Kindlein –, sie gab die Madonna ab; Oskar hielt still für Jesus.

Dieses Bild wanderte später durch viele Ausstellungen, hieß dort: Madonna 49 – bewies auch als Plakat seine Wirkung, kam so meiner gutbürgerlichen Maria zu Augen, bewirkte häuslichen Krach und wurde dennoch für rundes Geld von einem rheinischen Industriellen gekauft – hängt wohl heute noch im Sitzungssaal eines Bürohochhauses und beeinflußt Vorstandsmitglieder.

Mich unterhielt jener begabte Unfug, den man mit meinem Buckel und meinen Proportionen anstellte. Dazu kam, daß man Ulla und mir, begehrt wie wir waren, pro Stunde Doppelakt zwei Mark und fünfzig bezahlte. Auch Ulla fühlte sich als Modell wohl. Der Maler Lankes mit der großen schlagkräftigen Hand behandelte sie besser, seitdem sie regelmäßig Geld nach Hause brachte, und schlug sie nur noch, wenn seine genialen Abstraktionen von ihm eine zornige Hand verlangten. So war sie auch diesem Maler, der sie rein optisch nie als Modell benutzte, im gewissen Sinne eine Muse; denn nur jene Ohrfeigen, die er ihr austeilte, verliehen seiner Malerhand die wahre schöpferische Potenz.

Zwar reizte Ulla auch mich durch ihre weinerliche Zerbrechlichkeit, die im Grunde die Zähigkeit eines Engels war, zu Gewalttätigkeiten; dennoch konnte ich mich immer beherrschen und lud sie, wenn ich Gelüst nach einer Peitsche verspürte, in eine Konditorei ein, führte sie, leicht snobistisch, wie mich der Umgang mit Künstlern stimmte, als eine seltene hochgewachsene Pflanze neben meinen Proportionen auf der belebten und gaffenden Königsallee spazieren, kaufte ihr lila Strümpfe und rosa Handschuhe.

Anders verhielt es sich mit dem Maler Raskolnikoff, der mit Ulla, ohne ihr nahe zu treten, intimsten Umgang pflegte. So ließ er sie auf der Drehscheibe mit weitgeöffneten Beinen posieren, malte jedoch nicht, sondern nahm einige Schrittchen entfernt auf einem Schemel ihrer Scham gegenüber Platz, starrte, von Schuld und Sühne eindringlich flüsternd, in diese Richtung, bis die Scham der Muse feucht wurde, sich öffnete und auch Raskolnikoff durch bloßes Reden und Hinsehen zum befreienden Ergebnis kam, aufsprang vom Schemel und der Madonna 49 auf der Staffelei mit grandiosen Pinselhieben zusetzte.

Auch mich starrte Raskolnikoff manchmal, wenn auch aus anderen Gründen an. Er meinte, es fehle etwas an mir. Von einem Vakuum zwischen meinen Händen sprach er und drückte mir nacheinander Gegenstände zwischen die Finger, die ihm bei seiner surrealistischen Phantasie überreichlich in den Sinn kamen. So bewaffnete er Oskar mit einer Pistole, ließ mich als Jesus auf die Madonna zielen. Eine Sanduhr, einen Spiegel mußte ich ihr hinhalten, der sie greulich verzerrte, weil er konvex war. Scheren, Fischgräten,

Telefonhörer, Totenköpfe, kleine Flugzeuge, Panzerwagen, Ozeandampfer hielt ich mit beiden Händen und füllte – Raskolnikoff merkte es schnell – das Vakuum dennoch nicht aus.

Oskar fürchtete sich vor dem Tag, da der Maler jenen Gegenstand bringen würde, welcher allein bestimmt war, von mir gehalten zu werden. Als er dann schließlich die Trommel brachte, schrie ich: »Nein!«

Raskolnikoff: »Nimm die Trommel, Oskar, ich hab dich erkannt!«

Ich zitternd: »Nie wieder. Das ist vorbei!«

Er, düster: »Nichts ist vorbei, alles kommt wieder, Schuld, Sühne, abermals Schuld!«

Ich, mit letzter Kraft: »Oskar hat gebüßt, erlaßt ihm die Trommel, alles will ich halten, nur das Blech nicht!«

Ich weinte, als sich die Muse Ulla über mich beugte, und konnte, tränenblind wie ich war, nicht verhindern, daß sie mich küßte, daß mich die Muse schrecklich küßte – ihr alle, die ihr jemals einen Musenkuß empfinget, könnt sicher verstehen, daß Oskar sogleich nach dem stempelnden Kuß die Trommel, jenes Blech wieder an sich nahm, das er vor Jahren von sich gewiesen, im Sand des Friedhofes Saspe vergraben hatte.

Aber ich trommelte nicht. Ich posierte nur und wurde – schlimm genug – als trommelnder Jesus der Madonna 49 auf den linken nackten Oberschenkel gemalt.

So sah mich Maria auf dem Kunstplakat, das eine Kunstausstellung ankündigte. Sie besuchte ohne mein Wissen die Ausstellung, muß wohl lange und zornansammelnd vor dem Bild gestanden haben; denn als sie mich zur Rede stellte, schlug sie mich mit dem Schullineal meines Sohnes Kurt. Sie, die seit einigen Monaten eine gutbezahlte Arbeit in einem größeren Feinkostgeschäft zuerst als Verkäuferin, recht bald, bei ihrer Tüchtigkeit, als Kassiererin gefunden hatte, begegnete mir als nunmehr im Westen gut eingebürgerte Person, war kein Schwarzhandel treibender Ostflüchtling mehr und konnte mich deshalb mit ziemlicher Überzeugungskraft ein Ferkel, einen Hurenbock, ein verkommenes Subjekt nennen, schrie auch, sie wolle das Saugeld, das ich mit der Schweinerei verdiene, nicht mehr sehen, auch mich wolle sie nicht mehr sehen.

Wenn Maria auch diesen letzten Satz bald zurücknahm und vierzehn Tage später einen nicht geringen Teil meines Modellgeldes wieder zum Wirtschaftsgeld zählte, entschloß ich mich dennoch, die Wohngemeinschaft mit ihr, mit ihrer Schwester Guste und meinem Sohn Kurt aufzugeben, wollte eigentlich weit fort, nach Hamburg, wenn möglich wieder ans Meer, doch Maria, die sich recht schnell mit meinem geplanten Umzug abfand, überredete mich, von ihrer Schwester Guste unterstützt, ein Zimmer in ihrer und Kurtchens Nähe, auf jeden Fall in Düsseldorf zu suchen.

Der Igel

Aufgebaut, abgeholzt, ausgemerzt, einbezogen, fortgeblasen, nachempfunden: Erst als Untermieter lernte Oskar die Kunst des Zurücktrommelns. Nicht nur das Zimmer, der Igel, das Sargmagazin auf dem Hof und der Herr Münzer halfen mir dabei; Schwester Dorothea bot sich mir als Stimulans an.

Kennen Sie Parzival? Auch ich kenne ihn nicht besonders gut. Einzig die Geschichte mit den drei Blutstropfen im Schnee ist mir geblieben. Diese Geschichte stimmt, weil sie zu mir paßt. Wahrscheinlich paßt sie zu jedem, der eine Idee hat. Aber Oskar schreibt von sich; deshalb ist sie ihm fast verdächtig kleidsam auf den Leib geschrieben.

Zwar diente ich noch immer der Kunst, ließ mich blau, grün, gelb und in Erdfarbe malen, ließ mich anschwärzen und vor Hintergründe stellen, befruchtete mit der Muse Ulla gemeinsam ein ganzes Wintersemester der Kunstakademie – auch gaben wir dem folgenden Sommersemester noch unseren Musensegen –, aber der Schnee war schon gefallen, der jene drei Blutstropfen aufnahm, die mir den Blick gleich dem Narren Parzival festnagelten, von dem der Narr Oskar so wenig weiß, daß er sich zwanglos mit ihm identisch fühlen kann.

Mein ungeschicktes Bild wird Ihnen deutlich genug sein: Der Schnee, das ist die Berufskleidung einer Krankenschwester; das Rote Kreuz, welches die meisten Krankenschwestern, so auch Schwester Dorothea, in der Mitte ihrer den Kragen zusammenhaltenden Brosche tragen, leuchtete mir an Stelle der drei Blutstropfen. Da saß ich nun und bekam den Blick nicht fort.

Doch bevor ich in dem ehemaligen Badezimmer der Zeidlerschen Wohnung saß, galt es, dieses Zimmer zu suchen. Das Wintersemester ging gerade zu Ende, die Studenten kündigten teilweise ihre Zimmer, fuhren über Ostern nach Hause und kamen wieder oder kamen nicht wieder. Meine Kollegin, die Muse Ulla, war mir behilflich bei der Zimmersuche, ging mit mir zur Studentenvertretung. Dort gab man mir mehrere Adressen und ein Empfehlungsschreiben der Kunstakademie auf den Weg.

Bevor ich die Wohnungen aufsuchte, besuchte ich nach längerer Zeit wieder einmal den Steinmetz Korneff in seiner Werkstatt am Bittweg. Anhänglichkeit ließ mich den Weg machen, auch suchte ich während der Semesterferien Arbeit; denn die wenigen Stunden, die ich als Privatmodell mit und ohne Ulla bei einigen Professoren zu stehen hatte, konnten mich während der folgenden sechs Wochen nur schlecht ernähren – auch galt es, die Miete für ein möbliertes Zimmer aufzubringen.

Ich fand Korneff unverändert mit zwei fast abgeheilten und einem noch nicht reifen Furunkel im Nacken über eine Wand Belgisch Granit gebeugt, die er abgestockt hatte und nun Schlag auf Schlag scharrierte. Wir sprachen ein bißchen, und ich spielte andeutungsweise mit einigen Schrifteisen, blickte mich auch nach aufgebänkten Steinen um, die fertig geschliffen und poliert auf Grabinschriften warteten. Zwei Metersteine, Muschelkalk und ein Schlesischer Marmor für ein zweistelliges Grab, sahen aus, als hätte Korneff sie verkauft, als verlangten sie nach einem kundigen Schrifthauer. Ich freute mich für den Steinmetz, der nach der Währungsreform eine etwas schwierige Zeit gehabt hatte. Doch hatten wir uns beide damals schon mit der Weisheit zu trösten gewußt: Selbst eine noch so lebensbejahende Währungsreform kann die Leute nicht davon abhalten, zu sterben und einen Grabstein zu bestellen.

Das hatte sich bewahrheitet. Die Leute starben und kauften wieder. Außerdem gab es Aufträge, die es vor der Währungsreform nicht gegeben hatte: Metzgereien ließen ihre Fassaden, auch das Ladeninnere mit buntem Lahnmarmor verkleiden; in den beschädigten Sandstein und Tuffstein manches Bank- und Kaufhauses mußten Vierungen geschlagen und gefüllt werden, damit Bankhäuser und Kaufhäuser wieder zu Ansehen kamen.

Ich lobte Korneffs Emsigkeit, fragte ihn, ob er denn mit all der vielen Arbeit fertig werde. Zuerst wich er aus, gab dann zu, daß er sich manchmal vier Hände wünsche, machte mir schließlich den Vorschlag, ich könne halbtags bei ihm schriftklopfen, er zahle für Keilschrift in Kalkstein fünfundvierzig Pfennige, in Granit und Diabas fünfundfünfzig Pfennige pro Buchstaben; erhabene Lettern stünden auf sechzig und fünfundsiebenzig Pfennigen.

Da nahm ich mir gleich einen Muschelkalk vor, war schnell wieder in der Arbeit und den Buchstaben hinterher, schlug in Keilschrift: Aloys Küfer – geb. 3.9.1887 – gest. 10.6.1946 – war mit den dreißig Buchstaben und Zahlen in knapp vier Stunden fertig und erhielt, als ich ging, laut Tarif dreizehn Mark und fünfzig Pfennige.

Das war ein Drittel der Monatsmiete, die ich mir zugestanden hatte. Mehr als vierzig Mark konnte und wollte ich nicht ausgeben, denn Oskar hatte es sich zur Pflicht gemacht, weiterhin den Haushalt in Bilk, Maria, den Jungen und Guste Köster bescheiden, aber dennoch zu unterstützen.

Von den vier Adressen, die mir die freundlichen Leutchen in der Studentenvertretung der Akademie überlassen hatten, gab ich der Adresse: Zeidler, Jülicher Straße 7, den Vorrang, weil ich es von dort nah zur Kunstakademie hatte.

Anfang Mai, es war heiß, dunstig und niederrheinisch, machte ich mich mit genügend Bargeld versehen auf den Weg. Maria hatte mir meinen Anzug gerichtet, ich sah manierlich aus. Jenes Haus, in dessen dritter Etage Zeidler eine Dreizimmerwohnung bewohnte, stand in bröckelndem Putz hinter einer staubigen Kastanie. Da die Jülicher Straße zur guten Hälfte aus Trümmern bestand, konnte man schlecht von Nachbarhäusern und dem Haus gegenüber sprechen. Links ließ ein mit verrosteten T-Trägern durchwachsener, Grünzeug und Butterblumen treibender Berg die einstige Existenz eines vierstöckigen Gebäudes vermuten, das sich dem Zeidlerschen Haus angelehnt hatte. Rechts war es gelungen, ein teilzerstörtes Grundstück bis zum zweiten Stockwerk wieder instandzusetzen. Doch mochten die Mittel nicht ganz gereicht haben. Es galt noch die lückenhafte, vielfach gesprungene Fassade aus poliertem schwarz-schwedischem Granit auszubessern. Der Inschrift »Begräbnisinstitut Schornemann« fehlten mehrere, ich weiß nicht mehr welche, Buchstaben. Glücklicherweise waren die beiden keilförmig vertieften, den immer noch spiegelglatten Granit zeichnenden Palmenzweige unbeschädigt geblieben, konnten also mithelfen, dem lädierten Geschäft eine halbwegs pietätvolle Ansicht zu geben.

Das Sargmagazin dieses schon seit fünfundsiebenzig Jahren bestehenden Unternehmens befand sich auf dem Hof und sollte mir von meinem Zimmer, das nach hinten sah, oft genug betrachtenswert sein. Den Arbeitern sah ich zu, die bei gutem Wetter einige Särge aus dem Schuppen rollten, auf Holzböcke stellten, um die Politur dieser Gehäuse, die sich alle auf mir wohlvertraute Art zum Fußende hin verjüngten, mit allerlei Mittelchen aufzufrischen.

Zeidler selbst machte auf, nachdem ich geklingelt hatte. Er stand klein, untersetzt, kurzatmig, iglig in der Tür, trug eine dickglasige Brille, verbarg die untere Gesichtshälfte hinter flockigem Seifenschaum, hielt sich rechts den Pinsel gegen die Wange, schien ein Alkoholiker und, der Sprache nach, ein Westfale zu sein.

»Wenn Ihnen das Zimmer nich gefällt, sagen Sie es gleich. Ich bin beim Rasieren und muß mir noch die Füße waschen.«

Zeidler liebte keine Umstände. Ich sah mir das Zimmer an. Es konnte mir nicht gefallen, weil es ein außer Betrieb gesetztes, zur guten Hälfte türkisgrün gekacheltes, ansonsten unruhig tapeziertes Badezimmer war. Dennoch sagte ich nicht, das Zimmer könne mir nicht gefallen. Ohne Rücksicht auf Zeidlers trocknenden Seifenschaum, auf seine ungewaschenen Füße, beklopfte ich die Badewanne, wollte wissen, ob es nicht ohne Wanne gehe; die habe doch ohnehin kein Abflußrohr.

Lächelnd schüttelte Zeidler seinen grauen Igelkopf, versuchte vergeblich mit dem Rasierpinsel Schaum zu schlagen. Das war seine Antwort, und so erklärte ich mich bereit, das Zimmer mit Badewanne für monatlich vierzig Mark zu mieten.

Als wir wieder auf dem spärlich beleuchteten, schlauchartigen Korridor standen, an den mehrere Räume mit verschieden gestrichenen, teilweise verglasten Türen stießen, wollte ich wissen, wer sonst noch in Zeidlers Wohnung wohne.

»Meine Frau und Untermieter.«

Ich tippte gegen eine Milchglastür in der Mitte des Korridors, die man von der Wohnungstür aus mit einem Schritt erreichen konnte.

»Da wohnt die Krankenschwester. Aber das geht Sie nichts an. Die werden Sie sowieso nicht zu sehen bekommen. Die schläft nur hier, und das auch nicht immer.«

Ich will nicht sagen, daß Oskar unter dem Wörtchen »Krankenschwester« zuckte. Mit dem Kopf nickte er, wagte keine Auskunft über die restlichen Zimmer zu verlangen, wußte über sein Zimmer mit Badewanne Bescheid; das lag zur rechten Hand, schloß mit der Breite der Tür den Korridor ab.

Zeidler tippte mir gegen den Rockaufschlag: »Kochen können Sie bei sich, wenn Sie einen Spirituskocher haben. Von mir aus auch manchmal in der Küche, falls der Herd nicht zu hoch für Sie ist.«

Das war seine erste Bemerkung über Oskars Körpergröße. Das Empfehlungsschreiben der Kunstakademie, das er rasch überflogen hatte, tat seine Wirkung, weil es vom Direktor, Professor Reuser, unterschrieben war. Ich sagte zu all seinen Ermahnungen ja und amen, prägte mir ein, daß die Küche links neben meinem Zimmer lag, versprach ihm, die Wäsche draußen waschen zu lassen, da er des Dampfes wegen um die Badezimmertapete fürchtete, konnte das mit einiger Gewißheit versprechen; denn Maria hatte sich bereit erklärt, meine Wäsche zu waschen.

Nun hätte ich gehen, mein Gepäck holen, die Umzugsformulare ausfüllen sollen. Das jedoch tat Oskar nicht. Der konnte sich nicht von der Wohnung trennen. Ohne jeden Grund bat er seinen zukünftigen Vermieter, ihm die Toilette zu weisen. Mit dem Daumen wies der auf eine an Kriegsjahre und unmittelbar darauf folgende Nachkriegsjahre erinnernde Sperrholztür. Als Oskar Anstalten machte, die Toilette sogleich zu benutzen, knipste ihm Zeidler, dem die Seife im Gesicht bröckelte und juckte, das Licht jenes Örtchens an.

Drinnen ärgerte ich mich, weil Oskar gar kein Bedürfnis verspürte. Wartete aber doch hartnäckig, bis ich etwas Wasser lassen konnte, mußte mir bei dem geringen Blasendruck Mühe geben – auch weil ich der hölzernen Brille zu nahe war –, Brille und Fliesenboden des engen Ortes nicht zu nässen. Mein Taschentuch beseitigte Spuren auf dem abgesessenen Holz, Oskars Schuhsohlen mußten einige unglückliche Tropfen auf den Fliesen verreiben.

Trotz der unangenehm verhärteten Seife im Gesicht hatte Zeidler während meiner Abwesenheit nicht den Rasierspiegel und warmes Wasser gesucht. Er wartete auf dem Korridor, hatte wohl den Narren an mir gefressen. »Sie sind mir so einer. Haben nich mal den Mietvertrag unterschrieben, und schon gehn Se aufs Klo!«

Mit kaltem, verkrustetem Rasierpinsel näherte er sich mir, plante sicher auch einen blöden Scherz, öffnete dann doch, ohne mich zu belästigen, die Wohnungstür. Während Oskar sich rückwärts, am Igel vorbei und den Igel teilweise im Auge behaltend, ins Treppenhaus drückte, merkte ich mir, daß die Toilettentür zwischen der Küchentür und jener Milchglastür abschloß, hinter welcher dann und wann, also unregelmäßig eine Krankenschwester ihr Nachtlager hatte.

Als Oskar am späten Nachmittag mit seinem Gepäck, an dem das Geschenk des Madonnenmalers Raskolnikoff, die neue Blechtrommel, hing, abermals bei Zeidler klingelte und die Ummeldeformulare schwenkte, führte mich der frischrasierte Igel, der sich inzwischen wohl auch die Füße gewaschen hatte, ins Zeidlersche Wohnzimmer.

Da roch es nach kaltem Zigarrenrauch. Nach mehrmals angezündeten Zigarren roch es. Dazu kamen die Ausdünstungen mehrerer gestapelter, in den Ecken des Zimmers gerollter, womöglich kostbarer Teppiche. Auch roch es nach alten Kalendern. Sah aber keine Kalender; das waren die Teppiche, die so rochen. Merkwürdigerweise hatten die bequemen, lederbezogenen Sitzmöbel keinen Geruch an sich. Das enttäuschte mich, denn Oskar, der noch nie in einem Ledersessel gesessen hatte, besaß dennoch eine so reale Vorstellung riechenden Sitzleders, daß er die Zeidlerschen Sessel- und Stuhlbezüge verdächtigte und als Kunstleder ansah.

In einem dieser glatten, geruchlosen und, wie sich später herausstellte, echtledernen Sessel saß Frau Zeidler. Sie trug ein sportlich zugeschnittenes, schlecht und recht sitzendes graues Kostüm. Den Rock hatte sie über die Knie rutschen lassen und zeigte dreifingerbreit Unterwäsche. Da sie ihre verrutschte Kleidung nicht korrigierte und – wie Oskar zu bemerken glaubte – verweinte Augen hatte, wagte ich nicht, ein mich vorstellendes, sie begrüßendes Gespräch zu beginnen. Meine Verbeugung blieb wortlos und wandte sich im letzten Stadium schon wieder Zeidler zu, der mir seine Frau mit einer Daumenbewegung und kurzem Räuspern vorgestellt hatte.

Groß und quadratisch maß sich das Zimmer. Die vor dem Haus stehende Kastanie verdunkelte, vergrößerte und verkleinerte den Raum. Koffer und Trommel ließ ich nahe der Tür stehen, näherte mich mit den Anmeldeformularen Zeidler, der zwischen den Fenstern stand. Oskar hörte seinen Schritt nicht, denn er ging – wie ich später nachzählen konnte – auf vier Teppichen, die in immer kleineren Formaten übereinander lagen und mit ihren ungleich farbigen gefransten oder ungefransten Rändern eine bunte Treppe bildeten, deren unterste Stufe rötlichbraun nahe den Wänden ansetzte, mit der nächsten, etwa grünen Stufe zumeist unter Möbeln, wie dem schweren Büfett, der Vitrine voller Likörgläser, die dutzendweis standen, und dem geräumigen Ehebett verschwand. Schon der Rand des dritten Teppichs, blau war der und gemustert, lief übersichtlich von Ecke zu Ecke. Dem vierten Teppich, einem weinroten Velours, fiel die Aufgabe zu, den runden, mit schonendem Wachstuch bezogenen Ausziehtisch und vier ledergepolsterte, regelmäßig mit Metallnieten beschlagene Stühle zu tragen.

Da noch mehrere Teppiche, die eigentlich keine Wandteppiche waren, an den Wänden hingen, auch gerollt in den Ecken lümmelten, nahm Oskar an, daß der Igel vor der Währungsreform mit Teppichen gehandelt hatte und nach der Reform auf den Teppichen sitzengeblieben war.

Als einziges Bild hing zwischen orientalisch anmutenden Brücken das verglaste Bildnis des Fürsten Bismarck an der

Fensterwand. Der Igel saß, einen Ledersessel füllend, unter dem Kanzler, hatte mit dem eine gewisse Familienähnlichkeit. Als er mir das Ummeldeformular aus der Hand zog, beide Seiten des amtlichen Vordruckes wach, kritisch, auch ungeduldig studierte, zwang ihm die geflüsterte Frage seiner Frau, ob etwas nicht in Ordnung sei, einen Zornesausbruch auf, der ihn mehr und mehr in die Nähe des eisernen Kanzlers trieb. Der Sessel spie ihn aus. Auf vier Teppichen stand er, hielt das Formular seitwärts, füllte sich und seine Weste mit Luft, war dann mit einem Sprung auf dem ersten und zweiten Teppich, überschüttete seine inzwischen über Näharbeit gebeugte Frau mit einem Satz wie: Werspricht-hierwennnichtgefragtistundhatnichtszusagennurichichich! Keinwortmehr!

Da Frau Zeidler auch brav an sich hielt, kein Wörtchen von sich gab und nur die Näharbeit stichelte, bestand das Problem für den ohnmächtig die Teppiche tretenden Igel darin, seinen Zorn glaubwürdig nachklingen, ausklingen zu lassen. Mit einem Schritt stand er vor der Vitrine, öffnete die, daß es klirrte, griff vorsichtig mit gespreizten Fingern acht Likörgläser, zog die überladenen Griffe, ohne Schaden anzurichten, aus der Vitrine, pirschte sich Schrittchen für Schrittchen – ein Gastgeber, der sieben Gäste und sich selbst mit einer Geschicklichkeitsübung unterhalten will – in Richtung grüngekachelter Dauerbrandofen und schleuderte, nun alle Vorsicht vergessend, die zerbrechliche Fracht gegen die kalte, gußeiserne Ofentür.

Erstaunlich war, daß der Igel während dieser Szene, die doch einige Zielsicherheit verlangte, seine Frau, die sich erhoben hatte und in der Nähe des rechten Fensters einen Faden ins Nadelöhr einzufädeln versuchte, im Brillenauge behielt. Eine Sekunde, nachdem er die Gläser zerscherbt hatte, gelang ihr der schwierige, eine ruhige Hand beweisende Versuch. Frau Zeidler kehrte zu ihrem noch warmen

Sessel zurück, setzte sich so, daß abermals das Kostüm verrutschte und dreifingerbreit Unterwäsche deutlich und rosa wurde. Der Igel hatte den Weg seiner Frau zum Fenster, das Fadeneinfädeln und ihren Rückweg vorgebeugt hechelnd, aber dennoch ergeben beobachtet. Kaum saß sie, griff er hinter den Ofen, fand dort ein Kehrblech und einen Handfeger, fegte die Scherben zusammen, schüttete den Kehricht auf ein Zeitungspapier, das schon zur Hälfte mit Likörgläserscherben bedeckt war und für ein drittes zorniges Glaszerbrechen keinen Platz mehr gehabt hätte.

Wenn nun der Leser meint, Oskar habe in dem glaszerschmeißenden Igel sich selbst, den während Jahren glaszersingenden Oskar, erkannt, kann ich dem Leser nicht ganz und gar Unrecht geben; auch ich liebte es einst, meinen Zorn in Glasscherben zu verwandeln – doch niemand hat mich jemals zu Kehrblech und Handfeger greifen sehen!

Nachdem Zeidler die Spuren seines Zornes beseitigt hatte, fand er in seinen Sessel zurück. Abermals reichte ihm Oskar jenes Anmeldeformular, das der Igel fallen lassen mußte, als er mit beiden Händen in die Vitrine griff.

Zeidler unterschrieb das Formular und gab mir zu verstehen, daß bei ihm in der Wohnung Ordnung herrschen müsse, wo komme man sonst hin, schließlich sei er seit fünfzehn Jahren Vertreter, und zwar Vertreter für Haarschneidemaschinen, ob ich wisse, was das sei, eine Haarschneidemaschine!

Oskar wußte, was eine Haarschneidemaschine ist, und machte auch einige erklärende Bewegungen durch die Zimmerluft, denen Zeidler entnehmen konnte, daß ich in punkto Haarschneidemaschinen auf dem laufenden war. Seine gutgeschnittene Bürste erlaubte, in ihm einen guten Vertreter zu sehen. Nachdem er mir sein Arbeitssystem erklärt hatte – er reiste immer eine Woche, blieb dann zwei Tage zu Hause –, verlor er alles Interesse an Oskar, schaukelte nur noch iglig im hellbraunen, knarrenden Leder, blitzte mit Brillengläsern, sagte mit oder ohne Grund: jajajajajaja – ich mußte gehen.

Zuerst verabschiedete sich Oskar von Frau Zeidler. Die Frau hatte eine kalte, knochenlose, aber trockene Hand. Der Igel winkte vom Sessel aus, winkte mich gegen die Tür, wo Oskars Gepäck stand. Schon hatte ich die Hände voll, da kam seine Stimme: »Was ham Se denn da baumeln, am Koffer?«

»Das ist meine Blechtrommel.«

»Denn wollen Se also hier trommeln?«

»Nicht unbedingt. Früher trommelte ich häufig.«

»Von mir aus können Se schon. Bin ja sowieso nich zu Hause.«

»Es bestehen kaum Aussichten, daß ich jemals wieder zum Trommeln komme.«

»Und warum sind Se so klein geblieben, na?«

»Ein unglücklicher Sturz hemmte mein Wachstum.«

»Daß Se mir bloß keine Scherereien machen, mit Anfälle und so was!«

»Während der letzten Jahre hat sich mein Gesundheitszustand mehr und mehr gebessert. Schauen Sie nur, wie beweglich ich bin.« Da machte Oskar Herrn und Frau Zeidler einige Sprünge und beinahe akrobatische Übungen, die er während seiner Fronttheaterzeit gelernt hatte, vor, machte sie zu einer kichernden Frau Zeidler, ihn zu einem Igel, der sich noch auf die Schenkel schlug, als ich schon auf dem Korridor stand und an der Milchglastür der Krankenschwester, der Toiletten-, Küchentür vorbei, mein Gepäck mit Trommel in mein Zimmer trug.

Das war Anfang Mai. Von jenem Tage an versuchte, besetzte, eroberte mich das Mysterium Krankenschwester: Pflegerinnen machten mich krank, wahrscheinlich unheilbar krank, denn selbst heute, da ich das alles hinter mir habe, widerspreche ich meinem Pfleger Bruno, der geradeweg behauptet: Nur Männer können wahrhaft Krankenpfleger sein, die Sucht der Patienten, sich von Krankenschwestern pflegen zu lassen, ist ein Krankheitssymptom mehr; während der Krankenpfleger den Patienten mühevoll pflegt und manchmal heilt, geht die Krankenschwester den weiblichen Weg: Sie verführt den Patienten zur Genesung oder zum Tode, den sie leicht erotisiert und schmackhaft macht.

Soweit mein Pfleger Bruno, dem ich nur ungern recht gebe. Wer sich wie ich alle paar Jahre sein Leben durch Krankenschwestern bestätigen ließ, bewahrt sich Dankbarkeit, erlaubt einem mürrischen, wenn auch sympathischen Krankenpfleger nicht so bald, daß der ihm voller Berufsneid seine Schwestern entfremdet.

Das begann mit dem Sturz von der Kellertreppe, anläßlich meines dritten Geburtstages. Ich glaube, sie hieß Schwester Lotte und kam aus Praust. Die Schwester Inge des Doktor Hollatz blieb mir mehrere Jahre lang erhalten. Nach der Verteidigung der Polnischen Post verfiel ich mehreren Krankenschwestern gleichzeitig. Nur der Name einer Schwester ist mir geblieben: Sie hieß Schwester Erni oder Berni. Namenlose Krankenschwestern in Lüneburg, in der Universitätsklinik Hannover. Dann die Schwestern der Städtischen Krankenanstalten Düsseldorf, allen voran Schwester Gertrud. Dann jedoch kam sie, ohne daß ich ein Krankenhaus aufsuchen mußte. Bei bester Gesundheit verfiel Oskar einer Krankenschwester, die in Zeidlers Wohnung gleich ihm als Untermieterin wohnte. Von jenem Tage an war mir die Welt voller Krankenschwestern. Ging ich am frühen Morgen zur Arbeit, wollte zum Korneff schriftklopfen, hieß meine Haltestelle Marienhospital. Immer gab es da vor dem Backsteinportal und auf dem mit Blumen überladenen Vorplatz des Hospitals Krankenschwestern, die gingen oder kamen. Schwestern also, die ihren anstrengenden Dienst hinter sich oder vor sich hatten. Dann kam die Bahn. Oftmals ließ es sich nicht vermeiden, daß ich mit einigen dieser erschöpft, zumindest abgespannt dreinblickenden Pflegerinnen im selben Anhänger saß, auf demselben Perron stand. Anfangs roch ich sie widerwillig, bald ging ich ihrem Geruch nach, stellte mich neben, sogar zwischen ihre Berufskleidung.

Dann der Bittweg. Bei gutem Wetter klopfte ich draußen, zwischen der Grabsteinausstellung die Schrift, sah, wie sie kamen, zu zweit, zu viert, Arm in Arm, hatten ihre Freistunde, schwatzten und zwangen Oskar, von seinem Diabas aufzublicken, seine Arbeit zu vernachlässigen, denn jedes Aufblicken kostete mich zwanzig Pfennige.

Kinoplakate: Es hat in Deutschland immer schon viele Filme mit Krankenschwestern gegeben. Maria Schell lockte mich in die Kinos. Sie trug Schwesterntracht, lachte, weinte, pflegte aufopferungsvoll, spielte lächelnd und immer noch mit dem Schwesternhäubchen ernste Musik, geriet dann in Verzweiflung, zerriß sich beinah ihr Nachthemd, opferte nach einem Selbstmordversuch ihre Liebe – Borsche als Arzt –, blieb dem Beruf treu, behielt also Häubchen und Rotkreuzbrosche. Während Oskars Kleinhirn und Großhirn lachten und Unanständigkeiten am laufenden Band dem Filmstreifen einflochten, weinten Oskars Augen Tränen, ich irrte halbblind in einer Wüste, die aus weißgekleideten anonymen Samariterinnen bestand, suchte Schwester Dorothea, von der ich nur wußte, daß sie beim Zeidler die Kammer hinter der Milchglastür gemietet hatte.

Manchmal hörte ich ihren Schritt, wenn sie vom Nachtdienst zurückkam. Hörte sie auch gegen neun Uhr abends, wenn ihr Tagesdienst beendet war und sie ihre Kammer aufsuchte. Nicht immer blieb Oskar auf seinem Stuhl sitzen, wenn er die Schwester auf dem Korridor hörte. Oft genug spielte er mit dem Türdrücker. Denn wer hält das aus? Wer guckt nicht auf, wenn etwas vorbeigeht, das womöglich für ihn vorbeigeht? Wer bleibt auf dem Stuhl sitzen, wenn jedes nachbarliche Geräusch nur den einen Zweck zu haben scheint, ruhig Sitzende zu Aufspringenden zu machen?

Und noch schlimmer verhält es sich mit der Stille. Wir erlebten es mit jener Galionsfigur, die doch hölzern, still und passiv war. Da lag der erste Museumsdiener in seinem Blut. Es hieß: Niobe hat ihn getötet. Da suchte der Direktor einen neuen Wärter, denn das Museum durfte nicht geschlossen werden. Als der zweite Wärter tot war, schrie man: Niobe tötete ihn. Da hatte der Museumsdirektor Mühe, einen dritten Wärter zu finden – oder war es schon der elfte, den er suchte? – Gleichviel, welcher er war! Eines Tages war auch der mühsam gefundene Wärter tot. Man schrie: Niobe, Niobe grün bemalt, Niobe blickend aus Bernsteinaugen. Niobe hölzern, nackt, zuckt nicht, friert, schwitzt, atmet nicht, hatte nicht einmal Holzwürmer, weil sie gegen Holzwürmer gespritzt, weil sie wertvoll und historisch war. Eine Hexe mußte ihretwegen brennen, dem Schnitzer der Figur schlug man die begabte Hand ab, Schiffe sanken, sie entkam schwimmend. Niobe war hölzern und feuerfest, tötete und blieb wertvoll. Primaner, Studenten, einen alten Priester und einen Chor Museumswärter machte sie still mit ihrer Stille. Mein Freund Herbert Truczinski besprang sie, lief dabei aus; doch Niobe blieb trocken und nahm an Stille zu.

Wenn die Krankenschwester sehr früh am Morgen, etwa gegen sechs Uhr, ihre Kammer, den Korridor und die Wohnung des Igels verließ, wurde es sehr still, obgleich sie während ihrer Anwesenheit keinen Lärm gemacht hatte. Oskar mußte, um das aushalten zu können, ab und zu mit seinem Bett knarren, einen Stuhl rücken oder einen Apfel gegen die Badewanne rollen lassen. Etwa um acht Uhr raschelte es. Das war der Briefträger, der die Briefe und Postkarten durch den Briefschlitz auf den Fußboden des Korridors fallen ließ. Außer Oskar wartete Frau Zeidler noch auf dieses Rascheln.

Sie begann erst um neun mit ihrer Arbeit als Sekretärin bei Mannesmann, ließ mir den Vortritt, und so war Oskar es, der als erster dem Rascheln nachging. Ich tat leise, obgleich ich wußte, daß sie mich hörte, ließ meine Zimmertür offen, damit ich nicht Licht anknipsen mußte, griff alle Post auf einmal, steckte gegebenenfalls jenen Brief, den mir Maria, von sich, dem Kind und ihrer Schwester Guste säuberlich berichtend, einmal in der Woche schickte, in meine Schlafanzugtasche und durchsuchte dann rasch die restlichen Sendungen. Alles, was für die Zeidlers oder für einen gewissen Herrn Münzer kam, der am anderen Ende des Korridors wohnte, ließ ich, der ich nicht aufrecht stand, sondern kauerte, wieder auf die Dielen gleiten; die Post der Krankenschwester drehte, beroch, befühlte Oskar, befragte sie nicht zuletzt nach dem Absender.

Schwester Dorothea erhielt selten, aber immerhin mehr Post als ich. Ihr voller Name lautete Dorothea Köngetter, doch nannte ich sie nur Schwester Dorothea, vergaß von Zeit zu Zeit ihren Familiennamen, der sich ja auch bei einer Krankenschwester vollkommen erübrigt. Von ihrer Mutter aus Hildesheim bekam sie Post. Briefe und Postkarten kamen aus den verschiedensten Krankenhäusern Westdeutschlands. Es schrieben ihr Pflegerinnen, mit denen sie gemeinsam den Schwesternlehrgang absolviert hatte. Nun hielt sie schleppend und mühsam die Verbindung zu ihren Kolleginnen durch Postkartenschreiben aufrecht, bekam diese Antworten, die sich, wie Oskar flüchtig feststellte, albern und nichtssagend lasen.

Einiges erfuhr ich dennoch über Schwester Dorotheas Vorleben aus jenen Postkarten, die auf den Vorderseiten zumeist die mit Efeu berankten Fassaden von Krankenhäusern zeigten: Sie, die Schwester, hatte eine Zeitlang im Vinzenzhospital Köln, in einer Privatklinik bei Aachen, auch in Hildesheim gearbeitet. Von dort her schrieb auch ihre Mutter. Sie stammte also entweder aus Niedersachsen oder war wie Oskar ein Ostflüchtling, hatte dort kurz nach dem Krieg Zuflucht gefunden. Ferner erfuhr ich, daß Schwester Dorothea ganz in der Nähe, im Marienhospital, arbeitete, mit einer Schwester Beate eng befreundet sein mußte, denn viele Postkarten wiesen auf diese Freundschaft hin, brachten auch Grüße für jene Beate.

Sie beunruhigte mich, die Freundin. Oskar spekulierte mit ihrer Existenz. Briefe an die Beate setzte ich auf, bat in dem einen Brief um Fürsprache, verschwieg im nächsten die Dorothea, wollte mich zuerst an die Beate heranmachen und dann zur Freundin überwechseln. Fünf oder sechs Briefe entwarf ich, hatte auch schon einige im Kuvert, war auf dem Wege zum Postkasten und schickte dennoch keinen ab.

Vielleicht aber hätte ich dennoch eines Tages, toll wie ich war, solch einen Schrieb an die Schwester Beate abgeschickt, hätte sich nicht an einem Montag – damals begann Maria das Verhältnis mit ihrem Arbeitgeber, dem Stenzel, was mich merkwürdigerweise kaltließ – jener Brief auf dem Korridor gefunden, der meine Leidenschaft, der es nicht an Liebe mangelte, in Eifersucht umbog.

Der vorgedruckte Absender sagte mir, daß da ein Dr. Erich Werner – Marienhospital – der Schwester Dorothea einen Brief geschrieben hatte. Am Dienstag traf ein zweiter Brief ein. Den dritten Brief brachte der Donnerstag. Wie war es an jenem Donnerstag? Oskar fand in sein Zimmer zurück, fiel auf einen der Küchenstühle, die zum Mobiliar gehörten, zog Marias wöchentliches Schreiben aus der Schlafanzugtasche – trotz ihres neuen Verehrers schrieb Maria weiterhin pünktlich, säuberlich, nichts auslassend –, öffnete sogar das Kuvert, las und las doch nicht, hörte Frau Zeidler auf dem Flur, gleich darauf ihre Stimme; sie rief den Herrn Münzer, der aber nicht antwortete, dennoch zu

Hause sein mußte, denn die Zeidlersche öffnete seine Zimmertür, reichte ihm die Post hinein und hörte nicht auf, auf ihn einzureden.

Mir verging die Stimme der Frau Zeidler, noch während sie sprach. Dem Irrsinn der Tapete überließ ich mich, dem senkrechten, waagerechten, dem diagonalen Irrsinn, dem kurvenden, vertausendfachten Irrsinn, fand mich als Matzerath, aß mit ihm das verdächtig bekömmliche Brot aller Betrogenen, ließ es mir leichtfallen, meinen Jan Bronski zu einem billig verzeichneten, satanisch geschminkten Verführer zu kostümieren, der einmal im herkömmlichen Paletot mit Sammetkragen, dann im Arztkittel des Dr. Hollatz, gleich darauf als Chirurg Dr. Werner auftrat, um zu verführen, zu verderben, zu schänden, zu kränken, zu schlagen, zu quälen – um all das zu tun, was ein Verführer anstellen muß, damit er glaubwürdig bleibt.

Heute darf ich lächeln, wenn ich mir jenen Einfall zurückrufe, der Oskar damals gelb und tapetenirr werden ließ: Medizin wollte ich studieren, möglichst rasch. Arzt wollte ich werden, und zwar im Marienhospital. Den Dr. Werner wollte ich vertreiben, bloßstellen, ihn der Pfuscherei, ja sogar der fahrlässigen Tötung während einer Kehlkopfoperation bezichtigen. Nie, sollte sich herausstellen, war jener Herr Werner ein studierter Doktor gewesen. Während des Krieges arbeitete er in einem Feldlazarett, eignete sich dort einige Kenntnisse an: fort mit dem Schwindler! Und Oskar wurde zum Chefarzt, so jung und dennoch auf verantwortlichem Posten. Ein neuer Sauerbruch schritt dort, von Schwester Dorothea als Operationsschwester begleitet, von einem weißgekleideten Gefolge umgeben, durch hallende Korridore, machte Visite, entschloß sich in letzter Minute zur Operation. – Wie gut, daß dieser Film nie gedreht wurde!

Im Kleiderschrank

Nun soll niemand glauben, daß Oskar nur noch für Krankenschwestern zu sprechen war. Schließlich hatte ich mein Berufsleben! Das Sommersemester auf der Kunstakademie hatte angefangen, die Gelegenheitsarbeit des Schriftklopfens während der Ferien mußte ich aufgeben, denn Oskar hatte gegen gute Bezahlung stillzuhalten, alte Stilmittel mußten sich ihm gegenüber bewähren, neue Stile erprobten sich an mir und der Muse Ulla; man hob unsere Gegenständlichkeit auf, man resignierte, verleugnete uns, warf Linien, Vierecke, Spiralen, lauter auswendiges Zeug, das sich allenfalls auf Tapeten bewährt hätte, auf Leinwände und Zeichenbögen, gab den Gebrauchsmustern, denen es an nichts anderem als an Oskar und Ulla, also an geheimnisvoller Spannung fehlte, marktschreierische Titel wie: Aufwärts geflochten. Gesang über der Zeit. Rot in neuen Räumen.

Das taten vor allem die jungen Semester, die noch nicht recht zeichnen konnten. Meine alten Freunde um Professor Kuchen und Maruhn, die Meisterschüler Ziege und Raskolnikoff waren an Schwärze und Farbe zu reich, um mit blassen Kringeln und dünnblütigen Linien der Armut ein Loblied zu singen.

Die Muse Ulla aber, die, wenn sie irdisch wurde, einen recht kunstgewerblichen Geschmack an den Tag legte, erwärmte sich derart für die neuen Tapeten, daß sie den Maler Lankes, der sie verlassen hatte, schnell vergaß und die verschieden großen Dekorationen eines schon älteren Malers, Meitel mit Namen, hübsch, lustig, drollig, phantastisch, enorm und sogar chic fand. Daß sie sich mit dem Künstler, der Formen wie übersüße Ostereier bevorzugte, alsbald verlobte, will nicht viel sagen; sie fand später noch oft Gelegenheit zur Verlobung und steht augenblicklich – sie verriet es mir, als sie mich vorgestern besuchte und mir und Bruno Bonbons mitbrachte – kurz vor einer, wie sie es immer schon ausdrückte, ernsthaften Bindung.

Bei Semesteranfang wollte Ulla als Muse überhaupt nur der neuen, wie sie gar nicht merkte, ach so blinden Richtung ihren Anblick gönnen. Ihr Ostereiermaler, der Meitel, hatte ihr diesen Floh ins Ohr gesetzt, hatte ihr als Verlobungsgeschenk einen Wortschatz vermittelt, den sie in Kunstgesprächen mit mir ausprobierte. Von Rapporten sprach sie, von Konstellationen, Akzenten, Perspektiven, von Rieselstrukturen, Schmelzprozessen, Erosionsphänomenen. Sie, die den Tag über nur Bananen aß und Tomatenjuice trank, sie sprach von Urzellen, von Farbatomen, die in dynamischer Rasanz in ihren Kraftfeldern nicht nur ihre natürliche Lage fänden, sondern darüber hinaus ... So etwa sprach Ulla mit mir während der Modellpausen, auch wenn wir gelegentlich in der Ratinger Straße einen Kaffee tranken. Selbst als die Verlobung mit dem dynamischen Ostereiermaler nicht mehr bestand, als sie nach kürzester Episode mit einer Lesbierin einem Schüler Kuchens und damit wieder der gegenständlichen Welt zufiel, blieb ihr noch jener Wortschatz, der ihr kleines Gesicht dergestalt anstrengte, daß sich zwei scharfe, etwas fanatische Fältchen um ihren Musenmund gruben.

Es sei hier zugegeben, daß es nicht ausschließlich Raskolnikoffs Idee war, die Muse Ulla als Krankenschwester neben Oskar zu malen. Nach der Madonna 49 malte er uns als »Die Entführung der Europa« – der Stier, das war ich. Und gleich nach der etwas umstrittenen Entführung entstand das Bild: »Der Narr heilt die Krankenschwester.«

Ein Wörtchen von mir entzündete die Phantasie Raskolnikoffs. Er brütete düster, rothaarig, verschlagen, wusch seine Pinsel aus, sprach, während er Ulla angestrengt fixierte, von Schuld und Sühne, da riet ich ihm, in mir die Schuld, in Ulla die Sühne zu sehen; meine Schuld sei offensichtlich, der Sühne könne man das Gewand einer Krankenschwester geben.

Daß jenes vortreffliche Bild später anders, irreführend anders hieß, lag an Raskolnikoff. Ich hätte jenes Gemälde »Die Versuchung« genannt, weil meine rechte, gemalte Hand einen Türdrücker faßt, herunterdrückt und ein Zimmer öffnet, in dem die Krankenschwester steht. Auch könnte Raskolnikoffs Bild schlicht »Der Türdrücker« heißen; denn käme es mir darauf an, der Versuchung einen neuen Namen zu geben, würde ich das Wort Türdrücker empfehlen, weil jener griffige Auswuchs versucht werden will, weil jener Türdrücker an der Milchglastür vor Schwester Dorotheas Kammer von mir an allen Tagen versucht wurde, da ich den Igel Zeidler auf Reisen, die Krankenschwester im Hospital, Frau Zeidler bei Mannesmann im Büro wußte.

Oskar verließ dann sein Zimmer mit der abflußrohrlosen Badewanne, trat auf den Korridor der Zeidlerschen Wohnung, stellte sich vor die Kammer der Krankenschwester und gab dem Türdrücker seinen Griff.

Bis etwa Mitte Juni, und ich machte die Probe fast jeden Tag, hatte die Tür nicht nachgeben wollen. Schon wollte ich in der Krankenschwester einen durch verantwortungsvolle Arbeit so zu Ordnung erzogenen Menschen sehen, daß es mir ratsam schien, alles Hoffen auf eine versehentlich offengebliebene Tür fahren zu lassen. Deshalb auch die dumme, mechanische Reaktion, die mich die Tür sofort wieder schließen ließ, als ich sie eines Tages unverschlossen fand.

Sicherlich stand Oskar mehrere Minuten lang zwischen gespanntester Haut auf dem Korridor, erlaubte sich so viele Gedanken verschiedenster Herkunft gleichzeitig, daß sein

Herz Mühe hatte, jenem Ansturm so etwas wie einen Plan zu empfehlen.

Erst als es mir gelang, mich und mein Denken anderen Verhältnissen aufzupfropfen: Maria und ihr Verehrer, dachte ich, Maria hat einen Verehrer, der Verehrer schenkte Maria eine Kaffeekanne, Verehrer und Maria gehen am Sonnabend ins Apollo, Maria duzt den Verehrer nur nach Feierabend, im Geschäft siezt Maria ihren Verehrer, dem das Geschäft gehört – erst als ich Maria und ihren Verehrer von dieser und jener Seite bedacht hatte, gelang es mir, in meinem armen Kopf den Anflug einer Platzordnung zu bewirken – und ich öffnete die Milchglastür.

Ich hatte mir den Raum schon zuvor als einen fensterlosen Raum vorgestellt, denn nie hatte der obere trübdurchsichtige Teil der Tür einen Streifen Tageslicht verraten. Genau wie in meinem Zimmer rechts greifend, fand ich den Lichtschalter. Für die Größe dieser, um als Zimmer bezeichnet zu werden, viel zu engen Kammer reichte die Vierzig-Watt-Birne vollkommen aus. Es war mir peinlich, mit der halben Figur sofort einem Spiegel gegenüberzustehen. Oskar wich jedoch seinem verkehrten, darum kaum aufschlußreicheren Konterfei nicht aus; denn die Gegenstände auf dem Toilettentisch, der dem Spiegel in gleicher Breite vorgestellt war, zogen mich stark an, stellten Oskar auf die Zehenspitzen.

Das weiße Emaille der Waschschüssel zeigte blauschwarze Stellen. Jene marmorne Toilettentischplatte, in der die Waschschüssel sich bis zum übergreifenden Rand versenkte, zeigte gleichfalls Schäden. Die linke fehlende Ecke der Marmorplatte lag vor dem Spiegel, wies dem Spiegel ihre Adern. Spuren eines abblätternden Klebstoffes an den Bruchstellen verrieten einen ungeschickten Heilversuch. Es juckte mich in den Steinmetzfingern. An Korneffs selbstfabrizierten Marmorkitt dachte ich, der selbst den brüchigsten Lahnmarmor in jene dauerhaften Fassadenplatten verwandelte, die man Großmetzgereien vorklebte.

Jetzt, nachdem mich der Umgang mit dem vertrauten Kalkstein mein im üblen Spiegel arg verzeichnetes Bild vergessen ließ, gelang es mir auch, jenen Geruch, der Oskar beim Eintreten schon besonders sein wollte, zu benennen.

Es roch nach Essig. Später, auch noch vor wenigen Wochen, entschuldigte ich die aufdringliche Luft mit der Annahme: Die Krankenschwester mochte am Vortage ihr Haar gewaschen haben; Essig war es, den sie vorm Spülen ihrer Kopfhaut dem Wasser beimischte. Es fand sich zwar auf dem Toilettentisch keine Essigflasche. Gleichfalls in anders etikettierten Behältnissen glaubte ich keinen Essig erkennen zu können, sagte mir auch immer wieder, Schwester Dorothea wird sich nicht in Zeidlers Küche, vorher beim Zeidler Erlaubnis einholend, warmes Wasser machen, um sich in ihrer Kammer umständlich genug die Haare zu waschen, wenn sie im Marienhospital modernste Badezimmer findet. Immerhin konnte es sein, daß ein allgemeines Verbot der Oberschwester oder der Krankenhausintendanz den Pflegerinnen die Benutzung gewisser sanitärer Einrichtungen des Hospitals verbot und Schwester Dorothea sich gezwungen sah, hier, in jener Emailleschüssel, vor ungenauem Spiegel, ihr Haar waschen zu müssen. Wenn sich auch keine Essigflasche auf dem Toilettentisch fand, standen doch Fläschchen und Dosen genug auf dem klammen Marmor. Ein Paket Watte und eine halbleere Packung Damenbinden nahmen Oskar damals den Mut, die Döschen auf ihren Inhalt hin zu untersuchen. Doch bin ich noch heute der Meinung, nur kosmetische Mittelchen, allenfalls harmlose Heilsalben machten den Inhalt der Dosen aus.

Den Kamm hatte die Krankenschwester in die Haarbürste gesteckt. Es brauchte einige Überwindung, bis ich ihn aus den Borsten zog und dem vollen Blick zeigte. Wie gut, daß ich es tat, denn im selben Moment machte Oskar seine wichtigste Entdeckung: Die Krankenschwester hatte blonde Haare, vielleicht aschblonde Haare; doch soll man aus totem, ausgekämmtem Haar nur vorsichtig Schlüsse ziehen, deshalb nur die Feststellung: Schwester Dorothea hatte blonde Haare.

Weiterhin besagte die verdächtig reiche Fracht des Kammes: Die Krankenschwester litt unter Haarausfall. Die Schuld an dieser peinlichen, ein weibliches Gemüt gewiß verbitternden Krankheit gab ich sogleich den Schwesternhäubchen, klagte aber die Häubchen nicht an; denn ohne Häubchen geht es nun einmal nicht in einem gutgehaltenen Krankenhaus.

So unangenehm Oskar der Essiggeruch war, die Tatsache, daß der Schwester Dorothea die Haare ausgingen, ließ in mir nichts anderes aufkommen als durch Mitleid verfeinerte, besorgte Liebe. Bezeichnend für mich und meinen Zustand, daß mir sogleich mehrere als erfolgreich bezeichnete Haarwuchsmittel einfielen, die ich der Schwester bei günstiger Gelegenheit überreichen wollte. Schon mit den Gedanken bei diesem Zusammentreffen – Oskar stellte es sich unter warmem, windstillem Sommerhimmel zwischen wogenden Kornfeldern vor – streifte ich die ledigen Haare vom Kamm, bündelte sie, schnürte sie mit sich selbst, blies dem Bausch einen Teil Staub und Schuppen fort und schob ihn mir vorsichtig in ein eiligst ausgeräumtes Fach meiner Brieftasche.

Den Kamm, den Oskar, um die Brieftasche besser handhaben zu können, auf die Marmorplatte gelegt hatte, nahm ich noch einmal, als ich Brieftasche und Beute in der Jacke trug. Ich hielt ihn gegen die ungeschützte Glühbirne, ließ ihn durchsichtig sein, folgte den beiden verschieden starken Sprossengruppen, stellte das Fehlen zweier Sprossen in der schmächtigeren Gruppe fest, ließ es mir nicht nehmen, den

Fingernagel des linken Zeigefingers entlang den Kuppen der gröberen Sprossen schnurren zu lassen, und erfreute Oskar während der ganzen verspielten Zeit mit dem Aufleuchten einiger weniger Haare, die ich abzustreifen mit Absicht, um keinen Verdacht zu erregen, versäumt hatte.

Endgültig sank der Kamm in die Haarbürste. Von dem Toilettentisch, der mich viel zu einseitig orientierte, fand ich fort. Auf dem Weg zum Bett der Krankenschwester stieß ich gegen einen Küchenstuhl, dem ein Büstenhalter anhing.

Die beiden Negativformen jener an den Rändern verwaschenen und verfärbten Stütze konnte Oskar mit nichts anderem füllen als mit seinen Fäusten, und die füllten nicht, nein, die bewegten sich fremd, unglücklich, zu hart, zu nervös in Schüsseln, die ich tagtäglich, die Kost nicht kennend, gerne ausgelöffelt hätte; ein zeitweiliges Erbrechen schon einbeziehend, denn jeder Brei ist manchmal zum Kotzen, dann wieder süß hinterher, zu süß oder so süß, daß der Brechreiz Geschmack findet und wahrer Liebe Proben stellt.

Es fiel mir der Dr. Werner ein, und ich nahm meine Fäuste aus dem Büstenhalter. Sogleich verging mir wieder der Dr. Werner, und ich konnte mich vor das Bett der Schwester Dorothea stellen. Dieses Bett der Krankenschwester! Wie oft hatte Oskar es sich vorgestellt, und nun war es dasselbe häßliche Gestell, das auch meiner Ruhe und gelegentlichen Schlaflosigkeit den braungestrichenen Rahmen gab. Ein weißlackiertes Metallbett mit Messingknöpfen, ein Gitter leichtester Art hätte ich ihr gewünscht, nicht dieses plumpe lieblose Möbel. Unbeweglich, mit schwerem Kopf, keiner Leidenschaft, selbst der Eifersucht nicht fähig, stand ich eine Zeitlang vor einem Schlafaltar, dessen Federbett aus Granit sein mochte, drehte mich dann, vermied den beschwerlichen Anblick. Nie hätte Oskar sich die Schwester Dorothea und ihren Schlaf in dieser ihm so verhaßten Gruft vorstellen mögen.

Schon wieder auf dem Wege zum Toilettentisch, vielleicht von der Absicht bewogen, nun endlich die vermeintlichen Salbendöschen öffnen zu wollen, befahl mir der Schrank, seine Ausmaße zu beachten, seinen Anstrich schwarzbraun zu nennen, den Profilen seines Gesimses zu folgen und ihn endlich zu öffnen; denn jeder Schrank will geöffnet werden.

Den Nagel, der an Stelle eines Schlosses die Türen zusammenhielt, bog ich senkrecht: Sogleich und ohne meine Hilfe fiel das Holz seufzend auseinander und bot soviel Aussicht, daß ich einige Schritte hinter mich treten mußte, um über verschränkten Armen kühl beobachten zu können. Oskar wollte sich nicht wie über dem Toilettentisch in Einzelheiten verlieren, wollte nicht, wie dem Bett gegenüber, von Vorurteilen belastet ein Urteil sprechen; ganz frisch und wie am ersten Tage wollte er dem Schrank begegnen, weil auch der Schrank ihn mit offenen Armen empfing.

Dennoch konnte sich Oskar, der unverbesserliche Ästhet, eine Kritik nicht ganz und gar versagen: hatte doch ein Barbar dem Schrank hastig und splitterreißend die Füße abgesägt, um ihn platt und verzogen auf die Dielen zu stellen.

Die innere Ordnung des Möbels war tadellos. Rechts stapelten sich in drei tiefen Fächern die Leibwäsche und die Blusen. Weiß und rosa wechselten mit einem hellen, sicher waschechten Blau. Zwei miteinander verbundene rotgrün karierte Wachstuchtaschen hingen nahe den Wäschefächern an der Innenseite der rechten Schranktür und bewahrten oben die geflickten, unten die durch Laufmaschen verletzten Damenstrümpfe auf. Verglichen mit jenen Strümpfen, die Maria von ihrem Chef und Verehrer geschenkt bekam und auch trug, wollten mir die Gewebe in den Wachstuchtaschen zwar nicht gröber, doch dichter und haltbarer vorkommen. Im geräumigen Teil des Schrankes hingen links auf Kleiderbügeln matt glänzende, gestärkte Krankenschwesterntrachten. Im Hutfach darüber reihten sich empfindlich, keine unkundige Berührung vertragend, die schlichtschönen Schwesternhäubchen. Nur einen kurzen Blick warf ich auf die links von den Wäschefächern versorgten zivilen Kleider. Die nachlässige und billige Auswahl bestätigte meine stille Hoffnung: Nur mäßiges Interesse widmete Schwester Dorothea diesem Teil ihrer Ausstattung. So nahmen sich auch die drei oder vier topfähnlichen Kopfbedeckungen, die nachlässig und ihre jeweiligen komischen Blumenimitationen drückend im Hutfach neben den Häubchen übereinander hingen, insgesamt wie ein mißglückter Kuchen aus. Gleichfalls lehnten im Hutfach ein schmales Dutzend buntrückige Bücher gegen einen mit Wollresten gefüllten Schuhkarton.

Oskar legte den Kopf schief, mußte näher treten, um die Titel lesen zu können. Nachsichtig lächelnd stellte ich den Kopf wieder senkrecht: Die gute Schwester Dorothea las Kriminalromane. Doch genug vom zivilen Teil des Kleiderschrankes. Durch die Bücher nun einmal nahe an den Kasten herangelockt, behielt ich den günstigen Platz, mehr noch, ich beugte mich ins Innere, wehrte mich nicht mehr gegen den immer stärker werdenden Wunsch, dazugehören zu dürfen, Inhalt des Schrankes zu sein, dem Schwester Dorothea einen nicht geringen Teil ihres Aussehens anvertraute.

Die praktisch sportlichen Schuhe, die im unteren Teil des Kastens mit flachen Absätzen auf der Bodenplatte standen und peinlich geputzt auf Ausgang warteten, mußte ich nicht einmal zur Seite räumen. Fast absichtsvoll einladend war die Ordnung des Schrankes so bestellt, daß Oskar in der Mitte des Gehäuses mit angezogenen Knien, auf den Hacken ruhend, ohne ein Gewand drücken zu müssen, genug Platz und Obdach fand. So stieg ich ein und versprach mir viel davon.

Dennoch kam ich nicht sogleich zur Sammlung. Oskar fühlte sich durch Inventar und Glühbirne der Kammer beobachtet. Um meinen Aufenthalt im Schrankinnern intimer zu gestalten, versuchte ich, die Schranktüren zuzuziehen. Es ergaben sich Schwierigkeiten, denn die Riegel an den Anschlagleisten der Türen waren ausgeleiert, erlaubten dem Holz, oben zu klaffen; es fiel Licht, doch nicht genug Licht, um mich stören zu können, in den Kasten. Dafür vermehrte sich der Geruch. Alt, sauber, nicht mehr nach Essig, sondern unaufdringlich nach mottenvertreibenden Mitteln roch es; es roch gut.

Was tat Oskar, als er im Schrank saß? Er lehnte die Stirn an das erste Berufskleid der Schwester Dorothea, eine Ärmelschürze, die am Hals schloß, fand sogleich zu allen Stationen des Krankenhauswesens die Türen offen – da griff meine rechte Hand, vielleicht eine Stütze suchend, nach hinten, an den zivilen Kleidern vorbei, verirrte sich, verlor den Halt, griff zu, hielt etwas Glattes, Nachgebendes, fand endlich – das Glatte noch im Griff haltend – eine stützende Leiste und rutschte eine Querlatte entlang, die waagerecht draufgenagelt mir und der hinteren Kastenwand Halt bot; schon hatte Oskar die Hand wieder rechts von sich, zufrieden hätte er sein können, da zeigte ich mir, was ich in meinem Rücken gegriffen hatte.

Ich sah einen schwarzen Lackgürtel, sah aber sogleich mehr als den Lackgürtel, weil es im Kasten so grau war, daß ein Lackgürtel nicht nur ein solcher sein mußte. Genauso hätte es auch etwas anderes bedeuten können, etwas genauso Glattes, Gestrecktes, das ich als unentwegt dreijähriger Blechtrommler auf der Hafenmole zu Neufahrwasser gesehen hatte: Meine arme Mama im marineblauen Frühjahrsmantel mit den himbeerfarbenen Aufschlägen, Matzerath im Paletot, Jan Bronski mit Sammetkragen, an Oskars Matrosenmütze das Band mit goldgestickter Inschrift »SMS Seydlitz« gehörten mit zur Partie, und Paletot und Sammetkragen sprangen von mir und Mama, die wegen der Stöckelschuhe nicht springen konnte, von Stein zu Stein bis zum Seezeichen, unter dem der Angler saß mit der Wäscheleine und dem Kartoffelsack voller Salz und Bewegung. Wir aber, die wir den Sack und die Leine sahen, wollten wissen, warum der Mann unter dem Seezeichen mit einer Wäscheleine angelte, doch der Kerl aus Neufahrwasser oder Brösen, wo er auch herkam, lachte und spuckte braun dick ins Wasser, daß es noch lange neben der Mole schaukelte und nicht vom Fleck kam, bis eine Möwe es mitnahm; denn eine Möwe nimmt alles mit, ist keine empfindliche Taube, schon gar keine Krankenschwester – es wäre auch allzu einfach, könnte man alles, was Weiß trägt, in einen Hut werfen, in einen Schrank stecken, dasselbe kann man von Schwarz sagen, denn damals fürchtete ich mich noch nicht vor der Schwarzen Köchin, saß furchtlos im Schrank und wiederum nicht im Schrank, stand ähnlich furchtlos bei Windstille auf der Hafenmole zu Neufahrwasser, hielt hier den Lackgürtel, dort etwas anderes, das zwar auch schwarz und schlüpfrig und dennoch kein Gürtel war, suchte, weil ich im Schrank saß, nach einem Vergleich, denn Schränke zwingen dazu, nannte die Schwarze Köchin, doch ging mir das damals noch nicht unter die Haut, war in punkto Weiß viel beschlagener, wußte zwischen einer Möwe und Schwester Dorothea kaum zu unterscheiden, wies aber Tauben und ähnlichen Unsinn von mir, zumal es nicht Pfingsten war, sondern Karfreitag, da wir nach Brösen fuhren und später zur Mole gingen – auch gab es keine Tauben über dem Seezeichen, unter dem der Kerl aus Neufahrwasser mit der Wäscheleine saß, saß, auch spuckte. Und als der Kerl aus Brösen die Leine einholte, bis dann die Leine aufhörte und bewies, warum es so schwer gewesen war, sie aus dem brackigen Mottlauwasser zu ziehen, als meine arme Mama dann Jan Bronski die Hand auf Schulter und Sammetkragen legte, weil ihr der Käse ins Gesicht trat, weil sie wegwollte, und mußte dann doch zusehen, wie der Kerl den Pferdekopf auf die Steine klatschte, wie die kleineren, seegrünen Aale aus den Zotteln fielen, und die größeren, dunkleren würgte er aus dem Kadaver, als gelte es Schrauben zu ziehen, und jemand zerriß ein Federbett, ich meine, Möwen kamen, die stießen zu, weil Möwen, wenn sie zu dritt oder noch mehr sind, einen kleinen Aal ohne Mühe schaffen, während größere Burschen Schwierigkeiten bereiten. Da aber sperrte der Kerl dem Rappen das Maul auf, zwängte ihm ein Stück Holz zwischen das Gebiß, was den Gaul lachen ließ, und griff hinein mit seinem haarigen Arm, packte zu, faßte nach, wie ich im Schrank zupackte, nachfaßte, so hatte auch er und zog raus, wie ich den Lackgürtel, er zwei auf einmal, und schlenkerte die in der Luft, knallte die auf die Steine, bis meiner armen Mama das Frühstück aus dem Gesicht sprang, was aus Milchkaffee, Eiweiß und Eigelb, auch bißchen Marmelade und Weißbrotbrocken bestand und so reichlich war, daß sich die Möwen gleich schräg stellten, ein Stockwerk tiefer zogen, gespreizt ansetzten, vom Geschrei wollen wir gar nicht reden, auch daß die Möwen böse Augen haben, ist allgemein bekannt, und ließen sich nicht vertreiben, von Jan Bronski gewiß nicht, denn der hatte Angst vor den Möwen und hielt beide Hände vor seine beiden blauen Kulleraugen, auf meine Trommel hörten die auch nicht, sondern schlangen in sich hinein, während ich auf dem Blech wütend und auch begeistert manch neuen Rhythmus fand, aber meiner armen Mama war das alles egal, die war voll und ganz beschäftigt und würgte und würgte, kam aber nix mehr, weil sie nicht allzuviel gegessen hatte, denn Mama wollte schlank bleiben, deshalb turnte sie auch zweimal in der Woche bei der Frauenschaft, aber das half kaum was, weil sie heimlich doch aß und immer einen kleinen Ausweg fand, wie auch der Kerl aus Neufahrwasser, aller Theorie zum Trotz, als Abschluß, da alle Anwesenden dachten, jetzt kommt nix mehr, dem Gaul einen Aal aus dem Ohr zog. Ganz voller weißer Grütze war der, weil er dem Gaul im Hirn gestöbert hatte. Wurde aber solange geschlenkert, bis die Grütze abfiel, bis der Aal seinen Lack zeigte und wie ein Lackgürtel glänzte, denn das will ich damit gesagt haben: Solch einen Lackgürtel trug Schwester Dorothea, wenn sie privat und ohne die Rotkreuzbrosche ausging.

Wir aber gingen nach Hause, obgleich Matzerath noch bleiben wollte, weil ein Finne von ungefähr tausendachthundert Tonnen einlief und Wellen machte. Den Pferdekopf ließ der Kerl auf der Mole. Gleich darauf war der Rappe weiß und schrie. Schrie aber nicht, wie Pferde schreien, eher wie eine Wolke schreit, die weiß ist und laut und gefräßig einen Pferdekopf verhüllt. Was damals im Grunde ganz angenehm war, denn so sah man den Gaul nicht mehr, selbst wenn man sich denken konnte, was hinter dem Irrsinn steckte. Auch lenkte der Finne uns ab, der Holz geladen hatte und rostig war wie die Friedhofsgitter auf Saspe. Meine arme Mama jedoch guckte sich weder nach dem Finnen noch nach den Möwen um. Die hatte genug. Wenn sie auch früher auf unserem Klavier »Kleine Möwe flieg nach Helgoland« nicht nur gespielt, auch gesungen hatte, das Liedchen sang sie nie mehr, sang überhaupt nix mehr, wollte auch anfangs keinen Fisch mehr essen, fing aber eines schönen Tages an, soviel und so fetten Fisch zu essen, bis sie nicht mehr konnte, nein, wollte, genug hatte, nicht nur vom Aal, auch vom Leben, besonders von den Männern, vielleicht auch von Oskar, jedenfalls wurde sie, die sonst auf nichts verzichten konnte, plötzlich genügsam, enthaltsam und ließ sich in Brentau beerdigen. Das aber habe ich wohl von ihr, daß ich einerseits auf nichts verzichten will und andererseits ohne alles auskommen kann; nur ohne geräucherte Aale, auch wenn die noch so teuer sind, kann ich nicht leben. Das galt auch von Schwester Dorothea, die ich nie gesehen hatte, deren Lackgürtel mir nur mäßig gefiel – und ich konnte mich dennoch nicht von dem Gürtel lösen, der hörte nicht mehr auf, vermehrte sich sogar, denn ich öffnete mir mit der freien Hand die Hosenknöpfe und machte das, um mir die Krankenschwester, die mir durch die vielen gelackten Aale, auch den einlaufenden Finnen undeutlich geworden war, wieder vorstellen zu können.

Allmählich gelang es Oskar, rückfällig immer wieder zur Hafenmole verwiesen, schließlich mit Hilfe der Möwen die Welt der Schwester Dorothea zumindest in jener Hälfte des Kleiderschrankes wiederzufinden, der ihre leere aber dennoch ansprechende Berufskleidung beherbergte. Als ich sie endlich ganz deutlich sah und Einzelheiten ihres Gesichtes wahrzunehmen glaubte, glitten die Riegel aus den ausgeleierten Fallen: Mißtönend fielen die Schranktüren auseinander, jähe Helle wollte mich irritieren, und Oskar mußte sich Mühe geben, daß er die zunächst hängende Ärmelschürze der Schwester Dorothea nicht befleckte.

Nur um einen notwendigen Übergang zu schaffen, auch um den Aufenthalt im Schrankinneren, der mich wider Erwarten angestrengt hatte, spielerisch aufzulösen, trommelte ich – was ich seit Jahren nicht mehr getan hatte – einige lockere Takte mehr oder weniger geschickt gegen die trockene hintere Kastenwand, verließ dann den Schrank, überprüfte noch einmal den Zustand seiner Sauberkeit – ich konnte mir wirklich nichts vorwerfen – selbst der Lackgürtel hatte noch seinen Glanz, nein, einige blinde Stellen mußten gerieben werden, auch angehaucht, bis der Gürtel nochmals zu dem wurde, was an Aale erinnerte, die man während meiner frühesten Jugend auf der Hafenmole zu Neufahrwasser fing.

Ich, Oskar, verließ die Kammer der Schwester Dorothea, indem ich jener Vierzig-Watt-Glühbirne den Strom nahm, die mir während des ganzen Besuches zugesehen hatte.

Klepp

Da stand ich auf dem Korridor, trug einen Bausch fahlblonde Haare in meiner Brieftasche, gab mir eine Sekunde lang Mühe, den Bausch durchs Leder, durch Jackenfutter, Weste, Hemd und Unterhemd zu spüren, war aber zu matt und auf jene merkwürdig mürrische Art zu befriedigt, um in jener aus der Kammer geraubten Beute mehr zu sehen als einen Abfall, wie ihn Kämme auflesen.

Jetzt erst gestand sich Oskar ein, daß er ganz andere Schätze gesucht hatte. Hatte ich mir doch während des Aufenthaltes in der Kammer der Schwester Dorothea beweisen wollen, daß jener Dr. Werner irgendwo in dem Raum, und sei es nur durch einen der mir bekannten Briefumschläge, zu erkennen sein mußte. Nichts fand ich. Kein Briefumschlag, schon gar kein beschriebenes Blatt. Oskar gibt zu, daß er die Kriminalromane der Schwester Dorothea einzeln aus dem Hutfach zog, aufschlug, nach Widmungen und Lesezeichen untersuchte, auch war ich einem Foto hinterher, denn Oskar kannte die meisten Ärzte des Marienhospitals zwar nicht dem Namen, aber dem Aussehen nach – aber es fand sich keine Aufnahme des Dr. Werner.

Der schien das Zimmer der Schwester Dorothea nicht zu kennen, und wenn er es jemals gesehen hatte, war es ihm nicht gelungen, Spuren zu hinterlassen. Oskar hätte also allen Grund gehabt, froh zu sein. Hatte ich dem Doktor nicht eine Menge voraus? War durch das Fehlen jeder Spur des Arztes nicht der Beweis erbracht, daß die Beziehungen zwischen Arzt und Schwester nur im Krankenhaus bestanden, also dienstlicher Natur, und wenn nicht dienstlicher, dann einseitiger Art waren?

Oskars Eifersucht wollte jedoch ein Motiv haben. So sehr mich die geringste Hinterlassenschaft des Dr. Werner getroffen hätte, wäre mir doch im gleichstarken Maße eine Befriedigung zuteil geworden, die sich mit dem kleinen und kurzlebigen Ergebnis des Schrankaufenthaltes nicht hätte vergleichen lassen.

Ich weiß nicht mehr, wie ich in mein Zimmer zurückfand, erinnere mich jedoch, hinter jener Tür, am anderen Ende des Korridors, die das Zimmer eines gewissen Herrn Münzer abschloß, ein gekünsteltes, Aufmerksamkeit heischendes Gehuste gehört zu haben. Was ging mich jener Herr Münzer an? Hatte ich an der Untermieterin des Igels nicht genug? Sollte ich mir mit dem Münzer – wer weiß, was sich hinter dem Namen verbarg – eine weitere Last aufbürden? So überhörte Oskar den fordernden Husten, oder richtiger: Ich begriff nicht, was man von mir verlangte, und kam erst in meinem Zimmer zu der Einsicht, daß jener mir unbekannte und auch gleichgültige Herr Münzer gehustet hatte, um mich, Oskar, in sein Zimmer zu locken.

Zugegeben: es tat mir längere Zeit lang leid, daß ich auf den Husten nicht reagiert hatte, denn in meinem Zimmer wollte es mir so fürchterlich eng und weitläufig werden, daß mir ein Gespräch noch so lästiger und erzwungener Art mit dem hustenden Herrn Münzer wie eine Wohltat geschmeckt hätte. Doch fand ich den Mut nicht, verspätet, womöglich gleichfalls einen Husten auf dem Korridor provozierend, die Verbindung mit dem Herrn hinter der Tür am anderen Ende des Korridors herzustellen, überließ mich willenlos der unnachgiebigen Rechtwinkligkeit des Küchenstuhles in meinem Zimmer, bekam wie immer, wenn ich auf Stühlen sitze, die Unruhe ins Blut, griff ein medizinisches Nachschlagewerk vom Bett, ließ den teuren Schmöker, den ich mir für sauer verdiente Modellgelder erstanden hatte, fallen, daß er zu Falten und Ecken kam, langte mir Raskolnikoffs Geschenk, die Blechtrommel, vom Tisch, hielt die, konnte dem Blech aber weder mit den Stöcken beikommen, noch kam Oskar zu Tränen, die auf den weißen runden Lack gefallen wären und unrhythmische Erleichterung bedeutet hätten.

Man könnte jetzt ein Traktat über die verlorene Unschuld beginnen, könnte den trommelnden, permanent dreijährigen Oskar neben den buckligen, stimmlosen, tränen- und trommellosen Oskar stellen. Das jedoch entspräche nicht den Tatsachen: Oskar hat noch als trommelnder Oskar mehrmals die Unschuld verloren, gewann die wieder zurück oder ließ sie nachwachsen; denn die Unschuld ist einem fleißig wuchernden Unkraut zu vergleichen – denken Sie nur an alle die unschuldigen Großmütter, die einmal alle verruchte, haßerfüllte Säuglinge waren – nein, das Spielchen Schuld-Unschuld ließ Oskar nicht vom Küchenstuhl aufspringen; vielmehr war es die Liebe zu Schwester Dorothea, die mir befahl, die Trommel unbetrommelt zurückzulegen, Zimmer, Korridor, die Zeidlersche Wohnung zu verlassen und die Kunstakademie aufzusuchen, obgleich mich Professor Kuchen erst für den späten Nachmittag bestellt hatte.

Als Oskar unbeherrschten Schrittes sein Zimmer verließ, auf den Korridor trat, umständlich und laut die Wohnungstür öffnete, lauschte ich einen Augenblick lang zur Tür des Herrn Münzer hin. Er hustete nicht, und ich verließ beschämt, empört, befriedigt und hungrig, voller Überdruß und Lebenshunger, hier und da lächelnd, an anderen Orten dem Weinen nahe, die Wohnung und schließlich das Haus in der Jülicher Straße.

Wenige Tage später führte ich einen langgehegten Plan aus, den von mir zu weisen sich als ausgezeichnete Methode, ihn bis ins Detail vorzubereiten, erwiesen hatte. An jenem Tage war ich den ganzen Vormittag unbeschäftigt. Erst um drei Uhr nachmittags sollten Oskar und Ulla bei dem einfallsreichen Maler Raskolnikoff Modell stehen, ich als Odysseus, der heimkehrend seine Penelope mit einem Buckel beschenkt. Vergeblich versuchte ich den Künstler von dieser Idee abzubringen. Er plünderte damals mit Erfolg die griechischen Götter und Halbgötter aus. Ulla fühlte sich in der Mythologie wohl, und so gab ich nach, ließ mich als Vulkan, als Pluto mit Proserpina, schließlich an jenem Nachmittag als buckliger Odysseus malen. Mir jedoch kommt es mehr auf die Beschreibung jenes Vormittages an. Oskar verschweigt Ihnen also, wie die Muse Ulla als Penelope aussah, und sagt: Still war es in der Zeidlerschen Wohnung. Der Igel befand sich mit seinen Haarschneidemaschinen auf Geschäftsreise, die Schwester Dorothea hatte Tagesdienst, war also schon seit sechs Uhr aus dem Haus, Frau Zeidler lag noch zu Bett, als kurz nach acht die Post kam.

Sogleich besichtigte ich die Sendung, fand nichts für mich – Marias Brief war erst zwei Tage alt –, entdeckte jedoch mit dem ersten Blick ein in der Stadt aufgegebenes Kuvert, das unverkennbar die Handschrift des Dr. Werner trug.

Vorerst legte ich den Brief zu den anderen für den Herrn Münzer und die Zeidlers bestimmten Sendungen, suchte mein Zimmer auf und wartete, bis die Zeidlersche auf den Korridor gefunden, dem Untermieter Münzer seinen Brief gebracht hatte, dann in die Küche, schließlich in ihr Schlafzimmer fand und nach knappen zehn Minuten die Wohnung, das Haus verließ, denn um neun Uhr begann ihre Büroarbeit bei Mannesmann.

Sicherheitshalber wartete Oskar, stieg betont langsam in seine Kleider, reinigte, äußerlich ruhig, seine Fingernägel und entschloß sich dann erst zum Handeln. Ich ging in die Küche, setzte auf dem größten Brenner des dreiflammigen Gasherdes einen Aluminiumtopf halbgefüllt mit Wasser auf, ließ die Flamme erst stark brennen, drehte, sobald das Wasser Dämpfe entwickelte, den Hahn bis zur kleinsten Einstellung, trat dann, meine Gedanken sorgsam hütend und möglichst in der Nähe der jeweiligen Handlungen belassend, mit zwei Schritten vor die Kammer der Schwester Dorothea, faßte den Brief, den die Zeidlersche halb unter die Milchglastür geschoben hatte, war schon wieder in der Küche und hielt die Rückseite des Kuverts solange vorsichtig über den Wasserdampf, bis ich es, ohne Schaden anzurichten, öffnen konnte. Das Gas hatte Oskar selbstverständlich schon abgestellt, bevor er den Brief des Dr. E. Werner über den Topf zu halten gewagt hatte.

Ich las die Nachricht des Arztes nicht in der Küche, sondern auf meinem Bett liegend. Zuerst wollte ich enttäuscht sein, denn weder die Anrede noch die abschließende Floskel des Briefes verrieten etwas über das Verhältnis zwischen Arzt und Krankenschwester.

»Liebes Fräulein Dorothea!« hieß es – und: »Ihr ergebener Erich Werner.«

Auch fand sich beim Lesen des eigentlichen Schreibens kein einziges betont zärtliches Wort. Werner bedauerte, Schwester Dorothea am Vortage nicht gesprochen zu haben, obgleich er sie vor der Flügeltür zur Männer-Privat-Abteilung gesehen hatte. Aus für Dr. Werner unerklärlichen Gründen machte Schwester Dorothea jedoch kehrt, als sie den Arzt im Gespräch mit Schwester Beate – mit Dorotheas Freundin also – überrascht hatte. Nur bat Dr. Werner um eine Erklärung, denn das Gespräch, das er mit Schwester Beate führte, habe rein dienstlichen Charakter gehabt. Wie sie, Schwester Dorothea, wohl wisse, gebe er sich immer und nach wie vor Mühe, der etwas unbeherrschten Beate gegenüber Distanz zu bewahren. Daß das nicht leicht sei, müsse sie, Dorothea, die ja die Beate kenne, begreifen, weil Schwester Beate oftmals hemmungslos ihre Gefühle zeige, die er, Dr. Werner, freilich niemals erwidere. Der letzte Satz des

Briefes besagte: »Glauben Sie mir bitte, daß Ihnen jederzeit die Möglichkeit geboten ist, mich sprechen zu können.« Trotz der Förmlichkeit, Kälte, ja Arroganz jener Zeilen fiel es mir am Ende nicht schwer, den Briefstil des Dr. E. Werner zu entlarven, den Brief als das zu nehmen, was er sein wollte, als einen glühenden Liebesbrief.

Mechanisch versorgte ich das Blatt im Kuvert, ließ dabei alle Vorsicht außer acht, befeuchtete die Gummierung, die der Werner womöglich mit seiner Zunge benetzt hatte, nun mit Oskars Zunge, begann dann zu lachen, schlug mir kurz darauf, aber immer noch lachend, mit der flachen Hand abwechselnd gegen die Stirn und Hinterkopf, bis es mir mitten im Schlagen gelang, die rechte Hand von Oskars Stirn weg auf den Türdrücker meines Zimmers zu legen, die Tür zu öffnen, den Korridor zu gewinnen und den Brief des Dr. Werner halb unter jener Tür zu versorgen, die das mir wohlbekannte Gemach der Schwester Dorothea mit graugestrichenem Holz und Milchglasscheiben verschloß.

Noch hockte ich auf den Hacken, hatte einen, womöglich zwei Finger auf dem Brief, da hörte ich aus dem Zimmer am anderen Ende des Korridors die Stimme des Herrn Münzer. Jedes Wort seines langsam und wie zum Mitschreiben betonten Ausrufes verstand ich: »Ach, lieber Herr, würden Sie mir bitte etwas Wasser bringen!?«

Ich richtete mich auf, dachte, der Mensch wird krank sein, erkannte aber gleichzeitig, daß der Mensch hinter der Tür nicht krank war, daß Oskar sich nur diese Krankheit einredete, um den Grund zum Wasserbringen zu haben, denn ein bloßer, durch nichts motivierter Zuruf hätte mich niemals ins Zimmer eines wildfremden Menschen locken können.

Zuerst wollte ich ihm jenes noch laue Wasser im Aluminiumtopf bringen, das mir geholfen hatte, den Brief des Arztes zu öffnen. Dann jedoch schüttelte ich das gebrauchte Wasser in den Spülstein, ließ frisches in den Topf springen und trug Topf und Wasser vor jene Tür, hinter der die nach mir und dem Wasser, vielleicht auch nur nach dem Wasser verlangende Stimme des Herrn Münzer wohnen mußte.

Oskar klopfte, trat ein und stieß sofort gegen den für Klepp so bezeichnenden Geruch. Wenn ich die Ausdünstung säuerlich nenne, verschweige ich ihre gleichfalls starksüße Substanz. Nichts hatte zum Beispiel die Luft um Klepp mit der Essigluft der Krankenschwesterkammer gemeinsam. Süßsauer zu sagen, wäre auch falsch. Jener Herr Münzer oder Klepp, wie ich ihn heute nenne, ein dicklich fauler, trotzdem nicht unbeweglicher, leicht schwitzender, abergläubischer, ungewaschener, dennoch nicht verkommener, stets am Sterben verhinderter Flötist und Jazzklarinettist hatte und hat den Geruch einer Leiche an sich, die nicht aufhören kann, Zigaretten zu rauchen, Pfefferminz zu lutschen und Knoblauchdünste auszuscheiden. So roch er schon damals, so riecht, atmet er auch heute und fällt, Lebenslust und Vergänglichkeit in der Witterung mitführend, an den Besuchstagen über mich her und zwingt Bruno, sogleich nach seinem umständlichen, Wiederkehr verheißenden Abgang, Fenster und Türen aufzureißen, Durchzug zu veranstalten.

Heute ist Oskar bettlägerig. Damals, in Zeidlers Wohnung, fand ich Klepp in den Überresten eines Bettes. Er faulte bei bester Laune, hielt sich in Reichweite einen altmodischen, recht barock anmutenden Spirituskocher, ein gutes Dutzend Spaghettipackungen, Dosen Olivenöl, Tomatenmark in Tuben, feuchtklumpiges Salz auf Zeitungspapier und einen Kasten Flaschenbier, das, wie sich herausstellen sollte, lauwarm war. In die leeren Bierflaschen urinierte er liegend, schloß dann, wie er ein Stündchen später vertraulich zu erzählen wußte, die zumeist ganz gefüllten, in ihrem Fassungsvermögen ihm angepaßten grünlichen Behältnisse, stellte sie abseits und streng gesondert von den noch wortwörtlichen Bierflaschen auf, damit bei eventuellem Bierdurst des Bettbewohners die Gefahr einer Verwechslung gebannt war. Obgleich er Wasser im Zimmer hatte – er hätte bei einigem Unternehmungsgeist ins Waschbecken urinieren können –, war er zu faul oder besser gesagt, zu sehr durch sich selbst am Aufstehen verhindert, als daß er sein mit soviel Mühe eingelegenes Bett hätte verlassen, in seinem Spaghettitopf frisches Wasser hätte holen können.

Da Klepp als Herr Münzer die Teigwaren fürsorglich immer in demselben Wasser kochte, also die schon mehrmals abgegossene, immer sämiger werdende Brühe wie seinen Augapfel hütete, gelang es ihm, gestützt auf den Vorrat leerer Bierflaschen, die waagerechte, dem Bett angepaßte Haltung oftmals mehr als vier Tage beizubehalten. Der Notstand trat ein, wenn die Spaghettibrühe zum versalzenen, klebenden Rest zusammengekocht war. Zwar hätte sich Klepp dann dem Hunger überlassen können; aber dazu fehlten ihm damals noch die ideologischen Voraussetzungen, auch schien seine Askese von vornherein auf vier- bis fünftägige Perioden bemessen gewesen zu sein, sonst hätten Frau Zeidler, die ihm die Post brachte, oder ein größerer Spaghettitopf und ein dem Teigwarenvorrat angemessenes Wasserreservoir ihn noch unabhängiger von seiner Umwelt machen können.

Als Oskar das Postgeheimnis verletzte, lag Klepp seit fünf Tagen unabhängig zu Bett: Mit dem Rest seines Spaghettiwassers hätte er Plakate an Litfaßsäulen kleben können. Da hörte er meinen unentschlossenen, der Schwester Dorothea und ihren Briefen gewidmeten Schritt auf dem Korridor. Nachdem er erfahren hatte, daß Oskar auf gekünstelte, auffordernde Hustenanfälle nicht reagierte, bemühte er an jenem Tage, da ich Dr. Werners kühl leidenschaftlichen Liebesbrief las, seine Stimme: »Ach lieber Herr, würden Sie mir bitte etwas Wasser bringen?«

Und ich nahm den Topf, goß das laue Wasser aus, drehte den Leitungshahn auf, ließ es rauschen, bis das Töpfchen halbvoll war, gab noch etwas dazu, noch einen Guß, und brachte ihm frisches Wasser, war der liebe Herr, den er in mir vermutete, stellte mich vor, nannte mich Matzerath, Steinmetz und Schrifthauer.

Er, gleichfalls höflich, hob seinen Oberkörper um einige Grad, nannte sich Egon Münzer, Jazzmusiker, bat mich aber, ihn Klepp zu nennen, da schon sein Vater Münzer heiße. Ich verstand seinen Wunsch allzugut, nannte ich mich doch vorzugsweise Koljaiczek oder einfach Oskar, trug den Namen Matzerath nur aus Demut und konnte mich nur selten entschließen, Oskar Bronski zu heißen. Es fiel mir also nicht schwer, den liegenden dicken jungen Mann – auf dreißig schätzte ich ihn, er war aber jünger – schlicht und direkt Klepp zu nennen. Er hieß mich Oskar, weil ihm der Name Koljaiczek zuviel Mühe bereitete.

Wir überließen uns einem Gespräch, gaben uns anfangs jedoch Mühe, zwanglos zu bleiben. Plaudernd berührten wir leichteste Themen: Ich wollte wissen, ob er unser Schicksal für unabänderlich halte. Er hielt es für unabänderlich. Ob er der Meinung sei, alle Menschen müßten sterben, wollte Oskar wissen. Auch den endlichen Tod aller Menschen hielt er für gewiß, war aber nicht sicher, ob alle Menschen geboren werden müssen, sprach von sich als von einer irrtümlichen Geburt, und Oskar fühlte sich ihm abermals verwandt. Auch glaubten wir beide an den Himmel – er jedoch ließ, als er Himmel sagte, ein leicht dreckiges Lachen hören, kratzte sich unter der Bettdecke: Man durfte annehmen, daß der Herr Klepp schon bei Lebzeiten Unanständigkeiten plante, die er im Himmel auszuführen gedachte. Als wir auf die Politik zu sprechen kamen, wurde er fast leidenschaftlich, nannte mir über dreihundert deutsche Fürstenhäuser, denen er auf der Stelle Würde, Krone und

Macht geben wollte; die Gegend um Hannover sprach er dem britischen Empire zu. Als ich ihn nach dem Schicksal der ehemals freien Stadt Danzig fragte, wußte er leider nicht, wo das lag, schlug aber unbekümmert einen Grafen aus dem Bergischen, der, wie er sagte, von Jan Wellem in ziemlich direkter Linie abstamme, als Fürst für das ihm leider unbekannte Städtchen vor. Schließlich – wir bemühten uns gerade, den Begriff Wahrheit zu definieren, machten auch dabei Fortschritte –, da brachte ich durch einige geschickte Zwischenfragen in Erfahrung, daß der Herr Klepp schon seit drei Jahren dem Zeidler als Untermieter den Zins zahlte. Wir bedauerten, daß wir uns nicht schon früher kennenlernen durften. Ich gab dem Igel die Schuld, der mir nicht genug Angaben über den Betthüter gemacht hatte – wie es ihm ja auch nicht eingefallen war, mir mehr über die Krankenschwester anzuvertrauen als jenen dürftigen Hinweis: Es wohnt hier eine Krankenschwester hinter der Milchglastür.

Oskar wollte den Herrn Münzer oder Klepp nicht sogleich mit seinen Sorgen belasten. Ich erbat also keine Auskunft über die Krankenschwester, sondern besorgte mich vorerst um ihn: »Apropos Gesundheit«, warf ich ein, »geht es Ihnen nicht gut?«

Klepp hob abermals seinen Oberkörper um einige Grad, ließ sich, als er einsehen mußte, daß es ihm nicht gelingen konnte, einen rechten Winkel zu bilden, wieder zurückfallen und unterrichtete mich dahin, daß er eigentlich im Bett liege, um herauszufinden, ob es ihm gut, mäßig oder schlecht gehe. Er hoffe in einigen Wochen erkannt zu haben, daß es ihm mäßig gehe.

Dann ereignete sich, was ich befürchtet hatte und durch ein längeres und verzweigtes Gespräch verhindern zu können glaubte. »Ach, lieber Herr, essen Sie bitte mit mir eine Portion Spaghetti.« So aßen wir in dem von mir mitgebrachten frischen Wasser abgekochte Spaghetti. Ich wagte nicht, mir den klebrigen Topf auszubitten, um ihn im Spülstein einer gründlichen Reinigung zu unterwerfen. Klepp kochte, nachdem er sich auf die Seite gedreht hatte, das Gericht wortlos mit schlafwandlerisch sicheren Bewegungen. Das Wasser goß er vorsichtig in eine größere Konservendose ab, langte dann, ohne die Haltung seines Oberkörpers bemerkenswert zu verändern, unter das Bett, zog einen öligen, mit Tomatenmarkresten überkrusteten Teller hervor, schien einen Augenblick lang unschlüssig, fischte abermals unter dem Bett, brachte zerknülltes Zeitungspapier ans Tageslicht, wischte damit in dem Teller herum, ließ das Papier wieder unter dem Bett verschwinden, hauchte die verschmierte Platte an, als wollte er noch ein letztes Stäubchen wegblasen, reichte mir dann mit fast nobler Geste den scheußlichsten aller Teller und bat Oskar, ungeniert zuzugreifen.

Ich wollte erst nach ihm, forderte ihn auf, anzufangen. Nachdem er mich mit üblem, an den Fingern klebendem Besteck versorgt hatte, häufte er mit Suppenlöffel und Gabel einen guten Teil der Spaghetti auf meinem Teller, drückte mit eleganten Bewegungen einen langen Wurm Tomatenmark, Ornamente zeichnend, auf das Geschlinge, gab reichlich Öl aus der Dose dazu, tat sich dasselbe in dem Kochtopf an, schüttete Pfeffer über beide Portionen, vermengte seinen Anteil und forderte mich mit Blicken auf, meine Mahlzeit ähnlich zuzubereiten. »Ach, lieber Herr, verzeihen Sie, daß ich keinen geriebenen Parmesan im Hause habe. Dennoch wünsche ich einen guten und gesegneten Appetit.«

Bis heute hat Oskar nicht verstehen können, wie er sich damals zum Gebrauch von Löffel und Gabel hat aufraffen können. Wunderbarerweise schmeckte mir das Gericht. Es wurden mir sogar jene Kleppschen Spaghetti zu einem kulinarischen Wertmesser, den ich von jenem Tag an jedem Menü anlegte, das mir vorgesetzt wurde.

Während des Essens fand ich Muße, das Zimmer des Betthüters eingehend und doch unauffällig zu begutachten. Die Attraktion des Raumes war ein offenes, kreisrundes Kaminloch dicht unter der Decke; schwarz atmete es aus der Wand. Draußen vor den beiden Fenstern war es windig. Jedenfalls schienen es Windstöße zu sein, die gelegentlich Rußwolken aus dem Kaminloch in Klepps Zimmer blähten. Die legten sich gleichmäßig, Begräbnis zelebrierend, aufs Inventar. Da alles Inventar nur aus dem in der Mitte des Zimmers stehenden Bett und einigen, mit Packpapier bedeckten, gerollten Teppichen Zeidlerscher Herkunft bestand, konnte man mit Sicherheit behaupten: In jenem Zimmer war nichts geschwärzter als das ehemals weiße Bettuch, das Kopfkissen unter Klepps Schädel und ein Handtuch, das sich der Betthüter immer übers Gesicht breitete, wenn ein Windstoß eine Rußwolke ins Zimmer befahl.

Die beiden Fenster des Raumes sahen gleich den Fenstern des Zeidlerschen Wohn- und Schlafzimmers auf die Jülicher Straße, oder genauer gesagt, ins grüne graue Blätterkleid jenes Kastanienbaumes, das der Fassade des Mietshauses vorstand. Als einziger Bildschmuck hing zwischen den Fenstern, mit Reißzwecken befestigt, das bunte, wahrscheinlich einer Illustrierten entstammende Bild der Elisabeth von England. Unter dem Bild hing an einem Mauerhaken ein Dudelsack, dessen Schottenstoffmuster gerade noch unter dem abgelagerten Ruß erkennbar war. Während ich das Farbfoto betrachtete, dabei weniger an Elisabeth und ihren Philipp, doch um so mehr an Schwester Dorothea dachte, die zwischen Oskar und dem Dr. Werner stand und womöglich verzweifelte, erklärte mir Klepp, daß er ein treuer und begeisterter Anhänger des englischen Königshauses sei, deshalb auch bei den Pipers eines schottischen Regiments der britischen Besatzungsarmee Unterricht im Dudelsackblasen genommen habe, zumal die Elisabeth jenes Regiment als Kommandeur befehligte; er, Klepp, habe sie in der Wochenschau mit Schottenröckchen, von oben bis unten kariert, das Regiment besichtigen sehen.

Merkwürdigerweise meldete sich da der Katholizismus in mir. Ich zweifelte an, ob die Elisabeth überhaupt etwas von der Dudelsackmusik verstehe, machte auch einige Bemerkungen über das schmachvolle Ende der katholischen Maria Stuart, kurz, Oskar ließ Klepp wissen, daß er die Elisabeth für unmusikalisch halte.

Eigentlich hatte ich einen Zornesausbruch des Royalisten erwartet. Der jedoch lächelte wie ein Besserwisser und bat mich um eine Erklärung, der er gegebenenfalls entnehmen könne, ob mir, dem kleinen Mann – so nannte mich der Dicke –, in Sachen Musik ein Urteil zuzutrauen sei.

Längere Zeit lang sah Oskar den Klepp an. Er hatte mich angesprochen, ohne zu wissen, was er in mir ansprach. Vom Kopf schoß es mir in den Buckel. Es war wie am Jüngsten Tag all meiner alten, zerschlagenen, erledigten Blechtrommeln. Die tausend Bleche, die ich zum Schrott geworfen hatte, und das eine Blech, das auf dem Friedhof Saspe begraben lag, sie standen auf, erstanden aufs neue, feierten heil und ganz Auferstehung, ließen sich hören, füllten mich aus, trieben mich von der Bettkante hoch, zogen mich, nachdem ich Klepp um Entschuldigung und einen Moment Geduld gebeten hatte, aus dem Zimmer, rissen mich an der Milchglastür und Kammer der Schwester Dorothea vorbei – noch lag das halbverdeckte Viereck des Briefes auf den Korridordielen –, peitschten mich in mein Zimmer, ließen mir jene Trommel entgegenkommen, die mir der Maler Raskolnikoff geschenkt hatte, als er die Madonna 49 malte; und ich ergriff die Trommel, hatte das Blech, dazu beide Stöcke im Griff, drehte mich oder wurde gedreht, verließ mein Zimmer, sprang an der verfluchten Kammer vorbei, betrat wie ein Überlebender, der von langer Irrfahrt zurückkehrt,

Klepps Spaghettiküche, machte keine Umstände, setzte mich auf die Bettkante, rückte mir die Weißrotgelackte zurecht, tändelte zuerst mit den Stöcken in der Luft, war wohl noch etwas verlegen und sah an dem erstaunten Klepp vorbei, ließ dann, wie zufällig, einen Stock auf das Blech fallen, ach, und das Blech gab Oskar Antwort, der war gleich mit dem zweiten Stock hinterdrein; und ich begann zu trommeln, der Reihe nach, am Anfang war der Anfang: Der Falter trommelte zwischen Glühbirnen meine Geburtsstunde ein; die Kellertreppe mit ihren neunzehn Stufen trommelte ich und meinen Sturz von der Treppe, als man meinen dritten sagenhaften Geburtstag feierte; den Stundenplan der Pestalozzischule trommelte ich rauf und runter, bestieg mit der Trommel den Stockturm, saß mit der Trommel unter politischen Tribünen, trommelte Aale und Möwen, Teppichklopfen am Karfreitag, saß trommelnd auf dem zum Fußende hin verjüngten Sarg meiner armen Mama, nahm mir dann Herbert Truczinskis narbenreichen Rücken als Trommelvorlage und bemerkte, als ich die Verteidigung der Polnischen Post am Heveliusplatz auf meinem Blech zusammenschlug, von weit her eine Bewegung am Kopfende jenes Bettes, auf dem ich saß, sah mit halbem Blick den aufgerichteten Klepp, der eine lächerliche Holzflöte unter dem Kopfkissen hervorzog, diese Flöte ansetzte und Töne hervorbrachte, die so süß, so unnatürlich, so meiner Trommelei gemäß waren, daß ich ihn auf den Friedhof Saspe zu Schugger Leo führen konnte, daß ich, als Schugger Leo ausgetanzt hatte, vor ihm, für ihn und mit ihm das Brausepulver meiner ersten Liebe aufschäumen lassen konnte; selbst in den Dschungel der Frau Lina Greff führte ich ihn, ließ auch die große fünfundsiebenzig Kilo aufwiegende Trommelmaschine des Gemüsehändlers Greff abschnurren, nahm Klepp auf in Bebras Fronttheater, ließ Jesus auf meinem Blech laut werden, trommelte Störtebeker und alle

Stäuber vom Sprungturm hinunter – und unten saß Luzie –, ich aber erlaubte Ameisen und Russen, meine Trommel zu besetzen, führte ihn aber nicht noch einmal auf den Friedhof Saspe, wo ich die Trommel dem Matzerath nachwarf, sondern schlug mein großes, nie endendes Thema an: Kaschubische Kartoffeläcker, Oktoberregen drüber, da sitzt meine Großmutter in ihren vier Röcken; und Oskars Herz drohte zum Stein zu werden, als ich vernahm, wie aus Klepps Flöte der Oktoberregen rieselte, wie Klepps Flöte unter Regen und vier Röcken meinen Großvater, den Brandstifter Joseph Koljaiczek, aufspürte und wie dieselbe Flöte die Zeugung meiner armen Mama feierte und bewies.

Wir spielten mehrere Stunden lang. Als wir die Flucht meines Großvaters über die Holzflöße hinreichend variiert hatten, beendeten wir leicht erschöpft aber auch glücklich das Konzert mit der hymnischen Andeutung einer möglichen, wunderbaren Rettung des verschollenen Brandstifters.

Mit dem letzten Ton noch halb in der Flöte sprang Klepp aus seinem eingelegenen Bett. Leichengerüche folgten ihm. Er aber riß die Fenster auf, verstopfte mit Zeitungspapier das Kaminloch, zerfetzte das bunte Bild der Elisabeth von England, erklärte das Ende der royalistischen Zeit, ließ Wasser aus dem Leitungshahn in den Spülstein springen: wusch sich, er wusch sich, Klepp begann sich zu waschen, alles wagte er abzuwaschen, das war kein Waschen mehr, das war eine Waschung; und als der Gewaschene abließ vom Wasser und dick, tropfend, nackt, schier platzend, mit häßlichem schief hängendem Geschlecht vor mir stand, mich hob, mit gestreckten Armen hob – denn Oskar war und ist leicht –, als dann das Lachen in ihm ausbrach, herausfand und gegen die Zimmerdecke schlug, da begriff ich, nicht nur Oskars Trommel war auferstanden, auch Klepp war ein Auferstandener – und wir beglückwünschten uns gegenseitig und küßten uns die Wangen.

Am selben Tage noch – wir gingen gegen Abend aus, tranken Bier, aßen Blutwurst mit Zwiebeln – schlug mir Klepp vor, mit ihm eine Jazzkapelle zu begründen. Zwar bat ich mir Bedenkzeit aus, aber Oskar hatte sich schon entschlossen, nicht nur seinen Beruf, das Schriftklopfen beim Steinmetz Korneff, sondern auch das Modellstehen mit der Muse Ulla aufzugeben und Schlagzeuger einer Jazzband zu werden.

Auf dem Kokosteppich

So lieferte damals Oskar seinem Freund Klepp die Gründe fürs Aufstehen. Wenn er auch überfreudig aus seinen muffigen Tüchern sprang, sogar Wasser an sich heranließ und ganz zu dem Mann wurde, der Hoppla sagt und Was kostet die Welt, möchte ich heute, da der Betthüter Oskar heißt, behaupten: Klepp will sich an mir rächen, will mir das Gitterbett der Heil- und Pflegeanstalt vermiesen, weil ich ihm das Bett seiner Spaghettiküche vermieste.

Einmal in der Woche muß ich mir seinen Besuch gefallen lassen, seine optimistischen Jazztiraden, seine musikalisch-kommunistischen Manifeste muß ich mir anhören, denn er, der als Betthüter einen treuen Royalisten abgab und dem englischen Königshaus anhing, wurde, kaum hatte ich ihm sein Bett und seine Dudelsack-Elisabeth genommen, zahlendes Mitglied der KPD, treibt das heute noch als illegales Hobby, indem er Bier trinkt, Blutwurst tilgt und harmlosen Männchen, die an Theken stehen und Flaschenaufschriften studieren, die beglückenden Gemeinsamkeiten einer vollbeschäftigten Jazzband und einer sowjetischen Kolchose aufzählt.

Es bieten sich dem aufgescheuchten Träumer heutzutage nur noch wenige Möglichkeiten. Einmal dem eingelegenen Bett entfremdet, konnte Klepp Genosse werden – sogar illegal, was den Reiz erhöhte. Jazzfan hieß die zweite ihm gebotene Konfession. Drittens hätte er, der getaufte Protestant, konvertieren und Katholik werden können.

Man muß es Klepp lassen: Er hat sich die Zufahrtstraßen zu allen Glaubensbekenntnissen offengehalten. Vorsicht, sein schweres glänzendes Fleisch und sein Humor, der vom

Beifall lebt, gaben ihm ein Rezept ein, nach dessen bauernschlauen Regeln die Lehren des Marx mit dem Mythos des Jazz zu vermixen sind. Sollte ihm eines Tages ein etwas linksorientierter Priester, Typ Arbeiterpriester, über den Weg laufen, der außerdem eine Schallplattensammlung mit Dixielandmusik betreut, wird von jenem Tage an ein jazzwiederkäuender Marxist sonntags die Sakramente empfangen und seinen oben beschriebenen Körpergeruch mit den Ausdünstungen einer neugotischen Kathedrale mischen.

Daß es auch mir so ergehe, sei mein Bett vor, aus dem mich der Bursche mit lebenswarmen Versprechungen lokken will. Eingaben über Eingaben macht er beim Gericht, arbeitet Hand in Hand mit meinem Anwalt, verlangt eine Wiederaufnahme des Prozesses: Oskars Freispruch will er, Oskars Freiheit – raus aus der Anstalt mit unserem Oskar –, und das alles nur, weil mir Klepp mein Bett nicht gönnt!

Dennoch tut es mir nicht leid, daß ich als Zeidlers Untermieter einen liegenden Freund zu einem stehenden, umherstampfenden, manchmal sogar laufenden Freund machte. Außer jenen anstrengenden Stunden, die ich gedankenschwer der Schwester Dorothea widmete, hatte ich nun ein unbeschwertes Privatleben. »Hallo, Klepp!« schlug ich ihm auf die Schulter, »laß uns eine Jazzband gründen.« Und er tätschelte meinen Buckel, den er fast so liebte wie seinen Bauch. »Oskar und ich, wir gründen eine Jazzband!« verkündete Klepp der Welt. »Nur fehlt uns noch ein ordentlicher Guitarrist, der auch auf dem Banjo Bescheid weiß.«

In der Tat gehört zur Trommel und Flöte noch ein zweites Melodieinstrument. Ein gezupfter Baß wäre, auch rein optisch, nicht schlecht gewesen, aber Bassisten waren schon damals schwer zu bekommen, und so suchten wir eifrig nach dem fehlenden Guitarristen. Wir gingen viel ins Kino, ließen uns, wie ich anfangs berichtete, zweimal in der Woche fotografieren, stellten mit den Paßbildchen, bei Bier,

Blutwurst und Zwiebeln, allerlei Unsinn an. Klepp lernte damals die rote Ilse kennen, schenkte ihr leichtsinnigerweise ein Foto von sich, mußte sie alleine deshalb schon heiraten – nur einen Guitarristen fanden wir nicht.

Wenn mir auch die Düsseldorfer Altstadt mit ihren Butzenscheiben, mit Senf auf Käse, Bierdunst und niederrheinischer Schunkelei wegen meiner Tätigkeit als Modell auf der Kunstakademie einigermaßen bekannt war, sollte ich sie doch erst an Klepps Seite richtig kennenlernen. Wir suchten den Guitarristen rund um die Lambertuskirche, in allen Kneipen und besonders in der Ratingerstraße, im »Einhorn«, weil dort Bobby zum Tanz aufspielte, uns manchmal mit Flöte und Blechtrommel einsteigen ließ, meinem Blech Beifall spendete, obgleich Bobby selber ein ausgezeichneter Schlagzeuger war, dem leider an der rechten Hand ein Finger fehlte.

Wenn wir auch im »Einhorn« keinen Guitarristen fanden, bekam ich doch einige Routine, hatte ja auch meine Erfahrungen aus der Fronttheaterzeit her und hätte schon nach kürzester Frist einen passablen Schlagzeuger abgegeben, wenn Schwester Dorothea mir nicht dann und wann einen Einsatz vermasselt hätte.

Die Hälfte meiner Gedanken waren immer bei ihr. Das wäre noch zu verschmerzen gewesen, wenn die andere Hälfte der Gedanken vollständig, von Punkt zu Punkt in der Nähe meiner Blechtrommel geblieben wären. Es war aber so, daß ein Gedanke bei der Trommel begann und bei der Rotkreuzbrosche der Schwester Dorothea endete. Klepp, der es verstand, meine Versager meisterhaft mit seiner Flöte zu überbrücken, sorgte sich jedesmal, wenn er Oskar so zur Hälfte in Gedanken versunken sah. »Hast du vielleicht Hunger, soll ich Blutwurst bestellen?«

Klepp witterte hinter jedem Leid dieser Welt einen wölfischen Hunger, und so glaubte er auch, jedes Leid mit einer

Portion Blutwurst kurieren zu können. Oskar aß in jener Zeit sehr viel frische Blutwurst mit Zwiebelringen und trank Bier dazu, damit sein Freund Klepp glaubte, Oskars Leid heiße Hunger und nicht Schwester Dorothea.

Wir verließen zumeist sehr früh Zeidlers Wohnung in der Jülicher Straße und frühstückten in der Altstadt. In die Akademie ging ich nur noch, wenn wir Geld fürs Kino brauchten. Die Muse Ulla hatte sich inzwischen zum dritten oder vierten Mal mit dem Maler Lankes verlobt, war also unabkömmlich, denn Lankes bekam seine ersten großen Industrieaufträge. Das Modellstehen ohne Muse machte jedoch Oskar keinen Spaß – man verzeichnete ihn wieder, schwärzte ihn gräßlich an, und so gab ich mich ganz meinem Freund Klepp hin; denn auch bei Maria und Kurtchen fand ich keine Ruhe. Dort hauste allabendlich ihr Chef und verheirateter Verehrer, der Stenzel.

Als Klepp und ich eines Tages, im Frühherbst neunundvierzig, unsere Zimmer verließen, uns auf dem Korridor, etwa auf der Höhe der Milchglastür, trafen, mit Instrumenten die Wohnung verlassen wollten, rief uns Zeidler an, der die Tür seines Wohn- und Schlafzimmers einen Spaltbreit geöffnet hatte.

Eine schmale, aber dicke Teppichrolle schob er vor sich her, auf uns zu und verlangte, daß wir ihm beim Legen und Befestigen des Teppichs halfen. Der Teppich war ein Kokosläufer. Acht Meter und zwanzig Zentimeter lang war der Läufer. Da der Korridor der Zeidlerschen Wohnung jedoch nur sieben Meter und fünfundvierzig Zentimeter lang war, mußten Klepp und ich fünfundsiebenzig Zentimeter des Kokosläufers abschneiden. Wir machten das sitzend, da sich das Abschneiden von Kokosfasern als harte Arbeit herausstellte. Nachher war der Kokosläufer um zwei Zentimeter zu kurz. Da der Läufer genau die Breite des Korridors hatte, bat uns Zeidler, der sich angeblich schlecht bücken konnte, mit vereinten Kräften den Läufer auf die Dielen zu nageln. Es war Oskars Einfall, beim Nageln den Läufer zu strecken. So gelang es uns, die fehlenden zwei Zentimeter bis auf einen geringfügigen Rest wieder herauszuschinden. Wir vernagelten Nägel mit breiten flachen Köpfen, da schmalköpfige Nägel dem locker geflochtenen Kokosläufer keinen Halt gegeben hätten. Weder Oskar noch Klepp schlugen sich auf den Daumen. Allerdings schlugen wir einige Nägel krumm. Das lag aber an der Qualität der Nägel, die aus Zeidlers Vorrat, also aus Vorwährungsreformzeiten stammten. Als der Kokosläufer zur Hälfte fest an den Dielen haftete, legten wir unsere Hämmer über kreuz und blickten den Igel, der unsere Arbeit überwachte, zwar nicht aufdringlich, aber erwartungsvoll an. Er verschwand auch in seinem Wohn- und Schlafzimmer, kam mit drei Likörgläsern aus seinem Likörgläservorrat zurück und hatte auch eine Flasche Doppelkorn bei sich. Wir tranken auf die Haltbarkeit des Kokosläufers, meinten hinterher, wiederum nicht aufdringlich, eher erwartungsvoll: Kokosfaser macht durstig. Vielleicht freuten sich die Likörgläser des Igels, daß mehrmals hintereinander Doppelkorn in ihnen Platz finden durfte, bevor ein familiärer Zornesausbruch des Igels sie zu Scherben werden ließ. Als Klepp versehentlich ein leeres Likörgläschen auf den Kokosläufer kippte, ging das Gläschen nicht kaputt und gab auch keinen Ton von sich. Wir lobten alle den Kokosläufer. Als Frau Zeidler, die von der Wohn- und Schlafzimmertür unserer Arbeit zusah, gleich uns den Kokosläufer lobte, weil der Kokosläufer fallende Likörgläser vor Schaden bewahrte, geriet der Igel in Zorn. Er stampfte den noch nicht festgenagelten Teil des Kokosläufers, riß die drei leeren Likörgläser an sich, verschwand so beladen im Zeidlerschen Wohn- und Schlafzimmer, die Vitrine hörten wir klirren – er faßte noch mehr Gläser, da ihm drei Gläschen nicht genügten –, und gleich darauf hörte

Oskar eine ihm wohlbekannte Musik: Vor seinem geistigen Auge erstand der Zeidlersche Dauerbrandofen, acht zerscherbte Likörgläser lagen zu Füßen des Ofens, und Zeidler bückte sich nach Kehrblech und Handfeger, fegte als Zeidler jene Scherben zusammen, die er als Igel gemacht hatte. Frau Zeidler jedoch blieb in der Tür, als es hinter ihr schepperte und klirklirklir machte. Sie interessierte sich sehr für unsere Arbeit, zumal wir wieder zu unseren Hämmern gegriffen hatten, als der Igel in Zorn geriet. Der kam nicht mehr zurück, hatte aber die Doppelkornflasche bei uns gelassen. Wir genierten uns zuerst vor der Frau Zeidler, wenn wir nacheinander die Flasche an den Hals setzten. Aber sie nickte uns freundlich zu, was uns aber nicht bewegen konnte, ihr die Flasche und einen Schluck anzubieten. Dennoch arbeiteten wir sauber und schlugen Nagel um Nagel in den Kokosläufer. Als Oskar den Kokosläufer vor der Kammer der Krankenschwester annagelte, klirrten bei jedem Hammerschlag die Milchglasscheiben. Das berührte ihn schmerzlich, und er mußte einen schmerzensreichen Augenblick lang den Hammer sinken lassen. Sobald er aber an der Milchglastür vor der Kammer der Schwester Dorothea vorbei war, ging es ihm und seinem Hammer wieder besser. Wie alles einmal ein Ende hat, hatte auch das Festnageln des Kokosläufers ein Ende. Von Ecke zu Ecke liefen die Nägel mit den breiten Köpfen, standen bis zum Hals in den Dielen und hielten die Köpfe knapp über den flutenden, wild bewegten, Strudel bildenden Kokosfasern. Selbstgefällig schritten wir im Korridor, die Länge des Teppichs genießend, auf und ab, lobten unsere Arbeit, wiesen darauf hin, daß es nicht leicht sei, nüchtern, ganz ohne Frühstück einen Kokosläufer zu legen und zu vernageln, und erreichten schließlich, daß Frau Zeidler sich auf den neuen, möchte sagen, jungfräulichen Kokosläufer wagte, über ihn zur Küche fand, uns Kaffee aufschüttete und Spiegeleier in die

Pfanne schlug. Wir aßen in meinem Zimmer, die Zeidlersche trollte sich davon, denn sie mußte zu Mannesmann ins Büro, die Zimmertür ließen wir offen, betrachteten kauend, leicht erschöpft unser Werk, den uns entgegenströmenden Kokosläufer.

Warum so viele Worte über einen billigen Teppich, der allenfalls vor der Währungsreform einigen Tauschwert besessen hatte? Oskar hört diese berechtigte Frage, beantwortet sie vorgreifend und sagt: Auf diesem Kokosläufer begegnete ich während der folgenden Nacht erstmals der Schwester Dorothea.

Spät, gegen Mitternacht kam ich voller Bier und Blutwurst nach Hause. Klepp hatte ich in der Altstadt zurückgelassen. Er suchte den Guitarristen. Ich fand zwar das Schlüsselloch zur Zeidlerschen Wohnung, fand auf den Kokosläufer im Korridor, fand am dunklen Milchglas vorbei, fand in mein Zimmer, in mein Bett, fand zuvor aus den Kleidern, fand aber meinen Schlafanzug nicht – der war bei Maria in der Wäsche –, fand dafür jenes fünfundsiebenzig Zentimeter lange Stück Kokosläufer, das wir dem zu langen Teppich abgeschnitten hatten, legte mir das Stück als Bettvorleger vors Bett, fand ins Bett, fand aber keinen Schlaf.

Es besteht kein Anlaß, Ihnen nun zu erzählen, was Oskar alles dachte oder gedankenlos im Kopf bewegte, weil er keinen Schlaf fand. Heute glaube ich, den Grund meiner damaligen Schlaflosigkeit gefunden zu haben. Bevor ich ins Bett stieg, stand ich mit nackten Füßen auf meinem neuen Bettvorleger, dem Abschnitt des Kokosläufers. Die Kokosfasern teilten sich meinen bloßen Füßen mit, die drangen mir durch die Haut ins Blut: Selbst als ich schon lange lag, stand ich noch immer auf Kokosfasern, fand deshalb keinen Schlummer; denn nichts ist erregender, schlafvertreibender und gedankenfördernder als das barfüßige Stehen auf einer Kokosfasermatte.

Oskar stand und lag lange nach Mitternacht, gegen drei Uhr in der Frühe, immer noch schlaflos auf der Matte und im Bett gleichzeitig, da hörte er auf dem Korridor eine Tür und noch einmal eine Tür. Es wird Klepp sein, der ohne Guitarristen, doch blutwurstgefüllt nach Hause kommt, dachte ich, wußte aber, daß es nicht Klepp war, der da zuerst eine Tür, dann eine weitere Tür bewegte. Weiterhin dachte ich, wenn du schon vergeblich im Bett liegst und dabei Kokosfasern an den Fußsohlen spürst, tust du gut, dieses Bett zu verlassen, und stellst dich regelrecht, und nicht nur von der Einbildung her, auf die Kokosfasermatte vor deinem Bett. Das tat Oskar. Das hatte Folgen. Kaum stand ich auf der Matte, da erinnerte mich das fünfundsiebenzig Zentimeter lange Reststück durch die Fußsohlen hindurch an seine Herkunft, an den sieben Meter und dreiundvierzig Zentimeter langen Kokosläufer im Korridor. Sei es, weil ich Mitleid mit dem abgetrennten Stück Kokosfaser hatte, sei es, weil ich die Türen auf dem Korridor gehört hatte, Klepps Heimkehr vermutete, aber nicht meinte; Oskar bückte sich, nahm, da er beim Zubettgehen seinen Schlafanzug nicht gefunden hatte, zwei Ecken des Kokosfaserbettvorlegers in beide Hände, spreizte die Beine, bis er nicht mehr auf den Fasern stand, sondern auf den Dielen, zog die Matte zwischen den Beinen hervor und hoch, hielt sich die fünfundsiebenzig Zentimeter vor seinen bloßen einen Meter und einundzwanzig Zentimeter messenden Körper, verdeckte also seine Blöße schicklich, war aber nun vom Schlüsselbein bis zu den Knien den Einflüssen der Kokosfaser ausgesetzt. Das steigerte sich noch, als Oskar hinter seinem faserigen Gewand aus seinem dunklen Zimmer auf den dunklen Korridor und mithin auf den Kokosläufer geriet.

Was Wunder, wenn ich bei so faserigem Zuspruch des Läufers eilige Schrittchen machte, dem Einfluß unter mir entgehen, mich retten wollte und dorthin strebte, wo es keine Kokosfaser als Bodenbelag gab – auf die Toilette.

Die aber war dunkel wie der Korridor und Oskars Zimmer und war dennoch besetzt. Ein kleiner weiblicher Aufschrei verriet mir das. Auch stieß mein Kokosfaserfell gegen die Knie eines sitzenden Menschen. Da ich nicht Anstalten machte, die Toilette zu verlassen – denn hinter mir drohte der Kokosläufer –, wollte die vor mir Sitzende mich aus der Toilette weisen: »Wer sind Sie, was wollen Sie, gehen Sie!« hieß es vor mir mit einer Stimme, die auf keinen Fall Frau Zeidler gehören konnte. Etwas wehleidig: »Wer sind Sie?«

»Nun, Schwester Dorothea, raten Sie mal«, wagte ich einen Scherz, der das leicht Peinliche unseres Zusammentreffens mildern sollte. Sie wollte aber nicht raten, erhob sich, griff im Dunkeln nach mir, versuchte mich aus der Toilette auf den Läufer im Korridor zu drängen, faßte aber zu hoch, stieß über meinem Kopf ins Leere, suchte dann tiefer, packte aber nicht mich, sondern meine faserige Schürze, mein Kokosfaserfell, schrie abermals auf – daß Frauen immer gleich aufschreien müssen –, verwechselte mich mit jemand, denn Schwester Dorothea geriet ins Zittern und flüsterte: »O Gott, der Teufel!«, was mir ein leichtes Kichern entlockte, das aber nicht boshaft gemeint war. Dennoch nahm sie es als das Kichern des Teufels, mir jedoch gefiel das Wörtchen Teufel nicht, und als sie abermals, doch schon recht kleinmütig fragte: »Wer sind Sie?«, gab Oskar zur Antwort: »Satan bin ich, der die Schwester Dorothea besucht!« Sie darauf: »O Gott, aber warum denn nur?«

Ich, in die Rolle langsam hineinfindend, auch Satan in mir als Souffleur beschäftigend: »Weil Satan die Schwester Dorothea liebt.« »Nein, nein, nein, ich will aber nicht!« stieß sie noch hervor, versuchte dann einen Ausbruchversuch, kam so abermals in die satanischen Fasern meines Kokoskleides – ihr Nachthemdchen mochte recht dünn sein –, auch gerieten ihre zehn Fingerlein in den verführerischen Dschungel, das machte sie schwach und hinfällig. Gewiß war es eine leichte Schwäche, die Schwester Dorothea vornübersinken ließ. Mit meinem Fell, das ich vom Körper weg hochhielt, fing ich die Umsinkende auf, konnte sie lange genug halten, um einen meiner Satansrolle entsprechenden Entschluß fassen zu können, erlaubte ihr, leicht nachgebend, auf die Knie zu gehen, gab aber acht, daß ihre Knie nicht die kalten Fliesen der Toilette, sondern den Kokosläufer des Korridors berührten, ließ sie dann rückwärts und mit dem Kopf in Richtung Westen, also gegen Klepps Zimmer, der Länge nach auf den Teppich gleiten, bedeckte sie, da ihre Rückseite wenigstens einen Meter und sechzig Zentimeter lang den Kokosläufer berührte, oben gleichfalls mit demselben faserigen Material, hatte allerdings nur die fünfundsiebenzig Zentimeter zur Verfügung, setzte die dicht an ihrem Kinn an, kam mit der anderen Kante doch etwas zu weit über die Oberschenkel, mußte also die Matte etwa zehn Zentimeter höher, über ihren Mund schieben, doch blieb die Nase der Schwester Dorothea frei, so daß sie ungehindert atmen konnte; und sie schnaufte auch recht kräftig, als Oskar sich nun seinerseits legte, auf seinen ehemaligen Bettvorleger legte, den tausendfaserig in Schwingung brachte, zwar keine direkte Berührung mit Schwester Dorothea suchte, erst die Kokosfaser wirken lassen wollte, auch wieder ein Gespräch mit Schwester Dorothea begann, die immer noch unter einer leichten Schwäche litt und »Ach Gott, ach Gott« flüsterte, immer wieder nach Oskars Namen und Herkunft fragte, zwischen Kokosläufer und Kokosmatte erschauerte, wenn ich mich Satan nannte, das Wort Satan satanisch zischte, auch mit Stichworten die Hölle als meinen Wohnort schilderte, dabei fleißig auf meinem Bettvorleger turnte, den in Bewegung hielt, denn unüberhörbar vermittelten die Kokosfasern der Schwester Dorothea ein ähnliches Gefühl, wie vor Jahren das Brausepulver meiner geliebten Maria Gefühle vermittelt hatte, nur hatte das

Brausepulver mich voll und ganz und erfolgreich zum Zuge kommen lassen, während ich auf der Kokosmatte eine beschämende Pleite erlebte. Es gelang mir nicht, den Anker zu werfen. Was sich zu Brausepulverzeiten und oft genug danach als steif und zielstrebig erwiesen hatte, ließ im Zeichen der Kokosfaser den Kopf hängen, blieb lustlos, kleinlich, hatte kein Ziel vor Augen, kam keiner Aufforderung nach, weder meinen rein intellektuellen Überredungskünsten noch den Seufzern der Schwester Dorothea, die da flüsterte, ächzte, winselte: »Komm Satan, komm!«, und ich mußte sie beruhigen, vertrösten: »Satan kommt gleich, Satan ist gleich soweit«, murmelte ich übertrieben satanisch und hielt gleichzeitig Zwiesprache mit jenem Satan, der seit meiner Taufe in mir wohnte – und immer noch dort haust –, schnauzte den an: Sei kein Spielverderber, Satan! Bettelte: Ich bitt' dich, erspar mir die Blamage! Schmeichelte ihm: Du bist doch sonst nicht so, denk mal zurück, an Maria, oder noch besser, an die Witwe Greff oder an die Scherze, die wir beide mit der zierlichen Roswitha im heiteren Paris trieben? Er aber gab mir mürrisch und ohne Angst vor Wiederholungen zur Antwort: Hab keine Lust, Oskar. Wenn Satan keine Lust hat, siegt die Tugend. Schließlich wird wohl auch Satan einmal keine Lust haben dürfen.

So versagte er mir seine Unterstützung, gab diese und ähnliche Kalendersprüche von sich, während ich langsam erlahmend die Kokosfasermatte in Bewegung hielt, der armen Schwester Dorothea die Haut marterte und aufrieb, schließlich ihrem durstigen »Komm Satan, o komm doch!« mit einem verzweifelten und sinnlosen, weil durch nichts motivierten Ansturm unterhalb der Kokosfasern begegnete: Mit ungeladener Pistole versuchte ich ins Schwarze zu treffen. Sie wollte ihrem Satan wohl behilflich sein, riß beide Arme unter der Kokosmatte hervor, wollte mich umschlingen, umschlang mich auch, fand meinen Buckel, meine menschlich warme, gar nicht kokosfaserige Haut, vermißte den Satan, nach dem sie verlangte, lallte auch nicht mehr »Komm Satan, komm!«, räusperte sich vielmehr und stellte in anderer Stimmlage die anfängliche Frage: »Um Himmels willen, wer sind Sie, was wollen Sie?« Da mußte ich klein beigeben, zugeben, daß ich den amtlichen Papieren nach Oskar Matzerath heiße, daß ich ihr Nachbar sei und sie, die Schwester Dorothea, heiß und innig liebe.

Wenn nun ein Schadenfroher meint, die Schwester Dorothea habe mich mit einem Fluch und Fausthieb von sich auf den Kokosläufer geschleudert, darf Oskar, wenn auch mit Wehmut, so doch mit leiser Genugtuung berichten, daß die Schwester Dorothea ihre Hände und Arme nur langsam, möchte sagen, nachdenklich zögernd von meinem Buckel löste, was einem unendlich traurigen Streicheln glich. Und auch ihr sogleich anhebendes Weinen und Schluchzen kam mir ohne Heftigkeit zu Gehör. Kaum merkte ich, daß sie sich unter mir und der Kokosmatte wegschob, mir entglitt, mich entgleiten ließ, auch ihren Schritt saugte der Bodenbelag des Korridors auf. Eine Tür hörte ich gehen, ein Schlüssel wurde gedreht, und gleich darauf bekamen die sechs Milchglasquadrate vor der Kammer der Schwester Dorothea von innen her Licht und Wirklichkeit.

Oskar lag und deckte sich mit der Matte zu, die noch einige Wärme des satanischen Spieles bewahrte. Meine Augen gehörten den erleuchteten Vierecken an. Dann und wann glitt ein Schatten über das milchige Glas. Jetzt geht sie zum Kleiderschrank, sagte ich mir, jetzt zur Kommode. Einen hündischen Versuch unternahm Oskar. Ich kroch mit meiner Matte über den Läufer zur Tür, kratzte am Holz, richtete mich etwas auf, ließ eine suchende, bittende Hand über die beiden unteren Scheiben wandern; doch Schwester Dorothea schloß nicht auf, war unermüdlich zwischen dem Schrank und der Kommode mit Spiegel. Ich wußte es und gestand es mir nicht ein: Schwester Dorothea packte, floh, floh vor mir. Selbst die leichte Hoffnung, sie werde mir beim Verlassen ihrer Kammer ihr elektrisch beleuchtetes Gesicht zeigen, mußte ich begraben. Zuerst wurde es hinter dem Milchglas dunkel, dann hörte ich den Schlüssel, die Tür ging, Schuhe auf dem Kokosläufer – ich griff nach ihr, stieß gegen einen Koffer, gegen ihr Strumpfbein; da traf sie mich mit einem jener derben Wanderschuhe, die ich in ihrem Kleiderschrank gesehen hatte, gegen die Brust, warf mich auf den Läufer, und als Oskar sich noch einmal aufraffte, »Schwester Dorothea« bettelte, da fiel die Wohnungstür schon ins Schloß: Eine Frau hatte mich verlassen.

Sie und alle, die mein Leid verstehen, werden jetzt sagen: Geh zu Bett, Oskar. Was suchst du nach dieser beschämenden Geschichte noch auf dem Korridor. Es ist vier Uhr früh. Nackt liegst du auf einem Kokosläufer, deckst dich notdürftig mit einer faserigen Matte. Hände und Knie hast du dir aufgescheuert. Dein Herz blutet, dein Geschlecht schmerzt dich, deine Schande schreit zum Himmel. Du hast den Herrn Zeidler geweckt. Der hat seine Frau geweckt. Sie werden kommen, die Tür ihres Wohn- und Schlafzimmers öffnen und dich sehen. Geh zu Bett, Oskar, bald schlägt es fünf!

Genau dieselben Ratschläge gab ich mir selbst damals, als ich auf dem Läufer lag. Ich fror und blieb liegen. Ich versuchte, mir den Körper der Schwester Dorothea zurückzurufen. Nichts als Kokosfasern spürte ich, hatte auch welche zwischen den Zähnen. Dann fiel ein Lichtstreif auf Oskar: Die Tür des Zeidlerschen Wohn- und Schlafzimmers öffnete sich einen Spaltbreit, Zeidlers Igelkopf, darüber ein Kopf voller metallener Lockenwickler, die Zeidlersche. Sie starrten, er hustete, sie kicherte, er rief mich an, ich gab keine Antwort, sie kicherte weiter, er befahl Ruhe, sie wollte wissen, was mir fehle, er sagte, das gehe nicht, sie nannte das Haus ein anständiges Haus, er drohte mit Kündigung, ich aber schwieg, weil das Maß noch nicht voll war. Da öffneten die Zeidlers die Tür, und er knipste das Licht im Korridor an. Da kamen sie auf mich zu, machten böse, böse, kleine böse Augen, und er hatte vor, seinen Zorn dieses Mal nicht an Likörgläsern auszulassen, stand über mir, und Oskar erwartete den Zorn des Igels – aber Zeidler konnte seinen Zorn nicht loswerden, weil es im Treppenhaus laut wurde, weil ein unsicherer Schlüssel die Wohnungstür suchte und schließlich auch fand, weil Klepp eintrat und jemanden mitbrachte, der genauso betrunken war wie er: Scholle, den endlich gefundenen Guitarristen.

Die beiden beruhigten Zeidler und Frau, beugten sich zu Oskar herab, stellten keine Fragen, faßten mich, trugen mich und das satanische Stück Kokosläufer in mein Zimmer.

Klepp rieb mich warm. Der Guitarrist brachte meine Kleider. Beide zogen mich an und trockneten meine Tränen. Schluchzen. Vor dem Fenster ereignete sich der Morgen. Sperlinge. Meine Trommel hängte Klepp mir um und zeigte seine kleine hölzerne Flöte. Schluchzen. Der Guitarrist schulterte seine Guitarre. Sperlinge. Freunde umgaben mich, nahmen mich in die Mitte, führten den schluchzenden Oskar, der sich nicht wehrte, aus der Wohnung, aus dem Haus in der Jülicher Straße zu den Sperlingen, entzogen ihn den Einflüssen der Kokosfaser, geleiteten mich durch morgendliche Straßen, quer durch den Hofgarten zum Planetarium bis an das Ufer des Flusses Rhein, der grau nach Holland wollte und Schiffe trug, auf denen Wäsche flatterte.

Von sechs Uhr früh bis neun Uhr vormittags saßen an jenem dunstigen Septembermorgen der Flötist Klepp, der Guitarrist Scholle und der Schlagzeuger Oskar am rechten Flußufer des Flusses Rhein, machten Musik, spielten sich ein, tranken aus einer Flasche, blinzelten zu den Pappeln des anderen Ufers hinüber, gaben Schiffen, die Kohle geladen hatten, von Duisburg kamen und sich gegen den Strom mühten, schnelle aufgeräumte, langsame traurige Mississippimusik mit und suchten nach einem Namen für die gerade gegründete Jazzband.

Als etwas Sonne den Morgendunst färbte und die Musik Verlangen nach einem ausgedehnten Frühstück verriet, erhob sich Oskar, der zwischen sich und die vergangene Nacht seine Trommel geschoben hatte, zog Geld aus der Jackentasche, was Frühstück bedeutete, und verkündete seinen Freunden den Namen der neugeborenen Kapelle: »The Rhine River Three« nannten wir uns und gingen frühstücken.

Im Zwiebelkeller

Genau wie wir die Rheinwiesen liebten, liebte auch der Gastwirt Ferdinand Schmuh das rechte Rheinufer zwischen Düsseldorf und Kaiserswerth. Wir probten unsere Musikstückchen zumeist oberhalb Stockum. Schmuh hingegen suchte mit seinem Kleinkalibergewehr Hecken und Büsche der Uferböschung nach Sperlingen ab. Das war sein Hobby, dabei erholte er sich. Wenn Schmuh Ärger im Geschäft hatte, befahl er seine Frau hinters Steuer des Mercedes, sie fuhren am Fluß entlang, parkten den Wagen oberhalb Stokkum, er zu Fuß, leicht plattfüßig mit Gewehr, Lauf nach unten, über die Wiesen, zog seine Frau, die lieber im Auto geblieben wäre, hinter sich her, ließ sie auf einem bequemen Uferstein zurück und verschwand zwischen den Hecken. Wir spielten unseren Rag-time, er knallte in den Büschen. Während wir die Musik pflegten, schoß Schmuh Sperlinge.

Scholle, der gleich Klepp alle Gastwirte der Altstadt kannte, sagte, sobald es im Grünzeug knallte:

»Schmuh schießt Sperlinge.«

Da Schmuh nicht mehr lebt, kann ich hier gleich meinen Nachruf anbringen: Schmuh war ein guter Schütze, womöglich auch ein guter Mensch; denn wenn Schmuh Sperlinge schoß, verwahrte er zwar in seiner linken Jackentasche die Kleinkalibermunition, seine rechte Jackentasche jedoch war prall von Vogelfutter, das er nicht etwa vor dem Schießen, sondern nach dem Schießen – niemals schoß Schmuh mehr als zwölf Sperlinge an einem Nachmittag – mit großzügigen Handbewegungen unter die Spatzen austeilte.

Als Schmuh noch lebte, sprach er uns an einem kühlen Novembermorgen des Jahres neunundvierzig – wir probten schon seit Wochen am Rheinufer – nicht etwa leise, sondern übertrieben laut an: »Wie soll ich hier schießen können, wenn Sie Musik machen und die Vögelchen vertreiben!«

»Oh«, entschuldigte sich Klepp und nahm seine Flöte wie ein präsentiertes Gewehr, »Sie sind der Herr, der da so überaus musikalisch und unseren Melodien rhythmisch exakt angepaßt in den Hecken herumknallt, meine Hochachtung dem Herrn Schmuh!«

Schmuh freute sich, daß Klepp ihn beim Namen kannte, fragte aber dennoch, woher Klepp seinen Namen kenne. Klepp gab sich entrüstet: Jedermann kenne doch Schmuh. Auf den Straßen könne man hören: Da geht Schmuh, da kommt Schmuh, haben Sie Schmuh soeben gesehen, wo ist Schmuh heute, Schmuh schießt Sperlinge.

Durch Klepp zum Allerweltsschmuh gemacht, reichte Schmuh Zigaretten, erbat sich unsere Namen, wollte ein Stückchen aus unserem Repertoire geboten bekommen, bekam einen Tigerrag zu hören, woraufhin er seine Frau heranwinkte, die im Pelz auf einem Stein saß und über den Fluten des Flusses Rhein sinnierte. Sie kam im Pelz, und abermals mußten wir spielen, gaben High Society zum besten, und sie, im Pelz, sagte, nachdem wir fertig waren: »Na Ferdy, das is doch jenau, was du suchst fürn Keller.« Er schien wohl ähnlicher Meinung zu sein, glaubte gleichfalls, uns gesucht und gefunden zu haben, ließ aber erst grübelnd, womöglich kalkulierend einige flache Kiesel recht geschickt übers Wasser des Flusses Rhein flitzen, ehe er das Angebot machte: Musik im Zwiebelkeller von neun Uhr abends bis zwei Uhr früh, zehn Mark pro Kopf und Abend, na sagen wir zwölf – Klepp sagte siebzehn, damit Schmuh fünfzehn sagen konnte –, Schmuh jedoch sagte vierzehn Mark fünfzig, und wir schlugen ein.

Von der Straße aus gesehen glich der Zwiebelkeller vielen jener neueren Kleingaststätten, die sich von älteren Gaststätten auch dadurch unterscheiden, daß sie teurer sind. Den Grund für die höheren Preise konnte man in der extravaganten Innenausstattung der Lokale, zumeist Künstlerlokale genannt, suchen, auch in den Namen der Gaststätten, die dezent »Raviolistübchen« oder geheimnisvoll existentialistisch »Tabu«, scharf, feurig »Paprika« hießen – oder auch »Zwiebelkeller«.

Bewußt unbeholfen hatte man das Wort Zwiebelkeller und das naiv eindringliche Portrait einer Zwiebel auf ein Emailleschild gemalt, das auf altdeutsche Art vor der Fassade an einem verschnörkelten gußeisernen Galgen hing. Butzenscheiben bierflaschengrüner Natur verglasten das einzige Fenster. Vor der mennigrot gestrichenen Eisentür, die in schlimmen Jahren einen Luftschutzkeller verschlossen haben mochte, stand in einem rustikalen Schafspelz der Portier. Nicht jeder durfte in den Zwiebelkeller. Besonders an den Freitagen, da Wochenlöhne zu Bier wurden, galt es Altstadtbrüder abzuweisen, für die der Zwiebelkeller auch zu teuer gewesen wäre. Wer aber hinein durfte, fand hinter der Mennigtür fünf Betonstufen, stieg die hinab, fand sich auf einem Absatz, ein Meter mal ein Meter – das Plakat einer Picasso-Ausstellung machte selbst diesen Absatz ansehnlich und originell –, stieg nochmals Stufen hinab, dieses Mal vier, und stand der Garderobe gegenüber. »Bitte hinterher bezahlen!« besagte ein Pappschildchen, und der junge Mann hinter der Kleiderablage – zumeist ein bärtiger Jünger der Kunstakademie – nahm niemals das Geld vorher in Empfang, weil der Zwiebelkeller zwar teuer, aber gleichfalls seriös war.

Der Wirt empfing jeden Gast persönlich, tat das mit äußerst beweglichen Augenbrauen und Gesten, als gelte es, mit jedem neuen Gast ein Weihespiel einzuleiten. Der Wirt hieß, wie wir wissen, Ferdinand Schmuh, schoß gelegentlich Sperlinge und besaß den Sinn für jene Gesellschaft, die sich nach der Währungsreform in Düsseldorf ziemlich schnell, an anderen Orten langsamer, aber dennoch entwickelte.

Der eigentliche Zwiebelkeller war – und hier erkennt man das Seriöse des gutgehenden Nachtlokals – ein wirklicher, sogar etwas feuchter Keller. Vergleichen wir ihn mit einem langen, fußkalten Schlauch, etwa vier mal achtzehn messend, den zwei abermals originelle Kanonenöfen zu heizen hatten. Freilich war der Keller im Grunde doch kein Keller. Man hatte ihm die Decke genommen, ihn nach oben bis in die Parterrewohnung erweitert. So war auch das einzige Fenster des Zwiebelkellers kein eigentliches Kellerfenster, sondern das ehemalige Fenster der Parterrewohnung, was die Seriösität des gutgehenden Nachtlokals geringfügig beeinträchtigte. Da man jedoch aus dem Fenster hätte schauen können, hätten nicht Butzenscheiben es verglast, da man also eine Galerie in den nach oben erweiterten Keller baute, die man auf einer höchst originellen Hühnerleiter besteigen konnte, darf man den Zwiebelkeller vielleicht doch ein seriöses Nachtlokal nennen, wenn auch der Keller kein eigentlicher Keller war – aber warum sollte er auch?

Oskar vergaß zu berichten, daß auch die Hühnerleiter zur Galerie keine eigentliche Hühnerleiter, sondern eher eine Art Fallreep war, weil man sich links und rechts der gefährlich steilen Leiter an zwei äußerst originellen Wäscheleinen halten konnte; das schwankte etwas, ließ an eine Schiffsreise denken und verteuerte den Zwiebelkeller.

Karbidlampen, wie sie der Bergmann mit sich führt, beleuchteten den Zwiebelkeller, spendeten den Karbidgeruch – was abermals die Preise steigerte – und versetzten den zahlenden Gast des Zwiebelkellers in den Stollen eines, sagen wir, Kalibergwerkes neunhundertfünfzig Meter unter die Erde: Hauer mit nackten Oberkörpern arbeiten vorm Stein, schießen eine Ader an, der Schrapper holt das Salz, die Haspeln heulen, füllen die Abzüge, weit hinten, wo der Stollen nach Friedrichhall Zwei abbiegt, schwankt ein Licht, das ist der Obersteiger, der kommt, sagt »Glück auf!« und schwenkt eine Karbidlampe, die genauso aussieht wie jene Karbidlampen, die an den unverputzten, flüchtig gekälkten Wänden des Zwiebelkellers hingen, leuchteten, rochen, Preise steigerten und eine originelle Atmosphäre verbreiteten.

Die unbequemen Sitzgelegenheiten, ordinäre Kisten, hatte man mit Zwiebelsäcken bespannt, die hölzernen Tische hingegen glänzten reinlich gescheuert, lockten den Gast aus dem Bergwerk in friedliche Bauernstuben, wie man sie ähnlich manchmal im Film sieht.

Das wäre alles! Und die Theke? Keine Theke! Herr Ober, bitte die Speisekarte! Weder Speisekarte noch Ober. Nur uns, »The Rhine River Three«, kann man noch nennen. Klepp, Scholle und Oskar saßen unter der Hühnerleiter, die eigentlich ein Fallreep war, kamen um neun Uhr, packten ihre Instrumente aus und begannen etwa um zehn Uhr mit der Musik. Da es jetzt jedoch erst fünfzehn Minuten nach neun ist, kann von uns erst später die Rede sein. Noch gilt es, Schmuh auf jene Finger zu schauen, mit denen Schmuh gelegentlich ein Kleinkalibergewehr hielt.

Sobald sich der Zwiebelkeller mit Gästen gefüllt hatte – halbvoll galt als gefüllt –, legte sich Schmuh, der Wirt, den Shawl um. Der Shawl, kobaltblaue Seide, war bedruckt, besonders bedruckt, und wird erwähnt, weil das Shawlumlegen Bedeutung hatte. Goldgelbe Zwiebeln kann man das Druckmuster nennen. Erst wenn Schmuh sich mit diesem Shawl umgab, konnte man sagen, der Zwiebelkeller ist eröffnet.

Die Gäste: Geschäftsleute, Ärzte, Anwälte, Künstler, auch Bühnenkünstler, Journalisten, Leute vom Film, bekannte Sportler, auch höhere Beamte der Landesregierung und Stadtverwaltung, kurz, alle, die sich heutzutage Intellektuelle nennen, saßen mit Gattinnen, Freundinnen, Sekretärinnen, Kunstgewerblerinnen, auch mit männlichen Freundinnen auf rupfenbespannten Kissen und unterhielten sich, solange Schmuh noch nicht den Shawl mit den goldgelben Zwiebeln trug, gedämpft, eher mühsam, beinahe bedrückt. Man versuchte, ins Gespräch zu kommen, schaffte es aber nicht, redete, trotz bester Absicht, an den eigentlichen Problemen vorbei, hätte sich gerne einmal Luft gemacht, hatte vor, mal richtig auszupacken, wollte frisch von der Leber, wie einem ums Herz ist, aus voller Lunge, den Kopf aus dem Spiel lassen, die blutige Wahrheit, den nackten Menschen zeigen – konnte aber nicht. Hier und da deutet sich in Umrissen eine verpfuschte Karriere an, eine zerstörte Ehe. Der Herr dort mit dem klugen massigen Kopf und den weichen fast zierlichen Händen scheint Schwierigkeiten mit seinem Sohn zu haben, dem die Vergangenheit des Vaters nicht paßt. Die beiden im Karbidlicht immer noch vorteilhaft wirkenden Damen im Nerz wollen den Glauben verloren haben; noch bleibt offen: den Glauben an was verloren. Noch wissen wir nichts von der Vergangenheit des Herrn mit dem massigen Kopf, auch welche Schwierigkeiten der Sohn dem Vater, der Vergangenheit wegen, bereitet, kommt nicht zur Sprache; es ist – man verzeihe Oskar den Vergleich – wie vor dem Eierlegen: Man drückt und drückt...

Man drückte im Zwiebelkeller solange erfolglos, bis der Wirt Schmuh mit dem besonderen Shawl kurz auftauchte, das allgemein freudige »Ah« dankend entgegennahm, dann für wenige Minuten hinter einem Vorhang am Ende des Zwiebelkellers, wo die Toiletten und ein Lagerraum waren, verschwand und wieder zurückkam.

Warum aber begrüßt den Wirt ein noch freudigeres, halberlöstes »Ah«, wenn er sich wieder seinen Gästen stellt? Da verschwindet der Besitzer eines gutgehenden Nachtlokals hinter einem Vorhang, greift sich etwas aus dem Lagerraum, schimpft ein bißchen halblaut mit der Toilettenfrau, die dort sitzt und in einer Illustrierten liest, tritt wieder vor den Vorhang und wird wie der Heiland, wie der ganze große Wunderonkel begrüßt.

Schmuh trat mit einem Körbchen am Arm zwischen seine Gäste. Dieses Körbchen verdeckte ein blaugelb kariertes Tuch. Auf dem Tuch lagen Holzbrettchen, die die Profile von Schweinen und Fischen hatten. Diese fein säuberlich gescheuerten Brettchen verteilte der Wirt Schmuh unter seine Gäste. Verbeugungen gelangen ihm dabei, Komplimente, die verrieten, daß er seine Jugend in Budapest und Wien verbracht hatte; Schmuhs Lächeln glich dem Lächeln auf einer Kopie, die man nach der Kopie der vermutlich echten Mona Lisa gemalt hatte.

Die Gäste aber nahmen die Brettchen ernsthaft in Empfang. Manche tauschten sie um. Der eine liebte die Profilform des Schweines, der andere oder – wenn es sich um eine Dame handelte – die andere zog dem ordinären Hausschwein den geheimnisvolleren Fisch vor. Sie rochen an den Brettchen, schoben sie hin und her, und der Wirt Schmuh wartete, nachdem er auch die Gäste auf der Galerie bedient hatte, bis jedes Brettchen zur Ruhe gekommen war.

Dann – und alle Herzen warteten auf ihn –, dann zog er, einem Zauberer nicht unähnlich, das Deckchen fort: Ein zweites Deckchen deckte den Korb. Darauf aber lagen, mit dem ersten Blick nicht erkenntlich, die Küchenmesser.

Wie zuvor mit den Brettchen ging Schmuh nun mit den Messern reihum. Doch machte er seine Runde schneller, steigerte jene Spannung, die ihm erlaubte, die Preise zu erhöhen, machte keine Komplimente mehr, ließ es nicht zum Umtausch der Küchenmesser kommen, eine gewisse wohldosierte Hast fuhr in seine Bewegungen, »Fertig, Achtung, los!« rief er, riß das Tuch vom Korb, griff hinein in den Korb, verteilte, teilte aus, streute unters Volk, war der milde Geber, versorgte seine Gäste, gab ihnen Zwiebeln, Zwiebeln, wie man sie goldgelb und leicht stilisiert auf seinem Shawl sah, Zwiebeln gewöhnlicher Art, Knollengewächse, keine Tulpenzwiebeln, Zwiebeln, wie sie die Hausfrau einkauft, Zwiebeln, wie sie die Gemüsefrau verkauft, Zwiebeln, wie sie der Bauer oder die Bäuerin oder die Magd pflanzt und erntet, Zwiebeln, wie sie, mehr oder weniger getreu abgemalt, auf den Stilleben holländischer Kleinmeister zu sehen sind, solche und ähnliche Zwiebeln verteilte der Wirt Schmuh unter seine Gäste, bis alle die Zwiebel hatten, bis man nur noch die Kanonenöfen bullern, die Karbidlampen singen hörte. So still wurde es nach der großen Zwiebelausteilung – und Ferdinand Schmuh rief »Bittschön, die Herrschaften!«, warf das eine Ende seines Shawls über die linke Schulter, wie es Skiläufer vor der Abfahrt tun, und gab damit ein Signal.

Man enthäutete die Zwiebeln. Sieben Häute sagt man der Zwiebel nach. Die Damen und Herren enthäuteten die Zwiebeln mit den Küchenmessern. Sie nahmen den Zwiebeln die erste, dritte, blonde, goldgelbe, rostbraune, oder besser: zwiebelfarbene Haut, häuteten, bis die Zwiebel gläsern, grün, weißlich, feucht, klebrig wäßrig wurde, roch, nach Zwiebel roch, und dann schnitten sie, wie man Zwiebeln schneidet, schnitten geschickt oder ungeschickt auf Hackbrettchen, die die Profile von Schweinen und Fischen hatten, schnitten in diese und jene Richtung, daß der Saft spritzte oder sich der Luft über der Zwiebel mitteilte – es mußten die älteren Herren, die mit Küchenmessern nicht umgehen konnten, vorsichtig sein, daß sie sich nicht in die Finger schnitten; schnitten sich aber manche und merkten es nicht – dafür die Damen um so geschickter, nicht alle, aber doch jene Damen, die zu Hause die Hausfrau abgaben, die da wußten, wie man die Zwiebel schneidet, etwa für Bratkartoffeln oder für Leber mit Apfel und Zwiebelringen; doch in Schmuhs Zwiebelkeller gab es weder noch, nichts gab es da zu essen, und wer was essen wollte, der mußte woanders hingehen, ins »Fischl« und nicht in den Zwiebelkeller, denn da wurden nur Zwiebeln geschnitten. Und warum das? Weil der Keller so hieß und was Besonderes war, weil die Zwiebel, die geschnittene Zwiebel, wenn man genau hinschaut... nein, Schmuhs Gäste sahen nichts mehr oder einige sahen nichts mehr, denen liefen die Augen über, nicht weil die Herzen so voll waren; denn es ist gar nicht gesagt, daß bei vollem Herzen sogleich auch das Auge überlaufen muß, manche schaffen das nie, besonders während der letzten oder verflossenen Jahrzehnte, deshalb wird unser Jahrhundert später einmal das tränenlose Jahrhundert genannt werden, obgleich soviel Leid allenthalben – und genau aus diesem tränenlosen Grunde gingen Leute, die es sich leisten konnten, in Schmuhs Zwiebelkeller, ließen sich vom Wirt ein Hackbrettchen – Schwein oder Fisch –, ein Küchenmesser für achtzig Pfennige und eine ordinäre Feld-Garten-Küchenzwiebel für zwölf Mark servieren, schnitten die klein und kleiner, bis der Saft es schaffte, was schaffte? Schaffte, was die Welt und das Leid dieser Welt nicht schafften: die runde menschliche Träne. Da wurde geweint. Da wurde endlich wieder einmal geweint. Anständig geweint, hemmungslos geweint, freiweg geweint. Da floß es und schwemmte fort. Da kam der Regen. Da fiel der Tau. Schleusen fallen Oskar ein, die geöffnet werden. Dammbrüche bei Springflut. Wie heißt doch der Fluß, der jedes Jahr über die Ufer tritt, und die Regierung tut nichts dagegen? Und nach dem Naturereignis für zwölf Mark achtzig spricht der Mensch, der sich ausgeweint hat. Zögernd noch, erstaunt über die eigene nackte Sprache, überließen sich die Gäste des Zwiebelkellers nach dem Genuß der Zwiebeln ihren Nachbarn auf den unbequemen, rupfenbespannten Kisten, ließen sich ausfragen, wenden, wie man Mäntel wendet. Oskar jedoch, der mit Klepp und Scholle tränenlos unter der quasi Hühnerleiter saß, will diskret bleiben, will aus all den Offenbarungen, Selbstanklagen, Beichten, Enthüllungen, Geständnissen nur die Geschichte des Fräulein Pioch erzählen, die ihren Herrn Vollmer immer wieder verlor, deshalb ein steinern Herz und tränenlos Aug' bekam und immer wieder Schmuhs teuren Zwiebelkeller aufsuchen mußte.

Wir begegneten einander, sagte Fräulein Pioch, nachdem sie geweint hatte, in der Straßenbahn. Ich kam aus dem Geschäft – sie besitzt und leitet eine vorzügliche Buchhandlung –, der Wagen war vollbesetzt, und Willy – das ist der Herr Vollmer – trat mir heftig auf den rechten Fuß. Ich konnte nicht mehr stehen, und wir liebten uns beide auf den ersten Blick. Da ich auch nicht mehr gehen konnte, bot er mir seinen Arm an, begleitete oder besser, trug mich nach Hause und pflegte von jenem Tage an liebevoll jenen Fußnagel, der sich unter seinem Tritt blauschwarz verfärbt hatte. Aber auch sonst ließ er es mir gegenüber nicht an Liebe fehlen, bis der Nagel sich vom rechten großen Zeh löste und dem Wachstum eines neuen Zehnagels nichts mehr im Wege stand. Von jenem Tage an, da der taube Zehnagel abfiel, erkaltete auch seine Liebe. Wir litten beide unter dem Schwund. Da machte Willy, weil er immer noch an mir hing, auch weil wir beide soviel Gemeinsames hatten, jenen schrecklichen Vorschlag: Laß mich deinen linken großen Zeh treten, bis dessen Nagel rotblau, dann blauschwarz wird. Ich gab nach, und er tat es. Sofort war ich wieder im vollen Genuß seiner Liebe, durfte die genießen, bis auch der linke Nagel des linken großen Zehs wie ein welkes Blatt abfiel; und abermals erlebte unsere Liebe den Herbst. Jetzt wollte Willy meinen rechten großen Zeh, dessen Nagel inzwischen nachgewachsen war, treten, um mir wieder in Liebe dienen zu dürfen. Doch ich erlaubte es ihm nicht. Sagte, wenn deine Liebe wirklich groß und echt ist, muß sie auch einen Zehnagel überdauern können. Er verstand mich nicht und verließ mich. Nach Monaten begegneten wir einander im Konzertsaal. Nach der Pause setzte er sich ungefragt neben mich, da neben mir noch ein Platz frei war. Als der Chor während der neunten Symphonie zu singen anhob, schob ich ihm meinen rechten Fuß hin, von dem ich zuvor den Schuh abgestreift hatte. Er trat zu, und ich störte dennoch nicht das Konzert. Nach sieben Wochen verließ mich Willy abermals. Noch zweimal durften wir uns wenige Wochen lang haben, da ich noch zweimal, einmal den linken, dann den rechten großen Zeh hinhielt. Heute sind beide Zehen verkrüppelt. Die Nägel wollen nicht mehr nachwachsen. Dann und wann besucht mich Willy, sitzt vor mir auf dem Teppich, starrt erschüttert, voller Mitleid mit mir und mit sich selbst, doch ohne Liebe tränenlos auf die beiden nagellosen Opfer unserer Liebe. Manchmal sage ich zu ihm: Komm, Willy, wir gehen zu Schmuh in den Zwiebelkeller, weinen wir uns mal richtig aus. Aber bis jetzt hat er nie mitkommen wollen. Der Arme weiß also nichts von der großen Trösterin Träne.

Später – und Oskar verrät das nur, um die Neugierigen unter Ihnen zu befriedigen – kam auch Herr Vollmer, ein Radiohändler übrigens, zu uns in den Keller. Sie weinten gemeinsam und sollen, wie Klepp mir gestern während der Besuchsstunde berichtete, kürzlich geheiratet haben.

Wenn auch die wahre Tragik menschlicher Existenz vom Dienstag bis Sonnabend – am Sonntag blieb der Zwiebelkeller geschlossen – in aller Breite nach dem Zwiebelgenuß deutlich wurde, den Gästen des Montags blieb es vorbehalten, zwar nicht die tragischsten, aber die heftigsten Weiner abzugeben. Am Montag war es billiger. Da gab Schmuh zu halben Preisen Zwiebeln an die Jugend ab. Zumeist kamen Medizinstudenten und -studentinnen. Aber auch Studenten der Kunstakademie, vor allen Dingen diejenigen, die später Zeichenlehrer werden wollten, gaben einen Teil ihrer Stipendiengelder für Zwiebeln aus. Woher aber hatten, frage ich mich heute noch, die Oberprimaner und Oberprimanerinnen das Geld für die Zwiebeln?

Die Jugend weint anders als das Alter. Die Jugend hat auch ganz andere Probleme. Das müssen nicht immer Sorgen ums Examen sein oder ums Abitur. Natürlich kamen auch im Zwiebelkeller Vaterundsohngeschichten, Mutterundtochtertragödien zur Sprache. Wenn sich die Jugend auch unverstanden fühlte, fand sie das Unverstandensein dennoch kaum beweinenswert. Oskar freute sich, daß die Jugend nach wie vor der Liebe, nicht nur der geschlechtlichen Liebe wegen zu Tränen kam. Gerhard und Gudrun: Sie saßen anfangs immer unten, weinten erst später gemeinsam auf der Galerie.

Sie, groß, kräftig, eine Handballerin, die Chemie studierte. Voll knotete sich ihr Haar im Nacken. Grau und dennoch mütterlich, wie man es vor Kriegsende jahrelang auf Frauenschaftsplakaten sehen konnte, blickte sie durch und durch sauber zumeist geradeaus. So milchig, glatt und gesund ihre Stirn sich auch wölbte, trug sie dennoch ihr Unglück deutlich im Gesicht. Vom Kehlkopf aufwärts übers runde kräftige Kinn, beide Wangen einbeziehend, hinterließ ein männlicher Bartwuchs, den die Unglückliche immer wieder zu rasieren versuchte, schlimme Spuren. Die zarte Haut vertrug wohl die Rasierklinge nicht. Ein gerötetes, gesprungenes, pickliges Unglück, in welchem der Damenbart immer wieder nachwuchs, beweinte Gudrun. Gerhard kam erst später in den Zwiebelkeller. Die beiden lernten sich nicht wie Fräulein Pioch und Herr Vollmer in der Straßenbahn, sondern in der Eisenbahn kennen. Er saß ihr gegenüber, beide kamen aus den Semesterferien zurück. Er liebte sie sofort, trotz des Bartes. Sie wagte ihn wegen ihres Bartes nicht zu lieben, bewunderte aber – was eigentlich sein Unglück ausmachte – Gerhards kinderpopoglatte Kinnhaut; dem jungen Mann wuchs kein Bart, was ihn jungen Mädchen gegenüber schüchtern machte. Dennoch sprach Gerhard die Gudrun an, und als sie am Hauptbahnhof Düsseldorf ausstiegen, hatten sie zumindest Freundschaft geschlossen. Sie sahen sich von jenem Reisetag an täglich. Von diesem und jenem sprachen sie, tauschten auch einen Teil ihrer Gedanken aus, nur der fehlende Bart und der immer nachwachsende Bart wurden nie erwähnt. Auch schonte Gerhard die Gudrun und küßte sie ihrer gemarterten Haut wegen nie. So blieb ihre Liebe keusch, obgleich alle beide nicht viel von der Keuschheit hielten, denn sie hing schließlich der Chemie an, er wollte sogar ein Mediziner werden. Als ihnen ein gemeinsamer Freund den Zwiebelkeller anriet, wollten beide, skeptisch wie Mediziner und Chemikerinnen nun einmal sind, geringschätzig lächeln. Schließlich gingen sie doch, um, wie sie sich gegenseitig versicherten, dort Studien zu treiben. Oskar hat selten junge Menschen so weinen sehen. Sie kamen immer wieder, sparten sich die sechs Mark vierzig vom Munde ab, weinten über den fehlenden und über jenen die sanfte Mädchenhaut verwüstenden Bart. Manchmal versuchten sie, dem Zwiebelkeller fernzubleiben, fehlten auch an einem Montag, waren aber am nächsten Montag wieder da, verrieten weinend, ihr Zwiebelklein mit den Fingern zerreibend, daß sie versucht hatten, die sechs Mark vierzig zu sparen; auf ihrer Studentenbude hatten es beide mit einer billigen Zwiebel versucht, aber es war nicht dasselbe wie im Zwiebelkeller. Man brauchte Zuhörer. Es weinte sich in Gesellschaft viel leichter. Zu einem echten Gemeinschaftsgefühl konnte man kommen, wenn links und rechts und oben auf der Galerie die Kommilitonen von dieser und jener Fakultät, selbst die Studenten der Kunstakademie und die Pennäler zu Tränen kamen.

Auch im Fall Gerhard und Gudrun kam es, außer zu Tränen, nach und nach zu einer Heilung. Wahrscheinlich schwemmte das Augenwasser ihre Hemmungen weg. Sie kamen, wie man so sagt, einander näher. Er küßte ihre geschundene Haut, sie genoß seine glatte Haut, und eines Tages kamen sie nicht mehr in den Zwiebelladen, hatten es nicht mehr nötig. Oskar begegnete ihnen Monate später auf der Königsallee, erkannte beide zuerst nicht: Er, der glatte Gerhard, trug einen rauschenden, rotblonden Vollbart, sie, die graupelige Gudrun, zeigte nur noch einen leichten dunklen Flaum über der Oberlippe, der ihr vorteilhaft zu Gesicht stand. Kinn und Wangen der Gudrun jedoch glänzten glatt und ohne Vegetation. Die beiden gaben ein studierendes Ehepaar ab – Oskar hört, wie sie in fünfzig Jahren ihren Enkelkindern erzählen, sie, Gudrun: »Das war damals, als euer Opa noch keinen Bart hatte.« Er, Gerhard: »Das war damals, als eure Oma noch unter Bartwuchs litt und wir beide jeden Montag in den Zwiebelkeller gingen.«

Warum aber, so werden Sie fragen, sitzen immer noch die drei Musikanten unter der Schiffstreppe oder Hühnerleiter? Hatte der Zwiebelladen bei all dem Weinen, Heulen und Zähneklappern richtige und fest angestellte Musik nötig?

Wir griffen, sobald die Gäste sich ausgeweint, ausgesprochen hatten, zu unseren Instrumenten, lieferten die musikalische Überleitung zu alltäglichen Gesprächen, machten es den Gästen leicht, den Zwiebelkeller zu verlassen, damit neue Gäste Platz nehmen konnten. Klepp, Scholle und Oskar waren gegen Zwiebeln. Auch gab es in unserem Vertrag mit Schmuh einen Punkt, der uns verbot, Zwiebeln auf ähnliche Art, wie die Gäste es taten, zu genießen. Wir brauchten auch keine Zwiebeln. Scholle, der Guitarrist, hatte keinen Grund zur Klage, immer sah man ihn glücklich und zufrieden, selbst wenn ihm mitten im Rag-time zwei Saiten seines Banjos auf einmal sprangen. Meinem Freund Klepp sind die Begriffe Weinen und Lachen heute noch vollkommen unklar. Das Weinen findet er lustig; ich habe ihn noch nie so lachen sehen, wie beim Begräbnis seiner Tante, die ihm, bevor er heiratete, die Hemden und Socken gewaschen hatte. Wie aber verhielt es sich mit Oskar? Oskar hätte Grund zum Weinen genug gehabt. Galt es nicht, die Schwester Dorothea, eine lange, vergebliche Nacht auf einem noch längeren Kokosläufer davonzuspülen? Und meine Maria, bot sie mir nicht Anlaß zur Klage? Ging ihr Chef, der Stenzel, nicht ein und aus in der Bilker Wohnung? Sagte das Kurtchen, mein Sohn, nicht zu dem Feinkosthändler und nebenberuflichen Karnevalisten zuerst »Onkel Stenzel«, dann »Papa Stenzel«? Und hinter meiner Maria, lagen sie da nicht unterm fernen lockeren Sand des Friedhofes Saspe, unterm Lehm des Friedhofes Brentau: meine arme Mama, der törichte Jan Bronski, der Koch Matzerath, der Gefühle nur in Suppen ausdrücken konnte? – Sie alle galt es zu beweinen. Doch gehörte Oskar zu den wenigen Glücklichen, die noch ohne Zwiebel zu Tränen kommen konnten. Meine Trommel half mir. Nur weniger, ganz bestimmter Takte bedurfte es, und Oskar fand Tränen, die nicht besser und nicht schlechter als die teuren Tränen des Zwiebelkellers waren.

Auch der Wirt Schmuh vergriff sich nie an den Zwiebeln. Ihm boten die Sperlinge, die er in seiner Freizeit aus Hecken und Büschen schoß, einen vollwertigen Ersatz. Kam es nicht oft genug vor, daß Schmuh nach dem Schießen die zwölf geschossenen Spatzen auf einer Zeitung reihte, über den zwölf manchmal noch lauwarmen Federbündeln zu Tränen kam und, immer noch weinend, Vogelfutter über die Rheinwiesen und Uferkiesel streute? Im Zwiebelladen bot sich ihm eine weitere Möglichkeit, seinem Schmerz Luft zu machen. Es war ihm zur Gewohnheit geworden, einmal in der Woche die Toilettenfrau grob zu beschimpfen, sie mit oftmals recht altmodischen Ausdrücken wie: Dirne, Metze, Frauenzimmer, Verruchte, Unselige! zu benennen. »Hinaus!« hörte man Schmuh kreischen, »aus meinen Augen, Entsetzliche!« Er entließ die Toilettenfrauen fristlos, stellte eine neue ein, hatte jedoch nach einiger Zeit Schwierigkeiten, da sich keine Toilettenfrauen mehr fanden, mußte also die Stelle an Frauen vergeben, die er schon einmal oder mehrmals hinausgeworfen hatte. Die Toilettenfrauen kamen, zumal sie einen großen Teil der Schmuhschen Schimpfworte nicht verstanden, gerne wieder zurück in den Zwiebelkeller, da sie dort gut verdienten. Das Weinen trieb die Gäste mehr als in anderen Gaststätten auf das verschwiegene Örtchen; auch ist der weinende Mensch großzügiger als der Mensch mit trockenem Auge. Besonders die Herren, die mit hochrotem, zerfließendem und geschwollenem Gesicht »mal nach hinten« verschwanden, griffen tief und gerne in die Börsen. Zudem verkauften die Toilettenfrauen den Gästen des Zwiebelkellers die bekannten Zwiebelmustertaschentücher, denen diagonal die Inschrift »Im Zwiebelkeller« aufgedruckt war. Lustig sahen diese Tücher aus, ließen sich nicht nur als Tränentüchlein, auch als Kopftücher verwenden. Die Herren unter den Gästen des Zwiebelkellers ließen aus bunten Vierecken dreieckige Wimpel nähen, hängten die in die Rückfenster ihrer Autos und trugen während der Ferienmonate Schmuhs Zwiebelkeller nach Paris, an die Côte d'Azur, nach Rom, Ravenna, Rimini, sogar ins ferne Spanien.

Noch eine andere Aufgabe fiel uns Musikern und unserer Musik zu: Dann und wann, besonders wenn einige Gäste zwei Zwiebeln kurz nacheinander geschnitten hatten, kam es im Zwiebelkeller zu Ausbrüchen, die allzu leicht zu Orgien hätten werden können. Einerseits liebte Schmuh diese letzte Hemmungslosigkeit nicht, befahl uns, sobald einige Herren die Krawatten lösten, einige Damen an ihren Blusen nestelten, Musik zu machen, mit Musik beginnender Schamlosigkeit zu begegnen; andererseits war es jedoch immer wieder Schmuh selbst, der den Weg zur Orgie bis zu einem bestimmten Punkt freigab, indem er besonders anfälligen Gästen nach der ersten Zwiebel sogleich eine zweite Zwiebel lieferte.

Der meines Wissens nach größte Ausbruch, den der Zwiebelkeller erlebte, sollte auch für Oskar, wenn nicht zu einem Wendepunkt in seinem Leben, so doch zum einschneidenden Erlebnis werden. Schmuhs Gattin, die lebenslustige Billy, kam nicht oft in den Keller, und wenn sie kam, kam sie mit Freunden, die Schmuh nicht gerne sah. So kam sie eines Abends mit dem Musikkritiker Woode und dem Architekten und Pfeifenraucher Wackerlei. Die beiden Herren gehörten zu den ständigen Gästen des Zwiebelkellers, trugen aber reichlich langweiligen Kummer mit sich: Woode weinte aus religiösen Gründen – er wollte konvertieren oder war schon Konvertit oder konvertierte schon zum zweitenmal –, der Pfeifenraucher Wackerlei weinte wegen einer Professur, die er in den zwanziger Jahren einer extravaganten Dänin wegen abgelehnt hatte, die Dänin jedoch nahm einen anderen, einen Südamerikaner, hatte mit dem sechs Kinder, und das kränkte den Wackerlei, das ließ seine Pfeife immer wieder kalt werden. Der etwas boshafte Woode war es, der Schmuhs Gattin zum Zerschneiden einer Zwiebel überredete. Sie tat es, kam zu Tränen, begann auszupacken, stellte Schmuh, den Wirt, bloß, erzählte Dinge, die Oskar Ihnen taktvoll verschweigt, und es verlangte kräftige Männer, als Schmuh sich auf seine Gattin stürzen wollte; denn schließlich lagen überall Küchenmesser auf den Tischen. Man hielt den Zornigen solange zurück, bis die leichtsinnige Billy mit ihren Freunden Woode und Wackerlei verschwinden konnte.

Schmuh war erregt und betroffen. Ich sah es seinen fliegenden Händen an, die immer wieder seinen Zwiebelshawl neu ordneten. Mehrmals verschwand er hinter dem Vorhang, beschimpfte die Toilettenfrau, kam endlich mit einem vollen Korb zurück, verkündete verkrampft und übertrieben lustig den Gästen, er, Schmuh, sei in Gönnerlaune, es gebe jetzt eine Gratisrunde Zwiebeln, und sogleich teilte er aus.

Damals blickte selbst Klepp, dem schließlich jede noch so peinliche menschliche Situation wie ein vortrefflicher Spaß schmeckte, wenn nicht nachdenklich, so doch angespannt, und er hielt sich seine Flöte griffbereit. Wußten wir doch, wie gefährlich es war, wenn man dieser empfindsamen und verfeinerten Gesellschaft zweimal kurz nacheinander die Möglichkeit des enthemmenden Weinens bot.

Schmuh, der sah, daß wir die Instrumente musikbereit hielten, verbot uns, Musik zu machen. An den Tischen begannen die Küchenmesser ihre Zerkleinerungsarbeit. Die ersten, so schönen, rosenholzfarbenen Häute wurden achtlos zur Seite geschoben. Glasiges Zwiebelfleisch mit blaßgrünen Streifen geriet unters Messer. Das Weinen begann merkwürdigerweise nicht bei den Damen. Herren im besten Alter, der Besitzer einer Großmühle, ein Hotelier mit seinem leichtgeschminkten Freund, ein adliger Generalvertreter, ein ganzer Tisch mit Fabrikanten der Herrenoberbekleidung, die einer Vorstandssitzung wegen in der Stadt weilten, und jener glatzköpfige Schauspieler, der bei uns der Knirscher genannt wurde, weil er beim Weinen mit den Zähnen knirschte, sie alle kamen zu Tränen, bevor die Damen mithalfen. Doch Damen und Herren verfielen nicht jenem erlösenden Weinen, wie es die erste Zwiebel hervorgerufen hatte, sondern wurden von Weinkrämpfen überfallen: Schrecklich knirschte der Knirscher, gab einen Schauspieler ab, der jedes Theaterpublikum zum Mitknirschen verführt hätte, der Großmühlenbesitzer ließ seinen gepflegten Graukopf immer wieder auf die Tischplatte schlagen, der Hotelier mischte seinen Weinkrampf mit dem Krampf seines grazilen Freundes, Schmuh, der neben der Treppe stand, ließ seinen Shawl hängen, prüfte verkniffen und nicht ohne Genuß die halbwegs entfesselte Gesellschaft. Und dann zerriß eine ältere Dame vor den Augen ihres Schwiegersohnes ihre Bluse. Plötzlich stand der Freund des Hoteliers, dessen leicht exotischer Einschlag vorher schon aufgefallen war, mit nacktem, naturbraunem Oberkörper auf einer, dann auf der nächsten Tischplatte, tanzte, wie man im Orient tanzen mag, und verkündete den Anfang einer Orgie, die zwar heftig begann, aber wegen mangelnder oder schlicht läppischer Einfälle keine eingehende Schilderung verdient.

Nicht nur Schmuh war enttäuscht, auch Oskar hob angeödet die Augenbrauen. Einige niedliche Entkleidungsszenen, Herren taten sich Damenunterwäsche an, Amazonen griffen zu Krawatten und Hosenträgern, hier und da verschwanden zwei unter der Tischplatte, allenfalls läßt sich der Knirscher nennen, der einen Büstenhalter mit den Zähnen zerriß, kaute und teilweise wohl auch verschluckte.

Wahrscheinlich veranlaßte der schreckliche Lärm, dieses »Juhu« und »Uahhh«, hinter dem so gut wie nichts steckte, den Wirt Schmuh enttäuscht, womöglich auch die Polizei fürchtend, seinen Platz an der Treppe aufzugeben. Zu uns, die wir unter der Hühnerleiter saßen, beugte er sich herab, stieß erst Klepp an, dann mich, zischte: »Musik! Spielt, sag ich euch! Musik, damit Schluß ist mit dem Getue!«

Es stellte sich jedoch heraus, daß Klepp, der ja genügsam war, seinen Spaß gefunden hatte. Gelächter schüttelte ihn, ließ ihn nicht an die Flöte kommen. Scholle, der in Klepp seinen Meister sah, machte dem alles, so auch das Gelächter nach. So blieb nur Oskar übrig – und auf mich konnte sich Schmuh verlassen. Die Blechtrommel zog ich unter der Bank hervor, zündete mir gelassen eine Zigarette an und begann zu trommeln.

Ohne jeden Plan machte ich mich auf dem Blech verständlich. Alle routinemäßige Gaststättenmusik vergaß ich. So spielte Oskar auch keinen Jazz. Ich liebte es ohnehin nicht, daß die Leute in mir einen rasenden Schlagzeuger sahen. Wenn ich auch einen versierten Drummer abgab, war ich dennoch kein reinblütiger Jazzmusiker. Ich liebe die Jazzmusik, wie ich den Wiener Walzer liebe. Beides konnte ich spielen, mußte es aber nicht spielen. Als Schmuh mich um den Einsatz meiner Blechtrommel bat, spielte ich nicht, was ich konnte, sondern was ich vom Herzen her wußte. Es gelang Oskar, einem einst dreijährigen Oskar die Knüppel in die Fäuste zu drücken. Alte Wege trommelte ich hin und zurück, machte die Welt aus dem Blickwinkel der Dreijährigen deutlich, nahm die zur wahren Orgie unfähige Nachkriegsgesellschaft zuerst an die Leine, was heißen soll, ich führte sie in den Posadowskiweg, in Tante Kauers Kindergarten, hatte sie schon soweit, daß sie die Unterkiefer hängenließen, sich bei den Händchen nahmen, die Fußspitzen einwärts schoben, mich, ihren Rattenfänger, erwarteten. Und so gab ich den Platz unter der Hühnerleiter auf, übernahm die Spitze, brachte ihnen, den Damen und Herren, zunächst und als Pröbchen »Backe, backe Kuchen« bei, jagte ihnen dann, als ich überall kindliche Heiterkeit als Erfolg registrieren konnte, sogleich den ganzen großen Schreck ein, trommelte: »Ist die Schwarze Köchin da?« Ließ sie, die auch mich früher gelegentlich, heute mehr und mehr erschreckt, riesig, kohleschwarz und unübersehbar durch den Zwiebelkeller toben und erreichte, was der Wirt Schmuh nur mit Zwiebeln erreichte: Die Damen und Herren weinten kindlich runde Kullertränen, fürchteten sich sehr, forderten zitternd mein Erbarmen heraus, und so trommelte ich, um sie zu beruhigen, auch um ihnen in ihre Kleider, Unterwäsche, in Sammet und Seide zu helfen: »Grün, grün, grün sind alle meine Kleider« auch »Rot, rot, rot sind alle meine Kleider« gleichfalls »Blau, blau, blau...« und »Gelb, gelb, gelb...«, ging alle Farben und Zwischentöne durch, bis ich mich wieder einer manierlich bekleideten Gesellschaft gegenübersah, formierte den Kindergarten zum Umzug, führte ihn durch den Zwiebelkeller, als sei das der Jäschkentaler Weg, als gehe es den Erbsberg hinauf, ums unheimliche Gutenbergdenkmal herum, als blühten da auf der Johanniswiese richtige Gänseblümchen, die sie, die Damen und Herren, kindlich frohlockend pflücken durften. Und erlaubte dann, um allen Anwesenden, auch dem Wirt Schmuh, ein Andenken an den verspielten Kindergartennachmittag zu hinterlassen, ein kleines Geschäftchen, sagte auf meiner Trommel – wir näherten uns der dunklen Teufelsschlucht, sammelten Bucheckern –, nun dürft ihr Kinderchen: Und sie befriedigten ein Kleinkinderbedürfnis, näßten, alle, die Damen und Herren näßten, auch der Wirt Schmuh näßte, meine Freunde Klepp und Scholle näßten, selbst die ferne Toilettenfrau näßte, pißpißpißpiß machten sie, näßten alle die Höschen und kauerten sich dabei nieder und hörten sich zu. Erst als diese Musik verklungen war – Oskar hatte das Kinderorchester nur leichthin dröselnd begleitet –, leitete ich mit großem, direkten Schlag zur unbändigen Fröhlichkeit über. Mit einem ausgelassenen:

Glas, Glas, Gläschen,
Zucker ohne Bier,
Frau Holle macht das Fenster auf
und spielt Klavier...

führte ich die juchzende, kichernde, mit törichtem Kindermund plappernde Gesellschaft zuerst in die Garderobe, wo ein verdutzter bärtiger Student Schmuhs kindliche Gäste mit den Mänteln versorgte, trommelte alsdann die Damen und Herren mit dem beliebten Liedchen »Wer will fleißige Waschfrauen sehen« die Betontreppe hinauf, am Portier im Schafspelz vorbei und hinaus. Unter einem wie auf Bestellung märchenhaft ausgesternten, doch frischen Frühlingsnachthimmel des Jahres fünfzig entließ ich die Damen und Herren, die lange noch in der Altstadt kindlichen Unfug anstellten, nicht nach Hause fanden, bis Polizisten ihnen wieder zu Alter, Würde und zur Erinnerung an die eigenen Telefonnummern verhalfen.

Ich aber fand, ein kichernder, sein Blech streichelnder Oskar, in den Zwiebelkeller zurück, wo Schmuh immer noch in die Hände klatschte, mit nassen Hosen X-beinig neben der Hühnerleiter stand und sich in Tante Kauers Kindergarten ähnlich wohl zu fühlen schien wie auf den Rheinwiesen, wenn er als erwachsener Schmuh auf Sperlinge schoß.

Am Atlantikwall oder es können die Bunker ihren Beton nicht loswerden

Dabei hatte ich Schmuh, dem Wirt des Zwiebelkellers, helfen wollen. Er jedoch konnte mir meine Solodarbietung auf der Blechtrommel, die seine gutzahlenden Gäste zu lallenden, unbeschwert fröhlichen, aber auch die Höschen nässenden, deshalb weinenden – ohne Zwiebel weinenden Kindern machte, nicht verzeihen.

Oskar versucht ihn zu verstehen. Mußte er nicht meine Konkurrenz fürchten, da immer wieder Gäste die althergebrachten Tränenzwiebeln zur Seite schoben, nach Oskar riefen, nach seinem Blech, nach mir, der ich auf meinem Blech die Kindheit eines jeden Gastes – er mochte noch so hochbetagt sein – heraufbeschwören konnte?

Nachdem Schmuh sich bis dahin auf das fristlose Entlassen der Toilettenfrauen beschränkt hatte, entließ er uns, seine Musiker, und engagierte einen Stehgeiger, den man bei einiger Nachsicht für einen Zigeuner halten konnte.

Da jedoch nach unserem Rausschmiß mehrere und die besten Gäste dem Zwiebelkeller fernzubleiben drohten, mußte sich Schmuh schon nach wenigen Wochen zum Kompromiß bequemen: Dreimal wöchentlich geigte der Stehgeiger. Dreimal wöchentlich spielten wir auf, verlangten und bekamen eine höhere Gage: zwanzig DM pro Abend, auch flossen uns immer reichlichere Trinkgelder zu – Oskar legte ein Sparbuch an und freute sich auf die Zinsen.

Dieses Sparbüchlein sollte mir allzubald zum Helfer in der Not werden, denn da kam der Tod, nahm uns den Wirt Ferdinand Schmuh, nahm uns Arbeit und Verdienst.

Weiter oben sagte ich schon: Schmuh schoß Sperlinge. Manchmal nahm er uns mit, in seinem Mercedes, ließ uns zugucken, wenn er Sperlinge schoß. Trotz gelegentlicher Streitigkeiten meiner Trommel wegen, unter denen auch Klepp und Scholle, die zu mir hielten, zu leiden hatten, blieb das Verhältnis zwischen Schmuh und seinen Musikern ein freundschaftliches Verhältnis, bis, wie gesagt, der Tod kam.

Wir stiegen ein. Schmuhs Gattin saß wie immer am Steuer. Klepp neben ihr. Schmuh zwischen Oskar und Scholle. Das Kleinkalibergewehr hielt er auf den Knien, streichelte es manchmal. Bis kurz vor Kaiserswerth fuhren wir. Baumkulissen beiderseits des Flusses Rhein. Schmuhs Gattin blieb im Wagen und entfaltete eine Zeitung. Klepp hatte sich zuvor Rosinen gekauft, aß davon ziemlich regelmäßig. Scholle, der irgend etwas, bevor er Guitarrist wurde, studiert hatte, verstand es, auswendig Gedichte über den Fluß Rhein aufzusagen. Der zeigte sich auch von der poetischsten Seite, trug, trotz sommerlicher Kalenderzeit, außer den gewöhnlichen Schleppkähnen schaukelnde Herbstblätter in Richtung Duisburg; und hätte Schmuhs Kleinkalibergewehr nicht dann und wann ein Wörtchen gesagt, hätte man den Nachmittag unterhalb Kaiserswerth einen friedlichen Nachmittag nennen können.

Als Klepp mit seinen Rosinen fertig war und sich die Finger am Gras abwischte, war auch Schmuh fertig. Zu den elf kalten Federbällen auf dem Zeitungspapier legte er den zwölften und, wie er sagte, noch zuckenden Spatz. Schon packte der Schütze seine Beute zusammen – denn Schmuh nahm, was er schoß, aus unerfindlichen Gründen jedesmal nach Hause mit –, da ließ sich ganz in unserer Nähe auf angeschwemmtem Wurzelzeug ein Sperling nieder, tat das so auffällig, war so grau, war solch ein Musterexemplar von einem Sperling, daß Schmuh nicht widerstehen konnte; er, der nie mehr als zwölf Sperlinge an einem Nachmittag schoß, schoß einen dreizehnten Spatz – das hätte Schmuh nicht tun sollen.

Nachdem er den dreizehnten zu den zwölf gelegt hatte, gingen wir und fanden die Gattin Schmuhs schlafend im schwarzen Mercedes. Zuerst stieg Schmuh vorne ein. Dann stiegen Scholle und Klepp hinten ein. Ich hätte einsteigen sollen, stieg aber nicht ein, sagte, ich wolle noch etwas spazieren, nähme die Straßenbahn, man brauche auf mich keine Rücksicht zu nehmen, und so fuhren sie ohne Oskar, der wohlweislich nicht eingestiegen war, in Richtung Düsseldorf ab.

Langsam ging ich hinterher. Weit brauchte ich nicht zu gehen. Es gab da eine Umleitung wegen Straßenarbeiten. Die Umleitung führte an einer Kiesgrube vorbei. Und in der Kiesgrube, etwa sieben Meter unterhalb des Straßenspiegels, lag, mit den Rädern nach oben, der schwarze Mercedes.

Arbeiter der Kiesgrube hatten die drei Verletzten und die Leiche Schmuhs aus dem Wagen gezogen. Der Unfallwagen war schon unterwegs. Ich kletterte in die Grube hinab, hatte die Schuhe bald voller Kies, kümmerte mich ein wenig um die Verletzten, sagte ihnen, die trotz der Schmerzen Fragen stellten, aber nicht, daß Schmuh tot sei. Starr und erstaunt blickte er gegen den dreiviertel bedeckten Himmel. Die Zeitung mit seiner Nachmittagsbeute hatte es aus dem Wagen geschleudert. Zwölf Sperlinge zählte ich, konnte den dreizehnten nicht finden, suchte den aber immer noch, als der Unfallwagen schon in die Kiesgrube geschleust wurde.

Schmuhs Gattin, Klepp und Scholle hatten leichte Verletzungen erlitten: Prellungen, einige gebrochene Rippen. Als ich später Klepp im Krankenhaus besuchte und nach der Ursache des Unfalls befragte, erzählte er mir eine erstaunliche Geschichte: Als sie langsam, der ausgefahrenen Umleitungsstraße wegen, an der Kiesgrube vorbeifuhren, habe es plötzlich hundert, wenn nicht Hunderte von Sperlingen gegeben, die aus Hecken, Büschen, Obstbäumen aufwölkten, den Mercedes beschatteten, gegen die Windschutzscheibe stießen, Schmuhs Gattin erschreckten und mit bloßer Sperlingskraft den Unfall und Tod des Wirtes Schmuh bewirkten.

Man mag zu Klepps Bericht stehen, wie man will, Oskar bleibt skeptisch, zumal er, als Schmuh beerdigt wurde, auf dem Südfriedhof nicht mehr Sperlinge zählte, als er vor Jahren gezählt hatte, da er noch Steinmetz und Schrifthauer zwischen den Grabsteinen gewesen war. Dafür sah ich, der ich mit geliehenem Zylinder zwischen dem Trauergefolge hinter dem Sarg herging, auf Feld neun den Steinmetz Korneff, der dort mit einem mir unbekannten Gehilfen eine Diabaswand für ein zweistelliges Grab versetzte. Als der Sarg mit dem Wirt Schmuh an dem Steinmetz vorbei und aufs neuangelegte Feld zehn getragen wurde, zog der nach Friedhofsvorschrift die Mütze, erkannte mich, womöglich des Zylinders wegen, nicht, rieb sich aber seinen Nacken, was auf reifende oder überreife Furunkel schließen ließ.

Begräbnisse! Ich habe Sie schon auf so viele Friedhöfe führen müssen, sagte auch an irgendeiner Stelle: Begräbnisse erinnern immer an andere Begräbnisse – will deshalb nicht über Schmuhs Begräbnis und Oskars rückwärts gerichtete Gedanken während des Begräbnisses berichten – Schmuh kam ordentlich, ohne daß sich Außergewöhnliches ereignete, unter die Erde – verschweige Ihnen aber nicht, daß mich nach dem Begräbnis – man gab sich zwanglos, da die Witwe im Krankenhaus lag – ein Herr ansprach, der sich Dr. Dösch nannte.

Dr. Dösch leitete eine Konzertagentur. Die Konzertagentur gehörte ihm aber nicht. Außerdem stellte sich Dr. Dösch als ehemaliger Gast des Zwiebelkellers vor. Ich hatte ihn nie bemerkt. Er jedoch war anwesend gewesen, als ich Schmuhs Gäste zu lallenden, glückseligen Kleinkindern gemacht hatte. Ja, Dösch selber hatte, wie er mir vertraulich berichtete, unterm Einfluß meiner Blechtrommel zur seligen Kindheit zurückgefunden und wollte nun mich und meinen – wie er es nannte – »dollen Trick« ganz groß herausbringen. Er habe Vollmachten, mir einen Vertrag, einen Bombenvertrag vorzulegen; ich könne gleich unterzeichnen. Vor dem Krematorium, wo der Schugger Leo, der in Düsseldorf Sabber Willem hieß, mit weißen Handschuhen das Trauergefolge erwartete, zog er ein Papier hervor, das mich gegen enorme Geldsummen verpflichten sollte, als »Oskar, der Trommler« Soloveranstaltungen in großen Häusern, allein auf der Bühne vor zwei- bis dreitausend besetzten Sitzplätzen, zu bestreiten. Dösch war untröstlich, als ich nicht sogleich unterzeichnen wollte. Ich gab Schmuhs Tod als Grund an, sagte, ich könne, da Schmuh mir zu Lebzeiten sehr nahegestanden habe, nicht sofort, noch auf dem Friedhof einen neuen Brotherrn suchen, wolle mir aber die Sache überlegen, vielleicht eine kleine Reise machen, ihn, den Herrn Dr. Dösch, dann aufsuchen und gegebenenfalls das unterschreiben, was er einen Arbeitsvertrag nenne.

Wenn ich auch auf dem Friedhof keinen Vertrag unterschrieb, sah Oskar sich seiner unsicheren finanziellen Lage wegen dennoch genötigt, einen Vorschuß anzunehmen und einzustecken, den jener Dr. Dösch mir außerhalb des Friedhofes, auf dem Friedhofsvorplatz, wo Dösch seinen Wagen geparkt hatte, diskret und in einem Kuvert versteckt, mit seinem Visitenkärtchen anbot.

Und ich machte die Reise, fand sogar einen Reisebegleiter. Eigentlich hätte ich die Reise lieber mit Klepp gemacht. Aber Klepp lag im Krankenhaus und durfte nicht lachen, weil er sich vier Rippen gebrochen hatte. Auch hätte ich mir gerne Maria zur Reisebegleiterin gewünscht. Die Sommerferien hielten noch an, das Kurtchen hätte man mitnehmen können. Sie aber hatte es immer noch mit ihrem Chef, dem Stenzel, der sich vom Kurtchen »Papa Stenzel« nennen ließ.

So reiste ich mit dem Maler Lankes. Sie kennen Lankes als Obergefreiten Lankes, auch als zeitweiligen Verlobten der Muse Ulla. Als ich mit dem Vorschuß und meinem Sparbüchlein in der Tasche den Maler Lankes in der Sittarder Straße, wo er sein Atelier hatte, aufsuchte, hoffte ich, bei ihm meine ehemalige Kollegin Ulla zu finden; denn mit der Muse wollte ich die Reise machen.

Ich fand Ulla bei dem Maler. Schon vor vierzehn Tagen, verriet sie mir in der Tür, haben wir uns verlobt. Mit Hänschen Krages sei das nicht mehr gegangen, sie habe sich wieder entloben müssen; ob ich Hänschen Krages kenne?

Oskar kannte Ullas letzten Verlobten nicht, bedauerte das sehr, machte dann seinen generösen Reisevorschlag und mußte erleben, daß der dazukommende Maler Lankes, bevor Ulla zusagen konnte, sich seinerseits zum Reisebegleiter Oskars machte und die Muse, die langbeinige Muse mit Ohrfeigen traktierte, weil die nicht zu Hause bleiben wollte und deshalb zu Tränen kam.

Warum wehrte sich Oskar nicht? Warum ergriff er, der er doch mit der Muse reisen wollte, nicht die Partei der Muse? So schön ich mir auch eine Reise an Ullas überschlanker hellbeflaumter Seite vorstellte, furchtete ich mich dennoch vor allzu nahem Zusammenleben mit einer Muse. Von Musen muß man Distanz bewahren, sagte ich mir, sonst wird der Musenkuß zur hausbackenen Gewohnheit. Da reise ich lieber mit dem Maler Lankes, der seine Muse schlägt, wenn sie ihn küssen will.

Über unser Reiseziel gab es keine lange Diskussion. Es kam nur die Normandie in Frage. Die Bunker zwischen Caen und Cabourg wollten wir besuchen. Denn dort hatten wir uns während des Krieges kennengelernt. Schwierigkeiten allein bereitete das Beschaffen der Visen. Doch über Visageschichten verliert Oskar kein Wort.

Lankes ist ein geiziger Mensch. So verschwenderisch er mit allerdings billigen oder erbettelten Farben auf schlechtgrundierten Leinwänden umgeht, so haushälterisch verkehrt er mit Papier- und Hartgeld. Nie kauft er sich Zigaretten, raucht aber ständig. Um das Systematische seines Geizes deutlich zu machen, sei hier berichtet: Sobald ihm jemand eine Zigarette schenkt, entnimmt er seiner linken Hosentasche ein Zehnpfennigstück, lüftet die Münze kurz, läßt sie dann in die rechte Hosentasche zu, je nach Tageszeit, mehr oder weniger vielen Groschenstücken gleiten. Er raucht fleißig und verriet mir einst bei guter Laune: »Tagtäglich rauch ich mich runde zwei Mark zusammen!«

Jenes Trümmergrundstück in Wersten, das Lankes vor etwa einem Jahr kaufte, hat er sich mit den Zigaretten seiner nahen und fernen Bekanntschaften erworben oder besser gesagt erraucht.

Mit diesem Lankes fuhr Oskar in die Normandie. Wir nahmen einen D-Zug. Lankes hätte lieber Autostop gemacht. Da ich jedoch zahlte und zu der Reise einlud, mußte er nachgeben. Von Caen nach Cabourg fuhren wir mit dem Autobus. An Pappeln ging es vorbei, hinter denen sich Wiesen mit Hecken abgrenzten. Braunweiße Kühe gaben dem Land das Aussehen einer Milchschokoladenreklame. Allerdings hätte man auf dem Glanzpapier nichts von den immer noch deutlichen Kriegsschäden zeigen dürfen, die jedes Dorf, so auch das Dörfchen Bavent, in dem ich meine Roswitha verloren hatte, zeichneten und unansehnlich machten.

Von Cabourg aus liefen wir am Strand entlang gegen die Ornemündung. Es regnete nicht. Unterhalb Le Home sagte Lankes: »Wir sin z' Haus, Jong! Gib mich mal'n Zigarett'.« Noch während er die Münze von Tasche zu Tasche umziehen ließ, deutete sein immer vorgestreckter Wolfskopf auf einen der zahlreichen unversehrten Bunker in den Dünen. Langarmig faßte er seinen Rucksack, die Feldstaffelei und das Dutzend Keilrahmen links, faßte mich rechts, zog mich dem Beton entgegen. Ein Köfferchen und die Trommel machten Oskars Gepäck aus.

Am dritten Tag unseres Aufenthaltes an der Atlantikküste – wir hatten inzwischen das Innere des Bunkers Dora sieben vom Flugsand befreit, hatten die häßlichen Spuren unterschlupfsuchender Liebespaare beseitigt, hatten den Raum mittels einer Kiste, auch mit unseren Schlafsäcken wohnlich gemacht – brachte Lankes einen ordentlichen Kabeljau vom Strand mit. Fischer hatten ihm den gegeben. Er malte ihnen das Boot ab, sie halsten ihm den Kabeljau auf.

Da wir den Bunker immer noch Dora sieben nannten, war es kein Wunder, daß Oskar, während er den Fisch ausnahm, seine Gedanken zur Schwester Dorothea schickte. Leber und Milch des Fisches quollen ihm über beide Hände. Ich schuppte den Kabeljau gegen die Sonne, was Lankes zum Anlaß für ein fix hingeschludertes Aquarell nahm. Wir saßen windgeschützt hinter dem Bunker. Die Augustsonne stand Kopf auf der Betonkuppel. Ich begann den Fisch mit Knoblauchzehen zu spicken. Was zuvor Milch, Leber, die Eingeweide füllten, stopfte ich mit Zwiebeln, Käse und Thymian, warf aber Milch und Leber nicht fort, lagerte vielmehr beide Delikatessen im Rachen des Fisches, den ich mittels einer Zitrone aufsperrte. Lankes schnüffelte in der Gegend. Besitzergreifend verschwand er in Dora vier, drei und weiter entfernten Bunkern. Mit Brettern und größeren Kartons, die er als Malfläche benutzte, kehrte er zurück und gab das Holz dem Feuerchen.

Wir unterhielten den ganzen Tag über solch ein Feuer mühelos; denn den Strand spießte alle zwei Schritte angeschwemmtes, federleicht ausgetrocknetes Holz und warf wechselnde Schatten. Ich legte den Teil eines eisernen Balkongitters, den Lankes einer verlassenen Strandvilla abgerissen hatte, auf die inzwischen reife Holzkohlenglut. Mit Olivenöl rieb ich den Fisch ein, lagerte ihn auf dem heißen, gleichfalls geölten Rost. Zitronen drückte ich über dem knisternden Kabeljau aus, ließ ihn langsam – denn einen Fisch soll man nicht forcieren – tischgerecht werden.

Unseren Tisch erstellten wir aus mehreren leeren Eimern und einer drübergelegten, ausladenden, mehrmals geknickten Teerpappe. Gabeln und Blechteller führten wir mit uns. Um Lankes abzulenken – aashungrig wie eine Möwe strich er um den gemächlich durchziehenden Fisch –, holte ich meine Trommel aus dem Bunker. Ich bettete sie im Seesand und wirbelte, ständig wechselnd, die Geräusche der Brandung und beginnenden Flut auflockernd, gegen den Wind: Bebras Fronttheater besichtigte den Beton. Von der Kaschubei in die Normandie. Felix und Kitty, die beiden Akrobaten, verknoteten, entknoteten sich auf dem Bunker, sagten gegen den Wind – wie ja auch Oskar gegen Wind trommelte – ein Gedicht auf, dessen Kehrreim mitten im Krieg ein nahendes, urgemütliches Zeitalter ankündigte: » . . . und freitags Fisch, auch Spiegeleier, wir nähern uns dem Biedermeier«, deklamierte die sächselnde Kitty; und Bebra, mein weiser Bebra und Hauptmann der Propagandakompanie, nickte; und Roswitha, meine Raguna vom Mittelmeer, hob den Picknickkorb, deckte auf dem Beton, auf Dora sieben den Tisch; auch der Obergefreite Lankes aß vom Weißbrot, trank von der Schokolade, rauchte die Zigaretten des Hauptmanns Bebra . . .

»Mensch, Oskar!« rief mich Lankes der Maler zurück. »So möcht ich malen können, wie du trommelst; gib' mich mal'n Zigarett'!«

Da ließ ich von der Trommel ab, versorgte meinen Reisebegleiter mit einer Zigarette, prüfte den Fisch und fand ihn gut: Sanft, weiß und locker quollen seine Augen. Langsam und keine Stelle vergessend drückte ich eine letzte Zitrone über der teils gebräunten, teils geplatzten Haut des Kabeljaus aus.

»Ich han Hunger!« hieß es bei Lankes. Seine langen, spitzgelben Zähne zeigte er und schlug sich affenartig mit beiden Fäusten die Brust unterm karierten Hemd.

»Kopf oder Schwanz?« gab ich zu bedenken und schob den Fisch auf ein Pergamentpapier, das als Tischdecke die Teerpappe bedeckte. »Wat rätste mir?« Lankes knipste die Zigarette aus und verwahrte die Kippe.

»Als Freund würde ich sagen: Nimm den Schwanz. Als Koch kann ich dir nur den Kopf empfehlen. Meine Mama jedoch, die eine große Fischesserin war, würde jetzt sagen: Herr Lankes, nehmen Sie den Schwanz, da wissen Sie, was Sie haben. Meinem Vater hingegen pflegte der Arzt zu raten ...«

»Middem Arzt han ich nix zu tun«, mißtraute mir Lankes.

»Doktor Hollatz riet meinem Vater immer, vom Kabeljau oder, wie man bei uns sagte, vom Dorsch nur den Kopf zu essen.«

»Dann nehm' ich den Schwanz. Du willst mir was andrehen, merk ich doch!« Lankes bewahrte sein Mißtrauen.

»Um so besser für Oskar. Ich weiß den Kopf zu schätzen.«

»Dann nehm' ich doch den Kopp, wenn du so scharf drauf bist.«

»Du hast es schwer, Lankes!« wollte ich den Dialog abschließen. »Der Kopf ist für dich, ich nehm den Schwanz.«

»Was Jong, da han ich dich reinjelegt, oder?«

Oskar gab zu, daß Lankes ihn reingelegt hatte. Wußte ich doch, daß es ihm nur schmecken konnte, wenn er gleichzeitig mit dem Fisch die Gewißheit zwischen den Zähnen hatte, mich reingelegt zu haben. Einen dollen, gerissenen Hund nannte ich ihn, einen Glückspilz, einen Sonntagsjungen – dann fielen wir über den Kabeljau her.

Er nahm das Kopfstück, ich drückte restlichen Zitronensaft übers weiße, auseinanderfallende Fleisch des Schwanzstückes, aus dem sich die butterweichen Knoblauchzehen lösten.

Lankes spreizte Gräten zwischen den Zähnen, spähte zu mir und dem Schwanzstück herüber: »Laß mich mal probieren, von deinem Schwanz.« Ich nickte, er probierte, blieb unschlüssig, bis Oskar von seinem Kopfstück probierte und ihn abermals beruhigte: Er habe wie immer das bessere Stück erwischt.

Wir tranken Bordeaux zum Fisch. Ich bedauerte das, hätte lieber Weißwein in den Kaffeetassen gehabt. Lankes wischte meine Bedenken fort, erinnerte sich, daß man zu seiner Obergefreitenzeit in Dora sieben immer nur Rotwein getrunken habe, bis die Invasion begann: »Mensch, waren wir voll, als das hier losging. Der Kowalski, der Scherbach und auch der kleine Leuthold, die jetzt dahinten, hinter Cabourg auffem selben Friedhof liegen, haben gar nix jemerkt, als's hier losging. Da drüben, bei Arromanches Engländer und in unserem Abschnitt jede Menge Kanadier. Ehe wir überhaupt die Hosenträger hoch hatten, waren die schon da und sagten: How are you?«

Dann, mit der Gabel die Luft spießend und Gräten ausspuckend: »Da han ich doch heut übrigens in Cabourg den Herzog gesehen, den Spinner, den du ja kennst von eure Besichtigung her. Oberleutnant war er.«

Gewiß erinnerte sich Oskar an den Oberleutnant Herzog. Lankes erzählte mir über den Fisch hinweg, daß der Herzog Jahr für Jahr nach Cabourg fahre, Karten und Meßgeräte mitbringe, weil die Bunker ihn nicht schlafen ließen. Auch bei uns, bei Dora sieben, wollte er vorbeikommen und messen.

Während wir noch beim Fisch waren – der zeigte langsam seine große Gräte –, kam Oberleutnant Herzog. Khakifarbene Kniehosen trug er, stand mit dicklichen Knallwaden in Tennisschuhen und ließ graubraune Haare aus dem offenen Leinenhemd wachsen. Natürlich blieben wir sitzen. Lankes nannte mich seinen Freund und Kumpel Oskar, sagte zum Herzog Oberleutnant a.D.

Der Oberleutnant außer Dienst begann sogleich Dora sieben eingehend zu untersuchen, ging aber den Beton zuerst von der Außenseite an, was ihm Lankes erlaubte. Tabellen füllte er aus, hatte auch ein Scherenfernrohr bei sich, mit dem er die Landschaft und die vordringende Flut belästigte. Die Schießscharten von Dora sechs, direkt neben uns, streichelte er so zärtlich, als wollte er seiner Gattin etwas Gutes antun. Als er Dora sieben, unser Ferienhäuschen, von innen zu besichtigen vorhatte, verbot ihm das Lankes: »Mann, Herzog, weiß gar nicht, was Sie wollen! Fummeln hier am Beton rum. Is doch längst passé, was damals noch aktuell war.«

Passé ist ein Lieblingswort bei Lankes. Er pflegt die Welt in aktuell und passé einzuteilen. Aber der Oberleutnant außer Dienst befand, daß nichts passé, daß die Rechnung noch nicht aufgegangen sei, daß man sich später und immer wieder vor der Geschichte verantworten müsse und daß er jetzt Dora sieben von innen besichtigen wolle: »Haben Sie mich verstanden, Lankes!«

Schon warf Herzog seinen Schatten auf unseren Tisch und Fisch. Uns übergehen wollte er und in jenen Bunker, über dessen Eingang immer noch Betonornamente die bildnerische Hand des Obergefreiten Lankes verrieten.

Herzog kam an unserem Tisch nicht vorbei. Von unten her, begabelt, doch ohne die Gabel zu gebrauchen, warf Lankes seine Faust hoch und legte den Oberleutnant außer Dienst Herzog in den Seesand. Kopfschüttelnd, die Unterbrechung der Fischmahlzeit bedauernd, erhob sich Lankes, raffte mit linker Hand das Leinenhemd des Oberleutnants über der Brust zusammen, schleppte den, eine regelmäßige Spur zeichnend, seitwärts davon und warf ihn von der Düne, so daß wir ihn nicht mehr sahen, aber dennoch hören mußten. Herzog sammelte seine Meßinstrumente, die Lankes ihm nachgeworfen hatte, ein und entfernte sich schimpfend, alle historischen Geister beschwörend, die Lankes zuvor als passé bezeichnet hatte.

»So unrecht hatter gar nich, der Herzog. Auch wenner 'n Spinner ist. Wenn wir hier damals nich so besoffen gewesen wären, als es losging, wer weiß, was aus den Kanadiern geworden wäre.«

Ich konnte nur zustimmend nicken, denn noch am Vortage hatte ich bei Ebbe zwischen Muscheln und leeren Krabbenschalen den deutlich sprechenden Knopf einer kanadischen Uniform gefunden. Oskar verwahrte den Knopf in seiner Brieftasche und befand sich so glücklich, als hätte er eine seltene etruskische Münze gefunden.

Der Besuch des Oberleutnants Herzog hatte, so kurz er war, Erinnerungen heraufbeschworen: »Weißt du noch, Lankes, als wir damals mit der Fronttheatergruppe euren Beton besichtigten, auf dem Bunker frühstückten, ein Windchen wehte wie heute; und auf einmal gab es da sechs oder sieben Nonnen, die zwischen dem Rommelspargel nach Krabben suchten, und du, Lankes, mußtest auf Befehl den Strand räumen; mit einem mörderischen Maschinengewehr tatest du das.«

Lankes erinnerte sich, saugte Gräten ab, wußte sogar noch die Namen: Schwester Scholastika, Schwester Agneta zählte er auf, beschrieb mir die Novizin als ein rosiges Gesicht mit viel Schwarz drumherum, malte sie mir so deutlich, daß mir jenes ständig anwesende Bild meiner weltlichen Krankenschwester, der Schwester Dorothea, zwar nicht versank, aber doch teilweise verdeckt wurde; was sich noch steigerte, als wenige Minuten nach der Beschreibung – für mich schon nicht mehr überraschend genug, um es als Wunder werten zu können – aus Richtung Cabourg eine junge Nonne über die Dünen wehte, welche rosa, mit viel Schwarz drumherum, nicht übersehen werden konnte.

Sie hielt einen schwarzen Regenschirm, wie ihn ältere Herren bei sich führen, gegen die Sonne. Über den Augen rundete sich ein heftig grüner Zelluloidschirm, ähnlich dem Augenschutz geschäftiger Filmmänner in Hollywood. Man rief nach ihr in den Dünen. Es schienen noch mehr Nonnen im Lande zu sein. »Schwester Agneta!« rief man, auch: »Schwester Agneta, wo sind Sie denn?«

Und Schwester Agneta, das junge Ding oberhalb unserer sich immer deutlicher abzeichnenden Kabeljaugräte, antwortete: »Hier, Schwester Scholastika. Es ist hier so windstill!«

Lankes grinste und nickte wohlgefällig mit seinem Wolfsschädel, als hätte er diesen katholischen Aufmarsch bestellt, als gäbe es nichts, das ihn überraschen könnte.

Die junge Nonne erblickte uns und stand links neben dem Bunker. Ihr rosiges Gesicht, das zwei kreisrunde Nasenlöcher hatte, sagte zwischen leicht vorstehenden, doch sonst tadellosen Zähnen: »Oh!«

Lankes drehte Hals und Kopf, ohne den Oberkörper zu verrücken: »Na Schwester, kleinen Bummel machen?«

Wie schnell die Antwort kam: »Wir gehen jedes Jahr einmal ans Meer. Aber ich sehe das Meer zum erstenmal. Es ist so groß!«

Dem konnte man nicht widersprechen. Bis zum heutigen Tage will mir jene Beschreibung des Meeres als allein zutreffende Beschreibung gelten.

Lankes übte Gastfreundschaft, stocherte in meinem Fischanteil und bot an: »Bißchen Fisch probieren, Schwester? Ist noch warm.« Sein zwangloses Französisch ließ mich erstaunen, und Oskar versuchte gleichfalls die fremde Sprache:

»Brauchen sich nicht zu genieren, Schwester. Ist ja Freitag heute.«

Doch auch diese Anspielung auf ihre sicher strengen Ordensregeln konnten das in der Kutte geschickt verborgene Mädchen nicht dazu bewegen, an unserer Mahlzeit teilzunehmen.

»Wohnen Sie immer hier?« wollte ihre Neugierde wissen. Hübsch fand sie unseren Bunker und ein bißchen komisch. Da schoben sich leider die Oberin und fünf weitere Nonnen mit schwarzen Regen- und grünen Reporterschirmen über den Dünenkamm ins Bild. Die Agneta stob davon und wurde, soweit ich den vom Ostwind frisierten Wortschwall verstehen konnte, kräftig ausgeschimpft, dann in die Mitte genommen.

Lankes träumte. Er hielt die Gabel verkehrt im Mund und fixierte die wehende Gruppe auf der Düne: »Dat sind keine Nonnen, dat sind Segelschiffe.«

»Segelschiffe sind weiß«, gab ich zu bedenken.

»Dat sind schwarze Segelschiffe.« Mit Lankes konnte man schlecht diskutieren. »Die, links außen, dat is dat Flaggschiff. Die Agneta, dat is ne schnelle Korvette. Günstiger Segelwind: Kiellinie, vom Klüver bis zum Achtersteven, Kreuz-, Groß- und Fockmast, alle Segel gesetzt, ab zum Horizont nach England. Stell dich dat vor: Morgen früh wachen die Tommys auf, gucken aussem Fenster, was sehen sie: Fünfundzwanzigtausend Nonnen, bis über die Toppen beflaggt, und schon kommt die erste Breitseite ...«

»Ein neuer Religionskrieg!« half ich ihm. Das Flaggschiff müsse Maria Stuart heißen oder De Valera oder, noch besser, Don Juan. Eine neue, beweglichere Armada nimmt Rache für Trafalgar! »Tod allen Puritanern!« hieße es, und die Engländer hätten diesmal keinen Nelson auf Lager. Die Invasion könnte beginnen: England hat aufgehört, eine Insel zu sein!

Lankes wurde das Gespräch zu politisch. »Jetzt dampfen sie ab, die Nonnen«, meldete er.

»Segeln!« verbesserte ich ihn.

Nun, ob sie segelten oder abdampften, in Richtung Cabourg wehte es sie davon. Regenschirme hielten sie zwischen sich und der Sonne. Nur eine blieb etwas zurück, bückte sich zwischen den Schritten, hob auf und ließ fallen. Der Rest der Flotte – um bei dem Bild zu bleiben – mühte sich langsam, gegen den Wind kreuzend, auf die ausgebrannten Kulissen der ehemaligen Strandhotels zu.

»Die hat den Anker nich hochbekommen oder hat Ruderschaden.« Lankes hielt sich weiterhin an die Sprache der Seeleute. »Wenn dat man nich die schnelle Korvette, die Agneta, is?«

Ob Korvette oder Fregatte, es war die Novize Agneta, die sich uns Muscheln sammelnd und verwerfend näherte.

»Was sammeln Sie denn da, Schwester?« Dabei sah es Lankes genau.

»Muscheln!« Sie sprach das Wörtchen besonders aus und bückte sich.

»Dürfen Sie das denn? Das sind doch irdische Güter.«

Ich unterstützte die Novize Agneta: »Du irrst dich, Lankes. Muscheln sind niemals irdische Güter.«

»Dann sind es Strandgüter, auf jeden Fall Güter, und die dürfen die Nonnen nicht besitzen. Da heißt es Armut, Armut und noch mal Armut! Nicht wahr, Schwester?«

Schwester Agneta lächelte mit vorstehenden Zähnen: »Ich nehme nur wenige Muscheln mit. Die sind für den Kindergarten bestimmt. Die Kleinen spielen so gerne damit und waren noch nie am Meer.«

Agneta stand vor dem Bunkereingang und warf einen Nonnenblick ins Bunkerinnere.

»Wie gefällt Ihnen denn unser Häuschen?« biederte ich mich an. Lankes kam direkter: »Besichtigen Sie doch mal die Villa. Angucken kostet nichts, Schwester!«

Sie scharrte mit spitzen Schnürschuhen unter dem soliden Stoff. Manchmal stieß sie sogar den Seesand, daß der Wind ihn mitnahm und über unseren Fisch streute. Etwas unsicherer und mit nunmehr deutlich hellbraunen Augen prüfte sie uns und den Tisch zwischen uns. »Das geht sicherlich nicht«, forderte sie unseren Widerspruch heraus.

»Ach was, Schwester!« räumte der Maler alle Schwierigkeiten aus dem Wege und erhob sich. »Hat nämlich 'ne hübsche Aussicht, der Bunker. Durch die Schießscharten kann man den ganzen Strand überblicken.«

Sie zögerte immer noch, hatte die Schuhe gewiß voller Sand. Lankes streckte die Hand in den Bunkereingang. Sein Betonornament warf kräftige, ornamentale Schatten. »Sauber ist es auch drinnen!« Es mag die einladende Bewegung des Malers gewesen sein, die die Nonne ins Bunkerinnere führte. »Aber nur einen Augenblick!« hieß das entscheidende Wort. Vor Lankes huschte sie in den Bunker. Der wischte sich die Hände an den Hosen ab – eine typische Malerbewegung – und drohte, bevor er verschwand: »Daß du mir ja nix von meinem Fisch nimmst!«

Oskar aber hatte genug vom Fisch. Ich rückte vom Tisch ab, war dem sandmitführenden Wind und den übertriebenen Geräuschen der Flut, des alten Kraftmeiers, ausgeliefert. Mit dem Fuß schob ich mir meine Trommel heran und begann trommelnd aus dieser Betonlandschaft, aus dieser Bunkerwelt, aus diesem Gemüse, das Rommelspargel hieß, einen Ausweg zu suchen.

Zuerst und mit wenig Erfolg versuchte ich es mit der Liebe: Einst liebte auch ich eine Schwester. Weniger eine Nonne, mehr eine Krankenschwester. In Zeidlers Wohnung wohnte sie hinter einer Milchglastür. Sie war sehr schön, doch sah ich sie nie. Da gab es einen Kokosläufer, der geriet dazwischen. Es war zu dunkel auf Zeidlers Flur. So spürte ich auch die Kokosfasern deutlicher als den Körper der Schwester Dorothea.

Nachdem dieses Thema allzubald auf dem Kokosläufer verendete, versuchte ich meine frühe Liebe zu Maria rhythmisch aufzulösen und dem Beton gleich schnellwachsenden Kletterpflanzen davorzupflanzen. Da war es wieder die Schwester Dorothea, die meiner Liebe zu Maria im Wege stand: Vom Meer her wehte Karbolgeruch, Möwen winkten in Krankenschwesterntracht, die Sonne wollte mir als Rotkreuzbrosche leuchten.

Eigentlich war Oskar froh, als seine Trommelei gestört wurde. Die Oberin, Schwester Scholastika, kehrte mit ihren fünf Nonnen zurück. Sie sahen müde aus und hielten die Schirme schief und verzweifelt: »Haben Sie eine junge Nonne gesehen, unsere junge Novize gesehen? Das Kind ist so jung. Das Kind sieht das Meer zum erstenmal. Es muß sich verirrt haben. Wo sind Sie denn, Schwester Agneta?!«

Mir blieb nichts anderes zu tun übrig, als den diesmal vom Rückenwind geblähten Pulk in Richtung Ornemündung, Arromanches, Port Winston zu schicken, wo einst die Engländer ihren künstlichen Hafen dem Meer abgezwungen hatten. Alle zusammen hätten in unserem Bunker kaum Platz gefunden. Zwar reizte es mich einen Augenblick lang, dem Maler Lankes diesen Besuch zu bescheren, dann aber befahlen mir Freundschaft, Überdruß, Bosheit gleichzeitig, den Daumen in Richtung Ornemündung zu strecken. Die Nonnen gehorchten meinem Daumen, wurden auf dem Dünenkamm sechs immer kleiner werdende, schwarzwehende Löcher; und auch das wehleidige »Schwester Agneta, Schwester Agneta!« gelang ihnen immer windiger, bis es schließlich versandete.

Lankes verließ als erster den Bunker. Die typische Malerbewegung: Die Hände wischte er an den Hosenbeinen ab, lümmelte sich in die Sonne, verlangte mir eine Zigarette ab, steckte die Zigarette in seine Hemdtasche und fiel über den kalten Fisch her. »Dat macht hungrig«, erklärte er sich andeutungsweise und plünderte das mir zugesprochene Schwanzende.

»Gewiß wird sie jetzt unglücklich sein«, klagte ich Lankes an und genoß dabei das Wörtchen unglücklich.

»Wieso denn? Hat se gar keinen Grund zu, unglücklich zu sein.«

Lankes konnte sich nicht vorstellen, daß seine Art, Umgang zu pflegen, unglücklich machen könnte.

»Was tut sie denn jetzt?« fragte ich und hatte eigentlich etwas anderes fragen wollen.

»Sie näht«, erklärte Lankes mit der Fischgabel. »Hat sich die Kutte ein bißchen zerrissen, nun näht sie den Schaden wieder.«

Die Näherin verließ den Bunker. Sofort spannte sie wieder den Regenschirm auf, trällerte leichthin und dennoch – wie ich es herauszuhören glaubte – etwas angestrengt: »Wirklich schön ist die Aussicht von Ihrem Bunker aus. Den ganzen Strand überblickt man und das Meer.«

Vor den Trümmern unseres Fisches blieb sie stehen.

»Darf ich?«

Wir nickten gleichzeitig.

»Die Seeluft macht hungrig«, half ich ihr, und nun nickte sie, griff mit geröteten, gesprungenen, an die schwere Arbeit im Kloster erinnernden Händen in unseren Fisch, führte zum Mund, aß ernsthaft, angestrengt und grüblerisch, als kaute sie mit dem Fisch etwas wieder, was sie vor dem Fisch genossen hatte.

Ich blickte ihr unter die Haube. Den grünen Reporterschirm hatte sie im Bunker vergessen. Kleine, gleichgroße Schweißperlen reihten sich auf ihrer glatten, in weißer, steifer Begrenzung madonnenhaft wirkenden Stirn. Lankes wollte abermals eine Zigarette haben, obwohl er die vorherige noch nicht geraucht hatte. Ich warf ihm das ganze Päckchen zu. Während er drei Stengel in seine Hemdtasche steckte, sich einen vierten Stengel zwischen die Lippen klebte, drehte sich Schwester Agneta, warf den Schirm fort und lief – erst jetzt sah ich, daß sie barfuß war – die Düne hoch und verschwand in Richtung Brandung.

»Laß sie laufen«, orakelte Lankes. »Die kommt wieder oder kommt nicht wieder.«

Nur kurze Zeit konnte ich mich ruhig halten und der Zigarette des Malers zusehen. Auf den Bunker stieg ich und überblickte den durch die Flut näher herangeworfenen Strand.

»Na?« wollte Lankes etwas von mir wissen.

»Sie entkleidet sich.« Mehr Auskünfte konnte er mir nicht entlocken. »Wahrscheinlich will sie baden gehen, wegen der Abkühlung.«

Ich hielt das für gefährlich bei der Flut, auch so kurz nach dem Essen. Bis zu den Knien war sie schon drinnen, versank immer weiter und hatte einen runden Rücken. Das Ende August sicherlich nicht allzu warme Wasser schien sie nicht abzuschrecken: Sie schwamm, schwamm geschickt, übte sich in verschiedenen Stilarten und durchschnitt tauchend die Wellen.

»Laß sie schwimmen, und komm endlich vom Bunker runter!«

Ich blickte hinter mich und sah Lankes ausgestreckt qualmen. Die blanke Gräte des Kabeljaus flimmerte weiß und den Tisch beherrschend in der Sonne.

Als ich vom Beton sprang, öffnete Lankes die Maleraugen und sagte: »Das gibt ein dolles Bild: Flutende Nonnen. Oder: Nonnen bei Flut.«

»Du Unmensch!« schrie ich. »Und wenn sie nun ertrinkt?«

Lankes schloß die Augen: »Dann heißt das Bild: Ertrinkende Nonnen.«

»Und wenn sie zurückkommt, dir vor die Füße fällt?«

Mit offenen Augen sprach der Maler sein Urteil: »Dann wird man sie und das Bild eine gefallene Nonne nennen.«

Er kannte nur entweder oder, Kopf oder Schwanz, ertrunken oder gefallen. Mir nahm er die Zigaretten ab, den Oberleutnant warf er von der Düne, von meinem Fisch aß er, und einem Kind, das eigentlich dem Himmel geweiht war, zeigte er das Innere unseres Bunkers, malte, während sie noch in die offene See hinausschwamm, mit grobem, knolligem Fuß Bilder in die Luft, gab sogleich die Formate an, betitelte sie: Flutende Nonnen. Nonnen bei Flut. Ertrinkende Nonnen. Fallende Nonnen. Fünfundzwanzigtausend Nonnen. Querformat: Nonnen auf der Höhe von Trafalgar. Hochformat: Nonnen besiegen Lord Nelson. Nonnen bei Gegenwind. Nonnen bei Segelwind. Nonnen gegen den Wind kreuzend. Schwarz, viel Schwarz, kaputtes Weiß und Blau auf Eis gelegt: Die Invasion, oder: Mystisch, barbarisch, gelangweilt – sein alter Betontitel aus Kriegszeiten. Und alle diese Bilder, Hochformate und Querformate, malte der Maler Lankes, als wir ins Rheinland zurückkehrten, fertigte ganze Nonnenserien an, fand einen Kunsthändler, der auf die Nonnenbilder scharf war, stellte dreiundvierzig Nonnenbilder aus, verkaufte siebzehn an Sammler, Industrielle, Kunstmuseen, auch an einen Amerikaner, veranlaßte Kritiker, ihn, Lankes, mit Picasso zu vergleichen, und überredete mit seinem Erfolg mich, Oskar, jenes Visitenkärtchen des Konzertmanagers Dr. Dösch hervorzusuchen, denn nicht nur seine Kunst, auch meine Kunst schrie nach Brot: Es galt, die Erfahrungen des dreijährigen Blechtrommlers Oskar während der Vorkriegs- und Kriegszeit mittels der Blechtrommel in das pure, klingende Gold der Nachkriegszeit zu verwandeln.

Der Ringfinger

»Na«, sagte Zeidler, »Sie woll'n wohl nich mehr arbeiten.« Es ärgerte ihn, daß Klepp und Oskar entweder in Klepps oder Oskars Zimmer saßen und so gut wie nichts taten. Zwar hatte ich mit dem letzten Geld, das mir der Dr. Dösch auf dem Südfriedhof anläßlich Schmuhs Begräbnis als Vorschuß gegeben hatte, die Oktobermiete für beide Zimmer bezahlt, aber der November drohte auch in finanzieller Hinsicht ein trüber November zu werden.

Dabei hatten wir Angebote genug. In dieser und jener Tanzgaststätte, auch in Nachtlokalen hätten wir Jazz spielen können. Oskar jedoch wollte keinen Jazz mehr spielen. Klepp und ich, wir stritten uns. Er sagte, meine neue Art, die Blechtrommel zu behandeln, habe nichts mehr mit Jazz zu tun. Ich widersprach nicht. Da nannte er mich einen Verräter an der Idee der Jazzmusik.

Erst als Klepp Anfang November einen neuen Schlagzeuger, Bobby aus dem »Einhorn«, also einen tüchtigen Mann fand und mit dem Schlagzeuger auch zugleich ein Engagement in der Altstadt, sprachen wir wieder wie Freunde miteinander, auch wenn Klepp zu dem Zeitpunkt schon begann, im Sinne der KPD mehr zu reden als zu denken.

Mir stand nur noch das Türchen zur Konzertagentur des Dr. Dösch offen. Zu Maria konnte und wollte ich nicht zurückkehren, zumal ihr Verehrer, der Stenzel, sich scheiden lassen wollte, um nach der Scheidung meine Maria zu einer Maria Stenzel machen zu können. Dann und wann schlug ich beim Korneff im Bittweg eine Grabsteininschrift, fand auch in die Akademie, ließ mich von fleißigen Kunstjüngern anschwärzen und abstrahieren, besuchte recht oft, doch ohne alle Absichten, die Muse Ulla, die die Verlobung mit dem Maler Lankes kurz nach unserer Reise zum Atlantikwall lösen mußte, weil Lankes nur noch teure Nonnenbilder malen, die Muse Ulla nicht einmal mehr schlagen wollte.

Das Visitenkärtchen des Dr. Dösch aber lag still und aufdringlich auf meinem Tisch neben der Badewanne. Als ich es eines Tages zerriß, wegwarf, weil ich mit dem Dr. Dösch nichts zu tun haben wollte, mußte ich mit Entsetzen feststellen, daß ich die Telefonnummer und auch die genaue Adresse der Konzertagentur wie ein Gedicht auswendig hersagen konnte. Das tat ich drei Tage lang, konnte der Telefonnummer wegen nicht einschlafen, suchte deshalb am vierten Tag eine Telefonkabine auf, wählte die Nummer, bekam den Dösch an den Apparat, der tat so, als habe er meinen Anruf stündlich erwartet, und er bat mich, am Nachmittag desselben Tages in die Agentur zu kommen, er wolle mich dem Chef vorstellen: Der Chef erwartet den Herrn Matzerath.

Die Konzertagentur »West« befand sich in der achten Etage eines neuerbauten Bürohochhauses. Bevor ich den Fahrstuhl bestieg, fragte ich mich, ob sich hinter dem Namen der Agentur nicht ein ärgerliches Politikum verberge. Wenn es eine Konzertagentur »West« gibt, findet sich in einem ähnlichen Bürohochhaus gewiß auch eine Agentur »Ost«. Der Name war nicht ungeschickt gewählt, denn sogleich gab ich der Agentur »West« den Vorzug und hatte, als ich im achten Stockwerk den Fahrstuhl verließ, das gute Gefühl, auf dem Wege zur rechten Agentur zu sein. Spannteppiche, viel Messing, indirekte Beleuchtung, alles schalldicht, Tür an Tür Eintracht, Sekretärinnen, die langbeinig und knisternd den Zigarrengeruch ihrer Chefs an mir vorbeitrugen; fast lief ich den Büroräumen der Agentur »West« davon.

Dr. Dösch empfing mich mit offenen Armen. Oskar war froh, daß er ihn nicht an sich drückte. Die Schreibmaschine eines grünen Pullovermädchens schwieg, als ich eintrat, holte dann alles nach, was sie meines Eintrittes wegen versäumt hatte. Dösch meldete mich beim Chef an. Oskar nahm Platz auf dem vorderen linken Sechstel eines englischrot gepolsterten Sessels. Dann tat sich eine Flügeltür auf, die Schreibmaschine hielt die Luft an, ein Sog nahm mich vom Polster, die Türen schlossen hinter mir, ein Teppich floß durch einen lichten Saal, der Teppich nahm mich mit, bis ein Stahlmöbel mir sagte: Jetzt steht Oskar vorm Schreibtisch des Chefs, wieviel Zentner mag er wiegen? Ich erhob meine blauen Augen, suchte den Chef hinter der unendlich leeren Eichenholzfläche und fand, in einem Rollstuhl, der sich gleich einem Zahnarztstuhl hochschrauben und schwenken ließ, meinen gelähmten, nur mit den Augen und Fingerspitzen noch lebenden Freund und Meister Bebra.

Ach ja, seine Stimme gab es noch! Aus Bebra heraus sprach es: »So sieht man sich wieder, Herr Matzerath. Sagte ich nicht schon vor Jahren, da Sie es noch vorzogen, als Dreijähriger dieser Welt zu begegnen: Leute wie wir können sich nicht verlieren?! – Allein, ich stelle zu meinem Bedauern fest, daß Sie Ihre Proportionen unvernünftig stark und unvorteilhaft verändert haben. Maßen Sie seinerzeit nicht knappe vierundneunzig Zentimeter?«

Ich nickte und war dem Weinen nahe. An der Wand, hinter dem gleichmäßig surrenden, von einem Elektromotor betriebenen Rollstuhl des Meisters, hing als einziger Bildschmuck das barockgerahmte lebensgroße Brustbild meiner Roswitha, der großen Raguna. Ohne meinem Blick zu folgen, doch um das Ziel meines Blickes wissend, sprach Bebra mit nahezu unbeweglichem Mund: »Ach ja, die gute Roswitha! Ob ihr der neue Oskar gefiele? Wohl kaum. Sie hatte es mit einem anderen Oskar, mit einem dreijährigen, pausbäckigen und dennoch recht liebestollen Oskar. Sie betete ihn an, wie sie mir mehr verkündete denn gestand. Er jedoch wollte ihr eines Tages keinen Kaffee holen, da holte sie ihn selbst und kam dabei ums Leben. Das ist, soviel ich weiß, nicht der einzige Mord, den jener pausbäckige Oskar verübte. War es nicht so, daß er seine arme Mama ins Grab trommelte?«

Ich nickte, konnte Gottseidank weinen und hielt die Augen in Richtung Roswitha. Da holte schon Bebra zum nächsten Schlage aus: »Und wie verhielt es sich mit jenem Postbeamten Jan Bronski, den der dreijährige Oskar seinen mutmaßlichen Vater zu nennen beliebte? – Er überantwortete ihn den Schergen. Die schossen ihm in die Brust. Vielleicht können Sie, Herr Oskar Matzerath, der Sie in neuer Gestalt aufzutreten wagen, mir darüber Auskunft geben, was aus des dreijährigen Blechtrommlers zweitem mutmaßlichen Vater, aus dem Kolonialwarenhändler Matzerath, wurde?«

Da gestand ich auch diesen Mord ein, gab zu, mich vom Matzerath befreit zu haben, schilderte seinen von mir herbeigeführten Erstickungstod, versteckte mich nicht mehr hinter jener russischen Maschinenpistole, sondern sagte: »Ich war es, Meister Bebra. Das tat ich, und das tat ich auch, diesen Tod verursachte ich, selbst an jenem Tod bin ich nicht unschuldig – Erbarmen!«

Bebra lachte. Ich weiß nicht, womit er lachte. Sein Rollstuhl zitterte, Winde wühlten in seinem weißen Gnomenhaar über jenen hunderttausend Fältchen, die sein Gesicht ausmachten.

Noch einmal flehte ich dringlich um Erbarmen, gab dabei meiner Stimme eine Süße, von der ich wußte, daß sie wirkte, warf auch meine Hände, von denen ich wußte, daß sie schön waren und gleichfalls wirkten, vors Gesicht: »Erbarmen, lieber Meister Bebra! Erbarmen!«

Da drückte er, der sich zu meinem Richter gemacht hatte und diese Rolle vortrefflich spielte, auf ein Knöpfchen jenes elfenbeinfarbenen Schaltbrettchens, das er zwischen Knien und Händen hielt.

Der Teppich hinter mir brachte das grüne Pullovermädchen. Eine Mappe hielt sie, breitete die auf jener Eichenholzplatte aus, die etwa in Höhe meines Schlüsselbeines auf Stahlrohrgeschlinge stand und mir nicht erlaubte, einzusehen, was das Pullovermädchen ausbreitete. Einen Füllfederhalter reichte sie mir: Es galt, Bebras Erbarmen mit einer Unterschrift zu erkaufen.

Dennoch wagte ich in Richtung Rollstuhl Fragen zu stellen. Es fiel mir schwer, an jener Stelle, die ein lackierter Fingernagel bezeichnete, blindlings meine Signatur hinzusetzen.

»Das ist ein Arbeitsvertrag«, ließ Bebra hören. »Es bedarf Ihres vollen Namens. Schreiben Sie Oskar Matzerath, damit wir wissen, mit wem wir es zu tun haben.«

Gleich nachdem ich unterschrieben hatte, verfünffachte sich das Brummen des Elektromotors, ich riß den Blick von der Füllfeder fort und sah gerade noch, wie ein schnellfahrender Rollstuhl, der während der Fahrt kleiner wurde, sich zusammenfaltete, übers Parkett durch eine Seitentür verschwand.

Manch einer mag nun glauben, daß jener Vertrag in doppelter Ausfertigung, den ich zweimal unterschrieb, meine Seele erkaufte oder Oskar zu schrecklichen Missetaten verpflichtete. Nichts davon! Als ich mit Hilfe des Dr. Dösch im Vorzimmer den Vertrag studierte, verstand ich schnell und mühelos, daß Oskars Aufgabe darin bestand, alleine mit seiner Blechtrommel vor dem Publikum aufzutreten, daß ich so trommeln mußte, wie ich es als Dreijähriger getan hatte und später noch einmal in Schmuhs Zwiebelkeller. Die Konzertagentur verpflichtete sich, meine Tourneen vorzubereiten, erst einmal auf die Werbetrommel zu schlagen, bevor »Oskar der Trommler« mit seinem Blech auftrat.

Während die Werbung anlief, lebte ich von einem zweiten generösen Vorschuß, den mir die Konzertagentur »West« gewährte. Dann und wann suchte ich das Bürohochhaus auf, stellte mich Journalisten, ließ mich fotografieren, verirrte mich einmal in dem Kasten, der überall gleich roch, aussah und sich anfaßte wie etwas höchst Unanständiges, das man mit einem unendlich dehnbaren, alles isolierenden Präservativ überzogen hatte. Dr. Dösch und das Pullovermädchen behandelten mich zuvorkommend, nur den Meister Bebra bekam ich nicht mehr zu Gesicht.

Eigentlich hätte ich mir schon vor der ersten Tournee eine bessere Wohnung leisten können. Doch blieb ich Klepps wegen bei Zeidler, versuchte den Freund, der mir den Umgang mit den Managern verübelte, zu versöhnen, gab aber nicht nach, ging auch nie mehr mit ihm in die Altstadt, trank kein Bier mehr, aß keine frische Blutwurst mit Zwiebeln, sondern speiste, um mich auf künftige Eisenbahnfahrten vorzubereiten, in den vorzüglichen Bahnhofsgaststätten.

Oskar findet hier nicht den Platz, seine Erfolge lang und breit zu beschreiben. Eine Woche vor dem Beginn der Tournee tauchten jene ersten, schändlich wirksamen Plakate auf, die meinen Erfolg vorbereiteten, meinen Auftritt wie den Auftritt eines Zauberers, Gesundbeters, eines Messias ankündigten. Zuerst hatte ich die Städte im Ruhrgebiet heimzusuchen. Die Säle, in denen ich auftrat, faßten tausendfünfhundert bis über zweitausend Personen. Vor einer schwarzen Sammetwand hockte ich ganz alleine auf der Bühne. Ein Scheinwerfer deutete auf mich. Ein Smoking kleidete mich. Wenn ich auch trommelte, waren dennoch keine jugendlichen Jazzfans meine Anhänger. Erwachsene Personen vom fünfundvierzigsten Lebensjahr aufwärts hörten mir zu, hingen mir an. Um genau zu sein, muß ich sagen, Fünfundvierzigjährige bis Fünfundfünfzigjährige machten etwa ein Viertel meines Publikums aus. Sie waren die jüngere Anhängerschaft. Ein weiteres Viertel bestand aus Fünfundfünfzigjährigen bis Sechzigjährigen. Greise und Greisinnen stellten die reichliche und dankbarste Hälfte meiner Zuhörer. Hochbetagte Leute sprach ich an, und die antworteten mir, blieben nicht stumm, wenn ich die dreijährige Trommel sprechen ließ, erfreuten sich, allerdings nicht in der Sprache der Greise, sondern mit kindlich dreijährigem Lallen und Babbeln, mit »Raschu, Raschu, Raschu!« an meiner Trommel, sobald Oskar ihnen etwas aus dem wunderbaren Leben des wunderbaren Rasputin vortrommelte. Doch weit mehr Erfolg als mit dem Rasputin, der den meisten Zuhörern schon zu anspruchsvoll war, hatte ich mit Themen, die ohne jede besondere Handlung nur Zustände beschrieben, denen ich Titel gab wie: Die ersten Milchzähne – Der schlimme Keuchhusten – Lange wollene Strümpfe kratzen – Wer Feuer träumt, das Bettchen näßt.

Das gefiel den alten Leutchen. Da waren sie ganz dabei. Da litten sie, weil die Milchzähne durchbrachen. Zweitausend Hochbetagte husteten schlimm, weil ich den Keuchhusten ausbrechen ließ. Wie sie sich kratzten, weil ich ihnen die langen wollenen Strümpfe anzog. Manch alte Dame, manch alter Herr näßte Unterwäsche und Sitzpolster, weil ich die Kinderchen von einer Feuersbrunst träumen ließ. Ich weiß nicht mehr, war es in Wuppertal, war es in Bochum, nein, in Recklinghausen war es: Ich spielte vor alten Bergleuten, die Gewerkschaft unterstützte die Veranstaltung, und ich dachte mir, die alten Kumpels werden, da sie jahrelang mit schwarzer Kohle zu tun gehabt haben, einen kleinen schwarzen Schreck vertragen. Oskar trommelte also »Die Schwarze Köchin« und mußte erleben, daß tausendfünfhundert Kumpels, die da schlagende Wetter, absaufende Stollen, Streik, Arbeitslosigkeit hinter sich hatten, der bösen Schwarzen Köchin wegen ein fürchterlich Geschrei losließen, dem – und deswegen erwähne ich die Geschichte – hinter dicken Vorhängen mehrere Fensterscheiben der Festhalle zum Opfer fielen. So, über diesen Umweg, fand ich wieder meine glastötende Stimme, machte aber sparsamen Gebrauch davon, weil ich mir nicht das Geschäft verderben wollte.

Denn meine Tournee war ein Geschäft. Als ich zurückkehrte und mit Dr. Dösch abrechnete, stellte es sich heraus, daß meine Blechtrommel eine Goldgrube war.

Ohne nach dem Meister Bebra gefragt gehabt zu haben – ich hatte die Hoffnung, ihn wiederzusehen, schon aufgegeben –, verkündete mir Dr. Dösch, daß Bebra mich erwarte.

Mein zweiter Besuch beim Meister verlief etwas anders als der erste. Oskar mußte nicht vor dem Stahlmöbel stehen, sondern fand einen für seine Maße konstruierten, elektrisch betriebenen, schwenkbaren Rollstuhl vor, der dem Stuhl des Meisters gegenüberstand. Lange saßen wir, schwiegen, hörten uns Pressemeldungen und -berichte über Oskars Trommelkunst an, die Dr. Dösch auf Bändern aufgenommen hatte und nun vor uns ablaufen ließ. Bebra schien zufrieden zu sein. Mir war das Gerede der Zeitungsleute eher peinlich. Die trieben einen Kult mit mir, sprachen mir und meiner Trommel Heilerfolge zu. Gedächtnisschwund könne sie beseitigen, hieß es, das Wörtchen »Oskarnismus« tauchte zum erstenmal auf und sollte bald zum Schlagwort werden.

Hinterher servierte das Pullovermädchen einen Tee für mich. Dem Meister legte sie zwei Pillen auf die Zunge. Wir plauderten. Er klagte mich nicht mehr an. Wie vor Jahren war es, als wir im Café Vierjahreszeiten saßen, nur fehlte die Signora, unsere Roswitha. Als ich bemerken mußte, daß der Meister Bebra während meiner etwas langatmigen Schilderungen Oskarscher Vergangenheit eingeschlafen war, spielte ich erst noch ein Viertelstündchen mit meinem elektrischen Rollstuhl, ließ den schnurren und übers Parkett sausen, schwenkte ihn links, rechts herum, ließ ihn wachsen und schrumpfen und hatte Mühe, mich von jenem Allerweltsmöbel trennen zu können, das sich mit seinen unendlichen Möglichkeiten als harmloses Laster anbot.

Meine zweite Tournee fiel in die Adventszeit. Dementsprechend gestaltete ich auch mein Programm und bekam die Loblieder der katholischen wie protestantischen Zeitungen zu hören. Gelang es mir doch, uralte, steinhart gesottene Sünder zu dünn und rührend Adventslieder singenden Kleinkindern zu machen. »Jesus, dir leb' ich, Jesus, dir sterb' ich«, sangen zweitausendfünfhundert Menschen, denen man bei so hohem Alter solch kindlichen Glaubenseifer nicht mehr zugetraut hätte.

Zweckentsprechend gab ich mich während der dritten Tournee, die parallel zur Karnevalszeit verlief. Bei keinem sogenannten Kinderkarneval hätte es lustiger und unbeschwerter zugehen können als anläßlich meiner Veranstaltungen, die jede zittrige Oma, jeden wackligen Opa in eine drollig naive Räuberbraut, in einen peng-peng-machenden Räuberhauptmann verwandelte.

Nach dem Karneval unterzeichnete ich die Verträge mit der Schallplattenfirma. Die Aufnahme machte ich in schalldichten Studios, hatte zuerst Schwierigkeiten wegen der äußerst sterilen Atmosphäre, ließ mir dann Riesenfotos alter Leutchen, wie man sie in Altersheimen und auf Parkbänken findet, an die Studiowände hängen und trommelte ähnlich wirksam wie während der Veranstaltungen in menschenwarmen Festsälen.

Die Platten gingen weg wie die warmen Semmeln: Und Oskar wurde reich. Gab ich deswegen mein armseliges, ehemaliges Badezimmer in der Zeidlerschen Wohnung auf? Ich gab es nicht auf. Weswegen nicht? Meines Freundes Klepp wegen, auch wegen der leeren Kammer hinter der Milchglastür, in der einst Schwester Dorothea geatmet hatte, gab ich mein Zimmer nicht auf. Was tat Oskar mit dem vielen Geld? Er machte Maria, seiner Maria, ein Angebot.

Ich sagte zu Maria: Wenn du dem Stenzel den Laufpaß gibst, ihn nicht nur nicht heiratest, sondern simpel davonjagst, kaufe ich dir ein modern eingerichtetes Feinkostgeschäft in bester Geschäftslage, denn schließlich bist du, liebe Maria, fürs Geschäft und nicht für einen hergelaufenen Herrn Stenzel geboren.

Ich hatte mich in Maria nicht getäuscht. Sie ließ vom Stenzel ab, baute mit meinen Geldmitteln ein erstklassiges Feinkostgeschäft in der Friedrichstraße auf, und vor einer Woche konnte man in Oberkassel – wie mir Maria gestern freudig und nicht ohne Dankbarkeit berichtete – eine Filiale jenes Geschäftes eröffnen, das vor drei Jahren gegründet wurde.

Kam ich von meiner siebenten oder achten Tournee zurück? Im heißesten Monat Juli war es. Am Hauptbahnhof winkte ich mir ein Taxi und fuhr direkt zum Bürohochhaus. Wie am Hauptbahnhof warteten auch vor dem Hochhaus die lästigen Autogrammjäger – Pensionäre und Großmütter, die besser ihren Enkelkindern aufgepaßt hätten. Ich ließ mich sofort beim Chef anmelden, fand auch geöffnete Flügeltüren, den Teppich in Richtung Stahlmöbel; doch hinter dem Tisch saß nicht der Meister, kein Rollstuhl erwartete mich, sondern das Lächeln des Dr. Dösch.

Bebra war tot. Seit Wochen schon gab es keinen Meister Bebra mehr. Auf Bebras Wunsch hin hatte man mich nicht über seinen schlimmen Zustand unterrichtet. Nichts, auch sein Tod nicht, durfte meine Tournee unterbrechen. Bei der bald darauf folgenden Testamenteröffnung erbte ich ein rundes Vermögen und das Brustbild der Roswitha, erlitt jedoch empfindliche finanzielle Verluste, weil ich zwei schon vertraglich festgelegte Tourneen nach Süddeutschland und in die Schweiz kurzfristig absagte und wegen Vertragsbruch belangt wurde.

Abgesehen von den paar tausend Mark traf mich Bebras Tod schwer und auf längere Zeit. Meine Blechtrommel schloß ich ein und war kaum noch aus dem Zimmer zu bekommen. Dazu kam, daß mein Freund Klepp in jenen Wochen heiratete, ein rothaariges Zigarettenmädchen zu seiner Gattin machte, weil er ihr einmal ein Foto von sich geschenkt hatte. Kurz vor der Hochzeit, zu der ich nicht geladen wurde, kündigte er sein Zimmer, verzog nach Stockholm, und Oskar blieb Zeidlers einziger Untermieter.

Mein Verhältnis zu dem Igel hatte sich etwas geändert. Nachdem fast jede Zeitung meinen Namen in Schlagzeilen nachdruckte, behandelte er mich mit Hochachtung, gab mir auch, gegen ein entsprechendes Stückchen Geld, den Schlüssel zur leeren Kammer der Schwester Dorothea; später mietete ich das Zimmer, damit er es nicht vermieten konnte.

Meine Trauer hatte also ihren Weg. Beide Zimmertüren öffnete ich, wanderte von der Badewanne meines Raumes über den Kokosläufer des Korridors in die Kammer der Dorothea, starrte dort in den leeren Kleiderschrank, ließ mich von dem Spiegel über der Kommode verhöhnen, verzweifelte vor dem schweren unbezogenen Bett, rettete mich in den Korridor, floh vor der Kokosfaser in mein Zimmer und hielt es auch dort nicht aus.

Womöglich mit einsamen Menschen als Kunden rechnend, hatte ein geschäftstüchtiger Ostpreuße, der in Masuren ein Gut verloren hatte, in der Nähe der Jülicher Straße ein Geschäft eröffnet, das schlicht und bezeichnend »Hundeleihanstalt« hieß.

Dort lieh ich mir Lux, einen kräftigen, etwas zu fetten, schwarzglänzenden Rottweiler. Mit ihm ging ich spazieren, damit ich nicht in Zeidlers Wohnung zwischen meiner Badewanne und dem leeren Kleiderschrank der Schwester Dorothea hin und her hetzen mußte.

Der Hund Lux führte mich oft an den Rhein. Dort bellte er die Schiffe an. Der Hund Lux führte mich oft nach Rath, in den Grafenberger Wald. Dort bellte er die Liebespaare an. Ende Juli einundfünfzig führte mich der Hund Lux nach Gerresheim, einem Vorort der Stadt Düsseldorf, der seine ländlich dörfliche Herkunft nur notdürftig, mit Hilfe einiger Industrie, einer größeren Glashütte, verleugnete. Gleich hinter Gerresheim gab es Schrebergärten, und zwischen, neben, hinter den Schrebergärten zäunte sich Weideland ein, wogten Kornfelder, ich glaube, Roggenfelder.

Sagte ich schon, daß es ein heißer Tag war, an dem mich der Hund Lux nach Gerresheim und aus Gerresheim hinaus zwischen Kornfelder und Schrebergärten führte? Erst als wir die letzten Häuser des Vorortes hinter uns hatten, ließ ich Lux von der Leine. Er blieb dennoch bei Fuß, war ein treuer Hund, ein besonders treuer Hund, da er ja als Hund einer Hundeleihanstalt vielen Herren treu sein mußte.

Mit anderen Worten, der Rottweiler Lux gehorchte mir, war alles andere als ein Dackel. Ich fand diesen Hundegehorsam übertrieben, hätte ihn lieber springen sehen, trat ihn auch, damit er sprang; er aber streunte mit schlechtem Gewissen, bog immer wieder den glattschwarzen Hals und hielt mir die sprichwörtlich treuen Hundeaugen hin.

»Hau ab, Lux!« forderte ich. »Hau ab!«

Lux gehorchte mehrmals, doch so kurzfristig, daß es mir angenehm auffallen mußte, als er längere Zeit wegblieb, im Korn verschwand, das hier als Roggen windgerecht wogte, ach was, windgerecht – windstill war es und gewittrig.

Lux wird einem Kaninchen hinterher sein, dachte ich. Vielleicht hat er aber auch nur das Bedürfnis, alleine zu sein, Hund sein zu dürfen, wie Oskar ohne den Hund einige Zeit lang Mensch sein möchte.

Keine Aufmerksamkeit schenkte ich der Umgebung. Weder die Schrebergärten noch Gerresheim und die dahinterliegende, im Dunst flächige Stadt lockten mein Auge. Ich setzte mich auf eine leere, verrostete Kabelrolle, die ich nun doch Kabeltrommel nennen muß, denn kaum saß Oskar auf dem Rost, da begann er schon mit den Knöcheln auf der Kabeltrommel zu trommeln. Warm war es. Mein Anzug drückte, war nicht sommerlich leicht genug. Lux war weg, blieb weg. Die Kabeltrommel ersetzte gewiß nicht meine Blechtrommel, aber immerhin: Langsam glitt ich zurück, griff mir, als es nicht weitergehen wollte, als sich immer wieder die Bilder der letzten Jahre voller Krankenhausmilieu wiederholten, zwei dürre Knüppel, sagte mir: Nun warte mal, Oskar. Nun wolln wir doch mal sehen, was du bist, wo du herkommst. Und da leuchteten sie auch schon, die beiden Sechzig-Watt-Glühbirnen meiner Geburtsstunde. Der Nachtfalter schnatterte dazwischen, fern rückte ein Gewitter an schweren Möbeln, Matzerath hörte ich sprechen, gleich darauf Mama. Er verhieß mir das Geschäft, Mama versprach mir Spielzeug, mit drei Jahren sollte ich die Blechtrommel bekommen, und so versuchte Oskar, die drei Jährchen so schnell wie möglich hinter sich zu bringen: Ich aß, trank, gab von mir, nahm zu, ließ mich wiegen, wickeln, baden, bürsten, pudern, impfen, bewundern, beim Namen nennen, lächelte auf Wunsch, jauchzte nach Verlangen, schlief ein, wenn es an der Zeit war, erwachte pünktlich und machte im Schlaf jenes Gesicht, das die Erwachsenen Engelsgesichtchen nannten. Mehrmals hatte ich den Durchfall, war oft erkältet, holte mir den Keuchhusten, hielt ihn mir einige Zeit lang und gab ihn erst auf, als ich seinen schwierigen Rhythmus kapiert hatte, für immer im Handgelenk hatte; denn wie wir wissen, gehörte das Stückchen »Keuchhusten« zu meinem Repertoire, und wenn Oskar vor zweitausend Menschen Keuchhusten trommelte, husteten zweitausend alte Männlein und Weiblein.

Lux winselte vor mir, rieb sich an meinen Knien. Dieser Hund aus der Hundeleihanstalt, den auszuleihen mir meine Einsamkeit befohlen hatte! Da stand er auf vier Beinen, wedelte, war ein Hund, hatte diesen Blick und hielt etwas in der geifernden Schnauze: einen Stock, Stein, was sonst immer einem Hund wertvoll sein mag.

Langsam entglitt mir meine so wichtige Frühzeit. Der Schmerz am Gaumen, der mir die ersten Milchzähne versprochen hatte, ließ nach, müde lehnte ich mich zurück: ein erwachsener, sorgfältig, etwas zu warm gekleideter Buckliger, mit Armbanduhr, Kennkarte, einem Bündel Geldscheinen in der Brieftasche. Schon hatte ich eine Zigarette zwischen den Lippen, Streichholz davor und überließ es dem Tabak, jenen eindeutigen Kindheitsgeschmack in meiner Mundhöhle abzulösen.

Und Lux? Lux rieb sich an mir. Ich stieß ihn weg, blies ihn mit Zigarettenrauch an. Das mochte er nicht, blieb aber dennoch und rieb sich an mir. Sein Blick leckte mich ab. Ich suchte die nahen Leitungsdrähte zwischen Telegrafenmasten nach Schwalben ab, wollte Schwalben als Mittel gegen aufdringliche Hunde benutzen. Es gab aber keine Schwalben, und Lux ließ sich nicht vertreiben. Seine Schnauze fand zwischen meine Hosenbeine, stieß die Stelle so sicher, als hätte der Hundeverleiher aus Ostpreußen ihn darauf dressiert.

Mein Schuhabsatz traf ihn zweimal. Er nahm Abstand, stand zitternd, vierbeinig da und hielt mir dennoch die Schnauze mit Stock oder Stein so unbeirrbar hin, als hielte er nicht Stock und Stein, sondern meine Brieftasche, die ich in der Jacke spürte, oder die Uhr, die mir deutlich am Handgelenk tickte.

Was hielt er denn also? Was war so wichtig, so zeigenswert?

Schon griff ich ihm zwischen das warme Gebiß, hielt es auch gleich in der Hand, erkannte, was ich hielt, und tat dennoch, als suchte ich nach einem Wort, das jenen Fund hätte bezeichnen können, welchen mir Lux aus dem Roggenfeld brachte.

Es gibt Teile des menschlichen Körpers, die sich abgelöst, dem Zentrum entfremdet, leichter und genauer betrachten lassen. Es war ein Finger. Ein weiblicher Finger. Ein Ringfinger. Ein weiblicher Ringfinger. Ein geschmackvoll beringter weiblicher Finger. Zwischen dem Mittelhandknochen und dem ersten Fingerglied, etwa zwei Zentimeter unterhalb des Ringes, hatte sich der Finger abhacken lassen. Ein sauberes und deutlich ablesbares Segment bewahrte die Flechse des Fingerstreckers.

Es war ein schöner, beweglicher Finger. Den Edelstein des Ringes, den sechs goldene Krallen hielten, nannte ich sogleich und, wie sich später herausstellen sollte, treffend einen Aquamarin. Der Ring selbst erwies sich an einer Stelle als so dünn, bis zur Zerbrechlichkeit abgetragen, daß ich ihn als Erbstück wertete. Obgleich Dreck oder besser gesagt Erde unter dem Fingernagel einen Rand zeichnete, als hätte der Finger Erde kratzen oder graben müssen, erweckten Schnitt und Nagelbett des Fingernagels einen gepflegten Eindruck. Sonst fühlte sich der Finger, nachdem ich ihn dem Hund aus der lebenswarmen Schnauze genommen hatte, kalt an; auch gab die ihm eigene gelbliche Blässe der Kälte recht.

Oskar trug seit Monaten links außen im Brusttäschchen ein dreieckig hervorlugendes Kavalierstüchlein. Dieses Stück Seide zog er hervor, breitete es aus, bettete den Ringfinger darin, erkannte, daß die Innenseite des Fingers bis hoch ins dritte Glied Linien zeichneten, die auf Fleiß, Strebsamkeit, auch auf ehrgeizige Beharrlichkeit des Fingers schließen ließen.

Nachdem ich den Finger im Tüchlein versorgt hatte, erhob ich mich von der Kabelrolle, tätschelte den Hals des Hundes Lux, machte mich mit Tüchlein und Finger in dem Tüchlein in rechter Hand auf, wollte nach Gerresheim, nach Hause, hatte mit dem Fund dieses und jenes vor, kam auch bis zu dem nahen Zaun eines Schrebergartens – da sprach mich Vittlar an, der in der Astgabel eines Apfelbaumes lag und mich, auch den apportierenden Hund beobachtet hatte.

Die letzte Straßenbahn oder Anbetung eines Weckglases

Schon alleine seine Stimme: dieses hochmütige, geschraubte Näseln. Er lag in der Gabel des Apfelbaumes und sagte: »Sie halten sich einen tüchtigen Hund, mein Herr!«

Ich darauf, etwas fassungslos: »Was machen Sie da auf dem Apfelbaum?« Er zierte sich in der Astgabel, räkelte seinen langen Oberkörper: »Nur Kochäpfel sind es, fürchten Sie bitte nichts.«

Da mußte ich ihn zurechtweisen: »Was gehen mich Ihre Kochäpfel an? Was habe ich zu befürchten?«

»Nun«, züngelte er, »Sie könnten mich für die paradiesische Schlange halten, denn auch damals gab es schon Kochäpfel.«

Ich wütend: »Allegorisches Geschwätz!«

Er überschlau: »Ja glauben Sie etwa, nur Tafelobst ist eine Sünde wert?«

Schon wollte ich mich davonmachen. Nichts wäre mir in jenem Moment unerträglicher gewesen als eine Diskussion über die Obstsorten des Paradieses. Da kam er mir direkt, sprang behende aus der Astgabel, stand lang und windig am Zaun: »Was war es denn, was Ihr Hund aus dem Roggen brachte?«

Warum antwortete ich nur: »Einen Stein brachte er.«

Das artete zu einem Verhör aus: »Und Sie steckten den Stein in die Tasche?«

»Ich trage gerne Steine in der Tasche.«

»Mir sah, was der Hund Ihnen brachte, eher wie ein Stöckchen aus.«

»Ich bleibe bei Stein, und wenn es zehnmal ein Stöckchen ist oder sein könnte.«

»Also doch ein Stöckchen?«

»Von mir aus: Stock oder Stein, Kochäpfel oder Tafelobst...«

»Ein bewegliches Stöckchen?«

»Den Hund zieht es heim, ich gehe!«

»Ein fleischfarbenes Stöckchen?«

»Passen Sie lieber auf Ihre Äpfel auf! – Komm Lux!«

»Ein beringtes, fleischfarbenes und bewegliches Stöckchen?«

»Was wollen Sie von mir? Ich bin ein Spaziergänger, der sich einen Hund ausgeliehen hat.«

»Sehen Sie, auch ich möchte mir etwas ausleihen. Dürfte ich eine Sekunde lang jenen hübschen Ring über meine kleinen Finger streifen, der an Ihrem Stöckchen glänzte und das Stöckchen zu einem Ringfinger machte? – Vittlar, mein Name. Gottfried von Vittlar. Ich bin der Letzte unseres Geschlechtes.«

So machte ich Vittlars Bekanntschaft, schloß noch am selben Tage mit ihm Freundschaft, nenne ihn heute noch meinen Freund und sagte deshalb vor einigen Tagen – er besuchte mich – zu ihm: »Ich bin froh, lieber Gottfried, daß du, mein Freund, damals die Anzeige bei der Polizei machtest und nicht irgendein x-beliebiger Mensch.«

Wenn es Engel gibt, sehen sie sicher aus wie von Vittlar: lang, windig, lebhaft, zusammenklappbar, eher die unfruchtbarste aller Straßenlaternen umarmend als ein weiches, zuschnappendes Mädchen.

Man bemerkt Vittlar nicht sogleich. Eine bestimmte Seite zeigend, kann er, je nach Umgebung, zum Faden, zur Vogelscheuche, zum Garderobenständer, zu einer liegenden Astgabel werden. Deshalb fiel er mir auch nicht auf, als ich auf der Kabeltrommel saß und er im Apfelbaum lag. Selbst der Hund bellte nicht; weil Hunde einen Engel weder wittern noch sehen, noch anbellen können.

»Sei doch so gut, lieber Gottfried«, bat ich ihn vorvorgestern, »und schicke mir eine Abschrift jener Anzeige vor Gericht, die du vor etwa zwei Jahren machtest, die meinen Prozeß auslöste.«

Hier habe ich die Abschrift, lasse nun ihn, der vor Gericht gegen mich aussagte, sprechen:

Ich, Gottfried von Vittlar, lag an jenem Tage in der Gabel eines Apfelbaumes, der in meiner Mutter Schrebergarten jedes Jahr so viele Kochäpfel trägt, wie unsere sieben Weckgläser an Apfelmus fassen können. In der Astgabel lag ich, lag also auf der Seite, den linken Beckenknochen im tiefsten, etwas bemoosten Punkt der Gabel gebettet. Meine Füße wiesen gegen die Glashütte Gerresheim. Ich blickte – wohin blickte ich? –, geradeaus blickte ich und erwartete, daß sich etwas in meinem Blickfeld zutragen würde.

Der Angeklagte, der heute mein Freund ist, trat in mein Blickfeld. Ein Hund begleitete ihn, umkreiste ihn, benahm sich, wie ein Hund sich benimmt, und hieß, wie mir der Angeklagte später verriet, Lux, war ein Rottweiler, den man in der Nähe der Rochuskirche in einer Hundeleihanstalt ausleihen konnte.

Der Angeklagte setzte sich auf jene leere Kabeltrommel, die seit Kriegsende dem Schrebergarten meiner Mutter Alice von Vittlar vorliegt. Wie das hohe Gericht weiß, muß man den Körperwuchs des Angeklagten klein, auch verwachsen nennen. Das fiel mir auf. Noch merkwürdiger berührte mich das Benehmen des kleinen, gut angezogenen Herrn. Er trommelte mit zwei dürren Ästen gegen den Rost der Kabeltrommel. Wenn man jedoch bedenkt, daß der Angeklagte von Beruf Trommler ist und, wie sich erwiesen hat, wo er geht und steht diesen Trommlerberuf ausübt, auch daß die Kabeltrommel – die heißt nicht umsonst so – jeden, selbst einen Laien zum Trommeln verführen kann, wird man sagen müssen: Der Angeklagte Oskar Matzerath nahm an einem gewittrigen Sommertag auf jener Kabeltrommel Platz, die dem Schrebergarten der Frau Alice von Vittlar vorlag, und intonierte mit zwei ungleichgroßen dürren Weidenästen rhythmisch geordnete Geräusche.

Weiterhin sage ich aus, daß der Hund Lux längere Zeit lang in einem schnittreifen Roggenfeld verschwand. Über die Länge der Zeit befragt, wüßte ich keine Antwort zu geben, da mir, sobald ich in der Astgabel unseres Apfelbaumes liege, jeder Sinn für die Länge oder Kürze einer Zeit abgeht. Wenn ich dennoch sage, der Hund blieb längere Zeit verschwunden, bedeutet das, daß ich den Hund vermißte, weil er mir mit seinem schwarzen Fell und den Schlappohren gefiel.

Der Angeklagte jedoch – so glaube ich sagen zu dürfen – vermißte den Hund nicht.

Als der Hund Lux aus dem schnittreifen Roggenfeld zurückkam, trug er etwas in der Schnauze. Nicht etwa, daß ich erkannte, was der Hund in der Schnauze hielt! An einen Stock dachte ich, an einen Stein, weniger an eine Blechbüchse oder gar an einen Blechlöffel. Erst als der Angeklagte das Corpus delicti der Hundeschnauze entnahm, erkannte ich deutlich, um was es sich handelte. Doch von jenem Augenblick an, da der Hund die noch gefüllte Schnauze am – glaube ich – linken Hosenbein des Angeklagten rieb, bis zu dem leider nicht mehr zu fixierenden Zeitpunkt, da der Angeklagte besitzergreifend hineingriff, vergingen, vorsichtig gesagt, mehrere Minuten.

So sehr sich der Hund auch um die Aufmerksamkeit seines Leihherren bemühte: Der trommelte unentwegt in jener eintönig einprägsamen, dennoch unfaßbaren Art, wie Kinder trommeln. Erst als der Hund zu einer Unart Zuflucht nahm, die feuchte Schnauze zwischen die Beine des Angeklagten stieß, ließ jener die Weidenäste sinken und trat – ich erinnere mich genau – rechtsbeinig den Hund. Der schlug einen halben Bogen, näherte sich hündisch zitternd abermals, bot seine gefüllte Schnauze an.

Ohne sich zu erheben, sitzend also, griff der Angeklagte – diesmal linkshändig – dem Hund zwischen die Zähne. Seines Fundes ledig, trat der Hund Lux mehrere Meter hinter sich. Der Angeklagte jedoch blieb sitzen, hielt den Fund in der Hand, schloß die Hand, öffnete sie wieder, schloß abermals und ließ, als er die Hand wieder öffnete, etwas an dem Fund glitzern. Nachdem sich der Angeklagte an den Anblick des Fundes gewöhnt hatte, hielt er ihn mit Daumen und Zeigefinger senkrecht hoch, etwa in Augenhöhe.

Jetzt erst nannte ich für mich den Fund einen Finger, erweiterte, des Glitzerns wegen, den Begriff, sagte Ringfinger und gab damit, ohne es zu ahnen, einem der interessantesten Prozesse der Nachkriegszeit den Namen: Schließlich nennt man mich, Gottfried von Vittlar, den wichtigsten Zeugen im Ringfingerprozeß.

Da der Angeklagte ruhig blieb, blieb auch ich ruhig. Ja, seine Ruhe teilte sich mir mit. Und als der Angeklagte den Finger mit Ring sorgfältig in jenes Tüchlein wickelte, das er zuvor wie ein Kavalier in der Brusttasche hatte blühen lassen, empfand ich Sympathie für den Menschen auf der Kabeltrommel: Ein ordentlicher Herr, dachte ich, den möchtest du kennenlernen.

So rief ich ihn an, als er mit seinem Leihhund in Richtung Gerresheim davonwollte. Er aber reagierte zuerst ärgerlich, fast arrogant. Bis heute kann ich nicht begreifen, warum der Angesprochene in mir, nur weil ich im Apfelbaum lag, das Symbol einer Schlange sehen wollte. Auch verdächtigte er die Kochäpfel meiner Mutter, sagte, die seien gewiß paradiesischer Art.

Nun mag es in der Tat zu den Angewohnheiten des Bösen gehören, sich vorzugsweise in Astgabeln zu lagern. Mich jedoch bewog nichts anderes als eine mir mühelos geläufige

Langeweile, mehrmals in der Woche den Liegeplatz im Apfelbaum aufzusuchen. Doch vielleicht ist die Langeweile schon das Böse an sich. Was aber trieb den Angeklagten vor die Mauern der Stadt Düsseldorf? Ihn trieb, wie er mir später gestand, die Einsamkeit. Aber ist die Einsamkeit nicht der Vorname der Langeweile? Diese Überlegungen stelle ich an, um den Angeklagten zu erklären, und nicht, um ihn zu belasten. War es doch gerade seine Spielart des Bösen, sein Trommeln, das das Böse rhythmisch auflöste, die ihn mir sympathisch machte, so daß ich ihn ansprach und Freundschaft mit ihm schloß. Auch jene Anzeige, die mich als Zeugen, ihn als Angeklagten vor die Schranken des hohen Gerichtes zitiert, ist ein von uns erfundenes Spiel, ein Mittelchen mehr, unsere Langeweile und Einsamkeit zu zerstreuen und zu ernähren.

Auf meine Bitte hin streifte mir der Angeklagte nach einigem Zögern den Ring des Ringfingers, der sich leicht abziehen ließ, auf meinen linken kleinen Finger. Er paßte gut und erfreute mich. Selbstverständlich verließ ich noch vor der Ringanprobe meine eingelegene Astgabel. Wir standen auf beiden Seiten des Zaunes, tauschten die Namen, sprachen uns ein, indem wir einige politische Themen berührten, und dann gab er mir den Ring. Den Finger behielt er, hielt ihn behutsam. Wir waren uns einig, daß es sich um einen weiblichen Finger handelte. Während ich den Ring trug und ihm Licht gab, begann der Angeklagte mit der freien linken Hand dem Zaun einen tänzerischen, heiter und aufgeräumten Rhythmus anzuschlagen. Nun ist der Holzzaun vor dem Schrebergarten meiner Mutter von so haltloser Art, daß er dem Trommlerbegehren des Angeklagten klappernd, vibrierend, auf hölzerne Weise entgegenkam. Ich weiß nicht, wie lange wir so standen und uns mit den Augen verständigten. Im harmlosesten Spiel fanden wir uns, als ein Flugzeug in mittlerer Höhe seine Motoren hören ließ. Wahrscheinlich wollte die Maschine in Lohausen landen. Obgleich es uns beiden wissenswert war, ob das Flugzeug mit zwei oder vier Motoren zur Landung ansetzen würde, lösten wir dennoch nicht die Blicke voneinander, sprachen das Flugzeug nicht an, nannten dieses Spiel später, als wir dann und wann Gelegenheit fanden, es zu üben, Schugger Leos Askese; denn der Angeklagte will vor Jahren einen Freund gleichen Namens besessen haben, mit dem er dieses Spielchen vorzugsweise auf Friedhöfen spielte.

Nachdem das Flugzeug seinen Landeplatz gefunden hatte – ich kann wirklich nicht sagen, ob es sich um eine zwei- oder viermotorige Maschine handelte –, gab ich den Ring zurück. Der Angeklagte steckte ihn dem Ringfinger an, benutzte abermals sein Taschentüchlein als Verpackungsmaterial und forderte mich auf, seinen Weg zu begleiten.

Das war am siebenten Juli neunzehnhunderteinundfünfzig. In Gerresheim nahmen wir an der Endstation der Straßenbahn nicht etwa die Bahn, sondern ein Taxi. Der Angeklagte hatte später noch oft Gelegenheit, sich mir gegenüber großzügig zu zeigen. Wir fuhren in die Stadt, ließen das Taxi vor der Hundeleihanstalt an der Rochuskirche warten, gaben den Hund Lux ab, fanden wieder ins Taxi, das führte uns quer durch die Stadt über Bilk, Oberbilk zum Werstener Friedhof, dort mußte Herr Matzerath über zwölf Mark bezahlen; dann erst besuchten wir das Grabsteingeschäft des Steinmetz Korneff.

Dort war es sehr schmutzig, und ich war froh, als der Steinmetz den Auftrag meines Freundes nach einer Stunde erledigt hatte. Während mir der Freund umständlich und liebevoll das Werkzeug und die verschiedenen Steinsorten erklärte, machte Herr Korneff, der über den Finger kein Wort verlor, einen Gipsabguß des Fingers ohne Ring. Ich sah ihm bei der Arbeit nur mit einem halben Auge zu, mußte doch der Finger vorbehandelt werden; das heißt, man rieb ihn mit Fett ein, ließ einen Zwirnfaden ums Fingerprofil laufen, trug dann erst Gips auf, teilte mit dem Zwirnfaden die Form, bevor der Gips hart wurde. Zwar ist mir, der ich von Beruf Dekorateur bin, das Anfertigen einer Gipsform nichts Neues, doch bekam der Finger, sobald ihn der Steinmetz in die Hand nahm, etwas Unästhetisches, das sich erst wieder verlor, als der Angeklagte, nach geglücktem Abguß, den Finger wieder an sich nahm, vom Fett reinigte und in seinem Tüchlein versorgte. Mein Freund bezahlte den Steinmetz. Der wollte zuerst nichts annehmen, da er in dem Herrn Matzerath einen Kollegen sah. Auch sagte er, der Herr Oskar habe ihm früher die Furunkel ausgedrückt und gleichfalls nichts dafür verlangt. Als der Guß erstarrt war, nahm der Steinmetz die Form auseinander, lieferte dem Original den Abguß nach, versprach, innerhalb der nächsten Tage noch weitere Abgüsse aus der Stückform zu gewinnen, und begleitete uns durch seine Grabsteinausstellung bis zum Bittweg.

Eine zweite Taxifahrt brachte uns zum Hauptbahnhof. Dort lud mich der Angeklagte zu einem ausgedehnten Abendessen in den gepflegten Bahnhofsgaststätten ein. Mit den Obern sprach er vertraulich, woraus ich schloß, daß Herr Matzerath ein Stammgast der Bahnhofsgaststätten sein müsse. Wir aßen Ochsenbrust mit frischem Rettich, auch Rheinsalm, schließlich Käse und tranken hinterher ein Fläschchen Sekt. Als wir wieder auf den Finger zu sprechen kamen, ich dem Angeklagten riet, den Finger als fremdes Eigentum zu betrachten, ihn abzugeben, zumal er jetzt doch den Gipsabguß besitze, erklärte der Angeklagte fest und bestimmt, er betrachte sich als rechtmäßiger Besitzer des Fingers, da man ihm schon anläßlich seiner Geburt, wenn auch verschlüsselt durch das Wort Trommelstock, solch einen Finger versprochen habe; auch könne er die Narben seines Freundes Herbert Truczinski nennen, die fingerlang auf dem Rücken des Freundes den Ringfinger prophezeit hätten; dann gebe es noch jene Patronenhülse, die sich auf dem Friedhof Saspe fand, auch die habe die Maße und die Bedeutung eines zukünftigen Ringfingers gehabt.

Wenn ich anfänglich über die Beweisführung meines neugewonnenen Freundes lächeln wollte, muß ich doch zugeben, daß ein aufgeschlossener Mensch die Folge Trommelstock, Narbe, Patronenhülse, Ringfinger mühelos begreifen müßte.

Ein drittes Taxi brachte mich nach jenem Abendessen nach Hause. Wir verabredeten uns, und als ich nach drei Tagen der Verabredung gemäß den Angeklagten besuchte, hielt er für mich eine Überraschung bereit.

Zuerst zeigte er mir seine Wohnung, das heißt seine Zimmer, denn Herr Matzerath wohnte in Untermiete. Anfangs hatte er wohl nur ein recht dürftiges ehemaliges Badezimmer gemietet, zahlte dann später, als seine Trommelkunst ihm Ansehen und Wohlstand brachte, für eine fensterlose Kammer, die er Schwester Dorotheas Kammer nannte, weitere Miete und scheute sich nicht, auch für ein drittes Zimmer, das zuvor ein gewisser Herr Münzer, Musiker und Kollege des Angeklagten, bewohnt hatte, ein Sündengeld auszugeben, denn jener Herr Zeidler, der Mietherr der Wohnung, trieb, da er um den Wohlstand des Herrn Matzerath wußte, die Mieten unverschämt in die Höhe.

In der sogenannten Kammer der Schwester Dorothea hielt der Angeklagte die Überraschung für mich bereit. Auf der Marmorplatte einer Waschkommode mit Spiegel stand ein Weckglas von jener Größe, wie es meine Mutter Alice von Vittlar zum Einwecken des Apfelmuses aus unseren Kochäpfeln verwendet. Jenes Weckglas jedoch beherbergte den im Spiritus schwimmenden Ringfinger. Stolz zeigte der Angeklagte mir mehrere dicke wissenschaftliche Bücher, die ihn beim Konservieren des Fingers geleitet hatten. Ich blätterte nur flüchtig in den Bänden, verweilte kaum über den

Abbildungen, gab aber zu, daß es dem Angeklagten gelungen sei, das Aussehen des Fingers zu wahren, auch nahm sich das Glas mit Inhalt vor dem Spiegel recht hübsch und dekorativ interessant aus, was ich als ein Dekorateur von Beruf immer wieder bestätigen konnte.

Als der Angeklagte merkte, daß ich mich mit dem Anblick des Weckglases befreundet hatte, verriet er mir, daß er jenes Glas gelegentlich anbete. Neugierig, auch etwas keß bat ich ihn sogleich um eine Probe seines Gebetes. Er bat mich um einen Gegendienst, versorgte mich mit Bleistift und Papier, verlangte, ich möge doch sein Gebet mitschreiben, auch Fragen stellen bezüglich des Fingers, er wolle nach bestem Wissen betend antworten.

Hier gebe ich als Zeugnis Worte des Angeklagten, meine Fragen, seine Antworten – die Anbetung eines Weckglases: Ich bete an. Wer ich? Oskar oder ich? Ich fromm, Oskar zerstreut. Hingebung, ohne Unterlaß, nur keine Angst vor Wiederholungen. Ich, einsichtig, weil ohne Gedächtnis. Oskar, einsichtig, weil voller Erinnerungen. Kalt, heiß, warm, ich. Schuldig bei Nachfrage. Unschuldig ohne Nachfrage. Schuldig weil, kam zu Fall weil, wurde schuldig trotz, sprach mich frei von, wälzte ab auf, biß mich durch durch, hielt mich frei von, lachte aus an über, weinte um vor ohne, lästerte sprechend, verschwieg lästernd, spreche nicht, schweige nicht, bete. Ich bete an. Was? Glas. Was Glas? Weckglas. Was weckt das Glas ein? Weckglas weckt Finger ein. Was Finger? Ringfinger. Wessen Finger? Blond. Wer blond? Mittelgroß. Mißt Mittelgroß einen Meter sechzig? Mittelgroß mißt einen Meter dreiundsechzig. Was besonderes? Leberfleck. Wo Fleck? Oberarm Innenseite. Links rechts? Rechts. Ringfinger wo? Links. Verlobt? Ja, doch ledig. Bekenntnis? Reformiert. Unberührt? Unberührt. Geboren wann? Weiß nicht. Wann? Bei Hannover. Wann? Im Dezember. Schütze oder Steinbock? Schütze. Und der Charakter? Ängstlich.

Gutwillig? Fleißig, auch schwatzhaft. Besonnen? Sparsam, nüchtern, auch heiter. Schüchtern? Naschhaft, aufrichtig und bigott. Blaß, träumt meistens von Reisen, Menstruation unregelmäßig, träge, leidet gerne und spricht darüber, selbst einfallslos, passiv, läßt es drauf ankommen, hört gut zu, nickt zustimmend, verschränkt die Arme, senkt beim Sprechen die Lider, schlägt, wenn angesprochen, die Augen groß auf, hellgrau mit braun nahe der Pupille, Ring vom Vorgesetzten geschenkt bekommen, der verheiratet, wollte zuerst nicht annehmen, nahm an, schreckliches Erlebnis, faserig, Satan, viel weiß, verreiste, zog um, kam wieder, konnte nicht ablassen, auch Eifersucht aber unbegründet, Krankheit aber nicht selbst, Tod aber nicht selbst, doch, nein, will nicht, pflückte Kornblumen, da kam, nein, begleitete schon vorher, kann nicht mehr... Amen? Amen.

Nur deshalb füge ich, Gottfried von Vittlar, meiner Aussage vor Gericht dieses mitgeschriebene Gebet bei, weil, so verworren es sich lesen mag, die Angaben über die Besitzerin des Ringfingers sich zum großen Teil mit den gerichtlichen Angaben über die Ermordete, die Krankenschwester Dorothea Köngetter, decken. Es ist nicht meine Aufgabe, die Aussage des Angeklagten, er habe weder die Krankenschwester ermordet noch von Angesicht zu Angesicht gesehen, hier anzuzweifeln.

Bemerkenswert, und für den Angeklagten sprechend, will mir heute noch die Hingabe sein, mit der mein Freund vor dem Weckglas, das er auf einen Stuhl gestellt hatte, kniete und seine Blechtrommel bearbeitete, die er sich zwischen die Knie geklemmt hatte.

Ich habe noch oft, über ein Jahr lang, Gelegenheit gehabt, den Angeklagten beten und trommeln zu sehen, denn er machte mich gegen ein großzügiges Gehalt zu seinem Reisebegleiter, nahm mich auf seine Tourneen mit, die er längere Zeit lang unterbrochen hatte, aber kurz nach dem Fund des

Ringfingers wieder aufnahm. Wir bereisten ganz Westdeutschland, hatten auch Angebote in die Ostzone, selbst ins Ausland. Doch Herr Matzerath wollte sich innerhalb der Landesgrenzen halten, wollte, nach seinen eigenen Worten, nicht in den üblichen Konzertreisenrummel hineingeraten. Niemals trommelte und betete er vor der Vorstellung das Weckglas an. Erst nach seinem Auftritt und nach ausgedehntestem Abendbrot fanden wir uns in seinem Hotelzimmer: Er trommelte und betete, ich stellte Fragen und schrieb nieder, hernach verglichen wir das Gebet mit den Gebeten der vorangegangenen Tage und Wochen. Zwar gibt es längere und kürzere Gebete. Auch stoßen sich manchmal die Worte heftig, fließen am nächsten Tag fast beschaulich und langatmig. Dennoch sagen alle von mir gesammelten Gebete, die ich hiermit dem hohen Gericht übergebe, nicht mehr aus als jene erste Niederschrift, die ich meiner Aussage beifügte.

Während dieses Reisejahres lernte ich flüchtig, zwischen Tournee und Tournee, einige Bekannte und Verwandte des Herrn Matzerath kennen. So stellte er mir seine Stiefmutter Frau Maria Matzerath vor, die der Angeklagte sehr, doch zurückhaltend, verehrt. An jenem Nachmittag begrüßte mich auch der Halbbruder des Angeklagten, Kurt Matzerath, ein elfjähriger guterzogener Gymnasiast. Gleichfalls machte die Schwester der Frau Maria Matzerath, Frau Auguste Köster, auf mich einen vorteilhaften Eindruck. Wie mir der Angeklagte gestand, waren seine Familienverhältnisse während der ersten Nachkriegsjahre mehr als gestört. Erst als Herr Matzerath seiner Stiefmutter ein großes Feinkostgeschäft, das auch Südfrüchte führt, einrichtete, auch immer wieder mit seinen Mitteln nachhalf, wenn dem Geschäft Schwierigkeiten drohten, kam es zu jenem freundschaftlichen Bund zwischen Stiefmutter und Stiefsohn.

Auch machte mich Herr Matzerath mit einigen ehemaligen Kollegen, vorwiegend Jazzmusikern, bekannt. So heiter und umgänglich mir der Herr Münzer, den der Angeklagte vertraulich Klepp nennt, vorkommen wollte, hatte ich bis heute nicht Mut und Willen genug, diese Kontakte weiter zu pflegen.

Wenn ich es dank der Großzügigkeit des Angeklagten auch nicht nötig hatte, weiterhin den Beruf des Dekorateurs auszuüben, übernahm ich dennoch, aus Freude am Beruf, sobald wir nach einer Tournee wieder im Lande waren, die Dekoration einiger Schaufenster. Auch der Angeklagte interessierte sich freundlich für mein Handwerk, stand oftmals zu später Nachtstunde auf der Straße und wurde nicht müde, meinen bescheidenen Künsten den Zuschauer zu liefern. Gelegentlich machten wir nach getaner Arbeit noch einen kleinen Bummel durchs nächtliche Düsseldorf, mieden aber die Altstadt, da der Angeklagte keine Butzenscheiben und altdeutschen Wirtschaftsschilder sehen mag. So führte uns – und ich komme jetzt zum letzten Teil meiner Aussage – ein Spaziergang nach Mitternacht durchs nächtliche Unterrath vor das Straßenbahndepot.

Wir standen einträchtig und sahen den letzten planmäßig einlaufenden Straßenbahnwagen zu. Hübsch ist solch ein Schauspiel. Rings die dunkle Stadt. Fern grölt, weil Freitag ist, ein betrunkener Bauarbeiter. Sonst Stille, denn die letzten einlaufenden Straßenbahnen machen, selbst wenn sie klingeln und gekurvte Schienen sprechen lassen, keinen Lärm. Die meisten Wagen fuhren sogleich ins Depot ein. Einige Wagen jedoch standen kreuz und quer, leer, aber festlich beleuchtet auf den Gleisen. Wessen Idee war es? Es war unsere Idee, aber ich sagte: »Nun, lieber Freund, wie wäre es?« Herr Matzerath nickte, wir stiegen ohne Hast ein, ich stellte mich an den Führerstand, fand mich sofort zurecht, fuhr weich, schnell Geschwindigkeit gewinnend, an, zeigte mich als ein guter Straßenbahnführer, was mir Herr Matzerath – wir hatten die Helligkeit des Depots schon hinter uns –

freundlich mit diesem Sätzchen quittierte: »Gewiß bist du ein getaufter Katholik, Gottfried, sonst könntest du nicht so gut Straßenbahn fahren.«

In der Tat machte mir die kleine Gelegenheitsarbeit viel Freude. Man schien am Depot unsere Abfahrt nicht bemerkt zu haben; denn niemand verfolgte uns, auch hätte man durch das Abschalten des Leitungsstromes unser Gefährt mühelos stoppen können. Ich führte den Wagen in Richtung Flingern, durch Flingern hindurch, überlegte, ob ich bei Haniel links einbiegen, nach Rath, Ratingen hinauffahren sollte, da bat mich Herr Matzerath, die Strecke Grafenberg, Gerresheim einzuschlagen. Obgleich ich die Steigung unterhalb der Tanzgaststätte Löwenburg fürchtete, kam ich dem Wunsch des Angeklagten nach, schaffte die Steigung, hatte die Tanzgaststätte schon hinter mir, da mußte ich den Wagen bremsen, weil drei Männer auf den Schienen standen und ein Halt mehr erzwangen denn erbaten.

Herr Matzerath hatte schon kurz hinter Haniel das Innere des Wagens aufgesucht, um eine Zigarette zu rauchen. So mußte ich als Straßenbahnführer »Einsteigen bitte!« rufen. Es fiel mir auf, daß der dritte, hutlose Mann, den die beiden anderen, die grüne Hüte mit schwarzen Hutbändern trugen, in der Mitte hatten, beim Einsteigen ungeschickt oder sehbehindert mehrmals das Trittbrett verfehlte. Recht brutal halfen ihm seine Begleiter oder Wächter in meinen Führerstand und gleich darauf in den Wagen.

Ich fuhr schon wieder, da hörte ich von hinten her, aus dem Wageninneren, zuerst ein klägliches Wimmern, auch ein Geräusch, als verteile jemand Ohrfeigen, dann jedoch, zu meiner Beruhigung, die feste Stimme des Herrn Matzerath, der die frisch Zugestiegenen zurechtwies und sie ermahnte, einen verletzten, halbblinden Menschen, der unter dem Verlust seiner Brille leide, nicht zu schlagen.

»Mischen Sie sich da nicht rein!« hörte ich einen der Grünhüte brüllen. »Der wird heut' noch sein blaues Wunder erleben. Hat lange genug gedauert.«

Mein Freund, der Herr Matzerath, wollte, während ich langsam gen Gerresheim fuhr, wissen, was der arme Halbblinde denn verbrochen habe. Das Gespräch nahm sogleich eine merkwürdige Wendung: Nach zwei Sätzen befand man sich mitten im Krieg, oder vielmehr drehte es sich um den ersten September neununddreißig, Kriegsausbruch, der Halbblinde wurde Freischärler genannt, der ein polnisches Postgebäude widerrechtlich verteidigt hatte. Merkwürdigerweise war auch Herr Matzerath, der zu dem Zeitpunkt allenfalls fünfzehn Jahre gezählt hatte, auf dem laufenden, erkannte sogar den Halbblinden, nannte ihn Viktor Weluhn, einen armen, kurzsichtigen Geldbriefträger, der während der Kampfhandlungen seine Brille verlor, der brillenlos floh, den Schergen entkam, doch die ließen nicht locker, verfolgten ihn bis Kriegsende, sogar bis in die Nachkriegsjahre hinein, zeigten auch ein Papier vor, im Jahr neununddreißig ausgestellt, einen Erschießungsbefehl. Endlich hätten sie ihn, schrie der eine Grünhut, und der andere Grünhut versicherte, er sei froh, daß die Geschichte jetzt endlich bereinigt sei. Seine ganze Freizeit, auch die Ferien müsse er opfern, damit ein Erschießungsbefehl aus dem Jahre neununddreißig endlich ausgeführt werde, schließlich habe er noch einen Beruf, sei Handelsvertreter, und sein Kumpel habe als Ostflüchtling gleichfalls seine Schwierigkeiten, der müsse noch mal ganz von vorne anfangen, habe im Osten eine gutgehende Maßschneiderei verloren, aber jetzt sei Feierabend; heute nacht wird der Befehl ausgeführt, dann ist Schluß mit der Vergangenheit – wie gut, daß wir noch die Straßenbahn erwischt haben.

So wurde ich also wider Willen zu einem Straßenbahnführer, der einen zum Tode Verurteilten und zwei Henker mit

Erschießungsbefehl nach Gerresheim führte. Auf dem leeren, etwas verkanteten Marktplatz des Vorortes bog ich rechts ein, wollte den Wagen bis zur Endstation nahe der Glashütte führen, dort die Grünhüte und den halbblinden Viktor abladen und mit meinem Freund die Heimreise antreten. Drei Stationen vor der Endhaltestelle verließ Herr Matzerath das Wageninnere, stellte seine Aktentasche, in der, wie ich wußte, aufrecht das Weckglas stand, etwa dorthin, wo berufsmäßige Straßenbahnführer ihre Blechschachtel mit den Butterbroten lagern.

»Wir müssen ihn retten. Es ist Viktor, der arme Viktor!« Herr Matzerath war offensichtlich erregt.

»Immer noch nicht hat er eine passende Brille gefunden. Er ist stark kurzsichtig, sie werden ihn erschießen, und er wird in die falsche Richtung blicken.« Ich hielt die Henker für waffenlos. Aber dem Herrn Matzerath waren die sperrig gebauschten Mäntel der beiden Grünhüte aufgefallen.

»Er war Geldbriefträger bei der Polnischen Post in Danzig. Jetzt übt er denselben Beruf bei der Bundespost aus. Nach Feierabend jedoch hetzen sie ihn, weil es noch immer den Erschießungsbefehl gibt.«

Wenn ich auch den Herrn Matzerath nicht in allen Punkten verstand, versprach ich ihm dennoch, an seiner Seite der Erschießung beizuwohnen und wenn möglich mit ihm die Erschießung zu verhindern.

Hinter der Glashütte, kurz vor den ersten Schrebergärten – ich hätte bei Mondschein den Garten meiner Mutter mit dem Apfelbaum sehen können – bremste ich den Straßenbahnwagen und rief ins Wageninnere: »Aussteigen bitte, Endstation!« Sie kamen auch sogleich mit ihren grünen Hüten und schwarzen Hutbändern. Der Halbblinde hatte abermals Mühe mit dem Trittbrett. Dann stieg Herr Matzerath aus, zog zuvor seine Trommel unter dem Rock hervor und bat mich beim Aussteigen, seine Aktentasche mit dem Weckglas mitzunehmen.

Den noch lange leuchtenden Straßenbahnwagen ließen wir zurück und blieben den Henkern, auch dem Opfer auf den Fersen.

An Gartenzäunen ging es entlang. Das machte mich müde. Als die drei vor uns stillstanden, bemerkte ich, daß man den Schrebergarten meiner Mutter zum Erschießungsort auserkoren hatte. Nicht nur Herr Matzerath, auch ich protestierte. Die kümmerten sich nicht darum, legten den ohnehin morschen Lattenzaun flach, banden jenen Halbblinden, den der Herr Matzerath den armen Viktor nennt, an den Apfelbaum unterhalb meiner Astgabel und zeigten uns im Taschenlampenlicht, da wir weiter protestierten, abermals jenen knitterigen Erschießungsbefehl, den ein Feldjustizinspektor namens Zelewski unterzeichnet hatte. Das Datum zeigte, ich glaube, Zoppot, den fünften Oktober neununddreißig an, auch die Stempel stimmten, es war kaum etwas zu machen; und dennoch redeten wir von den Vereinten Nationen, von Demokratie, Kollektivschuld, Adenauer und so weiter; aber der eine Grünhut wischte alle unsere Einwürfe mit der Bemerkung weg, wir hätten uns da nicht reinzumischen, es gebe noch keinen Friedensvertrag, er wähle genau wie wir Adenauer, doch was den Befehl angehe, der habe noch seine Gültigkeit, sie seien mit dem Papier zu höchsten Stellen gegangen, hätten sich beraten lassen, täten schließlich nichts als ihre verdammte Pflicht, es sei wohl besser, wir würden gehen.

Wir gingen nicht. Vielmehr rückte sich Herr Matzerath, als die Grünhüte ihre Mäntel öffneten und die Maschinenpistolen herausschwingen ließen, seine Trommel zurecht – in jenem Moment brach ein fast voller, nur leicht eingebeulter Mond die Wolken auf, ließ Wolkenränder metallen, wie den zackigen Rand einer Konservenbüchse blinken – und auf ähnlichem doch heilem Blech begann Herr Matzerath die Stöcke zu mischen, tat das verzweifelt. Das hörte sich fremd an und kam mir dennoch bekannt vor. Oft und immer wieder rundete sich der Buchstabe O: verloren, noch nicht verloren, noch ist nicht verloren, noch ist Polen nicht verloren! Doch das war schon die Stimme des armen Viktor, die da zur Trommel des Herrn Matzerath den Text wußte: Noch ist Polen nicht verloren, solange wir leben. Und auch den Grünhüten schien der Rhythmus bekannt zu sein, denn sie verkrampften sich hinter ihren vom Mondschein nachgezeichneten Metallteilen, rief doch jener Marsch, den der Herr Matzerath und der arme Viktor im Schrebergarten meiner Mutter laut werden ließen, die polnische Kavallerie auf den Plan. Mag sein, daß der Mond nachhalf, daß Trommel, Mond und die brüchige Stimme des kurzsichtigen Viktor gemeinsam so viele berittene Rosse aus dem Boden stampften: Hufe donnerten, Nüstern schnaubten, Sporen klirrten, Hengste wieherten, Hussa und Heissa ... nichts davon, nichts donnerte, schnaubte, klirrte, wieherte, nicht Hussa, nicht Heissa schrie es, sondern glitt lautlos über die abgeernteten Felder hinter Gerresheim, war dennoch eine polnische Ulanenschwadron, denn weißrot, wie die gelackte Trommel des Herrn Matzerath, zerrten die Wimpel an Lanzen, nein, zerrten nicht, schwammen, wie auch die ganze Schwadron unterm Mond, womöglich vom Mond herkommend, schwamm, links einschwenkend in Richtung unseres Schrebergartens schwamm, nicht Fleisch, nicht Blut zu sein schien, dennoch schwamm, gebastelt, dem Spielzeug gleich, herangeisterte, vielleicht vergleichbar jenen Knotengebilden, die der Pfleger des Herrn Matzerath aus Bindfäden knüpft: eine Polnische Kavallerie geknotet, ohne Laut, dennoch donnernd, fleischlos, blutlos und dennoch polnisch und zügellos auf uns zu, daß wir uns zu Boden warfen, den Mond und Polens Schwadron erduldeten, auch über den Garten meiner Mutter, über all die anderen, sorgfältig gepflegten Schrebergärten fielen sie her, verwüsteten dennoch keinen, nahmen nur den armen Viktor mit und auch die beiden Henker, verloren sich dann gegen das offene Land unterm Mond hin – verloren, noch nicht verloren, beritten in Richtung Osten, nach Polen, hinter dem Mond.

Wir warteten schweratmend ab, bis die Nacht wieder ohne Ereignis war, bis der Himmel sich wieder schloß und jenes Licht wegnahm, das da längst verweste Reiterheere zur letzten Attacke überreden konnte. Ich erhob mich zuerst und gratulierte, obgleich ich den Einfluß des Mondes nicht unterschätzte, dem Herrn Matzerath zu seinem großen Erfolg. Er aber winkte müde und recht niedergeschlagen ab: »Erfolg, lieber Gottfried? Ich habe viel zuviel Erfolg in meinem Leben gehabt. Ich möchte einmal keinen Erfolg haben. Aber das ist sehr schwer und erfordert viel Arbeit.«

Mir gefiel diese Rede nicht, weil ich zu den fleißigen Menschen gehöre und dennoch keinen Erfolg habe. Undankbar wollte mir der Herr Matzerath erscheinen, und so tadelte ich ihn: »Du bist überheblich, Oskar!« wagte ich anzufangen, denn damals duzten wir uns schon. »Alle Zeitungen sind voll von dir. Du hast dir einen Namen gemacht. Ich will hier nicht vom Geld reden. Aber glaubst du, daß es für mich, den keine Zeitung nennt, leicht ist, neben dir, dem Gefeierten, auszuharren? Wie gerne möchte auch ich einmal eine Tat, eine einzigartige Tat, wie jene Tat, die du eben vollbrachtest, ganz alleine vollbringen und so in die Zeitung kommen, mit Druckbuchstaben gedruckt werden: Das tat Gottfried von Vittlar!«

Mich kränkte das Gelächter des Herrn Matzerath. Er lag auf dem Rücken, wühlte seinen Buckel in die lockere Erde, rupfte mit beiden Händen Gras aus, warf die Büschel hoch und lachte wie ein unmenschlicher Gott, der alles kann: »Mein Freund, nichts leichter als das! Hier, die Aktentasche! Wunderbarerweise geriet sie nicht unter die Hufe der polnischen Kavallerie. Ich schenke sie dir, birgt das Leder doch jenes Weckglas mit dem Ringfinger. Nimm dieses alles, laufe nach Gerresheim, dort steht noch immer die hellerleuchtete Straßenbahn, steige ein, und fahre dich mit meinem Geschenk in Richtung Fürstenwall zum Polizeipräsidium, erstatte Anzeige, und schon morgen wirst du deinen Namen in allen Zeitungen buchstabiert finden!«

Anfangs wehrte ich mich noch gegen das Angebot, wendete ein, er könne sicher nicht ohne den Finger im Glas leben. Er aber beruhigte mich, sagte, er habe im Grunde die ganze Fingergeschichte satt, besitze zudem mehrere Gipsabgüsse, auch habe er sich einen Abguß in nacktem Gold anfertigen lassen, ich möge nun endlich die Tasche nehmen, zur Straßenbahn zurückfinden, mit der Bahn zur Polizei fahren und die Anzeige erstatten.

So lief ich und hörte den Herrn Matzerath noch lange lachen. Denn er blieb liegen, wollte, während ich mich gegen die Stadt hinklingelte, die Nacht auf sich wirken lassen, Gras ausreißen und lachen. Die Anzeige jedoch – ich erstattete sie erst am nächsten Morgen – hat mich mehrmals, dank Herrn Matzeraths Güte, in die Zeitungen gebracht. –

Ich aber, Oskar, der gütige Herr Matzerath, lag lachend im nachtschwarzen Gras hinter Gerresheim, wälzte mich lachend unter einigen sichtbaren todernsten Sternen, wühlte meinen Buckel ins warme Erdreich, dachte: Schlaf Oskar, schlaf noch ein Stündchen, bevor die Polizei erwacht. So frei liegst du nie mehr unter dem Mond.

Und als ich erwachte, bemerkte ich, bevor ich bemerken konnte, daß es taghell war, daß etwas, jemand mein Gesicht leckte: warm, rauh, gleichmäßig, feucht leckte.

Das wird doch nicht etwa schon die Polizei sein, die vom Vittlar geweckt hierhergefunden hat und dich wachleckt? Dennoch öffnete ich nicht sogleich die Augen, sondern ließ mich noch ein wenig warm, rauh, gleichmäßig, feucht lecken, genoß das, ließ es mir gleichgültig sein, wer mich da leckte: Entweder die Polizei, mutmaßte Oskar, oder eine Kuh. Dann erst öffnete ich meine blauen Augen.

Sie war schwarzweiß gefleckt, lag neben mir, atmete und leckte mich, bis ich die Augen öffnete. Taghell war es, wolkig bis heiter, und ich sagte mir: Oskar, verweile dich nicht bei dieser Kuh, so himmlisch sie dich auch anblickt, so fleißig sie auch mit ihrer rauhen Zunge dein Gedächtnis beruhigt und schmälert. Taghell ist es, die Fliegen brummen, du mußt dich auf die Flucht machen. Vittlar zeigt dich an, folglich mußt du fliehen. Zu einer echten Anzeige gehört auch eine echte Flucht. Laß die Kuh muhen und fliehe. Sie werden dich hier oder dort fangen, aber das kann dir gleichgültig sein.

So machte ich mich, von einer Kuh geleckt, gewaschen und gekämmt, auf die Flucht, verfiel schon nach den ersten Fluchtschritten einem morgendlich hellen Gelächter, ließ meine Trommel bei der Kuh, die liegenblieb und muhte, während ich lachend floh.

Dreißig

Ach ja, die Flucht! Das bleibt mir noch zu sagen. Ich floh, um den Wert der Vittlarschen Anzeige zu steigern. Keine Flucht ohne ein angenommenes Ziel, dachte ich mir. Wohin willst du fliehen, Oskar? fragte ich mich. Die politischen Gegebenheiten, der sogenannte Eiserne Vorhang verboten mir eine Flucht in Richtung Osten. So mußte ich also die vier Röcke meiner Großmutter Anna Koljaiczek, die sich heute noch schutzbietend auf kaschubischen Kartoffeläckern blähen, als Fluchtziel streichen, obgleich ich mir – wenn schon Flucht – die Flucht in Richtung Großmutters Röcke als einzig aussichtsreiche Flucht nannte.

So nebenbei: Ich begehe heute meinen dreißigsten Geburtstag. Als Dreißigjähriger ist man verpflichtet, über das Thema Flucht wie ein Mann und nicht wie ein Jüngling zu sprechen. Maria, die mir den Kuchen mit den dreißig Kerzen brachte, sagte: »Jetzt biste dreißig, Oskar. Jetzt wird es langsam Zeit, daß du vernünftig wirst!«

Klepp, mein Freund Klepp, schenkte mir wie immer Jazzschallplatten, brauchte fünf Streichhölzer, um die dreißig Kerzen um meinen Geburtstagskuchen zu entflammen: »Mit dreißig fängt das Leben an!« sagte Klepp; er ist neunundzwanzig.

Vittlar jedoch, mein Freund Gottfried, der meinem Herzen am nächsten ist, schenkte Süßigkeiten, beugte sich über mein Bettgitter und näselte: »Als Jesus dreißig Jahre zählte, machte er sich auf und sammelte Jünger um sich.«

Vittlar liebte es immer schon, mich zu verwirren. Ich soll mein Bett verlassen, Jünger sammeln, nur weil ich dreißig Jahre zähle. Dann kam noch mein Anwalt, schwenkte ein

Papier, posaunte Glückwünsche, behängte mein Bett mit seinem Nylonhut und verkündete mir und allen Geburtstagsgästen: »Das nenne ich einen glücklichen Zufall. Mein Klient feiert seinen dreißigsten Geburtstag; und just an seinem dreißigsten Geburtstag kommt mir die Nachricht zu, daß der Ringfingerprozeß wieder aufgenommen wird, man hat eine neue Spur gefunden, diese Schwester Beate, Sie wissen doch ...«

Was ich seit Jahren befürchte, seit meiner Flucht befürchte, kündigt sich heute an meinem dreißigsten Geburtstag an: Man findet den wahren Schuldigen, rollt den Prozeß wieder auf, spricht mich frei, entläßt mich aus der Heil- und Pflegeanstalt, nimmt mir mein süßes Bett, stellt mich auf die kalte, allen Wettern ausgesetzte Straße und zwingt einen dreißigjährigen Oskar, um sich und seine Trommel Jünger zu sammeln.

Sie also, die Schwester Beate, soll meine Schwester Dorothea aus dottergelber Eifersucht ermordet haben.

Vielleicht erinnern Sie sich noch? Es gab da einen Doktor Werner, der, wie es im Film und im Leben allzu oft vorkommt, zwischen den beiden Krankenschwestern stand. Eine üble Geschichte: Die Beate liebte den Werner. Der Werner jedoch liebte die Dorothea. Die Dorothea hingegen liebte niemand oder allenfalls heimlich den kleinen Oskar. Da wurde der Werner krank. Die Dorothea pflegte ihn, weil er auf ihrer Station lag. Das konnte die Beate schlecht ansehen und dulden. Deswegen soll sie die Dorothea zu einem Spaziergang überredet, in einem Roggenfeld nahe Gerresheim getötet oder, besser gesagt, beseitigt haben. Nun durfte die Beate den Werner ungestört pflegen. Sie soll ihn aber so gepflegt haben, daß er nicht gesund wurde, sondern im Gegenteil. Sagte sich die liebestolle Pflegerin womöglich: Solange er krank ist, gehört er mir. Gab sie ihm zuviel Medikamente? Gab sie ihm falsche Medikamente? Jedenfalls starb der Doktor Werner an zuviel oder an falschen Medikamenten, die Beate jedoch gestand vor Gericht weder falsch und zuviel noch jenen Spaziergang ins Roggenfeld ein, der zu Schwester Dorotheas letztem Spaziergang wurde. Oskar aber, der auch nichts eingestand, doch ein belastendes Fingerchen im Weckglas besaß, verurteilten sie des Roggenfeldes wegen, nahmen ihn aber nicht für voll und lieferten mich in die Heil- und Pflegeanstalt zur Beobachtung ein. Allerdings floh Oskar, bevor sie ihn verurteilten und einlieferten, denn ich wollte durch meine Flucht den Wert jener Anzeige, die mein Freund Gottfried machte, erheblich steigern.

Als ich floh, zählte ich achtundzwanzig Jahre. Vor wenigen Stunden noch brannten rings um meinen Geburtstagskuchen dreißig gelassen tropfende Kerzen. Auch damals, als ich floh, war September. Im Zeichen der Jungfrau bin ich geboren. Doch nicht von meiner Geburt unter den Glühbirnen soll hier die Rede sein, sondern von meiner Flucht.

Da, wie gesagt, der Fluchtweg in Richtung Osten, Großmutter versperrt war, sah ich mich, wie heutzutage jedermann, gezwungen, in Richtung Westen zu fliehen. Wenn du, der hohen Politik wegen, nicht zu deiner Großmutter kannst, Oskar, dann fliehe zu deinem Großvater, der in Buffalo, in den Vereinigten Staaten lebt. Fliehe in Richtung Amerika; mal sehen, wie weit du kommst!

Das mit dem Großvater Koljaiczek in Amerika fiel mir noch ein, als die Kuh mich auf der Wiese hinter Gerresheim leckte und ich die Augen geschlossen hielt. Sieben Uhr früh mochte es gewesen sein, und ich sagte mir: Um acht machen die Geschäfte auf. Lachend lief ich davon, ließ die Trommel bei der Kuh zurück, sagte mir: Gottfried war müde, er wird womöglich erst um acht oder halb neun die Anzeige machen, nutze den kleinen Vorsprung. Zehn Minuten brauchte ich, um in dem verschlafenen Vorort Gerresheim per Telefon ein Taxi aufzutreiben. Das brachte mich zum Hauptbahnhof. Während der Fahrt zählte ich meine Geldmittel, verzählte mich aber oft, weil ich immer wieder morgendlich hell und frisch lachen mußte. Dann blätterte ich meinen Reisepaß durch, fand dort, dank der Fürsorge der Konzertagentur »West«, ein gültiges Visum für Frankreich, ein gültiges Visum für die Vereinigten Staaten; es war schon immer der Lieblingswunsch des Dr. Dösch gewesen, jenen Ländern eine Konzerttournee des trommelnden Oskar zu bescheren.

Voilà, sagte ich mir, fliehen wir nach Paris, das macht sich gut, hört sich gut an, könnte im Film vorkommen, mit dem Gabin, der mich Pfeife rauchend und gutmütig hetzt. Wer aber spielt mich? Chaplin? Picasso? – Lachend und angeregt durch diese Fluchtgedanken schlug ich mir immer noch auf meine leicht zerknitterten Hosen, als der Taxichauffeur sieben DM von mir haben wollte. Ich zahlte und frühstückte in den Bahnhofsgaststätten. Neben dem weichgekochten Ei hielt ich mir den Fahrplan der Bundesbahn, fand einen günstigen Zug, hatte nach dem Frühstück noch Zeit, mich mit Devisen zu versorgen, kaufte auch ein feinledernes Köfferchen, füllte das, da ich den Rückweg in die Jülicher Straße scheute, mit teuren aber schlecht sitzenden Hemden, packte einen blaßgrünen Schlafanzug, Zahnbürste, Zahnpasta und so weiter dazu, löste, da ich nicht sparen mußte, ein Billett erster Klasse und fühlte mich bald darauf in einem gepolsterten Fensterplatz wohl; ich floh und mußte nicht laufen. Auch halfen die Polster meinen Überlegungen: Oskar überlegte sich, sobald der Zug anfuhr und die Flucht begann, etwas Fürchtenswertes; denn nicht grundlos sagte ich mir: Ohne Furcht keine Flucht! Was aber, Oskar, ist dir fürchterlich und einer Flucht wert, wenn dir die Polizei zu nichts anderem als zu morgendlich hellem Gelächter verhilft?

Heute bin ich dreißig Jahre alt, habe Flucht und Prozeß zwar hinter mir, doch jene Furcht, die ich mir auf der Flucht einredete, ist geblieben.

Waren es die Schienenstöße, war es das Liedchen der Eisenbahn? Monoton kam der Text, fiel mir kurz vor Aachen auf, setzte sich in mir, der ich mich in den Polstern erster Klasse verlor, fest, blieb auch hinter Aachen – wir passierten etwa um halb elf die Grenze – deutlich und immer fürchterlicher, so daß ich froh war, als die Zollbeamten mich etwas ablenkten; sie zeigten für meinen Buckel mehr Interesse als für meinen Namen, für meinen Paß – und ich sagte mir: dieser Vittlar, dieser Langschläfer! Jetzt ist es bald elf, und er hat immer noch nicht mit dem Weckglas unterm Arm zur Polizei gefunden, während ich mich seit frühester Morgenstunde seinetwegen auf der Flucht befinde, mir Furcht einrede, damit die Flucht auch einen Motor hat; o wie fürchtete ich mich in Belgien, als die Eisenbahn sang: Ist die Schwarze Köchin da? Jajaja! Ist die Schwarze Köchin da? Jajaja...

Heute bin ich dreißig Jahre alt, soll jetzt durch die Wiederaufnahme des Prozesses, durch den zu erwartenden Freispruch zum Laufen gebracht, in Eisenbahnen, Straßenbahnen dem Text ausgesetzt werden: Ist die Schwarze Köchin da? Jajaja!

Dennoch und abgesehen von meiner Furcht vor einer Schwarzen Köchin, deren fürchterlichen Auftritt ich auf jeder Station erwartete, war die Fahrt schön. Ich blieb alleine in meinem Abteil – vielleicht saß sie im Nachbarabteil –, lernte belgische, dann französische Zollbeamte kennen, schlief dann und wann fünf Minütchen, erwachte mit kleinem Aufschrei und blätterte, um der Schwarzen Köchin nicht allzu schutzlos ausgeliefert sein zu müssen, in der Wochenzeitschrift »Der Spiegel«, die ich mir noch in Düsseldorf durchs Abteilfenster hatte reichen lassen, verwunderte mich immer wieder über das umfangreiche Wissen der Journalisten, fand sogar eine Glosse über meinen Manager, den Dr. Dösch der Konzertagentur »West«, fand dort bestätigt, was ich wußte: Döschs Agentur besaß nur einen tragenden Pfeiler: Oskar, den Trommler – recht gutes Foto von mir. Und so stellte sich der Pfeiler Oskar bis kurz vor Paris jenen Zusammenbruch der Konzertagentur »West« vor, den meine Verhaftung und der schreckliche Auftritt der Schwarzen Köchin verursachen mußten.

Ich habe mich mein Lebtag nicht vor der Schwarzen Köchin gefürchtet. Erst auf der Flucht, da ich mich fürchten wollte, kroch sie mir unter die Haut, verblieb dort, wenn auch zumeist schlafend, bis zum heutigen Tage, da ich meinen dreißigsten Geburtstag feiere, und nimmt verschiedene Gestalt an: So kann es das Wörtchen Goethe sein, das mich aufschreien und ängstlich unter die Bettdecke flüchten läßt. So sehr ich auch von Jugend an den Dichterfürsten studierte, seine olympische Ruhe ist mir schon immer unheimlich gewesen. Und wenn er heute verkleidet, schwarz und als Köchin, nicht mehr licht und klassisch, sondern die Finsternis eines Rasputin überbietend, vor meinem Gitterbett steht und mich anläßlich meines dreißigsten Geburtstages fragt: »Ist die Schwarze Köchin da?«, fürchte ich mich sehr.

Jajaja! sagte die Eisenbahn, die den flüchtenden Oskar nach Paris trug. Eigentlich hatte ich die Beamten der internationalen Polizei schon auf dem Pariser Nordbahnhof – Gare du Nord, wie der Franzose sagt – erwartet. Doch nur ein Gepäckträger, der so vorherrschend nach Rotwein roch, daß ich ihn beim besten Willen nicht für die Schwarze Köchin halten konnte, sprach mich an, und ich gab ihm vertrauensvoll mein Köfferchen, ließ es bis kurz vor die Sperre tragen. Dachte ich mir doch, die Beamten und auch die Köchin werden die Kosten einer Bahnsteigkarte gescheut haben, werden dich hinter der Sperre ansprechen und verhaften. Du handelst also klug, wenn du dein Köfferchen noch vor der Sperre an dich nimmst. So mußte ich den Koffer alleine bis zur Metro schleppen, denn nicht einmal die Beamten waren da und nahmen mir das Gepäck ab.

Ich will Ihnen nichts über den weltbekannten Geruch der Metro erzählen. Dieses Parfum kann man, wie ich neulich las, kaufen und sich anspritzen. Was mir auffiel, war, daß erstens die Metro gleich der Eisenbahn, wenn auch mit anderem Rhythmus, nach der Schwarzen Köchin fragte, daß zweitens allen Mitreisenden die Köchin gleich mir bekannt und fürchtenswert sein mußte, denn um mich herum atmeten alle Angst und Schrecken aus. Mein Plan war, mit der Metro bis zur Porte d'Italie zu fahren und von dort ein Taxi zum Flugplatz Orly zu nehmen; stellte ich mir doch eine Verhaftung, wenn schon nicht auf dem Nordbahnhof, dann auf dem berühmten Flugplatz Orly – die Köchin als Stewardeß – besonders pikant und originell vor. Einmal mußte ich umsteigen, war froh über mein leichtes Köfferchen und ließ mich dann von der Metro in Richtung Süden entführen, überlegte: Wo steigst du aus, Oskar – mein Gott, was alles an einem Tag passieren kann: Heute früh leckte dich noch kurz hinter Gerresheim eine Kuh, furchtlos und fröhlich warst du, und jetzt bist du in Paris – wo wirst du aussteigen, wo wird sie dir schwarz und schrecklich entgegenkommen? Place d'Italie oder erst an der Porte?

Ich stieg eine Station vor der Porte, Maison Blanche, aus, weil ich mir dachte: Die denken natürlich, ich denke, sie stehen an der Porte. Sie aber weiß, was ich, was die denken. Auch hatte ich es satt. Die Flucht und das mühsame Aufrechterhalten der Furcht ermüdeten mich. Nicht mehr zum Flugplatz wollte Oskar, fand Maison Blanche viel origineller als Flugplatz Orly, sollte auch recht behalten; denn jene Metrostation verfügt über eine mechanische Rolltreppe, die mir zu einigen Hochgefühlen und zu jenem Rolltreppengeklapper verhelfen sollte: Ist die Schwarze Köchin da? Jajaja!

Oskar befindet sich in einiger Verlegenheit. Seine Flucht geht dem Ende entgegen, und mit der Flucht endet auch sein Bericht: Wird die Rolltreppe der Metrostation Maison Blanche auch hoch, steil und sinnbildlich genug sein, um als Schlußbild seiner Aufzeichnungen zu rattern?

Doch da fällt mir mein heutiger dreißigster Geburtstag ein. Allen denjenigen, welchen die Rolltreppe zuviel Lärm macht, welchen die Schwarze Köchin keine Furcht einjagt, biete ich meinen dreißigsten Geburtstag als Schluß an. Denn ist nicht der dreißigste Geburtstag unter allen anderen Geburtstagen der eindeutigste? Die Drei hat er in sich, die Sechzig läßt er ahnen und macht sie überflüssig. Als heute früh die dreißig Kerzen rings um meinen Geburtstagskuchen brannten, hätte ich vor Freude und Hochgefühl weinen mögen, aber ich schämte mich vor Maria: Mit dreißig Jahren darf man nicht mehr weinen.

Sobald mich die erste Stufe der Rolltreppe – wenn man einer Rolltreppe eine erste Stufe nachsagen darf – mitnahm, verfiel ich dem Lachen. Trotz Furcht oder wegen der Furcht lachte ich. Steil ging es langsam hoch – und oben standen sie. Zeit fand sich noch für eine halbe Zigarette. Zwei Stufen über mir kalberte ein ungeniertes Liebespaar. Eine Stufe unter mir eine alte Frau, die ich anfangs grundlos als Schwarze Köchin verdächtigte. Einen Hut trug sie, dessen Dekorationen Früchte bedeuteten. Während ich rauchte, fielen mir, ich gab mir Mühe, allerlei Bezüglichkeiten zur Rolltreppe ein: Da gab Oskar zuerst den Dichter Dante ab, der aus der Hölle zurückkehrt, und oben, wo die Rolltreppe endet, erwarten ihn die fixen Spiegelreporter, fragen: »Na, Dante, wie war es unten?« – Dasselbe Spielchen machte ich als Dichterfürst Goethe, ließ mich von den Spiegelleuten fragen, wie ich es unten, bei den Müttern, gefunden habe.

Schließlich war ich der Dichter müde, sagte mir, oben stehen weder die Leute vom »Spiegel« noch jene Herren mit den Metallmarken in den Manteltaschen, oben steht sie, die Köchin, die Rolltreppe rattert: Ist die Schwarze Köchin da? und Oskar antwortete: »Jajaja!«

Neben der mechanischen Rolltreppe gab es noch eine normale Treppe. Die brachte Straßenpassanten zur Metrostation hinunter. Draußen schien es zu regnen. Die Leute sahen naß aus. Das beunruhigte mich, denn ich hatte in Düsseldorf keine Zeit mehr gefunden, mir einen Regenmantel zu kaufen. Ein Blick nach oben jedoch, und Oskar sah, daß die Herren mit den unauffällig auffälligen Gesichtern zivile Regenschirme bei sich trugen – was dennoch nicht die Existenz der Schwarzen Köchin in Frage stellte.

Wie werde ich sie ansprechen? besorgte ich mich und genoß das langsame Rauchen einer Zigarette auf einer langsam Hochgefühle steigernden, die Erkenntnisse bereichernden mechanischen Rolltreppe: Auf einer Rolltreppe verjüngt man sich, auf einer Rolltreppe wird man älter und älter. Es blieb mir die Wahl, als Dreijähriger oder als Sechzigjähriger die Rolltreppe zu verlassen, als Kleinkind oder als Greis der internationalen Polizei zu begegnen, in diesem oder in jenem Alter die Schwarze Köchin zu fürchten.

Es ist sicher schon spät. Mein Metallbett sieht so müde aus. Auch zeigte mein Pfleger Bruno schon zweimal sein besorgtes Braunauge im Guckloch. Da, unter dem Anemonenaquarell, steht der unangeschnittene Kuchen mit den dreißig Kerzen. Womöglich schläft Maria jetzt schon. Jemand, ich glaube, Marias Schwester Guste, wünschte mir Glück für die nächsten dreißig Jahre. Maria hat einen beneidenswerten Schlaf. Was wünschte mir nur mein Sohn Kurt, der Gymnasiast, Musterschüler und Klassenbeste, zum Geburtstag? Wenn Maria schläft, schlafen auch die Möbel um sie herum. Jetzt habe ich es: Kurtchen wünschte mir zu meinem dreißigsten Geburtstag gute Besserung! Ich jedoch wünsche mir eine Scheibe von Marias Schlaf, denn ich bin müde und habe kaum noch Worte. Klepps junge Frau hat ein albernes, aber gutgemeintes Geburtstagsgedichtchen auf meinen Buckel gemacht. Auch Prinz Eugen war verwachsen und nahm trotzdem Stadt und Festung Belgrad ein. Maria sollte endlich begreifen, daß ein Buckel Glück bringt. Auch Prinz Eugen hatte zwei Väter. Jetzt bin ich dreißig, aber mein Buckel ist jünger. Ludwig der Vierzehnte war der eine mutmaßliche Vater des Prinzen Eugen. Früher berührten oft schöne Frauen meinen Buckel auf offener Straße, des Glückes wegen. Der Prinz Eugen war verwachsen und starb deshalb eines natürlichen Todes. Wenn Jesus einen Buckel gehabt hätte, hätten sie ihn schwerlich aufs Kreuz genagelt. Muß ich jetzt wirklich, nur weil ich dreißig Jahre zähle, hinausgehen in alle Welt und Jünger um mich sammeln?

Dabei war es nur ein Rolltreppeneinfall! Höher und höher trug es mich. Vor und über mir das ungenierte Liebespaar. Hinter und unter mir die alte Frau mit dem Hut. Draußen regnete es, und oben, ganz oben standen die Herren von der internationalen Polizei. Lattenroste belegten die Rolltreppenstufen. Wenn man auf einer Rolltreppe steht, soll man noch einmal alles überlegen: Wo kommst du her? Wo gehst du hin? Wer bist du? Wie heißt du? Was willst du? Gerüche flogen mich an: Die Vanille der jungen Maria. Das Öl der Ölsardinen, das meine arme Mama wärmte, heiß trank, bis sie kalt wurde und unter die Erde kam. Jan Bronski, der immer Kölnisch Wasser verschwendete, und dennoch atmete ihm der frühe Tod durch alle Knopflöcher. Nach Winterkartoffeln roch es im Lagerkeller des Gemüsehändlers Greff. Noch einmal der Geruch der trockenen Schwämme an den Schiefertafeln der Erstkläßler. Und meine Roswitha, die nach Zimmet und Muskat duftete. Auf einer Karbolwolke schwamm ich, als Herr Fajngold seine Desinfektionsmittel über meinem Fieber zerstäubte. Ach, und der Katholizismus der Herz-Jesu-Kirche, diese vielen unausgelüfteten Kleider, der kalte Staub, und ich vor dem linken Seitenaltar verlieh meine Trommel, an wen?

Dennoch war es nur ein Rolltreppeneinfall. Heute will man mich festnageln, sagt: Du bist dreißig. Folglich mußt du Jünger sammeln. Denk mal zurück, was du sagtest, als man dich verhaftete. Zähle die Kerzen um deinen Geburtstagskuchen, verlasse dein Bett und sammle Jünger. Dabei bieten sich einem Dreißigjährigen so viele Möglichkeiten. So könnte ich, zum Beispiel, falls man mich wirklich aus der Anstalt vertreibt, Maria einen zweiten Heiratsantrag machen. Entschieden mehr Chancen hätte ich heute. Oskar hat ihr das Geschäft eingerichtet, ist bekannt, verdient weiterhin gut mit seinen Schallplatten, ist inzwischen reifer, älter geworden. Mit dreißig sollte man heiraten! Oder aber, ich bleibe ledig, wähle mir einen meiner Berufe, kaufe einen guten Muschelkalkbruch, stelle Steinmetze ein, arbeite direkt, frisch vom Bruch für den Bau. Mit dreißig sollte man eine Existenz gründen! Oder aber – falls mich die vorfabrizierten Fassadenstücke auf die Dauer anöden – ich suche die Muse Ulla auf, diene mit ihr und an ihrer Seite den schönen Künsten als anregendes Modell. Womöglich eheliche ich sie sogar eines Tages, die so oft und kurzfristig verlobte Muse. Mit dreißig sollte man heiraten! Oder aber, falls ich europamüde werde, wandere ich aus, Amerika, Buffalo, mein alter Traum: Ich suche meinen Großvater, den Millionär und ehemaligen Brandstifter Joe Colchic, vormals Joseph Koljaiczek. Mit dreißig sollte man seßhaft werden! Oder aber, ich gebe nach, lasse mich festnageln, gehe hinaus, nur weil ich dreißig bin, und mime ihnen den Messias, den sie in mir sehen, mache, gegen besseres Wissen, aus meiner Trommel mehr, als die darzustellen vermag, laß die Trommel zum

Symbol werden, gründe eine Sekte, Partei oder auch nur eine Loge.

Trotz Liebespaar über mir und Frau mit Hut unter mir überfiel mich dieser Rolltreppeneinfall. Sagte ich schon, daß das Liebespaar zwei Stufen, nicht eine Stufe über mir stand, daß ich zwischen mich und das Liebespaar meinen Koffer stellte? Die jungen Leute in Frankreich sind höchst sonderbar. So knöpfte sie ihm, während uns alle die Rolltreppe hinauftrug, die Lederjacke, dann das Hemd auf und hantierte seine nackte achtzehnjährige Haut. Das tat sie aber so geschäftig und mit solch praktischen völlig unerotischen Bewegungen, daß mir schon der Verdacht kam: Die jungen Leute lassen sich von offizieller Seite bezahlen, demonstrieren auf offener Straße die Liebestollheit, damit Frankreichs Metropole nicht ihren Ruf verliert. Als das Paar sich jedoch küßte, verlor sich mein Verdacht: Fast erstickte er an ihrer Zunge, litt immer noch unter einem Hustenanfall, als ich schon meine Zigarette ausknipste, um den Kriminalbeamten als Nichtraucher begegnen zu können. Die alte Frau unter mir und ihrem Hut – das heißt, der Hut hielt sich in meiner Kopfhöhe, weil meine Körpergröße den Höhenunterschied der beiden Rolltreppenstufen ausglich – tat nichts Auffallendes, wenn sie auch ein bißchen murmelte, vor sich hin schimpfte; aber das tun schließlich viele alte Leute in Paris. Das gummibelegte Geländer der Rolltreppe fuhr mit uns hinauf. Man konnte die Hand drauflegen und die Hand mitfahren lassen. Das hätte ich auch getan, wenn ich Handschuhe auf die Reise mitgenommen hätte. Die Kacheln des Treppenhauses spiegelten alle ein Tröpfchen elektrisches Licht. Rohre und dickleibige Kabelbündel begleiteten cremefarben unsere Auffahrt. Nicht etwa, daß die Rolltreppe einen Höllenlärm machte. Eher gemütlich gab sie sich, trotz ihrer mechanischen Natur. Trotz des klapprigen Verses von der schrecklichen Schwarzen Köchin wollte mir die Metrostation Maison Blanche heimelig, fast wohnlich vorkommen. Ich fühlte mich auf der Rolltreppe wie zu Hause, hätte mich glücklich geschätzt, trotz Angst und Kinderschreck, wenn es mit mir nicht wildfremde Menschen, sondern meine lebenden und toten Freunde und Verwandten hinaufgetragen hätte: meine arme Mama zwischen Matzerath und Jan Bronski, die grauhaarige Maus, Mutter Truczinski, mit ihren Kindern Herbert, Guste, Fritz, Maria, auch den Gemüsehändler Greff und seine Schlampe Lina, natürlich den Meister Bebra und die grazile Roswitha – alle, die da meine fragwürdige Existenz einrahmten, die da an meiner Existenz scheiterten –, oben jedoch, wo der Rolltreppe die Luft ausging, wünschte ich mir an Stelle der Kriminalbeamten das Gegenteil der schrecklichen Schwarzen Köchin: Meine Großmutter Anna Koljaiczek sollte dort wie ein Berg ruhen und mich und mein Gefolge nach glücklicher Auffahrt unter die Röcke, in den Berg hineinnehmen.

Es standen aber zwei Herren dort, die keine weitläufigen Röcke, sondern amerikanisch zugeschnittene Regenmäntel trugen. Auch mußte ich mir gegen Ende der Auffahrt mit allen zehn Zehen in den Schuhen lächelnd eingestehen, daß das ungenierte Liebespaar über mir, die alte murmelnde Frau unter mir simple Polizeiagenten waren.

Was soll ich noch sagen: Unter Glühbirnen geboren, im Alter von drei Jahren vorsätzlich das Wachstum unterbrochen, Trommel bekommen, Glas zersungen, Vanille gerochen, in Kirchen gehustet, Luzie gefüttert, Ameisen beobachtet, zum Wachstum entschlossen, Trommel begraben, nach Westen gefahren, den Osten verloren, Steinmetz gelernt und Modell gestanden, zur Trommel zurück und Beton besichtigt, Geld verdient und den Finger gehütet, den Finger verschenkt und lachend geflüchtet, aufgefahren, verhaftet, verurteilt, eingeliefert, demnächst freigesprochen, feiere ich heute meinen dreißigsten Geburtstag und fürchte mich immer noch vor der Schwarzen Köchin – Amen.

Die ausgeknipste Zigarette ließ ich fallen. Zwischen den Latten des Rolltreppenstufenbelages fand sie Platz. Oskar fuhr, nachdem er längere Zeit lang, einen Winkel von fünfundvierzig Grad Steigung beschreibend, gen Himmel gefahren war, noch drei Schrittchen waagerecht, ließ sich nach dem ungenierten Polizistenliebespaar, vor der Polizistengroßmutter vom Lattenrost der Rolltreppe auf einen feststehenden Eisenrost schieben und sagte, nachdem sich die Kriminalbeamten vorgestellt hatten, ihn Matzerath genannt hatten, seinem Rolltreppeneinfall folgend, zuerst auf deutsch: »Ich bin Jesus!«, dasselbe, da er sich der internationalen Kriminalpolizei gegenübersah, auf französisch, schließlich auf englisch: »I am Jesus!«

Dennoch wurde ich als Oskar Matzerath verhaftet. Widerstandslos vertraute ich mich der Obhut und, da es draußen, auf der Avenue d'Italie, regnete, den Regenschirmen der Kriminalpolizei an, blickte mich aber gleichwohl beunruhigt, ängstlich suchend um und sah auch mehrmals – sie kann das – in der Menschenmenge auf der Avenue, im Gedränge um den Kastenwagen der Polizei das schrecklich ruhige Antlitz der Schwarzen Köchin.

Jetzt habe ich keine Worte mehr, muß aber dennoch überlegen, was Oskar nach seiner unvermeidlichen Entlassung aus der Heil- und Pflegeanstalt zu tun gedenkt. Heiraten? Ledigbleiben? Auswandern? Modellstehen? Steinbruch kaufen? Jünger sammeln? Sekte gründen?

All die Möglichkeiten, die sich heutzutage einem Dreißigjährigen bieten, müssen überprüft werden, womit überprüft, wenn nicht mit meiner Trommel. So werde ich also jenes Liedchen, das mir immer lebendiger und fürchterlicher wird, auf mein Blech legen, werde die Schwarze Köchin anrufen, befragen, damit ich morgen früh meinem Pfleger Bruno verkünden kann, welche Existenz der dreißigjährige Oskar fortan im Schatten eines immer schwärzer werdenden Kinderschreckens zu führen gedenkt; denn was mich früher auf Treppen erschreckte, was im Keller, beim Kohlenholen buhhh machte, daß ich lachen mußte, was aber dennoch immer schon da war, mit Fingern sprach, durchs Schlüsselloch hustete, im Ofen seufzte, schrie mit der Tür, wolkte auf aus Kaminen, wenn Schiffe im Nebel ins Horn atmeten oder wenn zwischen den Doppelfenstern stundenlang eine Fliege starb, auch als die Aale nach Mama verlangten und meine arme Mama nach den Aalen, wenn die Sonne hinter dem Turmberg verschwand und für sich lebte, Bernstein! Wen meinte Herbert, als er das Holz berannte? Auch hinterm Hochaltar – was wäre der Katholizismus ohne die Köchin, die alle Beichtstühle schwärzt? Sie warf den Schatten, als des Sigismund Markus Spielzeug zusammenbrach, und die Gören auf dem Hof des Mietshauses, Axel Mischke und Nuchi Eyke, Susi Kater und Hänschen Kollin, sie sprachen es aus, sangen, wenn sie die Ziegelmehlsuppe kochten: »Ist die Schwarze Köchin da? Jajaja! Du bist schuld und du bist schuld und du am allermeisten. Ist die Schwarze Köchin da...« Immer war sie schon da, selbst im Waldmeisterbrausepulver, so unschuldig grün es auch schäumte; in allen Kleiderschränken, in denen ich jemals hockte, hockte auch sie und lieh sich später das dreieckige Fuchsgesicht der Luzie Rennwand aus, fraß Wurstbrote mitsamt den Pellen und führte die Stäuber auf einen Sprungturm – nur Oskar blieb übrig, sah Ameisen zu und wußte: Das ist ihr Schatten, der sich vervielfältigt hat und der Süße nachgeht, und alle die Worte: Gebenedeite, Schmerzensreiche, Seliggepriesene, Jungfrau der Jungfrauen ... und alle die Gesteine: Basalt, Tuff, Diabas, Nester im Muschelkalk, Alabaster so weich ... und all das zersungene Glas, durchsichtige Glas, hauchdünn geatmete Glas ... und Kolonialwaren: Mehl und Zucker in blauen Pfund- und Halbpfundtüten. Später vier Kater, deren einer Bismarck hieß, die

Mauer, die frischgekälkt werden mußte, ins Sterben verstiegene Polen, auch Sondermeldungen, wenn wer was versenkte, Kartoffeln, die von der Waage polterten, was sich zum Fußende hin verjüngt, Friedhöfe, auf denen ich stand, Fliesen, auf denen ich kniete, Kokosfasern, auf denen ich lag ... alles im Beton Eingestampfte, der Saft der Zwiebeln, der die Tränen zieht, der Ring am Finger und die Kuh, die mich leckte ... Fragt Oskar nicht, wer sie ist! Er hat keine Worte mehr. Denn was mir früher im Rücken saß, dann meinen Buckel küßte, kommt mir nun und fortan entgegen:

Schwarz war die Köchin hinter mir immer schon.
Daß sie mir nun auch entgegenkommt, schwarz.
Wort, Mantel wenden ließ, schwarz.
Mit schwarzer Währung zahlt, schwarz.
Während die Kinder, wenn singen, nicht mehr singen:
Ist die Schwarze Köchin da? Ja – Ja – Ja!

Inhalt

ERSTES BUCH

ZWEITES BUCH

DRITTES BUCH

Für die neue Werkausgabe wurden alle Texte mit den Erstausgaben verglichen und in Abstimmung mit dem Autor kritisch durchgesehen. Unter den Essays und Reden, die erstmals in diesem Umfang vorliegen, findet sich eine ganze Reihe von Texten, die bisher gar nicht oder nur an entlegener Stelle gedruckt waren. Ein Personenregister erschließt die nichtfiktionalen Texte.

Die Werkausgabe wird ergänzt durch sieben Kommentar- und Materialienbände. Der Stellenkommentar bietet Erläuterungen zu Personen, Ereignissen und kulturhistorischen Details und verfolgt die vielfältigen Motivverknüpfungen in Grass' schriftstellerischem und bildkünstlerischem Werk. Die Materialien umfassen ausgewählte Quellen, Zeugnisse zur Entstehungsgeschichte und motivverwandte Texte von Grass. Mit Entwürfen und Auszügen aus verschiedenen Fassungen geben sie exemplarisch Einblick in den Arbeitsprozeß des Autors. Bilddokumente mit Grafiken, Arbeitsplänen, Karten und Fotos runden die Materialien ab.

Günter Grass: Werkausgabe

1: Gedichte und Kurzprosa. 2: Theaterspiele. 3: Die Blechtrommel. 4: Katz und Maus. 5: Hundejahre. 6: örtlich betäubt. 7: Aus dem Tagebuch einer Schnecke. 8: Der Butt. 9: Das Treffen in Telgte. 10: Kopfgeburten oder Die Deutschen sterben aus. 11: Die Rättin. 12: Unkenrufe. 13: Ein weites Feld. 14: Essays und Reden I, 1955–1969. 15: Essays und Reden II, 1970–1979. 16: Essays und Reden III, 1980–1997.

Kommentar- und Materialienbände

1: Gedichte und Kurzprosa, Theaterspiele. 2: Die Blechtrommel, Katz und Maus, Hundejahre. 3: örtlich betäubt, Aus dem Tagebuch einer Schnecke. 4: Der Butt, Das Treffen in Telgte. 5: Kopfgeburten, Die Rättin. 6: Unkenrufe, Ein weites Feld. 7: Essays und Reden.